KB099899

페스트의 밤

Nights of Plague

Nights of Plague
Orhan Pamuk

페스트의 밤

오르한 파묵
이난아 옮김

민음사

NIGHTS OF PLAGUE
by Orhan Pamuk

Copyright © Orhan Pamuk 2021
All rights reserved.

Korean Translation Copyright © Minumsa 2022

Korean translation edition is published by arrangement with
Orhan Pamuk c/o The Wylie Agency (UK) Ltd.

이 책의 한국어 판 저작권은 The Wylie Agency (UK) Ltd.와 독점 계약한
(주)민음사에 있습니다.

저작권법에 의해 한국 내에서 보호를 받는 저작물이므로
무단 전재와 무단 복제를 금합니다.

위험이 임박할 때에는 인간의 영혼 속에서 언제나
두 가지 목소리가 똑같이 강하게 소리 높여 말하기 마련이다.
한 목소리는 인간에게 위험의 성질 자체와 그것으로부터
벗어날 방도를 생각해 내라고 매우 이성적으로 말한다.
또 한 목소리는 더욱 이성적으로 이렇게 말한다.
"모든 것을 예측하고 상황의 전체 흐름을 벗어나는 것은
인간 능력 밖의 일이다. 그런데도 굳이 위험을 생각하는 것은
너무나 고통스럽고 괴롭다. 그러니 위험이 닥칠 때까지는
괴로운 것을 외면하고 즐거운 것을 생각하는 편이 낫다."[1]
—레프 톨스토이, 『전쟁과 평화』

우리 시대 작가들 중 그 누구도 이 자료들을 검토하고
서로 비교하며 페스트 재앙의 진짜 역사를 쓸 시도를
하지 않았다. —알레산드로 만초니, 『약혼자들』

1 레프 톨스토이, 연진희 옮김, 『전쟁과 평화 3』(민음사, 2018)을 참고했다.

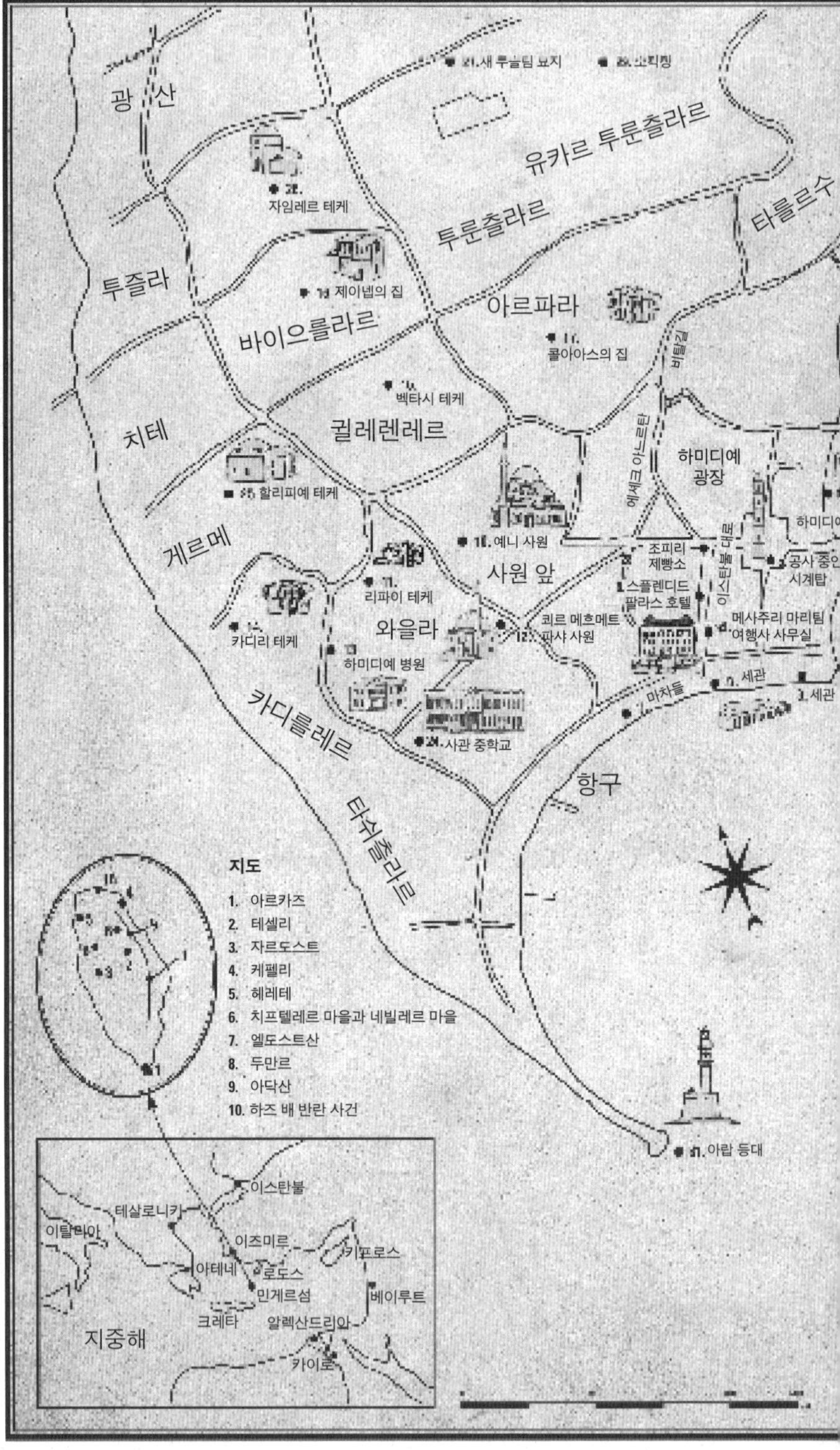
광 산
유카르 투룬촐라르
투룬촐라르
타를르수
자임레르 테케
투즐라
제이넵의 집
아르파라
바이으를라르
콜아아스의 집
벡타시 테케
치테
퀼레렌레르
하미디예
광장
할리피예 테케
예니 사원
조피리
제빵소
게르메
사원 앞
스플렌디드
팔라스 호텔
공사 중인
시계탑
리파이 테케
와을라
쾨르 메흐메트
파샤 사원
메사주리 마리팀
여행사 사무실
카디리 테케
하미디예 병원
세관
세관
마차들
카디를레르
사관 중학교
항구
타쉬촐라르
지도
1. 아르카즈
2. 테셀리
3. 자르도스트
4. 케펠리
5. 헤레테
6. 치프텔레르 마을과 네빌레르 마을
7. 엘도스트산
8. 두만르
9. 아닥산
10. 하즈 배 반란 사건
아랍 등대
이스탄불
테살로니키
이탈리아
이즈미르
키프로스
아테네
로도스
민게르섬
베이루트
크레타
알렉산드리아
지중해
카이로

아르카즈성과 도시, 민게르주(1901)

이 책을 탈고할 때 의견을 내고 수정을 제안한

역사가 친구 에드헴 엘뎀에게 감사드린다.

차례

서문

이 책은 역사 소설인 동시에 소설 형태로 쓴 역사다. 동지중해의 진주 민게르섬의 삶에서 가장 파란만장하고 충격적인 여섯 달을 이야기하면서 내가 너무나 사랑하는 이 나라의 역사도 함께 담았다.

1901년 페스트가 창궐한 시기에 섬에서 일어난 일들을 조사하는 동안 나는 이 짧고 극적인 기간에 등장인물들이 내린 주관적인 결정을 이해하는 데 역사적인 방법만으로는 충분하지 않으며 소설적인 기법이 도움이 될 거라고 생각했다. 그래서 이 둘을 결합하고자 했다.

부디 독자들은 나의 이 출발점이 고매한 문학적 문제라고 여기지 않았으면 한다. 먼저 책에 그 풍부한 내용을 모두 옮기고자 했던 편지들이 내 손에 들어왔다. 오스만 제국의 33대 술탄인 무라트 5세의 셋째 딸 파키제 술탄[1]이 1901년에서 1913년 사이에 언니 하티제 술탄에게 쓴 113통의 편지에 주석을 달고 출판을 준비해 달라는 요청을 받았다. 여러분이 지금 읽기 시작한 이 책은 처음에

1 오스만 제국에서 '술탄'은 일반적으로 통치자, 군주를 의미하나 그 외에 왕가의 공주, 파디샤의 어머니, 파디샤의 부인 등에게 부여하는 칭호이기도 하다.

이 편지들에 대한 '편집자의 서문'으로 시작되었다.

이 서문이 길어지고 더 많은 연구로 확장되어 여러분의 손에 들려 있는 책으로 바뀌었다. 무엇보다도 사랑스럽고 극도로 감성적인 파키제 술탄의 문체와 영리함에 매료되었다는 점을 고백해야겠다. 파키제 술탄에게는 소수의 역사가나 소설가들에게만 허락된 서술에 대한 욕구, 세부에 대한 관심, 묘사적인 재능이 있었다. 나는 수년간 영국과 프랑스의 문서 보관소에서 오스만 제국의 항구 도시로부터 온 영사 보고서들을 읽고, 이것들을 근간으로 박사 학위를 받고 학술서를 출간한 여성이다. 어떤 영사도 콜레라 혹은 페스트의 나날들을 이처럼 깊이 있고 아름답게 서술하지 못했을 뿐 아니라 누구의 글에서도 오스만 제국 항구 도시의 분위기와 시장의 색채가 느껴지지 않았으며 갈매기 울음소리, 마차의 바퀴 소리도 들리지 않았다. 사람들, 물건들, 현상들에 치밀한 감성으로 접근한 그녀의 생생함으로 가득 찬 서술이 나에게 서문을 소설로 바꾸려는 생각을 불어넣었을지도 모른다.

편지들을 읽는 동안 내 스스로에게 물었다. 파키제 술탄이 같은 사건을 역사가나 영사들보다 더 색채감 있고 '세심하게' 설명한 것은 '여성'이었기 때문일까? 우리는 페스트가 창궐하는 동안 주청사의 객실을 거의 나가지 않았던 서간문 작가가 도시에서 일어난 일들을 의사 남편의 설명을 통해 들었다는 것을 잊어서는 안 된다! 파키제 술탄은 이 남성 정치인, 관료, 의사 들의 세계를 편지에 서술하면서 또한 그들과 동일시하는 데 성공했다. 나 역시 내가 소설화한 역사에서 이 세상을 되살리려고 노력했다. 물론 파키제 술탄만큼 개방적이고 탁월하고 삶을 갈망하기는 무척 어렵다.

출간하면 최소한 600쪽은 넘을 이 멋진 편지들 때문에 이렇게 흥분하는 또 다른 이유는 당연히 나 역시 민게르 여성이기 때문이다. 어린 시절 교과서에서, 신문에서, 그리고 주로 역사 영웅 이야기와 삽화 소설을 싣는 《섬 수업》, 《역사 지식》 같은 주간 어린이 잡지에서 파키제 술탄을 보았다. 나는 이미 그녀에게 어떤 특별한 친근감을 느끼곤 했다. 민게르섬이 다른 사람들에게 전설 속의 동화 같은 곳으로 느껴진다면 파키제 술탄은 나에게 그 동화에 나오는 주인공이었다. 어느 순간 내 손에 들어온 편지들 덕분에 동화 속 주인공인 술탄의 일상적인 고민, 진실한 감정, 그리고 가장 중요한 그녀의 강한 개성과 진정성을 마주하자 매료되고 말았다. 인내심 많은 독자는 알게 되겠지만 이 책 마지막에서 나는 그녀와 직접 만났다.

편지에 언급된 세계의 진위를 이스탄불, 민게르, 영국, 프랑스의 문서 보관소를 조사하고, 그 시기에 대해 언급한 자료와 회고록들을 검토하며 확신하게 되었다. 하지만 이 역사 소설을 쓰면서 나를 파키제 술탄과 동일시하는 순간들이 있었고, 마치 나의 사적인 이야기를 쓰는 듯한 느낌이 들었다.

소설은 우리 이야기를 다른 사람의 이야기인 것처럼, 다른 사람의 경험을 우리 경험인 것처럼 쓰는 기술에 바탕을 둔다. 이러한 이유로 나 자신이 파디샤[2]의 딸 혹은 술탄처럼 느껴질 때면 소설가가 할 일을 정확히 하고 있다고 마음속 깊이 알게 된다. 더 어려웠던 부분은 페스트에 맞서 방역 전쟁을 지휘하던 권력의 자리에 있는 남자들, 파샤[3]들, 의사들과 공감하는 것이었다.

소설이 정신과 형태 면에서 사적인 이야기를 넘어 모든 사람의

2 이란어로 '절대적 통치자'를 의미한다. 넓은 영토를 소유한 무슬림 통치자에게 사용되었고, 특히 세속적 통치권을 지칭했다. 민중 사이에서 선호되던 호칭이다.

3 오스만 제국 당시 고위직 공무원이나 군 지휘관에게 주어지던 칭호.

이야기인 역사를 닮으려면 다양한 관점으로 서술하는 것이 최선이다. 한편 남성 작가들 중 가장 여성적인 위대한 작가 헨리 제임스가 소설의 신빙성을 위해서는 세부 사항을 포함한 모든 것이 오로지 한 사람의 관점에 집중되어야 한다고 했던 견해에 동의한다.

하지만 동시에 역사책을 쓰기 때문에 자주 '한 사람의 관점' 규칙에 따르지 않았고, 실제로 이 규칙을 깼다고도 할 수 있다. 이렇게 해서 가장 감명적인 순간에 독자들에게 정보와 숫자를 제공하고 기관의 역사에 대해 설명했다. 혹은 막 어떤 등장인물의 섬세한 감정을 설명하고 나서 그가 알지 못하는 전혀 다른 등장인물의 생각으로 빠르고 무심히 이동했다. 혹은 나는 압뒬아지즈가 폐위된 후 살해되었다고 진심으로 믿고 있음에도 다른 사람들이 어떻게 그가 자살했다고 주장하는지도 언급했다. 그러니까 파키제 술탄이 편지에 묘사한 다채로운 세상을 다른 목격자들의 눈을 통해 바라보면서 내 책이 조금 더 역사에 가까워지기를 바랐다.

이 편지들이 내 손에 어떻게 들어왔는지, 내가 추리 이야기를 얼마나 진지하게 여겼으며 왜 편지들을 먼저 출간하지 않았는지 등등 수년 동안 매우 자주 들은 질문들 중 두 번째 질문에 대해서만 여기서 대답하고자 한다. 사실 내가 편지에 나오는 살인 사건들과 압뒬하미트의 소설 취향에 대해 이야기했을 때 동료 학자들이 내게 소설로 써 보라고 용기를 북돋아 주었다. 케임브리지 대학 출판사처럼 권위 있는 출판사가 추리 이야기에 관심을 보이고 작은 민게르섬의 역사를 중요하게 여기는 것도 격려가 되었다. 수년에 걸쳐 기록을 하면서도 질리지 않았던 이 멋진 세계의 비밀들과 의미는 물론 살인자가 누구인지보다 훨씬 더 심오하고 다른 문제다. 살인자의 정체는 기껏해야 하나의 신호일 뿐이다. 추리 소설에 대한 관심은 가장 위대한 역사 소설가인 톨스토이의 말과 이 서문을 시작으로 소설 전체를 신호들의 바다로 바꾸어 놓을 것이다.

어떤 사람들은 내가 야사와 정사 전공자들과(그 이름들을 거론하지 않겠지만) 지나치게 논쟁을 한다며 비판했다. 그들이 옳을지도 모른다. 우리가 인기 있고 사랑받는 역사책들을 진지하게 여겼기 때문에 그랬다.

오리엔트와 레반트 혹은 동양과 동지중해 역사에 관한 모든 책은 서문에 음역 문제를 설명하고 토박이 문자가 라틴 문자로 어떻게 변환되는지 밝힌다. 그 지루한 책들 중 하나를 내가 더 쓰지 않아서 정말 기쁘다. 어차피 민게르 알파벳과 언어는 다른 어떤 것으로도 변환되지 않는다! 토박이 이름의 경우 어떤 때는 그대로, 어떤 때는 발음 나는 대로 썼다. 조지아에 비슷한 철자를 가진 다른 도시가 있다는 것은 단순한 우연이다. 하지만 내 책에서 많은 것이 독자들에게 오래되어 곧 망각될 추억들처럼 친숙해 보이는 것은 우연이 아니라 의도한 바다.

미나 민게를리, 이스탄불, 2017

1장

1901년 이스탄불을 떠난 증기선이 굴뚝에서 검은 석탄 연기를 내뿜으며 사흘간 남쪽으로 항해하여 로도스섬을 지나 위험한 풍랑을 헤치고 알렉산드리아 방향으로 반나절을 더 가자 마침내 민게르섬에 있는 아르카즈성의 우아한 탑이 보였다. 이스탄불과 알렉산드리아 경로에 있기 때문에 승객들은 멀리서 성의 비밀스러운 그림자와 윤곽을 경탄과 호기심에 휩싸여 바라보았다. 섬세한 영혼을 가진 몇몇 선장들은 호메로스가 『일리아스』에서 "분홍색 돌로 만든 초록의 다이아몬드"라고 표현한 멋진 모습이 수평선에 나타났을 때 민게르 풍경을 만끽하도록 승객들을 갑판으로 초대했고, 동양으로 가는 화가들은 폭풍을 머금은 검은 구름들을 추가해 이 낭만적인 풍경을 열정적으로 화폭에 옮겼다.

민게르섬에 들르는 배는 몇 척 안 되었다. 당시 이 섬으로 일주일에 한 번 정기 운항을 하는 배가 세 척뿐이었기 때문이다. 메사주리 마리팀사 소속이며 아르카즈의 모든 사람이 그 새된 뱃고동 소리를 아는 '사그할리엔', 뱃고동 소리가 조금 더 굵은 '에콰도르', 크레타 판탈레온사 소속으로 드물고 짧게 뱃고동을 울리는 고상한 '제우스'. 그러니까 우리 이야기가 시작되는 1901년 4월 22일 자정이 되기 두 시간 전 예정에 없는 배가 민게르섬에 다가가고 있다는 것은 비범한 상황이라는 신호였다.

북쪽에서 정찰선처럼 조용히 섬으로 다가오는 가느다랗고 하얀 굴뚝에 선수가 뾰족한 이 배는 오스만 제국의 깃발을 단 '아지지예'였다. 압뒬하미트 2세의 명령을 받아 매우 특별한 임무를 띠고 이스탄불에서 중국으로 가는 출중한 오스만 제국 사절단을 싣고 가는 중이었다. 압뒬하미트는 마지막 순간에 페스,[4] 터번, 중절모를 쓴 종교인, 군인, 통역관, 관료로 이루어진 열일곱 명의 사절단 사이에 얼마 전 결혼시킨 조카 파키제 술탄과 남편인 의사 누리 베이[5]를 포함시켰다. 행복하고 설레고 약간 얼떨떨한 신혼부부는 자신들이 중국 사절단에 왜 포함되었는지 이유를 알지 못했고, 이 문제에 대해 많은 이야기를 나누었다.

언니들처럼 숙부인 파디샤를 좋아하지 않는 파키제 술탄은 압뒬하미트가 자신과 남편에게 그냥 심술을 부리려고 사절단에 넣었다고 확신했지만 그 이유는 아직 밝혀내지 못했다. 몇몇 궁전 험담꾼들은 신혼부부를 이스탄불에서 멀리 보내 황열병이 발생한 아시아 땅, 콜레라가 창궐한 아랍 사막에서 죽게 하려는 거라고 말했고, 또 다른 사람들은 압뒬하미트의 의도는 게임이 끝난 후에야 알게 될 거라고 말했다. 의사 부마인 누리 베이는 더 낙관적이었다. 서른여덟 살의 매우 실력 있고 성실한 방역의로서 그는 국제 보건 회의들에서 오스만 정부를 대표한 바 있다. 이 실력 덕분에 압뒬하미트의 관심을 끌었고, 그와 만났으며, 많은 방역의가 아는 것, 즉 파디샤가 추리 소설만큼이나 유럽 의학의 발전에 관심이 있다는 것을 알게 되었다. 파디샤는 세균, 실험실, 백신

4 검은 술 장식이 달린 붉은색의 원통형 터키 전통 모자.

5 남자 이름 다음에 붙이는 경칭으로 씨, 님, 선생을 뜻한다.

의 발전 사항들을 관심 있게 추적하고, 최근의 의학적 발견들을 이스탄불과 오스만 제국 영토로 가져오고 싶어 했다. 의사 누리는 파디샤가 아시아와 중국에서 유럽으로 새로운 전염병이 유입되었다는 것을 알고 이 문제 때문에 가슴을 졸이는 모습도 목격했다.

동지중해에 바람이 불지 않아 파디샤의 유람선인 아지지예는 예상보다 더 빨리 전진하고 있었다. 미리 공표한 경로에 포함되어 있지 않았지만 아지지예는 이즈미르 항구에 들렀다. 배가 안개 자욱한 항구에 가까워졌을 때 좁은 계단을 통해 선장실로 올라가 해명을 요구하던 사절단 일행은 비밀스러운 승객이 배에 오르리라는 것을 알게 되었다. 러시아인 선장조차 이 승객이 누구인지 모른다고 말했다.

아지지예의 비밀스러운 승객은 오스만 제국 보건위생 수석 검사관인 저명한 화학자이자 약사 본코프스키 파샤였다. 지쳐 보이지만 활달한 예순 살의 이 남성은 파디샤의 황실 화학자이며 현대 오스만 약학의 창시자였다. 또 한편으로는 장미수와 향수 생산, 병에 담긴 광천수, 제약 사업 등 다양한 회사의 옛 주인이자 반쯤 성공한 사업가였다. 최근 십 년 동안은 오로지 오스만 제국 보건위생 수석 검사관으로 일하면서 파디샤에게 콜레라와 페스트 전염병에 대한 보고서를 보내고 파디샤의 명을 받아 여기저기 전염병이 창궐한 지역으로, 항구에서 항구로, 도시에서 도시로 방역과 보건 조치들을 점검하러 뛰어다녔다.

화학자이자 약사인 본코프스키 파샤는 국제 방역 회의에서 여러 번 오스만 제국을 대표했고, 사 년 전에는 동양에서 온 페스트 전염병에 맞서 오스만 제국이 취해야 할 조치들에 대해 압뒬하미트에게 일종의 '제안서'를 작성하기도 했다. 또한 그는 이즈미르의 룸[6] 마을에서 확산하고 있는 페스트를 막기 위해 특별히 임명되었다. 다양한 종류의 콜레라가 유행한 후 의학 전문가들이 '발병력'이라고 명시했던 감염력이 증가했다 감소했다 하는 동양의 새로운 페스트균이 마침내 오스만 제국에 도달했다!

오스만 제국의 동지중해에 있는 가장 큰 항구 이즈미르에서 본코프스키 파샤는 페스트 유행을 여섯 주 만에 종식시켰다. 시민들이 외출 금지령에 복종하고, 방역선을 지키고, 제한 사항들에 기꺼이 귀를 기울이고, 시 당국과 경찰들과 함께 쥐를 잡아 가능한 일이었다. 대부분 소방관이었던 방역관들이 소독약을 분사해 도시 전체에서 냄새가 진동했다.《아헨크》와《아말테이아》같은 이즈미르에서 발행되는 신문이나《테르쥐마니 하키카트》,《이크담》같은 이스탄불 신문만이 아니라 페스트가 동양에서 오는 과정을 모든 항구에서 추적한 프랑스와 영국의 신문들도 오스만 제국 방역 기구의 성공을 칼럼에 실었다. 이스탄불 출생인 폴란드계 화학자 본코프스키 파샤는 유럽인들도 잘 아는 유능한 사람이었다. 이즈미르에서 페스트는 열일곱 명의 목숨을 앗아 간 후 성공적으로 종식되었다. 항구, 부두, 세관, 상점, 시장이 다시 문을 열고 학교들도 수업을 재개했다.

선실 창문과 갑판에서 화학자 파샤와 조수가 승선하는 모습을 지켜본 아지지예의 엄선된 승객들도 방역과 보건 정책에서의 성공을 알고 있었다. 오 년 전 이 전 황실 화학자는 압뒬하미트로부터 파샤직을 하사받았다. 스타니슬라프 본코프스키는 어둠 속에서 색을 식별할 수 없는 우비에 긴 목과 약간 굽은 등을 두드러져 보이게 하는 재킷을 입고 손에는 삼십 년 전 그의 학생들이라면 알아보

6 동로마 제국 국경 안에 살았던 시민과 그 후손들 혹은 무슬림 국가에 사는 그리스인 혈통의 사람.

았을, 항상 가지고 다니는 회색 가방을 들고 있었다. 조수인 의사 일리아스는 화학자 파샤가 가는 모든 곳에서 콜레라나 페스트균을 진단하고 식수와 오수를 구별하기 위해 제국의 모든 물을 맛보고 실험하는 데 필요한 휴대용 실험 상자를 등에 지고 있었다. 본코프스키와 조수는 아지지예에 타고 있는 호기심이 가득한 승객들과 인사를 나누지 않고 선실로 향했다.

새로 온 두 승객의 조용하고 거리를 두는 태도는 사절단 일행의 호기심을 더욱 증폭시켰다. 이 모든 은밀함의 목적은 무엇일까? 고매한 파디샤는 왜 오스만 제국에서 가장 으뜸가는 두 명의 페스트와 전염병 전문가를(다른 한 사람은 의사 누리 파샤다.) 같은 배에 태워 중국으로 보내는 걸까? 하지만 얼마 지나지 않아 사절단 일행은 본코프스키 파샤와 조수가 중국에 가는 게 아니라 알렉산드리아로 가는 길에 있는 민게르섬에서 하선할 예정이라는 것을 알고 본분으로 돌아갔다. 그들은 앞으로 삼 주 동안 중국 무슬림들에게 이슬람을 어떻게 설명해야 할지에 대해 논의해야 했다.

아지지예에 있는 다른 방역 전문가인 누리 파샤는 본코프스키가 이즈미르에서 배에 올랐다가 민게르에서 내릴 예정이라는 사실을 아내를 통해 알았다. 갓 결혼한 부부는 과거에 둘 다 화학자 파샤를 만난 적이 있고, 또 좋아한다는 것을 알고 기뻐했다. 누리는 스무 살 정도 위인 훌륭한 화학자와 최근에 베네치아 보건 회의에 참석했다. 그뿐 아니라 본코프스키 파샤는 시르케지 데미르카프 수비대에 있는 왕실 의학교에 다니던 청년 누리의 화학 선생이었다. 다른 많은 학생들처럼 청년 누리는 프랑스에서 교육을 받은 본코프스키 파샤가 실험실에서 진행한 화학 수업과 이후 수강했던 유기화학, 그리고 금속 화학 수업에 매료되었다. 선생의 농담, 르네상스 사람처럼 폭넓은 호기심, 길거리 튀르크어 실력과 세 개의 유럽어를 모국어처럼 편히 구사하는 모습은 모든 의학도에게 감동을 주었다. 스타니슬라프 본코프스키는 폴란드 군대에서 러시아인들과 벌인 전투에 패배해 유배를 당한 후 오스만 제국 군대로 들어온 많은 폴란드 장교 중 하나가 이스탄불에서 낳은 아들이었다.

누리의 아내인 파키제 술탄은 즐거워하며 어린 시절과 처녀 시절의 추억들을 떠올렸다. 십일 년 전 어느 여름, 갇혀 살던 궁전에서 병이 퍼져 어머니와 하렘[7]의 다른 여성들이 고열과 극심한 고통에 시달리자 압뒬하미트는 전염병을 일으킨 것이 세균이라 판단하고 황실 화학자를 파견하여 표본을 채취하게 했다. 한번은 숙부 압뒬하미트가 츠라안 궁전에 사는 파키제 술탄과 가족이 매일 마시는 물을 분석하는 일에 본코프스키 파샤를 임명했다. 압뒬하미트는 형인 전임 파디샤 무라트 5세를 츠라안 궁전에 가두어 탄압하고 모든 행동을 통제했지만 궁전에서 누가 병에 걸리면 가장 실력 있는 의사를 보냈다. 어릴 때 파키제 술탄은 아버지의 숙부인 암살당한 파디샤 압뒬아지즈의 주치의인 검은 턱수염이 난 룸 의사 마르코 파샤와 압뒬하미트의 주치의 마브로예니 파샤를 궁전과 하렘 방에서 자주 보았다.

“많은 세월이 흐른 후 본코프스키 파샤를 이을드즈 궁전에서 다시 보았어요.” 파키제 술탄은 말했다. “궁전의 물을 분석해 새 보고서를 쓰고 있었지요. 나와 언니들에게는 안타깝게도 멀리서 미소만 지어 보였어요. 우리가 어릴 때 하던 것처럼 유쾌한 농담을 하거나 이야기를 들려주지는 못했지요.”

부마인 의사 누리 파샤가 기억하는 화학자에 얽힌 파디샤의 추억은 더 공식적인 것이었다. 함께 오스만 제국을 대표해 참석한 베

7 왕실의 여성들 또는 그들이 거주하는 곳. 민가의 경우 여성 전용 공간.

네치아 회의에서 그는 근면성과 노련함 덕분에 화학자의 존경을 받게 되었다. 압뒬하미트에게 그를 방역의로서 처음 칭찬했던 사람들 중 한 명이 본코프스키 파샤일 수도 있다며 의사 부마는 아내 파키제 술탄에게 흥분하여 말했다. 그리고 의과 대학에서만이 아니라 의사가 된 후에도 화학자이자 약사인 파샤와 다시 만난 적이 있다고 했다. 한번은 시장 블라크 베이의 명을 받들어 이스탄불 거리 한복판에서 가축을 잡는 도살장의 보건 상태를 함께 조사했다. 또 테르코스 호수의 지형적, 지리적 특징과 그 물의 미세 분석을 포함한 보고서를 쓸 때 몇몇 학생과 의사들과 함께 그의 작업에 참여했고, 다시 한번 본코프스키의 명석함과 근면함과 엄격함에 경탄했다. 이러한 즐거운 추억들을 떠올린 그들은 화학자이자 보건 위생 수석 검사관인 그를 다시 만나고 싶었다.

2장

부마인 의사 누리는 본코프스키 파샤에게 배의 급사를 통해 쪽지를 보냈다. 선장이 그들에게 '내빈실'이라고 불리는 선실에서 저녁 식사를 대접했다. 물라[8]들에게 모습을 드러내지 않고 방에서만 식사하던 파키제 술탄도 이 알코올이 제공되지 않는 식사에 참석했다. 당시에는 술탄일지라도 여성이 남성들과 한 테이블에 앉는 일이 굉장히 드물었다는 점을 잊지 말아야 한다. 파키제 술탄이 식탁의 한쪽 끝에 앉아 보고 들은 모든 것을 나중에 언니에게 써 보냈기 때문에 오늘날 우리는 이 역사적인 식사에 대해 모든 것을 알고 있다.

본코프스키는 창백한 얼굴, 작은 코, 한번 보면 절대 잊을 수 없는 커다랗고 푸른 눈을 가지고 있었다. 그는 학생이었던 누리를 보자 얼싸안았다. 파키제 술탄에게는 유럽 궁전에서 공주와 만나기라도 한 듯 격식을 갖추어 몸을 숙였지만 그녀가 불편해할까 손은 잡지 않았다.

유럽의 예절과 의전에 관심이 많은 황실 화학자는 최근에 러

8 이슬람교 율법학자.

시아 황제로부터 받은 성스타니슬라스 2등 훈장과 항상 지니고 다니기를 좋아하는 금으로 된 오스만 제국 공로 훈장을 달고 있었다.

“존경하는 스승님.” 의사 부마는 말했다. “이즈미르에서 거둔 스승님의 성과에 깊이 감복했다는 말씀을 드리고 싶습니다.”

신문들이 이즈미르에서 페스트 유행이 수그러들고 있다는 소식을 전하기 시작한 후로 본코프스키 파샤는 축하 인사에 겸손한 미소로 답해 왔다. “저도 축하드립니다.” 본코프스키 파샤는 의사 부마의 눈을 들여다보며 말했다. 누리는 이 축하 인사가 오랫동안 헤자즈의 방역 기구에서 근무하고 오스만 제국을 대표하는 예전 제자의 기량 때문이 아니라 한 술탄, 그러니까 오스만 제국 왕가의 일원인 파디샤의 딸과 결혼했기 때문이라는 것을 알고 미소 지었다. 사실 압뒬하미트는 그가 탁월하고 유능한 의사이기 때문에 조카와 혼인시켰지만 결혼을 한 뒤 누리의 뛰어난 실력과 업적은 잊히고 왕가의 부마라는 점이 더 부각되고 기억되었다.

하지만 누리는 곧 새로운 상황에 익숙해졌다. 아내와 너무나 행복했기 때문에 민감하게 받아들이지 않았다. 게다가 항상 유럽인들처럼 ‘규율을 엄격하게 따르고’, ‘체계적인’(이는 오스만 제국 지식인들이 매우 사랑하는 프랑스어에서 온 새로운 튀르크어들이었다.) 스승 본코프스키 파샤를 매우 존경했다. 그에게 무언가 애정을 표하는 말을 하고 싶었다.

“스승님께서 이즈미르에서 페스트를 종식시킨 일은 온 세계에 오스만 제국 방역 기구의 힘을 보여 주었습니다! 오스만 제국을 ‘병자’라고 부르는 사람들에게 좋은 대답을 해 주신 거지요. 우리가 아직 콜레라를 뿌리 뽑지는 못했지만 적어도 팔십 년 동안 오스만 제국 영토에서 심각한 페스트 유행은 없었습니다. 과거에는 ‘유럽과 오스만 제국을 200년간 갈라놓은 문명의 경계는 도나우강이 아니라 페스트다.'라고들 했지요. 그러나 이제 스승님 덕분에 적어도 의학과 방역 분야에서는 이 경계선이 사라졌습니다."

"안타깝게도 민게르섬에서 페스트가 발견되었습니다." 본코프스키 파샤가 말했다. "발병력도 아주 높고요."

"무슨 말씀이신지요?"

"페스트가 민게르의 무슬림 마을에 퍼졌다고 합니다, 부마 파샤. 결혼 준비 와중이라 이 사실을 몰랐으니 놀라시는 것은 당연합니다. 왜냐하면 감췄거든요. 사정이 있어 결혼식에 참석하지 못했습니다. 저는 이즈미르에 있었습니다!"

"페스트로 인해 홍콩과 뭄바이에서 벌어진 일들을 관심을 갖고 추적 중이고, 최근 상황에 대한 기사들도 읽었습니다."

"상황은 기사에 쓰인 것보다 훨씬 나쁩니다." 본코프스키는 권위적인 태도로 말했다. "인도와 중국에서 수천만 명을 죽인 것과 같은 균이고 같은 전염병입니다. 이즈미르에 온 것도 같지요."

"인도에서 사람들이 죽어 나가고 있지만…… 스승님께서는 이즈미르에서 페스트를 종식시키셨지요."

"이즈미르 사람들과 신문들이 우리를 도와주었기 때문이지요!" 본코프스키 파샤는 무언가 중요한 말을 하려는 듯 잠시 멈추었다. "이즈미르에서는 룸 마을에 병이 창궐했습니다. 이즈미르 사람들은 지적이고 문명화되었습니다. 민게르섬에서는 병이 주로 무슬림 마을에서 창궐했고, 벌써 열다섯 명이 죽었다고 합니다! 그곳에서 우리 일은 아주 힘들 겁니다."

의사 누리는 방역 규칙을 따르도록 하는 일이 기독교인들보다 무슬림들에게 더 어렵다는 것을 경험으로 알고 있었다. 한편 이 문제에 대해 본코프스키 파샤 같은 기독교인 전문가들의 과장된 불만에도 지쳐 있었다. 그는 논쟁하지 않기로 했다. 침묵이 길어지자 무슨 말이든 해야 한다는 생각에 파키제 술탄과 선장에게 설명하듯이 말했다. "이 문제에 대한 논쟁은 끝이 나지를 않아요!"

"가련한 의사 장피에르의 이야기를 아시지요?" 본코프스키 파샤는 유쾌한 학교 선생처럼 미소를 지으며 말했다. "파디샤께서는 민게르에서 페스트가 창궐했다는 주장을 정치적인 것이라 믿고 계시기 때문에 제가 섬에 어떤 목적으로 가는지를 모두에게 비밀로 해야 한다고 마베인[9]만 아니라 총독 사미 파샤에게도 여러 번 일렀답니다. 저는 섬의 총독인 사미 파샤를 그가 다른 지역들의 군수를 지내던 아주 옛날부터 알고 있습니다!"

"그 작은 섬에서 열다섯 명 사망은 아주 큰 수치인데요!" 의사 누리가 말했다.

"이 문제에 대해 당신과 얘기하는 것조차 금지되어 있습니다, 나의 파샤!" 본코프스키는 마치 "우리 주위에 첩자가 있답니다!" 라고 말하고 싶은 듯 테이블 끝에 앉아 있는 파키제 술탄을 익살스럽게 가리켜 보였다. 그러고는 어릴 때 이을드즈 궁전 극장과 카이저 빌헬름의 환영식에서 멀리서나마 만났을 때처럼 친절한 아저씨 같은 태도로 왕가의 서구화된 파디샤의 딸에게 이야기를 건넸다.

"파디샤의 딸인 술탄이 이스탄불 밖을 여행하는 것을 저는 태어나서 처음으로 목격하고 있습니다!" 그는 과장하며 못 믿겠다는 듯한 어투로 말했다. "오스만 제국이 여성들에게 자유를 부여하며 서구화하고 있네요!"

우리가 출간한 편지들을 읽은 독자는 이 말이 '비꼬고', 심지어

9 술탄의 개인 집무실과 비서실.

조롱하는 어투였음을 파키제 술탄이 알아챘다는 사실을 알 수 있다. 파키제는 아버지인 무라트 5세처럼 영리하고 감수성이 풍부한 사람이었다. "파샤, 사실 저는 중국이 아니라 베네치아에 가고 싶었답니다."라고 그녀는 황실 화학자에게 말했다. 이어서 화제는 두 남자가 국제 보건 회의에 참석하기 위해 방문했던 베네치아로 옮겨 갔다. "그곳에서도 보스포루스처럼 해안 저택에서 해안 저택을 나룻배로 이동하고 배가 집 안으로 들어간다고 들었는데 그런가요?" 파키제 술탄이 물었다. 이때부터 그들은 한동안 아지지예의 속도, 동력, 선실의 편안함에 대해 이야기했다. 삼십 년 전에 전전 파디샤인 압뒬아지즈는(그들이 타고 있는 배에 이름을 붙인) 조카 압뒬하미트와 달리 오스만 제국 함대를 강력하게 만들기 위해 많은 돈을 써서 정부가 빚더미 위에 앉게 된 뒤에도 개인 전용인 이 호화로운 배를 만들게 했다. 배에는 금박을 입히고 마호가니로 장식한 멋진 방이 있었는데 액자와 거울로 뒤덮인 이 방은 파디샤의 전함 '마흐무디예'에도 있었다. 러시아인 선장도 배의 우수함에 대해 언급했다. 정원이 150명인 배는 시속 14마일까지 속력을 냈는데 안타깝게도 파디샤는 몇 년 동안 아지지예를 타고 보스포루스 유람조차 나갈 시간이 없었다. 식탁에 앉은 사람들은 파디샤 압뒬하미트가 암살을 두려워하여 특히 배나 요트를 멀리한다는 사실을 알았지만 조심하며 이 주제를 피했다.

선장이 섬까지 여섯 시간밖에 남지 않았다고 말하자 본코프스키 파샤는 의사 부마에게 민게르섬에 가 본 적이 있는지 물었다.

"그곳에 콜레라나 황열병이나 어떤 전염병이 발생한 적이 없기 때문에 아직 한 번도 못 가 보았습니다!"

"안타깝게도 저 역시 그러합니다. 하지만 한때 호기심으로 조사한 적이 있습니다. 플리니우스는 『박물지』에서 이 섬 특유의 식물군, 나무, 꽃, 우뚝 서 있는 화산, 북쪽의 바위투성이 만에 대해 자세하게 이야기하지요. 기후도 아주 다르답니다. 몇 년 전에 큰아버님이신 고매한 파디샤께 제가 전혀 가 보지 못한 이 섬에서 장미를 재배할 가능성에 관한 보고서를 올렸지요!"

"그다음에 어떻게 되었나요, 파샤?" 파키제 술탄이 물었다.

본코프스키 파샤는 깊은 생각에 잠겨 미소를 지었다. 파키제 술탄은 황실 화학자조차 심기증에 걸린 파디샤가 느끼는 두려움과 책망 때문에 한때 혼이 난 게 틀림없다고 결론을 내리며 남편과 이전부터 자주 이야기하던 주제를 꺼냈다. 과연 오스만 제국의 가장 저명한 두 방역의가 크레타섬 근해를 항해하던 파디샤의 전용 여객선에서 한밤중에 만나는 것이 정말 우연일까?

"장담컨대 우연입니다!" 본코프스키 파샤는 말했다. "왜냐하면 섬으로 출발할 때 가장 가까이 있는 배가 아지지예라는 것을 누구도, 키프로스섬 출신인 이즈미르 총독 캬밀 파샤조차 모르고 있었습니다! 물론 저도 함께 중국에 가 그곳 무슬림들에게 방역 규칙과 다른 현대적인 조건과 제한 사항들을 왜 따라야 하는지 설파하고 싶습니다. 방역을 받아들이는 것은 서구화를 받아들이는 것이지요. 이 문제는 동양으로 갈수록 더 힘들어집니다. 하지만 술탄께서는 슬퍼하지 마십시오. 장담컨대 중국에도 베네치아처럼, 게다가 더 크고 긴 수로와 보스포루스가 그렇듯이 집과 저택들 안까지 들어갈 수 있는 우아한 나룻배가 많을 겁니다."

화학자 파샤가 전혀 가 보지 않은 민게르에 대해 그랬던 것처럼 중국에 대해서도 풍부한 지식을 가지고 있는 것을 본 신혼부부는 그에게 더욱더 경탄했다. 그리 오래지 않아 식사가 끝나자 부부는 프랑스와 이탈리아에서 가져온 작은 탁자와 시계, 거울, 전등이 궁전에 있는 방을 연상시키는 선실로 돌아갔다.

"당신, 어딘가 언짢아 보여요." 파키제 술탄이 말했다. "표정이 말해 주거든요."

의사 누리는 본코프스키 파샤가 자주 "나의 파샤, 나의 파샤!"라고 하는 것이 마치 비꼬는 듯 느껴졌다. 술탄과 결혼하자 관습에 따라 압뒬하미트가 곧장 파샤로 만들어 주었지만 누리는 이 칭호를 쓸 필요가 없었기 때문에 지금까지 전혀 사용하지 않았다. 지금, 특히 나이 많고 관직이 높고 존경받는 진짜 파샤들이 "나의 파샤, 나의 파샤!" 하자 이 관직을 받을 자격이 없다는 느낌이 들어 마음이 불편했다. 하지만 본코프스키 파샤가 그런 조롱이나 하는 사람이 아니라는 결론을 내리고는 이 문제를 잊었다.

그들이 결혼한 지 삼십 일이 되었다. 둘 다 오랫동안 적당한 사람과 결혼할 꿈을 꾸었지만 그런 사람을 찾을 거라는 희망을 이미 버린 뒤였다. 압뒬하미트의 직감과 결정으로 둘이 만나고 결혼하기까지 두 달이 걸렸다. 이들이 그토록 행복했다면 그 이유는 사랑을 나누는 행위에서 기대했던 것보다 훨씬 더 큰 희열을 발견했기 때문이었다. 둘은 이스탄불을 떠난 후 대부분의 시간을 선실에 있는 침대에서 보냈고, 이러한 상황을 둘 다 특별하다고 여기지 않았다.

아침 무렵 부부는 신음하는 듯한 배의 소음이 잦아들 때 잠에서 깨어났다. 밖은 여전히 칠흑같이 어두웠다. 아지지예는 민게르의 가장 큰 도시이자 행정 중심지인 아르카즈로 다가가는 동안 섬 북쪽에서 남쪽으로 펼쳐진 높고 뾰족한 언덕들이 있는 엘도스트산을 따라 전진했고, 아랍 등대의 희미한 불빛이 육안으로 보이기 시작하자 항구를 향해 서쪽으로 방향을 틀었다. 하늘에는 커다란 달이 떠 있고 바다가 은빛으로 반짝여 이제 선실에서 아르카즈성 바로 뒤 어둠 속에 유령처럼 솟아오른 지중해 화산들 중 가장 신비롭다고 알려진 베야즈[10]산을 볼 수 있었다.

잠시 후 멋진 아르카즈성의 첨탑들을 발견한 파키제 술탄은 달빛 아래에서 풍경을 더 잘 감상하기 위해 갑판으로 나갔다. 날씨는 습하지만 포근했다. 바다에서 달콤한 요오드와 이끼, 아몬드 향기가 났다. 오스만 제국의 많은 작은 해안 도시처럼 아르카즈에도 큰 부두와 선창이 없어 선장은 배를 후진시켜 성의 근해에서 기다렸다.

기이하고 깊은 정적이 시작되었다. 부부는 맞은편에 보이는 풍요로운 세계의 마법에 전율이 일었다. 신비로운 풍경, 산들, 달빛 아래의 정적은 경이로운 강렬함을 품고 있었다. 달의 은빛 너머에 또 다른 빛의 원천이 있는 듯 그들은 마법에 빠져들어 마치 그것을 찾고 있는 것만 같았다. 신혼부부는 한동안 이 반짝이는 멋진 풍경을 자신들이 행복한 진짜 이유인 양 넋을 놓고 바라보았다. 어둠 속에서 나룻배의 등불이 보이더니 나중에는 사공들이 천천히 노를 젓는 모습이 눈에 들어왔다. 본코프스키 파샤와 조수가 아래 갑판의 계단 앞에 모습을 나타냈다. 그들은 꿈속처럼 멀리 있는 것만 같았다. 총독이 보낸 커다란 검은 나룻배가 아지지예로 다가왔다. 룸어, 민게르어 말소리와 발소리가 들렸다. 나룻배는 본코프스키 파샤와 조수를 태우고 다시 어둠 속으로 사라졌다.

신혼부부는 선장실과 갑판에 있는 몇몇 승객들처럼 낭만적인 여행 작가들을 흥분시키고 동화에서 나올 법한 민게르섬의 멋진 산들과 아르카즈성을 한참 동안 바라보았다. 만약 성의 남서쪽 총안 흉벽 한 곳의 창문을 조금 주의 깊게 보았더라면 그곳에서 타오르고 있는 등불을 알아챘을 것이다. 커다란 성의 석조 구조물 일부

10 '흰색'이라는 의미.

는 십자군 이후 베네치아, 비잔틴, 아랍, 오스만 제국 통치 시기에 수백 년 동안 감옥으로 사용되었다. 이 구역의 중요한 인물 중 한 명인 경비 요원, 현대적인 단어로 '간수'인 바이람 에펜디[11]가 지금 등불이 켜진 방의 두 층 아래 빈 감방에서 죽어 가고 있었다.

11 이름 다음에 사용하는 경칭으로 선생, 씨, 님에 해당한다.

3장

바이람 에펜디는 닷새 전 병의 첫 징후를 느꼈을 때 심각하게 여기지 않았다. 열이 나고, 심장이 빨리 뛰고, 오한을 느꼈다. 아마도 그날 아침에 바람이 부는 성의 총안 흉벽과 마당을 너무 많이 걸어서 감기에 걸린 모양이라고 생각했다. 다음 날 오후에 열과 함께 피로를 느끼고 식욕이 떨어지더니 돌이 깔린 마당을 걷다 갑자기 바닥에 주저앉아 하늘을 바라보는데 죽을지도 모른다는 생각이 들었다. 누군가가 머리에 못을 박고 있는 것만 같았다.

이십오 년 동안 바이람 에펜디는 민게르섬의 유명한 아르카즈 성 감옥에서 간수로 일했다. 그는 쇠사슬에 묶인 채 감방에서 잊힌 오래된 수감자들, 쇠사슬을 차고 줄지어 마당을 거니는 죄수들, 십오 년 전 압뒬하미트가 보낸 정치범들을 보아 왔다. 감옥의 낡고 원시적인 상황을 알았기 때문에(사실 여전히 그러하다.) 현대화하려는 노력, 감옥을 교도소로, 더 나아가 감화원으로 바꾸는 노력을 선의로 믿었고 지지했다. 이스탄불에서 돈이 오지 않아 오랫동안 봉급을 받지 못할 때도 매일 저녁 점호 시간에 감옥에 있지 않으면 마음이 편하지 않았다.

그다음 날 감옥의 좁은 통로들 중 한 곳을 걷고 있을 때 다시 끔찍한 피로가 엄습해 그는 집으로 돌아가지 않았다. 이번에는 심장이 아주 격렬하게 뛰었다. 빈 감방으로 들어가 가장자리에 있는 짚 위에 누워 고통으로 몸부림치기 시작했다. 오한과 견딜 수 없는 두통이 시작되었다. 머리 앞부분인 이마 쪽의 통증이었다. 고함을 지르고 싶었지만 소리를 내지 않으면 이 이상한 고통이 사라질 거라고 믿어 이를 악물었다. 압착기와 죔쇠가 머리를 조이는 것만 같았다.

간수는 그날 밤 성에 남았다. 마차로 십 분 거리지만 보초, 작은 폭동, 혹은 싸움 때문에 종종 집에 돌아가지 않았던 터라 아내와 딸 제이넵은 그에 대해 걱정하지 않았다. 요즘은 딸의 결혼을 위한 협의와 준비 때문에 매일 밤 집에서 다툼과 짜증 나는 일들이 벌어지고, 결국 아내나 딸이 우는 것으로 끝이 나곤 했다.

아침에 잠을 깬 감방에서 바이람 에펜디는 몸을 살피다가 사타구니 근처 서혜부 바로 위 왼쪽에서 새끼손가락만 한 흰색 농포를 보았다. 가래톳 형태였다. 두꺼운 검지로 누르면 고름이 든 것처럼 아팠고, 손가락을 떼면 다시 괜찮아졌다. 가래톳은 만지지 않으면 아프지 않았다. 하지만 바이람 에펜디는 이상하게 죄책감이 들었다. 이 가래톳이 피로감과 오한, 헛소리와 관련이 있다는 것을 냉정한 마음으로 생각할 수 있었다.

그가 무엇을 해야 했던가? 이러한 상황에서 기독교인, 관리, 군인, 파샤는 의사에게, 병원이 있다면 병원에 갔을 것이다. 때로 감방에서 유행성 설사나 열병이 발생하면 그 감방에 격리 조치가 내려졌다. 격리에 문제가 생길 경우 이 상황을 불평하는 방장 때문에 많은 죄수에게 벌을 내렸다. 성에서 보낸 이십오 년 동안 바이람 에펜디는 바다로 통하는 이 옛 베네치아 시대 건물과 마당이 단지 지하 감옥이나 교도소가 아니라 세관과 격리소로 사용되는 것을 보았기 때문에 이 문제에 대해 문외한은 아니었다. 하지만 이제 어떠한 격리 조치도 그를 지켜 주지 못한다는 것을 알고 있었다. 자신이 이상한 힘의 손아귀에 붙들렸다는 것을 알았다. 그는 두려움에 떨며 헛소리를 하면서 한참 동안 잤다. 이후 다시 통증이 파도처럼 밀려왔고, 슬프지만 그 힘이 자신보다 훨씬 세다는 것을 인정했다.

다음 날 잠시 정신이 들었다. 그는 쾨르 메흐메트 파샤 사원으로 가 많은 사람과 정오 예배를 함께했다. 알고 지내던 두 관리와 서로 안으며 인사를 나누었다. 온 힘을 다해 설교를 들었지만 내용은 잘 이해하지 못했다. 머리가 어지럽고 매스꺼웠으며, 몸을 가누기가 힘들었다. 설교자는 병에 대해 전혀 언급하지 않고 모든 것이 신으로부터 온다는 말만 계속해서 되풀이하고 있었다. 바이람 에펜디는 사람들이 흩어질 때 카펫과 러그 위에 누워 잠시 쉬고 싶었다. 그런데 갑자기 자신이 정신을 잃고 쓰러지고 있다는 것을 느꼈다. 사람들이 깨우러 왔을 때 그는 있는 힘을 다하여 그들에게 아프다는 사실을 감추었다.(어쩌면 눈치챘을지도 모른다.)

이제 그는 죽어 가고 있다는 것을 인지했고, 부당하다고 생각했다. 왜 자신이 선택되었는지 묻고 싶었다. 그리고 울었다. 사원에서 나와 기도문과 부적을 써 주는 셰이크[12]를 찾아 게르메 마을로 갔다. 이 셰이크는 페스트와 죽음에 관련된 주제를 모두와 터놓고 이야기를 나눈다고 했다. 하지만 이름이 기억나지 않는 그 뚱뚱한 남자는 그곳에 없었다. 그 대신에 페스를 삐뚤게 쓰고 웃는 얼굴을 한 젊은이가 바이람 에펜디와 역시 그처럼 정오 예배를 마치고 온 또 다른 두 명에게 부적과 기도문을 쓰고 입김을 불어 넣은 종이를

12 이슬람교 특정 교파의 교주.

주었다. 바이람 에펜디는 종이에 쓰인 기도문을 읽으려고 했지만 보이지 않았다. 이 때문에 한동안 죄책감을 느꼈다. 그 죽음이 자기 잘못임을 깨닫고 겁이 났다.

셰이크가 왔을 때 바이람 에펜디는 조금 전 정오 예배에서 그를 보았던 것을 떠올렸다. 셰이크는 뚱뚱했고 아주 긴 백발에 흰 수염이 있었다. 그는 바이람 에펜디에게 달콤하게 미소 지은 후 기도 종이를 어떻게 읽어야 하는지 설명하기 시작했다. 밤에 어둠 속에서 페스트 정령이 나타나면 신의 이름인 레젭, 묵테디크, 바키를 서른세 번씩 외라고 했다. 입김을 불어 넣은 기도문과 부적을 정령을 향해 쥐고 열아홉 번 읽으면 재앙을 피할 수 있다고 했다. 그는 바이람 에펜디가 병으로 기진맥진한 것을 보고는 약간 거리를 두었다. 간수는 이를 놓치지 않았다. 신의 다른 이름들을 열거할 시간이 없을 때는 부적을 목에 걸고 오른손 검지로 바로 이렇게 만지면 더 좋은 결과를 얻을 거라고도 했다. 페스트 농포가 몸의 왼쪽에 있으면 오른손, 오른쪽에 있으면 왼손 검지를 사용해야 한다고 했다. 말을 더듬기 시작하면 부적을 두 손으로 잡아야 한다고 했다. 하지만 바이람 에펜디는 이 모든 규칙을 완전히 이해하지 못하고 근처에 있는 집으로 갔다.

예쁜 딸 제이넵은 집에 없었다. 아내는 그가 얼마나 아픈지 보고는 울기 시작했다. 장에서 요를 꺼내 바닥에 깔았다. 바이람 에펜디는 그 위에 누워 덜덜 떨었고, 무슨 말을 하고 싶어 했으나 바싹 마른 입에서는 한 마디도 나오지 않았다. 그의 머릿속에 폭풍이 일었다. 누군가 쫓아오는 것 같았고 두려운 듯, 신경질이 난 듯 발작적인 움직임을 보였다. 아내 에미네는 이상한 행동들을 보고 더 많이 울었고, 바이람 에펜디는 우는 아내를 보고 자신이 곧 죽으리라는 것을 알았다.

저녁 무렵 딸 제이넵이 집에 돌아왔을 때 바이람 에펜디는 잠시 정신이 드는 듯했다. 목에 걸린 부적이 그를 보호할 거라고 말했고, 헛소리를 하며 다시 잠들었다. 이상한 꿈과 악몽이 이어졌다. 사나운 바다에서 파도와 함께 몸이 오르내렸다! 날아다니는 사자들, 말하는 물고기들, 불길 속에서 달리는 개들이 있었다! 그러다 불길이 쥐들에게 번지고, 불타는 악마들이 장미들을 이로 물어 갈가리 찢었다. 우물의 도르래, 물레방아, 열린 문이 쉬지 않고 돌고 세상이 수축했다. 마치 태양에서 얼굴로 땀이 떨어지는 것 같았다. 속이 답답하고 뛰어 도망치고 싶었다. 머리 회전이 빨라졌다가 멈추었다 했다. 더 끔찍한 것은 두 주 전에 감옥, 성, 그리고 민게르 전체를 끙끙 앓게 만들고, 부엌을 공격하고, 짚과 옷감과 목재들을 삼켜 버린 쥐 떼가 지금 감옥 통로에서 그를 쫓고 있었다. 바이람 에펜디는 쥐를 향해 기도를 잘못 읊을까 봐 두려워 도망치려 했다. 삶의 마지막 몇 시간을 꿈에 나타난 것들을 향해 자기 말이 들리도록 온 힘을 다해 소리를 질렀지만 소리는 거의 입 밖으로 나오지 않았다. 지금 제이넵이 맞은편에 무릎을 꿇고 앉아 흐느낌을 애써 억누르며 그를 바라보고 있었다.

이후 많은 페스트 희생자가 그랬듯이 별안간 제정신이 들었다. 아내가 맛있는 냄새가 나는 따스한 수프 한 그릇을 손에 들려 주었다. 민게르 마을들에서 많이 요리하는 빨간 고춧가루가 들어간 타르하나 수프[13]였다.(바이람 에펜디는 평생 딱 한 번 섬 밖으로 나간 적이 있었다.) 그는 수프를 한 모금 한 모금 홀짝이며 영약처럼 먹고 뚱뚱한 셰이크가 추천한 기도들을 암송하자 기분이 좋아졌다.

오늘 저녁에는 감옥에서 점호를 할 때 실수하고 싶지 않았다.

13 토마토, 고추, 양파, 허브, 우유 혹은 요구르트, 살짝 익혀 빻은 밀을 넣고 발효한 후 말려서 빻아 만든 수프.

금방 다녀올 참이었다. 혼잣말을 하듯 이 말을 뇌면서 아내와 딸에게 작별 인사도 없이 마치 정원에 있는 화장실에 가듯 마지막으로 집을 나섰다. 아내와 딸은 그가 회복되었다고 믿지 않았기 때문에 그가 나간 후 울었다.

바이람 에펜디는 저녁 예배 시간에 먼저 해안으로 내려갔다. 스플렌디드 호텔과 마제스틱 호텔 앞에 마차, 수위, 모자를 쓴 신사들이 기다리고 있었다. 이즈미르, 하니아, 이스탄불로 운항하는 선박 회사 사무실을 지나 세관 건물 뒤를 돌아갔다. 하미디예 다리에 도착하자 체력이 바닥났다. 문득 바닥에 쓰러져 죽을지 모른다는 생각이 들었다. 하루 중 가장 다채롭고 붐비는 시간에 야자나무와 플라타너스, 햇살이 내리쬐는 거리, 상냥한 눈길로 바라보는 사람들 사이에서 사실 삶은 아름답다고 생각했다. 다리 아래는 천국에서나 볼 법한 초록색을 띠고 흐르는 아르카즈 천, 뒤에는 지붕 있는 옛 시장과 다리, 맞은편에는 평생을 일한 성이 있었다. 한동안 조용히 울었다. 하지만 지쳐서 울음을 그쳤다. 태양의 오렌지빛이 성을 실제보다 더 분홍색으로 보이게 만들었다.

마지막 힘을 짜내어 전신국 앞의 먼지 많은 거리를 따라 야자나무와 플라타너스 아래를 지나 다시 해안으로 돌아왔다. 그는 베네치아 시기 건물들 앞 옛 도시의 구불거리는 거리를 지나 성으로 들어갔다. 나중에 목격자들은 그날 밤 간수가 점호를 위해 제2 감방으로 갔으며, 간수 휴게실에서 보리수 차를 한잔 마시는 것을 보았다고 말했다.

날이 어두워진 후 그를 다시 본 사람은 없었다. 아지지예가 항구로 들어올 때쯤 젊은 간수가 아래 감방에서 들려오는 비명과 울음소리를 들었지만 이어지는 깊은 정적 속에서 그 사실을 잊어버렸다.

4장

아지지예는 압뒬하미트의 황실 화학자 본코프스키 파샤와 조수를 민게르섬에 내려놓자 알렉산드리아를 향해 전속력을 다해 나아갔다. 배에 타고 있는 오스만 제국 사절단의 임무는 중국에 사는 성난 무슬림들에게 조언을 하고, 그 지역에서 일고 있는 반서방 시민 반란에 동참하지 않도록 막는 것이었다.

1894년 일본이 중국을 공격했고, 서구화한 일본 군대는 전통 방식에 매인 중국 군대에 단기간에 놀랄 만한 패배를 안겨 주었다. 일본의 승리와 요구 앞에서 속수무책에 빠진 중국 여제는 이십여 년 전 더 현대적인 러시아 군대에 맞서 비슷한 패배를 맛본 오스만 제국 황제 압뒬하미트 2세가 그랬던 것처럼 서양 열강에 도움을 요청했다. 영국, 프랑스, 독일은 일본에 맞서 중국을 보호했다. 하지만 이번에 열강들은 무역과 법 분야에서 엄청난 특권을 얻어 중국을 식민지로 분할하기 시작했고(프랑스는 중국 남부, 영국은 홍콩과 티베트, 독일은 북부.) 정치적, 정신적 영향력 강화를 위해 선교사들을 파견했다.

이러한 상황은 가난한 중국 신민, 특히 보수적이고 신실한 사람들의 반란을 불러왔다. 집권하고 있는 만주인과 '외국인', 특히 기독교인과 유럽인에 맞서 반란이 시작되었다. 서양인 소유의 사업장, 은행, 우체국, 클럽, 식당, 상점, 교회를 불태웠다. 선교사들과 기독교로 개종한 중국인들이 길거리에서 하나둘 죽기 시작했다. 빠르게 확산하는 민란의 배후에는 서양인들이 '복서'[14]라고 일컬은 전통 주술과 검술 의식의 신비에서 힘을 얻는 종파가 있었다. 보수주의와 관용적 자유주의로 나뉜 중국 정부는 반란군을 진압할 수 없었고, 엎친 데 덮친 격으로 군대가 서서히 반란군 편에 동참했다. 그리하여 1900년 중국군이 베이징에 있던 해외 공관들을 포위하는 한편 분노에 찬 신민들은 거리에서 기독교인을 공격하고 외국인을 죽였다. 서양 열강이 연합군을 조직하여 공격하기 전에 특히 전투적인 입장을 취하던 독일 공사 폰 케틀러가 거리에서 벌어진 전투에서 사망했다.

독일 제국의 카이저 빌헬름 2세는 격한 반응을 보이며 베이징의 반란군을 진압하기 위해 중국에 새로운 독일군을 파병했다. 브레머하펜에서 중국으로 향하는 군인들을 배웅할 때 "훈 제국의 왕 아틸라"처럼 "무자비해야" 하며 절대 포로로 잡지 말라고 명령했다. 서양 신문들은 반란군 복서와 그들에게 동참한 무슬림들의 잔인함, 야만성, 그들이 저지른 살인을 보여 주는 기사로 가득했다.

같은 시기 빌헬름 2세는 이스탄불에 전보를 보내 압뒬하미트에게 도움을 요청했다. 베이징에서 독일 공사를 죽인 중국 간쑤 지방 군인들이 무슬림이었기 때문이다. 빌헬름 2세에 의하면 세계 모든 무슬림의 칼리프[15]인 오스만 제국 황제 압뒬하미트는 기독교인을 맹목적으로 공격한 이 흉포한 무슬림 군인들을 진정시키기 위해

14 중국 청나라 때 외세 배척을 위해 조직한 비밀 결사인 '의화단'을 말한다.

15 '예언자 무함마드의 계승자'라는 의미. 절대자, 최고 권력자를 뜻하며 세속적, 종교적 수장을 가리키는 존칭이다.

무엇인가를 해야 하며, 일례로 반란을 진압할 서양 군대에 파병을 해야 한다고 했다.

압뒬하미트는 러시아 군대에 맞서 그를 보호해 준 영국, 중국에서 영국의 동맹국이 된 프랑스, 이스탄불을 방문해 자신을 만나고 항상 우호적으로 대한 빌헬름과 독일의 요청은 쉽사리 거절할 수 없었다. 이들이 합의하면 그 거대한 힘이 러시아 황제 니콜라가 "유럽의 병자"라고 부른 오스만 제국을 단번에 집어삼키고는 영토를 나누어 가질 것이고, 이 땅에 각각 다른 언어를 사용하는 많은 작은 국가를 건설하리라는 것을 파디샤는 잘 알고 있었다.

압뒬하미트는 '대국'이라고 일컬어지는 서양 열강에 맞선 무슬림의 반란 과정을 착잡한 마음으로 주시하고 있었다. 그는 보고서를 통해 정보를 얻었고, 특히 중국의 수많은 무슬림 반란과 인도에서 미르자 굴람 아흐마드[16]를 따르는 무슬림이 영국인에게 맞서 일으킨 반란에 관심이 있었다. 소말리아에서 일어난 '미친' 물라의 반란, 아프리카와 아시아에서 서양에 맞선 이슬람 주도의 다른 반란들도 동조 어린 마음으로 바라보았다. 파디샤는 서양과 기독교에 맞선 이 반란들 일부를 추적하도록 특별 무관을 파견했고, 몇몇 반란자들을 그 정부와 관료들조차 눈치채지 못하게(사방이 첩자로 가득했다.) 암암리에 지원하려고 애썼다. 발칸 지역과 지중해 섬들에 있는 정교회 교도들을 빠르게 잃으면서 와해되고 있는 오스만 제국 치하의 나라들에서 파디샤 압뒬하미트의 무슬림 정체성이 부각된다면(어차피 이는 실제 상황이었다.) 세상의 다양한 무슬림 집단과 국가들을 서양에 맞서 자기 쪽으로 끌어들일 수 있으며, 최소한 열강을 위협할 거라고도 믿었다. 다시 말해 파디샤 압뒬하미트는

16 이슬람의 이단 종파 중 하나인 아흐마디야 교단의 창립자(1835~1908).

오늘날 우리가 말하는 '정치적 이슬람'을 스스로 창안하고 있었다.

하지만 오페라와 추리 소설을 좋아하는 파디샤 압뒬하미트는 진정성 있고 일관된 성전주의자나 이슬람주의자는 아니었다. 이집트에서 발생한 아라비 파샤의 반서방 반란은 사실 영국인만큼이나 모든 외국인, 그러니까 오스만 제국에도 반대하는 민족주의 반란이라는 것을 애초부터 알았고, 그 이슬람주의 파샤를 증오했으며, 내심 영국인이 그를 짓밟기를 갈망했다. 수단에서 영국인들을 힘들게 하고 무슬림 사이에서 고든 파샤로 매우 사랑받던 찰스 고든의 죽음으로 끝이 난 마흐디 운동에 대해 말하자면 압뒬하미트는 얼마간 이스탄불에 있는 영국 대사의 압력을 받아 '폭도들의 반란'으로 간주하며 영국 편에 섰다.

한때 압뒬하미트는 서양 열강의 분노를 사지 않고 세상 모든 무슬림의 칼리프이며 지도자라는 것을 세계에 보여 줘야 한다는 서로 모순되는 이 같은 바람에 해가 되지 않는 해결책을 찾았다. 무슬림 반란자에 맞서 전쟁을 하고 무슬림을 죽일 어떤 오스만 군대도 파견하지 않을 것이다. 하지만 이슬람 칼리프로서 사절단을 파견하여 중국인 무슬림에게 "서양과 전쟁을 벌이지 마시오!"라고 말할 것이다.

압뒬하미트는 지금 선실에서 도무지 잠을 이루지 못하는 사절단장을 직접 선발하고, 이 노련한 준장과 함께 역시 개인적으로 알고 실력을 인정했던 이슬람 역사학자와 통찰력 있는 저명한 이슬람 성법학자인 흰 턱수염과 검은 턱수염의 두 호자[17]를 투입했다. 그들은 아지지예의 중앙에 있는 커다란 선실에서 벽에 걸린 대형 오스만 제국 지도 앞에 앉아 중국 무슬림들을 설득할 방법을 논의

17 이슬람 학교의 교사나 성직자를 의미하며 지금은 일반적으로 지식이 넓은 사람을 높여 부르는 말이다.

하며 하루를 보냈다. 역사학자인 호자는 실제 임무가 중국인 무슬림들을 진정시키는 것이 아니라 그들에게 이슬람과 그의 칼리프인 압뒬하미트의 힘을 가르쳐 주는 것이라고 말했다. 더 신중한 흰 턱수염의 이슬람 성법학자는 성전은 오로지 그 나라에 있는 왕이나 파디샤의 동참이 있어야 '성전'이 되는데 중국 여제는 반란자에 대한 지원을 어차피 포기했다고 말했다. 사절단의 다른 일원인 통역관과 군인들도 이따금 그들의 논쟁에 동참했다.

한밤중에 아지지예가 달빛 아래 알렉산드리아 방향으로 전진하고 있을 때 의사 부마 누리는 중앙 선실에 불이 켜진 것을 보고 아내를 큰 선실로 데려가 벽에 걸려 있는 지도를 살펴보았다. 파키제 술탄의 할아버지의 할아버지의 할아버지가 600년 전에 세운 오스만 제국의 최신 지도였다. 압뒬하미트는 서른네 살에 왕좌에 앉고 사 년이 지난 1880년 가을 베를린 회의의 여파로 오스만 제국이 러시아에 빼앗긴 영토 일부를 영국의 도움을 받아 되찾았을 때 이 지도를 제작했다. 오스만 제국은 압뒬하미트가 왕좌에 앉자마자 발발한 전쟁에서 많은 영토를(세르비아, 테살리아, 몬테네그로, 루마니아, 불가리아, 카르스, 아르다한) 잃었다. 이 엄청난 상실 이후 압뒬하미트는 더 이상 오스만 제국 영토를 잃지 않을 것이며, 이번이 마지막이라고 진심으로 믿으며 낙관적으로 제작한 지도를 기차와 마차, 낙타, 배에 실어 제국의 가장 외진 지역, 수비대, 총독 집무실, 외국 영사관 들에 배포했다. 고문 사절단 대표들은 다마스쿠스에서 이오안니나까지, 모술에서 테살로니키까지, 이스탄불에서 헤자즈까지 제국의 많은 지역에서 이 지도를 여러 번 보았고, 매번 제국에 속한 지역의 방대함에 경탄하며 존경을 표했다. 하지만 안타깝게도 지도는 계속 점점 더 빠른 속도로 축소되고 있는 영토를 다시 한번 일깨웠다.

이즈음 파키제 술탄이 이 지도와 관련하여 이을드즈 궁전에서 들은 이야기를 남편과 나누었을 뿐 아니라 언니에게 편지로 상기시켰다는 것을 여기에 적는다. 이 이야기에 따르면 큰아들 셀림 왕자를 매우 사랑했던 압뒬하미트는 아들의 방에 갑자기 들어갔을 때 열 살인지 열한 살 된 왕자가 자신이 제작한 것보다 조금 작은 지도를 보고 있는 모습을 발견하고 무척 기뻐했다. 가까이 다가가자 아이들이 색칠한 그림책처럼 어떤 나라들이 검은색으로 칠해진 것이 보였다. 더 주의 깊게 살펴보니 아들이 지도에 검은색으로 칠한 나라들은 그가 왕좌에 있는 동안 잃었거나 오스만 국기가 있더라도 전쟁을 하지 않고 적에게 양도한(하지만 지도에서는 오스만 영토로 보이는) 나라들이었다. 이를 알아차린 압뒬하미트는 오스만 제국이 축소되며 사라지는 데 대한 책임을 아버지에게 돌리는 이 배은망덕한 아들을 단박에 증오하게 되었다. 숙부를 그에 못지않게 증오하던 파키제 술탄은 압뒬하미트가 눈독을 들인 후궁이 셀림 에펜디와 사랑에 빠지자 십 년 후 아들에 대한 아버지의 증오가 더욱 커졌다고 적었다.

어린 시절 파키제 술탄은 아버지 무라트 5세가 폐위된 직후 시작된 이 재앙과 거대한 영토 상실에 대해 언급하는 것을 자주 들었다. 푸른색과 초록색 유니폼을 입은 러시아군이 압뒬하미트의 궁전에서 네 시간 떨어진 산스테파노까지 근접했던 시기에 이스탄불의 광장, 정원, 불타 버린 땅은 러시아군으로부터 도망치느라 한순간에 모든 것을 잃어버린 흰 피부에 초록색 눈동자를 한 발칸 무슬림을 위한 천막들로 가득했고, 열네 달이 지나자 오스만 제국은 발칸 지역에서 400년 동안 차지했던 영토 대부분을 잃었다.

신혼부부는 어린 시절에 들은 다른 재앙들에 대해 서로 담담하게 이야기했다. 조금 전 뒤로했던 민게르섬 동쪽에 있는 키프로스는 향기로운 오렌지밭, 수풀이 우거진 올리브밭, 그리고 구리 광산과 함께 1878년 베를린 회의가 끝나기도 전에 영국 치하로 넘어갔다. 지도에서 보이는 것과 달리 이집트도 이미 오래전에 오스만 영토가 아니었다. 영국은 아라비 파샤의 반서방 반란 시기에 알렉산드리아에 사는 기독교인들을 위협했다는 핑계를 대며 전함으로 도시의 마을을 포격한 후 1882년 지도에서 여전히 오스만 제국령이던 이집트를 점령했다.(영리한 압뒬하미트는 신경증이 편집증에 가까워졌을 시기 이집트를 장악할 핑계가 필요했던 영국인들이 이 이슬람주의 반란을 일으켰다고 의심하곤 했다.) 프랑스는 이미 1881년에 튀니지를 지배하고 있었다. 러시아 황제가 사십칠 년 전에 말했듯이 열강들에게는 오스만 제국이 지배하는 '병자'의 유산을 나누어 먹기 위해 자기들끼리 조약을 맺는 일만 남아 있었다.

압뒬하미트가 제작한 오래전 지도 앞에 종일 앉아 있던 고문 사절단을 가장 불안하게 한 것은 사실상 지도에 전혀 보이지 않는 무엇이었다. 오스만 제국과 계속해서 분란을 일으키는 민족주의-분리주의 기독교도와 오스만 제국민들의 반란을 지원하는 서양 국가들은 군사 방면만이 아니라 경제, 행정, 인구 면에서 오스만 제국보다 훨씬 더 강력했다. 1901년 이 거대한 지형 범위에 있는 오스만 제국의 총인구는 1900만 명이었다. 그중 500만 명은 무슬림이 아니었고, 더 많은 세금을 내는데도 열등한 취급을 받았기 때문에 '정의', '평등', '개혁'을 요구하면서 서양 국가들로부터 보호를 기대하고 있었다. 오스만 제국과 계속해서 전쟁을 벌이던 러시아 인구는 7000만 명, 오스만 제국과 우호 관계를 맺고 있던 독일 인구는 5500만 명에 가까웠다. 대영제국을 위시하여 유럽 국가들의 경제 생산은 오스만 제국의 빈약한 생산력보다 스물다섯 배나 앞섰다. 게다가 제국의 행정적, 군사적 부담을 짊어진 무슬림들은 지방에서 부상하는 룸과 아르메니아 상인 계급에 비해 갈수록 약해지고 있었다. 이 외딴 지방의 통치자들은 부상하는 비무슬림 신흥 부르주아 계층인 룸과 아르메니아인들의 자유주의 요구에 부응하지 못했다. 오스만 제국의 총독 파샤들은 자신들 땅을 스스로 관리하고 무슬림만큼 조세를 내고 싶어 하는 기독교인들의 반란에 맞서 불태우고 파괴하고 죽이고 고문하고 유배하는 것 이외에 다른 반응을 보이지 않았다.

"또 그 사악한 정령이 당신 안에 들어왔군요!" 방으로 돌아왔을 때 파키제 술탄이 물었다. "무슨 생각을 하는 거죠?"

"우리가 잠시나마 모든 것을 뒤로하고 중국에 가는 것이 정말 좋습니다!" 부마 누리가 말했다.

하지만 아내는 남편의 얼굴에서 그가 민게르의 전염병과 본코프스키 파샤를 생각하고 있다는 것을 알았다.

5장

본코프스키 파샤와 의사 조수 일리아스를 태운 적송 나무로 만든 뾰족한 코를 한 민게르 나룻배가 해안에 접근하더니 높은 성벽과 바위 절벽을 따라 나아갔다. 노가 삐걱거리는 소리와 700여 년 된 성을 지탱하는 거대한 바위에 가볍게 철썩거리며 부딪치는 파도 소리 이외에 다른 소리는 들리지 않았다. 다만 몇몇 창문에서 불빛이 비쳤지만 마법적인 달빛 아래 민게르주의 가장 큰 도시이자 중심인 아르카즈는 하얗고 분홍빛이 도는 신기루처럼 보였다. 본코프스키 파샤는 실증주의자로서 미신을 믿지 않았지만 이 광경에서 무언가 불운한 느낌을 받았다. 오래전에 파디샤 압뒬하미트로부터 이 섬에서 장미를 키울 수 있는 특별 허가를 받았음에도 이번이 첫 번째 방문이었다. 그는 늘 첫 방문이 즐겁고 기분 좋은 의례적인 행사가 될 거라고 상상했다. 도둑처럼 한밤중에 어둠 속에서 몰래 항구로 들어갈 거라고는 전혀 생각하지 못했다.

나룻배가 작은 만으로 들어가자 사공이 속도를 줄였다. 해안에서 보리수와 마른 이끼 냄새가 섞인 습한 바람이 불어왔다. 배는 여객선이 주로 닻을 내리는 세관이 있는 부두가 아니라 섬이 아랍 점령하에 있던 당시의 유물인 아랍 등대로 방향을 돌려 옛 어부 부두를 향했다. 더 어둡고, 더 외진 곳이었다. 파디샤의 명령으로 황실 화학자와 조수의 비밀 방문을 준비한 총독 사미 파샤는 단지 외졌기 때문이 아니라 주 청사에서 멀다는 이유로 이 부두를 택했다.

본코프스키 파샤와 일리아스는 그들을 맞이한 검은 재킷을 입은 두 사무관에게 먼저 가방과 다른 휴대품들을 건넨 후 선창에서 내민 팔을 잡고 부두로 올랐다. 선창에서 총독이 보낸 마차에 아무에게도 들키지 않고 올라탔다. 사미 파샤는 이 비밀 손님들에게 의식이나 시민들과 거리를 두고 싶을 때 사용하는 특별 철갑 마차를 보냈다. 뚱뚱하고 신경증이 있던 전임 총독 파샤는 섬을 오스만 제국으로부터 분리시키고자 했던 그리스 낭만주의 무정부주의자들이 보낸 협박 편지와 폭탄 투하 계획을 심각하게 받아들인 나머지 아르카즈의 가장 유명한 대장장이 '대머리' 쿠드레트에게 철갑 마차 제작을 의뢰하고 그 비용을 항상 지출이 수입을 감당하지 못하던 주 예산으로 지불했다.

마부 제케리야가 모는 철갑 랜도[18] 마차가 선창을 따라 등불이 켜지지 않은 호텔과 세관 건물을 지나 섬에서 가장 유명한 비탈길인 이스탄불 대로 앞에서 왼쪽으로 방향을 틀어 좁은 골목길로 들어갔다. 황실 화학자 파샤와 의사 조수는 마차 창문을 통해 인동덩굴꽃과 소나무 향기를 맡았다. 달빛 아래 이끼 낀 옛 돌담들, 목재 문들, 창문 닫힌 분홍빛 벽돌로 지은 집들을 보았다. 마차가 구불구불 비탈길을 올라 하미디예 광장에 도착하자 파디샤의 왕위 등극 이십오 년째 해에, 그러니까 지난 8월의 마지막 날에 안타깝게도 맞추지 못한, 솟아 있지만 완공되지 못한 시계탑이 눈에 들어왔다. 그들은 룸 중학교와 옛 전신국인 우체국 앞에 켜진 등불과 페스트

18 지붕을 덮는 포장이 앞뒤로 나뉘어 접히게 되어 있는 사륜마차.

에 대한 소문 이후 사미 파샤가 사방에 세워 둔 보초들을 보았다.

"총독 파샤는 특이한 사람이야." 객실에 둘만 남게 되었을 때 본코프스키 파샤는 조수에게 말했다. "하지만 도시가 이렇게 번화하고 조용하고 평온할 거라고는 기대하지 않았어. 어둠 속이었지만 우리가 잘못 보지 않았다면 이건 모두 그의 성과야."

이스탄불 출신인 룸 의사 일리아스는 구 년 동안 파디샤의 황실 화학자를 '보조'하고 있었다. 함께 제국 여기저기로 전염병을 종식시키러 갔고, 수비대에서 밤을 보냈다. 오 년 전 배에 실은 분무약으로 트라브존 전체를 소독해 그곳을 콜레라에서 구했다. 한번은 1894년 이즈미트와 부르사에 퍼진 콜레라를 종식시키기 위해 거의 모든 마을을 돌아다니며 군인 막사에서 머물렀다. 본코프스키 파샤는 우연히 이스탄불에서 보내온 이 조수를 믿었고, 그에게 마음속 생각을 스스럼없이 말하는 데 익숙해졌다. 전염병과 싸우며 도시에서 도시로 항구에서 항구로 뛰어다니는 동안 황실 화학자와 조수는 그들의 지혜 덕분에 제국의 관료 조직과 보건 기구에서 '구세주 학자'로 여겨졌다.

"지금으로부터 이십 년 전 폐하께서 사미 파샤가 군수로 있는 데데아아츠에 창궐한 콜레라 유행을 차단하기 위해 나를 임명하셨지. 나와 내가 이스탄불에서 데리고 간 젊은 의사들에게 콧방귀를 뀌며 일을 지연시켜 더 많은 인명 피해를 낳게 만든 그는 내가 그 사실을 파디샤에게 올리는 보고서에 언급하리라는 것을 알고 있었다네. 이 때문에 그가 지금 우리에게 적대적일 수 있어."

본코프스키 파샤는 이 말을 정부 일을 언급할 때 선호하는, 지금 우리가 쓰는 것과 비슷한 튀르크어로 말했다. 하지만 파리에서 의학을 공부한 룸 의사 일리아스와 역시 파리에서 화학을 공부한 본코프스키 파샤는 가끔 프랑스어로 대화했다. 실상 예순 살의 황실 화학자는 어둠 속에서 들어온 손님 숙소의 객실에 무엇이 있고, 무엇이 그림자이고, 무엇이 서랍장이며, 창문이 어디에 있는지 알아보려 하면서 마치 꿈속에서처럼 프랑스어로 말했다. "불운의 냄새가 나!"

밤에 그들은 쥐가 달그락거리는 듯한 소리 때문에 잠이 깼다. 이즈미르에서 페스트와의 전쟁은 쥐들과의 전쟁이나 매한가지였다. 민게르섬에서 총독의 감독하에 있는 손님 숙소에 쥐덫이 설치되지 않은 것은 놀랄 일이었다. 페스트는 쥐와 쥐에 기생하는 벼룩이 사람을 물어 퍼진다는 정보를 수도에서 모든 주의 방역부에 전보로 몇 번이나 알렸다.

아침에 그들은 지난밤에 달그락거리는 소리를 낸 것이 거의 폐허 상태인 이 목조 저택 지붕에 한밤중에 내려앉았다 떠나는 갈매기들이라는 결론을 내렸다. 총독 사미 파샤는 유명한 황실 화학자와 조수를 아르카즈의 호기심 많은 신문 기자, 뒷말하기 좋아하는 상인, 적의를 가진 영사로부터 숨기기 위해 새 주 청사 건물의 커다란 손님 숙소가 아니라 와크프[19] 관리부장이 하루 만에 준비한 이 방치된 목조 건물에 머물게 하고 하인들을 배치했다.

총독은 아침에 기별도 없이 저택을 방문하여 비밀에 부친 손님들에게 건물의 상태에 대해 사과했다. 본코프스키 파샤는 오랜 세월이 지나 다시 만난 사미 파샤를 문득 신임할 수 있을 거라고 느꼈다. 총독 파샤의 거대하고 위풍당당한 풍채, 아직 세지 않은 턱수염, 두꺼운 눈썹과 코에는 힘과 단단함이 배어 있었다.

하지만 얼마 지나지 않아 페스트 유행이 시작되었을 때 총독 사미 파샤가 세계 모든 곳의 총독이나 군수들과 똑같은 반응을 보이

19 종교적인 목적이나 공공 구제를 위해 토지 혹은 기타 소득이 될 만한 재산을 기증하는 것.

자 황실 화학자와 조수는 크게 실망했다.

"우리 도시에 결단코 전염병은 없소!" 총독 사미 파샤는 말했다. "신이 보호하사, 페스트는 절대 없습니다. 하지만 그럼에도 우리는 당신들을 위해 이 아침 식사를 군 수비대에서 가져오도록 했습니다. 그들은 소독하지 않고는 제빵소에서 방금 나온 빵조차 먹지 않으니까요."

본코프스키 파샤는 올리브, 석류, 호두, 염소젖 치즈, 군용 빵이 담긴 쟁반을 보고 총독에게 미소를 지어 보였다.

"여기 무슬림과 룸들 모두 뒷말하기를 아주 좋아하지요." 페스를 쓴 하인이 화덕에서 내린 커피를 테이블에 있는 잔에 부을 때 사미 파샤가 말했다. "온갖 종류의 거짓 소식을 퍼트리고, 병이 없는데 '병이 있어요.' 하고, 있으면 '없어요.' 하고, 나중에는 '본코프스키 파샤가 말했다.'라며 신문에 싣고, 이즈미르에서 당신에게 그랬던 것처럼 힘든 상황에 처하게 만들 겁니다. 물론 목적은 무슬림과 기독교인 사이에 싸움을 일으켜 이 평온한 섬에 분란을 만들고, 이곳마저 크레타처럼 오스만 제국의 수중에서 빼앗는 것이지요."

이 시점에서 사 년 전 이웃 크레타섬에서 시작된 무슬림-기독교인 분쟁의 결과 국제 권력이 이 분쟁을 끝낸다는 핑계로 섬을 오스만 제국으로부터 떼어 간 것을 말해 두고자 한다.

"민게르 사람들은 분쟁을 일으키는 사람들이 아니기 때문에 이곳에서 전염병 핑계를 대는 것입니다!"라고 총독 파샤는 해명했다.

"이즈미르에 전염병이 돌 때 누구에게도 룸, 정교회 신자, 무슬림, 기독교도라는 말을 하지 않았습니다." 본코프스키 파샤는 여섯 살 아래인 총독에게 말했다. "룸 신문 《아말테이아》도, 오스만 제국 신문 《아헨크》도, 심지어 그리스와 무역을 하는 상인조차 방역 조치들을 진지하게 받아들이며 따랐답니다. 그 같은 선의 덕분에 우리가 성공할 수 있었습니다."

"우리는 메사주리 배로 배달받아 늦기는 해도 이즈미르에서 발행하는 신문과 소식들을 접하고 있습니다. 제가 판단할 입장은 아닙니다만 설명하겠습니다. 정확히는 그렇지 않았답니다. 고귀하신 수석 검사관 파샤, 그리스인과 프랑스인을 위시해 모든 영사가 매일 이즈미르의 방역 조치들을 불평했습니다. 못마땅한 것들을 신문에 기사화하면서 훼방을 놓았지요. 저는 이 같은 불온한 뉴스들이 여기 민게르 신문에 게재되는 것을 허락하지 않습니다."

"아닙니다. 이즈미르 사람들은 방역이 꼭 필요하고 유용하다는 사실을 알자 주 정부와 방역 당국에 적극적으로 협력했지요. 총독인 키프로스 출신의 캬밀 파샤께서 당신께 진심 어린 안부를 전해 달라고 했습니다. 이 방문에 대해 그분도 당연히 알고 계십니다."

"십오 년 전에 키프로스 출신의 캬밀 파샤가 총리대신으로 있을 때 저는 그분 밑에서 기부재산관리처장으로 일했답니다." 총독 사미 파샤는 젊은 시절 뛰어난 실력자였던 것을 애틋하게 떠올리면서 말했다. "캬밀 파샤는 대단히 유능하고, 매우 뛰어나며, 이름처럼[20] 흠잡을 데 없는 분이지요."

"캬밀 파샤는 이즈미르에서 전염병 관련 뉴스를 자유롭게 신도록 했고, 그것은 잘한 일이라고 판단됩니다. 혹시 민게르에서 발간되는 신문들에 전염병 소식이 실리면 더 좋지 않을까요? 사람들이 불안해하고 상점 주인들이 죽음의 공포에 휩싸여야 합니다. 그래야 방역 조치가 시작되었을 때 자발적으로 따르게 되지요."

"저는 이곳에서 오 년 동안 총독직을 맡고 있습니다. 걱정하지 마십시오. 민게르 사람들은 정교회 신자든 가톨릭 신자든 무슬림

20 캬밀은 '완벽한, 흠잡을 데 없는'이라는 뜻이다.

이든 최소한 이즈미르 사람들만큼 문명인들이랍니다. 정부가 무엇을 원하든지 듣고 따릅니다. 다만 아직 공식적으로 페스트가 없는데 공포한다면 불필요한 혼란을 불러올 겁니다."

"신문에 페스트, 전염병, 방역, 사망자 같은 화제에 대해 신도록 하시지요. 그러면 더 잘 경청할 겁니다." 본코프스키 파샤는 인내심을 가지고 말했다. "어차피 신문의 도움 없이는 오스만 제국을 통치하기가 아주 힘듭니다, 주지사 파샤, 아시다시피."

"민게르는 이즈미르가 아닙니다! 여기에는 병이 없어요! 파디샤께서 당신의 방문을 비밀에 부치신 이유가 그 때문입니다. 물론 전염병이 있다면 이즈미르에서처럼 방역 결정을 내리고 병을 차단하도록 명하셨습니다. 전염병 소문을 낸 방역 위원회 일원인 룸 의사들은 그리스 편이고, 악의를 가진 공사들이 폐하의 의심을 사 당신이 민게르 방역단과 만나는 것을 금하셨습니다."

"알고 있습니다, 총독 파샤."

"소문을 낸 사람들은 방역을 담당하는 이 늙은 룸 의사들입니다. 그들은 당장 이스탄불 신문들에 소식을 전했지요. 영사들의 부추김으로 이 섬을 크레타처럼 기정사실화해 우리한테서 떼어내려는 사람이 많습니다, 파샤. 제가 판단할 입장은 아니지만 모두가 우리를 주시하고 있으니 조심하십시오!"

이 말이 일종의 위협일까? 한 명은 무슬림, 한 명은 가톨릭 신자, 나머지 한 명은 정교회 신자인 오스만 제국의 세 관리는 잠시 서로를 말없이 쳐다보았다.

"게다가 민게르 신문에 누가 무엇을 쓸지는 수석 검사관이신 당신이 아니라 총독으로서 내가 결정하는 것이 더 적절합니다!" 사미 파샤는 용기를 내어 말했다. "하지만 당신은 저에게 전혀 영향받지 마시고 보고서에 의학적, 화학적 사실들을 적으십시오. 저녁 때 마리팀사 소속의 '바그다드'가 이즈미르로 출항하기 전에 먼저 표본을 채취하도록 무슬림 두 명, 정교회 신자 한 명, 이렇게 세 명의 환자들을 만나시도록 준비했습니다. 그리고 어젯밤 경험이 풍부하고 충실했던 간수 한 명이 사망했습니다. 우리는 그가 아프다는 것조차 눈치채지 못하고 있었습니다. 허락하신다면 오늘 환자를 방문하실 때 호위병을 붙여 드리겠습니다."

"무엇 때문에 그래야 하지요?"

"여기는 좁은 곳입니다. 아무리 숨기려고 해도 의사처럼 환자 방문을 가시니까 당신이 오셨다는 소문이 날 겁니다. 그렇게 되면 모두들 우울해지고 사기가 저하되겠지요. 아무도 전염병이 돈다는 말을 듣고 싶어 하지 않습니다. 모두들 방역이 가게가 문을 닫고, 의사와 군인이 사람들 집에 들어가고, 교역이 멈춘다는 의미인 것을 압니다. 당신이 저보다 더 잘 아실 겁니다. 무슬림 마을에서 군인들의 지원을 받으며 가정집에 들어가려고 하는 기독교인 의사는 운이 좋지 않습니다. 페스트가 존재한다고 고집하시면 상황이 안 좋아진 상인들은 당신을 중상모략가로 선언하고, 내일이면 페스트를 당신이 가져왔다고 말할 겁니다. 사실 우리 섬은 인구가 많지 않습니다. 하지만 여기에서는 모든 사람이 저마다 관점이 있고, 그것을 표출하기를 주저하지 않지요."

"인구가 정확히 얼마나 되지요?"

"1897년 인구 통계에 따르면 섬 인구가 8만 명이고, 아르카즈 인구는 2만 5000명입니다. 무슬림과 기독교인 비율은 추정컨대 반반입니다. 게다가 최근 삼 년 내에 크레타에서 온 사람들 덕분에 무슬림이 대다수라고 말할 수 있겠지만, 이런 말을 하면 당장에 이의를 제기할 테니 숫자 면에서 고집을 부리지 않겠습니다."

"지금까지 몇 명이 사망했지요?"

“열다섯 명이라고도 하고, 어떤 사람에 따르면 더 많습니다. 방역관이 오면 집과 가게를 폐쇄하고 물건들을 태울 거라는 걱정에 시체를 감추기도 합니다. 또 어떤 사람들은 모든 죽음이 페스트 때문이라고 말하지요. 여름이면 이곳에 설사병이 돕니다. 방역부장인 니코스가 이스탄불에다 콜레라가 발병했다고 즉시 전보를 치려고 하면 제가 저지시키고 기다리게 합니다. 그는 분무기로 시장, 거리 한가운데를 흐르는 하수구, 가난한 마을, 우물을 소독합니다. 그러면 전염병도 사라지지요. 죽은 사람들에 대해 이스탄불에 콜레라라고 보고하면 ‘전염병’이 되어 영사들이 간섭하고 나설 테죠. ‘여름 설사’라고 하면 잊히고 누구도 아무것도 인지하지 못합니다.”

“이즈미르시 인구는 아르카즈의 여덟 배입니다, 파샤. 그런데 사망자 수는 벌써부터 이즈미르보다 여기가 많습니다.”

“이제 그 원인을 당신께서 찾아내셔야 합니다.” 총독 파샤는 비밀스러운 분위기로 말했다.

“여기저기 죽어 있는 쥐들을 보았습니다. 우리는 이즈미르에서 그것들과 싸웠지요.”

“여기 쥐들은 이즈미르 것들과 다릅니다.” 총독 파샤는 알게 모르게 민족주의 자긍심에 휩싸여 말을 이었다. “섬의 들쥐들은 더 흉포합니다. 두 주 전에 배가 고파 도시로, 마을로 내려와 집과 부엌을 공격했지요. 먹을 것을 찾지 못한 곳에서는 침대, 비누, 짚, 양모, 리넨, 러그 등 닥치는 대로, 심지어 목재까지 먹어 치웠답니다. 모든 섬사람이 쥐를 두려워했지요. 그러더니 신이 벌을 내려 죽어 버렸답니다. 하지만 그것들이 이 전염병을 가지고 오지는 않았습니다.”

“그럼 누가 가져왔지요?”

“지금 공식적으로 전염병은 없습니다!”

“파샤, 이즈미르에서도 먼저 쥐 사체들이 나왔습니다. 아시는 바와 같이 이제 페스트가 쥐와 벼룩을 통해 퍼진다는 것이 과학적으로, 의학적으로 증명이 되었습니다. 우리는 이스탄불에서 쥐덫들을 가져왔습니다. 죽은 쥐 열 마리를 가져온 사람에게 1메지디예[21]를 상금으로 주었답니다. 이즈미르 사냥 클럽에 도움을 요청했고, 사람들은 거리에서 쥐를 잡았습니다. 저도 의사 일리아스와 함께했고, 그렇게 해서 전염병을 이겨 냈습니다.”

“사 년 전 런던에서 유행이라며 옛 부자들 중 마브로예니스와 카르카윗사스 에펜디가 테살로니키에서 그랬던 것처럼 우리 도시에도 클럽을 만들자며 저한테 도움을 요청했었지요. 하지만 작은 곳이라 성사되지 않았습니다……. 사냥 클럽은 우리 작은 섬에는 당연히 없습니다. 페스트에서 벗어나기 위해 당신이 이 쥐들을 어떻게 잡을지 우리에게 가르쳐 주시지요!”

두 방역관은 총독 파샤의 태연한 태도에 당황했지만 이 감정을 전혀 내색하지 않고 총독에게 페스트 유행과 병원균에 대해 의학 분야에서 다다른 최근 지점을 설명했다. 쥐를 죽이는 병원균이 사람을 죽이는 페스트 병원균과 같다는 것을 1894년 페스트 유행 시기에 알렉상드르 예르생이 발견했다. 예르생은 루이 파스퇴르의 병원균 관련 발견들에서 출발하여 프랑스 식민지 병원들과 서방 세계 바깥에 있는 가난한 대도시에서 전염병에 맞서 엄청난 성공을 거둔 일련의 의사와 세균학자들 중 한 명이다. 같은 주제를 연구한 독일 의사 로베르트 코흐의 노력으로 조만간 유럽에서 장티푸스, 디프테리아, 나병, 광견병, 임질, 매독, 파상풍 같은 많은 병

21 오스만 제국 시절에 통용된 은화와 금화 동전.

을 유발하는 균과 이를 물리칠 백신이 발견될 터였다.

이 년 전 압뒬하미트는 파스퇴르 연구소에서 지속적으로 새로운 발견을 하고 있던 또 다른 창의적인 의사 에밀 루비에르의 전문 분야가 디프테리아와 콜레라인 것을 알고 이스탄불로 초청했다. 파리에서 가져온 디프테리아 혈청 한 상자를 파디샤에게 선사하고 세균과 전염병에 대한 간결하고 멋진 발표로 압뒬하미트와 마베인 사람들을 감탄시킨 세균학자는 니샨타쉬에 있는 실험실에 디프테리아 혈청을 더 저렴하게 대량으로 생산할 수 있는 일련의 장비를 설치했다. 이 모든 정보가 총독 파샤를 두렵게 만든 것을 보고 황실 화학자는 더 침울한 표정을 지었다.

"파샤, 많은 병균의 백신이 발견되었고, 사실상 이들 일부는 오스만 제국 실험실에서 빠르게 생산할 수 있지만 오늘날 우리가 여전히 페스트 백신을 가지고 있지 않다는 것을 아시지요?" 그는 가장 중요한 문제를 조심스럽게 말했다. "중국인이나 프랑스인도 아직 백신을 찾지 못했습니다. 우리는 이즈미르에서 옛날 방식인 방역선, 격리, 쥐덫으로 이겨 냈습니다. 페스트는 방역과 격리 외에 다른 약이 없습니다! 병원에서 의사들이 시도하는 노력은 대부분 생명을 건지지 못하고 죽어 가는 사람의 고통을 경감시켜 줄 뿐입니다. 이조차 확실하지 않습니다. 파샤, 이 섬에 사는 사람들은 방역 조치에 따를 준비가 되어 있습니까? 이는 민게르 사람들만 아니라 오스만 제국에 생사가 달린 문제입니다."

"민게르 사람들이 만약 당신을 좋아하고 믿는다면 룸과 무슬림을 막론하고 세상에서 가장 온순하고 가장 순응을 잘하는 사람들이 될 것입니다!"

총독 파샤는 하인이 새로 채워 가져온 커피 잔을 한 손에 든 채 마지막 말을 했다는 듯 자리에서 일어났다. 손님 숙소에서 성과 도시 쪽으로 나 있는 하나뿐인 창문으로 가 아름다운 풍경과 황홀하게 그 푸르름으로 방 안을 가득 채운 바다를 바라보았다.

“신이시여, 우리 모두를, 우리 섬과 섬사람들을 보호하소서. 그러나 섬사람과 오스만 제국보다 먼저 우리는 당신들을 보호해야 하고, 당신들은 살아남아야 합니다!”

“우리를 누구로부터 보호하실 겁니까?” 본코프스키 파샤가 물었다.

“정보국장 마즈하르 에펜디가 당신에게 설명할 겁니다!”라고 총독은 말했다.

6장

정보국장 마즈하르 에펜디는 총독의 복잡하고 많은 첩자, 정보원, 사복 경찰망의 수장이었다. 십오 년 전 서구 열강이 강요한 전혀 관련 없는 임무를 띠고, 즉 옛 군경 기관을 현대적인 헌병과 경찰 기구로 전환하기 위해 이스탄불에서 파견되었다. 이 개혁을 성공적으로 수행하는 동안(예를 들어 각 범죄자에 대한 파일을 만들고 알파벳 순서로 정리하는 일) 민게르의 오래된 무슬림 집안들 중 하즈[22] 페흐미 에펜디의 딸과 결혼했으며, 서른 살이 넘어 섬으로 온 많은 사람처럼 민게르 사람들과 공기, 그리고 모든 것에 반하게 되었다. 결혼 초기에 민게르를 좋아하는 다른 사람들과 섬 여행을 주관했고, 한때 민게르 부족의 옛 언어를 배우고 싶어 했다. 이후 랜도 마차에 철갑을 씌운 심기증 걸린 총독 시절에 다른 주에는 없는 조사국이 설치되자 어차피 조직적이던 정보원 망을 더욱 치밀하게 만들었고, 그즈음 분리주의 민족주의자들을 추적해 목록을 작성하여 옥에 가둘 때 섬에서 초기에 맺은 인맥의 덕을 많을 보았다.

잠시 후에 도착한 마즈하르 에펜디를 보았을 때 황실 화학자

22 메카 순례를 마친 남자 이슬람교도. 성지 순례를 다녀온 사람의 이름 앞에 이 칭호를 붙인다.

와 조수 일리아스는 그가 총독 파샤보다 훨씬 더 수수하다고 느꼈다. 정보국장은 낡은 재킷 차림에 아몬드 모양의 콧수염, 상냥한 눈빛을 한 전형적인 관료였다. 그는 특유의 어투로 섬에 있는 다양한 종교, 정치, 상업, 민족주의 그룹을 정보원들을 통해 추적하고 감시한다고 지체 없이 말했다. 그에 따르면 영사들, 그리스와 튀르크 민족주의자들, 크레타가 오스만 제국에서 떨어져 나간 것을 본보기로 삼은 사람들, 그리고 다른 많은 그룹이 이 페스트와 방역 재앙이 확대되어 국제적 차원의 문제가 되기를 바란다고 했다. 더불어 마즈하르 에펜디는 '하즈 배 반란 사건'으로 알려진 과거의 사건 이후 총독 파샤에게 복수하고 싶어 하는 미친 이단 종파 마을 사람들도 문제를 일으키려 한다는 것을 밝혀냈다.

"이 모든 위험 때문에 환자를 방문하실 때 철갑 랜도를 타고 가셔야 합니다."

"그게 더 이목을 끌지 않을까요?"

"끌겠죠. 섬 아이들은 랜도를 쫓아오며 마부 제케리야와 어울리는 것을 아주 좋아한답니다. 하지만 이 방법이 가장 적절합니다. 걱정하지 마십시오. 가시는 모든 집, 모든 건물은 우리 주 관계자와 상인으로 변장한 첩자, 그리고 우리 쪽의 다양한 사람들이 가까이서 지켜보고 있을 겁니다. 그런데 한 가지 요청이 있습니다. 주위에서 보게 될 경호원에 대해 불평하지 말아 주십시오. 경호원이 너무 많아 숨이 막힌다는 이유로 도망치려는 시도를 하지 마십시오. 사실 도망치실 수도 없지만요……. 우리 영악한 정보원들이 당신들을 곧 잡을 테니까요……. '존경하는 파샤, 우리 집에도 환자가 있는데 아이고 제발 와 주시겠어요!'라는 사람들 뒤를 절대 따라가지 마십시오."

총독 파샤의 철갑 랜도는 호기심 많은 유럽 여행자들을 구경시켜 주듯이 보건위생 수석 검사관과 조수를 먼저 섬만큼이나 유명한 성 감옥으로 데리고 갔다. 총독은 방역의들과 거리를 두기 위해 비밀스러운 방문자들을 새로 온 위생 검사관이라고 교도소장에게 말해 두었다. 소장은 본코프스키 파샤와 일리아스를 두꺼운 성벽에 뚫린 작은 통로를 통해 쳐다보고 있는 죄수들의 시선으로부터 숨겼다. 그들은 통로와 어두운 마당을 지나 총안 흉벽으로 올라갔다. 그곳에서 갈매기들이 날아다니는 바위 절벽이 보이는 위험한 돌계단을 내려와 습기 차고 어두운 감방으로 들어갔다.

문 앞에 서성거리던 사람들이 물러가고 안에 충분한 빛이 들어오자 본코프스키 파샤와 조수는 간수 바이람이 페스트로 죽었으며 이곳의 전염병이 페스트라는 것을 알았다. 똑같이 지나치게 창백한 피부색, 푹 꺼진 볼, 경악에 휩싸여 크게 뜬 눈, 고통에서 벗어나고 싶었던 듯 민탄[23] 가장자리를 꽉 움켜쥔 손가락을 이즈미르에서 최소한 세 명의 시신에서 본 적이 있다. 구토와 핏자국과 이상한 냄새도 같았다. 의사는 간수의 셔츠 단추를 조심스럽게 풀고 셔츠를 벗겼다. 목과 겨드랑에는 가래톳이 없었다. 하지만 시신의 배와 다리를 살피자 왼쪽 사타구니에 페스트 가래톳이 보였다. 의심할 여지가 없을 정도로 크게 부풀어 올라 있었다. 손끝으로 가볍게 만졌을 때 가래톳 초기의 딱딱함이 사라진 것을 보고는 발병한 지 최소한 사흘이 지났으며 고인이 끔찍한 고통을 겪었다는 것을 알게 되었다.

의사 일리아스가 가방에서 꺼낸 주사기와 메스를 소독액으로 닦는 동안 본코프스키 파샤는 문 앞에 몰려와 있는 사람들을 돌려보냈다. 환자가 살아 있었더라면 가래톳을 째고 안에 든 고름을 터

23 칼라가 없는 긴팔의 남자용 셔츠.

트려 고통을 약간 경감시킬 수 있었을 것이다. 일리아스가 주사기를 가래톳에 찔러 노르스름하고 젤라틴 같은 액체 중 몇 방울을 추출했다. 그런 다음 표본을 얻기 위해 착색 유리판에 액체를 주의깊게 바른 후 보관 상자에 세심하게 담아 가방에 넣는 것으로 큰 감방에서의 일은 끝났다. 병이 콜레라가 아니라 페스트였기 때문에 표본을 이즈미르로 보내야만 했다.

본코프스키 파샤는 환자의 모든 물건을 소각하라는 지시를 내리고 간수의 목에 걸린 작은 부적을 아무도 보지 않을 때 메스로 잘랐다. 부적을 소독해 살펴보기 위해 호주머니에 넣고 감방을 나섰다. 간수의 시신으로부터 페스트가 이 섬에 빠르게 확산될 것이며, 더 많은 사람이 죽으리라는 것을 알았다. 이러한 인식이 얼마나 감당하기 힘들었던지 목구멍에서 배까지 통증이 느껴졌다.

본코프스키 파샤와 일리아스는 옛 도시의 구불구불한 골목을 지나가면서 동제품 상점들이 열려 있고, 대장장이와 목수가 이 이른 아침 시간에 일을 시작하고, 아무 일 없는 듯 도시에서 일상이 계속되는 것을 보았다. 근처 사람들에게 음식을 제공하는 식당도 소문을 심각하게 받아들이지 않고 영업을 하고 있었다. 화학자 파샤는 오히려 향신료 가게라는 생각이 들게 하는 코시아스 에펜디의 약국이 열려 있는 것을 보고 마차를 멈추었다. 그는 마차에서 내려 약국으로 들어갔다.

"아비산 있습니까?" 그가 침착한 모습을 유지하며 약국 주인에게 물었다.

"비소는 다 떨어졌습니다." 약국 주인인 코시아스가 대답했다. 그는 눈앞의 위엄 있어 보이는 사람이 중요한 인물이라는 것을 알고 주춤했다.

본코프스키 파샤는 약사가 향신료, 물감, 씨앗, 커피, 보리수를 파는 한편 마준,[24] 연고, 그리고 민간요법 처방도 하는 것을 보았다. 본코프스키 파샤는 보건위생 수석 검사관으로서 제국의 이곳저곳을 뛰어다니던 가장 바쁜 시절에도 그가 무엇보다 화학자이며 약사라는 사실을 잊지 않았다. 이스탄불과 이즈미르의 유명한 약국들에서 선반과 테이블에 비치된 제약 회사 약들을 보았다. 젊은 시절 민간요법 약들을 파는 시골 마을 의사들에게 현대 약국에 대해 설교하곤 했다. 하지만 지금은 그럴 때가 아니었다.

작은 만과 해안을 따라 늘어선 호텔과 술집들에 형형색색의 차양이 있고 야외 식당에는 행복한 사람들이 넘쳤다. 랜도가 보리수 향기가 나는 골목길을 통과해 위쪽의 부유한 룸 저택들을 지나 하미디예 거리로 갔다. 복숭아나무에 꽃이 만발하고 공기에서 독특하고 매력적인 장미 향이 났다. 페스를 쓴 신사들과 차르크[25]를 신은 시골 사람들을 지나쳤다. 시장까지 천을 따라 줄지어 선 집들을, 창고, 호텔, 마차와 졸고 있는 마부를, 항구와 세관으로 내려가는 이스탄불 대로 위에서 펼쳐지는 삶을 이해하지 못하는 시선으로 바라보았다. 룸 중학교에서 수업이 시작되었고, 여행사들이 사무실 앞에 안내문과 선박 회사 광고를 붙여 놓은 것을 보았다. 마제스틱 호텔 앞에서 분홍색, 노란색, 오렌지색의 도시 풍경을 보며 이 모든 아름답고 사랑스러운 삶이 곧 끝나리라는 사실을 알고 죄책감이 얼마나 컸던지 본코프스키 파샤는 어쩌면 자신이 착각했을지 모른다고 생각했다.

하지만 그는 얼마 지나지 않아 실수가 아니었다는 것을 알게 될 터였다. 본코프스키 파샤와 일리아스는 먼저 아야 트리아다 마을에서 올리브나무 사이에 있는 석조 주택으로 안내되었다. 이곳에

24 엿 같은 당과 제품. 풍미가 있으며 약초와 향을 첨가한 부드럽고 끈적한 반죽.
25 시골 사람들이 신는 생가죽 신발.

서 그들은 십오 년 동안 도시 거리에서 마차를 끌던 와실리라는 마부가 요 위에서 고통으로 혼미해져 반쯤 정신을 잃은 채 누워 있고 목에는 커다란 가래톳이 생긴 것을 보았다. 본코프스키 파샤는 정신을 혼미하게 하고 치명적인 영향을 미치는 페스트균이 많은 환자를 며칠 만에 말을 할 수 없거나 더듬는 상태로 만드는 것을 이즈미르에서 여러 번 목격했다. 이 상태까지 다다른 사람들은 대부분이 얼마 지나지 않아 죽는다.

눈물이 그렁그렁한 환자의 아내가 팔을 잡고 흔들자 와실리는 잠시 정신이 들어 무슨 말을 하려고 애썼다. 하지만 바싹 마른 입은 완전히 열리지 않았고, 열린 후에도 더듬거릴 뿐이었다.

"뭐라고 하는 건가요?" 본코프스키 파샤가 물었다.

"민게르어로 말하고 있습니다."라고 의사 일리아스는 대답했다. 마부의 아내는 울기 시작했다. 일리아스는 이 단계에 도달한 환자들에게 이즈미르에서 사용했던 치료법을 적용하려 했다. 그는 단단한 가래톳을 메스로 조심스럽게 절개하고 터져 나오는 자갯빛의 노르스름한 고름이 남지 않을 때까지 솜으로 닦으면서 계속 짜냈다. 환자가 발작적으로 이상한 행동을 했기 때문에 표본용 유리판 중 하나가 바닥에 떨어져 오염되었다. 병이 페스트라고 강하게 확신했지만 일리아스는 이즈미르에 있는 실험실로 보낼 표본을 자신이 준비한 유리판에 다시 조심스럽게 옮겼다.

"물을 충분히 마시게 하십시오, 설탕물과 먹을 수 있다면 요구르트를 주세요." 집을 나서며 본코프스키가 말했다. 그는 몸소 어두운 방의 문과 작은 창문을 열었다. "가장 중요한 것은 계속 방을 환기하고 그의 옷들을 삶아 빠는 겁니다. 피로를 느끼지 않도록 하고, 잠도 충분히 자게끔 하십시오."

본코프스키 파샤는 이즈미르에서 상점 주인이며 비교적 부유한 룸 환자들에게 했던 이 말들이 이곳에서는 별로 유용하지 않을 거라고 느꼈다. 그러나 지난 십 년 동안 유럽에서 박테리아 문제에 대해 많은 발견과 진전이 있었음에도 페스트 환자들이 깨끗한 공기와 평온한 환경에서 긍정적인 마음을 유지하며 지내는 것이 병을 극복하는 데 '약간은' 도움이 된다고 믿었다.

철갑 랜도가 낭만적인 화가들이 사랑하는 석조 부두를(뒤에는 검고 하얀 가파른 산들이 있었다.) 지나 들어선 타쉬츨라르 마을에서 길게 늘어선 버려진 집들 중 한 곳의 정원 앞에 멈추었다. 안내자인 사무관 마즈하르 에펜디는 본코프스키 파샤와 조수에게 삼 년 전 크레타 사건에서 도망쳐 온 무슬림 청년들이 이곳에 머물고 있다고 말했다. 세 청년은 항구에서 잡일을 하고 짐을 옮기거나 건달 짓을 하고 다니는데, 사무관에 따르면 안타깝게도 호의를 가지고 그들을 여기에 정착시킨 총독 파샤를 애먹이고 있었다.

사흘 전 이 청년들 중 한 명이 죽었다. 전날 발병한 청년은 두통으로 몸부림치며 고통스러워하면서도 발작적으로 거친 경련을 일으키며 몸이 맞서고 있었다. 이즈미르에서는 감염된 환자 다섯 명 중 두 명이 죽었다. 감염되었지만 전혀 아프지 않거나 인지하지 못하는 사람들도 있었다. 의사 일리아스는 청년을 구할 수 있을 거라고 생각하며 치료에 들어갔다.

먼저 열을 내리는 주사를 놓았다. 그들이 아저씨라고 부르는 남자의 도움을 받아 청년이 입은 빛바랜 노란 옷을 벗겼다. 일리아스가 세심하게 살펴보아도 겨드랑이, 사타구니, 다리 뒤 안쪽 부분에서 가래톳이 보이지 않았다. 소독액에 담갔다 뺀 손가락으로 꾹꾹 누르며 검사했지만 겨드랑이나 갑상선 주위에 굳거나 예민해진 조직은 없었다. 페스트 전염병에 대해 알지 못하는 의사는 맥박이 과도하게 빨리 뛰고, 열 때문에 피부가 매우 건조하고, 눈이 충혈되고, 정신이 혼미한 상태에서 헛소리를 하는 이 환자를 보고 절대 페스트라는 진단을 내리지 않을 것이다.

본코프스키 파샤는 다른 사람들이 자신들을 얼마나 주의 깊게 지켜보는지 알아챘고 청년들의 얼굴에서 친구가 죽은 후 당연히 죽음의 공포에 휩싸여 있다는 것을 읽을 수 있었지만 오직 죽음에 대한 공포가 있어야 방역의에게 귀 기울이리라는 것을 알기에 신경 쓰지 않았다. 다만 두 청년이 이토록 의사를 필요로 하면서도 왜 죽은 친구의 물건들을 사용하고 있는지 이해가 안 되었다.

사실 이제 이 집 사람들과 모든 섬사람에게 해야 할 말은 딱 하나였다. 본코프스키 파샤는 고래고래 고함을 치고 싶었다. "도망가시오, 여기서 떠나시오!" 병이 중국에서 수만 명의 사람을 죽였고, 어떤 곳에서는 무슨 일이 일어나는지 미처 알아채지도 못한 채 가족, 마을, 부족 전체가 목숨을 잃었다는 이야기를 유럽인 의사들에게 들었다. 지금 모든 재앙과 공포가 이 조용하고 사랑스러운 섬을 파괴할 것이라는 생각에 두려워졌다.

병균이 아르카즈에 '깊숙이 침투했다는 것을', 암암리에 확산되고 있다는 것을 알았다. 이 집에 있는 병균은 분무기로도 제거하지 못하리라는 것이 눈에 보였다. 지금 필요한 것은 환자가 있는 집들을 비우고, 사람들이 저항하면 수백 년 전에 그랬듯이 안에 사람들이 있는 상태로 문에 못질을 해 집을 무자비하게 폐쇄하는 것이었다. 모든 사람이 전염되어 병이 밀집한 곳에서는 집과 물건들을 함께 불태우는 것이 오래되고 확실한 해결책이었다.

오후에 치테 마을의 한 집에서 열네 살짜리 이발사 조수의 목과 사타구니에서 가래톳을 발견했다. 파도처럼 밀려오는 두통이 시작되자 아이가 얼마나 몸부림치며 고함을 지르던지 아이 어머니도 울기 시작하고 아버지는 매번 뒷마당으로 갔다가 견디지 못하고 곧 되돌아왔다. 옆방의 긴 의자에 누워 있는 할아버지도 아프다는 것을 나중에야 알아챘다. 하지만 아무도 할아버지에게는 주의를 기울이지 않았다.

의사 일리아스는 아이의 목에 있는 딱딱하지만 아직 부어오르지 않은 가래톳을 째고 소독액으로 상처를 닦았다. 그사이 아이 아버지가 손에 기도 종이를 들고 다가와 그것을 아이의 몸 쪽으로 내미는 것을 보았다. 본코프스키 파샤는 전염병이 창궐하는 시기에 안절부절못하고 애를 태우는 사람들이 이 기도 종이에서 도움을 기대하는 것을 자주 목격했다. 신부가 준 비슷한 부적에서 효과를 기대하는 기독교인들도 있었다. 집에서 나올 때 본코프스키 파샤는 정보국장이 붙여 준 안내자 사무관에게 이 기도문이 적힌 종이를 누가 나누어 주는지 물었다.

"할리피예 테케[26]의 셰이크인 함둘라흐 에펜디입니다. 모든 섬 사람이 그가 기도문을 읽고 그 기도문에 불어 넣는 숨이 가장 영험하다고 믿지요. 하지만 그는 다른 사이비 테케 셰이크들처럼 문 앞에 온 모든 사람에게 돈을 받고 부적을 써 주지 않습니다. 그가 하는 것을 흉내 내는 사람들도 있지요. 이 종이는 그런 사람들이 주었을 겁니다."

"그러니까 페스트 재앙에 대해 알고 조치를 내리고 있군요."

"전염병이라는 것을 알고 있지만 상황이 얼마나 끔찍한지는 알아채지 못하고 있습니다." 안내자가 말했다. "어떤 사람은 사랑을 위해, 어떤 사람은 말더듬는 것을 고치기 위해, 어떤 사람은 사악한 시선에서 보호받기 위해 기도문을 써 달라고 합니다……. 총독 파샤는 모든 셰이크, 영험하든 사기꾼 같든 이유를 불문하고 부적을

26 어떤 종단에 속한 사람들이 기도와 의식을 행하며 기거하는 장소.

쓰는 모든 호자, 교회 테케에서 비슷한 일을 하는 사람들을 우리 정보원들에게 추적하도록 하지요. 그들에게 손님으로 가장한 사람, 수행 제자, 심지어 광신자까지 보냅니다. 신실한 제자들을 떠보기도 한답니다."

"셰이크 함둘라흐의 테케는 어디에 있습니까? 그 마을도 보고 싶습니다."

"그곳에 가시면 소문이 돌 겁니다. 그리고 어차피 셰이크는 사람들 앞에 모습을 거의 드러내지 않고요."

"소문을 두려워할 필요가 없습니다. 이 도시에 분명히 페스트가 창궐했고, 모든 사람이 알아야만 합니다."

본코프스키 파샤와 일리아스는 표본들을 메사주리 마리팀사 소속의 이즈미르행 선박 '바그다드'에 직접 전달하고, 이즈미르로 전보를 두 통 쳤다. 그날 오후 본코프스키 파샤는 총독 사미 파샤에게 긴급 면담을 요청했지만 저녁 예배 시간이 되어서야 총독 집무실 앞에 도착했다.

"당신들의 방문을 비밀에 부치기로 고매하신 파디샤께 제 명예를 걸고 약속했습니다!" 총독은 '안타깝게도 지키지 못했군요.'라는 뜻을 드러내며 말했다.

"비밀은 파디샤의 스물아홉 번째 주에서 회자되는 근거 없는 소문이 맞지 않았을 때 중요한 것이지요. 왜냐하면 정치적일 수 있고, 거짓 소식은 퍼지지 말아야 하니까요. 하지만 안타깝게도 우리가 종일 본 바에 따르면 페스트는 아주 많이 퍼져 있습니다. 민게르섬의 전염병이 이즈미르와 중국에서 발견된 전염병과 동일하다고 분명히 말할 수 있습니다."

"표본들을 실은 바그다드는 이즈미르를 향해 방금 출항했소."

"존경하는 총독 파샤." 본코프스키 파샤가 말했다. "내일 이즈미르에서 전보로 공식적인 결과를 우리에게 알려 줄 겁니다. 하지만 제가 파샤께 우리 파디샤의 보건위생 수석 검사관이자 옛 황실 화학자로서 이것이 페스트라는 것을 가장 유능한 제 의사와 함께 전염병 분야에서 사십 년간 겪은 경험을 바탕으로 말하는 바입니다. 이 문제에 대해 추호도 의심할 여지가 없습니다. 기억하시는지요? 우리는 지금으로부터 이십여 년 전 93 전쟁[27]이 일어나기 직전에 총독께서 군수를 지내시던 데데아아츠에서 만난 적이 있지요. 아마 여름 설사, 어쩌면 작은 콜레라 전염병이 돌았지요!"

"어떻게 기억을 못 하겠습니까! 고매하신 파디샤의 안목과 귀하의 경탄해 마지않던 보살핌 덕분에 우리는 지체 없이 도시를 구할 수 있었지요. 데데아아츠 시민들은 여전히 귀하를 향한 감사의 마음으로 가득 차 있답니다."

"당장 모든 보도 관계자들을 모아 도시에 페스트가 창궐했으며 내일 방역 조치들이 발표될 것이라고 알리십시오."

"방역 위원회 소집은 시간이 걸립니다."

"이즈미르의 실험실에서 올 결과를 기다리지 말고 방역이 선포되었다고 알리세요." 본코프스키 파샤는 말했다.

27 오스만 제국-러시아 전쟁(1877~1878)을 일컫는 말이며 율리우스력으로 1293년이기 때문에 '93 전쟁'으로 불린다.

7장

다음 날 아침 민게르 방역 위원회는 모이지 않았다. 무슬림 위원들은 준비가 되어 있었지만 프랑스 영사는 크레타에 있었고, 위원장인 의사 니코스는 집에 없었으며, 파샤가 친구로 여기던 영국 영사는 예상치 않은 핑계를 대면서 용서를 구했다. 헌병들이 지키는 허름한 숙소에서 일종의 감옥 생활을 하는 본코프스키 파샤를 총독 파샤가 집무실로 초대했다.

"방역 위원회가 소집될 때까지 이스탄불에서 알고 지내던 약사 친구분이시자 옛 동업자인 니키포로와 만나고 싶으실 거라고 생각했습니다."

"그가 여기에 있습니까? 제가 보낸 전보에 답장을 주지 않았는데요." 본코프스키 파샤가 말했다.

총독이 집무실 한쪽에 그림자처럼 앉아 있는 마즈하르 에펜디를 바라보자 다른 사람들도 그를 알아차렸다. "니키포로는 섬에 있고, 그에게 친 전보 두 통도 받았지요!" 마즈하르 에펜디가 말했다. 그는 이곳 시골로 오는 모든 전보를 총독의 정보원들이 확인하는 것을 본코프스키 파샤가 정상으로 받아들일 거라고 확신했기 때문에 편하게 말했다.

"파샤께서 지난날 그와 있었던 사업상 갈등과 독점권 문제를 언급할까 두려워 전보에 답을 하지 못했습니다." 총독이 말했다. "하지만 지금은 약국에서 옛 친구의 방문을 기다리고 있답니다. 이스탄불을 떠나 이곳에서 약국을 차린 후 아주 부자가 되었지요."

본코프스키 파샤와 의사 일리아스는 약국을 향해 걸었다. 흐리소폴리팃사 광장으로 통하는 좁은 골목에 있는 상점 주인들이 진열장에 전시한 형형색색의 천, 레이스, 테살로니키와 이즈미르에서 온 기성복, 중산모자, 유럽식 우산과 신발이 햇볕에 바래지 않도록 파란색, 흰색, 초록색 줄무늬 차양을 쳐 놓았기 때문에 골목은 실제보다 더 좁아 보였다. 이곳에서도 화학자와 의사는 전염병이 시작될 때 꽤 많은 도시에서 인지했던 것들을 보게 되었다. 거리를 걷는 사람들이 다른 사람들과 닿거나 병에 걸릴까 봐 불안해하는 기색이 전혀 없었다. 아침에 아이들과 함께 쇼핑 나온 여성들, 호두, 쿠키, 장미가 들어간 민게르 스콘과 레몬을 파는 노점상들, 조용히 점잖은 손님의 면도를 하는 이발사들, 가장 최근에 배에서 가져온 아테네 신문을 파는 아이들은 도시에서 아무렇지 않게 삶이 계속되고 있다는 것을 보여 주었다. 본코프스키 파샤는 비교적 부유한 이 마을과 거리들, 아르카즈의 룸 부르주아들을 상대하는 상점들의 다양한 물건들을 보고 옛 친구인 약사 니키포로의 사업이 잘되고 있을 거라고 짐작했다.

본코프스키 파샤는 민게르 출신인 니키포로를 이십오 년 전 그가 이스탄불 카라쾨이에 있는 작은 약국 주인일 때 알게 되었다. 오스만르 은행으로 통하는 뒷골목이면서 '니키포로 약국' 간판이 걸린 약국 뒤쪽에 부엌을 개조해 만든 소위 '가마솥 방'이라고 했던 조제실이 있었다. 니키포로는 그곳에서 장미수 향기가 나는 핸드크림과 달콤하고 박하 향이 나는 초록색의 기침 사탕을 제조해 항구 도시와 압뒬하미트의 철도 정책에 힘입어 더 먼 몇몇 도시들에 팔았다.

두 젊은 약사는 1877년부터 1878년까지 이어진 러시아-오스만 제국 전쟁이 패배로 끝나고 영토 손실과 이주민의 고통이 이스탄불에서 여전히 예리하게 느껴지던 1879년에 함께 데르사데트[28] 약사 조합을 설립하면서 가까워졌다. 콘스탄티노플 약사 협회는 얼마 지나지 않아 대부분이 룸인 칠십여 명의 회원이 생겼다. 성공적인 조직력과 교육 활동이 압뒬하미트의 관심을 끌었고, 젊은 파디샤는 젊은 본코프스키에게(파디샤는 군인이었던 그의 아버지를 알고 있었다.) 이스탄불 식수 분석과 세균 관련 보고서 작성 같은 다양한 임무를 맡겼다.

당시 압뒬하미트는 가내 생산에서 제조소와 공장 생산으로 전환하려는 꿈의 일환으로 장미수 생산에 대해 논의하고 있었다. 수백 년 동안 이스탄불에서는 가정집 정원에 있는 장미로 집에서 증류하여 소량의 장미수를 얻고 잼과 후식을 만들어 왔다. 혹시 오스만인들이 경험과 전통을 바탕으로 장미수를 유럽식 공장에서 대량생산할 수 있을까? 이를 위해 많은 장미를 키우는 일이 가능할까? 파디샤 압뒬하미트 2세는 모든 일을 척척 해내는 젊은 화학자 본코프스키 베이에게 이 문제에 대해 보고서를 올리라고 했다.

본코프스키 베이는 한 달 내에 이스탄불에서 대량으로 장미수를 생산 가능한 공장 설립 계획과 예산을 확정하고, 파디샤에게 베이코즈의 장미 온실 외에 큰 공장에 몇 톤의 장미를 공급할 만한 농장을 오스만 제국의 스물아홉 번째 주인 민게르섬에 마련할 수 있을 거라고 상세하게 설명했다. 본코프스키 베이는 물론 이러한

28 '행복의 문'이라는 의미로 이스탄불의 옛 이름들 중 하나다.

정보들을 제시하는 데 섬에서 나오는 장미로 핸드크림을 생산하는 민게르 출신 친구 니키포로의 생각과 제안을 활용했다. 곧 파디샤는 본코프스키 베이와 약사 니키포로를 궁으로 불러 보고서에 쓰인 것처럼 민게르주에서 특별한 향이 나며 유분이 있고 진하면서 깊고 달콤한 향기가 나는 장미를 대량으로 키울 수 있는지 몇 번이나 물었고, 앞에서 덜덜 떠는 가톨릭 신자와 정교회 신자인 두 약사로부터 긍정적인 답을 듣고는 방을 나갔다.

그 후 이스탄불에서 온 사절이 본코프스키 베이에게 고매한 파디샤가 본코프스키 베이와 니키포로 베이에게 민게르주에서 장미를 재배하고 그 작물을 파디샤가 이스탄불에 설립할 장미수 공장에 팔 독점권을 준다고 알렸다. 이들은 수확에 대한 세금을 내지 않아도 되었다.

니키포로는 파디샤가 그들에게 준 권리를 본코프스키보다 더 진지하게 받아들였다. 그리하여 이듬해 섬에서 장미수를 생산할 회사를 세웠다. 이스탄불 무역농림부와의 관계와 판매 업무는 금화 10리라를 공동으로 투자한 본코프스키가 진행했고, 첫해 장미 생산 체계화 방면에서 성공을 거두었다. 본코프스키는 1877~1878년 러시아-오스만 제국 전쟁 후 발칸 지역에서 이스탄불로 이주한 장미 재배의 비법을 아는 농부를 찾아 가족과 함께 섬으로 보냈다.

하지만 본코프스키 베이가 갑자기 압뒬하미트의 신임을 잃으면서 모든 시도와 투자는 교착 상태에 빠졌다. 본코프스키의 표면적인 커다란 잘못은 이스탄불 아페리 약국의 대기실에 앉아 책을 읽던 두 의사와 한 약사에게 잘난 체하면서 고매한 파디샤의 왼쪽 신장이 불편하다고 말한 것이었다.(압뒬하미트는 삼십팔 년 후 왼쪽 신장 질환으로 사망할 터였다.) 이 자리에 정보원 한 명과 현 정권을 반대하는 신문 기자 두 명이 있었다. 파디샤는 건강 문제가 알려진 것보다 본코프스키가 그의 신장에 대해 아무렇지 않게 언급한 것이 불쾌했다.

사실 스타니슬라프 본코프스키의 진짜 잘못은 그가 설립한 현대적인 약사 협회가 예상치 못하게 성공한 데 있었다. 당시 여전히 조상으로부터 내려오는 마준, 양념, 약초, 뿌리, 독, 아편, 그리고 다른 진정제들을 팔던 옛 약초상은 의학 교육에 의거한 현대 약국들과 경쟁 관계였다. 본코프스키 베이의 제안과 압뒬하미트의 초기 지원으로 새 약품 규정을 만들어 독성, 진정제, 건강을 해치는 가루는 처방전이 있더라도 약초상에서 판매를 금지했다.

수입이 줄어들자 대부분이 무슬림이던 옛 약초상들은 반발했다. 그들은 무슬림 상인들이 박해받고 있다는 고발 편지들을 서명하거나 혹은 익명으로 압뒬하미트에게 보냈다. 룸 약사들이 독과 진정제를 소유하고자 하는 바람의 배후에는 나쁜 의도가 있다고도 썼다. 한동안 압뒬하미트는 머리가 복잡했다. 표면상으로는 쓸데없이 무분별한 말을 한 데 화가 난 파디샤가 한동안 본코프스키에게 일을 주지 않았다. 하지만 오 년 후 중재자들의 애원으로 화가 풀리면서 그를 다시 믿기 시작했고 테르코스 호수의 수질 검사, 아다파자르에서 매해 여름 콜레라가 창궐하는 이유 같은 문제들에 대해 다시 보고서를 요구하기 시작했다. 용서를 받은 화학자는 이을드즈 궁전 정원에 심을 독약 생산에 사용 가능한 식물 목록과 성수를 소독할 때 사용할 수 있는 새로 나온 가장 저렴한 유럽산 재료 같은 문제들에 대해 많은 보고서를 작성했다.

그사이 오 년이 흘러 본코프스키는 카라쾨이에 있는 약사 친구와 소식이 끊어졌고, 니키포로는 약국 문을 닫은 후 태어나고 자란 민게르에 정착했다.

본코프스키 파샤는 지금 흐리소폴리티사 광장이 내다보이는 다양한 제품들이 있는 커다란 약국을 보며 옛 친구로서 기뻐했다. '니키포로 루데미스 약국'이라고 쓴 유리 진열장의 가장 눈에 띄는 곳에 장미 그림이 들어간 페스가 놓여 있었다. 그것은 이스탄불에서 글을 읽고 쓸 줄 모르는 처방전의 주인들이 알아볼 수 있도록 진열장에 놓는 상징물이었다. 옆에는 니키포로가 만든 장미수 제품이 든 우아한 병과 용기들, 어유, 장외, 글리세린 병들이 보였다. 약상자, 스위스 초콜릿, 프랑스에서 온 에비앙과 비텔 소다수와 통조림, 후냐디 야노스 설사약, 영국산 앳킨슨 화장수, 독일에서 주문한 아스피린 상자, 그리고 아테네에서 온 많은 제품으로 진열장이 형형색색을 이루었다.

약국 주인은 감탄하며 진열장을 구경하는 특별한 두 손님을 맞이하기 위해 밖으로 나왔다. 약사 니키포로는 너무 가까이 다가서지 않으려고 조심하면서 그들을 안으로 안내해 자리를 권하고는 커피를 주문했다. 옛 친구들은 마치 만난 지 얼마 되지 않은 것처럼 서로 덕담을 건네며 한두 가지 추억담을 나누었다.

"총독 사미 파샤가 사실은 자네가 나를 보고 싶어 하지 않는다고 하던데?"

"총독 사미 파샤는 날 좋아하지 않아."

"폐하께서 몇 년 전에 우리를 격려하기 위해 주었던 독점권에 대해 나는 관심이 없어."

"우리가 함께 세운 회사의 제품들을 살펴보지."

니키포로는 먼저 이스탄불에서 주문 제작한 가늘고 우아한 장미수 병들을 보여 주었다. 그다음에 장미수 향이 나는 핸드크림, 연고, 장미 향이 나는 다양한 색의 비누, 펌프 달린 장미 향수병을 구경했다.

"우리 연고들은 에드헴 페르테브 제품들 다음으로 가장 인기 있는 상표야. 핸드크림은 이스탄불에서 룸 약국만 아니라 무슬림 여성들 사이에서도 수요가 많지."

옆방의 조사국 소속 정보원이 일일이 다 적었기 때문에 우리는 니키포로 약국에서 무슨 대화가 오갔는지 알고 있다. 니키포로는 장미수 향기가 나는 제품들을 동지중해에 있는 항구 도시들에서 얼마나 성공적으로 판매했는지 설명한 후 압뒬하미트가 준 독점권 덕분에 진짜 돈을 벌게 되었다고 자랑스러워하며 말했다. 민게르섬 농부들 중 절반 이상이 장미들을 니키포로와 그 아들들의 회사에 판다고 했다. 이스탄불에 있을 때 결혼한 민게르 출신 룸 처녀 마리안티스와의 사이에서 태어난 아들들 중 큰아들 토도리스는 지금 섬 북쪽 페르갈로 마을의 농장을 책임지고 있었다. 둘째 아들 아포스톨은 아테네에 있는 민게르 장미 회사 상점에서 판매를 관리했다.

"대단하군, 섬에서 나온 수확물을 가공하고, 섬 외부에 팔아 돈을 버네. 그런데 왜 총독 사미 파샤가 자네를 좋아하지 않지?"

"북쪽 페르갈로 마을 주변에서 룸 패거리와 무슬림 패거리 사이에 싸움, 충돌, 습격이 끊이지 않아. 그 산악 지대 사람들이 아주 좋아하는 룸 산적 파블로가 우리 장미 작업장이 있는 농장에 재물을 요구하면 내 아들이 거절을 못 해. 거절하면 우리 농장은 사흘도 지나지 않아 불이 나거나 누군가 죽고 말지. 잔인한 파블로는 오스만 제국의 관리를 죽이고, 무슬림 마을을 공격해 '어차피 이 사람들은 억지로 무슬림화된 룸'이라면서 처녀를 납치하고, 화가 나면 눈을 뽑고 귀를 자르기를 즐긴다는 것을 모두 알고 있어."

"총독 사미 파샤가 파블로를 체포하면 안 되나?"

"존경하는 총독은……." 약사 니키포로는 옆방의 누군가가 대화를 듣고 있다는 것을 안다는 듯 사랑스러운 몸짓으로 두 손님에게 눈을 찡끗하며 말했다. "잔인한 파블로에 맞서기 위해 근처 무슬림 마을 네빌레르에 있는 테르캅츨라르 테케의 정신 나간 셰이크와 그들이 비호하는 산적 메모를 지원했지. 메모도 파블로만큼이나 잔인할 뿐 아니라 아주 신실한 무슬림이지. 라마단[29] 기간에 문을 여는 무슬림 식당에 벌을 준다니까."

"세상에!" 본코프스키 파샤는 일리아스를 보고 미소 지으면서 말했다. "그러니까 메모가 어떤 일을 한다는 거지?"

"라마단 기간에 두만르 마을에서 식당을 열고 점심을 판 요리사에게 본보기 삼아 소문이 나라는 의미에서 마부의 채찍으로 벌했다는군."

"민게르의 무슬림, 관리, 오래된 집안들은 이런 나쁜 행위들을 못마땅해하게 여길 텐데?"

"못마땅해도 어쩌겠어?" 약사는 대답했다. "좋은 무슬림으로서 비난할 수 있겠지. 하지만 그들은 파블로에 맞서 이 메모를 비호하고, 총독 파샤가 주 관할하에 군사를 양성하는 것은 많은 시간이 걸리지. 총독이 하는 것이라고는 나쁜 짓을 하는 이 반역자 룸 마을의 이름과 장소를 명시하고 여름에 오스만 제국 전함인 마흐무디예와 오르하니예가 이 마을들을 폭격하도록 요청하는 거야. 다행히 늘 전함은 오지 않지만."

"자네 일이 정말 힘들겠네!" 본코프스키 파샤가 말했다. "하지만 약국은 아주 번창하는군."

"삼사십 년 전 사반세기 동안 세계적으로 민게르 돌이라고 알려진 민게르 대리석 시기가 있었어. 들었겠지!" 니키포로는 말했

29 이슬람력에서 아홉 번째 달. 이달에는 일출에서 일몰까지 금식을 한다.

다. "분홍색 민게르 대리석을 석조 부두에서 가득 싣고 미국과 독일에 팔았어. 1880년대에 겨울이 매우 추운 도시들, 그러니까 시카고, 함부르크, 베를린의 인도들에 얼음에 강한 우리 산에서 잘라 낸 돌들을 깔았다네. 당시는 유럽과의 무역이 이즈미르 항구를 통해 이루어졌지. 지난 이십 년간 민게르 돌이 인기가 떨어졌고, 그리스의 지원으로 아테네에서 우리 제품이 더 많이 팔려. 아테네의 귀부인과 유럽의 부인들은 장미 향기가 나는 크림을 손에 세심하게 바르고, 그것을 마치 비싼 향수처럼 사용한다네. 장미수가 그저 이스탄불의 무할레비[30] 가게에서 홀짝이며 마실 수 있는 음료처럼 비싼 것도 아닌데 말이지. 장미수 독점권에 관심이 없다는 것을 알겠네. 그렇다면 이곳에 정말 소문대로 페스트를 막기 위해 온 거군."

"쉬쉬하는 바람에 전염병이 확산되었네." 본코프스키 파샤가 말했다.

"쥐들이 죽을 때처럼 갑자기 터지겠군."

"자네는 두렵지 않나?"

"우리는 엄청난 재앙의 문턱에 와 있어……. 눈앞에 떠올려지지가 않아 잘못 생각하는지 모르겠지만 계속 생각하고 있지 못하겠네. 총독 파샤가 사이비 종파들을 얼마나 너그러이 봐주었던지 이제는 그 버릇없고 무식한 셰이크들 때문에 방역 조치를 하지 못할 거네, 난 다름 아닌 이것이 두려워. 하찮은 셰이크들이 방역을 심각하게 여기지 않고 기도문을 써서 입김을 불어 넣은 종이, 부적 등등 온갖 짓을 다 할 거야."

본코프스키 파샤는 호주머니에서 부적을 꺼냈다. "죽은 간수가 지니고 있던 것을 가져왔어!" 그가 부적을 보여 주며 말했다. "걱정

30 우유와 쌀가루로 만든 단 푸딩.

말게, 소독했으니.”

“친애하는 스타니슬라프, 자네가 가장 전문가일 거야.” 니키포로가 말했다. “페스트가 사람에게 전염되기 위해서는 쥐나 벼룩이 꼭 매개가 되어야 하나? 쥐 없이 사람에게서 사람으로 전염되지는 않나? 아니면 그 부적에서 나한테로 전염되지 않나?”

“작년에 베네치아에서 가장 유명하고 가장 실력 있는 의사들과 방역 전문가들조차 ‘만진다고 해서 사람에게서 사람에게로 전염되지 않는다!’ 더욱이 ‘공기 중에서 입자나 침방울을 통해 전염되지 않는다.’라고 말하지는 않았다네. 그랬기 때문에 과거처럼 격리, 방역, 그리고 쥐를 잡는 것이 여전히 유일한 해결책이지. 이 빌어먹을 병은 백신이 아직 없다네. 영국인과 프랑스인이 실험을 하며 찾고 있으니 두고 보지.”

“그렇다면 숭고한 예수와 마리아가 우릴 도와줘야겠군!” 약사가 말했다.

교회의 종소리가 정오를 알리고 있었다. “쥐약이 있나?” 본코프스키가 물었다. “섬에서는 뭘 사용하지? 비소?”

“약국들에는 이즈미르의 뷔위크 브리타니아 약국과 아리스토텔레스 약국에서 가져온 청산가리가 들어간 제품들이 있지. 비싸지 않아. 한 상자로 일고여덟 주 정도 사용할 수 있으니까. 여기는 집에서 쥐가 나오면 약초상에서 비소나 비소가 든 쥐약을 사서 놓는다네. 그리스의 판탈레온 회사가 최근에 배편으로 펠라고스 약국에 보낸 것이나 테살로니키의 다프니 상점에 들어온 용액도 사용할 수 있지. 인산이 더 많이 함유되어 있어. 자네가 화학자니 독에 대해서는 나보다 더 잘 알겠지.”

젊은 시절의 두 친구는 비밀스럽게 서로를 바라보았다. 본코프스키 파샤는 친구와 관계가 멀어지고 압뒬하미트와 오스만 제국에 대한 헌신만 남았다고 생각했다. 하지만 편지를 읽은 독자들은 이것이 전적으로 맞지 않다는 사실을 알 것이다. 본코프스키는 니키포로의 감정이 이해가 안 되었다. 니키포로가 압뒬하미트와 이스탄불과 완전히 결별했다는 것을 받아들일 수가 없었다.

"처음에 쥐들이 공격을 하고 저절로 죽었을 때는 쥐덫이나 쥐약에 아무도 관심이 없었지." 니키포로는 말을 이어 나갔다. "이제는 이 페스트 소문과 이즈미르에서 쥐를 잡는다는 소식이 있고부터 부유한 룸 집안들 중 얀보이다키스 가문 며느리가 테살로니키산 쥐덫 두 개를 샀네. 그리고 프란기스코스 가문의 정원사는 우리 목수인 흐리스토한테 용수철이 달린 쥐덫을 샀지."

"흐리스토한테 쥐덫을 가능한 한 많이 만들어 달라고 하게!" 본코프스키는 흥분하며 말했다. "크레타나 이즈미르에 주문을 하면 얼마나 걸리지?"

"방역 소문이 있은 후 정기선들은 운항이 줄고 비정기선들이 많아졌네. 몇몇 부유한 가족들은 방역이 선포되면 도망칠 수 없을 거라며 떠났지. 어떤 사람들은 아예 돌아오지 않았고. 쥐약이 크레타에서 오는 데 하루, 이즈미르에서는 이틀 걸릴 수 있어."

"곧 모든 사람이 병에 걸려 병원은 침대가 모자라고, 의사들이 환자를 다 보지 못하고, 시체를 매장할 사람도 턱없이 부족하리라는 것을 약사로서 자네도 당연히 예상할 수 있겠지."

"하지만 자네는 이 전염병을 이즈미르에서 쉽고 빠르게 종식시켰잖나."

"나는 이즈미르의 가장 큰 약국 주인인 룸 라자리데스와 무슬림의 시파 약국 주인과 마주 앉았네. 그들은 서로를 비난하는 대신 이 상황을 어떻게 끝낼지를 생각하며 협력했지. 섬에 소독액으로 가장 적합한 게 뭐가 있지?"

"군대는 그들이 쓸 용액을 수비대에 있는 석회 광산에서 자급한다네. 주 청사는 이스탄불에서 이즈미르를 거쳐 드럼통으로 소독제를 가져오지. 호텔과 식당들 중 일부는 이스탄불에 있는 니콜라스 아그하피데스의 약국에서 사. 어떤 호텔과 식당들은 소독을 했고 깨끗하다는 느낌을 주는 라벤더 향기가 나지만 사실 그 용액에 포함된 알코올 양이 페스트균을 죽이는 데 충분한지, 그 좋은 향기가 나는 약이 효과가 있는지는 모르겠네. 펠라고스 약국 주인인 미트소스는 방역 위원회에 속해 있어. 그가 파는 용액을 적당한 가격으로 사는 호텔에 방역 편의를 제공한다네."

"혹시 황산구리가 있을까?"

"여기서는 담반이라고 하지……. 하루만 주면 자네가 용액을 만들도록 다른 약국들에서 구해 줄게. 하지만 방역 정책 때문에 우리가 이 섬에서 꾸준히 확보할 수 있을 거라고는 생각하지 않네."

8장

본코프스키 파샤는 약사 니키포로가 민게르섬에서 현재 어디에 무슨 재료가 있는지 속속들이 다 아는 데 감동했다.

"방역 위원회에 약사 미트소스만 아니라 자네도 참석해야 해."

"호의는 감사히 받겠네, 파샤. 나는 민게르를 사랑해. 하지만 승선권을 팔고, 밀수를 하고, 서로 사기 치는 것밖에 모르는 영사들은 견디기 힘들어. 그들은 영사가 아니야, 모두 부영사지. 그리고 어차피 총독이 그 셰이크들을 비호하는 한 방역 작업도 어려울 테고."

"셰이크들 중 방역에 가장 맹렬히 반대하는 사람이 누구지?"

"우리 룸들은 무슬림 공동체의 믿음에 절대 간섭하지 않네. 하지만 이 섬에서 우리는 한배를 탄 사람들이나 마찬가지야. 페스트의 화살은 무슬림과 기독교인을 가리지 않겠지. 무슬림들이 방역에 따르지 않으면 단지 그들만 아니라 기독교인들도 죽을 거야."

본코프스키 파샤는 가야 할 시간이 되었다는 것을 알리기 위해 의자에서 일어나 약국의 장미수 제품들이 진열된 진열장을 살펴보기 시작했다.

"가장 인기 있는 우리 제품은 여전히 '민게르의 장미'와 '레반트의 장미'라네!"

니키포로는 진열장을 열고 우아한 병과 중간 크기의 유리 용기들을 하나씩 본코프스키 파샤에게 건넸다.

"민게르의 장미는 장미 향기가 나는 핸드크림이고, 레반트의 장미는 최상품의 장미수야. 파샤, 이십여 년 전 어느 날 저녁 이스탄불에서 이 제품들의 이름을 함께 지었지. 생각나나?"

본코프스키 파샤는 정말 그 이스탄불의 밤들이 떠올라 그리운 듯 미소를 지었다. 파디샤로부터 기대하지 않았던 독점권을 받은 두 청년은 카라쾨이에 있는 니키포로의 약국 뒷방에서 밤에 라크[31]를 마시며 부자가 될 계획을 세웠다. 우선은 특별한 향기가 나는 민게르의 장미수를 병에 담고, 그다음에 핸드크림을 만들 예정이었다. 1880년대는 유럽인들이 '스페시알리테 파르마쇠티크'라고 부른 조제약의 황금기였다. 향과 색이 풍부한 전통 약제상은 인기가 없어지고 처방전에 따라 약을 조제해 주는 벽을 흰색 페인트로 칠하고 목재 진열창이 있는 약국이 갑자기 시장을 장악했다. 이 약국들은 해외에서 미리 조제한 티눈약과 복통약, 수염과 머리 염색약, 치약, 상처 연고가 담긴 우아한 병들을 수입해 오기 시작했다. 이스탄불과 이즈미르의 어떤 약국들은 유럽 제품 화장수와 장 청소용 소다까지 팔았다. 이 무렵 일부 영리한 약사들은 이러한 제품들을 국내에서 만들기 시작했다. 본코프스키 베이도 '장 청소용 소다'와 '탄산 과일 주스'를 만들기 위해 작은 회사를 세웠다. 이때 본코프스키 파샤는 '국산' 조제약과 음료의 병과 뚜껑, 멋진 포장 상자, 라벨이 유럽에서, 그중에도 대부분 파리에서 만들어진다는 것을 알게 되었다. 파리에서는 라벨 그림에 대한 비용도 받았다. 그래서 화

31 터키 특유의 술. 무색이지만 물을 타면 뿌연 우윳빛으로 변한다.

가 친구인 오스간 칼렘지얀을 찾아갔다.

"자네 친구인 오스간이 우리 장미수 병을 위해 이 그림을 그렸지. 전혀 바꾸지 않았네. 처음에 아르카즈에 하나뿐인 라벨-명함 인쇄소에서 1000개를 찍어 내 첫 장미수 병에 붙였어."

"오스간은 약사이자 화학자였을 뿐 아니라 당시 가장 잘나가는 광고 화가였어." 본코프스키 파샤가 말했다. "그 시절 라자로 프랑코를 위시해 유명한 호텔들과 몇몇 유명한 상점, 그리고 물론 제약 제품들의 카탈로그를 그리고 상자들을 디자인했지."

"여기 좀 보게!" 니키포로는 본코프스키 파샤를 가장자리로 이끌더니 목소리를 낮추어 말했다. "사실 총독 파샤가 주의해야 할 가장 맹렬한 방역의 적은 리파이 종파 셰이크야. 함둘라흐 셰이크도 몰래 그 사람을 지원한다네."

"어느 마을에 있는 테케지?"

"와을라와 게르메로 가게. 레반트의 장미 위에 있는 이 도안을 기억하나? 좀 더 상징적이지. 민게르성 특유의 첨탑, 베야즈산, 민게르 장미가 있어."

"그래, 그것도 기억이 나네!"

"총독 파샤께 그분의 랜도 마차로 우리 제품들의 견본을 보내고 있지." 니키포로는 바구니에 넣었던 레반트의 장미 두 개를 가리키며 말했다. "이 병들의 그림을 천에 새겨서 광고 목적으로 진열장에 걸어 놓았는데 불행하게도 총독 파샤께서 오해하고 그것을 내리게 했을 뿐 아니라 그림이 새겨진 천도 돌려주지 않으셨네. 방역 위원회 입회는 내 현수막을 돌려준다는 조건하에 허락하지. 그 천은 우리 회사의 역사에서 중요한 부분이니까."

본코프스키 파샤는 삼십 분간 고집을 부려 총독 사미 파샤의 집무실에 들어가자마자 약사 니키포로의 요청을 전했다.

"옛 친구인 약사 니키포로가 방역 위원회에 들어오겠다고 했습니다. 그런데 조건이 하나 있답니다. 광고용 현수막을 돌려 달라고 합니다."

"그러니까 당신에게 그 사건을 설명할 정도로 과장했군요! 니키포로는 아주 배은망덕하고 악영향을 미치는 사람입니다. 파디샤께서 하사한 독점권 덕분에 장미 농장, 약국, 장미수 사업으로 부자가 되었지요. 쓸데없이 파디샤를 배반하고 그리스 영사관과 무역 담당 공사의 수하가 되었어요. 제가 원하면 세금 조사관을 보내 벌금을 물리고, 그의 장미수 궁전을 망가뜨릴 수 있습니다."

"그러지 마십시오, 총독 파샤!" 본코프스키 파샤는 지극히 겸손한 태도로 말했다. "방역은 함께 협력해야 하는 일입니다. 제가 그를 방역 위원회에 들어오라고 어렵사리 설득했습니다."

총독 파샤는 바로 옆 초록색 문이 달린 작은 방으로 들어가 궤의 뚜껑을 열고는 분홍빛이 도는 붉은색 천 조각을 꺼내 펼쳤다.

"보시오, 이건 충분히 깃발이 될 수 있는 거요!"

"파샤의 우려는 저도 충분히 이해합니다만 이건 깃발이 아니라 니키포로와 제가 젊었을 때 세운 제약 회사 제품을 소개하는 라벨 그림입니다. 병에 붙어 있는 일종의 문장이지요." 본코프스키 파샤는 곧장 덧붙여 말했다. "파샤, 부탁입니다만 우체국에 한 번 더 물어봐 주시기 바랍니다!" 대화의 주제를 바꾸기 위해서가 아니라 이즈미르에서 아직 전보가 도착하지 않은 것이 믿기지 않아서였다.
그 후 본코프스키 파샤와 조수는 걸어서 허름한 숙소로 돌아갔다. 일리아스가 초조해하는 본코프스키 파샤에게 절대 우체국에 혼자 가지 말라고 한 번 더 일렀다.

"뭐가 위험한가? 누가 이곳에서 페스트가 창궐하기를 원하겠나? 페스트가 창궐하면 다른 곳처럼 이 섬에서도 서로 적의를 가진 모든 그룹이 일시에 적대적인 감정을 내려놓을 게야.”

“파샤, 오로지 유명해지기 위해 파샤께 나쁜 짓을 하는 사람들도 나올 겁니다. 기억하시기 바랍니다, 에디르네에서 한 달 동안 고군분투하며 콜레라를 잠재우셨습니다. 그 도시를 떠날 때 여전히 일련의 사람들은 파샤께서 콜레라 전염병을 에드리네로 가져왔다고 주장했지요.”

“여기는 녹음이 우거진 더운 섬이야! 사람들의 기질이 이곳 기후처럼 부드럽다네.”

주 청사에서 전보 문제에 대해 소식이 오지 않자 오스만 제국의 보건위생 수석 검사관과 의사 조수는 아무도 모르게 숙소에서 나왔다. 문을 지키던 경비와 헌병들이 정신을 차리고 따라붙을 즈음 그들은 재빠르게 주 청사 광장으로 나갔다. 더운 봄날 오후 광장의 날씨는 화창했다. 왼쪽으로 멋진 성과 오른쪽으로 위풍당당한 전설적인 베야즈산의 바위들이 만든 역동적이고 산뜻한 광경은 본코프스키 파샤를 들뜨게 했다. 그들은 광장을 바라보는 건물 기둥들 아래를 걸었다. 민게르 우체국과 세련된 포목 상점 다프니의 문 앞에는 방문객에게 소독액을 뿌리기 위해 방역관이 지키고 있었다. 도시에는 페스트를 암시하는 다른 것은 없었다. 마차를 끄는 말들이 광장에 서서 졸고, 손님을 기다리는 마부들은 즐겁게 이야기를 나누었다.

우체국 문 앞에 있던 직원이 장미 향기가 나는 리졸을 그들에게 분사했다. 본코프스키 파샤는 가장자리에서 손가락을 계속 물에 담그며 무엇인가를 세고 있는 늙수그레한 전보 담당 직원을 보고 다가갔다.

“기다리시는 전보와 주 방역 위원회가 기다리던 전보들이 도착했습니다!” 하고는 직원은 종이 세는 일을 계속했다.

본코프스키 파샤는 결과가 궁금해 개인적으로 이즈미르 방역 부장에게 전보를 보냈다. 이렇게 해서 그가 예상했듯이 페스트가 발생했다는 것을 '공식적으로' 알게 되었다.

"방역 회의가 시작되기 전에 와을라와 게르메에 한번 다녀오겠네." 본코프스키 파샤는 말했다. "방역 담당자는 모든 것을 직접 눈으로 봐야지!"

일리아스는 오른쪽으로 전보용 카운터 뒤 소포 보관실의 문이 열려 있는 것을 보았다. 밖으로 열리는 문의 틈새로 녹음이 짙은 뒷마당이 눈에 들어왔다.

본코프스키 파샤는 일리아스의 놀라는 듯한 눈길을 알아챘지만 마음에 두지 않았다. 그는 왼쪽의 손님용 카운터 뒤로 가 아무런 방해를 받지 않고 빙 돌아서(우체국장 디미트리스와 직원 한 명은 그를 등진 채 무엇인가를 읽고 있었다.) 뒤에 있는 빈방으로 들어갔다. 속도를 줄이지 않고 계속 움직여 뒷마당으로 통하는 살짝 열린 문을 밀고 우체국 건물 밖으로 나갔다.

일리아스는 원래 이러한 상황에서 파샤를 혼자 두지 않았다. 하지만 모든 것이 순식간에 일어났고, 보건위생 수석 검사관이 되돌아올 거라 생각하며 홀린 듯 그를 바라보고 있었다.

본코프스키 파샤는 뒷마당으로 나오면서 정보국장의 정보원과 경호원들로부터 잠시나마 벗어났다는 사실을 기뻐했다. 거리로 나가 비탈길을 걸었다. 조금 있으면 분명히 사방에 부하들을 보내 그를 찾을 것이다. 예순 살의 유명한 화학자는 자신이 친 장난이 즐거웠고, 모든 사람을 따돌린 것이 무척 만족스러웠다.

두 시간 후 피투성이가 된 본코프스키 파샤의 시신이 흐리소폴리팃사 광장에 있는 펠라고스 약국의 대각선 맞은편 공터 한쪽에서 발견되었다. 오스만 제국의 보건위생 수석 검사관이자 파디샤 압뒬하미트 개인 약국의 수석 화학자가 이 두 시간 동안 무엇을 했으며 누가, 언제, 어떻게 납치하여 죽였는지는 민게르 역사가들 사이에서 꺼리는 주제지만 여전히 때때로 논쟁이 되었다.

본코프스키 파샤가 어쩌다 접어들어 천천히 올라갔던 좁은 비탈길 한쪽에는 덩굴, 수양버들, 산딸기 가지들이 늘어지고 회벽 페인트가 떨어져 나간 오래된 벽들이, 다른 한쪽에는 공터의 나무들 사이에서 빨래를 널며 떠들썩하게 웃는 아낙네들과 반쯤 벗고 돌아다니는 아이들이 보였다. 더 앞쪽에서 본코프스키 파샤는 담쟁이덩굴 사이로 짝짓기를 하는 도마뱀들을 보았다. 룸 마리안나 테오도로풀로스 여자 고등학교는 등교 수업을 중단하지 않았지만 학생들 중 절반만 학교에 왔다. 벽을 따라 걸으며 검은 철책 사이로 감옥을 들여다보듯 고등학교 뒷마당을 바라보던 수석 검사관은 전염병을 오래 경험하면서 자주 목격했던 것처럼 어머니와 아버지들이 집에 함께 있지 못하고 아이들에게 음식을 만들어 주지 못하는 많은 룸 가족이 전염병이 돈다는 소문에도 불구하고 수프 한 그릇 혹은 약간의 빵이라도 먹이려고 아이들을 계속 학교에 보내고 있었으며, 갈수록 학생 수가 줄어드는 학교에서 시간을 죽이는 학생들의 얼굴에서는 근심을 엿볼 수 있었다.

본코프스키 파샤는 잠시 후 아야 트리아다 교회 마당으로 들어갔다. 조금 전 두 장례 행렬이 관을 들고 호라 마을 뒤에 있는 정교회 묘지를 향해 길을 나섰기 때문에 마당은 비교적 조용했다. 본코프스키 파샤는 이십 년 전 이 룸 정교회 교회가 새로 지어지던 시기에 이스탄불까지 메아리친 논쟁을 떠올렸다. 교회 터에는 1834년 아르카즈에 치명적인 공격을 가한 콜레라 전염병으로 죽은 사람들을 묻기 위해 급히 마련한 묘지가 있었다. 대리석 무역으로 부유해진 룸들은 콜레라가 창궐했던 재앙의 날들을 잊기 위해 그 땅에 거대한 교회를 짓고 싶었다. 당시 총독은 콜레라에 걸려 희생된 사람들이 묻힌 곳에 새로운 건물을 지으면 건강 문제들을 일으킬 거라는 핑계를 대며 반대했다. 압뒬하미트는 이스탄불의 식수 문제를 논의하던 중 젊은 화학자에게 의견을 물었고, 민게르에 있는 묘지 땅에 교회를 건축해도 된다는 허가가 이루어졌다. 육십 년 전 탄지마트[32] 이후 기독교인들에게 돔 건축을 허가하면서 오스만 제국 당시에 지어진 모든 교회가 그랬듯이 이 교회도 돔이 지나치게 웅장했다. 교회의 거대한 돔과 종탑은 항구 입구에 들어설 때 이곳이 그리스 섬이라는 인상을 주어 총독들의 심기를 종종 불편하게 만들었다. 오스만 제국민들이 건축한 가장 큰 건물인 예니 사원의 돔이 어쩌면 더 클지 모르지만 위치 면에서는 룸 교회가 더 특별했다!

본코프스키 파샤는 교회에 들어가면 소독기를 든 방역관과 신도들이 따라다니며 괴롭힐 것을 알고 벽에 가까이 붙어 걸었다. 벽을 따라 상점들이 늘어서 있었다. 맞은편 모퉁이에 재단이 지원하는 남자 고등학교가 보였다. 본코프스키 파샤는 지금으로부터 삼십 년 전 이스탄불의 몇몇 고등학교에서 외부 전문가로서 화학 강의를 하던 시절이 떠올랐다. 지금 시간을 죽이고 있는 저 얼떨떨한 학생들에게 화학, 세균, 페스트에 대해 가르치고 싶었다.

교회 마당을 나올 때 눈에 들어온 세련된 룸 노인에게 프랑스어로 와을라가 어디에 있는지 물었다. 더듬거리며 대답한(그는 부유한 알도니의 먼 친척이었다.) 노인은 본코프스키 파샤의 시신이 발견되고 두 시간이 지나서야 경찰에게 이 만남과 수석 검사관이 했던 질문을 알려 한동안 용의자인 양 혹사를 당했고, 십 년 뒤 아테

32 정부의 재구조화. 19세기에 시도된 개혁의 시대를 일컫는다.

네 신문에 이러한 일을 털어놓았다.

그는 교회에서 나와 일부는 문을 닫고 일부는 열려 있는 구멍가게, 청과물 가게, 그리고 이 글을 쓰는 2017년에도 여전히 장사 중인 아몬드 스콘을 파는 조피리 제빵소 앞을 지나갔다. 본코프스키 파샤는 에셰크 아느르탄 언덕을 내려갈 때 소규모의 사람들이 커다란 관을 들고 올라오는 것을 보고 길 가장자리로 물러섰다. 이 비탈길과 하미디예 대로가 만나는 모퉁이에 가게를 둔 이발사 파나요트가 그의 행동을 보았다. 장례식이 끝나고 다음 장례식 행렬이 아직 도착하지 않았기 때문에 옛 총리대신이자 유명한 민게르인인 아흐메트 페리트 파샤가 1776년에 짓게 한 사원은 한산했다. 본코프스키 파샤는 돔이 비교적 작은 사원의 바다를 바라보는 마당을 지나 보리수 향기가 나는 좁은 골목을 걸었다. 완공되지 않았는데도 그날 아침 환자를 받기 시작한 하미디예 병원을 보자 정보국장의 부하들이 자신을 찾을지도 모른다는 생각이 들어 일단 카디를레르 마을로 들어갔다가 나중에 게르메 마을로 갔다.

본코프스키 파샤는 전염병으로 벌써부터 많은 사망자를 낸 이 거리들에서 길 중간을 흐르는 하수구, 맨발로 뛰어다니는 아이들, 무슨 이유인지 치고받으며 싸우는 두 형제를 잠시 서서 바라보았다. 그리고 호주머니에 넣고 다니던 바이람 에펜디의 부적을 쓴 셰이크의 문 앞을 지났다. 우리는 이 지역에서 계속 보초를 선 사복경찰의 보고 덕분에 이 모든 것을 알고 있다.

이 경찰은 본코프스키 파샤가 누구인지 몰랐다. 하지만 테케 근처에서 나중에 본코프스키 파샤가 어떤 젊은이와 만나고, 둘이 대략 다음과 같은 대화를 시작하는 것을 목격했다.

"의원님, 환자가 있는데 제발 저희 집에 와 주세요."

"나는 의원이 아닙니다."

그들은 한동안 이야기를 했다. 그러나 경찰은 그들의 대화를 들을 수 없었다. 그러고 나서 그들은 순식간에 눈앞에서 사라졌다.

보건위생 수석 검사관과 다급한 청년은 한동안 빠른 걸음으로 걷다가 담이 낮고 대문이 없는 정원으로 들어갔다. 본코프스키 파샤는 자신이 꿈속인 듯 엉뚱한 문을 열려고 헛되이 애쓰는 것만 같았다. 문을 열더라도 소용없으리라는 것을 알면서 계속 문을 밀었다.

그러더니 집 문이 열리고 그들은 안으로 들어갔다. 페스트 환자가 있는 집의 땀, 구토, 숨 냄새가 공기에 짙게 배어 있었다. 당장 창문을 열지 않으면 페스트에 감염될까 싶어 그는 숨을 참았다. 하지만 아무도 창문을 열지 않았다. 환자는 어디에 있지? 사람들은 환자를 보여 주는 대신 비난하는 듯한 시선으로 그를 바라보았다. 본코프스키 파샤는 갑자기 너무 불안하여 숨이 막힐 것만 같았다.

그때 갈색 머리에 초록색 눈동자를 가진 사람이 앞으로 나서며 말했다.

"당신은 우리를 파멸시키기 위해 또 이곳에 질병과 방역을 가져왔소! 하지만 이번에는 성공하지 못할 거요!"

9장

이틀 전 한밤중에 본코프스키 파샤를 민게르에 내려놓은 아지지예와 사절단은 알렉산드리아에 도착하여 독일 제국 대사관의 열렬한 환영을 받았다. 중국에서 살해된 대사 때문에 고통받고 분노하던 독일의 알렉산드리아 영사는 다른 서양 국가 영사들을 위한 환영식과 기자 회견을 준비했다. 사절단의 임무는《레 피라미즈》,《이집션 가제트》처럼 영어로 발행하는 이집트 신문과 인도, 중국(특히 무슬림) 신문에 보도되도록 하는 것이었다. 중국에서의 반란 진압을 세계에 그의 힘을 보여 줄 좋은 기회로 여긴 카이저 빌헬름은 이렇게 해서 아직 사절단이 베이징에 도착하기도 전에 이슬람의 칼리프인 오스만 제국 파디샤가 중국 반란자인 무슬림이 아니라 서양인들과 함께한다는 소식을 세계에 공포하고자 했다.

파키제 술탄과 남편은 밤낮을 아지지예 선실에서 보냈다. 새로 건설한 알렉산드리아 부두에 배가 정박한 후에 헐렁하고 긴 옷을 입은 맨발의 베두인 짐꾼들이 전투에서 공격이라도 하듯 갑판으로 올라와 누구에게도 묻지 않고 가방과 짐들을 내리기 시작하자 파키제 술탄은 왕족의 지위 때문에 배에서 내리는 것이 금지되어 기뻤다고 말했다. 마베인이 사절단 보호 임무를 맡긴 콜아아스[33] 캬밀에게 여행 중 항구와 도시에 들렀을 때 그녀의 곁을 떠나지 말라는 명령이 내려졌다는 것을 파키제 술탄은 알고 있었다.

파키제 술탄은 첫날 저녁 아지지예에 서서 알렉산드리아 너머로 해가 지는 것을 바라보며 남편에게 이스탄불 츠라안 궁전에서 감금 생활을 하는 옛 파디샤인 아버지에 대해 이야기했다. 감금되어 있는 궁전에 사람이 많았지만 때로 아버지와 언니들과 따로 남아 피아노를 쳤다고, 아버지는 다정하고 감성적인 사람이라고, 선의를 가진 메이슨 일원인데 안타깝게도 오해를 받고 있다고 말했다. 한번은 지도책에서 아프리카 지도를 보고 있을 때 방에 들어온 아버지가 딸들에게 이십 년 전 왕자였을 때 이집트를 방문한 일을 이야기해 주었다. 당시 파디샤이던 숙부 압뒬아지즈와 그다음에 왕좌에 앉을 남동생 하미트 에펜디 왕자도 함께 갔었다.(이후 함께 파리, 런던, 빈도 여행했다.) 이집트에서 압뒬아지즈, 무라트 5세, 압뒬하미트 2세, 그러니까 당시의 술탄과 장차 왕좌에 앉을 두 명의 오스만 제국 술탄은 낙타를 타고 피라미드를 보러 갔고 태어나 처음으로 기차를 탔다. 그들은 말했다. "언젠가 우리 오스만 제국에도 철도가 생겼으면 좋겠어!" 딸들이 지도책에서 아프리카를 보고 있는 동안 아버지는 이집트인들이 오스만 제국의 술탄들을 얼마나 좋아했는지 회상했다. 폐위된 파디샤는 십구 년 전 감금된 궁전에서 영국이 이집트를 점령했다는 소식을 듣고 슬픔에 잠겨 눈물을 흘렸다.

파키제 술탄은 폐위된 파디샤 무라트 5세의 셋째 딸이었다. 1876년 무라트 5세가 등극한 지 석 달 후 정부 관료 중 중요한 위치

33 오스만 제국에서 대위와 소령 사이의 계급.

에 있는 파샤들이 그가 불안정하고, 심지어 미쳤다며 폐위하고, 동생인 현재의 파디샤 압뒬하미트를 그 자리에 앉혔다. 무라트 5세가 폐위되기 석 달 전 그의 숙부, 그러니까 파키제 술탄의 종조부인 술탄 압뒬아지즈 역시 중요한 관료 파샤들의 음모로 폐위되었을 뿐 아니라 일주일 후 살해당했으며, 그의 죽음은 자살로 처리되었다. 이 끔찍한 사건을 생각하면 파키제 술탄이 보기에 아버지 무라트 5세가 제정신이 아닌 것은 당연했다. 왕위 계승 서열 2위이자 형 무라트처럼 알려지거나 사랑받지 못했던 왕자 압뒬하미트 에펜디는 이 예기치 않은 전개 때문에 갑자기 파디샤로 등극하자 첫날부터 숙부처럼, 형처럼 폐위되어 감금되고 살해되는 두려움과 불안에 휩싸여 전임 파디샤인 형 무라트 5세에게 엄격한 감금 생활을 하도록 강요했다.

파키제 술탄은 여전히 지속되고 있는 아버지 무라트 5세의 이십팔 년의 감금 생활 중 사 년째 되는 해에 태어났고, 지금까지 감금되어 살던 궁전 이외에 아무것도 보지 못했다.(하지만 가장 사랑하는 언니 하티제는 아버지가 파디샤가 되기 전 쿠르바알르데레에 있는 별장에서 태어났고, 아버지가 파디샤일 때 돌마바흐체 궁전에서 아버지와 왕자인 숙부 압뒬하미트의 품에도 안겼었다.) 압뒬하미트는 무라트 5세가 왕위를 되찾거나 반대파 사람들과 음모를 꾸미지 못하도록 그와 가족을 오스만 제국 왕자들에게 그랬던 것처럼 궁전 밖의 삶과 완전히 차단했다.

작은 궁전에서 감금되어 지내는 세 자매의 결혼 문제는 아버지인 폐위된 파디샤 무라트 5세의 슬픔이자 큰 고민거리였다. 압뒬하미트는 세 조카에게 결혼하고 싶으면 아버지를 떠나 이을드즈 궁전에서 그의 곁에 머물러야 한다는 조건을 내세웠다. 왜냐하면 불안하고 잔인한 파디샤는 형을 감금한 작은 궁전에 결혼 준비 같은 타당한 핑계 때문에라도 누군가 들락거리는 것을 원하지 않았다. 파키제 술탄의 아버지는 어린 시절에 매우 좋은 친구였던 동생이 내건 조건에 마음이 아팠다. 하지만 세 딸에게 압뒬하미트가 매우 잔인하며 아버지와 딸들을 떼어 놓는 것은 큰 죄라고 말하면서도 한편으로 결혼하여 아이들을 갖고 가정을 꾸리는 것은 인생에서 가장 중요한 행복이라고 말했다. 가장 좋은 방법은 딸들이 한동안 아버지 곁을 떠나 숙부에게 그녀들의 호의와 화해했다는 증거를 보여 주고 이을드즈 궁전에서 그들의 아름다움과 신분에 걸맞은 남편들을 찾는 것이었다.

서른 살이 다 된 큰언니 하티제 술탄과 조금 어린 페히메 술탄은 이 조건을 받아들였지만 열아홉 살의 파키제 술탄은 처음에 부모님과 헤어지고 싶어 하지 않았다. 그러나 이 년 후 모든 문제가 순조롭게 진행되어 압뒬하미트가 신경을 써서 파키제 술탄에게도 '비록 의사지만' 결국 남편감을 찾아 주었고, 세 자매는 함께 이을드즈 궁전에서 결혼식을 올렸다. 게다가 언니들과 달리 파키제 술탄은 급작스럽게 결혼한 남편과 지금 행복했다.(어떤 사람들은 그녀가 언니들만큼 아름답거나 야심이 없기 때문이라고 말했다.)

그들이 선실에서 시간을 보내며 이야기를 나누고 서로 알아 가는 동안 의사 누리의 밀빛 피부와 털로 뒤덮인 통통하고 우람한 몸을 보는 것은 파키제 술탄에게 지금까지 몰랐던 달콤한 희열을 느끼게 해 주었다. 남편이 흥분하여 무엇인가를 설명할 때 땀 흘리는 모습을 보거나 가쁜 숨을 쉴 때 코로 숨을 들이쉬고 내쉬는 소리를 듣는 것조차 하티제 언니에게 썼듯이 술탄을 지극히 행복하게 했다. 때로 남편이 물병을 가지러 가기 위해 침대에서 나갈 때면 뒤에서 그의 통통한 다리와 남자에게 전혀 어울리지 않은 작은 발, 커다란 엉덩이를 경탄하며 바라보았다.

부부는 대부분의 시간을 침대에서 사랑을 나누며 보냈다. 나머지 시간은 아무 말 없이 덥고 습한 선실에 나란히 누워 모기들의 공격에서 잠시 떨어져 있는 것만으로 만족했다. 이따금 중요하게 여기던 심각한 주제가 대두하면 둘 다 상대의 반응에 주의를 기울이면서 분위기를 부드럽게 만들었다. 가끔은 침대에서 나와 가장 말끔한 옷을 차려입고 대화를 계속 이어 갔다. 하지만 위험한 화제가 나오면 둘 다 입을 다물었다.

파키제 술탄에게 위험한 주제는 당연히 압뒬하미트에 대한 증오와 궁전에서 갇혀 지낸 그 오랜 시간이었다. 부마 누리는 아내가 이런 이야기를 하며 마음을 털어놓고 싶어 한다는 것을 알았지만 그들의 행복에 해를 끼칠지 모른다고 생각하여 서두르지 않고 궁금증을 억눌렀다. 게다가 아내가 슬픈 이야기를 하면 누리는 방역의로서 겪은 가혹한 경험과 헤자즈에서 목격한 모든 공포, 가련한 하즈들이 겪은 것들을 나누어야 하는데 그 가혹한 현실들이 술탄을 충격에 빠트리고 불안하게 만들 거라는 생각에 주저했다. 한편으로는 자존감이 높은 이 영리한 여성과 마음속에 있는 것들을 나누고 싶었다. 그녀의 숙부가 통치하는 오스만 제국에서 하나하나 떨어져 나가고 있는 지역들에서 어떤 일이 일어나고, 그 사람들이 전염병으로 어떻게 죽어 가고 있는지 아내가 알았으면 하는 마음도 간절했다.

알렉산드리아에 도착한 지 사흘째 되는 날 아침에 부마 누리는 도시로 나갔다. 메흐메트 알리 파샤 광장 바로 뒤쪽의 영국 의사와 관리들이 묵는 지지니아 호텔(문 앞에 소독용 분무기를 든 방역관들이 있었다.) 거리에 있는 이스탄불 출신 룸 시계공을 찾아갔다. 시계공은 이스탄불 소식을 묻더니 항상 그랬듯이 호기심 많은 오스만 제국 의사에게 서양과 오스만 제국에 반대하는 민족주의자

아라비 파샤의 반란을 진압한다는 핑계로 파견된 영국 전함이 몇 시간 동안 도시에 대포를 발사했다며 대포 소리가 너무나 끔찍했고 광장 전체가 무너지면서 새하얀 먼지구름 속에 휩싸였다고, 영국인과 프랑스인들의 건물도 포격을 맞았다고 말했다. 무장한 기독교인과 무슬림들이 거리에서 서로를 죽이기 시작했고, 변두리 마을에 사는 기독교인들은 집을 나설 때 한동안 모자를 쓰지 못했다고 했다. 그는 화재와 약탈이 있고 얼마 후 이곳에서 고르돈 파샤와 만났다. 고르돈 파샤가 하르툼에서 수단 출신인 메흐디의 무슬림 군대에게 죽을 때 몸에 지니고 있던 테타 상표의 시계를 자신이 수리해 주었다고 다시 한번 설명하면서 다음과 같이 자신의 의견을 요약했다. "제 생각에 프랑스인도 오스만인도 독일인도 아닌 오로지 영국인들만이 이집트를 통치할 수 있습니다!"

이전에 이스탄불 출신 시계공을 만나면 부마 누리는 동의하지 않는 부분들을 정정했었다. 예를 들어 "아닙니다, 오스만 제국은 이집트를 단념하지 않았습니다. 어차피 통치하지도 않았는걸요! 영국인들이 핑계를 대고 차지했습니다."라거나 아랍인이 기독교인을 죽이기 시작하기 전에 기독교인이 무슬림을 구타하고 죽였다고 공손하게 밝혔다. 하지만 시계공이 방금 언급한 '파디샤' 혹은 '압뒬하미트'의 조카와 한 달 전에 결혼한 뒤로는 이러한 종류의 이의를 제기하거나 어떤 정치적인 발언을 하는 것을 스스로에게 금지했다.

부마 의사는 이번 방문에서 시계공과 나누는 대화도, 방역을 하고 있는 알렉산드리아도 즐겁지 않았다. 무엇인지 정확하게 알 수 없지만 지금 그의 앞에는 다른 삶이 펼쳐져 있었다. 얼마 안 되어 그는 조바심치며 항구로 돌아갔다.

세관을 지나 아지지예에 오르자 선원이 토머스 쿡 선박에서 그에게 암호화된 전보 두 통이 배달되었다고 말해 주었다.

아지지예가 이스탄불을 떠날 때 마베인의 한 비서관이 부마 의사에게 파디샤가 보낸 특별 암호장을 건넸다. 압뒬하미트가 바브알리[34] 관료들 이외에 직접 소통하거나 친밀한 관계를 맺고 싶은 대사, 부족장, 국내외 정보원에게 준 암호장이었다.

누리는 파키제 술탄을 꼭 안고 상황을 설명한 후 짐 가방 아래쪽에서 암호장을 꺼내 호기심에 싸여 첫 번째 전보를 한 자 한 자 해독하기 시작했다. 암호장을 넘기며 숫자들에 대응하는 문자와 단어들을 찾는 동안 그는 이 일이 아주 오랜만이라 힘이 든다는 것을 깨닫고 주위에서 서성거리던 아내에게 도움을 요청했다. 얼마 지나지 않아 많이 사용되는 특정 단어들은 두 자리 숫자로 표현한다는 것을 발견하고 빠르게 내용을 해독했다.

첫 번째 전보는 마베인에서 바로 온 것이었다. 화학자 본코프스키 파샤가 사망하여 부마 의사가 민게르주와 수도인 아르카즈에서 발생한 페스트 퇴치를 지휘할 임무를 맡게 되었으니 곧장 섬으로 가라는 명령이었다. 또한 아지지예의 러시아 선장에게 파키제 술탄, 부마 의사 누리, 콜아아스를 지체 없이 민게르섬으로 데려가라고 명령했다. 역시 마베인에서 왔으며 파디샤가 직접 내린 명령임을 특별히 강조한 두 번째 전보에서는 본코프스키 파샤의 죽음이 '암살'일 가능성을 명백하게 밝히면서 이 사건을 밝히는 총독 사미 파샤의 수사에 부마 의사도 '탐정이 되어' 동참하라고 했다.

"숙부가 우리의 이 여행을 방해할 거라고 말했죠, 내가! 그가 가련한 본코프스키 파샤를 죽였다는 것은 의심할 여지가 없어요!"

"속단해서 말하지 말아요! 먼저 내가 국제 방역 기구의 상황을

34 총리대신의 행정 관청.

설명할 테니 나중에 판단해요!"

아지지예는 세 명의 승객을 태우고 즉시 알렉산드리아 항구를 떠나 밤새 북쪽으로 항해했다. 날이 어두워진 후 강해진 북풍 때문에 배의 속력이 떨어질 무렵 부마 의사는 가련한 본코프스키 파샤를 죽인 사람이 숙부인 압뒬하미트가 아니라 어쩌면 다른 어떤 세력일지 모르는 가능성에 대해 아내를 설득하고자 했다. 그래서 둘이 선실에 앉아 있을 때 아내에게 세계 방역 활동의 이해관계를 설명하기 시작했다.

1901년 세계를 군사적, 정치적, 의학적으로 지배한 영국, 프랑스, 러시아, 독일에 의하면 페스트와 콜레라 전염병이 메카와 메디나에서 유럽과 다른 세계로 퍼졌다. 병을 서양으로(서아시아, 남유럽, 남아프리카로) 가져간 사람들은 헤자즈로 성지 순례를 떠난 무슬림들이다. 다시 말해 세계의 페스트와 콜레라의 원천은 중국과 인도이며, 확산의 중심지는 오스만 제국의 헤자즈주였다. 오스만 제국의 여러 지역에서 활동하는 의사와 방역 전문가들은 기독교인이든 무슬림이든 유대인이든 안타깝지만 의학적으로 이 주장이 사실이라는 것을 깊이 알고 있었다. 하지만 어떤 이들은, 특히 젊은 무슬림 의사들은 이 주장이 서양인들의 정치적 목적을 위해 과장되었으며, 유럽 외의 민족과 국가들에 사상적, 의식적, 군사적으로 굴욕감을 주기 위해 사용되었다고 생각했다. "당신들은 우리 국민인 인도인 하즈들을 병으로부터 보호하지 못한다. 우리는 그들을 어떻게 보호할지 안다!"라는 영국인들의 선언에는 단지 의학적 무시가 아니라 군사적 위협이 있으며, 파디샤 압뒬하미트를 위시해 오스만 제국 편을 드는 모든 사람이 이를 인지하고 있었다. 이러한 이유로 압뒬하미트는(의사 누리는 아내의 눈을 들여다보며 "당신의 숙부!"라고 말했다.) 헤자즈에서 방역 기구에 많은 돈을 썼다. 홍해 입구에 있는 카마란섬에 새로운 건물, 군사 시설, 부두를 짓고 가장 실력 있는 의사들을 그곳에 보냈다.

오스만 정부 치하 예멘주의 홍해에 위치한 카마란섬에 설립된 방역 기지는 당시 수용 인원뿐 아니라 면적 면에서도 세계에서 가장 큰 방역 시설이었다. 의사 누리는 칠 년 전 성지 순례 시기에 콜레라가 창궐했을 때 처음으로 그곳을 방문했다고 설명하면서 감정을 숨기지 않았다. 특히 초기에 인도와 자바섬에서 온 대부분 영국 깃발을 단 케케묵고 고물 같은 배의 저장고까지 꽉꽉 들어찬 하즈들의 비참한 상태는 그의 눈시울을 젖게 만들었다. 이후 인도 항구들에서 온 모든 배의 상황은 더욱 심각해 보였다. 카라치, 뭄바이, 콜카타에 있는 영국 여행사들은 하즈들에게 왕복표 구매를 조건으로 명시했지만 당시 성지 순례를 떠난 인도 출신 하즈들 중 5분의 1은 죽거나 되돌아오지 못했다.

비싼 가격인데도 뭄바이와 제다를 운항하는 400명 정원의 여객선에 1000명에서 1200명의 예비 하즈들이 짐칸까지 빽빽이 들어차 있었다. 탐욕스러운 선장들이 배에서 가장 좁은 상갑판 주위의 난간, 심지어 선장실의 평평한 지붕, 그리고 상상조차 할 수 없는 곳에 하즈들을 얼마나 빽빽하게 실어 놓았던지 설 자리를 찾은 사람은 웅크려 앉을 자리를 못 찾고, 웅크려 앉은 사람, 운이 좋아 누울 수 있었던 사람은 만약 일어나면 자리를 잃어버릴까 봐 꿈쩍을 하지 않았다. 의사 누리는 자리에서 배에 앉아 있는 하즈들의 모습을 흉내 냈다.

누리는 검역선을 타고서 여기저기 벗겨지고 햇볕을 받아 달아오른 곧 가라앉을 것처럼 보이는 녹슨 배에 천천히 다가가고 있을 때 갑판, 둥근 창, 눈에 보이는 모든 공간에서 그를 바라보는 수많은 남자의 머리를 보고 놀랐고, 심지어 두려웠다. 진찰을 하기 위해 군인들과 함께 배로 올라가자 바닥마다 눕거나 앉은 하즈들이었고, 배 안에는 밖에서 보았던 수보다 세 배 정도 되는 사람들이 있었다. 순례를 앞둔 인도인 하즈들은 기진맥진하고 피곤해 보였으며 많은 수가 이미 병에 걸렸다는 것을 바로 알 수 있었다.

누리는 배에 올라가면 도무지 발 디딜 곳을 찾을 수 없는 대혼란 상태의 예비 하즈들을 지나 선장에게 가기 위해 무장한 경비 요원들의 도움이 필요할 때도 있었다고 설명했다. 아내의 질문에 이 배들 대부분은 원래 승객들이 앉을 자리조차 없는 짐배라고 말했다. 썩는 냄새가 진동하는 어두운 저장고로 내려갔을 때 현창이나 다른 창문도 없이 광대함 속에서 두려움에 떨고 있는 하즈들 수백 명의 꿈틀거림을 느꼈고, 신음과 기도 소리를 들었으며, 조용히 호기심에 싸여 그를 지켜보는 이들을 보았다. 저장고가 얼마나 어두웠던지 해가 지면 방역의들은 아래로 내려가는 것이 금지되었다. "더 이상 이야기를 하면 당신을 우울하게 할 것 같으니 그만두어야겠어요!" 의사 누리가 말했다.

"내게 아무것도 감추지 말아요, 제발!" 파키제 술탄이 말했다.

의사 누리는 아내가 그 사람들을 가난하고 무력하다고 여기는 것을 알고 이 문제에 대해 사실을 말할 수밖에 없었다. 하즈들은 그들이 사는 나라에서 비교적 부유한 사람들이었다. 어떤 사람은 이 메카 순례 여행을 위해 농지와 집을 팔고,어떤 사람들은 몇 년 동안 돈을 모으고, 어떤 사람들은 그토록 어렵고 비용이 많이 드는데도 두 번째 순례를 감행했다. 증기선이 도입되고 푯값이 인하되자 최근 이십 년간 헤자즈의 하즈 수는 몇 배가 증가하여 25만 명에 육박했다. 역사상 자바부터 모로코까지 전 세계에서 무슬림 남성들이 이렇게 대규모로 한곳에 모여 서로 알고 접촉하기는 처음이었다. 부마 누리는 어느 종교 축제 날 하즈들이 사용하는 엄청난 규모의 천막과 파라솔을 한 장소에서 보았고, 이슬람과 칼리프직을 으뜸패로 사용하고자 하는 '당신의 숙부'는 이 어마어마한 광경을 보고 얼마나 좋아했을까 생각했다고 말했다.

"나로 하여금 숙부를 좋아하게 만들고 싶어 하는 당신이 맘에 들어요. 우리를 만나게 해 주셨으니 고마운 빚을 졌지요. 그렇지요?"

"당신 숙부께서는 살인 사건을 해결하라고 우리를 민게르에 보내시는 겁니다. 그가 본코프스키 파샤를 죽였다고 말하는 것은 옳지 않아요!"

"알겠어요, 그러니 이 말은 다시는 하지 않겠어요! 하지만 가장 극렬하고 최악이었던 콜레라 이야기를 나한테 모두 해 줘요."

"나중에 나를 두려워하고 사랑하지 않을까 봐 우려됩니다."

"정반대예요! 나는 당신이 이 나라의 가장 힘든 곳에서 악전고투를 했기 때문에 더더욱 사랑해요. 어서 가장 끔찍한 이야기를 들려줘요."

부부는 함께 갑판으로 나갔다. 의사 누리는 궁 출신인 아내에게 아라비아해를 항해하는 배들의 뱃전 주위에 날림으로 만들어 놓은 하즈 화장실에 대해 설명했다. 사람들을 빽빽하게 태운 배에 있는 제한된 수의 화장실들은 모두 고장이 났거나 멀쩡하더라도 어차피 이틀 만에 수요 과다와 무지로 인해 막혔다. 수완 좋은 유럽인 선장들은 이 문제를 갑판 양쪽에 밧줄을 매고 바다로 늘어뜨려 날림으로 만든 달비계 화장실로 해소하려고 했다. 인도에서 헤자즈로 가는 모든 배에서는 항상 이 화장실 앞에 긴 줄이 늘어섰고, 종종 싸움이 났다. 어떤 하즈들은 파도치는 밤에 달비계 화장실에서 볼일을 보다가 아라비아해로 떨어져 무자비한 상어의 먹이가 되었다. 저장고에 있는 일련의 신중하고 경험 있는 하즈들은 여행을 나설 때 가져온 요강과 양동이들을 사용한 후에 둥근 창을 통해 분변을 바다로 비웠다. 하지만 파도가 많은 날에는 둥근 창을 열지 못하기 때문에 요강과 양동이는 천천히 흔들리며 넘치곤 했다. 저장고의 어둠 속에서 콜레라로 조용히 죽어 가는 하즈들의 시체 냄새와 요강에서 퍼지는 분변 냄새가 뒤섞였다는 이야기를 마친 다음 의사 누리는 한동안 말이 없었다.

"계속 이야기해 줘요!" 한참이 지나 파키제 술탄은 말했다.

부마 의사는 선실로 돌아오자 아내가 조금 덜 슬퍼할 거라고 추측하면서 북아프리카인 하즈들에 대해 이야기했다. 알렉산드리아, 트리폴리 같은 항구에서 의식과 기도로 배웅을 받으며 길을 나선 이 하즈들은 수에즈 운하를 지나서 오곤 했으며 더 편안하고 더 평온했다. 하지만 북쪽에서 온 순례선들에서 향락을 즐기며 규칙을 따르지 않고 예의고 뭐고 없는 행동들 때문에 어떻게 병이 퍼졌는지도 보았다. 서쪽에서 온 비교적 부유한 배의 갑판에서는 아랍 하즈들과 그 하인들이 식탁을 차려 놓고 올리브, 치즈, 피데[35]를 먹고, 심지어 복잡한 갑판 한구석에 화로를 설치하고서 고기를 굽는 것도 보았다. 한번은 알렉산드리아에서 영국 방역관이 배를 검문할 때 군인을 시켜 물건과 화로를 바다에 던지도록 하여 싸움이 난 일도 있었다.

"이제 말해 봐요. 여기서 잘못한 사람은 누구이고 무엇이 잘못된 행동일까요?"

"물론 방역 중인 배에서 허가 없이 야채와 과일을 먹으면 안 돼요." 파키제 술탄은 질문이 무엇을 의미하는지 알고 대답했다.

"하지만 영국 관리도 누군가의 물건을 바다에 던질 권리는 없지요!" 부마 누리는 선생처럼 조심스럽게 말을 이어 나갔다. "방역

35 타원형의 얇고 넓적한 빵.

관의 업무는 단지 무력으로 규제를 강요하는 것이 아니라 사람들이 이 규제에 자발적으로 참여하도록 설득하는 것이죠. 화로를 잃어버린 하즈는 그 거칠고 무례한 영국인에게 적의를 갖게 되어요. 일부러 규제를 어기고, 이렇게 해서 방역도 무너지고 말아요. 영국 관리의 거칠고 무시하는 태도 때문에 뭄바이에서 반란이 일어난 겁니다. 환자를 싣고 가는 차에 돌을 던지고 의사들을 공격했지요. 영국 관리들이 거리에서 살해되었소. 더 이상의 반란을 막기 위해 이제 영국인들은 콜레라가 갠지스강을 통해 퍼진다고 말하지 않아요."

"상황이 그렇다면 우리는 민게르를 떠나 뭄바이에 들르지 말고 곧장 중국으로 가요." 파키제 술탄이 말했다.

10장

그들은 서로를 안고 잠이 들었다. 아침 무렵 계속되던 배의 피스톤 엔진 소리가 잦아들자 함께 갑판으로 나갔다. 하루의 첫 빛이 배의 오른쪽에서 올라오고 있을 때 짙푸른 수평선에 민게르섬의 검은 그림자가 나타났다. 바람이 살랑 불어 둘의 눈을 적셨다. 꼿꼿하고 어두운 섬의 윤곽이 더욱더 확연하게 드러났다.

떠오르는 해가 베야즈산에서 시작해 섬 동쪽 해안을 따라 이어지는 날카롭고 거친 산들과 가파른 바위 절벽 위로 분홍빛 광채를 더했다. 서쪽을 바라보는 언덕들은 짙은 보라색, 심지어 어두운색으로 물든 것처럼 보였다. 1840년대 이후 섬을 찾은 많은 화가가 흥분에 들떠 화폭에 담고 각종 여행서에서 시적으로 묘사된 이 풍경은 아지지예가 섬으로 다가갈수록 마법적인 분위기를 자아냈다.

아랍 등대가 육안으로 보이기 시작하자 선장이 항구를 향해 키를 꺾었고, 누군가에게는 "동화 같고" 누군가에게는 "전설적이며 심지어 두려움을 안겨 주는" 풍경이 더욱 선명해졌다.

분홍색을 띠는 하얀 민게르석으로 지은 장엄한 성의 기이한 첨탑들과 그 뒤에 있는 같은 돌로 건축된 건물과 다리들은 더 깊고 매혹적이었다. 가파른 절벽 위의 녹음, 빨간 기와와 흰색 벽들을 보왔고, 도시 위를 비추는 이상한 빛의 존재를 느꼈다.

파디샤의 딸을 경호하는 콜아아스 캬밀은 갑판으로 나와 그들과 함께 풍경을 바라보았다.

"흥분을 감추지 못하겠습니다. 저는 민게르섬에서 나고 자랐거든요!" 그가 불현듯 말했다.

"정말 멋진 우연이군요!" 의사 누리가 답했다.

콜아아스는 아내와 이야기하면 남편이 불편해할지 모른다는 생각에서 의사만 바라보며 말했다.

"어쩌면 존엄하신 폐하, 파디샤께서 제가 민게르 출신이라는 사실을 아시고 저를 이 사절단에 포함시키신 것 같습니다."

"우리 파디샤께서는 호기심이 많으시고, 배우고 알게 된 모든 것을 다 기억하신답니다!" 의사 누리가 말했다.

"섬의 무엇이 가장 좋으세요?" 파키제 술탄이 물었다.

"모두 다 좋아합니다." 콜아아스는 외교적인 대답을 했다. "민게르섬의 가장 멋진 점은 모두 제가 아는 그대로이고 저와 맞는 곳이라는 것입니다!"

배는 사람들 사이에서 처녀탑으로 알려져 있고 한때 격리를 위해 사용한 작은 바위섬과 그 위에 서 있는 예쁜 베네치아 건물의 남쪽을 지나갔다. 이제 민게르에서 가장 크고 가장 유명한 도시인 아르카즈의 언덕, 지붕, 분홍빛 벽, 심지어 초록의 야자나무, 푸른색 블라인드가 있는 집을 다 구별할 수 있었다. 도시의 과거를 요약하는 베네치아, 비잔틴, 오스만 제국 시절의 돔 세 개가 서서히 등장했다. 동쪽에 생앙투안(가톨릭)과 아야 트리아다(정교회) 교회, 그리고 섬 서쪽 끝의 비교적 낮은 첫 번째 언덕에 자리 잡은 가장 큰 이슬람 사원인 예니 사원의 돔이 같은 선상에 있었다. 도시에 가까워지자 승객들의 눈은 최근 서양화가들이 여러 번 그림에 옮긴 이 세 돔의 물결치는 듯한 윤곽을 좇기에만 바빴다. 하지만 베야즈산 다음으로 풍경과 도시를 지배하는 건축물은 십자군이 세운 거대한 성이었다. 서양에서 '레반트'[36]라고 불리는 동지중해의 이 구역을 지나가는 배들의 길을 가로막듯 솟아 있는 분홍빛이 도는 성은 바라보는 사람들에게 아주 옛날에, 동화보다 더 먼 옛날에 이 섬에서 사람들이 살았고, 일했으며, 전쟁으로 서로를 무자비하게 죽였다는 것을 상기시켰다.

이제 사랑스러운 도시 아르카즈의 더 작은 구조물, 집, 나무가 하나하나 다 보이고 거리와 광장에서 흘러가는 삶을 느낄 수 있었다. 총독 관저의 기둥이 있는 발코니, 길 아래에 있는 새 우체국, 룸 고등학교, 아직 공사 중인 시계탑의 벽이 꽤 확연해졌다. 선장이 속도를 줄이자 아지지예의 승객들은 정적 속에서 태양의 밝기, 야자나무와 무화과나무의 녹음, 바다의 푸른색이 이곳에서는 무언가 다르다는 것을 알아차렸다. 파키제 술탄은 오렌지 꽃향기를 맡으며 자신이 페스트와 정치적 유혈 충돌의 문턱에 선 도시가 아니라 태양 아래 수백 년 동안 졸고 있는 작고 평온한 해안 마을에 다가가는 느낌이었다.

아침 햇살이 내리쬐는 도시에서는 움직임이 거의 없었다. 해안에 갑자기 솟아오른 나무가 우거진 언덕을 따라 늘어선 저택들과 분홍빛 도는 돌로 지은 집들의 창문은 여전히 닫힌 채 덧문들이 내려져 있었다. 프랑스 화물선과 이탈리아 화물선, 그리고 작은 범선 몇 척 이외에 달리 주목할 만한 배는 없었다. 의사 누리는 이들 배에서 방역 깃발을 보지 못했고, 해안에서 전염병을 막기 위한 어떤 조치도 인지하지 못했다. 하지만 항구에서 아지지예 왼쪽 옆에 있

36 그리스, 이집트, 시리아 등 동지중해 지역을 가리키는 역사적 지명. 이탈리아어로 '태양이 떠오르는 땅'을 뜻한다.

는 날림으로 지어 방치된 부두의 건물들, 옛 세관과 새 세관 건물, 가난한 사람들이 머무는 합숙소와 다 쓰러져 가는 집들이 전염병의 진원지가 될 수 있다고 머릿속 한편에 새겼다.

갑판 위 그의 옆에 서서 아내는 바다 밑바닥의 바위, 빠르고 가시가 달린 손바닥만 한 물고기, 우아한 꽃을 연상시키는 초록색과 짙은 파란색 이끼에 매료되어 마치 추억을 돌아보듯 청록색의 바다를 응시하고 있었다. 바람 없는 바다의 거울은 도시의 대부분 분홍빛이 도는 흰색, 이따금 노란빛이 도는 오렌지색 집들, 다양한 초록색 나무들, 성의 첨탑들, 교회와 사원의 납빛 돔들을 반짝반짝 비추었다. 부마 의사와 파키제 술탄은 아지지예의 날카로운 뱃머리가 쉬익거리며 바다를 가르는 소리도 들었다. 갑자기 주위가 얼마나 고요하던지 갑판에 있는 사람들은 도시에서 우는 닭 소리, 개가 공허하게 짖는 소리, 당나귀가 우는 소리까지 들을 수 있었다.

선장이 뱃고동 소리를 두 번 울렸다. 이스탄불에서 일주일에 한 번 배가 오고, 이즈미르와 알렉산드리아, 테살로니키에서 두 척의 배가 오는 민게르섬에서 비정기선의 뱃고동 소리를 듣자 온 도시는 호기심에 휩싸였다. 여느 때처럼 뱃고동 소리는 주도의 두 언덕 사이에서 메아리쳤다. 콜아아스는 어린 시절을 보낸 거리에서 움직임들을 감지했다. 호텔, 여행사, 식당, 가지노,[37] 찻집이 해안을 따라 자리한 르흐틈[38] 대로에서 마차가 지나가고, 우체국과 총독 관저가 있는 더 위쪽의 하미디예 대로에서는 나무들 사이로 오스만 제국의 깃발이 펄럭였다. 바다를 끼고 나란히 뻗은 두 거리가 만나는 짧고 가파른 이스탄불 대로에 드문드문 사람들이 걸어가고 있었다. 콜아아스는 멀리서나마 그들이 쓴 모자와 페스를 보고 행

37 공연을 보고 음악도 들으며 음식을 먹는 장소.

38 '부두'라는 의미.

복했다. 섬에 마지막으로 왔을 때 보았던 오스만르 은행과 토머스 쿡 회사의 광고들은 여전히 그 자리에 있었다. 이제는 호텔 지붕에 커다란 글씨로 스플렌디드 팰리스라는 이름이 적혀 있었다. 어린 시절을 보낸 집은 항구에서 보이지 않았지만 시장으로 내려오는 비탈길 꼭대기에서 작은 소푸 사임 파샤 사원의 짤막한 첨탑을 알아볼 수 있었다.

아르카즈 항구는 거의 초승달 모양의 천연 항구였다. 십자군이 초승달의 동남쪽 끝 커다란 바위 절벽 위에 지은 웅장한 성은 몰타와 보드룸 성처럼 한때 독립적인 도시이자 수비대였다. 하지만 성의 규모와 천연 항구로서의 이용 가능성에도 불구하고 새로 건조된 커다란 배를 수용할 부두를 건설하지 못했다. 민게르 대리석 무역의 황금기인 삼십 년 전 매일 이즈미르, 마르세유, 함부르크로 가는 배에 돌을 싣기 위해 만든 날림 부두는 오늘날의 대형 여객선을 감당하기에는 불충분했다. 어차피 칠 년 전 그 오래된 부두들 중 하나에 접근을 시도했던 작은 러시아 배가 난파하자 당시 갈수록 증가하던 증기 여객선의 항구 진입은 금지되었다.

아지지예는 아르카즈에 오는 모든 여객선과 마찬가지로 항구의 작은 만 근처 바다에서 떠들썩하게 닻을 내리고 기다리기 시작했다. 어린 시절 콜아아스가 가장 좋아하던 순간이었다. '바푸르'라는 증기선은 섬에 새로운 우편, 새로운 승객, 새로운 이야기, 상점들의 새로운 제품과 함께 흥분을 몰아왔다. 배가 정박하자마자 십장들의 지시에 따라 승객들과 짐을 챙겨 해변 선창으로 가려는 사공과 짐꾼들이 행동을 개시했다. 십장마다 자신만의 짐꾼과 사공들이 있었고, 이들은 여객선에서 해안으로 더 많은 짐과 사람을 데려가고 더 많은 팁을 벌기 위해 서로 경쟁했다.

사관 중학교에 다니던 마흐무트의 아들 카밀과 친구들은 여객선의 뱃고동 소리를 들으면 다른 많은 아이와 어른들처럼 부두로 내려가 인파를 구경했다. 사공들끼리 경쟁한다는 것을 아는 아이들은 어떤 나룻배가 배에 처음 다다를지 조피리 제빵소에서 나오는 아몬드 스콘이나 호두와 장미가 들어간 섬 머핀을 걸고 내기를 했다. 간혹 파도가 치솟으며 거대해지고 나룻배들이 그 사이로 사라져 모든 사람을 두렵게 만들었다가 파도 위로 떠올라 다시 앞으로 나아갔다. 그즈음 배에서 내리는 사람들을 마중 나온 친척, 가족, 하인, 짐꾼 들이 섬을 떠나는 승객들과 서로 뒤섞였다. 그 후 배에서 내린 승객들에게 호텔 직원, 가이드, 짐꾼, 심지어 사기꾼이 달라붙고, 가방을 허락 없이 나르기 시작하고, 마부와 소매치기, 거지도 기회를 노리려고 했기 때문에 총독 사미 파샤가 내린 결정에 따라 여객선을 맞이하는 시간에 헌병들을 배치하기 시작했다. 하지만 그들도 주변 질서를 완전히 잡지 못해 부두에서 발생하는 혼란과 싸움은 끝나지 않았다.

이러한 장면들을 떠올리는 동안 콜아아스는 한편으로 남편을 잡고 용감하게 나룻배를 향해 아지지예의 사다리를 내려가는 술탄을 지켜보면서 부두의 인파, 먼지, 소음이 그녀를 불안하게 만들지 않을까 우려했다. 옛날에는 해변에 유럽인 여행객과 부유한 아랍인들에게 익살을 부리며 돈을 뜯어내려는 뻔뻔스러운 아이들이 있었다. 그 아이들도 술탄을 불편하게 할 수 있었다. 하지만 나룻배를 타고 해안으로 갈 때 콜아아스는 부두가 놀랄 만큼 질서정연한 것을 보고 파디샤의 딸을 위해 특별한 환영식을 준비했다는 사실을 알았다.

총독 파샤는 삼 년 동안 한 번도 섬 밖으로 나간 적이 없었다. 하지만 신문과 섬을 오가는 운 좋은 친구들을 통해 이스탄불의 뒷이야기들을 따라잡았고, 어떤 파샤가 어떤 바보 같은 짓을 해 눈

밖에 나고 어떤 대신이 무슨 교활한 짓을 해 압뒬하미트의 호감을 얻었으며 혼례 차례가 온 폐하의 딸이 누구의 아들과 결혼할 예정인지, 압뒬하미트가 최근에 꿈꾸는 허상들은 무엇인지, 누가 어디 대사직으로 발령이 났는지를 늦더라도 알 수 있었다. 압뒬하미트가 수년 동안 작은 츠라안 궁전에 감금한 '발작'을 일으킨 형이자 전임 파디샤인 무라트 5세의 세 딸을 한 달 전에 낮은 계급의 평범한 남자들과 결혼시켰다는 소식도 들었고, 이 문제에 대해 신문에 실린 공식 발표도 읽었다. 무라트 5세의 셋째 딸과 결혼한 의사가 실력 있는 방역의라는 소식도 총독 파샤의 귀에 들어왔다.

총독 사미 파샤는 역사상 처음으로 이스탄불을 떠난 파디샤의 딸에게 어울릴 환영식이 되었으면 해서 수비대 사령관에게 군악대를 부두로 데려오도록 했다. 민게르섬의 장교들 대부분은 교육을 받지 않았고, 일부는 '알라일르'[39]로 심지어 읽고 쓸 줄도 모르는 나이 든 군인들이었다. 실패한 방역 조치 결과 발생한 유명한 하즈배 반란 사건 이후 압뒬하미트는 다마스쿠스에서 온 튀르크어를 모르는 두 개 보병 대대를 섬에 있는 수비대로 보냈다. 이 년 전 규율을 어겨 섬에 유배된 젊은 대위는 지루함을 못 이겨 이스탄불과 비슷하지만 좀 더 소박한 악단을 꾸렸고, 그가 용서를 받아 이스탄불로 돌아간 뒤 작년 파디샤의 왕위 등극 스물다섯 번째 해 축하 의식을 준비하던 총독 파샤의 바람으로 악단 예행연습에 룸 고등학교 음악 교사 안드레아스의 지원을 받아 유지되고 있었다.

그 덕분에 파키제 술탄과 남편이 민게르섬에 발을 내디딜 때 파디샤의 아버지를 위해 작곡한 「메지디예 행진곡」과 압뒬하미트를 위해 작곡한 「하미디예 행진곡」이 먼저 그들을 맞이했다. 이 곡들

39 학교 교육을 받지 않고 스스로 실력을 기른 사람이라는 의미.

은 전염병에 대한 두려움에 눌린 모든 사람의 기운을 돋우었다. 배가 왔다고 부두로 내려온 실업자, 호기심 많은 사람, 짐꾼, 이 모든 의식을 멀리서 구경하는 마부, 상점 주인, 상인, 전신 기사, 창문과 발코니에서 구경하는 사람까지 모두 갑자기 기분이 좋아졌다. 항구와 그 위 비탈길에 늘어선 호텔들의 정원과 테라스에 앉아 차를 마시는 유럽인과 여행자와 부유한 섬사람들이 찻잔에서 고개를 들며 이 음악이 도대체 무엇인지 궁금해했다. 그러다 세 번째 행진곡이 시작되었다. 이 즐거운 음악은 압뒬하미트가 여덟 아들 중에서 가장 사랑하고 항상 옆에 두는 음악과 피아노의 천재인 왕자 부르하넷틴 에펜디가 어린 나이에 작곡한 「해군 행진곡」이었다.

조용하고 평화로운 긴 세월이 지난 후 민게르섬만 아니라 주의 중심인 아르카즈는 지난 이 년 동안 일련의 충격과 살인, 불운들로 지쳤고, 최근의 페스트 관련 소문도 전반적인 불안감을 더 악화시켰다. 행진곡이 울릴 때 기독교인과 무슬림들의 시선에 어린 부드러움과 진심 어린 표정을 총독 사미 파샤는 긍정적으로 평가했다. 오스만 제국의 다른 지중해 섬에서 그랬듯이 정치적 상황이 기독교인과 무슬림의 전쟁을 조장하는 것을 본 사람들은 이러한 싸움을 전혀 원하지 않았고 정부와 총독이 섬의 상황을 통제하기를 기대했다.

총독 사미 파샤는 부두에서 부마 의사 누리에게 인사하고 자신을 소개했다. 파디샤의 딸에게는 압뒬하미트를 불안하게 하지 않고 어떻게 대해야 할지 결정을 내리지 못했다. 그래서 남편의 태도를 살피면서 그대로 따르는 것이 최선이라고 생각했다.

오스만 제국 왕가의 술탄과 결혼하면서 부마 파샤는 얼마 지나지 않아 과장된 공식 의전, 끝없이 이어지는 찬사와 아부들을 어떻게 자연스럽게 다루어야 하는지 배웠다. 파도에 흔들리는 나룻배에서 내릴 때 이런 전통이 없음에도 행진곡이 울렸지만 그다지 놀라지 않았고 총독 파샤의 장황한 결혼 축하 인사도 깊이 생각하지 않았다. 곧 룸어, 프랑스어, 튀르크어, 아랍어, 민게르어로 말하는 인파가 주위에 모여들었다. 총독은 부부를 위해 본코프스키 파샤와 조수가 탔던 철갑 랜도를 준비시키고 그들 곁에 경험 많은 새 경비대를 배치했다. 건달 출신의 콧수염 난 경비대가 금세 이목을 끌어 손님들은 랜도가 항구를 출발해 르흐틈 대로를 따라 올라갈 때 모자와 페스를 쓴 사람들이 거리에서 호기심 어린 눈길로 쳐다보는 것을 보았다. 이즈미르, 테살로니키, 베이루트 이외에 오스만 제국 지방 도시들에서는 아무리 발전했더라도 넥타이를 매고 모자를 쓴 사람들은 기독교인이라는 것이 잘 알려진 사실이었다. 의사 누리가 삶의 경험으로 아는 이 지식을 아내는 그 순간 직감으로 알았다. 둘 다 섬에서 무슬림들은 이 대로나 호텔 주변이 아니라 뒤쪽 다른 곳에 있다는 것을 알았다. 지금 의사 누리의 눈에 도시는 곧 병마와 싸우고 재앙의 장면들을 겪을 장소였지만 이는 오로지 마음속에 간직한 비밀이었다.

부부는 철갑 랜도의 창문을 통해 이스탄불 대로에 있는 유럽식 건물, 호텔, 식당, 여행사 사무실, 대형 상점을 관심 있게 바라보았다. 거리 동쪽에는 포목상, 의류점, 신발 가게, 모자 가게, 서점(민게르섬의 유일한 서점인 메디트는 그리스어, 프랑스어, 튀르크어 책들을 팔았다.), 그리고 이즈미르와 테살로니키에서 가져온 주방 기기와 가구, 옷감을 파는 상점들이 있었다. 상인들은 진열장을 햇볕으로부터 보호하기 위해 형형색색의 줄무늬 차양을 끝까지 내려 두었다. 야자수, 소나무, 레몬나무, 보리수나무로 녹음이 우거진 정원의 크기와 다양한 식물과 풀을 보며 감탄했다. 파란색, 분홍색, 보라색 장미 향기로 머리가 어찔했다. 바위들 사이를 굽이돌아 언덕을 올라가고, 시냇물을 따라 도시의 한적한 곳으로 내려가는 계단이 있는 좁은 골목들의 매력을 느꼈다. 그들은 첨탑이 있는 사원, 작은 교회, 담쟁이덩굴로 덮인 나무 처마가 있는 석조 가옥, 고딕 창문이 있는 베네치아 시대 건물, 붉은 벽돌로 지은 비잔틴 시대 수로를 보고 매혹되었다. 문지방과 창문 앞에서 지나가는 사람들을 바라보며 조는 노인들과 평온한 고양이들은 파키제 술탄과 남편에게 이곳이 상상 속 중국보다 더 익숙한 세계라는 느낌을 주었다. 거리의 한적함, 모든 것의 왜소함, 그리고 페스트 때문에 그들이 느끼는 두려움은 동화에서나 나올 법한 분위기를 더했다.

총독 파샤는 주 청사의 객실을 급히 준비시켰다. 이곳이 불편하면 다른 곳을 마련하겠다고 말하면서 신혼부부를 안내했다. 총독과 정부 사무실이 가까이 있다는 사실이 그들에게 일종의 위안을 주었다.

민게르 주 청사는 칠 년 전인 1894년 아르메니아 반란과 폭동을 유혈 진압한 시기에 압뒬하미트가 특별히 허가한 비용으로 지어졌다. 기둥, 아치, 처마, 발코니가 있는 매력적인 2층 건물이었다. 도시 중심부에서 룸어로 이야기하며 쇼핑하는 모자를 쓴 부유한 신사들, 민게르 대리석 광산이 폐쇄된 후 하미디예 대로와 항구에서 시간을 죽이는 부랑자들, 아르카즈를 방문한 시골 사람들은 이 신고전주의 양식의 건물에 매료되곤 했다. 굴곡이 많고 장식이 화려한 건물의 정면, 대중에게 연설하기 편한 커다란 발코니, 하얀 기둥과 계단이 있는 입구를 본 사람들은 무너지고 있는 오스만 제국이 여전히 강성하다고 생각했고, 이슬람적이면서 현대적으로 보이도록 진심 어린 노력을 기울였다는 것을 느꼈다. 총독 사미 파샤는 그의 숙소와 집무실이 있는 건물의 객실에 파디샤의 딸과 그 남편이 머무는 것을 기쁘게 여겼다.

파키제 술탄은 서로 연결된 두 방으로 이루어져 있고 즉시 관심을 끌었던 '장미 향 비누와 나무 냄새가 나는' 객실의 한쪽에 항구와 도시의 멋진 풍경, 정원이 보이게 놓인 테이블을 보았다. 최근 이스탄불에서 보내는 동안 있었던 많은 행복한 사건들, 하티제 언니가 준 봉투, 멋진 편지지, 은으로 된 우아한 필기구 세트와 그녀에게 했던 약속이 떠올랐다. 하티제 언니는 몹시 사랑하는 여동생과 헤어질 때 말했다. "사랑하는 파키제, 중국으로, 먼 세상으로, 동화의 나라로 가는구나. 넌 많은 것을 경험하고 보게 될 거야! 나에게 네가 보고 들은 모든 것을 얘기해 주겠다고 약속해!" 그녀는 편지를 쓸 필기구 세트를 건넸다. "보렴, 아주 많이 쓰라는 의미에서 종이 두 뭉치를 놓고 간다. 나 하티제 언니에게 매일 편지를 써야 해, 알았지!" 파키제 술탄은 보고 듣고 느낀 모든 것을 사랑하는 언니에게 쓰겠다고 약속했다. 그러고는 서로 껴안고 잠시 울었다.

11장

사실 본코프스키 파샤의 시신은 파키제 술탄이 편지를 쓰고 있는 테이블 너머 창문에서 두 층 아래인 창고에 부엌에서 가져온 얼음들 사이에 보관되어 있었다. 살인 사건 이후 시신을 테오도로풀로스 병원으로 가져간 관리들은 그곳이 페스트 환자들로 가득 찬 것을 본 총독의 두 번째 명령에 따라 주 청사로 옮겨 와 숨겼다. 총독은 수석 검사관의 장례식을 성대하게 열어 섬의 반대파와 압뒬하미트, 그리고 이스탄불 관료들을 진정시키고 이 살인을 저지른 사람들을 제압하고자 했다.

총독은 소식을 듣자마자 흐리소폴리티싸 광장으로 갔고, 피투성이가 되어 잔인하게 살해당한 시신과 신원을 알아보지 못하게 일그러진 본코프스키 파샤의 얼굴을 보고 충격을 받아 주 청사로 돌아오는 즉시 체포 작업에 착수했다. 부마 의사가 섬에 올 때까지 지난 이틀간 서로 다른 세 그룹에서 스무 명에 가까운 사람들을 잡아들였다.

이스탄불에서 온 명령에 따라 방역 회의를 시작하기 전 총독은 총독 집무실에서 부마 누리, 정보국장 마즈하르와 이 모든 문제에 대해 이야기를 나누었다.

"제 생각에 이 살인은 음모입니다." 총독이 말했다. "본코프스키 파샤의 살인범을 밝히기 전에는, 살인과 그 배후에 있는 사람들을 색출하기 전에는 이 전염병을 잠재우기가 불가능할 겁니다. 폐하도 같은 생각이시기 때문에 당신에게 두 가지 임무를 맡기셨고요. 어차피 이 사건의 정치적인 측면을 고려하지 않는다면 이곳 영사들이 당신을 어린애 취급할 거요."

"파샤, 헤자즈에 있는 방역 기구에서 수행하는 우리 일의 절반은 정치적인 것이었습니다."

"의견에 감사드립니다. 얼핏 보기에 전혀 정치적이지 않은 무언가의 배후에서 악의적인 의도와 음모들이 나올 수 있습니다. 허락하신다면 오 년 전 섬에 처음 온 날 이 자리에 앉았을 때 제가 봉착한 커다란 문제를 얘기하고자 합니다. 그 시기 항구에 도착한 배들을 맞이하는 사공과 짐꾼들은 모두 외국 선박 회사의 통제하에 있었지요. 예를 들어 로이드사는 사공 십장인 팔자 쿳수염의 알레코와 그 짐꾼들하고만, 판탈레온사는 사공 코즈마 에펜디와 그 무리하고만 일하고 싶어 하고 오로지 이 사람들에게만 일을 주었지요. 가장 큰 회사들 중 하나인 토머스 쿡의 대표는 이 섬에서 오래된 룸 가문인 테오도로풀로스입니다. 그들 역시 사공 이스테판 에펜디와 그 무리와 일했지요.

선박 회사 대표인 부유한 룸들 모두가 동시에 여러 강대국의 부영사들이지요. 메사주리 마리팀사 대표인 키프로스 룸 출신의 안돈 함푸리는 프랑스 영사였고, 여전히 그러합니다. 로이드 증기선 대리인인 크레타 출신 룸 무슈 프랑굴리는 오스트리아-헝가리, 그리고 독일 영사이고, 프라이시네트 증기선 대리인인 무슈 타켈라는 이탈리아 영사입니다. 모두 으스대며 자신들을 '영사'라고 불러주기를 바라지요. 무슬림 사공들의 십장인 세이트를 거칠고 무식하다며 무시하고 온갖 핑계를 대면서 그와 그의 무리에게 일감을 주지 않았습니다. 숭고한 오스만 제국의 깃발을 달거나 달지 않거나 항구로 오는 모든 배의 짐을 부리는 일은 모든 사공과 짐꾼들에게 공평하게 분배해야 합니다. 이러한 이유로 무슬림 사공들은 일감이 많지 않고, 그래서 생활고 때문에 나룻배들을 팔았습니다. 제가 무슬림 짐꾼들을 감싸자 폐하께, 그리고 마베인에 저에게 불리한 글들을 써 보냈답니다. '정부가 분리주의를 조장하고 한 민족만 지지한다면 제국은 와해될 것이다.'라고들 신문들에 대고 말했지요. 이 생각에 동의하십니까?"

"약간은 동의합니다……. 모든 것은 정도의 문제지요."

"하지만 그들은 계획적으로 기독교인을 비호합니다. 제게 맞서 쓴 고발 글들에 파디샤께서 신경 쓰지 않으시고, 모든 총독의 발령지를 계속해 교체하시면서도 저를 이곳 총독 자리에 그대로 두는 뜻이 있지 않은가요? 폐하께서는 이 사건에서 제가 영사들의 말에 신경 쓰지 않는 것을 적절하다고 생각하십니다. 화학자 파샤의 죽음은 이것과 불운한 하즈 배 반란 사건에 대한 대답입니다.

제 생각에 살인 사건의 배후에 셰이크 함둘라흐의 의붓동생 라미즈와 룸 마을을 습격한 그의 부하 알바니아인 메모가 있는 것 같습니다. 이들은 기독교인 의사들을 적으로 제시하고 기독교인과 무슬림 사이에 싸움이 나도록 온갖 짓을 하지요. 그들이 원하는 싸움이 나면 무슬림에게 더 나쁜 일이 생길 거라는 생각은 조금도 하지 않습니다. 살인을 누가 결정했고, 누구에게 사주했고, 멍청한 머릿속에 어떤 생각들이 있었는지는 곧 밝혀질 겁니다. 마즈하르 에펜디가 감옥에서 그들 모두를 심문하고, 확신컨대 누군가가 밀고를 하도록 할 겁니다."

"그러나 파샤, 파샤께서는 누가 범인인지를 벌써 결정한 것 같군요!"

"폐하께서는 당장 결과를 알고 싶어 하십니다. 우리가 이 사악한 짓을 계획한 사람들을 당장 처벌하지 않는다면 정부가 무능력하고 방역에도 성공하지 못할 거라고 믿겠지요."

"체포한 사람이 실제 살인자이거나 이 범행을 계획한 사람이어야 합니다!"

"저는 그리스 민족주의자들이 이 살인 사건과 무관하다고 이성적으로 판단했습니다!" 총독이 말했다. "왜냐하면 그들은 섬에 사는 룸들이 페스트로 죽기를 원하지 않으니까요. 그러니까 본코프스키 파샤가 성공을 거두어 전염병을 종식시키기를 원하고, 그를 죽이는 일은 생각조차 하지 않습니다. 당신은 폐하의 신뢰를 얻은 아주 탁월한 의사십니다. 숭고한 오스만 제국의 이익을 위해 돌리지 않고 말하겠습니다. 우리 파디샤께서는 먼저 기독교인 화학자를 보내셨지요. 그는 살해당했습니다. 제 양심도 상처를 입었습니다. 이 사건이 있은 후 무슬림 의사를 보내셨습니다. 당신은 각별하게 보호할 것이고, 모든 조치를 취할 것입니다. 하지만 당신도 제 말에 귀 기울여 주십시오."

"잘 듣고 있습니다, 파샤."

"영사들만이 아닙니다. 신문 기자, 룸, 무슬림이 어떤 핑계를 대고, 예를 들어 내일 장례식에서 당신에게 접근하면 절대 인터뷰에 응하지 마십시오. 룸어로 발행되는 신문들은 어차피 예외 없이 그리스 영사의 명령으로 움직입니다. 그리스의 최종 목적은 분란이 일어나면 열강들의 도움으로 섬을 자기 나라에 예속시키는 것, 최소한 크레타처럼 오스만 제국에서 떼어 내는 것입니다. 그들은 꾸며 낸 기사도 쓴답니다. '거짓 기사를 써 모욕을 주었다.'라고 만약 제가 책임을 물으면 영사들은 즉시 이스탄불 주재 대사들에게 전보를 치고, 대사들은 바브알리와 마베인에 이 불평들을 되풀이하지요. 바브알리와 마베인은 잠시 시간을 벌면서 나중에 저에게 '룸 신문 기자를 석방하시오.'라고 암호화된 전보를 보낼 겁니다. 저는 그 폐간된 신문이 같은 인쇄소에서 같은 사람들에 의해 단지 다른 이름으로 다시 발행되는 것을 한동안 눈감아 줍니다.

우리 섬은 테살로니키, 이즈미르, 이스탄불처럼 엄격한 곳이 아닙니다. 이 신문 기자들과 오다가다 만나면 농담도 하고 '노고가 많으셨습니다.' 하며 가깝게 지냅니다. 어차피 튀르크어로 발행되는 것을 포함해 모든 신문사에 우리 첩자와 정보원들이 있지요. 하지만 만약에 말이 나와 어떤 영사가 이곳에는 정교회 신자들이 대부분이라고 말한다면 이의를 제기하십시오! 우리 섬에는 기독교인과 무슬림 인구가 거의 반반입니다. 아내분의 작고하신 조부 술탄 메지트가 제자이리 바흐리 세피드 군도의 작은 구인 우리 섬을 탄지마트 칙령 직후에 독립적인 주로 만드셨지요. 다른 섬들은 무슬림과 기독교도의 비율이 10대 1이지만 여기서는 거의 같았습니다. 그 이유는 우리 조상들이 제국에서 온갖 반란을 일으키는 부족과 불순한 사이비 종파주의자들을 배에 태워 섬으로 데리고 와 북쪽 산들의 계곡에 유배시켰기 때문이지요. 2세기 넘는 동안 새로운 인구들로 지속적으로 자주 반복된 이 강제 정착 전통은 우리 섬에 낙인을 찍었습니다. 영국인과 프랑스인이 오스만 제국에 대해 이 강제 정착 중단을 요구하자 술탄 압뒬하미트는 1852년 결정을 내려 섬의 위상을 바꿈으로써 그들을 놀라게 했습니다. 물론 섬사람들은 이 작은 곳이 주가 된 것을 기뻐합니다. 정교회 신자들이 무슬림보다 조금 더 숫자가 많습니다만 이건 중요하지 않습니다. 왜냐하면 정교회 신자와 가톨릭 신자들은 민게르 출신이고, 비잔틴 제국이 점령하기 전에 집에서 민게르어로 소통했습니다. 여전히 대부분은 이 언어를 쓰지요. 우리 섬의 실제 행운은 시민들 대부분이 집과 시장에서 민게르어를 사용한다는 것, 그러니까 동굴에서 동상을 꺼내기 위해 온 고고학자 셀림 사히르 베이가 말했듯이 수천 년 전 오늘날의 아랄해 북쪽에 있는 최초의 고국을 떠나 이곳으로 온 부족이 옛 민게르인의 후손이라는 겁니다. 집에서는 다른 언어로 말하는 이 정교회 신자들이 그리스로 이주하고 싶은 욕구는 낮다고 믿습니다. 저를 두렵게 하는 것은 비잔틴 제국 이후 룸 정체성을 유지하며 집에서 룸어를 사용하는 집안과 아테네에서 새로 이주해 온 새로운 세대의 룸들입니다. 지금 이들은 같은 생각을 가지고 있지요. 최근 몇 달 동안에 크레타의 성공으로 용기를 얻은 일련의 크레타인과 그리스에서 이곳으로 곧장 온 몇몇 패거리가 있습니다. 섬 북쪽의 룸 마을에 잠입했고, 폐하의 관리들이 아닌 자신들에게 세금을 내라면서 문제를 일으키고 있답니다. 내일 장례식에서 당신에게 그들을 일일이 다 알려 드리겠습니다."

"파샤, 본코프스키 파샤만큼 존경받는 그의 조수인 의사 일리아스도 감옥에 넣었다는데 맞습니까?"

"의사 일리아스만 아니라 약사 니키포로도 구속했습니다! 그들이 죄가 없다고 진심으로 믿습니다. 본코프스키 파샤는 죽기 전날 약사와 긴 시간 얘기를 나눴답니다. 이는 구속하기에 충분한 이유가 되지요."

"룸들의 감정을 상하게 하시면 방역 선포조차 힘들어질 겁니다, 파샤."

"일리아스는 본코프스키 파샤가 우체국에서 갑자기 사라질 때 목격자들과 함께 있었어요. 그가 범인일 수는 없지요. 하지만 그는 너무나 두려워하고 있고, 만약 풀어 주면 곧장 이스탄불로 도망칠 겁니다. 이 사건의 가장 중요한 목격자는 바로 그 사람입니다. 또한 그들의 손에 들어가면 목격자라는 이유로 그 역시 죽일 겁니다. 벌써부터 입을 막기 위해 위협을 하고 있지요."

"누가 위협합니까?"

총독 파샤는 정보국장에게 의미심장한 눈길을 던졌다. 그러고는 부마 의사에게 영사들이 미루적거려 방역 회의는 내일에나 가능할 거라고 설명했다. "오스만 제국민은 다른 나라의 공사가 될 수 없기 때문에 어차피 모두 부영사입니다. 하지만 그렇게 호명하는 것조차 화를 내지요. 모든 일에 간섭하는 그 주제넘은 무식한 상인 무리가 순전히 저를 괴롭히기 위해 전염병이라는 말을 확대하여 해석했지요."

지난해 총독은 파디샤의 등극 25주년에 맞추어 완공하려고 했지만 여전히 공사가 끝나지 않고 물품도 거의 없는 하미디예 병원에 개원을 명령했다. 또 별것 아니라는 듯 약사 니키포로와 의사 일리아스는 다음 날 석방하겠다고 말했다. 부마 의사는 원하면 내일 의사 일리아스와 환자를 방문할 수 있었다.

12장

섬에서 전염병 때문에 거리에 나가는 것이 위험하다는 사실을 처음으로 현실감 있게 받아들인 사람들 중 한 명은 파키제 술탄이었다. 자신은 주 청사 건물에서 나가지 않으니 남편 곁을 떠나지 말라고 경호원 콜아아스에게 요청했다. 콜아아스가 민게르섬에서 헤겔의 '역사의 무대'로 나아간 이야기를 할 때 우리는 민게르 교과서에 쓰인 내용들을 반복하고 때로는 정정할 것이다.

1870년에 태어난 콜아아스는 안타깝지만 계급이 나이에 비해 낮았다. 그는 항구에서 분홍빛 기와가 보이는 도시의 사관 중학교를 졸업했다. 쉰네 명의 아이들 중 3등이었기 때문에 이즈미르에 있는 사관 고등학교에 입학했다. 어느 여름 그는 집에 돌아와 아버지가 돌아가셨다는 것을 알게 되었다.(여느 때처럼 섬에 온 첫날 첫 번째로 아버지의 묘를 방문했다.) 이 년 후 다시 방문했을 때 어머니가 재혼한 것을 보았고, 뚱뚱하고 속이 없는 하즘 베이가 마음에 들지 않았다. 그가 죽을 때까지 두 해 여름을 이스탄불에서 보냈고, 이후 처음 섬을 찾았을 때 어머니는 그로부터 여름마다 섬에 오겠다는 약속을 받아 냈다. 사 년 전 그리스 전쟁에서 훈장을 받을 때까지 특별한 무공은 없었다. 어머니는 아들이 초여름에 올 것이라고 기대했기 때문에 갑자기 뒷마당을 지나 부엌문으로 들어온 것을 보고 처음에 놀랐다가 나중에 훈장을 보고는 울었다.

콜아아스 캬밀은 주 청사와 부마 의사 곁에서 지내는 시간 외에 대부분을 어린 시절을 보낸 거리와 집에서 어머니와 함께했다. 그가 도시에 처음 온 날 어머니는 최근의 모든 뒷이야기를 요약해 말해 주었고, 누가 왜 누구와 결혼했는지도 설명했다. 이 이야기를 하면서 아들이 결혼을 결정했는지 물었다.

"전 결정했어요!" 결국 콜아아스는 말했다. "그런데 적당한 처녀가 있어요?"

"있단다! 물론 그 아이가 널 보고 마음에 들어 해야 하지만."

"물론 그렇지요! 근데 누구죠?"

"얘야, 정말 외로운가 보구나!"

사티예 부인은 아들의 질문에서 그가 정말로 결혼을 원한다는 것을 알고 곁으로 다가가 볼에 입을 맞추었다.

십 년 전에 물었다면 콜아아스는 중매 결혼에 반대한다고 단호하게 말했을 것이다. 사관 학교를 졸업했을 당시 많은 장교 친구들처럼 그 역시 이상주의자였고, 여성이 머리와 얼굴을 아랍인들처럼 지나치게 감추는 데 반대했다. 네 명의 여성과 결혼하는 하즈지주들, 젊은 여자와 결혼하는 늙은 부자들을 혐오했다. 많은 젊은 장교들처럼 오스만 제국이 수백 년 동안 승리한 후 서양에 맞서 빠르게 약화되는 원인이 해롭고 후진적인 전통이라고 생각했다. 비교적 유럽적인 이 사고는 물론 그가 민게르 출신이며, 지중해인이고, 정교회 신자들과 가깝다는 영향이 있었다. 콜아아스는 사관 학교에서 파디샤를 반대하는 혁명가 학생들의 선언문들도 읽었다. 손에서 손으로 돌아다니는 나폴레옹 전기도 하룻밤 사이에 다 읽었고, 프랑스 혁명의 영웅들이 "리베르테, 에갈리테, 프레테르니테."(자유, 평등, 박애)라고 외칠 때 그들이 무엇을 원하는지 알았으며, 때로는 진심으로 그들이 정당하다고 생각했다.

한편 최근 부임한 작은 도시에서 술에 취해 외로운 밤을 보내던 그는 절망으로 가득 차 사랑을 나누고 싶은 고통스러운 열망에 속수무책으로 달아오르며 이 고매한 사상들을 잊었다. 결국 많은 장교처럼 그 역시 스물다섯 살이 되지 않은 나이에 "과부 한 명이 있는데 자네에게 적당하고 단정해." 같은 조언들에 귀를 기울이기 시작했다.

심지어 이러한 권고 끝에 스물세 살 때 무술에서 튀르크어를 조금 할 줄 알고 열두 살이 많은 아랍인 과부와 결혼하고 어머니에게는 숨겼다. 장교와 관리들이 도시를 떠날 때 "난 당신과 이혼해."라고 말하면 곧 잊을 거라는 사실을 알기 때문에 한 결혼이었다. 산전수전 다 겪은 여성들도 이를 알고 있었다. 그 까닭에 콜아아스는 이스탄불로 발령이 나자 별다른 죄책감을 느끼지 않고 이 아랍 미녀와 이혼했지만 시간이 지나면서 아이쉐의 커다란 눈, 호기심 많은 다정한 눈길, 힘 있고 아름다운 몸을 안던 시절을 그리워했다.

그 시절 미혼의 외로운 관리와 군인들은 소도시나 새 주둔지에 처음 파견되었을 때 적당한 여자들이 어디에 있는지를 확인하고 매독과 임질에 주의하며 의사들과 금방 친해지기 위해 특별히 신경을 썼다. 시골로 발령이 나면서 유일한 꿈이 한시라도 빨리 다시 이스탄불로 돌아가는 것이었던 장교, 군수, 관리 들은 마을에서 서로를 금세 알아보았다. 오스만 제국 관료는 이 도시 저 도시 돌아다니는 예외적인 관리 계층이었고, 결혼은 이 외로운 세계의 유일한 해결책이었다. 콜아아스는 결혼 문제가 화제가 되었을 때만 아니라 광활한 오스만 제국의 나라들에 있는 어떤 부정, 태만, 타락을 목격하여(이런 일은 자주 있었다.) 슬플 때 외로움을 더 깊이 느끼곤 했다. 그와 같은 사람의 임무는 정부라는 거대한 배를 이끄는 것이었지만 배는 가라앉고 있었고, 이 침몰을 멈추기는 거의 불가능했다. 배가 침몰하면 가장 힘든 상황에 처할 사람들은 바로 정부의 이 관리들이었다. 그리하여 대부분은 거대한 오스만 제국의 지도를 쳐다볼 엄두도 못 냈을 뿐 아니라 많은 관리와 군인이 오스만 제국의 종말을 상상조차 할 수 없었다.

물론 해결책은 군인이 개인적인 기쁨의 원천을 만드는 것이었지만 콜아아스는 동쪽에서 서쪽으로, 대륙에서 대륙으로, 전쟁에서 전쟁으로 정신없이 다니며 결혼에서 행복을 찾은 장교는 거의 보지 못했다. 한편 함께 불행할지라도 모든 삶을 공유하고 사랑할 수 있는, 한때 어머니와 아버지가 그러했듯이 무엇에 대해서든 거리낌 없이 정감 있게 말할 수 있는 친구를 자주 상상했다.

어머니와 아들은 한동안 아무 말 없이 긴 의자에 나란히 앉아 있었다. 정원에 있는 나무에 까마귀들이 시끄럽게 앉았다 날아가곤 했다.(까마귀들은 콜아아스가 어릴 때부터 지금까지 계속 그랬다.) 아들이 자신은 진지하다고 한 번 더 말하자 어머니는 콜아아스를 위해 마음에 둔 적당한 처녀가 닷새 전에 사망한 간수의 딸 제이넵이라고 밝혔다.

사티에 부인은 아가씨를 보면 누구에게나 "정말 예뻐!"라고 말했기 때문에 처음에는 어머니가 이 신붓감을 장황하게 칭찬하는 말들을 진지하게 받아들이지 않았다. 하지만 집에 올 때마다 어머니가 제이넵과 관련된 새로운 이야기를 들려주어 관심이 생기기 시작했다.

먼저 어머니의 이야기를 들은 다음 그는 여름에 섬을 찾을 때마다 몇 번이나 읽었던, 제네바에서 튀르크어로 출판하여 이스탄불에 밀반입된 미잔즈 무라트의 오래된 책 『프랑스 혁명과 자유』를 읽으며 공상에 빠졌다. 이런 책을 소지했다가 발각되면 모든 삶이 나락으로 빠질 수 있기 때문에 절대 섬 밖으로 책을 가지고 나가지 않고 마음속 생각들을 누구와도 나누지 않았다.

13장

총독 파샤의 철갑 랜도를 타고 좁은 골목을 지나 민게르 방역부로 가는 동안 의사 누리는 자신이 페스트의 시작점이 아니라 평범한 시골에서 하루를 보내고 있는 느낌이었다. 바다까지 내리막길을 따라 이어진 정원의 낮은 벽을 넘어 들려오는 새소리를 들었고, 월계수와 아니스의 향기를 맡았으며, 오스만 제국 도시 어느 곳에서도 보지 못했던 커다란 나무들이 드리운 웅장한 그림자를 놀라며 바라보았다.

누리는 십 년이 넘는 동안 오스만 제국의 방역 기관에서 일하고 있었다. 그는 이동하는 데 종종 몇 주일이 걸리는 많은 주, 도시, 작은 마을에 전염병을 막기 위해 급히 파견되었다. 사실 시골 지역에서 전염병을 파악하고 이스탄불로 첫 보고를 하는 것은 지역 방역 기관의 업무였다. 하지만 대부분 다급하고 중요한 이 일을 방역 담당 관리가 아니라 특별 진료소가 있는 작은 지역 병원, 진료소, 약국에서 환자를 진료한 룸 의사들이 담당했다. 방역 기관 사람들은 공무원이었고, 이스탄불 정부가 좋아하지 않을 보고는 책임을 감당해야 하는 일이라는 사실을 알기 때문에 서두르지 않았다.

하지만 총독 사무실과 이스탄불 정부에 소속된 민게르 방역 당국 책임자인 의사 니코스는 처음 전염병을 보고함으로써 집요함과 결단력을 보여 주었다. 총독이 처음에 관심을 보이지 않았음에도 이스탄불의 본코프스키 파샤를 민게르에 파견하도록 만든 끈질긴 전보들도 그가 보냈다. 크레타 출신 룸이라는 이유로 의심했던 방역 책임자가 보낸 전보들에 대해 알게 되자 총독 파샤는 그가 은밀한 그리스 민족주의자이고, 섬에서 발생한 여름 설사병을 오스만 제국의 실패를 보여 주는 증거라며 고의로 부풀렸다고 주장했다.

의사 누리는 랜도 문 앞에서 맞이하는 염소수염을 기르고 등이 약간 굽은 나이 든 의사 니코스를 금세 알아보았다.

"아마 구 년 전 시놉에서 수비대에 있는 모든 사병에게 머릿니가 들끓었을 때 만났지요." 누리는 미소를 지으며 말했다. "칠 년 전 콜레라 전염병이 발생했던 위스퀴다르에도 계셨고요……."

방역부장은 부마 의사에게 과장된 몸짓으로 인사했다. 그들은 안으로 들어가 둥근 돔으로 된 하얀 방에 앉았다.

"여기 오기 전에 테살로니키와 크레타에서 방역부장과 의사로 근무했습니다. 나는 민게르 출신이 아니고, 민게르어도 모릅니다. 도무지 배우지 못했지요. 하지만 이곳을 사랑합니다." 의사 니코스가 말했다.

민게르 보건소는 베네치아 제국 시절에 지어진 400여 년 된 고딕 양식의 작은 석조 건물로 베네치아 공작을 위해 건축한 궁전의 연장선이었다. 17세기와 18세기 오스만 제국 초기에는 원시 단계의 군 병원으로도 사용되었다.

"민게르어를 배우기 위해 뭘 했기에 잘 안 되었습니까?"

"아무것도 하지 못했습니다. 선생을 찾을 수가 없었고, 정보국장은 이 언어에 관심 있는 사람들을 민족주의자라고 기록에 남겨 두지요. 민게르어는 고대어지만 원시적인 어려운 언어랍니다."

잠시 정적이 이어졌다. 부마 누리는 서류들과 서랍장의 정갈하고 정돈된 모습에 감동을 받았다. 이곳이 그가 여태껏 본 가장 정돈이 잘된 방역소라고 말했다.

방역부장은 그 대답으로 에디르네 출신의 전 방역부장이 시간을 보내기 위해 이 역사적인 건물 뒷마당에 가꾼 작은 식물원을 보여 주었다. 전염병도 없고 골칫거리도 없던 행복한 시기에 하인과 함께 화분에 담긴 작은 야자수, 타마린드, 히아신스, 미모사, 백합 묘목에 부리 모양의 양동이로 어떻게 물을 주었는지 설명하며 미소를 지었다. 그러고는 질서 정연하게 정리한 마분지로 된 서류철을 꺼냈다. 최근 이 년 동안 할 일이 많지 않았기 때문에 오스만 제국의 진정한 관료처럼 민게르에서 이스탄불로 보낸 옛 편지와 전보들을 주제에 따라 꼼꼼하게 분류해 놓았다. 제국에 있는 많은 주에서 보건 기구의 초라하고 비참한 상태를 보았던 누리는 이곳의 꼼꼼함과 노고에 존경을 표시하며 최근 삼십 년 동안 아르카즈와 민게르섬의 다른 소도시와 마을에서 일어난 의심스러운 사망 사고와 그 원인, 근본 원인을 정확히 알 수 없었던 죽음들, 가축병, 전염병, 그리고 일반적인 보건 상태를 알려 주는 일련의 프랑스어 보고서들을 긴 마스나비[40]의 사행시를 되는대로 읽듯이 한동안 읽어 나갔다.

오스만 제국에서 방역법 시행 규칙은 칠십 년 전인 1831년 이스탄불을 뒤흔들어 놓은 첫 번째 거대한 콜레라 전염병 시기에 시작되었다. 무슬림들이 특히 여성 검진과 시신에 석회를 뿌려 매장하는 방역 조치에 반대했고, 이는 근거 없는 소문, 논쟁, 혼란을 야기했다. 1838년 서구화를 주장하는 파디샤 마흐무트 2세는 셰이휠

40 2행으로 된 대구 운율시.

이슬람[41]으로부터 방역이 이슬람 규율에 적합하다고 공표하는 페트와[42]를 발행하여 전염병에 맞선 조치들의 유용성을 이야기하는 글과 함께 정부 기관지인《탁비미 와카이》에 싣고 유럽에서 의사들을 데려왔다. 파디샤가 시행하는 개혁에 대해 조언을 얻고자 이스탄불에 있는 서양 대사들과 함께 위원회도 꾸렸다. 이스탄불의 이 위원회는 대부분 관료와 기독교인 의사들로 구성된 오스만 제국의 첫 방역 의회, 혹은 보건부였다. 이 위원회의 지휘하에 제국의 모든 주, 특히 항구에 지사들이 문을 열었고, 그 후 칠십 년 동안 방역 관료 체제가 성립하게 되었다.

누리는 니코스가 이 관료 체제가 자랑스러워할 만한 탁월한 관리라는 것을 경험으로 충분히 알았다. 그는 곧장 요점을 말했다.

"이 암살의 배후가 누구라고 생각하십니까?"

"의사 장 피에르의 이야기를 아는 누군가가 본코프스키 파샤를 살해했을 겁니다." 방역부장이 조심스럽게 대답했다. 이 문제를 생각했고, 질문에 대해 준비한 게 확실했다. "누가 되었든 그는 '방역을 반대하는 미개한 무슬림들이 그를 죽였어.'라는 말이 나오길 원했을 겁니다."

의사 장 피에르의 가슴 아픈 이야기는 오스만 제국 방역 관리에 관계하는 모든 기독교인, 유대인, 무슬림 의사가 알고 있었다. 반세기가 지난 이 이야기는 전염병 시기에 무슬림 마을을 찾은 기독교와 유대교 방역관이나 의사들이 절대 하지 말아야 할 일을 보여 주는 경고성 사례로 언급되었다. 1842년 아마스야에서 페스트가 창궐했고 젊은 파디샤 압뒬메지트는 파리에서 온 유명한 의사를 이 시골 마을로 보내어 아버지 마흐무트 2세가 유럽에서 들여온 현

41 오스만 제국 치하에서 일하던 이슬람 종교학자들의 우두머리.
42 이슬람 성법에 정통한 해설자가 발표하는 법률상의 의견서.

대적인 방역 방법을 적용하도록 했다. 젊은 의사 장 피에르는 볼테르와 디드로를 열심히 읽었고, 종교에 다소 회의적인 프랑스인이었다. 그는 동행하는 무슬림 수행원들에게 선입견을 없애고 이성적으로 행동한다면 사실 모든 사람이 평등하며 기본적으로 비슷한 감정과 믿음을 지녔다는 것을 알게 된다고 말했고, 그들의 미소와 조롱하는 듯한 농담을 신경 쓰지 않았다. 그래서 총독과 관리들이 방역 조치를 취하는 동안 사람들이 "우리는 무슬림 의사를 원해요!"라고 항의하기 시작했을 때 그는 놀라고 두려웠지만 포기하지 않았다. "과학과 의학에 관한 한 기독교인과 무슬림이 따로 없습니다."라고 연설하고 훈계하며 아픈 여성들의 진찰을 고집했다.

아마스야의 부자와 기독교인들은 도시를 떠나고 상점과 제빵소들이 문을 닫았다. 뒤에 남겨져 굶주림으로 몸부림치며 분노하는 무슬림들은 그를 집 안으로 들이거나 환자들을 보여 주지 않았다. 페스트가 확산하면서 장 피에르는 원하는 바가 아니었지만 군인들의 도움을 받아 집들의 문을 부수고 엄마와 아이를 강제로 떼어 놓고, 감염이 의심되는 집 앞에 보초를 세우고, 가족들을 격리하고, 시신들에 무례하게 석회를 뿌리고, 방역 조치에 따르지 않는 사람들을 체포하기 시작했다. 무슬림들이 불만을 말하면 모두 파디샤 압뒬메지트가 허가하고 명령한 일이라며 귀담아듣지 않았다. 결국 어느 비 오는 밤 그는 아마스야의 변두리 마을을 걷다가 공기 중으로 날아가 없어진 것처럼 갑자기 '사라져 버렸다'.

방역의들은 의사 장 피에르가 그날 밤 살해되었다는 사실을 알지만 이 이야기를 할 때 그 이상주의 방역의가 여전히 어딘가에서 불쑥 나타날 것처럼 비통하게 서로를 향해 미소를 지어 보였다.

"이제 오스만 제국 땅에서 어떤 기독교인 방역의도 권총을 소지하지 않고는 무슬림 마을에 진찰하러 가지 못하지요." 방역부장은 말했다.

"섬에 무슬림 의사가 있습니까?" 부마 의사가 물었다.

"무슬림 의사가 두 명 있었지요. 한 명은 하미디예 병원 공사가 절대 끝나지 않을 거라고 생각하며 이 년 전 이스탄불로 돌아갔습니다. 이 섬에서 적당한 처녀를 찾아 결혼시켰더라면 머물렀겠지요. 다른 한 명인 페리트 씨는 지금 하미디예 병원에 있을 겁니다."

최근 100년 동안 오스만 제국에서 어떤 문제를 해결하기 위해 좋은 의도와 유럽적인 사고로 설립되었지만 얼마 지나지 않아 아무런 문제도 해결하지 못하는 다른 많은 기관처럼 방역 기관도 문제의 일부가 되어 버렸다. 주 청사의 다양한 부서에 사무관, 경비병, 관리인 등 직원들을 모집하고 고용하지만 나중에 이 직원들과 심지어 의사들도 급여를 제대로 받지 못했다. 결국 의사들은 어쩔 수 없이 규칙을 어기면서 약국과 약초상에서 환자를 기다리고 다른 일을 하며 생계를 꾸려 나갔다.

1901년 오스만 제국에는 자격을 갖춘 273명의 민간 의사가 있었고, 이들 대부분은 정교회 신자인 룸이었다. 특히 무슬림 지역에는 의사가 충분하지 않았다. 있더라도 전염병이 창궐하면 용기와 희생, 더욱이 영웅적 행위가 요구되는 이 일에 관여하고 싶어 하지 않았다. 가난한 마을에 가서 방역에 대해 선입견을 가진 신실한 무슬림들의 시신에 석회를 뿌리고 아내와 딸들이 진찰을 받도록 설득할 경험 많은 무슬림 의사는 거의 전무했다. 어차피 육십오 년 된 방역 기관에 새로 들어온 사람들은 모두 파디샤와 외무부가 그들에게서 기대하는 가장 중요한 첫 번째 일은 콜레라 전염병 차단이 아니라 전염병 소문을 차단하는 것임을 얼마 지나지 않아 알게 된다. 방역 기관은 이런 지정학적 측면 때문에 처음부터 외무부 직속 기구였다.

"민게르에서 크게 세 번의 콜레라 전염병이 발생했지요!" 방역 부장인 의사는 주제를 바꾸려는 듯 말했다. "1833년, 1867년, 그리고 경미했던 1889년 여름. 우리 섬은 무역로에서 점점 멀어졌기 때문에 최근 십 년 동안 전염병이 돌지 않았지요. 그런데 그런 이유로 이스탄불은 우릴 잊게 되었습니다. 여러 번 편지를 썼지만 보건 의회는 부족한 물자를 공급해 주지 않았습니다. 마침내 '그곳으로 발령 난 젊은 무슬림 의사 아무개가 배에 타고 있습니다!'라는 전보를 받고 우리는 기뻐하며 부두를 뛰어갔지요. 메사주리 배에서는 아무도 내리지 않았답니다. 우리 섬으로 발령 난 의사가 사퇴를 해 이스탄불에 남거나 궁전에 있는 지인 혹은 마베인에 있는 친구들을 통해 마지막 순간에 발령 취소 통보를 받았기 때문이지요."

"맞는 말씀입니다. 그런데 존귀하신 파디샤께서 결국 무슬림 의사를 섬에, 당신에게 보냈고 저는 배에서 내렸습니다."

"믿지 않으시겠지만 우리는 석회 반죽을 살 돈도 없습니다." 의사 니코스는 말을 이었다. "총독 파샤에게 부탁하고 수비대 사령관 파샤에게 애걸복걸해 얻거나 방역 업무를 위해 우리가 받는 세금을 높게 책정하여 필요한 재료와 약을 우리 예산에서 자체적으로 구하려고 노력합니다."

사실 국제법에 따라 검역부는 그들이 하는 일에 대한 대가로 배와 승객으로부터 요금을 징수할 권리가 있다. 이탈리아어로 '사십 일'을 의미하는 격리의 논리는 병을 다른 사람에게 전염시키지 않기 위해 환자들을 떼어 놓는 것이다. 수 세기 동안 지중해와 유럽에서의 다양한 전염병 경험으로 사십 일은 두 주로, 나중에는 병과 전염병의 유형에 따라 더 짧은 기간으로 단축되었다. 프랑스 의사 파스퇴르가 세균의 존재를 발견한 이후 사십 년 동안 방역 방법은 다양하게 발전해 왔다. 안전하거나 오염된 항구, 배, 화물 및 승객

수송 규칙, 어떤 배에 '전염'을 의미하는 노란 깃발을 달아야 하는지, 격리 일수, 그리고 방역료와 부담금 책정 수준이 계속 변했다.

이 모든 세세한 관리에도 불구하고 배에 올라간 방역의들은 판단에 고유의 자율성을 행사할 수 있었다. 의사 니코스 같은 방역의는 군인을 대동하고 점검을 위해 올라갔던 독일 제국 깃발을 단 로이드사 여객선에서 열이 나는 환자를 뇌물을 받고 눈감아 줌으로써, 그러니까 배를 이스탄불에 닷새에서 일주일 일찍 보내 상인을 파산에서 구할 수 있다. 혹은 정반대로 항구에 접근하는 배의 승객들만 아니라 모든 화물에까지 전염병이 감지된다는 아주 사소한 의심에 근거하여 보고서를 작성해 많은 상점 주인을 눈 깜짝할 사이에 망하게 할 수도 있었다.

또한 방역의는 몇 년 동안 돈을 모으고, 집을 팔고, 두 달간 온갖 고충을 겪으면서 순례 여행길을 나선 하즈를 온갖 항의와 위협, 눈물, 분노 섞인 발작에도 불구하고 손가락 하나 까딱해 친구들로부터 떼어 배에서 내리게 하고 격리 수용소 천막에 가둬 순례 여행을 못 떠나게 할 수 있었다. 부마 의사는 고립된 해안 마을들에서 생계에 적잖은 곤란을 겪는 방역 관리들이 때로 그 힘을 자신의 힘든 삶에 복수하는 것으로, 다시 말해 부자를 겁주어 통제하고, 심지어 성공한 상인에게 살짝 벌을 주기 위해 사용하는 것도 보았다. 이 힘은 동시에 방역의들의 수입원이기도 했다.

부마 의사는 방역부장이 언제 마지막으로 월급을 받았는지 질문하는 대신 총독들이 정부의 빈곤과 부재에 불평하는 관리와 의사들을 대할 때처럼 아랫사람 대하는 듯한 태도를 보였다.

"헤자즈에서 석회를 구할 수 없을 때 우리는 화장실과 분변에 석탄 가루를 뿌리며 어떻게든 버텨 나갔습니다."

"그게 이 시대에도 적합한 방법인가요? 저는 10분의 1이 아니라 20분의 1, 혹은 30분의 1로 희석한 석회유를 사용하는 것을 선호합니다."

"소독액으로 뭐가 있지요?"

"민게르 사람들은 황산구리를 '키프로스의 검은 페인트'라고 하지요. 제가 따로 보관해 놓았습니다. 담반도 약간 있습니다. 약사 니키포로에게도 좀 있을 겁니다. 하지만 전염병 시기에 사용하기에는 충분하지 않지요. 페놀, 그리고 이스탄불에서 승홍이라고 하는 감홍도 약간 있습니다. 무슬림 사이에서 세균과 전염병에 대한 인식은 은화든 금화든 무슨 돈이든 간에 식초로 문질러 세균을 죽인다는 식의 수준입니다. 그들은 유황과 질산칼륨으로 하는 훈증 소독을 용인할 겁니다. 치테 마을과 바이으를라르 마을에서는 이 효과 없는 훈증 소독을 셰이크 에펜디가 준 축복받은 부적처럼 얼굴에 비빈답니다. 아주 많은 소독액이 필요할 겁니다."

"본코프스키 파샤 살해 사건 이후 그것을 도시 전역에 분사할 사람들이나 무슬림 마을에 들어갈 의사들은 힘든 임무를 맡게 될 겁니다." 부마 의사는 가장 긴급한 사안으로 한시라도 빨리 돌아가고 싶어 하며 말했다.

"의학교에서 본코프스키 파샤가 진행하는 유기 화학과 광물 화학 수업을 참관한 적이 있습니다. 제가 레바논에 있을 때 그는 보건위생 수석 검사관이 되었고 학자로서 명성을 얻었지요. 그런데 그런 사람을 희생시키고 말았습니다! 당신도 환자를 방문할 때 '저는 무슬림입니다.'라는 말만 하지 말고 콜아아스 같은 경호원을 대동하고 가셔야 합니다."

"걱정하지 마세요, 조심하겠습니다. 다만 만약 그 의도가 방역 노력에 대한 사보타주라면 당신도 조심하셔야 합니다. 그런데 우리가 조심해야 할 그 사악한 의도를 가진 사람이 누구입니까?"

“총독 파샤가 셰이크 함둘라흐의 의붓동생 라미즈를 즉각 감옥에 가둔 것은 옳은 결정입니다. 사실 총독은 모든 테케의 셰이크들 중 함둘라흐 셰이크를 가장 어려워하지요. 라미즈도 그래서 기고만장했고요. 제 생각에는 이 사건을 라미즈의 책임으로 돌릴 속셈으로 누군가가 가련한 본코프스키 파샤를 죽였을 겁니다.”

“하지만 이 사건은 우연적인 면이 있습니다. 본코프스키 파샤가 모든 사람이 보는 앞에서 우체국에서 자의로 도망쳤다는 것을 아시잖습니까? 라미즈나 그 누구도 이를 계산에 넣을 수는 없었을 겁니다.”

“우연히 그를 본 누군가가 죽였다면 그 죄가 무슬림에게 지워질 거라고 생각했을 수 있지요. 우리 섬에서는 꼭 그렇지 않지만 어떤 곳에서는 무슬림과 튀르크어로 말하는 것을 귀찮아하는 룸 의사들이 있습니다.”

“무슬림들이 특히 거칠고 무례하고 거들먹거리는 기독교인 의사들에 대해 불만을 표시하는 것은 정당합니다. 조금 전에 언급하셨는데 사실 무슬림들은 그저 무지해서 방역에 대해 불만을 표시할 수도 있습니다.”

“네, 그럴 수 있고, 그러하기도 합니다. 하지만 그들은 불만을 표시할 뿐 아니라 두려워합니다. 동시에 병이 전염되지 않도록 자신들이 믿는 누군가가 조언을 해 주기를 바라지요. 다만 불만을 표하는 것과 죽일 정도로 불만을 품는 것은 엄청난 차이가 있습니다. 본코프스키 파샤와 조수 일리아스는 그 마을에 오로지 검진과 치료를 위해서 갔습니다. 집으로 들어가거나 문을 부수거나 실력 행사를 하는 군인은 한 명도 데리고 가지 않았지요. 본코프스키 파샤는 무슬림들에게 해를 입히지 않았습니다. 그런 사람을 무슬림들이 왜 죽이겠습니까? 혹은 왜 살인범이 무슬림일 거라고 여길까요? 이미 전 어떤 심각한 수사 결과가 나올지 미리 당신에게 말해 줄 수 있습니다!"

"그게 뭡니까?"

"살인범이 누구인지 이름은 모릅니다……. 하지만 그자는 민게르 민족이 죽어 사라지고 잊히는 것을 신경 쓰지 않는 냉혹한 사람입니다. 저는 민게르 사람들을 아주 좋아합니다. 저는 그들이 온당치 않은 운명을 겪는 것을 견딜 수 없습니다."

"당신 생각에 민게르인들이 정말로 독특한 민족입니까?"

"그런 질문을 했다는 사실을 정보국장이 안다면 무슨 핑계를 대어 당신을 감옥에 가두고 쥐쇠로 고문하며 심문하고 싶어 했을 겁니다. 네, 일부 섬사람들이 집에서 오래된 언어를 사용하지만 그 수준으로는 겨우 시장에서 물건을 살 수 있는 정도지요."

14장

주 청사 객실로 돌아왔을 때 의사 누리는 문 앞에서 콜아아스와 마주쳤다. 콜아아스는 파키제 술탄이 조금 전에 다 쓰고 봉인한 첫 번째 편지를 우체국으로 가져가는 중이었다.

그날 밤 부부는 결혼하고 처음으로 단둘이 간단한 식사를 했다. 주 청사의 요리사가 뵈렉[43]과 요구르트가 담긴 쟁반을 놓고 갔다. 혹독한 조건, 페스트에 걸리지 않았을까 하는 걱정, 방 안의 쥐덫이 둘을 불안하게 만들었다. 결혼 후의 편안하고 즐거운 나날들은 끝났다는 것을 둘 다 알고 있었다. 주 청사, 하미디예 대로, 그리고 호텔과 항구 주변은 저녁 10시까지 경유 램프들이 켜져 있어 약간 밝았다. 거리가 어둠에 묻히자 그들은 창문 앞으로 가 마법적인 아르카즈시를 바라보며 해안에서 가볍게 치는 파도 소리, 주 청사 정원에서 돌아다니는 고슴도치와 매미 소리를 들었다.

부마 의사는 다음 날 아침 일찍 석방된 의사 일리아스와 방역소에서 만났다.

"본코프스키 파샤는 제 친아버지보다 가까웠습니다……." 일리

43 치즈나 달걀, 각종 채소, 간 고기 등을 넣은 얇은 페이스트리를 튀기거나 구운 음식.

아스가 말했다. “저를 용의자 취급을 하고 마치 제가 그의 죽음에 책임이 있는 것처럼 감옥에 가두었습니다. 이게 온갖 오해를 불러일으킬 거예요. 어떻게 그들은 그것을 예측하지 못했을까요?”

“하지만 지금 당신은 지하 감옥에 있지 않습니다.”

“이스탄불 신문에 기사가 실렸을 겁니다. 누명을 벗기 위해 가능한 한 빨리 이스탄불로 돌아가야 합니다. 폐하께서는 제가 구금되었던 것을 아십니까?”

이스탄불 출신인 일리아스는 본코프스키의 조수로 임명되기 전까지 누구의 주목도 받지 못한 내과 의사였고 보건위생 수석 검사관의 조수가 된 후 제국 여기저기를 돌아다니면서 유명해졌다. 신문에 전염병과 위생, 건강 문제에 대해 글을 썼고 봉급도 매우 높았다. 오 년 전에 이스탄불에 있는 꽤 부유한 룸 집안의 어린 딸 데스피나와 결혼했다. 본코프스키 파샤에게서 이야기를 듣고 압뒬하미트는 그에게 메지디예 훈장을 하사했다. 하지만 상관인 본코프스키 파샤가 잔인하게 살해되자 모험에 가득 차고 영광스럽고 행복했던 그의 삶은 순식간에 끝나 버렸다.

부마 의사는 일리아스가 본코프스키 파샤와 동행하여 파디샤를 자주 보았으며, 어쩌면 자신보다 압뒬하미트를 더 많이 만났을 거라고 생각했다.(조카와 결혼한 누리는 파디샤를 겨우 세 번 보았을 뿐이다.)

“폐하께서는 물론 당신이 섬에 남아 이 악마 같은 일의 배후에 누가 있는지를 밝혀내기 위해 우리를 돕기를 바라고 계십니다.”

그날 오후 누군가 의사 일리아스에게 다음 살해 대상이 될 거라고 말하는 익명의 쪽지를 놓고 갔다.

“이것을 쓴 기회주의자들은 방역에 반대하는 상인들이오, 의심의 여지가 없소.”라고 총독은 말했다. 그러고는 두려움에 떠는 일리아스를 안심시키기 위해 그가 여전히 머물고 있던 낡아빠진 집에서 데려와 수비대의 객실에 머물게 했다. 쥐덫이 많아서 페스트로부터 조금 더 보호받을 수 있고 장래 암살자의 손길이 닿지 않는 안전한 장소였다.

그날 의사 누리와 의사 일리아스는 총독과 방역부장이 계획한 대로 랜도를 타고 먼저 병원에 갔다. 도시 중심부에는 병원이 두 개 있었다. 군인들과 엘리트 무슬림이 다니며 공식적으로는 개원하지 않은 소규모에 물품도 별로 없는 하미디예 병원과 룸 사회에서 지은 테오도로풀로스 병원. 민게르 대리석으로 불리던 돌 무역이 섬에 많은 돈을 벌어다 주던 시기에 이 일로 부자가 된 이즈미르 출신의 룸 스트라티스 테오도로풀로스 가문이 설립한 이 병원은 서른 개의 병상이 있었다. 섬사람들은 종종 가난하고 의지할 데 없고 불쌍한 사람들의 거처로도 사용되는 하미디예 병원을 좋은 향기가 나는 레몬 정원과 성이 보이는 멋진 풍경 때문에 평온하고 심지어 멋진 곳으로 생각했다. 전염병이 퍼지자 진찰받을 여력이 없는 절망적인 무슬림들도 테오도로풀로스 병원을 찾기 시작했다.

콜아아스와 총독의 부하 직원들과 함께 간 의사 누리는 병원이 무척 활기차다고 느꼈다. 병원 문 앞에 불안한 기색이 역력한 사람들이 모여 있었다. 사흘 전 페스트 환자의 숫자가 늘자 병원의 가장 큰 병실 중간에 칸막이를 쳐서 둘로 나누고 페스트 환자와 일반 환자를 분리했다. 그러나 곧 페스트 환자 구역이 넓어졌고, 그날 새로 온 사람들로 꽉 찼다. 페스트 환자들이 자면서 헛소리를 하고, 토하고, 때로 두통 때문에 고함치며 신음하고, 죽기 전에 미쳐 가는 모습은 다른 환자들을 불안하게 했다. 집 없고 가난하고 늙은 사람들 대부분은 이미 지난 한 주 사이에 다른 곳으로 가 버렸다. 누리와 일리아스는 병원장인 나이 든 의사 미하일리스를 통해 천식이

나 심장에 문제가 있는 평범한 환자들의 가족과 더 절망적이고 당황해하는 페스트 환자들 사이에 병상을 차지하려는 싸움이 시작되었다는 것을 알게 되었다.

누리와 일리아스를 친절하게 맞이한 미하일리스는 마지막 순간까지 이것이 페스트가 아니라고 믿었노라 고백했다. 처음에는 현미경을 구비한 실험실로부터 보고를 기다렸고 콜레라를 연상시키는 열, 구토, 맥박, 피로, 무력감 같은 병의 증상만을 심각하게 받아들였다. 그는 그때와 비슷한 어떤 모험과 재앙의 분위기에 휩싸여 의사 누리에게 칠 년 전 콜레라 전염병이 돌았던 이즈미트에 있었다고 말했다. 일할 때는 거친 사람이었지만 "걱정하지 마세요, 해결책이 있을 겁니다!"라고 말하는 듯 모든 환자를 행복하게 만드는 표정을 지녔기 때문에 페스트에 걸린 사람들이 그를 믿고서 목, 겨드랑이, 사타구니에 있는 고름이 가득 찬 낭종들을 보여 주고 고함을 지르며 그를 찾았다. 병실에는 테살로니키 출신의 눈썹이 위로 치켜 올라간 젊은 의사 알렉산드로스가 있었다.

누리는 계속 자다가 몇 분 정도 깰 때면 신음하고 울기 시작하는 노인이 이틀 전에 병원에 온 어부라는 것을(어부들의 선창과 마을은 민게르 대리석 부두에서 가까웠다.) 알렉산드로스로부터 알게 되었다. 반쯤 의식을 잃고 조용히 죽어 가는 노파는 바로 옆에 눈물을 흘리며 앉아 있는 남자의 아내가 아니라 여동생이라며 첫날부터 계속해서 구토를 하고, 어제는 다른 많은 환자처럼 헛소리를 했다고 병실 관리인은 말했다. 고열과 헛소리는 모든 환자에게서 공통으로 나타나는 증상이었다. 항구에서 짐꾼으로 일하는 환자는 침대에서 일어섰지만 제대로 걷지 못하고 술에 취한 사람처럼 옆으로 한두 걸음 떼더니 뒷걸음치다 다시 침대로 넘어졌다. 일리아스는 이 안간힘을 쓰는 환자에게 많은 시간을 할애했고, 그가 긍정적인 삶으로 돌아오도록, 깨끗한 공기를 그리워할 수 있도록 창문 밖 풍경과 성의 첨탑에 대해 말해 주었다.

모든 환자가 눈이 충혈되고 이상한 경련과 견딜 수 없는 두통에 시달리기 시작했다. 어떤 환자들은 불안 증세와 두려움, 당혹감에 휩싸였고, 어떤 환자들은 머리를 계속해서 좌우로 돌리거나(창가에 앉아 있는 세관원) 마치 침대에서 급히 나오고 싶은 듯 기를 쓰는(하미디예 대로에 그릇 가게가 있는 눈물 가득한 늙은 도공) 강박 상태를 보였다. 환자들 대부분은 목, 귀 뒤, 겨드랑이 혹은 사타구니에 일종의 농포, 즉 유럽인들이 '부보'라고 부르는 새끼손가락 절반만 한 가래톳이 나타났다. 하지만 부마 의사는 농포 멍울이 없는데도 열이 오르고 졸리고 무기력해지고 갑자기 푹 쓰러져 죽는(혹은 회복하는) 환자들이 있다는 말을 의사들로부터 들었다.

뼈와 가죽만 남은 어떤 환자는(타일공이라고 했다.) 입이 메말랐고 말을 하지 못했으며 강박적으로 말을 더듬었다. 어떤 환자들은 무엇인가에 대해 극심하게 불평하는 모습을 보여 누리는 그들의 고충을 이해하려고 애를 썼다. 그렇다, 환자들의 가래톳을 가르고 안에 들어 있는 액체를 빼는 것은 잠시 그들을 진정시키고 기력을 회복하는 데 도움이 되었다. 모든 환자가, 심지어 그럴 필요가 없는 환자들도 이 처치를 원했지만 이것은 치료가 아니었다. 발작을 일으키고 헛소리를 하는 환자들이 땀과 토사물로 얼룩진 침대 시트를 얼마나 고통스럽게 움켜쥐었던지 마치 피부와 시트가 서로 엉켜 하나의 조직이 된 것만 같았다. 병실에 있는 환자들의 신음과 여기저기서 고통으로 고함치는 소리와 지친 한숨들이 뒤섞여 때로는 윙윙거리는 소리로 변했다. 의사들이 이 병을 콜레라와 혼동하는 이유 중 하나는 일련의 환자들이 끊임없이 갈증을 호소하기 때문이었다. 병원 건물 입구에 있는 끓는 가마솥에서 뿜어져 나오는 수증기 속에서 커다란 병실의 윙윙거리는 소리와 죽음의 기운이 뒤섞였다.

헤자즈에 있을 때 의사 누리는 인도인, 자바인, 아시아인 하즈들의 빈곤과 무지, 그리고 영국인들에게 인간 대우를 받지 못하는 상황을 목격하고 자신이 프랑스어를 아는 교육받은 사람이라는 데 죄책감을 느끼곤 했다. 지금은 죽을병에 걸렸다는 사실을 아는 환자 대부분에게 거짓 위로 이외에 아무것을 해 주지 못하고 앞으로 나날이 더욱더 나빠지리라는 것을 알기 때문에 죄책감이 들었다.

그다음에 방문한 하미디예 병원에서도 상황은 마찬가지였다. 의사 일리아스 역시 고통스럽고 두려우면서도 환자들에게 일일이 관심을 보이고 다정하게 아픔을 나누는 모습을 보면서 부마 의사는 감동을 받았다.

"하지만 그리 길게 가지 않을 겁니다." 둘만 남았을 때 일리아스가 말했다. "그들이 저도 죽일 겁니다. 폐하께서는 제가 한시라도 빨리 이스탄불로 돌아오기를 바란다는 것을 제발 잊지 마십시오!"

콜아아스와 총독 측 사람들을 대동하고서 랜도를 타고 니키포로의 약국으로 갈 때 부마 의사와 일리아스는 거리의 최근 상황을 보기 위해 마부에게 속도를 늦추라고 말했다. 호텔 지역과 항구로 내려가는 비탈길에는 유럽식 삶이 여느 때처럼 여전히 지속되고 있었다. 카페, 식당, 이발소에서 민게르 사람들이 의자에 편안하게 앉아 농담을 주고받으며 웃고 낚시나 사업 계획을 세우는 모습이 낯설었다. 와을라 마을에서 바다로 내려가는 먼지 나고 가꾸지 않은 골목을 즐겁게 뛰어다니는 맨발의 아이들을 보자 부마 의사는 먼 동쪽의 어느 더운 도시에 있다는 생각이 들었다.

그들이 약국에 도착했을 때 니키포로는 당장에 독점권과 회사 문제에서 황실 화학자에게 — 편히 잠드시길 — 빚진 것이 없다고 말했다.

"당신 생각에 본코프스키 파샤를 살해함으로써 누가 무슨 이익을 기대할 수 있을까요?" 의사 누리는 다시 솔직하게 물었다.

"모든 살인이 꼭 무슨 이익을 기대하며 일어나지는 않습니다. 어떤 살인은 부당함이나 무력감으로 저지르고, 전혀 계획하지 않았는데 순간적으로 우연에 의해 살인자가 되기도 합니다. 하즈 배반란 사건 이후 총독 사미 파샤가 구속한 치프텔레르 마을과 네빌레르 마을 사람들, 테르캅츨라르 테케 신자들은 방역관과 의사를 질색합니다. 이들 중 달걀을 팔러 왔던 사람이 본코프스키 파샤를 와을라에서 우연히 보고는 곧 집으로 끌고 갔을지도 모르지요. 저는 친애하는 친구에게 게르메 마을과 와을라 마을로 가 그곳 상황을 살펴볼 필요가 있다고 무심코 말한 적이 있습니다. 그들이 이 사실을 알고 시신을 이곳에 가져다 버리고는 저를 용의자로 몰고 가려 했겠지요."

"네, 당신은 용의자들 중 한 명입니다!" 누리가 말했다.

"하지만 음모입니다." 약사는 일리아스를 쳐다보며 말했다.

"저는 본코프스키 파샤에게 그 마을들에 혼자 가지 말라고 경고했습니다." 의사 일리아스가 말했다. "본코프스키 파샤는 전염병을 살펴보기 위해 방문한 지방의 중심지들에서 총독의 안내자나 방역부장이 보여 주는 것에 만족하지 못하면 혼자 조사를 나가곤 했습니다."

"왜요?"

"사실 총독이나 군수, 상인, 부자 중에 그 누구도 방역을 원하지 않습니다. 예기치 않게 여느 때의 아름다운 삶이 끝나고 심지어 죽을지도 모른다는 것을 아무도 받아들이고 싶어 하지 않지요. 게다가 편안함을 깨트리는 증거들을 받아들이려 하지 않고, 죽음을 거부하고, 죽은 사람들에게 화를 냅니다. 하지만 유명한 보건위생 수석 검사관 본코프스키 파샤와 조수를 눈앞에 보게 되면 이스탄불에서 일의 심각성을 인지했다는 것을 알고 정신을 차리지요. 하지만 이곳에서는 그렇게 되지 않았습니다. 여기서는 우리가 누구와 만나는 것을, 심지어 방역부장과 이야기하는 것조차 원하지 않았습니다."

"그것은 우리 파디샤께서 생각하고 고집하시는 조치입니다." 의사 누리가 말했다.

"지금으로부터 닷새 전 한밤중에 아지지예가 본코프스키 파샤를 비밀리에 섬에 내려놓을 때 그는 누구보다도 이 방역 조치에 대해 불안해했습니다." 약사 니키포로가 말했다. "죽은 사람들을 숨기고 전염병을 부인하는 이 섬에서 방역을 준비하기는 매우 어려웠을 겁니다. 게다가 이곳에는 방역의들을 죽이려고 단단히 결심한 세력이 있지요. 우리 모두가 또 다른 암살을 두려워하는 건 당연하지요."

"걱정하지 마십시오!" 누리가 말했다. 그는 니키포로와 일리아스가 공포에 휩싸인 것을 보고는 걱정이 되었고, 심지어 부끄러웠다. 그 순간 누리는 두 룸이 이 사건을 무슬림들에 비해 더 많이 두려워하는 원인이 기독교인이기 때문임을 알았다. 이 책은 결국 역사서이기 때문에 여기서 미래를 언급하는 것이 전혀 바람직하지 않다고는 생각하지 않는다. 책의 마지막에 다다를 즈음 독자들은 부마 의사 누리의 직감이 옳았으며, 약사 니키포로와 이스탄불의 화가와 의사 일리아스가 정치적 이유로 살해된다는 사실을 안타깝지만 알게 될 것이다.

니키포로가 선물 꾸러미에 있는 상품들의 특징을 하나하나 설명할 때 이전에 계획했던 것처럼 '민게르의 장미'와 '레반트의 장미' 병들의 도안을 누리에게 보여 주며 본코프스키 파샤의 젊은 시절 친구인 아르메니아인 화가 오스간 칼렘지얀에 대한 이야기와 총독 파샤가 압수한 현수막으로 화제를 돌렸다.

"총독 파샤는 그 천 조각을 깃발로 오해했답니다!"

그날 약국에서 돌아온 의사들이 총독 파샤의 집무실에 모이자 사미 파샤는 방역 위원회가 소집되면 약사 니키포로의 광고 현수막을 돌려주겠다고 짧게 말했다. 그런 다음 대화는 주 청사 직원들 중 한 명의 급작스러운 사망 소식이 총독 사미 파샤에게 전달되면서 중단되었다.

그날 저녁 무렵 작고 우아한 생앙투안 교회에서 본코프스키 파샤의 장례식이 진행되었다. 파디샤의 전보와 이스탄불 언론에 실린 본코프스키 파샤에 대한 찬사에도 불구하고 룸 신문 기자들은 참석하지 않아 의식은 조촐했다. 살해당한 보건위생 수석 검사관의 가족은 페스트 때문에 어차피 올 수 없었다. 가톨릭 공동체에서 온 몇몇 노인들 이외에 조문객이라고는 폴란드 군대에 있다가 오스만 군대에 합류한 한 장교의 아들뿐이었다. 그는 현재 민게르섬에 살고 있었다. 가장 큰 충격을 받고 마음 아파한 사람은 교회 정원의 붉은 장미로 장식한 묘 옆에 서서 눈물을 흘리는 의사 일리아스였다.

15장

우리 역사와 이 이야기를 이해하는 데 도움이 되도록 이쯤에서 삼 년 전으로 돌아가 오늘날 총독 파샤를 정치적으로 힘들게 하고 개인적으로는 매우 불안하게 만든 '하즈 배 반란 사건'을 설명하고자 한다.

1890년 인도에서 성지 순례 배들을 타고 와 메카와 메디나를 통해 전 세계로 전파된 콜레라 전염병을 차단하기 위해 '열강들'이 취했던 조치들 중 하나는 하즈들이 돌아왔을 때 배를 열흘간 격리하는 것이었다. 무슬림 국가들에 식민지를 둔 제국들은 특히 이 두 번째 방역 조치를 단호하게 고집했다. 예를 들어 헤자즈에서 오스만 제국이 적용한 방역을 믿지 못하는 프랑스인들은 성지 순례에서 돌아온 배의 승객들을 그들의 도시와 마을로 돌아가기 전에 프랑스령 알제리에 보내 의무적으로 한 번 더 격리했다.

오스만 제국도 헤자즈에 있는 자체 방역 기구를 믿지 못해 이 조치를 시행했다. 얼마 지나지 않아 이스탄불의 방역 위원회는 하즈들을 집으로 데려오는 배가 노란 깃발을 달았든 병든 승객이 있든 없든 이 '예방적인 방역'을 제국 전체에 의무화했다.

그렇지 않아도 고통스럽고 힘들어 녹초가 된 데다 많은 사람이 사망하는 것으로 끝이 난 긴 여행에서 돌아왔는데 고국에서 열흘간 한 번 더 격리되어 기다리게 하는 조치는 많은 하즈를 반발하게 만들었다.(뭄바이와 카라치에서 온 하즈들 중 5분의 1이 이 여행 중에 죽는 것은 자연스러운 일로 받아들여졌다.) 그래서 종종 군인들이 소집되었고, 많은 곳에서 의사들이 경찰에 도움을 요청했다. 민게르처럼 격리 시설이 요구 조건에 못 미치거나 작아서 시골 마을 하즈들을 수용할 수 없는 작은 섬과 외진 항구에서는 여기저기서 급하게 구한 낡은 배와 바지선을 격리와 임시 수용 시설로 사용했다. 가끔은 배들을 사크즈, 쿠샤다스, 테살로니키에서처럼 멀고 외딴 만이나 빈 땅 근처로 예인하여 주변 군 시설에서 빌린 천막들을 설치했다.

한시라도 빨리 집에 돌아가고 싶은 하즈들은 격리 조치에 매우 불만이 많았다. 여행에서 살아 돌아오는 데 성공한 몇몇 하즈들이 이 마지막 열흘 동안에 죽기도 했다. 하즈들과 룸, 아르메니아인, 유대인 의사들 사이에 싸움과 마찰들이 발생했다. 강제 격리에 더해 심지어 격리 부담금까지 징수하면서 하즈들을 격분하게 만들었다. 일부 더 부유하고 수완 좋은 하즈들은 의사들에게 돈을 주고 애초에 격리망을 빠져나가 다른 사람들을 더 이상 참을 수 없게 만들었다.

하지만 삼 년 전 민게르섬에서 있었던 무능한 처사는 오스만 제국 전역에서 발생한 격리에 반대하는 비슷한 사건들 중 가장 끔찍했고 가장 커다란 분노를 불러일으켰다. 헤자즈에서 온 영국 깃발을 단 '페르시아'라는 배는 이스탄불에서 보낸 전보의 명령에 따라 아르카즈 항구에 접근하지 못했다. 마흔일곱 명의 하즈는 방역부장 니코스가 마련한 케케묵은 바지선으로 옮겨 탔고, 이 바지선은 섬 북쪽의 작은 만들 중 하나에 정박했다. 험준한 바위산과 낭떠러지로 둘러싸인 외딴 만이 하즈들에게 천연 감옥 역할을 했기 때문에 격리에 적합했다. 그러나 동시에 이 가파른 바위산과 낭떠러지는 하즈들에게 음식과 깨끗한 물과 약을 보급하는 일을 어렵게 만들었다.

해안에 하즈들을 진찰할 의사와 군인, 의료품을 위한 천막들을 설치하는 일이 폭풍 때문에 지연되었다. 나흘간 지속된 폭풍 속에 파도로 정신이 멍해진 민게르 출신 하즈들은 먹을 것도 마실 것도 없이 넋이 나갔다. 폭풍이 지나간 뒤 뜨겁게 내리쬐는 태양 아래서 다들 타들어 갈 지경이었다. 대부분 평생 처음 섬 밖으로 여행을 나간 하즈들은 올리브밭과 작은 농장을 보살피는 턱수염이 난 중년의 시골 남자들이었다. 아버지와 할아버지를 도우려고 함께 여행을 나선 턱수염이 난 신실한 청년들도 있었다. 이들 대부분은 섬 북쪽의 치프텔레르, 네빌레르 같은 산골 마을 사람들이었다.

사흘 후 사람들로 꽉꽉 들어찬 바지선에서 콜레라가 퍼졌다. 이미 지칠 대로 지친 하즈들이 매일 한 명 두 명 죽어 나가기 시작했다. 여행 중에 쇠약해진 하즈들은 병에 저항할 힘이 없었다. 사망자가 날이 갈수록 늘었지만 그들을 이곳에 강제로 데려다 놓은 관리와 의사들이 보이지 않자 나이 든 하즈들마저 인내심이 바닥났다.

격리 수용소까지 말을 타고 산을 넘어 사흘 만에 드디어 도착한 룸 의사 두 명은 나룻배를 타고 사방에 병균이 퍼진 배로 가 분노에 찬 하즈들을 진찰하는 일을 서두르지 않았다. 그들은 배가 오물과 질병의 온상이라는 것을 감지했다. 어떤 하즈들은 그들을 왜 이곳에 잡아 놓았는지 이해하지 못했지만 죽어 가고 있다는 것은 마음속 깊이 알고 있었다. 늙고 지친 하즈들은 죽음이 눈앞에 닥쳤을 때 그들 몸에 리졸과 약제가 들어간 용액을 뿌리는 것을 원하지 않았다. 말을 타고 산을 넘어온 두 대의 분무기는 이미 첫날 고장이 났다. 여기저기서 하즈들 사이에 논쟁이 벌어지기 시작했다. "시체들을 바다로 던지자."라는 사람들과 "그들은 우리 가족이고 순교자다, 고향에 묻어야 한다."라며 반대하고 나서는 하즈들이 서로 싸우며 힘을 소진했다.

전염병을 막는 데 실패하고 바다에 던져져 새와 물고기들의 먹이가 된 시신들을 수습하여 묻지 못하자 첫 번째 주가 끝날 때 바지선에서 폭동이 일어났다.

분노에 찬 하즈들은 먼저 그들을 감시하고 있는 두 군인을 바다에 던졌다. 모든 하즈처럼(사실 제국에서 우위를 차지하는 무슬림 인구의 대부분이 그러하듯) 수영을 할 줄 모르는 사병 한 명이 물에 빠져 죽자 도를 넘는 처벌 작전이 시작되었다.

이즈음 젊은 하즈들이 바지선의 닻을 올렸지만 낡은 배가 바위에 걸리기 전에 먼저 바다에서 술에 취한 듯 좌우로 휩쓸렸다. 급류에 휘말린 하즈 배는 반나절이 지나 더 서쪽의 작은 만에 좌초했다. 지친 하즈들은 배에 물이 들어와도 바지선에서 나와 마을로 곧장 도망칠 수 없었다. 그랬더라면 군인 한 명이 죽었더라도 어쩌면 사건은 잊혔을 것이다. 하즈들은 갈수록 더 지독한 냄새가 나는 시체들로 가득 찬 배 안에서 옴짝달싹 못 했고, 파도와 악전고투를 했으며, 도무지 포기할 수 없었던 짐과 선물과 콜레라에 감염된 잠잠수[44] 병을 두고 배를 떠날 수 없었다.

총독 사미 파샤의 명령으로 해안에서 이들을 지켜보던 헌병대가 바위 뒤와 절벽 꼭대기에 자리를 잡았다. 사령관은 하즈들에게 항복하고, 방역 규정에 따르고, 배를 이탈하여 육지로 나오지 말라고 경고했다.

44 이슬람의 성수. 메카의 성전인 카바 근처에 있는 잠잠이라는 샘에서 나온 물이다.

오늘날 그들이 이 경고를 이해했는지는 말하기 힘들다. 하즈들이 몹시 겁에 질려 있었기 때문이다. 그들은 다시 격리될 것이며, 이번에는 분명히 죽으리라는 것을 알았다. 그들에게 '방역'은 건강한 하즈를 처벌하고, 죽이고, 돈을 받기 위해 발명된 악마 같은 유럽의 교묘한 술책이었다.

결국 아직 힘과 이성이 남아 있던 하즈들 중 몇몇이 포위된 배에 남아 있으면 차례로 죽어 나갈 것을 알고 탈주를 시도했다.

하즈들이 바위들 사이를 깡충깡충 뛰어서 오솔길 위쪽으로 도망치려 하자 당황한 군인들이 총을 쏘기 시작했다. 사격은 민게르섬을 점령하러 온 적군을 격퇴하듯 격렬했다. 몇몇은 바다에 던져진 죽은 친구를 떠올렸다. 군인들이 진정하고 총을 내려놓기까지 최소한 십 분이 지났다. 많은 하즈가 총에 맞아 쓰러졌다. 어떤 하지들은 등에 총을 맞았다. 하지만 일부는 기관총을 향해 달려드는 애국 군인들처럼 그들의 섬에서 그들을 사격하는 오스만 제국 군인들에게 가슴을 열어젖혔다.

총독 사미 파샤가 이 사건에 대한 기사나 심지어 어떤 암시조차 금지했기 때문에 오늘날에도 몇 명이 총에 맞아 죽었고 몇 명이 결국 마을로 돌아갔는지 정확한 정보가 없다.

총독 파샤는 이 역사적인 사건 때문에 비난과 경멸, 잔인한 사람이라는 평가에서 절대 벗어나지 못했다. 압뒬하미트가 처벌하리라고 예상했는데 그 대신 수비대의 나이 든 사령관과 군인들이 벌을 받고 유배되었다. 사미 파샤는 흰 수염을 기른 남자가 "대단한 총독 양반, 당신은 양심이라고는 털끝만큼도 없는 거요!" 하며 말을 건네려는 꿈을 가끔 꾸었지만 그 남자는 말을 하지 못했다. 총독 파샤는 누군가 면전에서 비판하면 섬을 콜레라에서 보호하기 위해 하즈들에게 군인들을 보낸 결정은 옳았다고 말한다. 더불어 정부의 배를 피랍하고 군인을 죽인 산적을 좋게 봐주는 것은 양심이 허락하지 않는다고 덧붙였다. 그러나 매번 발포 명령은 그가 내리지 않았으며, 이는 군인들이 미숙하여 벌어진 실수라고 책임을 돌렸다.

총독 사미 파샤는 가장 좋은 방어는 사건이 잊히기를 기다리는 것이라고 결론 내렸다. 이를 위해 사건이 신문에 기사화되지 않도록 특별히 신경을 썼고, 한동안 그의 노력은 성공을 거두었다. 초기에 총독은 순례 중에 죽은 사람은 우리 종교에서 명하는바 공식적으로 '순교자'이며, 이보다 더 높은 명예는 없다고 주입시키려 했다. 죽은 하즈들의 가족이 보상을 요구하기 위해 아르카즈에 왔을 때 그들을 집무실로 맞이하여 "순교의 영약을 마신 사람들을 위한 천국에서의 특별한 자리" 문제를 언급했으며, 손해배상 건에서 그들 편에 서서 최선을 다할 것이라고 말했다. 하지만 룸 신문 기자들과 대화하면서는 사건을 확대하지 말라고 말했다.

일단 사건이 기억에서 지워지기 시작하자 총독 사미 파샤는 조용히 두 번째 단계에 착수했다. 헌병들을 마을에 보내 반란 주동자로 보이는 열 명의 하즈를 체포하여 성에 있는 지하 감옥에 가두고는 지나치게 억압적이고 흉포한 분위기를 자아내며 죽은 군인과 반란을 일으켜 피랍한 배에 대한 책임을 물었다. 총독은 죽은 하즈들의 가족이 제기한 보상 요구도 거부했다.

이 사건이 불러온 분노는 대부분의 하즈들이 사는 치프텔레르 마을과 네빌레르 마을에서 총독에 맞선 독실한 신자들의 저항에 불을 지폈다. 이 마을들과 테르캅츨라르 테케가 최근 이 년 동안 북쪽 룸 마을에서 테러를 자행한 폭력배 메모를 지원했다. 많은 이가 테케의 배후에 섬에서 가장 강력한 종단인 할리피예의 수장 셰이크 함둘라흐가 있다고 추측했다.

총독을 힘들게 하는 또 다른 하나는 그리스 지지자이자 민족주의자인 신문 기자들이 무슬림 관리와 민족 사이에 반감을 품게 만드는 이 사건을 툭하면 긁어 대는 것이었다. 예를 들어 한번은 사이가 좋은 룸 신문인《네오 니시》와 한 인터뷰에서 총독 파샤가 마을에 우물을 마련해 준 몇몇 하즈들에 대해 언급할 때 “가난한 하즈들”이라는 표현을 썼고, 이는 그를 괴롭히는 데 이용되었다. 사실 누구도 관심을 갖지 않을 말이었다. 하지만 룸 신문 기자인 마놀리스는 비판적인 분위기로 하즈들은 가난하지 않으며, 정반대로 섬의 모든 부유한 무슬림은 새로운 유행에 맞추어 재산을 팔아 성지 순례를 갔고, 대부분이 여행에서 병에 걸려 죽었다고 썼다. 이어 그는 무슬림의 교육 수준이 정교회 신자들보다 더 낮은 이 섬에서 부유한 무슬림 마을 사람들이 머나먼 사막과 영국 배에 어리석게 돈을 허비하느니 돈을 모아 중등학교를 세우거나 최소한 마을 사원의 깨진 첨탑을 보수하면 더 좋지 않을까라는 기사를 썼다.

사실 사원보다 학교를 중요시하는 태도는 총독도 지지했다. 하지만 사미 파샤는 그 기사를 읽을 때 분노에 차 숨이 막힐 것만 같았다.

무슬림을 위에서 내려다보는 듯한 마놀리스의 태도에도 화가 났지만 진짜 이유는 잊히기를 기다리던 하즈 배 반란 문제가 이번에 이 룸 신문 기자에 의해 새로이 달궈졌던 것이다.

16장

방역 회의가 열리는 날 이른 아침 하미디예 병원에 도착했을 때 부마 의사 누리는 문 앞에서 무슬림 가족과 주 청사에서 항상 만나던 관리가 논쟁하고 있는 것을 보았다. 그는 환자들로 빽빽이 찬 병실의 빈 침대에 아픈 대장장이를 눕히는 데 앞장섰다.

지난 사흘 동안 병원을 찾는 환자 수가 두 배로 증가했다. 의사들이 '디프테리아' 혹은 '백일해'라고 쓰던 사망 원인 란에 지금은 '페스트'라고 기록했다.

위층은 이틀 전 군대에서 추가로 가져온 침대들이 이미 거의 다 찼다. 의사 일리아스와 섬의 유일한 무슬림 의사 페리트 베이는 환자들을 소독하고 가래톳을 째며 침대에서 침대로 바쁘게 움직이고 있었다.

누리를 알아본 젊은이가 그를 어머니의 침대로 불렀다. 하지만 고열 속에서 땀을 흘리며 헛소리를 하는 노파는 의사가 왔는지도 몰랐다. 누리는 페스트 환자를 진찰하는 많은 의사처럼 지금 이 행동이 쓸모가 있는지 자문하며 창문을 열었다. 의사들 중 일부는 환자들의 고통을 덜어 주기 위해 용감하게 헌신하며 더 가까이 다가갔다.

병실마다 손과 손가락에 자주 바르는 소독액이 놓여 있었고, 의사들은 이곳에서 만나 이야기를 나누었다. 한번은 페리트가 누리에게 식초가 가득 든 용기를 가리켜 보이며 희미하게 미소를 지으면서 말했다. "이게 별 도움이 되지 않는다는 걸 압니다만 그래도 바릅니다!" 그는 테살로니키 출신의 젊은 의사 알렉산드로스가 어제저녁 열이 나고 덜덜 떨어서 집으로 보냈으며, 아침에 열이 있으면 오지 말라고 충고했다고 덧붙였다.

의사 누리는 테오도로풀로스 병원에서 알렉산드로스가 환자들에게 헌신적으로 두려움 없이 다가가 돌보는 것을 보았다. "의사와 병실 관리자는 콜레라에 대처하는 법을 알지만 페스트에 맞서 자신들을 어떻게 지켜야 하는지는 모릅니다." 누리는 말했다. "페스트 환자는 갑자기 당신 얼굴에 대고 기침을 해 당신을 감염시킵니다. 이는 의사들이 꼭 지켜야 할 엄중한 규칙입니다."

방역 회의가 끝난 후 철갑 랜도를 타고 오라 마을에 있는 테오도로풀로스 병원을 향해 아르카즈의 끝에서 끝으로 가면서 그들은 아무 말도 하지 않았다. 골목들에 그들이 생각했던 것보다 더 많은 환자와 사망자가 있다는 사실을 아무 말 없이 앉은 사람들의 불안한 표정에서 알 수 있었다. 도시는 서서히 죽음의 공포에 휩싸였지만 두 의사가 심각한 전염병 상황에서 보았던 극심한 '공황 상태'는 아니었다. 아몬드 쿠키와 장미 스콘으로 유명한 조피리의 제빵소는 텅 비어 있었다. 하지만 매일 아침 면도를 하러 이발사 파나요트에게 오는 식당 주인 디모스테니가 왕골 의자에 앉아 있었다. 하미디예 대로와 광장에 있는 식당, 상점, 커피숍의 문들이 열려 있었다. 광장에 가까워질 무렵 골목이 내다보이는 정원에서 가무잡잡한 아이가 엉엉 울고, 그 뒤에 조문을 온 여성들이 서로 껴안고 앉아 있는 것이 보였다.

테오도로풀로스 병원 입구에 몰려 있는 사람들을 본 두 의사는 겁을 먹었다. 전염병은 생각보다 더 많이 퍼져 있었다. 확실했다. 게다가 본코프스키 파샤의 암살 사건과 파디샤가 방역을 위해 새로운 사람을 보낸 사실은 모든 사람으로 하여금 그 병이 페스트라는 확신을 갖게 만들었다.

의사 누리는 병실이 무질서하고, 혼란스럽고, 새로운 환자들로 가득 차 있는 것을 보았다. 이틀 전에 본 환자가 이미 죽어 매장된 것을 알게 되었다. 계속 잠만 잔, 부두에서 일하는 늙고 지쳐 보이던 짐꾼이었다. 새로 온 룸 여성 환자 옆에는 여성 두 명과 남성 한 명이 함께 있었다.

"이제 환자의 가족과 지인들은 병원에 들이지 마십시오!" 누리가 말했다.

의사 미하일리스가 병원의 모든 의사를 지하에 있는 빈방으로 불렀다. 누리는 진찰할 때나 가래톳을 가를 때 환자들이 갑작스러운 행동을 하지 않도록 주의해야 하며 재채기, 구토, 타액이 중국에서 많은 의사의 사망 원인이 되었다고 설명했다. 또한 베네치아 회의에서 한 영국 의사로부터 들은 이야기를 해 주었다. 뭄바이에서 실수로 디프테리아라는 진단을 받은 페스트 환자가 죽기 전 마지막으로 '섬망' 증세를 보이며 기침을 했고 그 침방울이 간호사의 눈으로 들어갔다. 즉시 눈에 디프테리아 항독소를 충분히 발랐지만 서른 시간 후 간호사는 병에 걸렸고, 나흘 후 비슷하게 헛소리를 하며 죽었다.

의사들은 이 서른 시간에 대해 논쟁하기 시작했다. 병균이 몸에 침투해 피로, 오한, 두통, 고열, 구토 같은 증상이 나타나는 데 걸리는 시간이 이 정도일까? 일리아스는 이즈미르에서는 환자에 따라 달랐다고 말하며 감염된 사람도 감염시킨 사람도 주의를 하지 않기 때문에 전염병이 빠르게 몇 배로 조용히 퍼질 거라고 설명했다. 섬사람들은 곧 마치 쥐처럼 도시 여기저기에서 갑자기 죽기 시작할 것이다.

"현재 상황이 불행하게도 그렇습니다!" 니코스가 말했다.

의사 누리는 방역부장이 총독과 이스탄불 정부 당국만이 아니라 다른 의사들에게도 전염병에 대한 허술한 대응을 비판하는 것을 다시 한번 목격했다.

"이러한 상황에서 시장이고 상점이고 할 것 없이 모든 곳을 폐쇄해야 합니다." 의사 일리아스가 말했다.

"지금 적용하려는 격리 결정이 전적으로 적절하다고 생각합니다." 의사 누리가 말했다. "하지만 사람들이 처음에는 격리 조치를 따른다고 해도 병균이 이미 퍼졌기 때문에 집에서 또 병이 들어 계속 죽을 겁니다. 그러면 금지 조치들이 소용없다고들 하겠지요."

"그렇게 비관적으로 생각하지 마십시오." 일리아스가 말했다.

모든 사람이 동시에 말을 하기 시작했다. 파키제 술탄의 편지를 읽은 사람들은 실제 방역 회의가 테오도로풀로스 룸 병원 지하에서 그때 시작되었다는 사실을 알게 될 것이다. 회의에서 모든 의사가 이스탄불로부터 의사와 — 물론 가능하면 무슬림 의사 — 의료 용품을 보급받을 필요가 있다는 데 동의했다.

병이 많이 퍼졌고, 특히 와을라와 게르메 마을의 몇몇 거리에서는 병을 막기 힘들다는 사실을 알기 때문에 한 의사가 일리아스에게 본코프스키 파샤는 이러한 상황에서 어떤 조치를 취했는지 물었다.

"본코프스키 파샤는 거리두기, 격리, 방역을 해야 한다고 굳게 믿었습니다. 쥐들과 싸우는 것만으로는 충분하지 않습니다. 하지만 소독액을 뿌리는 것만으로 충분하지 않은 곳들은 군인들을 투입해 비우도록 한 후 소각하는 것이 가장 적당하다고 보셨습니다. 우리 파디샤께서는 칠 년 전 위스퀴다르와 이즈미트에 콜레라 전염병이 발생했을 때 감염된 집들을 비우고 불태워 마을 전체가 잿더미로 변한 후에야 퇴치된 것을 주시하셨습니다."

압뒬하미트가 거론된 이상 누구도 정보원의 희생자가 되고 싶지 않았기 때문에 익숙한 침묵이 시작되자 회의는 끝이 났다.

17장

민게르주 중앙우체국은 이십 년 전 콜아아스가 열한 살일 때 잊지 못할 성대한 의식과 함께 문을 열었다.(축하식이 거행되는 중에 어떤 룸 교사가 바다에 떨어져 죽었다.) 이전 전신국은 옛 주 청사 안의 삐걱거리는 비밀스러운 방이었고, 소포를 주로 취급하던 옛 우체국은 세관 옆의 허름한 건물이었다. 어린 캬밀은 두 곳에 발도 들이지 않았다.

하지만 중앙우체국이 문을 열자 온갖 핑계를 대며 데려가 달라고, 하다못해 건물의 멋진 입구를 볼 수 있게 가까이 지나가자고 아버지를 졸랐다. 그곳에는 액자에 든 요금표, 우표가 붙은 형형색색의 봉투, 엽서 견본, 그리고 국내 및 외국 숫자들이 있는 우표 시리즈, 다양한 광고판과 요금을 알기 위해 필요한 오스만 제국 지도가 있었다. 지도는 안타깝게도 더 이상 정확하지 않았고, 그래서 국제 요금을 요구하는 직원과 옛 지도에 있는 국내 요금을 내려 드는 사람들 사이에 종종 논쟁이 일었다.

사실 오스만 제국 체신부와 전신국은 삼십 년 전에 합병했고, 제국이 더 거대했던 술탄 압뒬아지즈(사람들은 그가 섬을 좋아하지 않는다고 말했다.)의 통치 시기인 1870년대에 첫 중앙우체국들이 설립되기 시작했지만 압뒬하미트 시기에 이르러서야 이 섬에 차례가 왔다. 섬사람들이 민게르주 중심에 병원, 경찰서, 다리, 사관 학교를 세우도록 한 압뒬하미트를 좋아했다고 말해도 과장은 아니다.

콜아아스 캬밀은 지금도 우체국과 그 거대한 문을 멀리서 볼 때마다, 입구에 있는 계단을 올라갈 때마다 어린 시절에 그랬던 것처럼 흥분했다. 어릴 적에 이스탄불, 테살로니키, 이즈미르에서 온 배에서 내린 자루들이 우체국에 도착하는 순간은 일주일 중 가장 중요한 순간이었다. 편지를 기다리는 신사들, 소포와 상자들을 주문한 상점 주인들이 "우체국에 한번 가 보렴." 하고 보낸 하인, 하녀, 고용인, 비서, 관리 들이 우체국 앞에 몰려들었다. 사실 등기로 온 편지들은 봉투에 쓰인 주소를 보며 우체부가 일일이 배달해야 하지만 등기는 요금이 더 비싸고 배달에 많은 시간이 걸리기 때문에 모두들 우체국으로 사람을 보냈다.(그 시절에는 모든 사람이 주소를 자기식대로 썼고, 어떤 사람들은 편지가 잘 도착하라는 의미에서 봉투에 기도문을 추가하기도 했다.)

나머지 인파 대부분은 호기심 많은 구경꾼과 아이들이었다. 어떤 사람들은 뒷문으로 들어간 자루와 소포를 세관원들이 열어 보고 수령인들에게 배포하기 위해 내보내는 모습을 황홀하게 바라보았다. 때로는 자루와 소포들이 마차에 실려 항구에서 천천히 비탈길을 오르고, 아이들은 헐떡거리며 마차 뒤를 따라 뛰었다. 대리석 무역이 성행하던 시기에 트리에스테와 다른 많은 섬에 들르는 '몬테벨로'라는 이름의 이탈리아 배가 있었다. 콜아아스는 그들만의 우표 시리즈, 컬러로 된 우편 요금표, 그리고 섬 전역의 먼 마을로 우편물을 배달하는 마차가 있는 이 배를 좋아했다.

주로 우체국의 나이 든 룸 직원이 압뒬하미트의 인장이 새겨진 단상에 올라가 하나하나 이름을 읽으며 편지와 소포를 배포하고 손에 남은 사람들의 이름을 큰 소리로 몇 번 더 읽은 후 몰려든 사람들에게 말했다. "우편물이 있으니 가져갈 사람을 보내라고 말해 주세요!" 그리고 다 배포하고 나면 아무것도 받지 못한 사람들을 위해 "오늘 여러분에게 온 것은 없어요. 다음 우편은 테살로니키 배로 목요일 아침에 옵니다."라고 말한 후 안으로 들어갔다.

전염병이 퍼지자 그들은 우체국 입구에 리졸을 뿌릴 직원을 배치했다. 건물에 발을 들이는 순간 콜아아스는 테타 상표의 커다란 벽시계가 제자리에 걸려 있는 것을 보고 얼어붙은 듯 멈춰 섰다.

그의 발소리가 커다란 대기실에서 메아리치는 소리를 들으며 창구 앞과 서류, 편지, 소포를 부치는 계산대를 훑어보았다. 키가 큰 손님들이 팔꿈치를 기대는 높은 테이블에 놓아둔 식초가 가득 든 그릇에서 기분 좋은 향기가 퍼졌다. 콜아아스는 부마 의사에게서 이러한 것들이 콜레라 예방책이라는 말을 들었다. 그것은 이곳에서 가장 중요한 조치로 보였다.(그가 이러한 생각을 할 때 본코프스키 파샤가 열린 뒷문으로 나가 사라지기 전에 서 있던 곳에 우연히 서 있었다는 것을 독자들에게 상기시키고자 한다.)

주의 중심지에 있는 모든 사람처럼 우체국장 디미트리스 에펜디는 콜아아스가 아지지예에서 내렸다는 말을 들었고, 얼마 전 결혼한 무라트 5세의 세 딸에 대한 뒷이야기를 알고 있었다. 그는 봉인된 무겁고 두꺼운 봉투의 무게를 달면서 그것이 파디샤의 딸인 술탄이 다른 술탄에게 보내는 편지라는 것을 알아보고 각별한 주의를 기울였다.

콜아아스는 제국의 항구 도시에서 이스탄불로 자주 편지를 보냈다. 항구에서 항구로 평범한 편지를 보내려면 봉투에 20파라[45]짜

45 오스만 제국에서 통용되던 가장 낮은 단위의 화폐.

리 우표를 붙이는 것으로 충분했다. 외딴 마을의 기차역에(아이나로즈, 카라페르예, 알라손야) 있는 작은 우체국에서 20파라짜리 우표가 없으면 직원은 1쿠루쉬[46]짜리 우표를 조심스럽게 잘라 절반을 봉투에 붙이곤 했다. 디미트리스 에펜디는 요금표를 보고 계산을 한 후 파키제 술탄의 등기 우편에 일반 요금 40리라에 등기 요금 1쿠루쉬와 반송 요금 1쿠루쉬를 요청했다.

콜아아스는 전염병이 단기간에 통제될 것이며, 곧 아지지예를 타고 중국으로 향할 것이라고 진심으로 믿었다. 그는 자신의 이러한 생각을 왜 반송 요금을 내는 데 동의하지 않았는지 파키제 술탄에게 설명할 때 분명히 말했다. 이 고백은 편지를 놀라며 읽을 사람들에게 젊은 장교가 얼마 지나지 않아 역사가 그에게 부여할 거대한 역할을 당시 눈곱만큼도 예상하지 못했다는 것을 증명하게 될 터였다.

콜아아스 캬밀은 풀 그릇에 있는 붓의 끝을 잡고서 압뒬하미트의 인장과 푸른색의 우아한 판화, 그리고 초승달과 별이 있는 1쿠루쉬짜리 우표를 붙였다. 디미트리스 에펜디가 우표들 위에 민게르 직인을 두 번 찍자 콜아아스는 벽에 걸린 시계를 보았다.

테타 상표의 커다란 벽시계로 다가가면서 그는 이것이 그를 우체국으로 이끌었던 가장 큰 요인이며 먼 도시에서 섬을 생각할 때마다 항상 이 시계가 떠올랐던 것을 스스로 인정했다. 이유는 정확히 알지 못했다. 그렇다, 이십 년 전 이곳에 처음 왔을 때 아버지는 입구에 있는 압뒬하미트의 인장을 존경을 다해 보여 준 후 역시 감사와 흠모하는 마음으로 이것이 파디샤의 선물이라고 말하며 아들을 테타 상표 시계 앞으로 데리고 가 오스만 제국의 우표처럼 그

46 오스만 제국에서 통용되던 파라보다 한 단위 높은 화폐.

위에 아랍 숫자와 유럽 숫자들이 쓰여 있는 것을 보여 주었다. 그날 아버지는 유럽인은 무슬림처럼 일출과 일몰 시간을 '12'라고 표시하지 않으며, 그 대신 해가 바로 우리 머리 위에 있는 정오 때 유럽인들의 시계가 12를 가리킨다고 설명했다. 이는 어린 캬밀이 교회 종소리 때문에 어차피 알고 있었지만 안다는 것을 몰랐던 정보였고, 어쩌면 이러한 이유로 '형이상학적'이라고 할 법한 고민을 하게 되었다. 두 개의 다른 시간이 다른 숫자들로 같은 순간을 나타낼 수 있을까? 왕위에 등극한 후 모든 오스만 제국의 주 중심부에 시계탑을 세운 파디샤가 이 시계들이 모든 곳에서 항상 같은 시간을 가리키기를 원했다면 왜 아랍 숫자와 유럽 숫자가 함께 있을까?

콜아아스는 어린 시절에 느꼈던 이 '형이상학적'인 불안을 지금 프랑스 혁명과 자유에 관한 오래된 책의 제본이 뜯어진 페이지들을 매년 여름 그랬듯이 되는대로 읽을 때 느끼곤 했다.

콜아아스 캬밀은 우체국에서 방역 회의에 참석할 주 청사 건물로 돌아가는 길에 파디샤의 등극 25주년을 기념하기 위해 세워졌지만 여전히 완공되지 않은 시계탑 근처 골목에서 길을 잃은 듯 어디로 가는지도 모르고 매료되어 이곳저곳 걸었다.

18장

회장과 열아홉 명의 위원이 참석한 민게르 방역 위원회의 첫 모임은 5월 첫째 날 오후 2시에 총독 사미 파샤의 개회사로 시작되었다. 지난 이십오 년간 심각한 전염병이 없었기 때문에 단지 종이 위에만 존재했던 위원회가 정식 회의를 위해 소집되기는 이번이 처음이었다. 룸 정교회 공동체 대표이자 아야 트리아다 교회의 대주교인 풍성한 턱수염의 콘스탄티노스 라네라스와 숨을 가쁘게 쉬는 성 요르기 교회의 대주교 이스타브라키스 에펜디는 의식용 스톨[47]로 장식한 가장 멋진 사제복에 미트라[48]를 썼으며 가슴에는 커다란 십자가상을 매달고 왔다.

의사 일리아스와 의사 누리를 제외한 모든 대표단은 섬에서의 삶을 통해 서로를 개인적으로 잘 알고 있었다. 처녀 문제로 섬에 있는 공동체들 사이에 싸움이 나면 총독은 양쪽의 말을 듣고 몇 마디 꾸짖은 뒤 누구도 감옥에 가지 않고 문제를 잘 해결하기 위해 이 사람들을 이 방에 모이도록 했다. 혹은 섬 내륙 마을에 새 전신선을 연결하기 위한 목재 조달 예산 확보에 섬 주민 전체의 참여가

47 사제가 어깨에 두르는 천.

48 주교가 의식 때 쓰는 모자.

필수적이라고 생각할 경우 이 사람들을 오래된 나무 테이블 주위에 불러 앉히고는 파디샤를 향한 충성심에 대하여 눈물을 머금게 하는 연설을 했다.

모든 공동체의 수장, 약사, 영사, 수비대 군인, 총독 파샤, 그리고 다른 대표들은 모두 병이 항구의 서쪽에서 위쪽 언덕에 있는 무슬림 마을로 상당히 퍼졌으며, 더 빠르게 퍼지는 것을 막기 위해 게르메, 치테, 카디를레르 마을에 방역선이 필요하다 믿고서 이를 터놓고 이야기했다. 이 마을들에서 지금 매일 네다섯 명이 사망하고 있지만 감염된 사람들이 여전히 도시 주변을 자유롭게 돌아다녔다.

방역 회의가 시작되기 전에 서로 속닥거리던 사람들이 입을 모아 이야기한 또 다른 주제는 본코프스키 파샤의 암살이 얼마나 정치적이었느냐 하는 문제였다. 대부분 이러한 암시를 주고받았지만 아무도 누군가를 지목하며 비난하지 않았다. 프랑스 영사인 무슈 안돈만이 회의가 시작되기를 기다리는 다른 영사, 사무관, 그리고 종교 지도자들에게 학문, 의학, 서구에 반대하는 눈이 돌아간 광신도의 공격이라고 말했다. 확신에 찬 프랑스 영사는 만약 총독 파샤가 암살 사건의 범인과 배후에 있는 사람들을 신속히 색출하지 못하면 이는 유럽 국가들을 향한 직접적인 도전으로 해석될 거라고 덧붙였다.

이스탄불의 오스만 제국 보건부는 하룻밤 사이 민게르주 방역 위원회에서 결정해야 할 사항들을 조목조목 정리하여 전보를 보냈다. 이스탄불은 국제 방역 기구로부터 새로운 조치들이 추가되는 변화무쌍한 목록들을 매일 전보로 받고 있었다. 민게르 방역 위원회의 임무는 이 지시들을 섬 상황에 맞추어 공식적으로 발표하고 이행하는 것이었다.

모든 학교는 휴교하기로 합의했다. 이 결정에 대해서는 논쟁조차 없었다. 대부분 가정이 어차피 아이들을 학교에 보내지 않고 있었다. 교정에는 불행하고 무관심한 가정의 문제 있는 아이들뿐이었다. 하지만 어떤 관공서가 근무를 계속하고 어떤 곳이 단축 근무를 할지는 각 부처의 장이 결정하도록 맡겼다. 방역 회의 이틀 후 아침을 시작으로 알렉산드리아, 북아프리카 해안, 수에즈 운하, 근교의 섬들, 그리고 동양에서 오는 모든 배에 대한 방역이 결정되었다. '완전 전염'으로 간주되는 이 배들의 모든 승객은 섬에 발을 내딛기 전에 닷새 동안 격리될 것이다. 섬을 떠나는 배들도 닷새간 격리하기로 결정했다.

섬 유입과 상점 비치를 금지할 재료들의 목록을 작성하고 투표하는 데(마치 콜레라 금지 목록처럼) 많은 시간이 걸렸다. "파샤, 제재가 너무 많은 것 같습니다." 별로 말이 없던 독일 영사 프랑굴리가 말했다. "제재 조치가 많으면 전염병이 그만큼 빨리 사라질 것처럼 말이지요."

총독 파샤는 그가 아는 많은 관료와 정치인처럼 위원회 위원들도 금지 조치를 즐긴다고 생각했기 때문에 순간 눈썹을 치켜올렸다. "전혀 걱정하지 마십시오, 프랑굴리 에펜디! 금지 항목들을 공고 형태로 도시 전역에 게시하면 모두들 겁을 먹을 테고, 그것들을 준수하는 데 군인이나 경찰은 필요치 않을 겁니다."

모든 시신을 석회로 처리한 후 시의 감독하에 매장한다는 조항은 논쟁의 원인이 되었다. 나이 든 룸 의사 타소스 베이는 특히 광신적이고 가난한 무슬림들에게는 이 조치를 시행하기 힘들고, 싸움이 날 것이 확실하며, 그 지역들에는 무슬림 의사와 함께 방역 관리 경비 요원이 아니라 민게르의 수비대 군인들을 보내는 것이 더 좋다고 설명했다. 의사들을 보호하기 위해 군인들에게 도움을 요청하는 문제가 이렇게 해서 처음 거론되었다. 총독 파샤는 전염된 집을 소독하지 못하고 시체를 석회로 처리할 여력이 없는 국가는 전염병을 차단하지 못한다고 믿었기 때문에 아무런 이의를 제기하지 않았다.

그리하여 이스탄불의 지시에 따라 병으로 죽은 사람들의 물건은 즉시 소독한다는 결정을 내리게 되었다. 소독할 때 사용할 용액의 가격은 시 당국에서 공고할 것이며, 암시장 거래는 원천적으로 막을 예정이었다. 사망자들의 물건을 만지거나 가져가거나 사용하거나 파는 것은 금지되었다. 사망자가 나온 집을 소독 전 보건 직원의 허가 없이 들어가는 것도 금지되었다. 모든 고물상은 소독하고 문을 닫을 것이다.

의심 많고 지친 공사와 의사들이 "이렇게 많은 일에 동원할 소방관, 관리, 소독약, 리졸이 있습니까?"라는 질문은 던졌지만 파샤는 더 이상 이의 제기에 귀를 기울이지 않고 단순히 결정 사항들을 기록하도록 사무관에게 지시했다. 쥐 잡는 일을 장려하고, 이즈미르와 테살로니키, 이스탄불에서 쥐덫과 쥐약을 들여오고, 잡은 쥐를 가져오면 시에서 상금 6쿠루쉬를 주기로 결정했다.

"쥐들의 활동을 차단하는 것이 우리가 첫 번째로 해야 할 일입니다." 일부 위원들의 의심스러운 시선을 보고 부마 의사 누리가 말했다. 인도에서 병은 시민들이 다급하게 도망친 속도가 아니라 쥐들이 마을에서 마을로 퍼진 속도를 따라 퍼졌다는 것을 자세히 설명했다. 철도가 있는 곳에서는 쥐와 쥐에 기생하던 벼룩이 기차를 타고 이동하여 병이 더 빨리 확산했다. 시민들이 쥐들을 피하기 위해 신중하게 행동하고, 쥐에 맞서 시와 함께 전쟁을 벌이고, 배에서 쥐들을 제거한 곳에서는 페스트가 점점 줄고 종식되었다.

누리는 또 다른 사실을 지적했다. 페스트균은 발견되었지만 효과 있는 백신은 아직 없었다. 그해 뭄바이 병원에서 페스트에 걸린 사람들의 혈청을 환자들에게 다양한 양으로 투여했지만 주목할 만한 회복의 기미는 보이지 않았다. 그러니까 병균에 감염된 사람의 건강 상태에 따라 살거나(어떤 사람들은 전혀 병에 걸리지 않았다.) 닷새 만에 죽었다. 게다가 병은 쥐가 없는 곳에서도 사람에게서 사람으로 침방울, 가래, 혈액을 통해 전파되는 경우가 드물지만 발생했다. 이 불확실하고 두려운 상황은 치료법이 없는 상황과 결합하여 가장 현대적이고 박식한 방역의들조차 400년 전 베네치아인들이 발견한 옛날 방식의 방역소, 오스만 제국이 격리소라고 불렀던 검역 시설, 격리실, 그리고 예로부터 내려오는 민간요법에 의존하도록 만들었다. 그래서 영국인들은 런던으로 돌아가 격리와 방역선 설치에 대해 '부적절'하다고 발표했지만 뭄바이에서는 무력을 이용하여 똑같은 방법들을 강제했다.

사람들이 상당히 혼란스러워하는 것을 보고 의사 누리는 구체적인 사례를 들어 보였다. 총독 파샤는 손에 들고 있던 오래된 훈증 소독기로 직원이 우체국에서 조금 전에 가져온 편지를 소독했다. 손에서 손으로 전달되는 훈증 소독기가 자기 앞에 오자 누리는 그것을 들어 사용하는 시늉을 했다. 그는 더 좋은 모델을 몇 년 전 파리의 유명한 갤러리 콜베르에서 구입했다.

"보십시오, 저도 다른 사람들처럼 우편물이나 구입한 신문, 주머니의 잔돈을 가끔 연기로 소독합니다. 하지만 지난번 베네치아 방역 회의에서는 감염된 곳에서 온 종이, 편지, 책을 소독할 필요가 없다는 결정을 내렸답니다. 그래도 환자들에게, 병원 정원에 있는 무력한 사람들에게, 어떤 희망을 기대하는 사람들에게 '훈증 소독은 소용없소!'라고 말할 수는 없습니다. 제발 여러분도 그러지 마십시오! 그런 말을 하면 더 이상 위생 조치에 신경 쓰지 않을 겁니다.” (“그들은 오로지 기도문과 부적만 믿습니다!”라고 누군가 프랑스어로 낮게 말했다.)

의사 누리는 페스트에 대한 의료계의 이해가 얼마나 끔찍할 정도로 모호한지 명료하게 밝히기 위해 홍콩에 있는 의사의 충격적인 이야기를 들려주었다. 홍콩에 있는 통와 병원에서 어떤 중국 의사는 페스트가 쥐와 벼룩을 통해서만 전파되고 다른 경로로는 감염되지 않는다는 것을 얼마나 굳게 믿는지 보여 주기 위해 “우리 병원은 깨끗합니다.”라고 선언하며 밤에 페스트 환자들과 같은 병실에서 잤고, 주변에 쥐나 벼룩이 한 마리도 없었는데도 사흘 후에 페스트로 사망했다.

누리는 이 이야기가 불러일으킨 공포와 절망을 보았다. “제 생각에 식초를 희석한 물에 동전을 담그는 방법도 효과가 없습니다. 하지만 홍콩에서 몇몇 의사들은 환자의 맥박을 재기 전에 여전히 손가락 끝을 식초에 담근다고 합니다. 이 조치들이 완전히 소용없지는 않습니다. 그리고 의사와 환자들에게 희망을 줍니다. 희망이 없는 곳에 몇 대대의 군인들을 데리고 가 봐야 아무런 조치도 시행할 수 없을 뿐 아니라 유용하다고 사람들을 설득하지 못하면 방역을 지속하기 힘들 겁니다. 방역은 그 자체로 그들을 교육하고 스스로를 보호하는 법을 가르치는 일입니다.”

“그러니까 군대가 전혀 필요 없다는 말씀이십니까?” 독일 영사가 조롱 섞인 어투로 말했다. “군인들 없이 사람들이 복종할 거라고 생각하십니까?”

“군에 대한 두려움이 없으면 어떠한 제재 조치도 따르지 않을 겁니다.” 프랑스 영사가 말했다. “이 사람들은 방역선과 금지 조항들을 존중하기는커녕 치테, 게르메, 카디를레르 마을에서는 거리를 지나가는 기독교인 의사들을 공격합니다. 만약 의사가 제때에 진료 가방을 숨기는 것을 기억하지 않으면 말이지요. 라미즈를 감옥에 가둔 것은 정말 옳은 일입니다. 그자를 거기에서 절대 내보내지 마십시오."

총독은 영사들에게 어떤 테케, 종교 단체, 심지어 특정 사람에 대해 선입견을 갖지 말라고 부탁하면서(그는 '선입견'이라는 단어를 프랑스어로 말했다.) 모든 조치를 취할 테니 당황할 필요 없다고 말했다.

"그렇다면 카디를레르, 치테, 게르메 마을 출입을 한시라도 빨리 금지해 주시기 바랍니다." 프랑스 영사가 말했다. "죽은 자의 집에 들어가 희생자의 옷을 입고 자유롭게 하미디예 대로, 다리, 시장, 상점, 항구, 군중 사이로 들어간답니다. 당장 방역선을 긋지 않으면 일주일이 안 되어 섬에서 페스트균에 노출되지 않은 사람이 아무도 없을 겁니다."

"어쩌면 우리 모두가 이미 감염되었을 겁니다." 이스타브라키스 신부는 말을 마치고는 십자가를 꺼내 들고 기도하기 시작했다.

"셰이크 함둘라흐는 부적과 입김을 불어 넣은 기도문을 나눠 주지 않습니다. 사기꾼 호자들처럼 가련한 환자의 손과 가슴에 붓으로 글을 쓰지도 않습니다. 확신합니다." 총독 파샤가 말했다.

파샤가 셰이크를 감시하고 있다고 말하며 그 비밀을 공유하자 영사들은 한동안 진정되었다. "내일 금지 조치들을 공식 발표하면 사람들이 우리의 결정에 기꺼이 따르는 모습을 보시게 될 겁니다." 다시 논의가 시작되자 파샤가 말했다. "어제 여섯 명이 사망했습니다. 다섯 명은 무슬림이고 한 명은 룸입니다. 하지만 이 숫자는 우리의 조치와 함께 줄어들 겁니다. 이즈미르에서도 그랬어요."

"시민들이 조치를 준수하지 않고 복종하지 않으면 어떻게 되지요, 총독 파샤? 군인들이 하즈들에게 그랬듯이 그들에게도 총을 쏠 건가요?" 프랑스 영사가 말했다.

총독 사미 파샤는 조금 전 손에 들어온 메모를 천천히 훈증 소독하면서(사실 그는 슬픈 소식을 감추고 싶었다.) 진심 어린 슬픔에 싸여 그 내용을 발표했다.

"신사 여러분, 여러분 모두가 사랑하고 존경하던 테살로니키 출신의 젊은 의사 알렉산드로스 씨가 안타깝게도 병에 걸려 사망했습니다. 사망 원인은……."

"물론 페스트지요……." 방역부장 니코스가 말허리를 자르며 말했다.

"페스트라는 사실을 애초에 인정하셨더라면 지금 애도하시는 의사 알렉산드로스는 어쩌면 죽지 않았을 겁니다." 프랑스 공사가 말했다.

"여러분, 이걸 아시기 바랍니다. 페스트는 국가의 잘못이 아닙니다!" 총독이 말했다.

위원들 사이에 논쟁이 계속되었다. "내일 아침에 계속하는 편이 더 적절할 것 같습니다!" 하며 총독은 동요가 더 확산되기 전에 회의를 끝내고는 벌떡 자리에서 일어나 특유의 짧고 활기찬 걸음걸이로 큰 문을 지나 밖으로 나갔다.

19장

회의실을 나온 총독 파샤는 먼저 옆방의 준비 상황을 살폈다. 회의가 늦은 시간까지 계속될 거라고 예상한 주 청사 건물의 급사가 가스등을 꺼내 놓고 꽃과 잎을 새긴 작은 배 모양의 수박을 차리고 수비대 사령관의 지시로 군대 제빵소에서 가져온 올리브와 백리향이 들어간 빵을 위원들에게 제공할 준비를 하고 있었다. 계단 아래 안뜰에는 직원들, 헌병들, 영사관 직원들, 경비병들, 신문기자들, 군인들, 젊은 사제들이 모여 있었다. 몇몇은 가장자리에 놓인 의자와 벤치에 앉고 대부분이 서 있었는데 다들 열성적인 소방관이 지나치게 많이 분사한 염화탄소 용액 냄새를 풍겼다.

집무실 의자에 앉아 직원들이 책상 위에 놓아둔 메모를 읽으면서 총독은 섬의 무슬림과 기독교인 유력 인사들 중 많은 수가 도시를 떠나는 배에 자리를 확보하기 위해 특별한 도움을 기다린다는 것을 알게 되었다. 모든 표가 이미 매진되었으며 섬에서 탈출이 시작되었다는 것을 처음 알고는 당황했다. 표를 구하러 온 중개인, 부유한 집의 하인, 관리인, 문지기 들이 주 청사 안뜰과 문 앞에서 기다리고 있었다.

총독은 책상 위에 있는 전보를 보고 암호 담당 직원에게 해독시킬 필요 없이 그 내용을 짐작했다. 그렇다, 아내가 곧 섬으로 올 예정이라는 전갈이었다. 본코프스키 파샤의 암살과 섬의 전염병 소식이 위스퀴다르에 있는 집에 아직 전해지지 않은 걸까? 아니면 아내가 용감하게도 남편을 어려운 상황에 혼자 둘 수 없었다는 암시일까? 총독의 눈앞에 아내의 관대하고 다정한 얼굴이 떠올랐다.

사미 파샤는 오 년 전에 민게르 총독으로 임명되었다. 알바니아 혈통인 그는 젊을 때 우연히 이집트에 갔다가 이집트 총독 옆에서 서기, 부관, 통역(그는 프랑스어를 알았다.) 등 다양한 일을 하면서 명석한 두뇌 덕분에 빠르게 진급한 후 이스탄불로 돌아와 오스만 제국 정부를 위해 일하기 시작했으며 알레포, 스코페, 베이루트 같은 곳에서 군수, 무타사르프,[49] 총독으로 근무했다. 키프로스 출신 캬밀 파샤와의 친분으로 십오 년 전 그의 첫 총리대신 시절에 등용되었지만 절대 그 비밀을 알 수 없는 어떤 이유로 각료직에서 해임된 후 오스만 제국 영토의 다양한 지역에서 총독으로 근무했다. 파샤는 해임 원인이 된 그의 잘못이 무엇이든 결국 압뒬하미트가 잊을 것이며, 다시 이스탄불로 불러 요직에 임명할 것이라고 믿었기 때문에 새로운 임무로 제국의 다른 지역으로 보내질 때마다 근무지가 자주 바뀌는 오스만 제국의 많은 총독처럼 그 이유가 과거 임무에서의 실패 때문이 아니라 압뒬하미트가 그를 잊어버렸기 때문이라고 생각했다.

사미 파샤가 민게르주 총독으로 발령 났을 때 아내 에스마는 함께 오지 않았다. 몇 년 동안 근무지가 자주 바뀌면서, 그리고 발령지로 많은 비용을 들여 이사한 다음에 다시 다른 곳으로 발령이 나면서 파샤와 아내의 삶은 엉망이 되었다. 이사, 집 정리, 튀르크어

49 오스만 제국 당시 군수와 총독 사이에 있는 행정 구역의 장.

가 거의 통하지 않는 외딴 도시에서 외로움 속에 사는 고충에 지친 아내는 "어차피 우리가 그곳에 갈 때쯤에는 또 다른 곳으로 발령 날 거예요." 하면서 민게르에 오지 않고 이스탄불에 남았다. 하지만 파샤의 민게르 거주가 전혀 예기치 않게 오 년 동안 지속되자 그들 사이의 이별도 길어졌고 외로움을 견디지 못한 파샤는 룸 고등학교에서 역사를 가르치는 미망인 마리카와 섬의 많은 사람이 추측하고 뒷이야기를 주고받던 '비밀' 관계를 맺게 되었다.

총독은 아내와 결혼한 두 딸에게 그들이 매우 그립지만 절대 섬에 오지 말라는 내용의 암호화된 전보를 보냈다. 그는 한동안 주변이 어두워지기를 기다렸다. 항구 주변은 표를 구하는 사람과 섬에서 탈출하고 싶어 하는 사람들로 가득했다. 주 청사 광장의 인파가 흩어지고 모든 마차가 사라졌다고 확신하자 뒷문을 통해 청사에서 나갔다. 거리에서 얼마 안 된 말똥 냄새가 났다.(대부분의 섬사람들처럼 총독도 이 냄새를 무척 좋아했다.) 항상 태만한 근무자들이 대로의 기름 램프들에 불을 켜 놓지 않았다. 켜 놓았더라도 어둠 속에서 그를 알아보기는 힘들 것이다.

총독 파샤는 다급하게 아이들과 함께 집으로 가는 여성들, 시장에서 지나는 사람들에게 구걸하는 거지들, 혼잣말을 하며 걷는 사람들, 두 눈이 눈물로 가득한 노인들을 보았다. 다프니의 문 앞에 이즈미르에서 쥐덫이 도착했다는 광고문이 있었지만 그날 상점은 문을 열지 않았다. 일부 영악한 정육점 주인과 청과물 가게 주인들이 방역관이 오기 전에 가게 물건들을 카펫 가게 주인과 이불 장수들처럼 숨겼다는 보고를 정보원들로부터 전달받았기 때문에 문을 닫은 어두운 상점이 많은 데 놀라지 않았다. 삶은 고기와 튀김용 올리브유 냄새를 풍기는 식당들은 여전히 문을 닫지 않았고 지나가는 사람들을 구경하는 노인과 실업자들이 항구 주변에 모여 있었다. 도시의 이 지역에서 사람들은 마치 아무 일도 없는 듯 행동했다. 혹은 두려워하고 당황스러워하고 있지만 총독 파샤가 눈치채지 못했을지도 모른다. 결국 총독 파샤는 뒤쪽 경비병들이 그를 알아보았다는 것을 눈치챘다. 그는 밤이 되기를 기다리지 않고 날이 어두워지자마자 도시에서 변장한 채 돌아다니는 것을 좋아했다.

청사의 늙은 마부 제케리야가 모는 수수한 마차가 흐리소폴리팃사 광장의 어두운 구석에서 그를 기다리고 있었다. 밉살스러운 니키포로의 약국은 닫혀 있었다. 총독은 광장에 사복 경찰이 배치되어 있다고 확신했다. 그런데 어디에 있을까? 정보국장 마즈하르 에펜디는 매우 뛰어나고 충직한 관료로 경찰과 정보원들을 잘 훈련시켰다. 총독은 그가 마리카와 만나고, 이 특별한 상황이 커다란 정치적, 외교적 문제로 비화하지 않는 것은 뒷말하기 좋아하는 사람들을 처벌하는 마즈하르 에펜디 덕분임을 잘 알고 있었다. 그는 때로 마즈하르 에펜디가 압뒬하미트에게는 아니더라도 마베인에 직접 전보를 보낸다고 상상하기도 했다.

총독 파샤는 작은 광장에서 마차에 올랐다. 사실 이 짧은 길을 마차를 타고 갈 필요는 전혀 없었다. 하지만 비가 오면 길이 진흙탕으로 변하는 겨울에 더러운 장화를 신고 미망인 역사 교사의 집에 들어갈 수는 없는 노릇이어서 마차를 타던 습관이 여름철까지 지속되었다. 여느 때처럼 옛 룸 부자들 중 미미야노스 가문의 저택 정원 반대편으로 돌아 페탈리스 마을의 뒷골목을 지났지만 마로니에나무들에 가려진 어두운 모퉁이가 아니라 선술집들이 작은 항구를 내려다보고 있는 광장에서 내렸다.

로만티카와 다른 선술집 두 곳은 한산했고 부주키 식당 입구에서는 손님들에게 리졸을 분사하고 있었다. 그는 알아보는 사람들의 시선에 아랑곳하지 않고 연인 마리카의 집으로 향했다.

페스트 전염병의 심각성과 죽음이 가까이 있는 상황은 파샤로 하여금 모든 사람이 아는 것처럼 보이는 이 '비밀' 관계를 감추기 위해 도둑처럼 몰래 다녀 봐야 불필요하고 굴욕적이라는 것을 문득 깨닫게 해 주었다. 그는 여느 때처럼 뒤뜰에 있는 문을 통해 들어갔다. 처음에는 여우일지도 모른다는 두려움에 다급하게 꼬꼬댁거리다가 조용해진 닭들이 닭장에서 그를 주시하고 있다는 느낌이 들었다. 마리카의 단층집 뒤쪽에 있는 부엌으로 다가가자 늘 그러듯이 문이 자동으로 조용히 열렸다. 이곳에 올 때마다 눅눅하고 곰팡내가 나는 부엌과 젖은 돌 냄새가 총독 파샤의 코를 찔렀다. 하지만 사실은 사랑과 죄책감의 냄새였다.

그들을 애타게 서로를 껴안고 어둠 속에서 옆방으로 가 사랑을 나누기 시작했다. 총독 파샤는 매번 사랑 행위에 거리낌 없이 자신을 내맡기는 것이 부적절하다고 생각해 신중한 정치인처럼 때로는 서두르지 않고 절제하고 있다는 느낌을 주고 싶어 했다. 하지만 그는 인파 속에서 엄마를 잃어버렸다가 다시 찾은 아이처럼 마리카를 온 힘을 다해 안았다! 나쁜 소식들로 보낸 하루의 끝자락에서 그는 마음을 지나치게 여는 것보다 외로움이 더 두려웠다. 그래서 한참을 거리낌 없이 마리카와 사랑을 나누었다.

잠시 후 식탁에 앉았을 때 사미 파샤는 말했다. "윗마을 오라와 플리즈보스에 사는 많은 가족이 집을 걸어 잠그고 떠나고 있어요. 매년 봄 이곳으로 오는 앙겔로스 가족과 이즈미르에서 오는 나지 파샤의 자제가 유카르 투룬츨라르에 있는 집을 하인더러 준비하라고 했다가 전보를 보내 취소했다더군. 지금은 조카들을 위해 표를 구하는 중이고. 광산주 사바핫틴도 도망치고 싶어 표를 구하려 애를 쓰고 있지."

마리카는 두 블록 위 테살로니키 출신의 광산 부자 카르카비트

사스네 며느리 이야기를 했다. 그 여자는 매년 하던 대로 부활절 전에 도착해 그녀를 위해 마련한 궁전 같은 저택에서 지내며 하인과 여동생을 데리고 그녀가 사랑하는 구시장으로 향신료를 사러 가서 약초상 아리프의 유명한 가게와 조피리의 제빵소에 들렀다. 그런데 그곳 닭을 파는 가게 한쪽에서 얼이 빠져 졸고 있는 가게 주인의 목에 가래톳이 있는 것을 보고 그길로 돌아와 짐을 걸어 잠그고는 아침에 테살로니키행 배를 타고 떠났다.

"떠나지 못했소." 총독 파샤가 말했다. "로이드의 배에서도 마리팀의 비정기선에서도 표를 구하지 못해 나에게 도움을 요청했어요. 그 가족은 나보다는 영사들과 더 친하게 지내는데도 말이오."

둘은 잠시 아무 말도 하지 않았다. 마리카는 침착하고 소박한 여성이었다. 마흔 살이 넘었고, 키가 컸으며, 총독 파샤의 어머니처럼 피부색이 희고, 갈색의 머리칼은 풍성했다. 코는 우아하고 가늘며 특유의 개성이 있었다. 사미 파샤는 때로 그 아름다운 코만 바라보았다.

마담 마리카는 그를 위해 준비해 두었던 접시를 파샤 앞에 놓으면서 닭과 자두는 정원에서 키웠고 밀가루는 열흘 전에 수비대 제빵소에서 왔다고 말했다.

"수비대 제빵소 스콘은 정말 맛있어요. 페스트가 음식으로도 전염되나요, 파샤?"

"모르겠소!" 총독은 말했다. 그런 다음 덧붙였다. "닭은 잡지 말지!" 마치 유혈의 하루를 보내 불평을 하는 듯 그 순간 머릿속에 떠오른 무언가를 자신조차 그 솔직함에 놀라면서 연인에게 말했다.

"며칠 안에 방역이 시작될 거요. 그러지 않으면 분명히 영국과 프랑스가 항구에 드나드는 배의 모든 승객과 화물을 이즈미르에서처럼 닷새간 격리하겠지. 그런 다음에는 섬을 떠나기가 더 힘들고 비싸질 거요. 게다가 방역 결정 후 선박 회사들의 운항이 줄어들 테고. 어차피 나처럼 생각한 사람들이 여행사에 몰려가 이미 표를 다 사 버렸어요. 하지만 내가 당신과 당신 오빠, 그리고 조카를 위해 내일 정오에 떠나는 메사주리 마리팀의 테살로니키행 표를 마련해 두었소."

사실 그가 특별히 표 세 장을 마련한 것은 아니었지만 만일을 대비하여 표 서너 장을 항상 남겨 둔다는 사실을 알고 있었다.

"무슨 말씀이지요, 파샤?"

"마담 마리카, 내일까지 준비하지 못하면 방역 없는 마지막 배는 추측건대 모레 출발할 거요. 원하면 판탈레온 배에 당장 표를 구하겠소."

"당신은요, 파샤? 당신은 언제 갈 건가요?"

"무슨 말이오! 이 재앙이 끝날 때까지 난 이곳의 파샤요!"

이어진 정적 속에서 파샤는 여인의 얼굴에 나타난 표정을 보고 싶었지만 어두워서 알아볼 수 없었다.

"제 자리는 당신 옆이에요."

"이건 심각한 문제요! 그 대단한 본코프스키 파샤를 죽였단 말입니다!"

"당신 생각에 누가 죽인 것 같아요?"

"물론 불운한 우연일 수도 있지. 하지만 페스트가 충분히 확산되고 무슬림과 기독교인이 서로 싸우면 우리가 개입해야지 생각하는 사람들이 본코프스키 파샤 다음으로 의사 일리아스를 위협하고 있어요. 의사 일리아스는 객실에서 자신이 안전하다고 느끼지 못하고 있다오."

"당신 곁에 있으면 두렵지 않아요, 파샤."

"그렇다면 두려워하시오!" 총독은 연인의 무릎에 손을 얹으며 말했다. "영사, 상인, 우리 호자가 모두 제재 조치에 이의를 제기할 거요. 전염병은 더 퍼질 거요. 난 이미 알아요. 우리는 한편으로 전염병과 싸우고, 다른 한편으로 암살자에게서 도망쳐야 하오."

"파샤, 비관적으로 생각하지 마세요. 당신의 결정에 따르겠어요. 먹는 것도 주의할게요. 문을 잠그고 집에 아무도 들이지 않을게요. 아무 일 없을 거예요."

"당신은 빵을 가져오는 사람, 물을 가져오는 사람, 당신 조카, 약간의 자두와 체리를 가져오는 사람, 그도 아니면 불쌍하다고 여겨지는 이웃집 아이를 집 안으로 들이겠지. 날 집에 들이지 않을 거요? 내가 당신 집에 페스트를 들여올 수도 있소."

"파샤, 당신에게 전염된 병이라면 저도 원해요. 불행한 날에 당신을 집 안에 들이지 않느니 차라리 죽는 게 나아요."

"형세가 종말의 날처럼 될 수 있어요." 파샤는 가혹하게 말했다. "종말의 날은 어머니와 아들, 아버지와 딸, 아내와 남편을 구별하지 않아. 코란에 쓰여 있소."

"계속 그렇게 주장하시면 저에 대한 모욕으로 여기게 될 것 같아요, 파샤."

"당신이 그렇게 말하리라는 걸 알고 있었소."

"그렇다면 왜 끈질기게 그런 말을 하면서 가슴을 아프게 하시는 건가요?"

파샤는 마지막 말에서 분노보다는 여느 때처럼 작은 말다툼과 희롱을 시작한다는 느낌을 받으며 안도했다. 마리카가 무슬림이었더라면, 여느 무타사르프가 하듯이 이스탄불에 있는 첫 번째 부인에게도 말하지 않고 그녀를 둘째 부인으로 삼았을 것이다. 하지만 파샤는 오스만 제국 관료 체제에서 높은 지위에 있는 사람이었다. 더군다나 최근 기독교인이 무슬림으로 개종하는 데 대해 외국 영사와 대사들이 "강요와 압력이 있다."라며 제기하는 이의들이 매번 과장되어 이스탄불을 불안하게 만드는 정치적 사건으로 비화되면서 파샤를 겁먹게 했다.

"아, 파샤, 이제 어떻게 되지요? 우리 죄가 뭔가요? 뭘 해야 하지요?"

"나의 말, 국가의 말을 듣고 따라요. 소문을 믿지 말아요. 당국이 상황을 잘 통제하고 있소."

"사람들이 뭐라고 하는지 아시면 좋을 텐데!" 마리카가 끼어들었다.

"말해요!" 총독 파샤는 짐짓 격식을 차리며 말했다.

"페스트를 본코프스키 파샤가 가져왔다고 말들 합니다. 지금 그가 살해당했기 때문에 페스트가 도시에서 부모를 잃은 고아처럼 돌아다닌다고 해요. 다른 사람들도 죽을 거라고 합니다."

"또 뭐라고들 합니까?"

"애석하게도 여전히 '페스트는 없어.'라고 말하는 사람들이 있어요. 특히 룸들 사이에서요."

"이제는 그렇지 않소. 또 다른 말들은?"

"페스트가 아지지예 배로 왔다고 말하는 사람들도 있어요! 쥐들이 나룻배에 올라탔다고요."

"또?"

"파디샤의 따님이 아주 아름답다고 해요! 그런가요?"

"나는 모르겠는데!" 파샤는 국가 기밀을 숨기려는 것처럼 말했다. "어쨌든 당신보다 아름다운 사람은 없소."

20장

다음 날 아침 방역 회의가 소집되었을 때 총독 사미 파샤는 전날 내린 결정에 따라 집무실 옆에 마련한 작은 방을 보여 주었다. 이제 전염병학이 규정한 대로 사망자가 나온 감염된 집은 이 작은 방에 걸린 지도에 표시하고 어떤 골목과 마을을 통제할지 결정을 내릴 것이다.

그때 약사 니키포로가 지극히 정중한 태도로 총독에게 이제 약국 광고 현수막을 돌려 달라고 말했다.

"결국 저는 회의에 참석했고, 바라시는 대로 표를 행사하고 있습니다."

"정말로 무척 끈질긴 분이로군요, 니키포로 에펜디." 총독 파샤는 작은 방에 있는 유일한 서랍을 열며 말했다. "여기 있소!" 그러면서 현수막을 다른 위원들에게 보여 주었다. "보십시오!"

부마 의사, 콜아아스, 정보국장, 주교 등 모든 사람이 민게르 장미를 솜씨 있게 수놓은 붉은빛과 분홍빛이 도는 천을 보았다. 총독 파샤는 그들의 얼굴에 나타난 표정을 주의 깊게 관찰했다.

"모든 사람이 당신의 광고 현수막을 아주 맘에 들어 하는군요." 총독이 말했다.

"본코프스키 파샤의 생각이었습니다." 약사가 말했다.

"그렇다면 광고 현수막을 분명히 돌려받게 될 겁니다. 어차피 반환품 장부에 등록되어 있으니까요. 당장은 내가 원해도 이걸 당신에게 줄 수 없지만 페스트가 종식되는 날 다 함께 축하 행사를 할 때 모두가 보는 앞에서 이걸 당신에게 주겠소. 여기 계시는 호자, 주교, 군 장교 들이 증인입니다."

"파샤께서 알아서 하십시오!" 니키포로가 대답했다.

"당연히 이것은 당신의 현수막입니다……. 하지만 민게르 장미는 우리 모든 민족의 것입니다."

총독 사미 파샤의 '모든 민족'이라는 표현이 섬사람을 의미하는지, 오스만 제국의 모든 제국민을 의미하는지는 이후에 역사가들 사이에서 논쟁된 바 있다.

총독 사미 파샤는 현수막을 다시 서랍에 넣고 방역 회의 때 항상 앉던 자리로 갔다. 그는 전에 누리와 일리아스와 함께 결정한 조항들을 빠르게 쓰게 한 후 각 항목을 표결에 붙였다. 여기에는 성의 일부, 특히 넓은 뜰과 건물을 격리 시설로 바꾸고, 도시 외곽에 새로운 묘지를 선정하고, 비어 있는 집들을 보호하기 위해 필요한 결정들이 포함되어 있었다. 섬의 역사를 규정하고 아르카즈의 마을들을 완전히 뒤바꿀 많은 결정이 빠르게 내려졌다. 이 제재 조치들을 발표했을 때 '집합 금지'와 '2인 이상 모임 금지'에 관한 내용이 사람들 사이에서 가장 놀라운 반응을 불러일으킬 것이다.

"금요 예배와 사랑받는 설교자들이 대중 앞에서 하는 연설도 금지됩니까?" 러시아 영사 미하일로프가 물었다.

"우리에게 그럴 권한이 있지만 지금으로서는 그러지 않겠습니다." 총독이 대답했다. "게다가 혼자 가서 목욕재계를 하고 아무와도 접촉하지 않고 기도를 올리는 신자에게 어떤 의사가 어떤 핑계로 제재를 가할 수 있겠습니까?"

"그 오래된 더러운 카펫은 온갖 병의 온상이지요." 반쯤은 조롱을 하고 반쯤은 불평하는 듯한 목소리로 누군가 말했다. "룸 정교회 공동체는 원한다면 일요 예배를 취소할 수 있소." 룸 정교회 공동체 수장인 신부 콘스탄티노스 에펜디가 말했다. "공동체는 이를 따를 겁니다."

교회들은 전염병이 돌기 시작하면서 여느 때보다 좀 더 한산했다. 사원들에는 여느 때보다 더 많은 사람이 모였다. 장례 예배에도 지나치게 많은 사람이 참석했다.

"병이 크레타 이주민들의 임시 숙소가 있는 저 타쉬 부두에 퍼졌다면 왜 에요클리마 마을에 있는 내 이불 가게를 폐쇄합니까?"

"당신이 사는 곳이 수비대와 아주 가깝기 때문입니다."라고 누군가 말했지만 아무도 이 말을 깊이 생각하지 않았다.

영사들은 방역 회의가 진행되는 동안 사무관들을 통해 도시에서의 업무와 질병의 진행 상황에 대한 소식들을 계속 받고 있었다. 그날 위원회가 논의한 많은 주제는 오해, 분노, 근거 없는 소문들로 윤색되고 온갖 비난과 추억들로 범벅이 되어 지역 상인들을 중심으로 온 도시에 즉시 퍼져 나갈 터였다.

그날 가장 많이 언급된 부분은 더 많은 사람이 죽었는데 방역관들이 집을 폐쇄하고 상점에 있는 물건들을 압수하거나 심지어 소각할 거라고 생각한 사람들이, 특히 가난한 사람들과 무슬림, 크레타 이주민들이 사망자를 숨겼다는 주장과 관련이 있었다.

"무슬림은 고인들을, 그리고 여러분이 말씀하셨듯이 장례식을 매우 중요하게 생각합니다." 이 이야기가 끈질기게 지속되자 총독이 말했다. "그래서 아시는 바와 같이 섬사람들은 예배를 드리거나 기도를 올리거나 씻기지 않고 절대 한밤중에 도둑처럼 시신을 매장하지 않습니다."

"총독, 철갑 랜도를 준비시키시면 사관 중학교 근처에 있는 옛 타쉬 부두로 당장 모시고 갈 수 있습니다!" 프랑스 영사가 말했다.

"알고 있습니다." 총독이 말했다. "어제저녁 당신은 그리스 부영사 레오니디스와 함께 그곳을 거니셨지요. 그곳에는 섬사람들이 아니라 이주자들뿐이랍니다."

"밤에 죽은 쥐가 가득 든 바구니를 손에 들고 페스트를 퍼뜨리는 크레타인도 보셨습니까?" 항상 농담을 입에 달고 다니는 것으로 유명한 영국 영사 무슈 조지가 말했다.(그는 진짜 영국인이며 실제로 영사였다.)

"얼마나 많은 사람이 믿는지 저도 믿기 시작할 것만 같습니다."

"페스트를 퍼뜨리는 악마는 알고 있었습니다만 그게 크레타인인 줄은 몰랐습니다!"

"옛날에……." 의사 누리가 말했다. "페스트가 플로렌스와 마르세유에서 창궐했을 때 지도층인 왕자, 총독, 국가가 상황에 대처하지 못하고 아무것도 해내지 못하는 것을 본 도시의 유지, 젊은이, 노인 들은 도시를 구하기 위해 지원하고 나서서 모든 집을 샅샅이 다 훑었지요. 단지 자기 삶이 아니라 도시의 삶을 위해서 스스로를 희생할 영웅들이 이 섬에도 있습니다."

"테살로니키 출신 의사 알렉산드로스처럼 말입니까?"

"우리에게도 섬을 위해 자신을 바칠 사람들이 어쩌면 있겠지요. 하지만 이처럼 적개심이 짙은 분위기에서는 아무도 지원하지 않을 겁니다."

"총독이 뭘 하든 오늘날 무슬림은 기독교인을 위해, 기독교인도 무슬림을 위해 쉽사리 자신을 희생하지 않을 겁니다. 이 분열을 초래한 자들이 생각할 일이오."

"무슬림 마을에는 무슬림이, 룸 마을에는 룸 젊은이들이 지원하면 됩니다." 영국 영사가 말했다.

"두 번째 방법은 인도에서 영국인들이 하고 있는 일이고, 성공적이기도 합니다."

"영국인들이 인도에서 페스트가 발생했을 때 성공적으로 임했다는 것은 지금 당신한테 들었소."

"아무도 지원하지 않고 왜 지원해야 하는지 이해하지 못하는 곳에서는……."

"군인들이 그들을 지원하게 만들 겁니다!"

"안 됩니다." 부마 의사가 러시아 영사 미하일로프에게 미소 지으며 말했다. "그렇다면 지원자 문제는 잊고 군인들을 집집마다 보내요."

잠시 정적이 흘렀다.

"우리 아랍 군인들은 집에 들어가지 않습니다." 정보국장이 말했다.

하즈 배 반란 사건 이후 압뒬하미트는 섬에 있는 네 개 중대의 군인들을 사령관과 함께 해직하고 제국의 다른 지역들에 배치했다. 그 대신 다마스쿠스에 주둔한 5부대에서 튀르크어를 모르는 아랍인들 중에 선발한 두 개 중대를 섬으로 보냈다. 이들의 사령관은 섬의 정치와 방역 조치들에 간섭하지 않고 다만 산에 있는 룸 게릴라들을 추격하는 일에 집중하라는 명령을 받았다.

"그렇게 비관적으로 생각하지 맙시다!" 총독 파샤가 말했다. "군인들이 집과 저택들을 일일이 점검할 때 꼭 안으로 들어갈 필요는 없습니다. 무장하고 거리에서 보초만 서되, 다툼이 생기면 떼어 놓을 겁니다. 하지만 탄약은 제공할 겁니다!"

"총독 파샤!" 프랑스 영사가 말했다. "아랍어 말고 다른 언어를 모르는 이 군인들이 또 실수로 사람들에게 발포하지 않겠지요?"

"우리 전하께서는 민게르주 내에서 선발한 방역 지원군이 국가의 높은 군대 수준을 고수하도록 이스탄불에서 콜아아스 캬밀을 보냈습니다." 총독은 말했다. "그 젊고 용감한 장교가 지금 여기 있습니다!"

사무관과 군인들과 벽을 따라 놓인 의자에 나란히 앉아 있던 콜아아스는 당황하여 얼굴을 붉히며 자리에서 일어나 방역위원들에게 인사했다.(잠시 그는 자신의 계급이 나이에 비해 낮다는 생각을 했다.) 자리에 다시 앉았을 때 그는 민게르주 방역을 위해 소집할 특수군의 사령관이 되었다. 사안의 긴급함을 고려해 이 중대를 위한 병사 소집을 즉시 시작하기로 결정했다.

"이스탄불 정부는 지원군의 월급을 충당하기 위한 자금을 이미 책정했다고 합니다." 총독은 또 거짓말을 했다.

"총독, 그 돈은 절대 오지 않을 겁니다." 영국 영사인 무슈 조지가 용기를 내어 말했다. 이 말은 회의에 참석한 사람들의 공통된 감정을 대변하는 셈이었다. 아무도 표현하지 않았지만 모두들 이스탄불, 그리고 안타깝지만 파디샤가 그들의 이익을 우선한다고 느꼈기 때문이다. 사실 총독 파샤는 이 불안과 불신을 극복하기 위해 몇 마디를 하고 싶었다. "내일 여객선과 비정기 증기선으로 민게르섬을 떠날 사람들이 이스탄불, 모든 오스만 제국령, 심지어 유럽으로 병을 퍼뜨리지 않도록 차단하는 것은 사실 모든 섬사람의 인도적인 책임입니다."

총독은 말을 하는 동안에도 테이블에 모인 사람들의 조용한 이의 제기를 듣는 것만 같았다. 사실 자신도 모르는 사이에 그들의 염려가 마음속을 파고들었다. 이스탄불이 제시한 방역 조치들은 민게르 사람이 우선이 아니라 국가를 병으로부터 보호하고자 하는 의도였다.

이스탄불을 향한 이 암묵적인 분노는 때로 총독 파샤를 향하고 있었다. 하지만 영사와 의사들의 끈질긴 요구에도 불구하고 두 번째 회의에서조차 무슬림 마을과 크레타 출신 이주민들이 사는 가장 많이 감염된 거리에 엄중한 방역선을 치는 문제에 대해 합의를 이루지 못했다. 방역 위원회 사람들이 느꼈듯이 셰이크의 동생 라미즈를 구속한 총독이 셰이크 함둘라흐가 분노해 방역을 사보타주할 가능성 때문에 주저했기 때문이다.

이스탄불에서 제안한 또 다른 조치는 소독으로 충분하지 않을 만큼 과도하게 전염된 곳을 소각하는 문제와 관련된 것이었다. 총독은 집과 물건들을 태울 사람들에게 지불할 보상금이 정당하게 책정되도록 하기 위해 각 종교 공동체 수장과 민게르 경제 부처 관리로 구성된 일곱 명의 위원회를 선출할 예정이었다. 철거하고 소각한 집을 두고 이 위원회가 결정할 보상 금액에 이의를 제기할 수 없도록 했다.

“물론 집이 불탄 가련한 사람들에게 줄 돈이 예산에 남아 있다면 말이지요!” 독일 영사가 말했다.

“방역선을 구축할 용기를 못 내는 한 국가가 무슬림의 집을 불태우다니 놀랄 일이군요!” 프랑스 영사가 덧붙였다.

“지하에서 편히 잠드시길, 고인이 되신 본코프스키 파샤의 조수 의사 일리아스가 어제 아침 우리에게 설명해 줬습니다. 우리 파디샤께서는 칠 년 전 발생한 위스퀴다르와 에디르네 콜레라 전염병은 완전히 오염된 곳을 소각하는 방법으로만 차단이 가능하다는 것을 잘 알고 계십니다.”

“감염된 장소를 소각하는 것이 우리 파디샤께서 선호하는 방법임을 폐하께서 본코프스키 파샤에게 직접 말씀하셨다고 어제 당신들이 그러셨지요!" 총독은 니코스와 일리아스를 보며 말했다.

"아니요, 저는 그렇게 말하지 않았습니다!" 일리아스가 말했다.

"그렇게 말했소, 지금 부인하시는군요. 두려운 거요?"

"용기 문제가 아니라 균형에 관한 문제입니다." 일리아스를 도와주기 위해 누리가 말했다. "오늘날 뭄바이 주변 마을들에서 병을 차단하기 위해서는 오물, 쓰레기, 집을 소각하는 것으로 충분합니다. 하지만 서쪽으로 10킬로미터 떨어진 뭄바이 중심지의 전염병이 가장 기세를 떨치는 아파트들에서는 모든 거리와 마을에 방역선을 구축해야 확산을 막을 수 있습니다."

의사 누리는 이 말이 어떤 효과를 가져왔는지 대표단의 표정을 살피며 잠시 기다리다 계속 말을 이어 나갔다.

"모든 조치는 상황에 따라 달라져야 합니다. 아라비아와 헤자즈에서는 사망자의 소지품과 그 밖의 오염된 물건들을 불태웠고, 지금 중국과 인도에서도 여전히 소각 작업을 계속하고 있습니다. 콜레라가 유행할 때 더럽고 가난한 마을들을 소각하고 실업자와 무능력자, 이주자, 부랑자를 항구와 도시 중심부에서 추방하는 것을 새롭고 현대적인 공간을 만들고 시민들의 건강을 위해 공원을 조성할 도시 정비의 기회로 보고 있지요."

"우리는 그런 것을 원하지 않습니다!" 총독이 말했다.

"하지만 이 전염병은 과거의 소규모 콜레라 유행처럼 여름이 끝날 때 자동으로 종식되지 않을 수도 있습니다." 방역부장 니코스가 말했다.

"그런데 인도에서 이 일이 영국인과 현지인 사이의 갈등으로 바뀐 이유가 무엇이라고 생각하십니까? 인도인이 정말로 거리에서 영국 장교와 의사들을 죽입니까?"

"안타깝지만 영국 자치령 장교들의 거친 행동 때문에 사건이 커졌습니다. 병균이나 페스트에 대해 아무것도 모르는 무지한 시골 사람들에게 기마병들을 보내 페스트 환자를 찾도록 하고 도덕적, 종교적으로 금지된 것들을 무시했지요. 가족들을 떼어 놓고, 의심 가는 사람들은 격리하고, 아픈 사람들을 병원에 보낼 때 왜, 어디로, 무엇 때문에 데려가는지조차 설명하지 않았답니다. 그들은 병원에서 사람들을 중독시키고 전염병을 핑계 삼아 몸을 이리저리 조각낸다고 상상했습니다."

"물론 현지인의 무지, 원시성, 영국인에 대한 적개심만으로 모든 것을 사보타주한 면도 있지요." 방역부장이 말했다. "그들은 '사원이 우리의 병원입니다!'라고들 했답니다!"

"당신은 그 말이 옳다고 생각합니까?" 러시아 영사가 말했다. "학문을 거부하는 무식한 사람들이라는 이유로 의사들이 의학의 신조를 포기해야 하나요?"

"분노에 찬 인도인들은 거리에서 본 유럽인과 백인들을 의사라는 이유로 죽였습니다. 그래서 방역 조치를 완화하기로 했지요. 그러자 반란이 잦아들었지만 이번에는 페스트가 더 빠르게 퍼지기 시작했답니다. 영국인들은 더 이상 반란이 일어나지 않도록 다음과 같은 생각을 했답니다. 현지인이 방역을 반대하니 우리는 그들이 도움을 요청하기 전까지 아무것도 하지 말자……. 이러한 접근은 캘커타에서 페스트를 더욱더 확산시켰지요."

"잠깐만요, 발언할 기회를 주십시오." 룸 정교회 수장이자 아야트리아다 교회의 대주교 콘스탄티노스 에펜디가 말했다. 모든 사람이 이틀 동안 거의 말이 없던 주교를 공손히 존경을 다해 돌아보았다. 그 역시 미리 준비한 말을 신중하게 이어 나갔다. "우리 민게르섬은 인도가 아닙니다, 여러분! 이 비교는 잘못되었습니다. 정교회 신도 혹은 무슬림인 우리 섬의 아름다운 시민들은 지적이며 문명인들입니다. 이 재앙의 시기에 그들은 규율을 지키고, 우리 파디샤의 지시와 총독 파샤가 열성을 다해 시행하려는 방역 조치들을 충직하게 따를 겁니다."

"브라보!"

"광신자들이 반란을 일으키고 싸움이 날 거라는 이유로 권장되는 의학 절차와 방역을 따르지 않는다면 재앙은 바로 그때 일어날 겁니다." 주교는 말을 이어 나갔다. "룸 공동체가 섬에서 도망쳤고, 전염병은 우리를 두렵게 했습니다. '어차피 모든 전염병 소문은 룸들을 섬에서 몰아내고 독립을 요구하지 않도록 소집단으로 전락시키기 위해 꾸며 낸 거야.'라는 말도 들으셨겠지요."

"여러분, 우리 섬은 오스만 제국 식민지도 그 누구의 식민지도 아닙니다." 총독이 말했다. "섬 인구의 절반 이상이 무슬림인 민게르 시민들은 오스만 제국과 분리될 수 없는 통합체이며 기독교인과 무슬림을 막론하고 끝까지 우리 파디샤께 충성할 것입니다."

총독이 이 말을 전혀 하지 않은 것처럼 '인도가 아니다.'라는 논쟁이 한동안 지속되자 부마 의사는 삼 년 전 페스트의 혼돈 속에 거의 100만 명에 가까운 뭄바이 주민들 중 3분의 1이 다른 곳으로 도망쳤다고 지적했다.

"게르메와 카디를레르 마을의 전염된 이슬람 테케들을 격리하지 않으면 룸 공동체는 떠나기 시작할 테고, 심지어 전체가 섬을 떠날 겁니다. 안타깝게도 룸들의 탈출은 이미 시작되었습니다."

21장

방역 회의가 끝날 즈음 이스탄불 대로와 항구 주변의 선박 대행사들은 사무관들로부터 일요일 자정을 기점으로 섬을 떠나는 모든 배의 승객들은 닷새간 격리를 진행한다는 정보를 전해 들었다. 그 전에 섬을 떠날 예정인 배는 공식적으로 두 척뿐이었다. 하지만 사흘하고 반나절 동안 사람들은 일제히 섬을 떠나려 할 것이다. 많은 회사가 즉시 전보를 보내 배를 요청했다.

표를 구하려는 사람들, 당장에 집을 닫아걸고 내려온 사람들, 해안에서 무슨 일이 일어나는지를 먼저 보고 싶어 하는 사람들, 섬을 떠나지 않겠다고 결정했음에도 단지 호기심 때문에 온 사람들이(꽤 많은 수치) 해안으로 수없이 몰려들었다. 집의 문을 걸어 잠그고 짐 가방과 상자들을 챙겨 여름철 체류를 일찍 끝내고 가듯 떠나는 사람들은 대부분 부유한 룸들이었다. 예를 들어 민게르 대리석 무역 황금기에 부자가 된 알도니 일가, 올리브유 무역의 새로운 이름인 흐리스토 일가, 테살로니키에서 가장 좋은 수예품 덮개와 페티코트, 캔버스를 가져오는 다프니 상점의 주인 토마디스 에펜디 일가.(그는 소독을 피하기 위해 하룻밤 사이에 상점을 폐쇄하고 물건들을 도시 외곽에 있는 집으로 몰래 옮겨 놓았다.)

유지들 중 몇몇 무슬림 집안의 아들들도 항구에 있었다. 예를 들어 쾨르 마흐무트 파샤의 후손으로 세관에서 일하는 페힘 에펜디, 실제로는 이스탄불에서 살지만 집을 수리하기 위해 온 페리트 자데 제랄……. 하지만 섬에 사는 무슬림 인구 대부분은 이 초기의 다급한 상황에 그다지 영향을 받지 않았다. 우리는 동양사학자들처럼 이것을 전염병에 맞선 무슬림의 '운명주의'로 해석하지 않는다. 섬의 무슬림 인구는 기독교인들과 비교해 더 가난하고 교육을 받지 못했으며 세상으로부터 더 떨어져 있었다.

방역 회의가 끝나자마자 천둥을 동반한 비가 내리기 시작해 위원회 위원들은 흠뻑 젖었다. 성의 첨탑에 닿을 만큼 낮게 드리운 구름에서 들려오는 천둥소리는 죽음의 위협 같았다. 아랍 등대가 있는 앞바다에 떨어진 초록색 번개는 감옥 총안에서 내다보는 죄수들에게 마치 먼 기억의 이미지처럼 보였다. 잠시 후 일부 사람들이 '대홍수'로 기억하고 상징적인 의미를 부여한 비가 내리기 시작했다.

뇌우로 인한 물이 배수로와 벽 아래, 그리고 대로 한가운데에서 시궁창 물과 섞여 항구로 흘러갈 때 주 사무관들이 하나는 튀르크어, 다른 하나는 룸어로 발행하는 두 신문사에 방역 조항들을 전달했다. 같은 인쇄소에서 발표문 한가운데에 커다랗게 '페스트'와 '방역'이라고 쓴 포스터를 인쇄하여 도시의 벽에 부착했다. 주 당국이 죽은 쥐 한 마리당 은화 6쿠루쉬를 지불한다는 것도 눈길을 끄는 포스터를 통해 알렸다.

신고 덕분에 방역부장 니코스와 총독은 많은 상점 주인이 소독 작업으로 손해를 입는 것을 막기 위해 물건들을 몰래 빼돌리고 구시장의 상점들 거의 절반이 텅 비었다는 사실을 알고 있었다. 부마 의사는 가장 능숙하고 몸집이 크고 호전적인 방역관을 구시장의 사라츨라르 카프 근처에 있는 두 중고품 가게로 보냈다. 가게 뒤쪽 불이 난 공터의 쓰레기장을 창고로 사용하는 두 가게는 페스트로 죽은 환자들의 온갖 물건들(오래된 시계, 성상, 담뱃대들), 원피스, 바지, 침대 시트, 페스트균이 묻은 매트리스, 양모 천 등을 팔고 있었다. 의심할 여지 없이 주인 없는 집에 들어가 물건을 훔치고 심지어 깡그리 다 털어 오염된 옷, 러그, 이불, 양모 제품을 가게들에 팔아 치명적인 거래 흐름을 만드는 도둑들의 값싼 물건들도 있었다. 총독은 사교적이고 수완 좋은 크레타 출신 룸들이 운영하는 이 가게들을 질병과 오물, 재앙의 온상으로 여겨 이를 핑계로 오랫동안 폐점시킬 생각을 하고 있었지만 반발 때문에 주저했다.

얼굴에 마스크를 쓰고 장갑을 낀 방역관들은 두 중고품 가게와 몇 블록 앞 작은 가게들의 모든 물건과 옷가지를 단숨에 짐마차에 싣고서 천을 따라 천천히 디킬리 언덕을 올라갔다. 이곳에서 주 청사 직원들은 더럽고 오염되고 병균이 묻은 직물들, 모직과 리넨 의류, 페스트균이 옮은 모든 것을 소각해 석회 처리할 커다란 구덩이 두 개를 파고 있었다.

지나간 옛 시절의 전염병을 연상시키는 이 정책에는 타당한 이유가 있었다. 사람들이 두려움에 휩싸여 건넨 사망자의 물건들을 그렇지 않아도 소량 보유하고 있는 석탄산과 리졸로 오랫동안 소독하느니 방역관들이 소각하는 편이 훨씬 쉽고 저렴했다.

방역관들은 돈 욕심이 많은 상점 주인들의 눈물을 거들떠보지도 않았지만 오늘날 우리는 많은 항의 편지들을 통해 몇몇 상인들이 특혜를 받았다는 사실을 알고 있다. 주 청사의 피해 위원회 소속 사람들이(재무부 직원들) 상점들을 몽땅 비우고 석회 처리하는 과정에서 이따금 의외로 많은 보상금 지급을 약속했기 때문에 어떤 상점에서는 전혀 말썽이 일어나지 않았다. 그러나 다른 곳들, 예를 들어 에스키 괴퓌르[50] 근처 신발 가게와 가죽 가게 상인들은 서항을 했지만 고래고래 고함치는 것 외에는 달리 할 수 있는 일이 없었다. 어디서나 같은 말들이 계속 되풀이되었다. "방역이 섬의 기독교인들을 학대하는 데 이용되고 있다. 어쨌든 무슬림 하즈들이 전염병을 가지고 왔다."

등에 살수 탱크를 메고 넓은 마스크와 방수 판초를 입은 소독 담당 직원의 모습은 두려움을 안겨 주기에 충분했다. 앞으로 오랫동안 아이들의 상상과 악몽에서 빠지지 않을 처음 채용된 아홉 명의 직원은 펌프 조작을 특별히 교육받은 소방관들이었다. 오래전에 처음으로 분무식 소독제, 그러니까 툴룸바[51]를 사용해야 했을 때 모든 사람의 머리에 이미 민게르의 소방관들인 '툴룸바즈'[52]가 떠올랐다. 이후 소독이 필요하고 소독약이 들어간 물을 뿌려야 할 때 이 일들을 소방관들이 맡아 했다. 사람들 사이에서 세균으로 불리는 박테리아가 발견된 후 청결을 위해 필요하든 말든 간에 소독약이 들어간 것들을 분사하기 위한 펌프와 일명 분무기라고 하는 멋진 기구가 발명되었다는 것을 기억하자. 전염병 소문이 난 뒤에 호화로운 바자르 두 이슬레[53] 상점의 주인 키르야코 에펜디는 집에서 사용하기 위해 테살로니키로부터 두 종류의 소독 펌프를 주문했다.

전염병이 시작된 이래 많은 관공서 건물 앞에는 스플렌디드 호텔과 레반트 호텔 문 앞에 있는 하인들이 그랬듯이 석탄산 소독액, 리졸, 혹은 다른 혼합물을 분사하는 직원들이 버티고 서 있었다. 오

50 '옛 다리'라는 의미.

51 '펌프'에 상응하는 터키어.

52 '소방관'이라는 의미.

53 Bazaar du Îsle. '섬 시장'이라는 의미.

늘날 특별히 의미가 없다는 것을 아는 이 초기 예방들은 한편으로 대중에게 주의와 청결에 호소하고, 다른 한편으로 계속해서 서로에게 "걱정 마, 별일 없어!"라고 말하는 대중으로 하여금 전염병이 펌프로, 향처럼 뿌리는 약으로 물리칠 수 있는 사소한 위험이라고 착각을 하게 만들었다.

아르카즈에서도 매년 여름, 특히 게르메와 치테 마을, 그리고 항구 주변 가축우리 같은 집에서 발생하는 설사병 시기에 사람들은 늙은 툴룸바즈가 터벅터벅 걸으며 아주 더럽고 모기가 득실거리는 물과 웅덩이를 짙은 초록색 액체로 소독하는 모습을 많이 보아 익숙했다. 아이들은 설사와 분투하는 이 사랑스러운 아저씨를 두려워하지 않고 그의 뒤를 따라 거리마다 돌아다니곤 했다. 일반 대중과 상인들은 늙은 툴룸바즈가 열라는 곳을 열고, 보여 달라는 구석과 구덩이를 보여 주며 모든 사람이 호의를 가지고 소독 작업에 협조했다.

하지만 이번에는 펌프를 사용하는 소방관들에게 아무도 다가오지 않았다. 더 큰 검은색 마스크를 착용했고 방수복이 저녁 햇빛을 받아 반짝반짝 빛이 났기 때문일까, 아니면 도시 어디에서도 다섯 명 미만으로는 다니지 않았기 때문일까? 아이들은 마스크를 착용한 관리들과 장난치지 않았고, 페스트를 가져다 우물과 문손잡이에 묻히는 키클롭스인 듯 공포에 싸여 그들로부터 도망쳤다. 청과물 가게 주인, 정육점 주인, 먹을 것과 마실 것을 파는 사람들, 셔벗 장수, 식당 주인들은 그들에게 협조하지 않고 오로지 가게와 물건들을 보호할 생각만 했다.

그러나 모든 사람이 '약삭빠른' 것은 아니었다. 시장의 어떤 청과물 가게 주인은 로메인 상추와 오이가 그의 밭에서 나왔다고 십자가를 꺼내 들고 맹세하면서 사람들에게 보여 주면 상황을 모면할 거라고 믿었다.(이후 그가 그리스 민족주의자들과 관계가 있다는 것이 고문을 통해 드러났다.) 검은 방수복을 입은 소방관이 모든 진열장을 소독하는 것을 보고 주인은 분노로 발작을 일으켰다. 이와 비슷하게 아르카즈에서 가장 사랑받는 셔벗 가게 주인인 선량한 코스티 에펜디도 호의를 보이는 것으로 충분하리라고 생각했다. 의사와 검은 마스크를 한 방역관들이 아이들이 좋아하는 이 유명한 가게에 나타났을 때 코스티 에펜디는 연극을 하듯이 장미수, 오렌지, 광귤, 앵두 맛이 나는 네 가지 색의 셔벗 네 잔을 단숨에 연거푸 마시며 "나의 셔벗들은 깨끗합니다!"라는 메시지를 전달하려 했다. 하지만 방역관과 소방관들은 얼마 안 되어 선반의 모든 셔벗 유리병을 비우고 가게 전체를 석탄산 용액으로 철저히 소독했다. 그 뒤를 이어 두 번째 팀이 가게를 석회로 소독하고는 문에 못질을 해 가게를 봉인하고 전염병이 종식될 때까지 영업을 금지했다.

"당신들이 쏟아 버린 것은 내가 선물한 걸로 치겠소! 그런데 이제 우리는 집에서 뭘 먹죠, 뭘로 생계를 유지합니까!" 셔벗 장수 코스티가 말했다.

집무실에서 모든 상황을 추적하던 총독은(이을드즈 궁전에서 모든 제국을 착실히 다 관리하는 압뒬하미트처럼) 셔벗 장수의 말을 듣고 이스탄불에 도움을 요청하는 또 다른 전보를 쳤다. 총독의 전보가 같은 방식과 표현으로 도움을 요청했기 때문에 암호 담당관은 종종 주어진 구절에 해당하는 숫자들을 찾기 위해 암호장을 보지도 않고 외워서 작성했다. 이스탄불에 보내는 전보에서 가장 많이 사용되는 단어는 소독액, 천막, 살균용 증기 압력기, 현금, 의사, 지원자였다.

부마 의사는 몇몇 소방관들이 이스탄불의 역사적인 툴룸바즈의 정중하고 다정한 태도에서 얼마나 빨리 난폭하고 잔인한 태도로 바뀔 수 있는지 다른 도시에서의 전염병 경험을 통해 알고 있었다. 어떤 소방관들은 소독액을 꽃에 물을 주듯 가볍고 우아한 손동작으로 분사했다. 어떤 소방관들은 상인에게 거의 용서를 구하는 듯한 태도였다. "제발, 거기에 뿌리지 마세요!" 같은 말이 때로 가장 경험 많은 툴룸바즈의 마음을 녹여 목표물을 바꿀 수도 있었다. 이와는 정반대의 경우도 있었다. 구시장의 옆문들 중 하나에서 부마 의사 누리는 상인과 방역관이 논쟁하는 것을 지켜보았다. 말싸움을 하게 된 시청 직원은 털이 다 뽑혀 불에 그슬린 닭과 병아리의 노랗고 분홍빛 나는 살갗, 다리, 내장, 그리고 피가 흥건한 도마뿐 아니라 조수와 주인을 향해 호스를 총신처럼 잡고서 벌을 주듯이 뿌리고 있었다. 아라비아 도시들에서 오스만 제국 군인들과 아랍인 구멍가게 주인, 낙타 모는 사람 사이의 싸움을 자주 해결해야 했던 누리는 방역을 유지하고 섬을 구하기 위해서는 이러한 유의 논쟁이 너무 커지기 전에 통제해야 한다는 것을 알았다.

총독 파샤는 셰이크 함둘라흐의 테케 소독에 특별히 신경을 썼다. 먼저 정보원들을 시켜 테케의 구내 지도를 작성하게 했다. 직원들은 방역관들에게 셰이크 함둘라흐가 어디에서 자는지, 어디에서 설교하는지(이곳들에는 절대 접근하지 않을 예정이었다.), 손님방과 양모 방적 공방, 귀한 양모가 있는 방, 부엌, 마당 화장실 위치, 테케 사람의 방들을 미리 알려 주고 교육을 시켰다.

"테케에서 출입 허락을 요청하지 말고 방역 조치 결정문을 보여 주고는 곧장 목표물로 가서 소독을 시작하시오." 총독이 말했다. "하지만 붙잡거나 완력으로 저지하려고 하면 몸싸움을 하지 말고 곧장 마당으로 나와요. 논쟁이나 입씨름에 휘말리지 마시오."

주 청사 뒤뜰에 5부대 소속의 건장한 군인 열두 명이 어깨에 소총을 메고 차려 자세로 기다리고 있었다. 제복은 빛이 바랬지만 깨끗했다. 튀르크어를 몇 마디 아는 사병들 중에서 선발했고, 통솔자 역시 그들처럼 문맹인 시놉 출신의 장교였다.

무기를 든 몸집 큰 군인들, 마스크를 쓴 방역관들, 선물로 줄 쥐덫을 든 직원들로 구성된 일행은 매우 인상적인 방역 병력이 되었다. 부마 의사가 일종의 감시자로 보낸 콜아아스도 그들을 뒤따라갔다. 테케에서 실제 일어난 일들의 세부 사항들을 우리는 콜아아스가 누리에게, 누리는 파키제 술탄에게 말해 주었기 때문에 알고 있다.

소독 팀은 급습하듯 테케로 들어갔다. 마당에서 기다리던 문지기들, 제자들, 테케 사람들이 무슨 일이 일어나는지 파악할 즈음 방역관들은 이미 꼼꼼하게 계획한 대로 첫 목표물에 도달해 양모 방적 공방과 부엌, 방들로 통하는 마당 입구에 냄새가 코를 찌르는 리졸을 마구 분사했다.

작은 사원과 테케에서 가장 오래된 건물인 수도실 쪽으로 향했을 때 몸싸움이 시작되었다. 테케 보호 임무를 맡은 경비와 문지기들은 늙은 소방관을 쓰러뜨리고 미리 깎아 준비한 나무 방망이로 때리기 시작했다. 비명과 고함에 놀라 제자들이 들고일어나고 테케 사람들이 싸우기 위해 수도실에서 나와 정원으로 뛰어왔다. 누구는 머리를 박박 밀었고, 누구는 반라 상태였으며, 누구는 손에 자귀를 들고 있었다.

정원에서 전투가 시작되리라는 것을 안 아랍군 지휘관은 총독이 거듭 경고했음에도 군사적 본능에 따라 병사들에게 싸움을 명령했다.

그 순간 셰이크 함둘라흐가 큰 소리로 말했고, 모든 사람이 그의 목소리를 들었다.

“어서 오십시오! 영광입니다!”

그들의 셰이크가 몸이 불편해 자고 있다고 생각했던 제자들은 그의 말을 듣자마자 싸움을 멈추었다. 셰이크는 5부대의 병사들에게도 아랍어로 몇 마디를 했다. 『코란』의 「후즈라트」 장에 나오는 "믿는 자들은 형제들이다."라는 그 구절을 처음에는 아무도 이해하지 못했다. 하지만 셰이크의 아랍어와 목소리에 담긴 진심은 순식간에 모든 사람에게 이 싸움이 전혀 불필요하다는 점을 설득했다.

그동안 몇몇 열성적인 소방관들은 방에 계속 리졸을 뿌리고 있었다. 몇몇 사람들에 의하면 셰이크 함둘라흐를 진짜 화나게 한 것은 의붓동생인 라미즈를 본코프스키 파샤 암살 후 용의자로 구속한 것이 아니라(셰이크는 동생이 무혐의로 풀려나리라는 것을 진심으로 믿고 있었다.) 그의 회유적인 말에 모든 사람이 멈추었는데 방역관들이 테케의 가장 비밀스러운 보물인(숨겨진 보물) 양모를 보관하는 방의 자물쇠를 거칠게 뜯고 시체 냄새가 나는 리졸을 사방에 무자비하게 분사한 것이었다.

'숨겨진 보물'에 리졸을 분사한 것이 테케로서는 얼마나 용납할 수 없는 끔찍한 모욕이었던지 장차 섬의 몇몇 노인들은 비방을 들은 듯 분노하며 절대 일어날 수 없는 일이라고 말할 터였다. 총독도 사건이 악화될까 두려워 같은 말을 강조했다. 하지만 다른 사람들은 테케가 모욕을 당했으며 신성한 성전이 리졸로 더럽혀졌다고 믿었다. 몇몇 말하기 좋아하는 사람들과(특히 룸 신문 기자들) 영사들은 정반대로 총독이 테케에 호의를 베풀었으며 리졸을 더 많이 뿌렸어야 한다고 주장했다.

소독 작업을 하던 중 방역관들은 페스트에 걸려 누워 있는 두 제자가 목에 가래톳이 있고 고열로 정신이 나가 헛소리를 하는 것을 보고 즉시 상황을 파악했다. 몇몇 영사들은 이 이야기에 의거하여 테케만 아니라 모든 마을에 방역선을 설치해야 한다고 총독을 압박하고 이스탄불에 전보를 쳤다. 하지만 이러한 조치가 셰이크 함둘라흐를 분노케 할 것이라고 생각한 총독은 하즈 배 반란 사건 이후 그랬듯이 인내심을 가지고 기다리며 소문들을 막는 방법이 최선이라고 결론 내렸다. 또 다른 결론으로 모든 사람이 다마스쿠스의 5부대에서 온 튀르크어와 민게르어를 모르는 아랍 군인들은 방역에 투입할 수 없다는 점에 동의했다.

이렇게 해서 총독과 의사 누리는 콜아아스에게 오로지 방역만 담당할 새로운 병력, 아마도 작은 군대를 만들기 위해 더 많은 노력을 해 달라고 부탁했다. 지난 사흘 동안 온갖 어려움에 봉착했지만 콜아아스는 방역 위원회의 결정에 따라 그가 사령관으로 임명된 소규모 방역군을 꾸리기 위해 두 주 동안 열심히 일해 열네 명의 병사를 모집하는 데 성공했다. 이 부대는 수비대 제빵소 근처 작은 건물에 본부를 두기로 정했고, 창고처럼 사용하던 그 공간은 같은 날 아침 정리 작업에 들어갔다. 항구 옆 작은 민게르 모병 사무소 입구에 있는 큰 방은 잠정적으로 방역군에 인계되었다. 이곳에 콜아아스를 위해 책상 하나를 놓고 지원자 등록이 진행될 것이다. 방역부장 니코스는 베네치아인들의 유산인 이 매력적인 건물을 섬사람들이 좋아하며 만약 임금을 주고 밤에 귀가할 수 있다면 룸과 무슬림을 막론하고 꽤 많은 사람이 이 임시 군대에 지원할 것이라고 말했다.

“본부가 수비대의 일부인바 방역군 병사들도 오스만 제국의 전통에 따라 섬에 사는 무슬림인 중에서 선발할 겁니다.”라고 총독 파샤는 단호하게 말했다. “우리 파디샤께서는 프랑스와 영국을 위시하여 열강들에게 약속한 모든 개혁을 이행했고, 기독교인과 무슬림 간의 모든 불평등을 없애기 위해 당신의 삼촌과 할아버지들처럼 지대한 노력과 호의를 보여 주셨으며, 오스만 제국 영토에서 기독교인들은 민게르섬에서 그러한 것처럼 교육과 공예 분야에서 무슬림들을 능가했고 더 부유해졌습니다. 하지만 우리 파디샤께서 열강들에 유일하게 양보하지 않은 것이 있다면 바로 군대에서 기독교인들을 낮은 계급에 기용하는 것이었습니다. 지금 비공식적으로 방역 조치들을 따르게 할 방법을 고심하는 와중에 영사들과 논쟁하듯이 우리끼리 옥신각신하지 맙시다."

22장

섬에서 룸어로 발행되는 두 신문 중《아데카토스 아르카디》의 주필이 감옥에 있기 때문에 총독은《네오 니시》의 주필을 집무실로 불러 셰이크 함둘라흐의 테케 소독에 대해 어떻게 보도해야 하는지 하나하나 말해 주었다. 그는 예전에 구속된 적이 있고 신문 발행을 몇 차례 중단당했던 이 젊은 이상주의자 언론인에게 마치 콜레라 전염병이 있었던 것처럼 모두 "살균용 증기 압력기로 방금 소독했다."라고 불필요하게 거짓말을 했다. 그에게 말린 자두와 호두, 커피를 대접하고 나중에 문에서 배웅할 때도 우리가 매우 심각한 위기와 재앙을 겪고 있으며 이스탄불과 세계가 이 문제에 대해 매우 예민하고, 언론의 의무는 정부를 지지하는 것이니 잘못된 기사를 써 스스로를 곤경에 빠뜨리지 말라고 말하면서 위협적인 미소를 지었다.

다음 날 아침 비서관이 인쇄소에서 막 나온《네오 니시》를 가져왔다. 번역 담당관이 룸어에서 튀르크어로 세심하게 번역한 기사를 파샤에게 큰 소리로 읽어 주었다.

사미 파샤가 "쓰지 마십시오!"라고 말한 내용을 기사에서 분명하게 언급하면서 툴룸바즈와 테케 사람들이 나무 몽둥이를 들고 머리카락을 쥐어뜯으며 어떻게 싸웠는지, 테케의 성스러운 보물이 보관된 양모방이 어떻게 더럽혀지고 끔찍한 냄새에 뒤덮였는지 섬 전체에 대고 잔뜩 부풀려 설명하고 있었다. 파샤는 이 기사가 불붙일 소문이 무슬림 공동체 전체로 확산되리라는 것을 알고 있었다. 부적을 쓰는 가짜 호자들, 그들을 믿는 마을 사람들, 성난 젊은 크레타 이주민들, 가장 '계몽된 사람들'을 포함해 심지어 모든 무슬림이 방역 조치에 저항하고 총독에게 분노를 나타낼 것이다.

기사를 쓴 신문 기자 마놀리스와 총독 사이에는 불화의 역사가 있었다. 삼사 년 전 한때 이 용감한 기자는 시 정부의 문제, 지저분한 거리, 부패 의혹, 게으르고 무지한 직원들에 대한 기사로 총독과 오스만 제국 관료들을 깎아내렸다. 인내심이 한계에 도달했지만 너그럽지 못하다는 말을 들을까 봐 이를 악물고 있던 총독이 중재자를 보내어 그에게 태도를 바꿀 것을 요청하며 신문을 폐간하겠다고 위협하자 한동안 기자는 어조를 약간 누그러뜨렸다.

하지만 얼마 지나지 않아 이번에는 하즈 배 반란 사건을 연상시키고 파샤와 방역관들을 비난하는 '계획적이고 체계적인' 기사를 싣기 시작하자 총독 파샤는 구실을 만들어 그를 감옥에 가두었다. 그러나 영국과 프랑스 대사들의 압력과 마베인에서 계속되는 전보 때문에 석방할 수밖에 없었다.

지금 총독을 고통스럽게 하는 것은 그를 풀어 준 후에 만난 자리에서 마놀리스에게 보여 주었던 모든 친절이 헛수고로 보인다는 사실이었다! 한번은 스플렌디드 호텔에서 우연히 만났을 때 파샤는 마놀리스에게 마부와 짐꾼의 다툼을 신문에 아주 잘 썼다고 하면서 그런 정보를 주어 고맙다고 칭찬했다. 주 청사의 튀르크어 신문인《하와디시 아르카타》에 그의 칼럼을 싣고 칼럼 두 편에 대해 주 청사 예산에서 선금을 주겠다고 제안했다. 또 한번은 데규스타

스욘 식당에서 우연히 만났을 때 모든 사람 앞에서 그를 자신의 식탁에 앉히고 숭어 양파 수프를 대접하는 등 잘 대해 주었고, 모두가 들을 만큼 큰 소리로 그의 신문이 레반트에서 단연 최고라고 말했다.

이 모든 일을 곰곰이 돌아보면서 총독은 배은망덕한 마놀리스를 감옥에 넣어 춥고 축축한 감방에서 한 번 더 정신을 차리게 한 다음 누가 하즈 배 사건 기사를 쓰도록 했는지 알아봐야겠다고 마음먹었다. 마놀리스를 체포하러 간 사복 경찰들은 기사가 실린 일자의 신문들을 수거한 신문사 사무실이나 호라 마을에 있는 그의 집이 아니라 삼촌의 집 정원에 숨어 책을(홉스의 『리바이어던』) 읽고 있는 그를 발견해 즉시 감옥으로 끌고 갔다. 마지막 순간 마음이 누그러진 파샤는 기자를 더 편안하고 전염병의 영향으로부터 좀 더 떨어진 감옥 서쪽 구역에 수용하라고 명령했다.

그날 저녁 마리카와 만난 총독 파샤는 흥분이 아닌 익숙함으로 사랑을 나누었고, 그 뒤에 그녀에게서 최근의 모든 소문에 대해 들었다. 이번에 마리카는 가장 믿을 수 없는 이야기부터 시작했다.

"아빠와 엄마를 잃은 룸과 무슬림 아이들이 밤에 무리를 지어 다니며 죄 없고 선량한 사람들의 집 문을 두드린다네요. 문을 여는 사람들은 그 아이들에게 먹을 것을 줘야만 한답니다. 아이들이 문을 두드리고 그 아이들에게 먹을 것을 나누어 준 사람들은 페스트로 죽지 않으니까요."

"아이들 얘기는 들었소만 문을 두드린다는 것은 듣지 못했군!"

"그 아이들은 페스트에 걸리지 않는다고 해요. 죽은 부모들을 안고 자도 병이 들지 않는대요."

"당신도 창문에서 봤다던, 밤에 자루를 들고 다니며 여기저기 쥐의 사체를 놓은 남자 있잖소. 그 사람을 우연히 만났다고 한 사람은 또 없나?"

"파샤, 저는 정말로 그 악마를 보았지만 당신이 경고했기 때문에 이제 그런 사람이 있다고 믿지 않아요. 어쨌든 마스크를 쓴 방역관들이 돌아다닌 후부터는 그에 대한 이야기도 줄었어요."

"우리 툴룸바즈들이 키클롭스를 쫓아냈군그래!"

"마음이 아프시겠지만 지금은 다들 파디샤의 딸을 모시고 온 배에서 페스트가 나왔다는 말을 믿고 있답니다."

"당신도 내가 속상했으면 해서 그런 터무니없는 거짓말을 믿기로 했군." 사미 파샤는 자신도 예기치 않게 원망하는 투로 말했다.

"파샤, 자신을 속이면서까지 믿지도 않는 것을 믿는 척할 수 있나요?"

"그러니까 그 거짓말을 진정 믿고 있다고 말하는 건가?"

"다들 믿어요!"

"다들 순전히 앙심을 품고 믿는 거지! 우리 파디샤께서는 섬사람들의 목숨을 구하기 위해 가장 유능한 방역의를 중국으로 가는 배를 되돌려 이곳으로 보냈소. 그리스 민족주의자들이 폐하와 오스만 제국에 악의를 가지고 그 배가 병을 가져왔다고 말하는 거요. 그들이 당신을 조종하도록 내버려 두지 말아요!"

"용서하세요, 파샤……. 전염병을 격리 중에 도망친 반란자 하지들이 가져왔다고 하는 사람들도 있어요."

"하즈들이 삼 년 전에 가져온 것은 콜레라였소. 페스트가 아니란 말이지!"

"파샤, 시에서 나온 관리들이 상인들에게 '금화 5리라를 주면 당장 가게 문을 열 수 있는 허가가 나옵니다!'라고들 한답니다!"

"죽일 놈들!"

"코푼야 마을에서 아이들이 빈집에 모여 있는 것을 보고 아이 아버지들이 신고했는데 공무원, 경찰, 경비병 그 누구도 오지 않았다고 해요."

"신고가 들어오면 갑니다. 왜 안 가겠소?"

"공무원과 경찰들이 죽을지도 모른다는 생각에서 일을 하지 않고 해이해졌다는 말들도 있어요."

"또 다른 말은?"

"섬을 떠나려는 사람들을 태우러 올 배가 여럿 있는데 파샤께서 허락하지 않는다고 해요."

"왜 허락을 하지 않는다고 합니까?"

"병이 더 퍼져 모든 룸이 도망쳤으면 해서요. 영국군과 프랑스군이 북쪽 케펠리에 상륙했다는 말도 두 번 들었어요."

"곧장 이리로 오면 되는데 왜 굳이 북쪽 케펠리로 가지."

"무슨 말씀이세요, 파샤?"

"오늘 일곱 명이 사망했소!"

"파샤, 오빠의 동업자는 메사주리사가 운항하는 바그다드나 그다음 페르세폴리스 배에서 표를 구하지 못했대요. 그는 정말 당신을 존경하고 진심으로 숭배한답니다. 굉장히 자존심이 센 사람이고요. 목숨이 달린 문제가 아니었다면 절대 나한테 오지 않았을 거예요."

"붉은 굴뚝이 달린 판탈레온 배가 정말로 올지 두고 봅시다. 탐욕스러운 여행사들이 일인용 좌석표를 이삼 인용으로 파는데 난 아무 말 하지 않고 있어요."

"그리고 모든 사람이 하는 이야기가 있는데 화를 내실까 봐 말하고 싶지 않았어요. 아마도 그건 전혀 소문이 아닐 테니까요."

"뭐지?"

"셰이크 함둘라흐의 테케를 소독한 툴룸바즈 관리와 테케 사람들 사이에 싸움이 났다고 합니다. 테케 사람들이 방역을 따르지 않을 것이고, 그렇게 되면 전염병이 종식되지 않을 거라는 말들을 듣고 몇몇 룸이 섬을 떠났다고 해요. 파샤, 이 섬은 룸들 없이는 안 됩니다. 무슬림이 없으면 안 되듯이 말이지요!"

"물론이지! 하지만 당신은 걱정하지 말아요, 우리가 그 셰이크의 콧대를 꺾어 줄 테니. 사실 그는 분별 있는 사람입니다."

다음 날 아침 누리와 일리아스가 전날 사망한 일곱 명의 집과 그들이 감염되었을 가능성이 있는 지점들을 지도 위에 표시할 때 총독은 단호하게 곧장 요점으로 들어갔다.

"이곳에서 엄격하게 방역을 시행해 봐야 셰이크 함둘라흐가 계속 이스탄불의 비호를 받으며 의기양양할수록 무슬림들에게 방역 규정을 따르게 하기는 더 어려워질 겁니다." 총독이 말했다. "무슬림이 방역 규정을 위반하면 기독교인도 방역을 존중하지 않을 테고, 인도에서 그랬듯이 이 페스트는 몇 년 동안 우리를 계속 죽이겠지요. 의사 선생, 갑자기 모든 사람과 모든 것이 이렇게 부정적으로 바뀐 이유가 무엇일까요?"

의사 누리는 사실 방역 첫날 결정한 조치들은 성공적이었다고 말했다. 유일하게 불미스러운 사건이 있다면 마부들을 위해 일하는 커다란 건초 헛간의 주인이 체포된 것이었지만 안타깝기는 해도 필요한 조치였다. 그 주인의 어린 조수가 눈물 속에 고통스럽게 고래고래 고함을 지르며 페스트와 싸우다 죽자 의사들은 건초만 소독해 봐야 효과가 없고 불태워야 한다는 결정을 내렸다. 소각할 물건들을 실은 마차가 도착했을 때 헛간 주인은 화가 나서 오염된 물건과 건초 더미 위에 몸을 던지고는 자기 몸에 불을 붙이려 했고 어느 정도 성공했다. 하지만 나중에 관리들에게 달려들어 병을 옮기려고 했기 때문에 체포되었다.

총독이 보기에 진짜 문제는 사람들이 방역 조치에 '복종'하도록 하는 데에 있었다. 오늘 오후에 셰이크 함둘라흐의 동생 라미즈가 재판을 받게 될 터였다.

"그와 그의 잔인한 두 공모자를 주 청사 광장에 매달면 가장 오만하고 가장 건방진 사람이라도 섬에서 진짜 권력이 누구에게 있는지 알게 될 거요."

"우리는 영사가 아닙니다. 우리는 국가가 기독교인에게도, 무슬림에게도 평등하게 대우하는지에 대해 논쟁할 필요가 없습니다." 방역부장 니코스가 말했다. "지금까지 우리의 멋진 섬은 유럽에서처럼 주 청사 광장에서 경고를 위해 누군가를 교수형에 처한 적은 없습니다, 파샤, 실행에 옮기시면 행실 나쁜 아이들을 겁줄 수 있겠지요. 하지만 그것이 방역에 도움이 될지는 모르겠습니다."

"전혀 효과가 없을 겁니다, 총독 파샤." 의사 일리아스가 말했다. "본코프스키 파샤는 사람을 교수형에 처하고, 구타하고, 구속하는 것은 성공적인 방역 확보나 국가를 현대화하고 서구화하는 방법이 결코 아니라고 항상 말씀하셨습니다."

"당신은 두려워서 수비대를 떠나지도 못하면서 당신을 위협하는 광적인 사람들을 비호하는군요."

"아, 파샤, 저를 위협하는 사람들이 그들이라고 확신할 수 있다면야!"

"나는 확신하오. 우리 중 누군가에게 무슨 일이 생기면 역시 라미즈와 부하들의 소행일 거라고 확신합니다."

"근거 없는 비난과 계속되는 불의는 사람들 사이에서 저항과 불복종을 부추길 뿐입니다!" 방역부장이 말했다.

"그 뻔뻔하고 건방진 도둑놈을 오로지 형이 셰이크라는 이유로 사람들이 감싸 준다는 게 놀라울 따름입니다." 총독은 콜아아스를 보며 말했다.

하지만 콜아아스는 아무 말도 하지 않았다. 한 시간 후 부마 의사는 총독이 혼자 집무실에 남은 것을 보고 곧 말을 꺼냈다.

"파디샤께서는 페스트를 알아보라고만 저를 섬에 보내신 것이 아니라 본코프스키 파샤의 살인범을 찾아내라고도 보내셨습니다."

"물론입니다."

"저나 제가 이끄는 조사단은 라미즈가 유죄라는 증거를 가지고 있지 않습니다. 본코프스키 파샤가 우체국 뒷문으로 나간 뒤 흐리소폴리티사 광장에서 발견될 때까지 그 시간대에 라미즈가 '어부부두' 뒤쪽 정원에 있는 것을, 그 후 이발사 파나요트의 이발소에(그는 면도를 했다.), 그런 다음에는 레반트 호텔의 가지노 정원에 친구들과 앉아 있는 것을 본 목격자가 많습니다."

"라미즈처럼 사람들 사이에 전혀 모습을 보이지 않던 사람이 본코프스키 파샤가 살해되던 바로 그 시간대에 섬에서 가장 잘 알려지고 가장 사람이 많이 오가는 곳에 나타난 이유를 생각해 본다면 그렇게 속단하지 않았을 겁니다." 총독은 조롱하는 듯한 미소를 지으며 말했다. "두고 보십시오, 주 청사 광장에 교수대를 설치하면 아무도 방역 조치를 가볍게 여기지 않을 겁니다."

23장

콜아아스는 총독이 라미즈 문제를 거론할 때면 늘 주의 깊게 들었지만 자신의 감정을 감추기 위해 아무 말도 하지 않았다. 그는 집에 갈 때마다 어머니가 들려준 이야기의 영향으로 라미즈의 옛 애인 제이넵에게 관심을 가지기 시작했다. 초기에 호기심을 느꼈던 것은 어머니의 칭찬보다 제이넵의 당당한 태도와 약혼 파기 때문이었다.

간수였던 아버지가 이미 라미즈와 결혼 합의금을 흥정하고, 그 일부를 받자마자 두 아들에게 주고는 결혼 준비를 위한 모든 세부 사항을 결정한 후 갑자기 페스트로 죽자 제이넵은 이틀이 안 되어 파혼을 했다. 신랑 후보인 라미즈는 섬에서 가장 영향력 있는 테케의 셰이크인 함둘라흐와 배가 다르기는 하지만 형제였기 때문에 사건이 커질 가능성이 있었다.

콜아아스의 어머니에 따르면 제이넵은 이 상황에서 빨리 벗어나기 위해 다른 사람과 결혼해 섬을 떠나고 싶어 할 수도 있었다. 어머니는 잘생기고 계급도 있는 아들이 슬프고 외로워 보이자 이러한 가능성과 잠재적 기회에 생각이 미쳤다.

민게르 역사에서 가장 논란이 많았고, 결과적으로 가장 애틋하게 기억되었을 뿐 아니라 꾸며 낸 말들로 가장 많이 바뀐 낭만적인 사랑 이야기를 우리도 이 책에서 조금이나마 언급하려 한다. 이 이야기를 할 때 콜아아스와 제이넵의 사랑에 얽힌 역사적 사실과 '낭만적' 요소들을 구분할 필요가 있다. 역사적인 기록이 '낭만적'일수록 그만큼 정확도가 떨어지고, '정확하면' 그만큼 낭만이 덜하다.

사랑 이야기에 대한 다양한 해석은 제이넵이 라미즈와 결혼하지 않기로 결정한 이유들에 있다. 콜아아스의 어머니가 아들에게 설명한 바에 따르면 제이넵은 결혼을 앞두고 북쪽 네빌레르 마을에 둘째 부인이(심지어 셋째 부인도 있다고 한다.) 있다는 것을 알았기 때문에 포기했다. 콜아아스는 이 해석을 너무 믿고 싶었지만 신랄한 사람들은 이런 말도 했다. 사실 제이넵은 처음부터 첫 번째 아내에 대해 알고 있었는데 아버지와 오빠들이 두려워 결혼에 반대할 수 없었다. 아버지가 죽자 이미 알고 있던 구실을 댔던 것이다. 진짜 이유는 아버지가 지참금을 하디드와 메지드에게 주었는데 쌍둥이 오빠는 제이넵과 한 푼도 나누지 않았기 때문이었다. 이 사실은 젊은 처녀의 분노를 채찍질했고, 한 번도 본 적 없는 이스탄불로 도망치려는 생각이 그녀를 사로잡았다. 우리는 1901년 지방 도시에 사는 열일곱 살 먹은 무슬림 처녀가 이러한 상상을 하는 것 자체가 대단한 배짱이었고, 이 점이 콜아아스에게는 거부할 수 없는 매력으로 다가왔다는 점을 덧붙이고자 한다.

라미즈 옹호자들은 서로 미친 듯이 사랑하던 두 연인을 정치적 이유로 떼어 놓은 사람은 총독인 사미 파샤라고 주장했다. 총독 파샤의 목적은 라미즈에게 굴욕을 맛보게 해 이 섬에서 누가 발언권이 있는지를 셰이크 함둘라흐에게 보여 주고 콜아아스의 — 어느 남성 역사가의 표현을 빌리면 — '권위와 영향력'을 이용해 정치적 힘을 쟁취하는 것이었다.

제이넵의 어머니 에미네 부인과 콜아아스의 어머니는 같은 마을 사람은 아니었지만 최근 오 년 동안 친구로 지내고 있었다. 사티예 부인은 에미네 부인의 아름다운 딸을 열두 살 때부터 알았다. 그때부터 아주 예쁜 아이였지만 콜아아스가 좋아할지 혹은 제이넵이 콜아아스를 마음에 들어 할지 두고 볼 일이었다. 아직 한 번도 서로를 본 적이 없기 때문이다.

한편 제이넵의 집은 애도 중이었고, 여전히 어렴풋하나마 도시 전체에 페스트의 위협이 감돌았기 때문에 결혼이나 적당한 남편감 문제를 거론할 때가 아니었다. 그래서 콜아아스의 어머니는 아들이 늦기는 했지만 고인의 집에 조문을 가는 것이 가장 좋은 방법이라고 생각했다. 제이넵의 어머니 에미네 부인은 섬을 떠나는 것만이 딸과 집안의 명예를 회복할 유일한 방법이라고 믿었다. 딸이 파디샤가 보낸 그리스 전쟁의 영웅이자 잘생기고 훈장을 받은 장교와 결혼하여 이스탄불로 가는 길을 딸보다 먼저 생각했고, 처음에 제이넵의 심경을 복잡하게 만든 사람도 그녀였다.

하지만 라미즈는 정말로 제이넵을 미친 듯이 사랑했고, 콜아아스도 그 사실을 알기 때문에 오스만 제국 장교 제복을 입고 제이넵을 보러 가면서 마음이 불편했다. 콜아아스가 어머니의 강요로 여자를 만나는 것은 처음이 아니었다. 사관 학교를 졸업하자마자 사티예 부인이 섬 출신 친척이라며 이스탄불의 외파에서 금방이라도 무너질 듯한 목조 가옥에 사는 가족의 딸을 보러 가라고 한 적이 있다. 그 처녀는 예쁘지 않았다. 벽에는 어떤 이스탄불 가정에서도 보지 못한 바다 그림이 걸려 있었고, 그는 그 풍경화를 오랫동안 잊지 못했다.

제이넵네 집은 무슬림 묘지를 지나 바이으를라르 마을 서쪽 끝에 있었다. 어릴 때 이 마을 아이들과 콜아아스가 살던 아르파라 마을 아이들 사이에 싸움이 나곤 했다. 새총으로 돌과 덜 익은 무화과를 서로 쏘아 대고 백병전을 하는 군대처럼 손에 몽둥이를 들고서 난투극을 벌이기도 했다. 때로는 이 마을 아이들과 무슬림 전선을 구축하고 아르카즈천 건너편의 호라와 아야 트리아다 정교도 마을을 침략자들처럼 급습해 정원에서 자두와 체리를 서리하기도 했다. 물을 건너기가 힘들어지는 겨울에는 모두 자기네 마을 골목에서 놀았다.

콜아아스는 어머니와 간단한 계획을 세웠다. 아야 트리아다 교회의 깡통 소리 같은 정오 종소리가 울리자 미리 계획한 대로 걸어서 비탈길을 오르기 시작했다.

그때 제이넵 모녀와 함께 앉아 있던 콜아아스의 어머니가 "날씨가 왜 이렇게 덥지?" 하며 내닫이창의 작은 창문을 열고 어떤 핑계를 대든 지나가고 있는 아들을 모녀 곁으로 불러 둘을 만나게 해줄 터였다. 콜아아스를 집 안으로 들일 계획도 세웠다.

콜아아스는 거절당해도 자존심을 지킬 수 있을 거라고 당당하게 믿었다. 처녀들에게 효과가 있는 금빛 단추가 달린 제복에 메달과 훈장을 달고 있었기 때문이다. 하지만 비탈길을 올라갈 때 심장이 더 빨리 뛰는 것을 느끼고 놀랐다. 햇볕이 내리쬐는 창가에 어머니가 보였다. 어머니는 아들을 발견하고는 집 안에 있는 누군가에게 말을 건네기 위해 몸을 돌렸다. 콜아아스는 걸음을 늦추었다.

그때 대문이 열려 콜아아스는 아름다운 제이넵을 볼 거라고 기대하는 마음으로 안을 들여다보았다.

어린 남자아이가 그를 안으로 맞이했다. 위층 거실에 그의 어머니와 제이넵의 어머니 에미네 부인이 있었다. 에미네 부인은 조금 울었다. 그러고는 마음을 추스르고 그에게 제복이 아주 잘 어울린다고 말했다. 그들은 잠시 쥐에 대해 이야기를 나누었다. 열흘 전 아침에 일어났을 때는 아랫마을로 내려가는 길이 쥐의 사체들로 덮여 통행이 불가능할 정도였다. 제이넵의 어머니는 콜아아스와 아들의 영향을 받은 그의 어머니가 전혀 믿지 않는 소문을 확신에 차 전해 주었다. 매일 저녁 기독교인들의 마을에서 몰래 온 검은 망토 차림에 검은색의 둥근 턱수염을 기르고 눈이 충혈된 신부가 페스트를 퍼뜨린다는 것이었다. 자루에서 꺼낸 죽은 쥐들을 무슬림 마을의 정원과 거리에 뿌리고 페스트균이 있는 마준을 우물, 벽, 문손잡이에 바른다고 했다. 카디를레르 마을 아이들 중 한 명이 어느 날 밤 그와 마주쳤는데 신부가 키클롭스인 것을 보았으며 공포에 질려 이틀 동안 말을 더듬었다고 했다. 에미네 부인은 손님들에게 셰이크 함둘라흐 에펜디로부터 부적을 받아 키클롭스 페스트 악마를 향해 들이대면 자루에 있는 쥐를 꺼내 놓지 않고 뒷걸음쳐 도망친다고도 말했다.

콜아아스의 어머니가 이야기한 아름다운 처녀는 보이지 않았다. 콜아아스는 어른들의 대화에 싫증이 난 아이처럼 창밖으로 군청색 바다와 아르카즈의 마지막 집, 나무가 듬성듬성한 올리브밭을 바라보았다. 그는 지나치게 긴장해 야전 병원에 있는 환자들처럼 목이 말랐다.

“아래층에 가면 베쉬르가 물을 줄 거다.” 어머니가 아들의 갈증을 알아채고 말했다.

콜아아스는 계단을 내려가 마구간과 붙어 있는 어두운 부엌으로 갔다.

칠흑 같은 어둠 속에서 물통과 바가지를 절대 찾을 수 없을 거라 생각하고 있는데 가스등이 깜박거리다가 다시 꺼졌다. 그때 어떤 여인, 어떤 그림자가 민게르어로 속삭였다. “아크와 누카루!(물은 저기에 있어요!)"

하지만 물통의 나무 뚜껑을 들고 바가지로 콜아아스에게 물을 떠 준 사람은 베쉬르였다. 먼지 냄새가 나는 물을 마시고 올라갔을 때 어머니의 이상한 표정을 보고야 콜아아스는 아래에 있던 처녀가 제이넵인 것을 알았다. 얼마 안 되어 그는 처녀가 아름다웠다고 생각하기 시작했다. 제이넵은 위층으로 올라와 그들과 자리를 함께하지 않았다.

파키제 술탄의 편지에 쓰여 있는 두 연인의 첫 만남은 이 정도가 전부였다. 우리는 이 '버전'이 옳다고 생각한다. 두 사람이 민게르어로 한동안 이야기를 나누었다는 것은 나중에 콜아아스 자신이 꾸며 낸 신화다. 정사, 교과서, 그리고 1930년대 히틀러와 무솔리니의 영향을 받은 극우파 언론들도 이 거짓말을 키웠다. 1901년 민게르어는 주장하는 바처럼 "우리는 더 일찍 만났어야 했어!" 혹은 "어린 시절의 언어로 다시 명명합시다!" 같은 복잡하고 심오한 의미를 표현할 만큼 발전한 언어는 아니었다, 안타깝게도!

게다가 1901년에 지방 출신의 오스만 제국 군인은 좋은 인상을 주고 싶었던 처녀에게 토착어가 아니라, 정반대로 아주 능숙한 터키어로 말하고 싶어 했을 것이다. 제이넵도 상황은 같았다. 민게르어로 말한 두 단어(아크와 누카루)는 미리 계획해서 한 말이 아니라 자신도 모르게 입에서 나온 말이었다. '아크와'(물)는 가장 오래되고 가장 아름다운 민게르어 단어이며, 당연히 민게르어에서 라틴어를 포함해 모든 서양어로 퍼졌다.

24장

민게르섬에서는 제국의 다른 지역들처럼 외국인들 간의 소송은 영사관에서 진행했다. 프랑스 국민인 메디트 서점 주인 무슈 마르셀과 영국인(영사 무슈 조지)의 채무 관련 소송은 원고가 마르셀이기 때문에 프랑스 영사관에서 진행했다. 외국인과 오스만 제국민의 소송은 오스만 제국 법정에서 진행했지만 영사들이 통역자와 중재자가 될 수 있었다. 총독 파샤는 무슬림 사이의 경미한 상해, 빚, 토지 소송에서만 발언권이 있었는데 그는 결정에 영향력을 행사할 수 있는 권한을 즐겼으며 항상 자신의 생각을 기꺼이 판사에게 말했다.

오스만 제국민들 사이에 살인과 처녀 납치처럼 이스탄불 신문에서도 관심을 갖고 복잡해지는 소송들은 모든 것을 통제하고 싶어 하는 압뒬하미트에 의해 이스탄불로 이관되곤 했다. 삼 년 전 룸 처녀를 납치하던 중 두 명을 죽인 도둑 나디르의 소송은 영사들만 아니라 이스탄불 주재 대사들의 관심 덕분에 많은 시선을 끌었다. 이 소송은 오스만 제국이 서류상으로 개혁을 했음에도 과거의 압제적인 방식을 유지하고 있다는 것을 증명하는 좋은 사례였다. 결국 총독이 판결에 관여하기 전에 살인자는 이스탄불로 이송되었으며, 도둑은 셀리미예 병영의 어두운 감옥에서 조용히 교수형에 처해졌다. 또 작년에 비너스 동상을 훔치다 잡힌 고고학자 셀림 사히르 덕분에 오스만 제국민이지만 가짜 서류들로 영사관 직원이라고 주장하며 부인으로 일관하던 건방진 라모스 테르자키스의 소송이 이스탄불의 관심을 끌었고, 그곳에서 재판이 진행되었다.(결국 압뒬하미트는 밀수범을 용서했을 뿐 아니라 이전의 적을 정보원으로 고용했듯이 그를 부릴 수 있다고 생각해 메지디예 3등 훈장과 금을 하사했다.)

본코프스키 파샤의 죽음이 이스탄불에서 발행하는 신문에 널리 보도되었음에도 압뒬하미트는 이 재판을 데르사데트에서 진행하도록 명령하지 않았다. 총독 파샤는 그 이유를 방역 규정과 군함에 페스트를 퍼트릴지 모른다는 우려 때문이라고 해석했다. 파디샤가 죄인들을 조용히 벌주고 사건이 잊히기를 바란다는 추측에 다다르자 총독은 재판장을 집무실로 불러 조사 위원회의 보고서를 기다리지 말고 재판을 종결시키고 용의자 세 명을 당장 교수형에 처하라는 것이 파디샤의 명령이라고 말했다.

그날 오후 수비대에서 보낸 내부가 보이지 않는 마차에 라미즈와 두 남자를 실어 주 청사로 데려와 지하 감옥에 감금했다. 심문 중에 고문을 당하면서도 혐의를 극구 부인한(이는 드문 경우였다.) 라미즈의 지조 있고 당당한 태도는 두 달 전 이스탄불에서 온 판사의 존경과 짜증을 동시에 샀다. 키가 크고 초록색 눈에 잘생긴 라미즈는 대부분의 사람들과 달리 고문으로 추하게 변하지 않았다.

혐의는 정보국장이 고용한 정보원과 수사관들이 몇 년 동안 라미즈가 총독과 오스만 제국에 맞서 저지른 죄들을 기록한 서류들을 참고하여 날조한 것이었다. 하즈 배 반란 사건에 연루된 분노한 마을 사람들과의 관계, 헌병과의 대립, 룸 마을을 공격한 산적 메모에 대한 지원(사실 총독도 은밀히 같은 일을 하고 있었다.) 이 모든 것이 라미즈가 본코프스키 파샤를 암살할 성격의 사람임을 증명하기 위한 증거로 기재되었으며, 사건이 일어난 시간에 다른 곳에 있었다는 것은 결백의 증거로 여기지 않았다. 기소장에 따르면 라미즈의 부하들은 테케와 부적이 가장 많이 나도는 마을, 그리고 그곳으로 가는 길목에서 유명한 황실 화학자를 기다렸다. 라미즈가 암살을 계획한 동기는 방역을 방해하고 섬에 분란이 일어나기를 원했기 때문이었다. 이로써 크레타처럼 민게르에도 서양 열강들이 개입할 빌미를 제공하고 섬을 오스만 제국으로부터 분리하고자 했다. 정반대의 이유로 룸 마을들을 습격한 패거리를 지지한 라미즈는 이 혐의에 대답조차 하지 않았다. 법정에서 마지막으로 할 말이 있느냐는 질문을 받았을 때 그는 말했다.

"이 모든 비방과 고문은 정치하고는 관련이 없다! 여자 때문에, 사랑과 질투 때문에 나에게 누명을 씌운 것이다!"

"제이넵 이야기를 하는 거예요!" 남편이 라미즈의 진술을 전했을 때 파키제 술탄은 말했다. "콜아아스가 거기에 있었어요?"

부마 누리는 콜아아스가 판결이 내려질 때 참석했지만 재판 중에는 전혀 보이지 않았다고 아내에게 말했다. 파키제 술탄은 제이넵을 향한 콜아아스의 사랑에 특별히 관심이 있었다. 라미즈의 말은 두 사람 모두를 놀라게 했다. 그들에게 라미즈는 냉정하고 무자비한 사람으로 그려져 왔기 때문이었다.

부부는 숙소에서 본코프스키 파샤의 살인자를 찾기 위한 최근의 진행 상황을 논의했다. 조사 위원회 관리들은 총독의 압력으로 라미즈 주변 사람들, 테르캅츨라르 테케와 할리피예 테케의 종도, 이 테케들에 드나드는 가게 주인들을 집중적으로 조사하고 있었고, 지금까지 결정적인 증거를 찾지 못했다.

부마 의사는 총독이 정치적 선입견 때문에 다른 가능성들은 숙고하지 않을 뿐 아니라 진짜 세부적인 것들에 관심이 없다고, 그러니까 방법론적으로 잘못되었다고 말했다. 총독의 정치 논리에 따르면 본코프스키 파샤 암살의 배후가 전염병이 확산되길 원하는 그리스 영사 레오니디스일지도 모른다! 혹은 모든 사람이 그 죄를 라미즈 같은 사람에게 떠넘기리라는 계산에 따라 행동한 다른 영사였을 수도 있다.

당시 파키제 술탄은 숙부가 좋아하는 추리 소설의 주인공처럼 행동하며 남편과 함께 본코프스키 파샤 살인 사건을 푸는 데에 많은 시간을 할애했다. 하지만 때로 숙부에 대한 분노 때문에 셜록 홈스에게 어울리지 않게 감정적인 충동으로 판단력이 흐려져 사악한 의도를 가진 숙부 압뒬하미트가 암살을 지시했다는 결론에 다다랐다. 한번은 남편에게 이러한 사실을 받아들이지 않고 오히려 숙부를 위해 이곳에서 첩자 노릇을 하다니 터무니없고 굴욕적인 일이라고 털어놓았다.

"고백하건대 모든 것이 그의 소행이고, 마치 미트하트 파샤의 암살 때처럼 나중에 그 죄를 다른 사람에게 뒤집어씌우고 있다는 사실을 아직 이해하지 못하는 당신이 놀라울 따름이에요. 정말로 순진하시군요!"

부마 의사는 결혼한 후 처음으로 아내가 한 말에 상심하고 마음이 아파 서둘러 방을 나왔다. 그는 생각에 잠길 때면 도시를 내키는 대로 걸으며 거리에서 들리는 이상한 소리에 귀를 기울이고 병의 징후, 전염병의 신호, 사람들이 발견한 새로운 치료법을 보고 싶어 했다. 이제 모든 사람이 두려워한다는 것을 나무들이 사각거리는 소리에서조차 알 수 있었다. 몇몇 집은 대문을 꼭꼭 닫았지만 2층의 열린 창문을 보면 안에 사람이 있었다. 전염병의 확산과 살인자의 행동을 결합하는 어떤 기운 같은 무거운 공기가 거리를 짓누르고 있는 것만 같았다. 의사 누리는 정원에 주방용품과 궤, 항아리가 나와 있고, 또 다른 어떤 정원에서는 아버지와 아들이 서둘러 목공 일을 하는 것을 보았다. 전염병 확산에 대한 대비였고, 어쩌면 그 부자가 집 안에 방책을 치려는 계획일지도 몰랐다. 부마 의사는 가장 평범한 것들, 그러니까 햇빛 아래에 놓인 카펫을 보면서 아무도 인지하지 못했지만 사실은 명백히 그곳에 있는 무언가를 알게 되기를 바랐다.

그는 살인 사건 해결과 전염병 차단 사이의 깊은 유사성을 총독 파샤에게 설명하고 싶었다. 하지만 저녁 무렵 파샤를 집무실에서 다시 보게 되었을 때 그날 재판에서 도덕적으로 그를 가장 많이 분노하게 만든 것이 무엇인지 물었다.

"파샤, 이 사람이 진짜 살인잡니까? 아니면 혹독한 심문을 견디지 못하고 자백했을 가능성도 있습니까?"

"당신에게 보낸 전보만 아니라 나에게 온 칙령에서 우리 파디샤께서는 살인자를 즉시 색출하기를 무척 원한다는 것을 의심할 여지 없이 당신도 나만큼이나 잘 알고 있습니다! 그래서 당신을 보내셨지요. 어떤 주에서 살인 사건이 일어나고 일이 커져 이스탄불과 파디샤께서 이 일에 간섭을 하시면 총독은 발언권이 없습니다. 과거에는 '수색했는데 찾지 못했습니다!'라는 말이 총독의 무능력, 관할지를 통제하지 못하는 자백으로 보일 수 있기 때문에 나를 즉시 해임하셨을 겁니다. 심지어 '찾지 못했습니다!'라고 하는 것을 과거의 일부 파디샤들은 적과 결탁하고 파디샤에게 반발하는 적대적인 행동으로 보고 내 목을 쳤을 수도 있습니다."

"이제 그렇지 않습니다. 탄지마트 개혁 이후 행동에 대해 책임지는 것은 더 이상 공동체가 아니라 개인입니다. 폐하께서는 다름 아닌 이러한 이유에서 저를 이곳으로 보냈습니다."

"이렇게 중요한 문제의 책임을 누가 질지 결정해야 합니다. 그러지 않으면 이 섬의 작은 문제들과 상업 활동을 통제하는 소수의 기독교인이 이를 이용할 수 있지요. 우리는 살인자를 이미 찾았습니다. 그도 죄를 확실히 자백했습니다."

"파디샤께서는 이런 식으로 본코프스키의 살인범을 찾는 것을 원하지 않으십니다."

"폐하가 무엇을 원하시고 어떠한 방식을 원하시는지 마치 아는 바라도 있는 듯이 말씀하시는군요."

"네, 그렇습니다. 폐하는 셜록 홈스 이야기에서처럼 살인에 관한 세부 사항들을 조사하고 구타와 고문이 아닌 증거에 의거하여 본코프스키 파샤의 진짜 살인범을 찾기를 원하십니다."

"셜록 홈스가 누굽니까?"

"먼저 증거들을 수집하고, 나중에 이 증거들을 논리적으로 병치해 사건을 해결하는 영국 소설에 나오는 탐정입니다. 폐하께서는 이 살인 사건을 유럽인들처럼 단서들을 통해 살인자를 찾아 해결하기를 바라십니다."

"폐하께서는 영국인들의 업적을 인정하지만 그것들을 즐기지는 않습니다. 이것도 추론에 추가하시지요."

총독의 마지막 말에 예언적인 측면이 있음을 우리 독자들의 호기심을 부추기기 위해 덧붙이는 바다.

25장

압뒬하미트가 '셜록 홈스처럼'이라는 말을 무슨 의미로 했던 걸까? 의사 누리는 결혼하기 전에 파디샤의 입을 통해 이 표현을 처음 들었다. 우리 이야기를 더 잘 이해하기 위해 19세기 후반 오스만 제국사를 전공한 모든 역사가가 파디샤 압뒬하미트에 관하여 아는 사실을 떠올려 보자. 오스만 제국의 위대한 마지막 파디샤는 추리 소설에 관심이 많았다. 이을드즈 궁전을 벗어나는 것을 두려워하던 압뒬하미트는 세계 주요 신문과 잡지들 대부분을 구독했고, 새로운 책과 사상들에 뒤처지지 않으려고 애썼다. 마베인에 설치한 번역국 관리들은 정치적인 글들과 함께 학문, 기술, 공학, 의학 분야의 발전 상황을 다룬 뉴스와 책들을 파디샤를 위해 번역하곤 했다. 최근에는 프랑스어로 된 세 권의 책을 번역했다. 러시아군, 율리우스 카이사르, 전염병에 관한 연구서였다. 하지만 실제로 번역국 관리들은 탐정 소설들을 번역하는 일로 가장 바빴다.

때로 파디샤가 외젠 베르톨그레빌, 에드거 앨런 포, 혹은 모리스 르블랑 같은 추리 소설 작가를 새로 알게 되어 그 책을 궁금해하거나 파리 주재 대사 뭐니르 파샤를 통해 이미 알고 좋아하던 에밀 가보리오, 퐁송 뒤 테라일 같은 작가의 새로 출간된 소설이 속

달 우편으로 급송되어(파리 주재 대사가 회고록에서 언급한바 그의 또 다른 임무는 봉 마르쉐 백화점에서 파디샤의 속옷을 사는 것이었다.) 이스탄불에 도착하자마자 사무관들은 번역을 시작했다. 파키제 술탄이 자주 편지를 쓰던 큰언니 하티제 술탄의 장래의 남편인 마베인 사무관은 파디샤가 그날 저녁에 읽을 소설이 제때에 준비될 수 있도록 가끔 급하게 프랑스어 번역을 진행했다. 파디샤의 영어 번역가도 있었다. 잡지 《스트랜드》에 실린 압뒬하미트에 관한 글을(그를 붉은 술탄, 전제 군주 등으로 불렀다!) 튀르크어로 번역한 번역가가 직감적으로 그 맞은편 페이지에 있는 셜록 홈스 이야기(「어느 기술자의 엄지손가락」)를 번역했을 때 파디샤는 읽고 마음에 들어 했으며 작가 코넌 도일에게도 관심을 갖기 시작했다.

마베인의 번역가들이 작업을 감당하지 못할 때는 이스탄불의 유명한 서점들을 통해 서적 전문 번역가들을 동참시키기도 했다. 압뒬하미트를 증오하던 청년 튀르크[54]와 혁명가, 자유주의자, 신문 기자 들은 이 사실을 알지 못하고 그를 위해 소설을 번역했다. 파디샤가 모든 사람을 감옥에 넣고 모든 것을 금지하는 전제 군주라고 말하는 반대파들과 그를 '붉은 술탄'이라고 부르는 프랑스어를 잘 아는 룸과 아르메니아인 의대생들 일부는 이 일의 내막을 추측하면서도 파디샤의 번역가로 일했다. 가끔 압뒬하미트는 『삼총사』, 『몬테크리스토 백작』 같은 고전 소설을 통으로 번역하게 하고는 밤에 읽어 달라고 했다. 만약 책들에 못마땅한 부분이 있으면 책 전체 혹은 몇몇 페이지를 직접 검열했다. 이 번역본들은 공화국 시기에 "압뒬하미트를 위해 번역되었다."라는 광고 문구와 함께 그가 검열한 부분을 누락한 채 출간되었다.

54 압뒬하미트 2세의 정치에 반대해 자유와 입헌 정치를 주장한 사람들을 일컫는 말.

압뒬하미트 2세의 통치기는 탐정 소설과 추리 소설이 프랑스에서 처음 시작되어 영국에서 상승세를 타고 전 세계에서 번역되어 읽히기 시작한 시기였기 때문에 오늘날 이스탄불 대학 도서관에 있는 500여 권의 번역서가 '추리 소설 초창기'의 작은 서고를 이루고 있다 해도 틀린 말이 아니었다.

그 후 100여 년이 지나 터키 공화국 정치권력이 압뒬하미트를 폭군이지만 제국민이 사랑하는 민족주의자이며 신실한 파디샤라고 칭송하고 새로 지은 병원에 그의 이름을 붙이던 시기에 역사가들은 이 추리 소설들을 연구하며 선망했던 파디샤의 추리 소설 취향을 알아냈다. 삼십삼 년간 통치한 오스만 제국의 마지막 파디샤는 추리 소설에서 멜로드라마 같은 우연(외젠 수의 『파리의 비밀』) 혹은 추리 이야기와 논리를 뒷전으로 미는 싸구려 사랑 이야기가 끼어드는 것을(그자비에 드 몽테팽) 좋아하지 않았다. 그는 영리한 탐정이 국가와 경찰과 협력하여 다양한 정보원의 보고서들을 주의 깊게 읽으면서 명석하게 범인을 알아내고 문제를 해결하는 이야기를 가장 좋아했다.

압뒬하미트는 소설들을 직접 읽지는 않았다. 파디샤의 신임을 얻고 목소리가 좋은 옛 궁전 사무관이 밤에 파디샤의 침대에서 약간 떨어진 병풍 뒤에 앉아 책을 읽어 주었다. 이 책 읽는 사람은 한때 그에게 옷을 입히고 치장을 해 주던 의복 담당관이었고, 나중에는 믿을 만한 마베인 파샤들에게 임무를 맡겼다. 압뒬하미트는 졸려지면 "그만하거라." 하고는 곧 잠이 들었다. 혹은 신임을 얻은 궁전 출신의 책 읽어 주는 사람이 긴 침묵을 통해 세상의 초석인 파디샤가 잠들었다는 것을 알고 발끝으로 걸어 병풍 뒤에서 나와 방을 떠났다. 소설이 끝나면 사무관은 마음에 든 풍경화에 '봤음'이라는 의미로 붉은 도장을 찍는 중국 황제처럼 마지막 페이지에 "읽었음"이라고 써 두었다. 불안이나 원한에 쉽게 사로잡히는 모든 사람처럼 기억력이 매우 좋았던 압뒬하미트는 뜻하지 않게 같은 소설을 칠 년 후에 다시 읽으려 했던 사무관을 마베인에서 쫓아냈고, 나중에는 이스탄불에서 다마스쿠스로 유배했다.

의사 누리는 파디샤를 만나러 이을드즈 궁전에 처음 갈 때 이러한 이야기의 대부분을 알고 있었다. 누리는 궁전에서 기다리는 동안 파키제 술탄의 언니 하티제 술탄의 약혼자로부터 — 그가 예상했던 것처럼 — 황실 의과대의 두 프랑스 교수들, 즉 니콜 교수와 샹테메세 교수만 아니라 본코프스키 파샤도 그를 칭찬했으며, 그 덕분에 폐하의 승인으로 도무지 병이 낫지 않는 전 술탄 무라트 5세의 연로한 아내를 진찰하기 위해 하렘 출입을 허가받았고, 그곳에서 파키제 술탄을 만난 후 그에 대한 조사가 진행되고 결혼 허락이 났으며, 심지어 결혼이 승인되었다는 것을 한 번 더 들었다. 파디샤는 그에 대해 모든 단계에 걸쳐 꼼꼼하고 긴 보고서를 요구했고, 미생물학과 실험실에 관한 그의 경험과 지식에 깊은 감동을 받았다.

압뒬하미트와 만나는 날 마베인에서 그를 맞이한 큰언니 하티제 술탄의 장래 남편은 생각했던 것과는 달리 폐하가 소수의 사람에게만 면담을 허락하며 총리대신, 총사령관, 대제국의 대사도 문에서 몇 시간씩 기다린다고, 그에게 시간을 할애한 것은 대단한 영광이라고 조심스럽게 설명해 주었다. 그럼에도 누리는 궁전에서 반나절을 기다려야 했다. 그러다 영빈관으로 안내될 것이며, 폐하를 다음 날에야 만날 수 있으니 밤에 궁전에서 머무는 편이 더 나을 것이라는 말을 들었다. 누리의 머릿속은 한편으로 파디샤의 딸 파키제 술탄과 결혼하는 상상으로 가득 찼지만, 다른 한편으로는 이을드즈 궁전에 불려 갔던 많은 젊은 의사처럼 당장이라도 체포될 수 있다는 생각을 했다. 전 파디샤의 딸과 결혼하는 꿈을 꾸며 방문한 궁전에서 체포당해 투옥된다면 그의 어머니, 가까운 사람들, 의사 친구들 누구라도 놀랄 것이다.

그런데 나중에 마베인 관리가 들어와 폐하께서 지금 그를 만날 것이라고 전했다. 등이 굽은 비서관의 뒤를 따라 비탈진 길을 올라 단층 건물로 들어갔다. 안에는 보좌관과 관리, 하렘 내시들이 북적거렸다. 하지만 파디샤 압뒬하미트를 처음 만난 방에는 마베인 시종장인 타흐신 파샤뿐이었다.

젊은 의사는 파디샤를 너무 오래 바라보는 것이 지치고, 심지어 조금 두려웠다. 그의 머릿속은 '그래, 지금 압뒬하미트 황제, 위대하고 감히 근접할 수 없는 파디샤의 안전에 있다.'라는 생각뿐이었고 다른 어떤 생각도 나지 않았다. 그는 머리가 땅에 닿도록 허리를 숙여 파디샤에게 인사하고는 그의 작고 앙상하고 따스한 손등에 입을 맞추었다. 짙은 암녹색의 두꺼운 천으로 된 커튼과 카펫으로 꾸민 방은 어두침침했다. 파디샤의 말을 들으면서 부마 의사는 다른 생각은 없이 '실수하면 안 된다.'라는 생각만 마음속으로 계속 되뇌었다.

압뒬하미트는 전 술탄인 형의 부인과 손녀 하늠[55] 술탄이 회복되어 매우 기쁘다고, 이것이 니샨타쉬의 미생물학 실험실 덕분이라니 더욱 기쁘고, 게다가 그 병이 다른 상서로운 일에 '도움'이 되었다는 것이 매우 기쁘다고 말했다. 나중에 파키제 술탄은 이 대화에 대해 거듭 물으며 설명해 달라고 했다. 파키제 술탄에 따르면 이 말은 압뒬하미트가 궁전에 갇힌 형 무라트 5세의 셋째 딸도 결혼시켜 마음이 편해졌다는, 그들을 이십오 년간 작은 궁전에 감금

55 오스만 왕가에서 파디샤와 왕자의 손녀에게 부여하는 칭호.

한 데 따른 죄책감이 고작 그 정도라는 의미였기 때문이다.

마베인에 전시된 세 자매의 혼수품과 다른 모든 결혼 준비에 대해 불만이 없다는 것을 확인한 파디샤는 누리에게 진짜 궁금하던 주제인 헤자즈 방역 기구에 대해 자세히 질문했다. 인생에서 오 년을 할애한 주제였기 때문에 의사 누리는 모든 것을 설명하기 시작했다. 파디샤는 그의 정직함을 격려하는 태도를 보였다. 압뒬하미트의 눈길은 부드러웠고, 지쳐 보였지만 지대한 관심은 변함없었다. 부마 의사는 긴장이 조금 누그러졌다. 심장은 여전히 빠르게 뛰었지만 더 이상 두렵지 않았다. 누리는 본능적으로 먼저 인도에서 하즈들을 데려오는 영국 배 선장들의 비리에 대해 이야기했다. 콜레라로 죽은 사람들을 매장하는 데에 겪는 어려움과 메카 통치자와 그 가족이 하즈들에게 객실이라고 보여 준 곳들이 병의 온상임을 스스로 억제하지 못하고 자세하게 이야기했다. 얼마 전까지만 해도 모든 패악의 원인으로 보았던 압뒬하미트를 지금은 이 패악을 바로잡을 유일한 사람으로 여기고 있다는 생각이 순간적으로 머리를 스쳤다. 그런데 시급하게 바로잡아야 할 두 가지 문제를 더 이야기하려는데 파디샤가 말을 가로막았다.

"자네의 선행과 자질에 대해 많이 들었네." 세상의 초석인 파디샤가 말했다. 마치 이 모든 재앙이 파디샤가 젊은 의사를 칭찬하는 수단이 되었기 때문에 중요한 듯했다. "이제 나에게 세균과 관련해 알고 있는 모든 지식을 말해 보시게."

"모든 질병은 세균으로부터 온다."라고 젊은 의사는 말했다. 파디샤가 이스탄불로 부른 콜레라와 방역 전문의들에게 얼마나 많은 비용을 할애하고, 니샨타쉬에 있는 미생물 실험실 설립을 얼마나 자랑스러워하는지 알기 때문에 이 실험실이 파리에 있는 것 다음으로 세계에서 가장 완벽한 실험실이라는 말도 잊지 않았다. 파디샤는 자랑스러운 표정으로 살짝 미소를 지어 보였다. 누리는 그곳에서 강의하는 두 프랑스인 의사 샹테메세와 니콜로부터 제국의 의사와 의학생들이 "매우 많은 것을 배웠다."라고 덧붙였다. 사흘 전 파디샤가 프랑스어에서 번역한 전염병들에 관한 책을 읽었고, 어떤 부분은 반복해서 읽어 달라고 했으며, 최근의 과학과 의학 발견에 관심이 있다는 것을 알았기 때문에 "폐하, 콜레라, 황열병, 나병 같은 병의 비밀은 물론 세균과 박테리아입니다."라고 말문을 열었다. "하지만 전염병을 종식시키기 위해서는 더 이상 세균학만으로(그는 이 단어를 정확히 프랑스인처럼 발음했다고 생각했다.) 충분하지 않습니다. 지금 영국인들은 여기에 관한 아주 중요한 역학인 '전염병학'이라는 것을 찾아냈습니다."

의사 누리는 파디샤가 호기심에 가득 차 주의 깊게 듣는 모습을 보고 타흐신 파샤의 시선에서 자신이 잘못하고 있지 않다는 것을 확신한 후 사십오 년 전 런던에서 발생한 콜레라 유행 시기에 어떻게 전염병학이 발견되었는지에 대해 말을 이어 나갔다. 런던에서 전염병 시기에 모든 의사가 거리마다 돌아다니며 감염된 집에 방역선을 구축하고 사망자의 물건들을 소각하느라 바쁠 때 한 의사가 다른 조치를 시도했다. 도시에서 온 모든 정보를 거대한 런던 지도 위에 점으로 표시하기 시작한 것이다. "짧은 기간 내에 커다란 샘 근처의 집에서 콜레라가 더 많이 퍼졌다는 사실을 이 의사가 초록색으로 표시한 점에서 알게 되었습니다." 의사 누리는 흥분으로 들떠서 말했다. "지도를 주의 깊게 들여다보니 어떤 골목에서는 모든 사람이 콜레라에 감염되는데 다른 골목에 있는 맥주 공장에서 일하는 작업자들에게는 아무 증상이 없었습니다. 의사들은 원인을 조사했고, 맥주 공장에서 일하는 사람들은 시청 관할 식수가 아니라 공장에서 자체적으로 끓인 물을 마셨다는 것을 알았습니다. 그래서 콜레라의 근원이 생각과는 다르게 마을의 습기 차고 더러운 공기 혹은 하수 장치, 심지어 개인이 사용하는 식수가 아니라 도시의 수도관과 수도로 공급되는 도시의 오염된 물이라는 것을 알게 되었습니다. 폐하, 그러니까 전염병학 의사는 병이 전파되는 비밀을 환자들을 검진하고 치료하며 알게 된 것이 아니라 방을 나가지도 않고 책상 앞에서 지도를 보며 발견했던 것입니다!"

"마치 셜록 홈스처럼!"이라고 궁전에서 절대 나가지 않는 압뒬하미트가 말했다.

물론 오스만 제국의 파디샤는 당시 그가 좋아하던 추리 소설의 영향으로 우리 역사에서 중요한 이 말을 한다. 그가 의미했던 바는 복잡한 문제를 현장이 아니라 사건에서 멀리 떨어져 책상 앞에서 논리로 해결할 수 있다는 것이다.

'완벽한 분'이 이 중요한 말을 하고 곧이어 시종장 타흐신 파샤가 파디샤에게 다가갔고, 동시에 한 관리가 누리에게 와 면담이 끝났다고 알려 주었다. 이렇게 해서 파디샤의 이 말은 새로운 의미를 갖게 되었다. 의사 누리는 진심에서 우러나 손을 이마에 얹고 인사를 하며 뒷걸음쳐 그곳을 나왔다. 이 만남은 오랫동안 그에게 영향을 미쳤다.

압뒬하미트가 "마치 셜록 홈스처럼!"이라고 한 말은 무엇을 의미한 것일까? 결혼 준비로 바쁘던 시기에 부마 누리와 파키제 술탄은 파디샤의 이 중요한 말에 대해 곰곰이 생각할 시간 여유가 없었다. 마베인의 소설 번역가들 중 한 명이 파키제 술탄이 편지를 쓴 언니 하티제의 남편, 그러니까 형부가 될 테니 파디샤는 세 번째 부마에게 어쩌면 농담을 했을지도 모른다.

아르카즈에서 전염병을 막고, 그곳에서 암살당한 황실 화학자의 살인범을 찾는 임무를 부여받자 부마 의사는 이 '셜록 홈스처럼'이라는 말을 여러 번 떠올렸다. 압뒬하미트는 몹시 좋아하던 본코프스키 파샤를 죽인 범인을 셜록 홈스의 방식으로 찾기를 원했을지도 모른다.

의사 누리는 '셜록 홈스처럼'이라는 말이 본코프스키 살인 사건과 관련해서만 아니라 일반적으로, 그러니까 이론적인 면에서만 아니라 실제 적용에서 어떠한 의미를 함축하는지 총독 파샤와 여러 번 논쟁할 수밖에 없었다. 논쟁의 주제는 살인범을 찾을 때 총독이 택한 길, 적용했던 '방법'이 잘못되었다는 점이었다. 총독 파샤는 라미즈를 포함해 검거한 세 명 중 한 명이 고문에 못 이겨 본코프스키 파샤를 죽였다고 자백하도록 만들었다. 몽둥이로 맞고, 펜치로 고문당하고, 수면 부족 때문에 언제 죽을지 모를 것 같았던 피의자는 대부분 사람들이 그러듯 죄를 덮어쓰고 라미즈의 명령에 따랐다는 거짓말을 용인했고, 그러면 총독이 사면해 줄 것이라고 상상했다. 하지만 총독의 특별 사면 약속이(고문관이 꾸며 낸 말을 총독은 알지도 못했다.) 없더라도 이 피의자는 얼마나 지독하게 고문을 당했던지 밤에 거리를 돌아다니며 사원 마당, 샘, 벽 아래, 영묘, 그리고 물론 문손잡이에 페스트를 옮긴 사람이 자신이라고 말할 준비까지 되어 있었다.

처음에 파키제 술탄이 언니에게 쓴 편지에는 총독을 약간 조롱하고 그의 오지랖 넓고 가식적인 태도를 비꼬고 있음에도 그 근면함과 관료다운 면, 책임감 있는 태도에 대한 존경심이 느껴졌다. 하지만 날이 갈수록 부마 의사 누리는 총독이 이스탄불에 묻지도 않은 채 제멋대로 라미즈와 부하들을 처형하고, 그리하여 셰이크 함둘라흐를 방역과 총독의 적으로 만드는 것이 두려웠다.

열강들의 영향으로 서구화된 오스만 제국의 법질서에 의하면 1901년 제국에서 행해지는 모든 사형은 이스탄불 고등 법원의 승인을 받아야 했다. 다만 여기에는 전쟁, 반란, 의사소통 문제, 시간 부족 등으로 많은 예외가 있었다. 제국 군대가 어디선가 끊임없이 전쟁을 하고 분리주의 소수민족 반란들을 계속해서 교수형으로 진압하고자 했기 때문에 총독들이 이스탄불의 승인을 기다리지 않고 본때를 보여 주기 위해 하룻밤 사이에 교수형을 시키는 것이 거의 규칙이 되어 버렸다. 어떤 총독은 이스탄불이 용인하지 않을 사형을 아무에게도 알리지 않고 한밤중에 진행하고 한 국가에 두 가지 다른 견해가 있으면 안 된다며 이스탄불 고등 법원에 승인을 강요했다. 많은 룸, 세르비아인, 아르메니아인, 불가리아인(아랍인과 쿠르드인들에게는 아직 순서가 오지 않았다.) 분리주의자와 무정부주의자와 산적의 사형이 이렇게 이스탄불의 공식 승인 없이 진행되면서 소수 민족, 인권, 사상의 자유와 법 개혁이란 말들로 압력을 가하는 영국과 프랑스 대사에게 압뒬하미트는 이 부당하고 무자비한 결정을 자신은 승인하지 않았다고 주장했다. 당장 총독을 파면하겠다고 달래기도 했다. 사실 파디샤는 그와 이스탄불에 묻지 않고 사형이 진행되는 쪽을 더 선호했다.

오스만 제국 행정 관료와 군인들은 외딴 주들에서 소수였기 때문에 사형은 감옥 뜰이나 수비대 감옥에서 조용히 신중하게 진행하고, 대중이나 중요한 사람들에게는 나중에 소식을 전했다. 하지만 지금 총독 사미 파샤는 무슬림이 섬에서 수적으로 더 많다는 데에 신이 나고 마음이 놓였는지 교수대 세 개를 주 청사 광장에 설치할 것이라고 약속했다. 많은 참관인이 섬에서 처음 교수형에 처해지는 사람이 무슬림이라는 점에 주목했다. 의사 누리는 총독이 공개 사형 집행에 영사들을 위한 특별 발코니를 설치할 계획이라는 말을 들을 때마다 어떤 핑계를 대서든 그 문제로 대화를 이끌어 잘못된 결정임을 총독에게 거듭 말했다.

"신기하군요!" 한번은 총독이 조롱하는 듯한 분위기로 답했다. "우리가 본코프스키 파샤의 살인범을 잡았다는 것을 도시 전체가 압니다. 영국 탐정 셜록 홈스의 방법에 의거해 지금 이 사람을 풀어 준다면 이후로 누가 총독의 말과 방역 규정을 심각하게 받아들이며 준수할까요?"

26장

배들에 대한 검역이 시작되기 전날 저녁, 부두에 얼마나 사람이 많았던지 이스탄불 대로에 있는 상점들은 자정까지 문을 닫지 않았다. 어떤 역사가는 인파로 인해 '민게르의 정체성'이 처음으로 형성되었다고 언급했지만 근거 없는 과장이다. 파키제 술탄이 전한 바에 따르면 이날 저녁 부두의 지배적인 분위기는 '민족의식'이 아니라 불확실성과 혼란이었다. 섬의 룸과 글을 읽고 쓸 줄 아는 무슬림들은 이제 그들이 어떤 재앙의 문턱에 와 있는지 뇌리 한편에서 깊이 인지하고 있었다.

또한 상상력이 빈약했기 때문에 두려워하지 않는 사람들도 있었다. 이십일 년간 바깥세상에 대한 환상을 품어 온 파키제 술탄에 의하면 이 사람들은 미래를 상상하고, 그에 따라 기쁨이나 실망을 느끼는 데 상대적으로 거의 재능이 없었다.

부부는 이러한 수준 높은 주제들을 논의하면서 가끔 창가로 걸어가 부두에 모인 사람들을 바라보았다. 항구와 바다로 이어지는 거리에는 섬에서 도망치려는 사람들보다 훨씬 더 많은 인파가 있었다. 다가오는 재앙의 엄청난 규모를 본 사람들은 집 안에만 머물 수 없었다.

"저 사람들을 좀 보십시오!" 누리와 집무실에서 만났을 때 총독 파샤가 외치듯이 말했다. "안타깝지만 이제 저들을 교수형에 처하는 것 말고는 달리 말을 듣게 할 방법이 없다는 강한 확신이 들었습니다!"

이날 저녁, 섬은 떠나는 사람들과 남는 사람들로 나뉘었다. 룸도 그렇고 무슬림도 그렇고 이곳에 남는 사람들이 마치 진정한 섬 사람인 것 같았다. 그 외의 사람들은 전쟁에서 후퇴해 집으로 돌아가는 사람들이었다.

총독 파샤는 부마 의사 누리와 호위병인 콜아아스를 철갑 랜도에 태워 함께 도시를 둘러보러 나갔다. 처음에는 부두에 모인 불안해하는 군중을 살피고 헤아리려는 의도에서였다.

오라와 흐리소폴리팃사 마을의 부유한 옛 룸 집안들 중 유지들, 그러니까 석재 무역으로 부자가 된 알도니 가문과 북쪽에 그들 소유의 마을이 있고 병원, 학교, 그리고 다른 자선 사업에 기여하는 미미야노스 가문도(덧문이 닫혀 있었다.) 섬을 떠났다. 랜도 마차와 그 뒤를 따르는 호위병들은 하미디예 거리에서 세관 쪽으로 꺾었다. 선박 대행사들 앞에 사람들이 줄지어 서 있고 항구와 항구로 내려가는 길은 다급해 보이는 사람들로 붐볐지만, 호텔 정원에 사람이 많았고 유럽식 커피숍에는 여전히 손님들이 앉아서 날짜 지난 신문들을 읽고 있었다. 아르카즈의 약국 세 곳 중 가장 큰 펠라고스는 손님들의 수요를 따라갈 수 없었고, 사장인 미트소스는 화난 손님들과 입씨름하고 싶지 않아 문을 닫은 상태였다. 스플렌디드 호텔과 레반트 호텔에서는 문을 지나는 모자를 쓰고 면도하지 않은 남자들과 페스를 쓴 신사들에게 여전히 소독약을 뿌리고 있었다. 마르세유 배로 이즈미르에서 들여온 담배, 초콜릿, 가구를 파는 바자르 두 이슬레 상점과 비싼 이스탄불 식당 앞에서도 소독약을 뿌리는 사람을 보았다. 뒷마을도 상황은 같았다. 누군가는 가게를 열지 않았고, 누군가는 집을 걸어 잠그고 도망친 후였다.

집에서 은둔하거나 외진 곳에 숨고 싶은 사람들은 비스킷, 병아리콩, 밀가루, 렌틸콩, 강낭콩 등 뭐든지 사다가 비축해 두기 때문에 가게 주인과 곡물 장수들은 이 상황이 불만스럽지 않았다. 총독은 많은 가게와 제빵소가 물건을 감추었고, 그러지 못한 사람들은 가격을 올렸다는 것을 알고 있었다. 랜도에 탄 사람들은 현재로서는 가격 인상을 불법이라고 할 수 없지만 얼마 지나지 않아 분명히 암거래가 시작될 거라고 말했다. 거리에 정말로 재앙의 분위기를 가져온 것은 학교 폐쇄였다. 총독은 전염병 때문에 부모를 잃은 무슬림 아이들이 늘었다는 소식도 들었다. 마부 제케리야가 모는 랜도가 가파른 비탈길을 천천히 올라가고 있을 때 누군가 피아노로 쇼팽을 연주하는 소리가 들렸다. 창밖으로 꽃을 피우고 있는 민게르 장미들, 곰팡이와 솔 냄새가 나는 담쟁이덩굴, 시클라멘이 한순간 나타났다 사라졌다.

그가 통치한 지난 오 년 동안 총독 파샤는 도시가 그토록 쓸쓸해 보이기는 처음이었다. 봄이면 오렌지나무가 꽃을 피우고, 거리에 인동덩굴, 보리수, 장미 향기가 가득 차고, 새와 벌레와 벌들이 등장하고, 갈매기들이 지붕에서 미친 듯이 짝짓기를 하던 즐겁고 활기찬 분위기 대신 정적과 불안이 자리 잡고 있었다. 일 없는 사람과 건달들이 앉아서 지나가는 사람들을 희롱하던 길모퉁이, 신사들이 웃으면서 잡담을 나누던 거리 카페, 룸 부인과 하인들이 세일러복을 입은 아이들을 산책시키던 인도, 그리고 총독이 개장한 하미디예 공원과 '파크 두 레반트'라는 이름의 유럽식 공원 두 곳에 사람이라곤 아무도 없었다. 랜도가 도시를 가로질러 천천히 전진하는 동안 세 사람은 암시장에 맞설 예방책부터 격리 시설의 안전까지 다양한 문제들에 대해 이야기를 나누었다. 부모를 잃은 아이들과 버려진 아이들이 있었고, 빈집에 도둑이 들었고, 콜아아스의 부대에 지원자가 필요했으며, 프랑스 영사가 왜 그토록 화가 났는지 아는 것은 중요한 문제였다. 모든 집을 반드시 샅샅이 점검하고, 튀르크어와 룸어로 욕설을 써 놓은 방역 광고들을 가리고, 한데 모은 쥐 사체들을 즉시 주 청사 건물 뒤에서 소각하고, 금요 예배와 인파가 많은 예배 시간 전에는 사원 뜰 입구가 아니라 사원 입구에서 소독하고, 계속해서 불만이 접수되는 무례한 방역 대원은 직무를 정지하는 것이 좋다는 데에 의견을 같이했다.

하지만 가장 큰 위험은 그날 섬에서 검역을 거치지 않고 출발할 마지막 배들 중 하나에 필사적으로 승선하려는 사람이 너무 많다는 것이었다. 오늘날 우리는 부두에 모여 겁에 질린 채 배를 기다리는 사람들의 광적인 모습이 전적으로 정당하다고 생각한다. 항생제가 아직 발견되지 않은 1901년에 페스트 전염병에 맞서 한 개인이 할 수 있는 가장 합리적인 행동은 도망치는 것이다. 한편 이 정당한 행동은 여행 대행사들의 상업적인 호들갑 때문에 이상한 심리 상태로 전도되고 있었다. 바로 '모두 스스로 목숨을 구하라!'였다. 주요 선박 회사 대표들이 영사라는 직함으로 방역 위원회에 자리를 차지했고, 오로지 자기 이익을 위해서지만 소위 인도적인 이유들로 하루 늦게 검역을 시작함으로써 사실은 더 많은 배를 띄워 더 많은 돈을 벌 시간을 확보했다. 메사주리 마리팀, 로이드, 히디비예, 러시아 운송 회사를 포함하여 크고 작은 모든 대행사가 근처 항구에 전보를 보내 섬을 떠나고 싶어 하는 사람들을 태울 추가 선박을 요청했고, 어떤 대행사들은 답변을 받기도 전에 추가 운행 계획을 알리고 표를 팔기 시작했다. 사실 선박 회사들은 배들이 페스트가 창궐한 섬에 격리되고, 이러한 뉴스와 관련해 회사 이름이 신문에 언급되는 것을 원하지 않았다.

어떤 사람들은 집에서 배가 오기를 기다렸다. 어떤 사람들은 가족 단위로 부두 한구석에 앉아 꿈쩍하지 않았다. 구입한 표를 철석같이 믿는 두 정교도 가족은 테살로니키의 친척에게 가기 위해 플리즈보스 마을과 오라 마을에 있는 집을 걸어 잠그고 여름을 보내기 위해 필요한 모든 가재도구와 가구, 매트리스, 커튼, 호두 자루를 마차에 싣고 와 항구에 내려놓았고, 운항이 '연기'되었다는 사실을 듣자 이미 잠근 집으로 되돌아가는 대신 세관 건물 옆에 총독이 새로 개장한 공원에서 기다리기 시작했다.

일부는 해안에서 약간 떨어진 곳에 정박한 배로 가는 사공들의 대기소 앞에 궤짝과 짐 가방들을 놓고 줄지어 서 있었다. 사례를 원하는 짐꾼과 사공들도 사람들을 실어 나를 배들이 잠시 후 성 뒤에서 모습을 드러낼 거라는 말로 이 사람들을 더 동요하게 만들었다. 배를 타려는 사람들 중 일부는 찻집에 앉아 기다렸고, 몇몇은 여전히 두고 온 집을 생각하며 집에 가서 찻주전자를 가져오라고 하녀를 보내기도 했다. 이 모든 혼란 중에 여행사들을 돌아다니며 표를 구하려고 드는 바보 같은 사람들도 있었다. 어떤 사람들은 절망적으로 만약을 위해 모든 회사에서 표를 샀다.

사실 부자들과 교육받은 룸들 이외에 섬의 대다수는 도망치지 않았다. 무슬림들 대부분과 페스트가 얼마나 전염성이 있는지 아는 극소수의 사람도 남아 있었다. 116년이 지난 오늘날 그 이유를 가난, 기회 부족, 무관심, 운명론, 무모함, 종교, 문화 같은 이유들로 해명하는 것이 타당할까? 우리가 이 흥미로운 현상을 '해명하기' 위해 이 책을 쓰는 것은 아니지만 섬을 떠난 무슬림들은 이스탄불과 이즈미르에 일, 집, 가족이 있는 소수의 사람들이었다. 섬사람들이 도망치지 않은 중요한 이유 중 하나는 우리가 이 책에서 사실에 근거하여 설명할 끔찍한 재앙이 다가오고 있다는 것을 몰랐으며, 상상조차 못 했기 때문이다. 곧 닥칠 재앙을 그들이 예측하지 못했기 때문에 결국 재앙이 일어났고, 역사가 구체적인 형태를 띠게 되었다.

랜도가 구시장의 좁은 골목으로 들어갔고, 그들은 고물상과 청과물 가게의 진열장들이 치워진 것을 보게 되었다. 날이 저물 무렵 타틀르수 마을에서는 아이들이 여전히 골목에서 놀고 있었다. 벡타시 테케 뒷골목에는 보리수 향기와 시체 썩는 냄새가 뒤섞여 있었다. 빈집들은 도둑이 들지 않도록 총독의 특명에 따라 골목마다 순찰대가 배치되어 있었다. 룸 중학교를 지나 부두를 향해 내려갈 때 콜아아스는 총독에게 방역 부대를 무장시키기 시작했다고 말했다. 아직 한 일이 많지 않았지만 어쨌든 총독은 수비대를 방문해 콜아아스의 군인들을 눈으로 보고 모두에게 자신이 이 새로운 부대를 얼마나 지지하는지 보여 주고 싶었다.

누군가는 상황이 더 이상 나빠지지 않고 종국에는 모든 전염병처럼 종식될 것이며, 아무도 보지 않는 곳에서 절대 바깥에 나가지 않고 한동안 앉아서 기다리면 아무 일도 일어나지 않을 거라고 자신을 납득시킬 수도 있었다. 우리는 아르카즈에서 집도, 친구도, 아는 사람도 없는데 섬의 시골 지역으로 도망쳤다가 그곳에서 페스트 환자라고 쫓겨나거나 심지어 시골에서 피난처를 찾지 않고 산, 언덕, 숲에서 로빈슨 크루소처럼 살아간 사람들이 있었다는 것을 출간된 회고록을 통해 알고 있다.

정기선 중 제시간에 도착한 바그다드가 정원 500명의 정확히 두 배 반인 1250명을 태웠다. 이후 도착한다고 공고했던 다섯 척 중 한 척도 오지 않았지만 여전히 올 거라고 말하고 있었다. 한편 어느 회사 소속인지 확실치 않은 배 한 척이 항구를 향해 다가와 해안에서 꽤 먼 바다에 닻을 내렸다. 총독의 요청으로 랜도는 하미디예 대로로 가 광장 한구석에 멈추었다. 총독은 눈을 가늘게 뜨고 마차의 작은 창문을 통해 항구의 움직임을 파악하려고 애썼다. 짐을 가득 실은 나룻배는 항구를 떠나 바다 한가운데에 떠 있는 배를 향해 빠르게 나아갔다. 나룻배는 궤짝과 승객들로 가득 차 있었다. 해안에 있는 사람들이 고함을 지르며 나룻배를 주시했다. 구경꾼들이 항의하는데도 배를 향해 가던 나룻배가 아랍 등대 옆에서 속도를 늦추며 멈췄고 파도에 흔들거리면서 기다리기 시작했다. 잠시 후 궤짝, 바구니, 짐 가방을 잔뜩 실은 마차가 성 쪽에서 허둥지둥 부두로 왔다. 소년 소녀 등 꽤 많은 아이들을 포함해 모자를 쓴 정교도 집안의 식구들, 하인들, 하녀들이 마치 페스트에 대해 지금 막 알게 된 것처럼 느긋하게 마차에서 내렸다. 한 방역 대원이 다가가 그들에게 소독약을 분사했다. 곧이어 마부와 짐꾼들이 가세하며 소동이 벌어졌다.

"의사 일리아스가 완강하게 섬을 떠나겠다고 주장하고 있어." 총독은 창밖의 광경에서 시선을 떼지 않고 말했다. "우리가 직면한 위험이 표를 구하거나 방역을 지휘하는 것 이상으로 중요하다는 점을 받아들이지 않고 있지. 폐하께서는 그가 섬을 떠나는 것을 원하지 않으시네. 일리아스는 수비대에서 나오는 것조차 두려워하고 있고요. 내일 아침 자네가 병사들의 선서식에서 그에게 용기를 불어넣어 주기 바라네."

"사실상 수적으로나 장비 면으로나 아직 통제할 준비가 되어 있지 않습니다." 콜아아스는 면목 없는 표정으로 말했다. 미숙한 방역군들을 격려하기 위해 그가 선서식을 제안하고 총독을 초대했다.

"어제 내가 보낸 차부시[56] 함디 바바[57] 있잖나?" 총독이 말했다. "그는 혼자서도 하나의 군대라네."

랜도가 도시에서 꽤 한적한 뒷골목의 좁은 비탈길로 접어들었다. 어떤 골목에는 사람이 한 명도 보이지 않았다. 그들은 방금 죽은 쥐 두 마리를 보았는데 한 마리는 정원 벽 아래에, 다른 한 마리는 먼지 많은 골목 한가운데에 있었다. 덫에 걸려 독약을 먹고 죽은 쥐들을 찾아 시에다 파는 아이들이 왜 이 쥐들을 놓쳤을까?

"이걸 어떻게 설명하시겠습니까?" 총독이 누리에게 물었다.

"쥐들과 페스트가 새로 힘을 얻어 돌아온다면 어떻게 될지 알 수 없습니다!"

그들은 텅 빈 거리를 지나 주 청사로 돌아왔다. 부두에서의 논쟁은 자정까지 계속되었다. 의사와 파키제 술탄은 손님 숙소에 있는 방에서, 총독은 집무실에서 마지막 배로 향하는 나룻배들이 부두를 떠날 때마다 여기저기서 일어나는 싸움과 사공들의 고함과 욕설을 쉽게 들을 수 있었다. 표를 산 몇몇 분노한 사람들은 배가 오지 않는 로이드의 대행사 직원들을 공격하고, 싸우고, 책임을 묻기 시작했다. 직원들 중 한 명이 구타를 당하고 테살로니키의 엣셀 상점에서 새로 산 안경이 깨진 후에야 헌병들이 사건 현장에 도착했다.

이 섬을 가장 자주 오가고 벽 곳곳에 먼 세계의 이국적인 흑백 사진들이 걸린 선박 회사 메사주리 마리팀 매표소에서도 소동이 일어났다. 대행사 주인이자 야심 있는 상인이며 동시에 프랑스 영사인 아르카즈의 옛 룸 가족 일원인 무슈 안돈이 용감하게 현장으

56 오스만 제국에서 상등병보다 높고 하사보다 낮은 계급.

57 '바바'는 아버지를 뜻하며 은유적으로 아버지 같은 사람, 어르신, 경험이 많은 사람, 나이 든 좋은 남자라는 의미로도 쓰인다.

로 가서 화가 나서 안절부절못하는 룸 무리에게 말했다. 그가 프랑스어로 한 말은 이랬다. "배는 오는 중입니다. 주 당국에서 정박 허가를 내주지 않고 있소!" 궤짝과 상자들을 들고 크레타, 테살로니키, 이즈미르, 이스탄불로 도망치는 상상을 하며 이틀을 보낸 가족들이 경험한 정신적 붕괴를 여기서 설명하기는 힘들다. 전날 문을 걸어 잠그고서 덧문들에 못을 박고 나온 집으로 한밤중에 되돌아가는 것을 아무도 원하지 않았다. 게다가 섬을 떠난다고 생각했기 때문에 아무런 준비도 되어 있지 않은 상태였다. 다른 사람들이 하듯이 쥐들이 닿지 못할 찬장이나 그 밖의 곳에 비스킷, 국수, 마카로니, 말린 송어, 염장한 정어리들을 채우지 않았다.

읽고 쓸 줄 모르는 가난한 사람들은 상대적으로 평온한 날들이었는데 아무것도 인지하지 못했거나 공포와 죽음을 충분히 느끼지 못했기 때문이었다. 이러한 이유로 섬에서 가장 부유하고 재력과 토지를 소유한 가족들의(대부분 이곳 땅들을 집사들에게 맡기고 주로 이스탄불과 이즈미르에서 머무는) 슬픔에 우리가 이렇게 관심을 보이는 것을 비난하지 않았으면 한다. 그날 밤 부두에서 절망하고 아침 무렵 슬픔에 잠겨 집으로 돌아간 가족들 중 따지기 좋아하는 판기리스네와 시피로풀로스네가 가족 대부분을 잃었고 키프로스 출신인 파로스네도 몇 명이 전염병으로 죽었다.

총독이 표를 판 여객선의 입항을 허가하지 않는다는 주장은 얼마 지나지 않아 지연된 배들이 항구에 들어올 수 있도록 방역 조치를 하루 연기했다는 소문으로 바뀌었다. 이 무렵 사람들 사이에 궤짝도 바구니도 없고 허름한 옷에 표도 없어 승객처럼 보이지 않는 조용한 남자가 혼자 서서 구경하다 세관과 마차들이 기다리는 곳 사이의 바닥에 앉더니 나중에는 두통으로 곧 쓰러질 것처럼 보이자 주위에 소란이 일었다. 등불이 어두워서 제대로 보이지 않았다.

군중 사이에서 돌아다니던 툴룸바즈들이 환자 곁으로 뛰어왔고, 사람들은 잠시 흩어졌다. 어떤 사람들은 도시에 페스트를 가져오고 밤마다 죽은 쥐들을 가져다 놓는 남자가 잡혀서 구타를 당한다고 생각하며 구경하러 달려왔다.

총독은 일부 열성적인 사람들이 이스탄불 대로의 제누프 찻집에 모여 마지막 배가 도착할 때까지 방역을 연기하도록 요구하는 탄원서를 썼고, 이를 명문가, 여행사 대표들, 영사들, 그리고 마지막으로 섬을 떠나고 싶어 하는 모든 사람에게 한밤중에 서명을 받아 주 청사로 걸어와 자신만 아니라 부마 의사에게 직접 전하려는 계획을 세웠다는 사실을 알고 툴룸바즈들을 보내 지독한 냄새가 나는 리졸을 뿌려 해산시켰다. 이후 이 사건에서 우두머리 역할을 했던 자신만만한 청년과 그 삼촌을 체포해 성의 지하 감옥에 가두었다.

11시경 어느 정도 이 사건의 영향을 받아 부두에서의 소란은 더 격렬해졌고 모든 사람이 기뻐할 일이 생겼다. 공식적으로 허가를 받은 메사주리 마리팀 회사의 마지막 배인 페르세폴리스가 성 앞 먼바다에서 모습을 드러냈다. 부두에서 배를 확연하게 보는 것은 불가능했다. 모두가 상자, 궤짝, 가족에게 뛰어갔다. 오래지 않아 라자르 십장의 첫 번째 나룻배가 승객과 짐들을 싣고 출발했다. 섬을 떠나려는 사람들이 두 번째 나룻배로 우르르 몰려가자 세관 경비병, 헌병, 툴룸바즈와 시끄럽고 집요한 사람들 사이에 엎치락뒤치락하며 싸움이 났다. 하지만 곧 라자르 십장의 두 번째 나룻배도 부두를 떠나 깜깜한 어둠 속으로 사라졌다.

섬뜩한 외로움의 순간이었다. 부두에 있는 500명쯤 되는 사람들은 마지막 배가 갔고 페스트와 섬에 홀로 남게 되었다는 것을 명백하게 감지했다. 몇몇 가족은 자신들이 꾸며 낸 소문을 믿으며 다시 배가 오기를 아침까지 기다렸다. 다른 가족들은 밤의 어둠 속에 집으로 돌아가기는 무척 어려울 터라 아침까지 기다렸다. 하지만 대부분 사람들은 어둠 속에서 물건들을 마차에 실었고, 마차를 구하지 못한 사람들은 걸어서 조용히 집으로 돌아갔다.(흥미롭게도 그날 밤 아무도 손에 자루를 들고 도시에서 쥐와 페스트를 퍼뜨리고 다니는 남자와 마주치지 않았다.) 5월 초였지만 춥고 소름이 돋는 공포스러운 밤이었다. 텅 빈 집들에서 바람이 휘파람 소리를 냈다.

27장

메사주리 마리팀 소속인 페르세폴리스가 자정이 지나 섬을 떠나면서 뱃고동을 두 번 울렸고, 그 슬프고 음울한 소리가 민게르의 바위산에서 메아리쳤다. 그즈음 총독 파샤는 여전히 집무실에서 교도소장, 정보국장과 함께 사형 선고를 받은 살인범 집단의 처형에 대해 자세한 내용을 논의하고 있었다. 특히 라미즈를 이스탄불의 승인 없이 교수형에 처하는 것은 장차 더 큰 정치적 문제를 야기할 수 있어 쉽게 결정을 내리지 못했다. 교도소장과 정보국장은 투즐라 마을에 사는 도둑 샤키르가 세 번의 사형 집행을 하나하나 수행하는 데 동의했지만, 전적으로 믿을 수 없고 항상 술에 취해 있으며, 정해진 시간에 교도소에 오지 않을지 모르고, 심지어 돈을 선불로 요구한다는 점을 다시 한번 지적했다.

"그러면 내일 성으로 불러서 저녁에 날이 어두워지기 전에 안으로 들여요! 자정이 지나면 와인을 주시오. 그가 어느 술집에서 와인을 산다고 합니까?"

그때 페르세폴리스의 뱃고동 소리가 들렸고, 셋 모두 항구가 내다보이는 창문으로 걸어갔다. 불빛이 희미하게 보였지만 배가 섬을 떠났다는 것은 확실했고, 더 나아가 그 무게가 느껴졌다.

"이제 우리는 페스트와 홀로 남게 되었소!" 총독 사미 파샤가 말했다. "내일 아침에 계속하지요."

회의에 참석한 사람들은 파샤의 이 갑작스러운 결정을 예상했기 때문에 논의하던 주제를 서둘러 마음에서 지우고 집무실의 가스등을 켜 둔 채 문을 잠갔다. 총독은 힘든 시기에 주 청사와 그의 집무실에 아침까지 불이 꺼지지 않으면 창문을 쳐다보는 사람들에게 정부가 항상 깨어 있다는 인상을 주고 암살자도 그를 찾지 못할 거라고 생각했다.

섬에 있지만 부두로 내려가지 않은 다른 많은 사람처럼 파키제 술탄과 의사 누리도 페르세폴리스의 뱃고동 소리를 듣고 객실 창문으로 갔다. 그리고 많은 사람이 죽음의 냄새와 버림받은 느낌, 묘한 후회 속에 바라보던 장면을 낭만적인 감정으로 바라보았다. 사방은 어두웠고 유일하게 성만 보였다. 파키제 술탄은 밤의 벨벳 같은 어둠 속에서 멀어지는 페르세폴리스의 불빛이 남편과 처음으로 정말 단둘이 되었다는 신호처럼 보였다. 모든 의사처럼 손, 목, 팔을 계속해서 소독제로 소독하기 때문에 의사 누리는 자신이 '전염된' 사람이라고 생각하지 않았다. 역사학자의 정확성을 중시하는 시선으로 그날 밤 이 부부가 행복하게 사랑을 나누었다는 것을 조심스럽게 말하고자 한다.

아침 무렵 누리는 침대에서 일어나 옷을 입으며 한편으로는 달콤한 잠에 빠진 아내를 바라보고 다른 한편으로는 뒷말하는 사람들이 옳다고, 비상 시기에 으레 그러듯 총독 파샤가 이스탄불의 고등 법원으로부터 인준이 오기 전에 라미즈와 두 사람을 사형시킬 것이라고 생각했다.

그는 야간 보초병들의 존경 어린 시선을 느끼며 계단을 내려가 본능적으로 안뜰을 향했다. 사형수들은 대부분 공공건물 안뜰에서 처형되었다. 그곳에는 아무도 없었다. 얼마 전까지 부엌 철창에 묶여 밤마다 짖어 대던 무시무시한 양치기 개는 페스트가 발병한 후 사라져 버렸다.

어둠 속에는 그림자 하나도 없었다. 기둥과 돔 아래를 걷는 자신이 유령처럼 느껴졌다. 천천히 광장을 돌 때 매 순간 누군가와 우연히 마주칠 거라고 생각했지만 밤은 이차원의 어두운 방 같았다. 아무리 발걸음을 내디뎌도 어두운 상자에서 나갈 수 없었지만 때로는 나무 그림자가, 때로는 빛바랜 색이 옆에서 조용히 스쳐 지나갔다. 그는 방역 안내문들과 셔터가 내려진 상점 앞을 지나 사잇길로 들어갔고, 페스트가 창궐한 도시의 끝없이 펼쳐진 골목을 어둠 속에서 오랫동안 걸었다.

마을마다 개 떼가 그를 맞이했다. 마을의 중심부로 접근했을 때는 미친 듯이 짖어 댔다. 하지만 한 마리도 숨을 헐떡이거나 낮게 으르렁거리는 소리가 들릴 만큼 가까이 다가오지 않았다. 가끔 좁은 골목으로 들어가거나 비탈길을 내려갈 때면 바다 쪽에서 흘러나온 해초 냄새를 맡고 갈매기들의 울음소리를 듣고는 본능적으로 왼쪽으로 돌아 장미 향기에 둘러싸인 비탈길을 올라갔다. 그는 정원 안쪽에서 웃으며 룸어로 속삭이는 남녀의 목소리를 들었다. 또 부엉이가 보이지 않는 구름을 향해 한동안 우는 소리를 들었는데 잠시 후에는 어쩐지 그의 발소리조차 더 이상 들을 수 없었다. 바닥에 모래를 뿌려 놓은 이곳은 무슨 길이지? 계단을 내려가 민게르 호텔 옆을 지나갔고, 다시 길을 잃고 말았다. 어두운 석조 가옥의 닫힌 덧문이 앞에 나타나자 그는 거리가 아니라 정원을 걷고 있는 것을 알았다. 멀리에서 폭포 소리처럼 개구리 울음소리가 들리는 곳을 향해 걸었고, 꽤 가까워지자 개구리들이 하나하나 물속으로 뛰어들었다. 하지만 어둠 속에서 연못의 반짝거림도 서늘함도 알아보지 못했다.

한번은 도둑이라고 생각했던 누군가의 소리를 듣고 구석으로 물러났는데 사방이 짙은 석탄색 안개처럼 덮인 어둠 속에서 아무도 볼 수 없었다. 주 청사 광장을 향해 비탈길을 올라간다고 생각했지만 광장에서 멀어지고 있다는 것을 알았고, 이렇게 해서 아내 곁으로 돌아가는 시간이 늦어졌다.

아침에 의사 누리는 아내에게 사형 집행이 걱정되어 밤에 주 청사 광장으로 나갔다고 말했다.

"숙부는 자신이 벌주고 유배 보낸 적들이 유능하고 충직한 총독들의 결정과 의지에 따라 처형되는 것을 선호하지요. 최소한 자신은 절대 사형 선고를 내리지 않아요, 특히 무슬림에게는. 아주 교활하고 신중하지요."

파키제 술탄은 이후 남편으로부터 어두운 아르카즈 뒷골목에서 길을 잃었던 그 형이상학적인 경험에 대해 들었고, 그날 책상에 앉자마자 새 종이에 '페스트의 밤'이라는 제목 아래 자신이 들은 것들을 또박또박 썼다. 그들은 마지막 배가 항구를 떠났기 때문에 새로운 편지가 이스탄불에 있는 하티제 언니에게 금세 전달되지 않을 거라는 이야기를 주고받았다.

"왜 그런지 자세히 쓰고 싶어요" 파키제 술탄은 남편에게 말했다. "다 말해 줘요!"

잠시 후 사무관이 전염병학 지도 위에 전날 죽은 여덟 명을 초록색 펜으로 표시할 때 총독은 부마 의사에게 일리아스가 콜아아스와 함께 충성 선서식에 참석하기 위해 수비대에서 머물렀다고 말했다. 그는 콜아아스가 근면하고 능력이 있으며 기강이 잘 잡힌 사람이라고 칭찬하고는 그가 제이넵과 결혼하는 것은 섬을 위해 아주 잘된 일이라고 덧붙였다.

전날 사망한 여덟 명은 모두 총독이 아는 사람들이었다. 와크프에서 일하는 사무관으로 전염병이 시작되면 시골로 가겠다고 말했던 이 직원은 시골로 돌아가지 않고 가족과 함께 치테에 있는 저택에서 문을 걸어 잠갔다. 어제 두 명이 죽은 그 집은 비우고 소독했다. 타쉬 마데니 마을의 대장장이와 투룬츨라르 마을의 모든 사람이 좋아하던 수다쟁이 이발사 자임이 병원에도 오지 못하고 집에서 죽었다. 총독은 어제 하미디예 병원으로 이송된 늙은 부부, 죽어가며 남겨진 자식들을 위해 울던 나이 든 어머니, 테오도로풀로스 병원 정원에서 아침에 발견된 시신 한 구, 페탈리스에서 일하는 식당 종업원의 사망 소식을 들었다. 종업원의 죽음은 의사들 사이에서 페스트가 음식으로 전염되는지에 대한 논쟁에 다시 불을 붙였다. 사실 수박, 멜론, 과일, 야채를 금지하는 것은 페스트가 아니라 콜레라에 맞선 예방 조치였다.

"일리아스는 페스트가 음식을 통해 전염되지 않을 것이라고 고인이 되신 본코프스키 파샤처럼 자주 말합니다." 누리가 말했다. "수비대에서 만나면 그에게 물어보지요."

"지도에 나온 상황을 어떻게 생각하십니까?" 총독이 물었다.

"방역 조치들에 대한 결과를 얻기는 아직 이릅니다."

"이르다니 다행이군요! 그렇지 않았다면 조치들이 전혀 소용이 없다는 결론을 내려야 했을 테니까요!"

"파샤, 조치들을 무용하게 만드는 것은 그것들을 심각하게 받아들이지 않는 사람들입니다. 결국 자신들이 죽는데 말입니다."

"옳은 말이오!" 총독은 순간적으로 영감이 폭발하여 말했다. "하지만 우리는 죽지 않을 겁니다! 콜아아스의 방역 부대는 강하고 결단력 있고 유능한 사람들이라는 말을 계속 듣고 있습니다."

랜도에 탈 때 총독 파샤는 마부 제케리야에게 비탈길인 코푼야가 아니라 해안을 따라 천천히 가라고 말했다. 생앙투안 교회 옆으로 마리카의 집 뒤뜰과(덧문이 열려 있는 모습이 멋졌다!) 닭장이 있는 벽을 따라 해안까지 돌고 돌며 천천히 내려갔다. 말발굽 소리, 바퀴들이 삐걱거리는 소리, 마차가 내리막길에서 빠르게 내려가지 않도록 마구를 잡아당기면서 "워워." 하는 제케리야의 목소리를 빼면 주위는 쥐 죽은 듯이 고요했다. 총독은 갈매기와 까마귀 소리조차 들리지 않는 것을 문득 알아차렸다. 정적은 술집과 호텔 사이로 보이는 바다의 색조차 바래게 만든 듯했다.

"모두 마리팀의 마지막 배로 떠난 것 같군요, 섬에 아무도 남아 있지 않아요!"

총독은 아이 같은 슬픔에 잠겨 말했다. 얼굴에 부마 의사가 사랑스럽다고 여기던 순진한 표정이 나타났다.

호텔과 식당들이 있는 길이 끝나자 랜도는 길 오른쪽 가파른 절벽을 따라 나아갔다. 아래에 있는 바다가 얼마나 가깝고 하얗게 보이던지! 총독 파샤는 오라 마을이 바다와 만나는 해안을 따라 북쪽을 향해 구불구불 오르락내리락하는 이 길을 가장 좋아했다. 만 구석구석을 따라 완만하게 이어지는 양쪽에 야자수 나무들이 늘어선 길은 파샤에게 언제나 평온한 느낌을 주었다. 부유한 사람들의 장미 정원에서 풍기는 향기, 모래사장에 새로 생긴 해수욕장, 푸른 줄무늬 차양이 있는 간이 점포, 작은 부두, 장미 벌꿀 농장을 좋아했다. 최근에 부자들이 집을 건축할 때도 유심히 지켜보았다.

"내가 여기 처음 부임했을 때 오래된 무슬림 집안의 유지들과 하미디예 광장 주변에 사는 부유한 무슬림들에게 몇 번이나 말했답니다. '당신들도 룸들처럼 하시오. 카디를레르에서 시작해 북쪽으로 향하는 해안을 따라 주택과 여름 별장과 저택을 지어 가족과 함께 그곳으로 이사해요. 도시의 미래는 바닷가를 따라 양쪽 해안에서 커지고 있소. 이곳 구도시에, 오래된 사원들 주변에 몰려 살지 마시오!' 어쩌면 내가 '룸들처럼 하시오!'라고 말했기 때문에 오기를 부려 말을 듣지 않았을 수도 있지요. 하루에 다섯 번 기도하는 어르신들은 쾨르 메흐메트 사원이나 다른 오래된 사원 가까이에 살고 싶다더군! 그래서 사람들이 떠난 타쉬 부두와 광산 회사들의 사무실과 노동자 숙소는 기생충 같은 인간들과 거미들의 온상이 되었지요. 이후 크레타 이주자들이 와서 그곳에 정착했어요. 처음에는 크레타 출신의 가난한 이주자들과 실직한 청년들이 정착하기를 고백하건대 나도 원하고 장려했습니다. 그곳에서 몸을 피할 뿐 아니라 주변에 활기를 가져다줄 것으로 생각했지요. 하지만 나중에 그들은 빈둥거리고 못된 짓을 꾸미고 룸들을 상대로 복수하고 도둑질을 했지요. 지금 전염병을 핑계 삼아 그들을 그곳에서 쫓아내기 위해서는 온 마을을 불태워야 합니다. 불가능한 일입니다. 광산 회사 본부 건물은 가장 품질 좋은 민게르석으로 지었기 때문에 절대 불에 타지 않습니다……. 하지만 나는 지금 불태우고 싶소. 사실 당신에게 섬의 멋진 해안 도로를 알려 주려고 했는데……."

텅 빈 해변을 지나자 다시 오르막길이 시작되었다. 왼쪽에는 총독 파샤가 항상 존경하던, 심지어 선망해 마지않던 부유한 룸 가족들의 잘 가꾼 저택들이 자리한 플리즈보스 마을이 있었다. 성 건축에서 영향을 받은 처마가 있는 지붕, 뾰족한 탑, 옥상 테라스가 텅 비고 끝이 없는 동지중해를 마주하는 이런 곳에서 매일 아침 해가 바다에서 솟아오르는 모습은 정말 환상적이었다. 총독 파샤는 서구화된 부유한 가족들 중 몇몇을 알았고, 가끔 궁전 같은 저택에서 열리는 파티에 초대받았다. 심지어 그는 특별 초대를 제외하고 무슬림들은 전혀 들르지 않는 서클 뒤 르방[58] 클럽의 도박을 눈감아 주었을 뿐 아니라 그 설립을 돕기까지 했다. 하지만 새해 무렵 개최하는 톰볼라[59] 게임과 복권 추첨에서 무슬림 마을들을 공격한 파블로나성의 지하 감옥에 갇힌 그리스 민족주의자들을 위해 돈을 모은다는 소식이 들리면 클럽에서 이 일을 주도한 바자르 두 이슬레 상점 주인의 속물 아들을 상점에서 세관을 통하지 않은 물건들을 판매한다는 핑계로 구속해 최악의 감방에 넣고 고문받는 사람들의 비명을 들려주며 며칠 동안 굴욕을 맛보게 했다. 이렇게 해서 서클 뒤 르방 클럽을 폐쇄하거나 외교 전보를 칠 필요도 없이 톰볼라 수입으로 무정부주의자 무리를 지원하는 것은 끝이 났다. 정보국장 마즈하르 베이는 정치적으로 물의를 일으키지 않고 이러한 유의 말썽꾼들을 입막음하는 방법을 잘 알았다.

마차가 멋진 단텔라 마을 근처 해안의 만을 따라 천천히 나아갈 때 총독 파샤는 수비대 부근 언덕에 있는 작고 하얀 집과 땅을 보았다. 모든 일에서 물러나면, 그러니까 압뒬하미트가 그를 해임하면 이스탄불이 아니라 이곳에 정착해 민게르 장미를 키우고, 아래쪽 작은 만에 배를 대는 룸 어부들과 어울리며 살고 싶었다.

랜도 창문으로 보이는 안개 낀 바다에서 수평선이 사라져 총독에게는 섬이 마치 모든 세상으로부터 떨어져 철저히 혼자인 것처럼 느껴졌다. 정적과 햇빛은 외로움과 어떤 묘한 허무함을 불러일으켰다. 의사 누리가 더위를 막기 위해 가죽 차광막을 내린 오른쪽 창문으로 시끄럽고 신경질적인 벌 한 마리가 들어와 맞은편 창문에 부딪혀 격분하자 두 남자는 당황했다. 결국 들어왔던 창문으로

58 Circle du Levant. '레반트 클럽'이라는 의미.

59 자루 안에 든 나무나 돌로 만든 숫자들을 추첨해 각자 가지고 있는 종이에 쓰인 숫자들과 맞추는 행운 게임. 빙고와 유사하다.

벌이 다시 나갈 때까지 두 남자가 너무 소란을 피우는 바람에 불안해진 마부 제케리야는 속도를 늦추었다.

"벌이었네, 제케리야. 나갔어, 못된 놈. 수비대로 말을 몰게!" 총독 파샤가 말했다.

마차는 타쉴르크만과 수비대를 연결하는 포석이 깔린 좁은 비탈길을 천천히 오르기 시작했다. 거칠게 다듬은 민게르 대리석 도로에 부딪혀 말발굽과 바퀴가 금속성 소리를 냈다. 수비대에서 만으로 이어지는 이 길은 어느 날 섬에서 오스만 제국에 대항하는 게릴라전이 시작되면 이스탄불 군대가 성에 들르지 않고 수비대에 빨리 도달하기 위해 육십 년 전에 만들어졌지만 이 목적으로는 한 번도 사용되지 않았다. 짙은 녹음이 우거진 비탈에 몇몇 부유한 사람들의 영지와 오래된 대저택들이 보였다. 그들은 정원에 있는 나무들에서 뻗어 나가는, 고슴도치들이 뛰어다니는 초록색 가지와 가시투성이에 뾰족하고 이상한 잎사귀들을 바라보았고 까불거리는 앵무새와 아름다운 목소리로 이따금 지저귀는 수줍은 새들의 소리에 귀를 기울였다. 그리고 그늘이 드리운 시원한 언덕의 촉촉하고 맑은 공기를 깊이 들이마셨다.

"마부, 멈추게나. 멈춰!" 총독은 창밖으로 녹음이 우거진 회색의 정원을 보다가 갑자기 소리쳤다.

마차가 오르막길에서 뒤로 조금 미끄러지며 멈췄다. 여느 때처럼 총독은 문의 잠금장치를 풀지 않고 기다렸다. 마부 제케리야 옆에서 내린 경비병이 문을 열자 총독이 가리킨 곳에서 늘어진 버드나무 가지들 사이로 그들을 바라보고 있는 빛바랜 옷에 검은 머리의 두 아이가 보였다.

아이들 중 한 명이 분노에 가득 차 그들을 향해 돌을 던지자 나머지 한 명이 하지 말라는 듯 그 아이를 저지하려고 했다. 잠시 후

둘 다 순식간에 도망쳐 눈앞에서 사라졌다. 꿈속에서처럼 아무런 소리도 들리지 않았다. 어쩌면 그 아이들은 환영일지도 몰랐다.

총독은 경비병들에게 아이들을 쫓아가라고 말했다. "버려진 집에 도둑이 들어 약탈했을 겁니다!" 그는 마차에 다시 타면서 말했다. "저들은 도시 밖에서, 시골에서 이곳으로 온다고 합니다. 그 도둑과 건달들을 일일이 감시하고 기강을 잡기는 사실 불가능합니다."

"일리아스가 있었더라면 본코프스키 파샤가 이 문제에 대해 뭐라고 했는지 말해 줄 텐데요."

"당신이 보기에 일리아스가 지나치게 두려워하는 것 같지 않습니까?"

수비대 사령관인 에디르네 출신의 메흐메트 파샤는 충성 선서식에 참석할 손님들을 위해 작은 환영식을 준비했다. 5부대 소속 아랍 군인들 중에서 선발한 마흔 명의 부대원이 총독 파샤에게 경례를 하며 지나갔다. 총독과 손님들은 뒤를 이어 작년에 압뒬하미트의 즉위 25주년을 맞아 스물다섯 발의 공포탄을 쏘아 올린 포병대의 지휘관 사드리 차부시를 방문했다. "필요하면 100발을 쏠 수 있는 충분한 화약이 있습니다!" 차부시는 총독에게 자랑스레 말했다. 그 후 그들은 수비대 사령관이 대접을 하기 위해 꼼꼼하게 준비시킨 테이블에 앉았다. 주 청사가 발간하는 신문《하와디시 아르카타》이외에 여전히 발간되고 있는《네즈미 제지레》와《네오 니시》와《아데카토스 아르카디》최신호들이 위에 놓여 있었다. 의사 일리아스도 진한 초록색 프록코트를 입고 한쪽에 서 있었다.

"오늘 아침 지도를 검토할 때 당신의 의견을 듣지 못했소! 사망자가 늘어나고, 무슬림 마을 전체와 룸 마을 절반이 전염된 상태입니다. 이것들을 먹어도 됩니까?"

일리아스는 한 사병이 수비대에 있는 크고 오래된 오디나무에서 딴 검은 오디가 가득 든 커다란 그릇을 테이블에 놓는 것을 보았다. 옆에는 오븐에서 방금 꺼낸 민게르의 유명한 호두와 장미가 든 스콘이 놓여 있었다.

"절 믿으십시오, 파샤." 일리아스가 쾌활하게 말했다. "제가 먹은 후에 드십시오. 오디는 모르겠지만 장미가 들어간 스콘들은 오븐에서 방금 나왔습니다."

갑자기 시끄럽게 고함치는 소리가 들렸다. 동시에 회색 말이 전속력으로 달리며 빠르게 지나갔다. 충성 선서식을 준비하던 두 군인이 말을 쫓으면서 총독과 고위 관리들을 보고 부끄러워하며 서툴게 경례를 했다. 더위 때문에 답답했던 총독은 말을 보기 위해 자리에서 일어났다. 그는 가까이에서 선서식을 준비하는 콜아아스의 새 방역 부대 병사들을 보고 기분이 좋아져 커피를 기다리지 않고 그들을 향해 걸어갔다. 경비병, 사무관, 그리고 선서식에 온 장교들이 총독 사미 파샤의 뒤를 따랐다.

지난 이틀 동안 콜아아스는 사병 열일곱 명을 더 뽑았다. 이 사병 선발에서 가장 중요한 '고문'은 함디 바바였다. 콧수염과 턱수염이 있는 그의 나이는 아무도 확실히 몰랐다. 함디 바바는 군 복무 후 제대를 하지 않았고, 읽고 쓰는 것이 자유롭지 않았음에도 오스만 제국 군대의 중간 계급이었으며, 많은 전장에서 싸웠다. 민게르 출신이기 때문에 최종적으로 섬 수비대에 배치되었고, 이곳에서 계속 근무했다. 모든 아랍인부터 룸까지, 민게르어를 하는 섬 사람부터 튀르크어를 하는 가족과 관리들까지 함디 바바는 그들에게 다정하고 예의 바르게 말하고 누구든 무슨 일을 하도록 설득할 수 있는 사람이었다.

총독 파샤는 그가 과장된 몸짓으로 병사들을 이끌고 네 명씩 정렬시키는 모습을 엄숙하게 지켜보았다. 함디 바바는 먼저 그가 어린 시절을 보낸 바이으를라르와 컬레렌레르 마을의 믿고 좋아하는 사람들 사이에서 선금을 받는 '자원자'를 찾았다. 그러니까 방역 부대는 모든 민게르 역사가가 지적했듯이 집에서 민게르어를 사용하는 사람들 중에 선발되었다. 하지만 일반적인 오해와는 달리 이것은 처음에 콜아아스의 결정이 아니었다.

삼 일째 콜아아스는 병사들을 '훈련'하기 위해 오후에 수비대로 오고 있었다. 그는 실제 군사 훈련보다 방역 규칙을 지키고, 사람들을 온건하게 대하고, 방호복을 입고, 소독을 확실히 하고, 의사들의 말에 귀를 기울여야 한다고 가르쳤으며 근본적으로는 항상 지휘관에게 복종해야 한다고 생각했다. 한번은 부마 의사도 훈련장에 가 군인들과 만났고, 이후 이들과 콜아아스와 함께 카디를레르와 유카르 투룬츨라르 마을로 갔다. 그들은 방역선과 새로운 규칙에 맞서 공개적으로 전쟁에 나선 두 가정을 성공적으로 단념시켰다. 임신한 부인과 함께 매장되고 싶어 하는 젊은 남편이 조장한 작은 반란을 좋은 말과 '파디샤가 이렇게 명령했다.'라는 은근한 위협을 통해 제압하기도 했다.

총독에 따르면 콜아아스는 '방역 부대'를 아주 잘 선발했고, 단기간에 잘 훈련시켰다. 이 새로운 병사들은 전염병이 가장 많이 전파된 거리의 분위기, 분노한 사람들, 말을 듣는 사람과 듣지 않는 사람 모두를 하나하나 다 알고 있었다. 지난 이틀 동안 무슬림들, 특히 문맹인 무슬림들로 하여금 방역 규칙을 따르도록 설득한 것은 대부분 그들의 노력 덕분이었다.(하지만 아직 아주 적은 수였다.) 마을 책임자나 사방에 있는 정보원들이 어느 집에 환자가 있는지 알려 오면 먼저 함디 바바가 현장으로 갔다. 군복을 입었지만 그들처럼 콧수염을 기르고 그들의 말을 하는 이들을 보고 사람들은 방역 규정을 따르기 시작했다.

총독 파샤는 콜아아스가 닷새 만에 병사들과 선서식을 이만큼 성공적으로 준비한 것을 보고 마음이 벅차올라 그들에게 연설을 하고 싶은 생각이 들었다. 오스만 제국 군대는 이슬람의 칼이지만 이번에는 그 칼이 이교도의 머리를 자르기 위해서가 아니라 페스트 악마를 죽이기 위한 훨씬 더 신성하고 인간적인 목적으로 쓰일 것이라고 그는 말했다.

하늘은 파랗고 하얀 구름이 가득했다. 총독 파샤가 병사들에게 전염되지 않도록 조심하라고, 그들의 지휘관은 매우 뛰어난 군인이라고 이야기하고 있는데 정보국장인 마즈하르 에펜디가 다가와 무례하게 그의 귀에 대고 속삭였다. 모든 사람이 총독의 말을 중단시킬 만큼 중요한 일이 생겼다는 것을 알아채고 숨을 죽였다.

"의사 일리아스가 병에 걸렸습니다, 파샤." 마즈하르 에펜디가 총독에게 속삭이듯 말했다.

병이 수비대에 다다랐다면 이제 통제는 불가능했다. 총독은 연설을 계속하고 싶었지만 머리는 새로운 전개 상황을 고려하는 데에 몰두하고 있었다. 일리아스가 도시에 있는 병원에서 병을 옮아 이곳에 가져왔을지도 모른다. 그를 수비대로 데려온 것은 실수였다. 하지만 또 총독 파샤는 이상한 죄책감을 느끼며 그의 랜도가 전염병을 옮겨 왔을 수도 있다고 생각했다. 어쨌든 그는 연설을 계속하고 자신을 바라보는 병사들에게 세상의 초석인 파디샤의 군대에서 군인으로 복무하는 것이 왜 가장 커다란 행운이며 행복인지 설명하기 시작했다. 그러면서 생각했다. '그런데 의사 일리아스가 페스트로 죽는다니 말이 안 돼, 조금 전만 해도 내 바로 뒤에 있지 않았던가?'

28장

조금 전 의사 일리아스는 수비대 내부인 데다 총독 뒤편 군중 사이에 있다는 안도감으로 자애로운 미소를 지으며 진행 상황을 구경했다. 그러면서 호주머니에 재빨리 넣어 둔 따스한 민게르 스콘을 먹고 있었다. 하지만 지금은 100미터 떨어진 수비대의 초라한 객실 침대에 누워 견딜 수 없는 고통 속에 몸부림치고 있었다. 너무나 끔찍한 복통 때문에 혼미한데도 정신을 잃지는 않았다. 총독이 지휘하는 광경을 보고 싶어 처음에는 온 힘을 다해 메스꺼움을 견디려 했지만 황급히 방으로 들어가 침대에 몸을 던지자마자 토하기 시작했다. 마치 그가 아니라 다른 사람이 구토를 하는 것처럼 느껴졌다. 아침 식사 때 먹은 것들이 노랗고 하얀 알갱이가 되어 입 밖으로 쏟아졌다.

잠시 후 배를 후벼 파는 듯한 고통을 느끼며 설사를 하기 시작했다. 천장이 높은 복도에서 화장실을 찾았다. 고통으로 정신이 멍한 상태에서 방으로 돌아올 때 하마터면 넘어질 뻔했다. 군인이 그를 알아보고 데려다주었다. 곧 방문 앞에 몇몇 사람이 모여들었다. 일리아스는 이제 그들이 자신을 페스트를 가져온, 악마를 끌어들인 사람으로 여긴다는 것을 알았고, 심지어 그도 무슨 병인지 확신할 수가 없었다.

오한이 시작될 때 눈앞에 우물에 빠진 자기 모습이 떠올랐다. 수비대의 의사가 조심스럽게 그의 셔츠 단추를 풀려고 애썼다. 숙소에 도착한 부마 의사 누리는 일리아스의 얼굴이 푸른색을 띠는 납빛으로 변한 것을 보았고, 이 병이 페스트가 아닌 다른 무엇일 수도 있겠다고 생각했다. 페스트 환자처럼 떨고 계속해서 구토를 하고 일종의 '섬망' 상태에 가까워지는 듯했지만 이 증상들은 페스트에서 나중 단계에 나타났다. 누리는 목과 겨드랑이에 가래톳이 있는지 확인했다. 일리아스가 구토를 멈추지 않아 역한 냄새가 나는 입 안을 볼 수가 없었다. 페스트는 공기 중에 있는 알갱이들로 쉽게 전염될 수 있었다.

환자가 무슨 말인가를 하고 싶어 했지만 입에서는 명확한 단어들 대신 이상한 소리가 흘러나왔다. 의사 누리는 그의 말을 이해하기 위해 고통에 가득 찬 눈을 들여다보았다. 잠시 후 일리아스가 호주머니에서 꺼낸 스콘 조각을 보고 갑자기 모든 것을 이해하게 되었다.

의사 누리는 방에서 뛰쳐나와 의식을 위해 준비한 탁자로 뛰어갔다.

장교들, 사무관들, 수비대 사령관이 테이블에 다시 앉으려는 참이었다. 수비대에서 페스트가 발생한 것을 감출 필요가 있다고 빠르게 결정한 총독 파샤가 누구도 경솔한 행동을 하지 말고 모두 조금 전에 앉았던 테이블로 돌아가라고 단호한 목소리로 명령했기 때문이다. 콜아아스는 병사들을 철수시켰다. 총독은 모범을 보이기 위해 먼저 테이블에 앉았다. 모두들 불안한 모습이었지만 그와 함께 자리에 앉았다. 주방에서 일하는 숙련된 병사 한 명이 주둥이가 긴 놋쇠 커피 주전자로 먼저 총독과 다른 사람들에게 향기로운 커피를 대접하는 동안 수비대 사령관의 부관이 호두와 장미가 들어간 스콘 하나를 먹기 시작했다.

"멈춰요, 독이 들었습니다!" 그때 의사 누리가 소리쳤다. "아무것도 먹지 마십시오, 마시지도 마세요. 커피와 스콘에 독이 들어 있습니다." 그는 가쁜 숨을 몰아쉬며 말했다.

이후 진행한 분석에서 커피는 향기로운 예멘산이고, 물은 아르카즈 바로 북쪽에 있는 샘물에서 가져온 아주 깨끗한 것이었음이 밝혀졌다.

호두와 장미가 들어간 스콘에 대해 말하자면 독은 민간에서 쥐풀이라고 알려진 식물로 만든, 비소가 첨가된 쥐약이라는 결론을 직관적으로 내렸다. 1901년 오스만 제국의 이 먼 지방에서 누가 비소에 중독되었는지를 혈액이나 위액을 통해 밝힐 실험실은 물론 없었다. 하지만 최근 오십 년 동안 민게르섬에서 많은 사람이 쥐약에 중독되어 죽었기 때문에 옛날부터 내려오는 방법은 가장 사적인 기억만큼이나 사람들에게 친숙했다.

정보국장과 의사 니코스는 수비대 사령관 메흐메트 파샤의 당번병이 손님 숙소에서 약간 떨어진 플라타너스에 사슬로 묶어 둔 사나운 양치기 개에게 스콘을 던진 다음 개가 몇 분이 안 되어 죽는 것을 지켜보았다.

이상한 분노와 죽음에 대한 공포에 휩싸인 수비대 사령관 메흐메트 파샤는 오랫동안 없애고 싶었던 시끄럽고 제멋대로인 이 개만 아니라 조금 전 전속력으로 달려 사병을 죽일 뻔한 밤색 말에게도 스콘을 먹였다. 하지만 말이 앞다리가 무게를 지탱하지 못해 쓰러지더니 발버둥치면서 바닥을 뒹굴며 죽어 가는 모습을 차마 보지 못하고 도망쳤다. 독자들에게 수비대 사령관의 목적은 동물에 대한 적의가 아니라(물론 그가 동물의 친구라고 말할 수도 없다.) 단지 섬의 모든 고위직을 향한 독살 음모의 심각성을 측정하기 위한 것이었음을 말해 두어야 하겠다. 민게르 스콘 반죽의 절반이 쥐풀 가루였다. 밀가루와 비슷한 쥐풀 가루를 어떤 약초상에서는 밀가루처럼 자루에 넣어 팔며, 이는 밀가루처럼 냄새가 없고 특별한 맛도 없는 독이다.

하지만 오스만 제국에서 19세기의 비소 독살 사건들 중 어떤 것도 급성으로(즉 단번에 쓰러뜨려 죽이기에 충분한 양), 민게르 수비대의 이 사건처럼 충격적이고 정치적으로 무모하게, 심지어 발칙하게 계획된 명백한 공격 형태는 없었다. 총독부터 방역부장까지, 부마 의사부터 수비대 사령관까지 섬의 모든 핵심 고위 행정가 그룹이 목표였다. 물론 그들도 똑같이 갚아 주었다.

수비대 주방에서 일하는 군인 여덟 명과 그 지휘관은 곧장 체포되었다. 주로 장교들을 위해 봉사하고 그날 테이블을 준비한 사병 다섯 명과 수비대 급양 담당관과 그의 두 부하는 이후에 구속되었다. 총독은 계급이 높은 사람들은 성에 있는 감옥에, 주방에서 일하는 사병들은 수비대에서 취조와 고문을 진행하는 남쪽에 따로 감금했다. 새로 온 병사들의 주의를 끌지 않기 위해 메흐메트 파샤는 죄수용의 폐쇄된 마차가 아니라 수비대 제빵소에서 빵과 스콘을 배달하는 마차로 이들을 이송했다. 빵 배달용 마차를 소독하는 광경과 방역 대원의 인상적인 모습은 모든 사람에게 이 취사병이 페스트를 가져와서 수비대에 감금되었다는 잘못된 인상을 주었다. 페스트 환자들을 죄인처럼 대하고, 전염된 사람들을 성의 감옥과 붙어 있는 격리소에 감금하듯 가두는 것도 이러한 오해와 느낌이 확산되는 데 일조했다.

총독이 통치하고 통제해야 하는 섬에서 이스탄불이 보낸 특권층 인물들을 파리처럼 죽일 수 있다는 것은 단지 오스만 제국과 방역 노력에 맞서는 것만 아니라 당연히 그를 겨냥한 도전 행위였다. 하지만 사미 파샤는 반격으로 답하는 대신 의사 일리아스의 독살 시도를 민게르 사람들에게 숨기기로 결정했다. 방역부장에게 필요하다면 이스탄불에 보내는 전보에서 감염자 수를 한 명 더 추가하라고 말했다. 게다가 일리아스는 가끔 정신이 혼미해져 이스탄불에 있는 아내에 대해 헛소리를 하고 페스트 환자들처럼 오한에 떨다 지쳐 침묵에 빠져들었지만 아직 죽지 않았다.

역사학자들은 한 시간 뒤 주 청사에서 진행된 회의에서 총독과 부마 의사 사이에 오갔던 방법에 관한 논쟁이 사실은 매우 중요한 철학적, 정치적 패러독스의 원인이 되었다는 것을 파키제 술탄의 편지들이 출간되면 알게 될 터였다. 총독과 부마 의사는 압뒬하미트의 영향을 받아 '셜록 홈스 방식'이라고 불리는 세부적인 것에서 사실에 도달하는(귀납법) 방법과 처음부터 심오하고 포괄적인 정치 논리로 범인을 추측해 그에 적합한 세부적인 것들을 찾는(연역법) 방법을 이 회의에서 한 번 더 비교했다.

"주방에서 대놓고 스콘 반죽에 쥐약을 들이부은 거지요. 범인이 누구인지 확실합니다……. 그 독을 누가 줬는지 알아내는 데는 나의 지능도 이스탄불에 있는 고매한 파디샤의 셜록 홈스의 도움도 필요하지 않소. 검사와 사무관이 오늘 오후에 수비대 감옥에서 취사병들의 진술을 하나하나 들을 겁니다. 정보국장과 검사가 곧 그리스 민족주의 패거리들을 술술 불게 할 거요."

"파샤, 저는 이 일이 한 사람의 소행이라고 확신합니다." 의사 누리가 말했다. "한 사람을 찾기 위해 열다섯 명을 고문하는 것이 과연 옳을까요?"

"어차피 우리는 고문을 하지 않습니다. 고문에 대한 두려움만으로 그들 모두가 말을 하기 시작했답니다. 우리가 묻지 않은 것까지 이야기하고 있지요. 당신의 셜록 홈스가 이렇게 빨리 결과를 도출해 낼 수 있었을까요?"

섬에서 도둑질이나 조직범죄 혐의가 발생하면 성의 감옥에서 조사가 진행되었고, 용의자들은 발바닥을 맞는 고문을 당했다. 발바닥 살이 뜯겨 나가는 사람들의 비명을 성의 남쪽에서도 들을 수 있었다. 수비대에서는 오스만 제국 군인들을 매복 공격하려 한 그리스 민족주의자와 게릴라들에게 같은 방법을 사용했다. 총독은 군인들이 교도관과 검사보다 더 관대하다는 것을 알기 때문에 정보국장을 보내 수비대에서 조사를 진행하는 사람들과 합류하도록 했다. 정보국장은 발바닥을 맞아 기절한 용의자들의 이성을 혼란하게 만들고 앞뒤가 맞지 않는 말들로 질책하며 무릎을 꿇게 할 질문을 하는 데 아주 능숙했다. 총독은 그에게 요리사와 주방 보조들 중 이 일을 한 사람이 누구인지 확실히 밝혀지기 전에는 수비대를 이탈하지 말라고 명령했다.

하지만 발바닥을 맞고 몇몇은 펜치로 발톱이 뽑혔는데도 취사병들은 신빙성 있는 정보를 내놓지 않았다. 발바닥을 맞은 어느 누구도 충분히 설득력 있게 "네, 봤습니다. 호두와 장미 향이 나는 밀가루에 대머리 라심이 쥐약을 섞었어요!"라는 말을 하지 못했다. 왜냐하면 수비대에서 심문하는 장교가 그들이 말한 것들을 주방에서 보여 달라고 할 것이었기 때문이다. 그러니까 거짓말을 해서 고문을 피하기는 힘들었다. 비소가 든 독이 쥐약이라는 것도 아직은 증명된 바가 아니었다. 총독 파샤는 수비대에서 진행되는 고문을 동반한 심문에서 아무런 결론이 나지 않아 화가 났지만 절망하지 않았다. 스콘들은 그날 아침 수비대 부엌에서 준비하고 구웠다. 이 일의 배후에 성의 감옥에 가둔 급식장이나 늙은 종업원들 중 한 명이 관련되어 있다는 의미다.

이렇게 해서 총독 파샤는 야간에 감옥을 한 번 더 방문하기로 결정하고 교도소장 사드렛틴 에펜디에게 전갈을 보냈다. 그는 이스탄불에 다시 전보를 보내 의사와 보급품을 실은 구호선을 보내달라고 요청했다. 이날 정오 충성 선서식 다음에 방역군이 성의 격리소에 가둔 4인 가족에 대한 항변서는 여러 단계를 거쳐 그에게 왔다. 총독은 이 항변서를 무시했다.

이후 총독은 한동안 전염병과 관련 없는 평범한 업무에 매달렸다. 로이드 대행사의 부영사가 "우리 집 체리와 딸기"라며 세관을 통하지 않고 해안가 집으로 가져간 바구니에 스물다섯 자루의 리볼버가 들었다는 고발장을 읽고 정보부장에게 되돌려 보냈다. 이스탄불에서(아마도 하렘에서) 민게르섬 토종인 초록색 점이 있는 수다쟁이 앵무새 한 쌍을 잡아 궁으로 보내라는 명령이 내려왔다. 남쪽에 폭우로 붕괴된 마비아카 다리 보수를 위해 충당금을 마련해야 했다. 잇따른 고발들로 촉발되어 최근 몇 달간 점점 더 악화된 또 다른 문제는 주 청사 주방의 비리였다. 총독 파샤는 관리들이 함께 앉아 뒷말을 하지 않도록 점심 식사를 각 부서장에게 일임했다. 공문서국장은 사무관들과, 와크프 관리부장은 직원들과, 전신 담당관은 부하들과 각자 사무실에서 점심을 먹었다. 주 청사는 그들에게 비용과 식재료를 제공했다. 하지만 부서장들은 특히 이스탄불에서 봉급이 오지 않은 시기에 보급품 중 일부를 집으로 가져갔고, 심지어 정보국장 마즈하르 에펜디는 뻔뻔하게 렌틸콩과 강낭콩을 주 청사 음식 저장고에서 마구 가져다 자기 집 음식 저장고를 채웠다. 영국 영사인 무슈 조지가 이 출혈을 막기 위해 우호적으로 제안한 타블도트[60] 시스템은(이스탄불에서도 몇몇 병영에

60 여러 사람이 함께하는 공동 식사, 정식.

적용되기 시작했다.) 안타깝게도 전염병 확산을 더욱 악화시키고 부서장들을 화나게 만들 테니 지금 시행하는 것은 옳지 않을 듯했다. 뒷배가 든든한 몇몇 관리들은 오로지 점심을 먹기 위해 주 청사에 오기도 했다.

총독은 감옥에서 있을 저녁 점호를 생각했다. 정보국장 마즈하르가 수비대에서 돌아와 그가 계획한 방문에 대해 설명했다. 저녁 때 라미즈를 포함해 본코프스키 암살 사건의 범인인 세 도둑을 처형하기 위해 본보기 삼아 세 개의 교수대를 나란히 설치할 것이라고 말했다. 극악한 세 놈을 처형할 사람은 샤키르만으로 충분했지만 이는 문제를 일으킬 수도 있었다. 사형 집행인이 차례로 사형을 집행하기 때문에 시간이 오래 걸렸다.

29장

날이 어두워진 직후 총독은 주 청사 광장에 정말로 교수대가 설치되어 있는 것을 창문으로 보고 이해하기 힘든 충동에 이끌려 마리카의 집으로 걸어갔다. 매번 그러했듯이 여인의 검은 눈과 가느다란 코를 보자 정치적이고 행정적인 고민들을 잠시나마 잊고 행복해졌다. 마리카는 첫 번째로 의사 일리아스가 수비대에서 페스트에 걸렸다는 소문을 전했다. 이는 본코프스키 파샤가 섬에 전염병을 가져왔다는 또 다른 증거였다.

"의사 일리아스는 페스트에 걸려서가 아니라 두려움 때문에 수비대에 숨어 있는 겁니다."

마리카는 외국 영사들의 압력에도 불구하고 파디샤가 라미즈의 교수형을 막을 거라고 했다.

"세상에! 어떻게 그런 생각을 하지?"

"룸들만 아니라 무슬림들도 제이넵이 감옥에 있는 라미즈를 기다리지 않을 거라 믿고 있어요. 파샤, 파디샤의 딸 경호병이 제이넵과 사랑에 빠진 게 맞나요?"

"맞아요!"

마차도 경호병도 없이 벨벳 같은 어둠 속에서 주 청사로 다시 걸어서 돌아올 때 야간 보초병이 총독을 알아보지 못하고 멈춰 세웠다. 총독은 어둠 속에서 교수대들을 한 번 더 쳐다보았다.

공문서 담당 사무관이 그날 밤에 도착한 전보 세 통을 암호 해독 담당자에게 해독시킨 후 파샤의 책상에 놓아두었다. 첫 번째 전보는 본코프스키 살인 사건 용의자들의 처형을 이스탄불이 승인할 때까지 보류하라는 내용이었다. 두 번째 전보는 파샤가 아침에 보낸 전보에 대한 답장이었다. 보급선 쉬한단이 곧 출발할 거라고 했다. 세 번째 전보에서는 본코프스키 파샤 살인범들이 후회하고 자백하면 고매한 파디샤가 그들을 용서할 수도 있다고 밝히면서 이 결정의 근거가 될 정보와 타당한 이유를 요구했다. 총독은 이 세 통의 전보에 전혀 놀라지 않았다. 그는 한동안 책상 앞에 앉아 멀리 성의 불빛을 바라보았다.

총독은 반대자들과 신문 기자들을 침묵시키고 위협하기 위해 구타, 구속, 감금으로 겁을 줄 뿐 아니라 이들에게 예전의 삶으로 돌아갈 수 있다는 여지를 남기며 사무관과 지인들을 통해 선물과 협력을 제안했다.(총독은 병 주고 약 주는 이러한 접근을 압뒬하미트로부터 배운 '자비로운' 교활함이라고 믿었다.) 그는 한밤중에 몰래 감옥에 가서 죄인에게 협력을 제안하는 것을 특히 좋아했다. 깊은 인상을 주는 이 행동은 구속 상태의 절망적인 사람을 누그러뜨릴 수 있었다. 파샤는 이스탄불에서 특정 죄수를 석방하라는 압력이 커질 때 주로 이러한 방문을 감행했다.

교도소장이 보고를 하기 위해 주 청사를 찾았다. 그들은 철갑 랜도를 타고 성으로 갈 때 교도소의 상황에 대해 이야기를 나누었다. 민게르 감옥이라고 알려진 아르카즈성 교도소는 실상 오스만 제국에 있는 피잔, 시놉, 로도스성 감옥 다음으로 정치인과 지식인들이 가장 두려워하는 곳이었다. 조건이 오스만 제국의 다른 교도소보다 훨씬 나빴다. 평범한 도둑과 흉포한 살인자, 오명을 쓴 불행한 사람, 가장 뻔뻔한 사기꾼이 함께 지내는 감방은 가장 순진한 죄수조차 얼마 지나지 않아 온갖 범죄를 배워 의욕적으로 실행에 옮기고 싶어 하는 일종의 범죄 학교 같았다.

다른 많은 오스만 제국의 개혁주의 정치인들처럼 총독도 교도소에 특별한 관심이 있었다. 교도소 감독관인 은퇴한 미르리와[61] 휘세인 파샤가 섬에 왔을 때 총독과 교도소장은 그와 한동안 '교도소 개혁'에 대해 이야기를 나누었다. 해이한 감방 생활, 느슨한 행정, 제멋대로인 죄수들을 빨리 찾아내 제압할 확실한 방법은 무엇인가? 감방 문의 개구부를 조금 더 위쪽으로 뚫을 수 있을까, 집단 감방 체제를 일인 감방 체제로 전환할 수 있을까?

간수들의 비리는 교도소의 또 다른 수치였다. 어떤 간수는 순진한 죄인이 입소할 때 양도한 물건이나 돈을 찬탈하고, 어떤 간수는 눈독 들인 죄수에게서 정기적으로 돈을 빼돌리고, 심지어 사면이나 평온한 감방 생활을 약속하며 '선물'을 받았다. 부유하고 힘 있는 죄수는 감방장, 교도소장, 교도관을 뇌물로 매수하여 밤과 하루 대부분을 자기 집에서 보내며 교도소에는 가끔 한 번씩 들렀다. 총독 파샤는 빵을 훔친 가난한 죄수가 습기 찬 지하 감옥에서 썩고 있을 때 더 큰 죄를 저지른 거물이 거리에서 활보하는 것은 정의를 훼손하는 일이라고 말했다. 이런 상황에서 이미 알더라도 삶의 진실을 상기하는 임무를 맡은 공문서 담당 파이크 베이는 파샤에게 교도관들이 다섯 달 동안 월급을 받지 못했는데 자기 집에서 형을 사는 지주 엠룰라흐가 많은 교도관에게 금전적 도움을 주고 있으며, 항구 쪽 감방 창문도 달아 주었고, 교도소에 올 때마다 토기 주

61 오스만 제국에서 준장이나 소장 계급의 명칭.

전자에 가득 든 올리브유, 말린 무화과, 달걀을 시골에서 가져와 나누어 주었으며 정문 근처의 무너진 벽을 수하들을 시켜 그의 돈으로 수리했다고 다시 말해 주었다.

"최소한 하미디예 대로가 붐빌 때는 거느리고 있는 사람들과 함께 나가지 말라고 해요! 다들 그가 감옥에 있다고 생각하니까!"

자정이 지나 총독 파샤와 교도소장이 탄 랜도가 해안으로 내려가다가 소박한 룸 가족과 마주쳤다. 등에 물건을 짊어진 아버지는 칠흑 같은 어둠 속에서 총독 파샤의 목소리를 듣고 그가 누구인지 알아차렸다. 그는 이상하게 감성적인 태도를 나타내며 병에 걸린 사람이 집을 방문했다고 초보 수준의 튀르크어로 천천히 말했다. 파샤는 아이들 중 한 명이 열이 나고 아프다는 것을 알 수 있었다. 하지만 페스트인지, 아니면 어떤 다른 병인지는 몰랐다. 남자의 아내가 울기 시작했다. 가족이 어둠 속으로 사라진 후 마차는 비탈길을 내려갔다. 한때 예니체리[62]들이 경영하던 상점, 마구 제조상, 가죽 제품 판매상, 안장 가게, 식당이 즐비하던 좁고 구불구불한 골목을 지났다. 그곳은 여느 때처럼 파샤에게 성문을 들어가는 모든 사람이 느끼는 어떤 웅장하고 비밀스럽고 아주 오래된 장소로 들어가는 느낌을 불러일으켰다.

교도소로 가기 전에 파샤는 페스트에 걸렸다고 의심되는 사람들을 격리한 마당을 보고 싶었다. 격리 구역은 벽, 총안, 그리고 다양한 세기에 건축된 여러 구조물로 된 성의 북동쪽에 자리 잡고 있으며, 항구를 내다보는 반은 개방되고 반은 폐쇄된 공간이었다. 만의 맞은편 도시에서는 격리소에 있는 사람들이 보였다. 수 세기 동안 감옥으로 사용된 남동쪽의 베네치아와 비잔틴 시대 건축물들,

62 오스만 제국 술탄의 상비군이며 1826년까지 정예 부대로 활약했다.

그리고 습기 찬 지하 감방들로 유명한 베네치아 탑으로부터 멀리 떨어진 격리 구역은 남쪽 경계를 따라 쾨르 메흐메트 파샤 시기에 건축된 예니체리 병영과 접해 있었다. 총독 파샤는 주 청사의 집무실 의자에 앉아서 만을 가로질러 성의 가장 우아한 구조물인 창문들과 격리 중 답답해서 바닷가 바위에 앉아 기다리는 사람들을 볼 수 있었다. 지금은 한밤중에 같은 곳을 반대쪽에서 가까이 바라보고 있었다.

격리소의 사람들 절반 이상이 무슬림 마을에서 왔다. 누군가가 집에서 죽었고, 그래서 전염되었을 가능성이 있는 사람들이었다. 대부분은 집과 가족들로부터 강제로 떼어 놓았기 때문에 화가 나 있었다. 하지만 방역의 필요성을 이성적으로 받아들이려고 애쓰는 중이었다. 방역을 시작한 지 닷새 만에 모두 서른일곱 명을 격리했다. 교도소장은 이 '감염 의심자'들이 처음에는 그들이 처한 상황에 몹시 분노했지만 얼마 지나지 않아 진정되었다고 설명했다. 그들에게 성 감옥의 죄수들한테 배급하는 음식을 주고 있었지만 교도소장은 총독에게 추가 비용을 요구했다.

총독은 병영 2층으로 올라갈 때 텅 빈 층계참에서 항구의 존재, 그리고 바다의 어둠과 냉기를 느꼈다. 이 성은 모두에게 류머티즘을 앓게 만들었다. 시놉 출신의 유명한 말더듬이 시인 사임은 이곳 베네치아 탑에서 두 달간 옥살이를 하며 압뒬하미트를 풍자하는 시를 쓸 때 류머티즘 때문에 얼이 나갔다. 교도소장은 침대가 충분하지 않아 감염 의심자들 대부분이 매트리스들을 함께 쓰고 있다고 설명했다. 십오 일 전 간수 바이람의 시신이 발견된 후 총독만 아니라 교도소장 역시 병이 성으로 전염될 가능성을 걱정했고 두려움에 휩싸여 예방 조치를 취하려고 애썼다.

성 구석구석에는 쥐덫을 설치했다. 교도소장이 지속적으로 보고했듯이 쥐덫에 걸린 쥐들은 집게로 집어 시청으로 가져갔다. 하지만 성에서는 도시에서 페스트에 감염된 쥐들처럼 입과 코에서 피를 흘리며 죽는 경우는 전혀 발견되지 않았다. 쇠고랑을 찬 살인범이 감방에서 열에 들떠 헛소리를 하고 가끔 토했지만 같은 감방에 있는 다른 죄수는 병에 걸리지 않은 듯했다. 파샤는 이 뻔뻔한 살인자가 사실은 페스트에 걸리지 않았으며, 그런 척한다고 강하게 추측하고 있었다. 교도소장은 이런 놈은 사실상 아프지 않다고 자백할 때까지 발바닥을 때려야 한다고 생각했지만 그 역시 이 형벌을 내리는 동안 간수들이 감염되는 것을 염려했다. 사실 총독 파샤는 최종적인 해결책으로 이 흉포한 살인자가 전염병으로 죽으면 "감옥에 페스트가 창궐했다."라는 소문이 퍼지지 않도록 아무도 몰래 한밤중에 시체를 바다에 던져 없애는 것이라고 생각했다. 혹시 페스트가 시체를 먹는 상어까지 죽일까?

그들은 십자군이 건축한 성의 첫 번째 성벽과 베네치아인들이 건축한 두 번째 성벽 사이의 넓은 뜰을 가로질러 걸어가 자신들의 발소리를 들으며 옆문을 통해 교도소 안으로 들어갔다.

파샤는 먼저 건달과 중죄인들이 갇힌 두 번째 감방으로 갔다. 그곳에는 하즈 배 반란 사건 재판에서 선고를 받고 형을 사는 아버지와 아들이 수감되어 있었다. 파샤는 어둠을 들여다볼 수 있기나 한 것처럼 문 위쪽 창으로 안을 힐끗 보고는 그곳을 떠났다. 총독은 그들이 교도소에 있는 동안 무언가 안 좋은 일이 생길까 봐 걱정했기 때문에 일찍 석방할 구실을 찾고 있었다.

가끔 교도소장이 건방진 감방장에 대해 많은 불만을 표시하면 인내심이 바닥 난 총독은 본보기 삼아 그 감방장을 벌하게 했고, 그러면 교도관들이 그를 때렸다. 명령이 어디에서 내려왔는지 죄수가 안다면 오스만 제국은 나라를 통치할 수 없었을 것이다! 매질을 하기로 결정이 내려지면 죄수를 한때 성에서 십자군과 베네치아인들이 식당, 무기 저장고, 숙소로 사용하던 감방에서 데리고 나와 남서쪽 벽을 따라 바위 절벽에 있는 바다를 내려다보는 감옥탑의 추운 감방들 중 하나에 넣었다. 베네치아 탑으로도 알려진 이 두꺼운 벽으로 된 높은 건물은 원래 베네치아인들이 감시탑으로 세웠는데 170년 후 감옥으로 사용되기 시작했고, 400년이 지나 더 큰 감옥이 된 이 최초의 씨앗은 지금 오스만 제국에서 여전히 같은 용도로 사용되었다. 이 탑에 갇힌 건강한 죄수들, 특히 탑 아래층의 작은 감방들에 있는 죄수들은 대부분이 곧 병에 걸렸고, 더 나이 들고 아프고 지친 죄수들은 보통 일이 년이 안 되어 죽었다. 비교적 좋은 방 하나는 좁은 뜰을 향하고 있었다. 이 감방에서 종일 쥐, 바퀴벌레, 모기의 공격을 받고 그와 함께 죽어 가는 다른 존재들에 둘러싸여 죄수는 저녁 해가 질 무렵 마치 갤리선의 노예처럼 손은 쇠사슬에 묶이고 발에는 쇠고랑을 찬 채 거닐러 나온 수감자들을 보면서 자기 상황이 더 나빠질 수 있다고 생각하며 반성하기도 했다.

총독 사미 파샤는《네오 니시》의 주필인 마놀리스가 수감된 감방으로 통하는 어두침침한 계단참에 발을 디뎠다. 파샤의 방문을 기다리던 관리가 심문이 계속되고 있으며 죄수가 지쳐 잠이 들었다고 말했다. 파샤는 그들에게 하즈 배 반란 사건을 연상시키는 글을 누가 쓰도록 했는지 무슨 희생을 치르더라도 알아내라고 명령했었다. 파샤는 그 사람 혹은 사람들이 동시에 본코프스키 파샤를 죽인 살인자를 부추긴 사람 혹은 사람들이라고 믿었다. 하지만 그는 이 추측들을 관련 없는 세부적인 것들을 근거로 살인자를 찾을 수 있다고 생각하는 몽상가 의사 누리와 공유하지는 않았다. 파샤는 룸 신문 기자를 고문하도록 시킨 사람이 누구인지 누리가 아는 것을 원하지 않았다. 파샤는 오스만 제국 최고위층은 추잡한 일들을 계급 낮은 사람들에게 시키고 일어난 모든 일을 모른 척하면서 그들이 실제보다 더 서구적인 척 가장하는 것을 혐오했다. 종종 윗선 어딘가의 명령에 따라 추잡한 일을 하는 사람들은 그 명령이 원래는 이 나라 최고 권력으로부터 내려졌다는 것을 부인했다. 하지만 이 말을 그도 진심으로 믿었다. 압뒬하미트는 형을 폐위하고 그가 왕위에 오르는 데에 가장 공이 많으며 관료 중 가장 뛰어난, 서구화된 총리대신이자 총독 미트하트 파샤를 먼저 타이프[63] 감옥으로 유배 보내고 나중에 감옥에서 교살했다. 하지만 이 일을 얼마나 철저하게 했던지 누가 일을 계획했는지 알 수 없었다. 총독 파샤는 개혁주의자이며 의회주의자인 미트하트 에펜디를 선망하지만 압뒬하미트가 그를 암살했다는 것을 도무지 믿지 못하는 순진하고 멍청한 오스만 제국 관료를 많이 보았다.

마놀리스 이외에 총독 파샤가 당장 두들겨 패는 것을 원하지 않는 친그리스 범죄 조직, 범죄 용의자, 신문 기자 등 다른 죄수들도 있었다. 교도소장은 파블리 베이에 대해 총독에게 상기시켰다. 도시에 페스트가 창궐했다는 거짓 소문을 냈다는 이유로 탑에 가둔 후 잊고 있었다. 사실 완전히 잊은 것은 아니었지만 사건이 얼마나 빠르게 진행되었던지 파샤는 어떻게 해야 할지 몰랐다.

철문이 시끄러운 소리를 내며 열리자 간수 두 명이 손에 램프를 들고 들어왔다.

"파샤, 파샤……." 짚으로 만든 매트리스에서 일어나 앉으며 신문 기자가 말했다. "정말로 전염병이 있습니다!"

"예, 파블리 씨, 그것 때문에 왔습니다. 당신이 맞더군요, 방역

63 사우디아라비아 서부에 있는 도시.

절차를 시작했습니다."

"늦었습니다, 파샤! 병원에도 전염되었고, 곧 우리는 모두 여기서 죽을 겁니다!"

"비관적으로 생각하지 마시오! 정부가 해결책을 찾을 겁니다."

"파샤께서는 페스트가 창궐했다는 말을 했다는 이유로 저를 감옥에 넣었습니다. 하지만 지금 사람들이 전염병 때문에 죽고 있습니다."

총독은 신문 기자에게 사실을 썼기 때문이 아니라 그의 말을 듣지 않았기 때문에 수감되었다는 점을 먼저 상기시켰다. 그리고 거칠게 말을 이었다.

"전염병 기사가 옳았다는 이유로 당장 풀어 줄 거라고는 생각하지 말게! 재판을 통해 반역죄로 심판할 수도 있네. 이를 막으려면 자네가 정보국장 마즈하르 에펜디를 도와줘야 하네."

"우리는 항상 주와 파디샤를 가장 많이 돕고 잘되기를 기도하는 사람들입니다."

"메노야만, 데프테로스산에 자리 잡은 범죄 집단 하랄람보가 아르카즈의 지원을 받는다는 사실을 아네, 분명히 말하건대 그들과 거리를 두게."

"그들은 산에 있고, 저는 아무런 관련이 없습니다……."

"아닐세, 아르카즈에 친구들이 있고 머물 곳과 보호해 주는 사람들이 있네. 파블리 베이, 우린 모든 것을 알고 있다네. 하랄람보가 종종 아르카즈에 오고, 호라 마을에서 머문다더군. 이 모든 것이 내 귀에 들어오고 있어."

"저는 모릅니다, 파샤."

신문 기자 파블리는 알아도 말하지 못하겠습니다라는 눈길로 파샤를 쳐다보았다.

총독은 급작스레 감방을 나가더니 다음 날 아침 사무관들에게 마놀리스만 아니라 이'놈'을 석방하라는 공문을 교도소에 써 보내라고 지시했다. 그런 다음 교도소장을 따라 라미즈와 그 친구들이 감금된 구역으로 향했다.

파샤는 발걸음 소리를 들으며 판석을 가로질러 계단을 올라갈 때 자정이 지나 성문, 마당으로 통하는 문, 교도소 건물 출입문이 열리고 닫히는 소리를 들은 죄수들이 예기치 않은 방문의 이유(안뜰에서 새로운 사형 집행 혹은 발바닥을 때리는 형벌로 끝이 나는 감방 수색 등)에 대해 궁금해하고 있다는 것을 주위의 정적을 통해 알 수 있었다. 그는 뒤따르는 사무관이 들고 있는 램프의 검은 그림자가 교도소의 판석과 벽에 그림자를 드리우는 모습을 보는 것을 좋아했다.

라미즈는 총독의 방문에 대비하고 있었다. 오후에 그는 사무국에 있는 방으로 불려 가 야채를 채운 숭어와 빵을 대접받았다. 관리자들은 총독이 방문했을 때 호의적으로 행동하고 그의 신임을 얻으면 죄를 덜 수 있을 거라며, 이스탄불의 승인을 기다리지 않고 주 청사 광장에 교수대가 설치되었다는 것을 알려 주고는 좀 더 좋은 감방으로 돌려보냈다.

총독은 야간 방문 시 항상 그랬던 것처럼 라미즈가 머무는 감방에 성큼성큼 들어가 미리 생각해 두었던 말을 편하게 전했다.

"나만 아니라 너에게 판결을 내린 사법 위원회는 네가 유죄라고 생각한다. 하지만 페스트의 재앙에 맞서려면 갈등이 아니라 용서와 복종이 필요하지. 이러한 이유로 지금 내 질문에 정직하고 명예롭게 답하고, 죄를 자백하고, 진심 어린 후회를 글로 써 증명하면 이스탄불 당국은 네가 아르카즈에 두 번 다시 발을 들이지 않는다는 조건하에 너를 석방하라고 명령할 것이다."

라미즈는 사흘 동안 간헐적으로 행해진 고문과 춥고 습기 찬 감방에서 잠을 이루지 못해 극도로 피로했다. 하지만 총독은 그의 눈에서 생명의 빛을 보았다. 그것은 부당한 처사에 대한 분노였을까, 아니면 어디 높은 곳에 믿는 구석이 있었던 것일까? 총독 파샤는 라미즈에게 하랄람보, 그리스 영사, 그리고 판탈레온사 배들이 무기를 들여왔다는 소문에 대해 자세하게 많은 질문을 했다. 하즈 배 반란을 영국인들이 부추겼다는 사실이 밝혀졌다고도 주장했다. 이스탄불 당국이 파디샤의 적들에게 그에 상응하는 벌을 내릴 거라고도 말했다. 군인들이 북쪽 마을에서 룸 범죄 집단과 전쟁을 한다고 거들먹거리지 말 것이며, 간수의 딸 제이넵을 그냥 놔두라고 경고했다. 총독 파샤는 그녀가 콜아아스와 결혼하는 것이 섬 전체를 위해 더 좋으며 '그녀가' 콜아아스를 좋아한다고 솔직하게 말했다.

"그게 사실이라면 난 죽겠습니다!"

라미즈는 바닥을 바라보며 말했다. 사실 그는 콜아아스보다 더 잘생긴 남자였다.

총독 파샤는 이 말에 화가 나고 실망해서 감방을 나왔고 다음 날 아침 라미즈와 두 부하를 군용 나룻배에 태워 반나절을 간 후 섬의 북쪽에 있는 만에 풀어 주었다. 라미즈를 비호할 영사가 없기 때문에 총독은 이러한 석방이 적합하다고 생각했다. 그리고 후회와 자백의 증거로 급히 휘갈겨 쓴 반쪽짜리 종이에 서명하게 했다……. 아르카즈에 다시는 돌아오지 않는다는 조건으로 라미즈를 석방했지만 양쪽 다 이 약속이 지켜지지 않으리라는 것을 알고 있었다.

30장

부마 의사 누리, 의사 니코스, 그리고 룸 의사 둘이 해독제를 찾아 독을 토하게 하려 애썼지만 소용없었다. 피를 토한 후 의사 일리아스는 혼수상태에 빠졌다. 그리고 장미와 호두가 들어간 스콘을 먹은 지 하루가 지나 테오도로풀로스 병원에서 사망했다. 방역 노력을 좌절시킬 수 있는 해석들이 나오지 않도록 하기 위해 사망 원인이 중독이라는 것을 의사들 외에 모든 섬사람에게 숨겼고, 이 조수 의사를 페스트 환자들과 함께 매장했다.

파키제 술탄의 편지에서 이 살인 사건과 독살 음모에 관한 '세부 사항'은 — 그녀의 표현에 따르면 — 많은 지면을 차지한다. 어떤 측면에서 숙부 압뒬하미트가 원하는 논리적인 접근을 선택한 파키제 술탄은 '셜록 홈스처럼' 이 감춰진 사건을 멀리 떨어져 책상 앞에 앉아 남편과 함께 이해하고 설명하려 노력했다.

남편이 일리아스가 어떻게 스콘에 의해 중독되었는지 설명하고, 같은 스콘에 중독되어 죽은 개와 밤색 말에 대해 말해 주었을 때 파키제 술탄은 말했다. "또 내 숙부와 왕자들에 대한 논의로 돌아왔네요." 이 부부 사이에 가장 많이 언급되고 논쟁되는 첫 번째 주제가 파디샤 압뒬하미트라면 두 번째 주제는 오스만 제국 궁전에서 그 수가 갈수록 증가하는 나태한 왕자들이었다. 그 이유에 대해 우리가 관심을 둔다고 해서 독자들은 우리가 주제에서 멀어졌다고 생각해서는 안 된다.

파디샤의 딸인 술탄과 결혼한 부마들의 삶은 왕가에 들어갔다는 이유로 얼마 지나지 않아 하릴없고 책임감 없는 왕자들의 삶과 비슷해지기 시작한다. 누리는 의사 일을 그만두고 싶지 않았지만 아무리 저항해 봐야 결국에는 이 상황이 닥칠 테고, 곧 왕자들처럼 얄팍하고 바보 같은 삶을 살 수밖에 없을 거라는 생각이 들었다.

압뒬하미트는 아버지로부터 떼어 내어 결혼시킨 세 조카의 남편들에게 이미 파샤 직위를 하사했고, 국고를 써 모두에게 보스포루스의 해안 저택을 선물했으며, 후한 월급도 받을 수 있게 했다. 언니들과 압뒬하미트 딸들의 저택처럼 파키제 술탄과 남편의 해안 저택도 오르타쾨이에 있었다. 언니의 남편들은 벌써부터 마베인에서 느슨한 업무를 보고 있었고 곧 완전히 그만둘 것이었다. 왕가에서 그들이 위치한 자리는 그들에게 명령이나 임무 혹은 이와 비슷한 어떤 책임이 부여되는 것을 어렵게 했다. 이 이상한 상황의 배후에는 물론 수 세기 동안 지속된 오스만 제국의 역사가 있었다.

오스만 제국 초기 500년 동안 왕자들을 교육하기 위한 세 가지 주요 방법이 있었다. 궁전 학교, 군대, 그리고 다양한 주에서 근무하는 총독직. 교육과 군대가 서구화하고 주의 통치도 월급을 받는 총독 파샤, 즉 지식을 갖춘 군인과 관료들에게 넘어갔기 때문에 이제 직업 군인과 총독직은 왕자들이 할 일이 아니었다. 오스만 제국 초창기에는 왕위가 아버지에게서 아들로 이양되었다. 당시에는 트라브존이나 마니사에서 총독직을 수행하는 아들들 중 누군가가 순서를 뒤엎고 먼저 왕위에 앉기 위해 형들보다 먼저 군대를 끌고 이스탄불을 향해 달려오곤 했다. 이 전통이 내전으로 이어졌기 때문에 왕자들을 이스탄불에 붙잡아 놓기 시작했다. 하지만 이후 메흐메트 3세가 왕위에 등극하는 날 열아홉 명의 형제를 한꺼번에 교살하는 것과 같은 커다란 수치의 근원인 사건들이 벌어지면서 왕위를 아버지에서 아들이 아니라 형제에게 이양한다는 결정을 내리게 되었다. 그러나 이번에는 압뒬하미트처럼 모두 노이로제에 걸린 파디샤들이 1순위, 2순위 왕위 계승자만 아니라 다른 형제와 조카들을 반대파들과 만나거나 쿠데타 시도에 동참하지 못하도록 궁전에서 '왕자실'이라고 불리는 외딴곳에 가두고 궁전 밖의 삶, 이스탄불, 그리고 세상과 완전히 차단하여 고립시키기 시작했다.

궁전에 감금된 왕자들 중 오스만 제국사 전체에서 가장 유명한 사람은 파키제 술탄의 오빠인 마흔 살의 왕자 메흐메트 셀라핫틴 에펜디였다. 메흐메트 셀라핫틴 에펜디는 열다섯 살 때 아버지 무라트 5세가 파디샤가 되는 행복을 맛본 지 석 달 만에 폐위된 아버지와 함께 감금되었다. 이십오 년 동안 같은 궁전 한구석에서 감금 생활을 하고 있었다. 그는 아버지와 여동생들처럼 피아노를 연주했다. 공책에 그의 생각, 추억, 연극 대본을 쓰곤 했다. 결코 다른 왕자들처럼 게으르거나 무지하지 않았다. 아버지처럼 많지는 않지만 책도 읽었다. 그는 아버지를 숭배했다. 파키제 술탄에게도 다정하고 자상하게 대했다. 그가 게으르고 버릇없는 다른 왕자들과 같지 않다는 것을 알고 있는 파키제 술탄은 궁전에서 갇혀 사는 언니들, 여성 술탄들, 하인들, 하녀들 사이에 있을 때 이따금 오빠의 슬픈 표정을 보고 마음이 아팠다. 그는 감금된 궁전에서 하렘(그의 눈에 들려고 경쟁하는 다양한 직위와 명칭이 있는 마흔여 명의 아름다운 여성들)과 일곱 명의 자녀와 함께 있었다.

파키제 술탄은 남편이 세상과 격리되어 무식하고 게으른 왕자들 중 한 명'처럼' 되는 것을 특히 원하지 않았다. 의사 남편의 방역

성과와 그가 국제 의료계에서 약간이나마 알려진 사람이기 때문에 느끼는 자부심 때문이었다. 적의를 가진 사람들이 설명하는 또 다른 이유는 어차피 언니들처럼 아름답지도 멋지지도 않은 파키제 술탄이 현실적으로 화려하지 않고 소박한 삶을 준비했기 때문이었다. 세 번째 이유는 파키제 술탄이 언니들한테서 들은 왕자들에 관한 이야기 때문이었다.

먼저 아버지 곁을 떠난 언니 하티제와 페히메가 이을드즈 궁전의 하렘에서 아직 결혼하지 않은 숙부의 딸들과 어울릴 때 멀리서 왕자들을 소개받아 알게 되었다. 결혼 적령기에 다다른 왕가의 여성들은 술탄과 여성 술탄들, 파샤와 대신들의 아들들에게 그랬듯이 왕자들에 대한 이야기에 관심이 있었고, 그들에 대해 뒷말을 하곤 했다. 노예제가 폐지되고 오스만 궁전과 하렘이 서구화된 후 미래의 파디샤 후보인 왕자들은 오랜 세월 그래 왔던 것처럼 시골에서 데려온 코카서스 혹은 우크라이나 출신 노예들이 아니라 궁전 하렘에서 유럽식으로 피아노 수업을 받고 프랑스어를 배우고 소설을 읽는 여성들과 결혼하기를 원했다. 한편 유럽식 교육을 받은 교양 있는 여성들은 이 버릇없는 왕자들을 거칠고 무식하고 멍청하다고 생각했다.(실제로 이 시기 파디샤의 딸과 왕자들 사이에 성사된 '혼인'은 거의 없었다.) 미래에 오스만 제국의 왕좌에 앉고 4억 명 무슬림의 칼리프가 될 인물에게 상처를 주는 것은 불가능해서 왕자들을 교육하기가 매우 힘들었다. 오스만인들은 최근에야 때리지 않고 훈육하는 법을 알게 되었다.

역시 오랫동안 왕궁에 감금된 파키제 술탄의 언니들은 압뒬하미트에 대한 두려움 때문에(그들은 이렇게 생각했다.) 자신들에게 결혼을 청하지 못하는 왕자들에 대한 이야기를 주고받으며 자주 웃고 때로는 격노했다. 예를 들어 왕위 계승 서열 7위인 오스만 젤

랄렛틴 에펜디는 니샨타쉬에 있는 성에서 두문불출하면서 왕위에 앉는 것보다 더 중요하게 여기던 '나 자신이 되는 것'에 대한 문제를 풀려고 애를 쓰다 미쳐 버리고 말았다. 왕위 계승 서열에서 꽤 상위에 있는 왕자 마흐무트 세이펫틴 에펜디는 츠라안 궁전에 있는 자기 방에서 한 발자국도 나오지 않고 이십팔 년을 산 후 난생 처음으로 중정에서 양을 보고는 "괴물이야!" 고함을 치며 경비병을 불렀다.(사실 다른 사람들은 오빠인 메흐메트 셀라핫틴에 대해 이런 이야기들을 하곤 했다.) 왕위에 오를 가능성이 전혀 없는데도 장차 더 많은 액수로 돌려주겠다는 약속을 하며 대금업자에게 많은 돈을 빌리고 갚지 않는다는 불평들이 많아 파디샤가 경고를 한 왕자 아흐메트 니자멧틴은 유난히 거만한 사람이었다. 왕자들이 가장 두려워하고 가장 불편해했던 사람은 물론 압뒬하미트의 넷째 아들인 어린 메흐메트 부르하넷틴 에펜디였다. 파키제 술탄의 언니들은 자신들보다 어리고, 여덟 살 때 「해군 행진곡」을 작곡했으며, 한때 파디샤가 가장 총애하며 금요 정오 예배 때 황실 마차에서 옆에 앉힌 이 버릇없는 아이의 짓궂고 냉혹한 농담과 무례함을 두려워했고, 그 가시 있는 말들의 배후에는 아이의 아버지가 있다고 느끼곤 했다. 십칠 년 후 왕위에 오를 메흐메트 와흐뎃틴 에펜디는 돈, 토지, 집을 대가로 다른 왕자들(형제와 조카들)에 대해 압뒬하미트에게 고발 편지를 보내는 전혀 존재감이 없고 겁 많은 왕자였다. 예술을 사랑하고 지나치게 감수성이 예민하고 내성적이던 네지프 케말렛틴 에펜디도 있었지만 어차피 여성들에게 관심이 없었다. 그리고 왕위 계승 서열의 맨 아래에 있는데도 이스탄불을 맘껏 돌아다니면서 파디샤가 계속 미행을 붙인다고 주장하는 메흐메트 함디와 아흐메트 레시트 에펜디 같은 예민하고 의심 많은 왕자들도 있었다. 절대 왕위에 앉지 못할 이 왕자들조차 파디샤가 독살할 수도 있다고 주장했고, 이러한 이유로 이을드즈 궁전에 있는 약국에서는 약을 사지 않았다.

"당신은 그 약국에 간 적이 있나요?" 부마 의사가 물었다.

"나는 이을드즈 궁전에서 결혼식 전에 한 달 동안 머물렀어요. 방에서 거의 나가지 않았고요. 어차피 이을드즈 궁전에는 숙부와 우리를 위한 다른 약국이 있어요. 숙부도 왕자들처럼 독살을 두려워했으니까요. 물론 이 문제를 가장 잘 아는 사람은, 지하에서 고이 잠드시길, 본코프스키 파샤였지요. 그는 숙부가 실험실이라고 부르던 그 특별한 약국의 책임자였으니까요."

"약사 니키포로도 알고 있을지 모르지요!" 파키제 술탄의 남편이 말했다.

정오 무렵에야 의사 누리는 본코프스키 파샤의 젊은 시절 친구인 약사 니키포로에게 이 주제에 대해 물을 수 있었다.

아침에 테오도로풀로스 병원에서 의사 일리아스의 머리맡에 모인 다른 의사와 약사들 사이에서 그를 보게 되었다. 일리아스는 가끔 베개에서 머리를 들고 말했다. "데스피나!" 이스탄불에 있는 아내의 이름이었다. 그는 약사와 의사들이 공동으로 궁리한 해독제를 마셨다. 당시에는 해독제가 환자를 편하게 해 준다는 관점이 지배적이었다.

그들은 오 분 후에 테오도로풀로스 병원에서 몇 걸음 떨어진 파마시[64] 니키포로에서 만났다.

"본코프스키 파샤가 오래전에 이을드즈 궁전 정원에서 키우고 독을 제조할 때 사용할 수 있는 식물들에 대해 고매하신 파디샤께 보고서를 올렸다고 말씀하셨지요!" 부마 의사는 곧장 본론으로 들

64 '약국'이라는 의미.

어갔다.

“일리아스가 독살당한 것을 보고 저도 그 생각을 했지요. 파디샤께서는 조금씩 전혀 눈치채지 못하게 매일 음식에 소량을 넣는 쥐약을 가장 두려워하셨지요. 영국 신문들은 항상 이런 것들에 관해 쓰지요. 그들이 비소가 든 쥐약으로 가련한 일리아스에게 정반대의 짓을 했지만요.”

“당신은 비소가 든 쥐약이라는 것을 어떻게 아셨지요?”

“아주 적절한 질문입니다. 특히 저를 용의선상에 놓았기 때문에 당신의 질문을 듣고 총독 파샤가 기뻐하시겠군요. 허락하신다면 저에 대한 온갖 의심에서 벗어나기 위해 세세하게 대답을 하겠습니다.”

“당신을 의심해 물은 것은 아닙니다.”

“불필요한 지식을 말하더라도 관대하게 봐주시기 바랍니다. 하지만 아시다시피 우리는 약사입니다. 말할 때조차 이리저리 재지요. 민게르섬에서는 물론 유럽처럼 여론의 큰 관심을 끌고 검사나 주, 정부가 조사단을 꾸려 추적하는 커다란 독극물 사건은 없었습니다. 하지만 제가 여기에서 약국을 운영하는 동안에 쥐약으로 누군가를 천천히 중독시켜 흔적을 남기지 않고 죽일 수 있다는 것을 알게 되었답니다. 이십이 년 전 첫 번째 부인이 죽자 아이가 없었던 부유한 룸인 알도니 집안의 큰아들은 섬 출신의 젊고 아름다운 여성과 두 번째 결혼을 하기 위해 무척이나 애를 썼고, 큰돈을 써서 결국 오라 해안에 술집을 운영하는 타나시즈의 딸과 결혼했습니다. 결혼한 직후 신랑은 저에게 와서 복통과 구토 증세를 호소하며 약을 달라고 하기 시작했지요. 의사들도 진단을 내릴 수 없었답니다. 손과 얼굴 피부가 짙어지고 팔과 손가락에 상처가 생기기 시작했습니다. 하지만 프랑스 소설들을 읽지 않았다면 누구도 이러한 것들을 조합해서 어떤 결론을 끌어낼 수 없지요. 마흔 살 먹은 신랑은 우리가 보는 앞에서 일 년 만에 몸져눕더니 결국 죽고 말았습니다. 우리 모두가 참석한 장례식에서 아주 젊은 과부가 누구보다 많이 울었기 때문에 아무도 나쁜 의심을 하지 못했지요. 하지만 장례식을 치른 지 석 달이 지나 그 과부가 모든 유산을 팔아 젊은 애인과 함께 이즈미르로 이주해 버리자 그들이 죽였다는 말들이 돌기 시작했답니다. 그것이 비소 중독일 수도 있다고 약사 미토스가(그는 그리스어로 번역된 프랑스 소설을 좋아합니다.) 처음으로 제게 말했습니다. 하지만 이미 끝난 일이었지요. 우리는 모두 오스만 제국민입니다. 오스만 제국 법정에는 이십 년 전은 말고라도 오늘날조차 이런 살인 사건을 유럽식 논리로 조사하고 과학적인 방법으로 독살을 밝힐 준비가 안 되어 있습니다. 유럽에서 유행하는 추리 소설 번역물을 신문에서 읽는 사람들이 그 사건들에 놀라고, 그런 가상의 학식 있는 의사들에 대해 깊은 감명을 받는 동시에 부러워하지요. 그때도 지금처럼 쥐약은 흰 비소라는 이름으로 약초상에서 자유롭게 팔렸습니다. 이 사건은 섬 신문에 실리지 않았지만 룸과 튀르크 신문에서 유사한 독살 사건을 약간은 유럽에서 이런 사악한 일들이 일어난다는 분위기로 기사화했지요.

역시 조사할 필요가 있는 또 다른 주목할 만한 사례는 가난한 투즐라 마을에서 반쯤 미쳤지만 아름다운 열여섯 살 소녀가 제 추측에 의하면 마흔여 명의 사람을 중독시킨 일이었습니다. 가족이 그녀를 결혼시켜 팔아넘기려고 할 때 일 년 동안 신붓감으로 보러 온 아주머니, 신랑 후보, 중개인, 중매쟁이, 친척, 그리고 호기심 많은 사람들을 커피에 넣은 치명적이지 않고, 더구나 처음에는 전혀 표가 나지 않는 소량의 쥐약으로 중독시켰지요. 하지만 아무도 알아채지 못했답니다. 당시 총독은 쥐약에 의한 살인이 신문에 기사화되는 것을 금지했고요. 밀가루 같은 흰 비소를 조금씩 조금씩 먹여 누군가를 중독시킨다는 것은 아주 음흉한 생각이지요. 다만 우리 섬에서는 확실히 성행하지 않습니다. 주방 보조가 독이 든 자루를 받았거나 누군가로부터 이 방법을 들었을 겁니다. 우리는 이스탄불에 있는 약사 협회가 했던 것처럼 이곳에서도 전통 약초상에서 비소가 들어간 쥐약 판매를 금지하려고 노력했습니다."

"당신 생각에 왜 성공하지 못한 것 같습니까?"

"인내심을 가지고 제 말을 들어 주시지요, 파샤……. 현 총독은 취임한 지 얼마 지나지 않아 주머니에 비소를 가지고 있는 아름답고 저주받은 소녀 이야기에 대한 금지를 해제했지요. 그렇게 해서 '전임 총독은 나쁜 사람이야.'라고 생각하게 만든 겁니다. 특히 룸 신문에 이 옛 사건이 욕정에 휩싸인 남자들이 보낸 맞선 주선 일행을 조롱하고 중매쟁이 없이는 결혼하지 못하는 무슬림이 여전히 얼마나 후진적인지를 보여 주기 위해 기사화되었지요. 우리 섬에선 아무도 프랑스 소설을 읽지 않기 때문에 비소 중독은 알려져 있지 않습니다. 낭만적인 사랑의 고통으로 쥐약을 삼킨 환자를 가끔 저에게 데려왔기 때문에 알고 있습니다. 쥐약을 먹은 사람의 토사물에는 흙 같고 흰색이 도는 작은 알갱이들이 있습니다. 죽음이 가까워지면 후회를 하고 자신이 섭취한 독의 정체를 자백합니다. 정말 이상한 증상 중 하나이지요……. 고통은 아주 끔찍하고요." 본코프스키 파샤의 교양 있는 옛 친구는 잠시 침묵하더니 이 여성이 누구인지 누리가 모를 거라고 정확하게 추측하면서 덧붙였다. "유명한 프랑스 소설의 주인공이자 부도덕하고 불안정한 마담 보바리도 같은 방식으로 자살했지요."

그들이 앉은 자리에서 진열장에 놓인 약병들, 형형색색의 작은 수입 약상자들, 대부분 짙은 색의 연고와 조제약이 든 온갖 모양의 크고 작은 병들, 각양각색의 상자들이 보였다. 옆방에는 가스램프, 증류기, 가위, 붓, 절구가 있었다. 세 사람은 약국에 들어와 도시에 페스트가 없다는 듯 진열된 물건들을 살펴보고 상자들을 보며 한동안 머물렀다.

"고매한 파디샤께서 이십이 년 전 본코프스키 파샤에게 궁전 정원 식물들에서 독을 추출하는 방법에 대한 연구 보고서를 제출하도록 했다고 하셨지요?"

"예!" 약사 니키포로가 말했다. "그 말을 기억하고 물어볼 거라 생각했습니다. 그래서 열심히 생각했고, 기억을 더듬어 보았습니다. 제가 이른 결론은 그것이 이스탄불과 민게르섬에 있는 현대화된 유럽식 약국의 발전 이야기라는 것입니다."

한편으로는 본코프스키와 니키포로처럼 유럽식 교육을 받고 파리와 베를린에서 돌아와 '과학적인 약학' 문제와 관련해 양보하지 않은 젊은 약사들이 있었고, 독성 있는(그리고 다른 해가 있는) 재료와 처방전 없는 약제업을 금지하고자 하는 분노한 '급진적인' 집단의 지지를 받았다. 또 다른 집단은 대부분 베이오을루, 베야즈트 부근에 위치한 국내 제품과 수입 제품을 모두 판매하는 대형 약국들이었다. 첫 번째 그룹처럼 대부분 기독교인들이었다. 이스탄불에서는 모든 사람이 영국인이 운영하는 칸주크 혹은 레블러의 약국을 이용했다. 이 약국들에는 약초상에서 판매하는 제품들만 아니라 계속해서 바뀌고 새로워지는 유럽산 조제약, 아름다운 병과 상자에 든 연고, 시럽, 크림, 그리고 유럽 초콜릿부터 통조림까지 다양한 사치품들도 있었다.

첩자와 정보원들은 왕자들이 중독될까 하는 두려움 때문에 궁전 내 약국이 아니라 베이오을루에 있는 대형 약국에서 약을 구입한다고 압뒬하미트에게 보고했다. 왕위 계승 서열의 가장 아래에 있는 왕자들조차 그를 믿지 못하기 때문에 혹은 으스대기 위해 베이오을루 약국들에 간다는 것은 이해했지만 진짜 궁금한 점은 왕자들이 독 제조에 사용할 재료들을 약국에서 샀는지였다. 독자들은 파디샤가 이 문제에 대해 본코프스키 파샤로부터 자세한 정보를 원했다는 사실을 파키제 술탄의 편지들에서 알게 될 것이다.

파디샤는 단지 독극물 거래를 점검하는 것만 아니라 갈라타 근처 알페리의 약국에서 의사들이 무슨 이야기를 하는지 알고 싶어 했다.(그리고 이 작전은 성공적이었다.) 모든 대형 약국에는 진찰실과 대기실이 있었다. 알페리는 갈라타에 있는 약국 대기실을 일종의 열람실로 만들었다. 많은 유럽 의학 잡지들을 구독했고, 최근의 의학 서적들도 비치해 놓았다. 이스탄불의 모든 룸 혹은 무슬림 의사가 새로운 잡지를 읽기 위해서만이 아니라 동료들과 대화를 나누기 위해 이 열람실에 들렀다.

파디샤는 함디 약국, 이스티카메트나 에드헴 페르테브 같은 무슬림 소유의 사업장과 그들의 현지 생산품들을 특별히 지원했고, 이 약국들이 본코프스키 파샤의 협회에 가입하기를 바랐다. 압뒬하미트가 보호하고 통제하에 두려 했던 진짜 거대한 집단은 가루들과 약, 쥐약, 계피도 팔고 마준과 알약을 직접 조제하는 대대로 이어 내려오는 약초상들이었다. 이 전통 약초상들 중에는 무슬림이 가장 많았고, 그들을 무슬림이기 때문에 지원하는 동시에 독성 물질 판매를 금지하고 싶어 한 압뒬하미트는 이러한 두 태도가 모순된다는 사실을 알고 있었다.

"제 생각에 존엄한 폐하께서 지극히 관심을 보인 다른 모든 것처럼 이 문제에 대한 감정은 서로 모순됩니다." 약사 니키포로는 의사 누리에게 말했다. "위대한 폐하께서는 이십 년 전에도 한편으로 무슬림 약국을 지원하고, 다른 한편으로 무슬림 약사들이 제대로 실행하지 못하는 가장 현대적인 유럽식 관행과 규칙들을 '개혁과 개선'이라는 이름으로 도입해 와 그들을 어려운 상황에 놓이게 만들었지요. 유럽인들의 강요로 도입하고, 심지어 스스로도 믿지 않고 시행한 규칙들이 무슬림에게 해가 되자 파디샤께서는 그것들을 계속 밀고 나가지 않았습니다. 위대한 폐하께서는 '오스만 제국 의회'를 똑같은 타당한 이유로, 즉 자유가 무슬림에게 적합하지 않다는 이유로 해산하지 않았던가요?"

부마 의사는 약사가 이런 과감한 주장을 하면서 이토록 편해 보이는 이유가 어쩌면 미리 준비했기 때문이라고 생각했고, 주 청사 객실에 돌아와 파키제 술탄에게 이런 생각을 이야기했다. 파키제 술탄의 통찰력을 통해 그들이 깨달은 것은 그날 니키포로가 압뒬하미트와 비밀스럽게 연결되어 있으며, 심지어 그로부터 암호장을 받은 사람처럼 말했다는 점이다.

이때로부터 오십 일 전 대동하고 온 많은 마차와 하인으로 붐비던 결혼식 기간에 잠시 조용한 곳에서 단둘이 있게 되었을 때 파키제 술탄의 큰언니 하티제 술탄의 남편인 나이 든 부마가 말했다.

"노골적으로 우리 파디샤를 비방하려는 사람들을 조심해요! 모두 정보원이고 도발자들입니다. 만약 그들에게 동조하면 당장 파디샤에게 알릴 겁니다. 모두가 감히 생각할 용기조차 내지 못하는 것을 이놈은 어떻게 내 얼굴에 대고 말할 수 있지라고 스스로 물어보기 바랍니다. 정답은 그들이 정보원이기 때문에 두려울 게 없다는 겁니다."

31장

역사에서 '성격'이 얼마나 중요한가? 어떤 사람들은 이 주제를 전혀 중요하게 생각하지 않는다. 그들에게 역사는 어떤 개인보다 훨씬 더 거대한 바퀴다. 일부 역사가들은 역사상의 사건들에 관해 중요한 인물과 영웅들의 성격에서 설명을 구한다. 우리는 역사 인물의 성격과 기질이 때때로 역사에 영향을 미칠 거라고 생각한다. 하지만 이 개인적인 특징을 정하는 것 역시 역사 그 자체다.

그렇다, 파디샤 압뒬하미트는 유럽인들이 "편집증 환자!"라고 일컬을 정도로 신경이 과민한 인물이었다. 하지만 그를 신경증 환자로 만든 것은 그가 경험하고 본 것, 다시 말해 역사 그 자체였다. 압뒬하미트가 과민한 사람이 된 데에는 타당한 이유가 있었다는 말이다.

1876년 압뒬하미트는 서른네 살로 왕위 계승 서열 2위였고, 존재감은 없지만 존경받는(분별 있고 진심이고 신실한) 왕자였다. 당시 파디샤는 삼촌인 압뒬아지즈였다. 하지만 해임된 총리대신 미트하트 파샤와 총사령관 휘세인 아브니 파샤가 공모한 쿠데타로 어느 날 밤 압뒬아지즈는 폐위되었고 그 자리에 형인 무라트 5세가 등극했다. 폐위된 옛 파디샤 압뒬아지즈는 얼마 지나지 않아 살해되었거나 혹은 압력에 못 이겨 자살했다. 이 모든 사건이 일어나고 있을 때, 그러니까 5군의 아랍 군인들이 돌마바흐체 궁전을 포위하고, 폐위된 파디샤가 나룻배로 납치되어 같은 해안에 있는 몇몇 궁전을 지나 어딘가에서 나흘 후 손목이 잘려(혹은 분노에 차 스스로 손목을 그어) 죽은 채 발견되었을 때 이제 왕위 계승 서열 1위가 된 압뒬하미트는 공포에 휩싸여 주변 방들과 궁전들에서 벌어지는 사건을 방에 앉아 따라잡으며 이해하려고 애썼다. 삼촌의 죽음을 이해하지 못했고, 한 파디샤가 이 현대적인 시기에 폐위되어 나중에는 살해당하다니 끔찍하다고 생각했다! 그러나 석 달 후 압뒬아지즈를 폐위한 미트하트 파샤와 다른 관료와 군인들은 새 파디샤(파키제 술탄의 아버지!)인 무라트 5세에게도 똑같이 했다. 무라트 5세도 삼촌의 죽음으로 커다란 충격에 빠졌고(제정신이 아니었다.) 그 역시 폐위되었다. 이렇게 해서 압뒬하미트는 넉 달 정도 되는 짧은 동안에 왕위 서열 2위였다가 왕위에 등극했고, 이 기간 일들을 도모한 미트하트 파샤와 다른 파샤들이 얼마나 강력한지 가까이서 보았으며, 이전 파디샤들에게 했던 것을 그에게도 쉽게 할 수 있다는 사실을 알게 되었다.

압뒬하미트는 왕위에 등극하기 전에도 똑같은 두려움을 경험했다. 1901년 왕자들이 파디샤 압뒬하미트에 의해 독살되는 것을 두려워했듯이 삼십여 년 전 왕자 하미트 에펜디와 형인 왕위 후계자 무라트 에펜디도 큰아버지인 파디샤 압뒬아지즈에게 독살될까 두려워했다. 압뒬아지즈는 아들인 황태자 유수프 이젯틴 에펜디를 파디샤로 만들고 싶었다.(그는 아들이 열네 살 때 육군 원수로 삼았고, 군 지휘관 자리에 앉혔다.)

1867년 여름 파디샤 압뒬아지즈가 황태자와 두 조카를 데리고 떠난 유럽 여행에서 파디샤의 큰아버지와 후계자 조카, 그리고 형제 사이의 긴장은 더욱더 고조되었다. 그렇지 않아도 후계자 무라트는 이 긴장 상태를 피하기 위해 대부분 시간을 베식타쉬 궁전(오늘날 돌마바흐체 궁전이라고 알려진)에 있는 후계자 숙소가 아니라 쿠르바알르데레에 있는 그의 저택에서 보냈다. 많은 세월이 지나 아버지가 돌아가신 후 파키제 술탄이 언니들에게 쓴 편지와 그녀가 오빠, 언니들과 함께 아버지인 무라트 5세로부터 직접 들은 바에 따르면 이들 사이의 중요한 첫 마찰은 파리의 엘리제 궁전에서 개최된 파티에서 발생했다. 후계자 무라트는 주변에 모여든 노출이 심한 프랑스 여인들과 프랑스어로 말하고 그중 한 명과 카드리유를 추어 파디샤에게 질책을 들었다.

조카들의 주장에 따르면 이후 런던의 버킹엄 궁전 파티에서 빅토리아 여왕과 그녀가 어떠한 국가 기밀도 털어놓지 않는 약간 머리가 모자란 후계자인 에드워드 왕자가 젊은 후계자 무라트와 동생 하미트 왕자에게 진심 어린 관심을 보였고, 이는 삼촌 파디샤에게 '질투심을 불러일으켰을' 뿐 아니라 화를 돋우었다. 다음 날 누군가 버킹엄 궁전에 있는 후계자 무라트의 방문을 두드렸다. 압뒬아지즈의 보좌관이 손에 포도가 가득 든 접시를 들고 들어와 "폐하께서 사랑을 전하셨습니다!" 하며 탁자 위에 놓았다. 무라트는 곧 포도를 먹기 시작했는데 잠시 후 복통이 시작되어 울면서 옆방에 있는 동생에게 뛰어갔다. 항상 해독제를 지니고 다니는 하미트는(당시 스물다섯 살이었다.) 형이 마실 수 있도록 재빨리 물컵에 해독제를 갈아 넣고 의사에게 도움을 청해 오스만 제국의 후계자를 구했다. 이 소식을 들은 빅토리아 여왕은 후계자인 에드워드를 보내 무라트와 동생 하미트가 계획된 독살 시도였다고 정말로 믿는다면 이스탄불에 돌아가지 않고 영국에서 왕위 계승 차례를 기다려도 된다고 전했다.(훗날 에드워드가, 그리고 무라트는 이스탄불에서 프리메이슨이 되었고 서로 편지를 주고받았으며, 에드워드는 우리 이야기의 배경이 된 시기에 영국 왕위에 올랐다.) 장차 파디샤가 될 두 오스만 제국 왕자는 어쩌면 망상일지 모르는 사건이 정치적으로 비화하고 신문에 어떤 형태로 기사화될지(오스만 제국의 왕가 가족들이 버킹엄 궁전에서 서로에게 독을 먹였다!) 상상이 되었다. 그래서 삼촌인 파디샤의 귀에 들어가기 전에 이 일을 잊기로 마음먹고는 포도 문제에 대해 어쩌면 자신들이 근거 없는 두려움에 휩싸였다고 생각했다.

이스탄불로 돌아왔을 때 사건에 대한 소식이 압뒬아지즈에게 전해졌고, 파디샤는 숨이 막힐 듯 분노하여 "우리 모두를 수치스럽게 한" 후계자 무라트를 한동안 돌마바흐체 궁전에서 떠나 있도록 했다.

공화국 설립 이후 터키 신문들의 역사 칼럼에 완전히 꾸며 낸 또 다른 이야기가 게재되었는데 런던에서 왕위 계승 순서를 기다릴 때 빅토리아 여왕이 하미트와 무라트에게 영국 왕실 공주들과 결혼을 제안했다는 주장이었다. 영국 왕실의 공주가 네 명의 부인을 두고 수없이 많은 후궁과 동침하며 그녀들을 막 대하는 남자와 그가 누구든 간에 절대 결혼하지 않으리라는 것을, 특히 여왕이 서로에게 독을 먹이고 영어조차 모르는 이 남자들에게 가족 중 한 명을 줄 리 없고, 이 이야기가 거짓이라는 것을 그저 상식을 가진 사람이라면 우리처럼 이해하는데 왜 터키 신문들의 역사 칼럼 독자들은 다양한 제목으로("빅토리아 여왕이 딸을 압뒬하미트에게 주고 싶어 했다.") 삼 년에 한 번 게재되는 거짓말을 믿고 좋아하면서 읽고 또 읽고 싶어 하는지 이해하기 힘들다.

삼촌이 살해되고 형이 정신 착란을 일으킨 후, 그러니까 유럽 여행을 하고 구 년이 지나 압뒬하미트는 왕위에 앉았고, 당시의 많은 왕과 통치자들, 특히 동양에서 항상 소지하던 이 부느러운 해독제 돌이 그날 런던에서 과학적으로 전혀 쓸모가 없었다는 것 역시 구 년이 지나는 동안 알았을 것이다. 실제로 파디샤가 본코프스키 파샤에게 요구한 첫 보고서들 중 하나는 이을드즈 궁전 정원에서 '과학적으로' 독을 만드는 데 사용 가능한 식물과 해독제가 없는 새로운 독, 그리고 흔적을 남기지 않는 독에 관한 것이었다.

파디샤가 젊은 본코프스키 베이의 이름을 처음 들은 것은 약사 니키포로와 함께 설립한 데르사데트 약사 협회 덕분이었다. 이 단체는 다른 약사 협회에 맞서 전쟁을 하는 중이었고, 정부가 지지해 주기를 희망하는 주장을 옹호했다. 그 중심에는 양념, 가루, 마준, 뿌리를 거래하는 전통 약초상의 독이나 다른 유해 물질 판매를 금지해야 한다는 요구가 있었다. 비소, 쥐풀, 웅황, 페놀, 코데인, 병대벌레, 에테르, 에테르 황산, 요오드포름, 세바딜라, 크레오소트, 아편, 모르핀 같은 100여 가지에 가까운 물질은 약초상이 아니라 집행부에서 규제하고 감독관이 통제하는 현대적인 유럽식 약국들에서 의사 처방으로만 구매할 수 있어야 한다는 것이다!

압뒬하미트는 당시 읽었던 추리 소설에서 비소가 사람을 천천히, 거의 눈에 띄지 않게 독살하는 데 사용될 수 있음을 배웠을 것이다. 파디샤는 읽어 주는 소설을 들을 때 독살이나 흔적을 남기지 않는 방법을 설명하는 구절들에 특히 집중했으며, 어떤 부분들은 다시 읽어 달라고 했다. 압뒬하미트가 궁전 정원에서 독초를 재배하도록 한 것을 독자들은 다음과 같이 이해해야 한다. 압뒬하미트는 동양의 모든 현대적인 황제들처럼 궁전의 커다란 정원을 세계의 축소판이라고 상상했다. 그러니까 파디샤가 젊은 본코프스키에게 했던 질문은 사실 더 단순했다. 어떤 식물이 효과적인 독을 만드는 데 사용될 수 있는가?

본코프스키 베이가 이 주제와 관련해 압뒬하미트에게 보고서를 쓸 때 이을드즈 궁전에 있는 이따금 화학 실험실이라고도 부르던 특별한 약국의 책임자로 임명되었다. 당시 본코프스키 베이가 약사 협회에서 열심히 일하고 전통 약초상과 맞서 싸우고 있었기 때문에 대화는 곧잘 독이나 현대에 사람들이 독을 얼마나 쉽게 얻는지로 흘러갔다.

압뒬하미트는 조상을, 예를 들어 420년 전에 파티흐 술탄 메흐메트를 흔적을 남기지 않고 서서히 죽인 독 대부분을 이스탄불의 수백 군데 약초상들 중 한 곳에서 여전히 쉽사리 확보할 수 있다는 것도 알았다. 이을드즈 궁전 문서 보관소에 마베인에서 임명한 관리들이 신시장, 베야즈트, 카팔르차르시, 파티흐 약초상들에서 발견한 독들을 궁전 실험실로 가져온 기록들이 있다.

의사 누리가 한낮에 니키포로와 만나고 주 청사로 돌아오자 총독이 그를 집무실로 불렀다.

"독살되었다는 소문이 퍼지지 않도록 그를 페스트로 사망한 사람들과 함께 석회를 뿌려 매장하게 했습니다. 의사 일리아스도 본코프스키 파샤처럼 사악한 음모로 살해되었다고 인정하는 것은 민게르섬에서 유감스럽지만 정부가 매우 무력하다는 뜻이 되기 때문에 나도 이스탄불 정부도 이를 받아들일 수 없습니다. 고매하신 폐하께서 본코프스키 파샤에 이어 그의 조수가 살해되고 나도 당신도 살인자를 찾지 못했다는 것을 아시면 어쩌면 우리가 일부러 그런다고 생각하실지도 모릅니다."

"이 짓을 한 사람들이 본코프스키 파샤를 죽인 사람들과 같은 사람들일까요?" 의사 누리가 물었다.

"아시다시피 그걸 우리가 밝혀내지 못했지요! 하지만 이스탄불 중앙 정부가 집요하게 요구했더라면 끝까지 조사해서 스콘에 취약을 넣었다고 자백할 사람을 찾았을 겁니다. 이 일은 이제 당신 몫입니다. 당신이 셜록 홈스 방식으로 조사할 테니 다른 고문을 하거나 발바닥을 때리는 일도 없을 겁니다. 그러니까 파디샤께서 좋아하시는 탐정처럼 약초상과 약사들을 심문해 죄인을 찾아야 합니다. 행운을 빕니다. 약초상들이 당신을 기다리고 있습니다. 필요한 조치는 취해 놓았습니다! 이번에는 뭐라 할지 두고 봅시다."

쥐약을 파는 대표적인 큰 약초상 주인과 조수, 심부름하는 아이들에게 고문과 취조를 당한 수비대 요리사와 주방 보조들, 그리고 다른 용의자들을 하나하나 보여 주었지만 아무도 그들이나 다른 어느 누가 쥐약을 구입한 것을 기억하지 못했다.

누리는 먼저 에요클리마 마을에 있는 작은 가게로 갔다. 그곳은 유대인들이 이스탄불의 마흐무트파샤에서 경영하는 좋은 냄새가 나는 상점들과 비슷했다. 계산대 앞 자루들에 형형색색의 가루와 향신료들이 있었다. 병들에는 알갱이 같은 것과 과일, 약들이 가득했다. 천장에 늘어진 줄에 약초와 꾸러미, 그리고 해면 같은 온갖 이상한 것들이 매달려 있었다. 안에는 이스탄불 상점들이 흔히 그러하듯 환자를 기다리는 의원 대신 주 청사의 관리들에게 언질을 듣고 의사 누리를 기다리는 주인 와실 에펜디뿐이었다.

와실 에펜디는 바닥에 닿도록 허리 숙여 인사하며 궁전에서 온 손님을 맞이한 후 심문받을 당시에 했던 말을 되풀이했다. 요리사와 주방 보조들 중 누구도 그의 가게에 오지 않았고, 어쨌든 요즘 집과 거리에 초창기보다 쥐가 많지 않아 쥐약 판매가 줄었다. 게다가 시에서 공짜로 거리에 쥐약을 뿌리고 있었다. 와실 에펜디는 엉터리 튀르크어로 요즈음에는 시에서 많은 양의 쥐약을 구하기가 훨씬 더 쉽다고 말했다. 부마 의사가 선반에 놓인 병과 자루와 단지에 든 가루, 상자와 깡통에 있는 형형색색의 향신료, 계량기, 약초, 향기로운 뿌리가 가득 담긴 유리 단지에 눈과 코를 가까이 가져갈 때마다 약초상은 말을 멈추고 그것들이 겨자, 재스민, 대황 뿌리, 헤나, 박하, 마할레브 체리, 참제비고깔, 계피라고 설명했다. 약초상은 누리에게 쥐풀 가루 자루를 보여 주면서 독성이 있는 물질에 아무도 근접하지 못하게 하고 있으며 처방전 건과 마준을 조제할 때는 항상 자신이 가게에 있다고 했다. 이즈미르의 한 약초상이 집에 머물면서 조수에게 대신 처방전을 설명했는데 조수가 실수로 왼쪽 구석이 아니라 오른쪽 구석에 있는 자루에서 세 디르헴[65]의 흰색 가루를 넣어 환자가 죽었다. 이즈미르에서 메사주리 배로 수죽[66]을 보내던 동업자의 상점이 같은 골목에 있었기 때문에 그는 이 이야기를 알고 있었다. 와실 에펜디네는 섬에서 이즈미르로부터 수죽을 들여오는 유일한 가게였다.

약초상 와실 에펜디는 의사 누리를 위한 조제약을 준비하기 시작했다. 먼저 오배자 알갱이 여덟 개와 생강 한 조각을 잘라 짓이겨 섞었다. 여기에 부마 의사에게 자루들을 자랑하며 보여 주면서 향기를 맡게 했던 두송 타르와 병아리콩 가루를 첨가하고 계속 짓이겨 마준의 농도를 맞추었다. 그런 다음 틀을 마준에 숟가락처럼 넣고 알약을 만들었다. "설사할 때 공복에 한 알 먹으면 즉시 멈추지요."라고 그는 자랑스럽게 말했다.

누리는 다른 두 상점에서도 비슷한 염료, 커피콩, 설탕, 향신료들을 보았다. 와실의 상점 앞에는 글을 읽고 쓸 줄 모르는 처방전 주인들이 상점을 알아보도록 타조알이 놓여 있었다. 구시장의 또 다른 상점은 문 앞에 아랍 등대의 작은 모형을 두었고, 와을라의 약초상은 커다란 가위를 표식으로 놓았다. 이 작은 두 상점에서도

65 오스만 제국 당시 사용하던 무게 단위.

66 터키식 소시지.

가장 많이 찾는 것은 변비약, 치질약, 기침약, 상처와 류머티즘에 바르는 연고, 그리고 복통 치료제였다. 부마 의사는 약사 니키포로가 주목했고 이스탄불에서 약사들의 압력으로 약초상에서 판매가 금지된 아몬드즙, 흑향나무, 사바딜라, 흰독말풀 같은 몇몇 약과 원재료들이 이 상점들에서 팔리는 것을 보고 종이에 적었다. 의사 누리는 이 정보들이 의도적으로 방역의들을 상대로 계략을 꾸민 사람들을 찾아내는 데 도움을 주리라는 믿음에서 국화, 회향, 아니스, 블랙 커민이 복통약 조제에 사용된다는 점도 기록했다. 진열장에 커다란 가위를 둔 약초상은 페스트에 대적할 기도문과 부적을 나누어 주는 셰이크들에게 가장 많이 처방한 머릿기름은 유황, 올리브유, 장미 꽃잎으로 만들었다면서 그중 한 병을 누리에게 주었다.

파키제 술탄은 객실에서 장난삼아 이 액체와 혼합물들을 시험해 보고 싶었지만 남편이 허락하지 않았다. 살짝 말다툼하고, 토라지고, 시시덕거린 뒤에 병들을 한쪽으로 치웠다. 하지만 의사 누리는 아르카즈의 약초상들을 방문하는 일을 전혀 그만두지 않았다.

32장

격리 조치가 시행되기 전에 아테네로 출발한 오디이티스 배 승객 중 한 명이 사망했다는 소식이 많은 그리스 신문에 보도되자 유럽 신문들은 오스만 제국이 중국과 인도에서 헤자즈와 수에즈 운하를 거쳐 유럽에 유입되는 전염병을 차단하지 못했으며 이제 이 임무가 유럽의 몫이 되었다고 쓰기 시작했다. 파리의 《르 프티 주르날》과 《르 프티 파리지앵》에, 그리고 영국의 《데일리 텔레그래프》에 자주 언급되던 '유럽의 병자'라는 비유가 다시금 부활했다. 서유럽 항구들은 아르카즈에서 출발한 모든 배를 노란 깃발이 달린 것처럼 취급했고, 목적지에 도착한 승객들은 최소한 열흘간 격리되었다.

모든 검역 조치에는 징벌적인 성격이 내재해 있었다. 열강들은 방역 규칙을 제대로 적용하지 않은 민게르 총독에 대해 압뒬하미트에게 불만을 표시했고, 헤자즈에서 콜레라가 발생했을 때와 같은 경고를 오스만 제국에 보냈다. 만약 민게르 총독이 섬을 떠나는 배들에 합당한 검역 조치를 적용하지 않는다면 그들이 전함을 투입하여 진행할 것이며, 대사들을 통해 전함들이 지중해에 있다는 것을 바브알리에 알렸다.

마베인과 바브알리는 이러한 국면을 총독에게 전했고, 총독은 부마 의사와 논의했으며, 나중에 부마 의사는 아내와 정보를 공유했고, 파키제 술탄은 그들로부터 들은 것들을 언니에게 이야기했다.

"우편선이 오지 않으니 당신의 이 편지들은 우체국 바구니에 쌓여 있을 겁니다!" 한번은 남편이 말했다. "현재로서는 편지들을 방에 보관하는 편이 더 적절하지 않을까?"

"새로운 편지를 쓰기 위해서는 수중에 있는 것을 보내야 해요! 혹시 콜아아스가 이 엽서 스무 장을 더 사다 줄 수 있을까요?"

그녀의 손에는 이스탄불에서 만들어진 흑백(다시 말해 색칠이 되지 않은) 엽서 일곱 장이 들려 있었다. 파키제 술탄은 그 엽서들에 쓰인 프랑스어 글들을 시를 읽듯이 큰 소리로 읽는 것을 좋아했다. 시타델 드 맹제, 오텔 스플랑디드 팔라스, 뷔 제네랄 드 라 베, 파르 다르카드 에 송 포르, 빌 뷔 프리즈 드 라 시타델, 아미디에 팔라스 에 바자르, 에글리즈 생탕투안 에 라 베.

파키제 술탄은 종종 아버지에게 프랑스어 책을 읽어 주고 연애 소설들을 읽으며 시간을 보냈다. 지금 남편의 설명을 통해 콜아아스의 이야기를 소설처럼 즐겁게 귀를 기울여 들으면서 그녀는 들은 것들을 언니에게 쓰고 있었다. 비록 파디샤 할아버지, 숙부, 아버지에게 각각 일고여덟 명의 아내와 후궁들로 가득한 하렘이 있었지만 파키제 술탄은 남성들이 한 명 이상의 여성과 결혼하는 데 반대했다. 언니들과 다른 술탄들도 대부분 생각이 같았다. 이는 어느 정도 그녀들이 하렘에서 서양식 교육을 받았기 때문이다. 그러나 진짜 이유는 파디샤의 딸인 술탄과 결혼한 사람은 누구든 또 다른 아내를 들이지 못한다는 규정 때문이다.

콜아아스의 아내가 될 제이넵이 아버지가 택한 신랑 후보에게 이미 시골에 다른 부인이 있다는 사실을 알고 결혼을 포기했다는 것을 알게 되었을 때 파키제 술탄은 다른 이유들은 무시하고 젊은 이 여성을 높이 평가했다. 이틀 후 파키제 술탄은 남편으로부터 콜아아스 캬밀이 제이넵과 우연히 만났으며 신비롭게도 서로에 대한 관심이 불타올랐다는 이야기를 들었다. 파키제 술탄의 편지를 읽는 사람들은 알겠지만 민게르 민족이 좋아하는 이 사랑 이야기는 아주 많고 아주 작은 우연들에 기반을 두고 있다.

그날 우체국에서 돌아올 때 콜아아스는 천을 건너 무슬림들이 주로 사는 마을을 지나는 더 먼 길을 택했다. 바이으를라르 마을에서 한적한 골목에 있는 그늘진 정원의 세 그루 올리브나무 아래에서 어린 남자아이 셋을 보았는데 두 명은 소리 없이 울고 한 명은 엉엉 울고 있었다. 정원 두 곳을 지나 어느 집의 문 앞에서 "병을 네가 전염시켰어." "아니야 네가 전염시켰어." 하며 머릿수건을 쓴 아주머니들이 다투고 있었다. 투즐라 마을에서는 전염병에 대해 어떠한 예방책을 취해야 하는지 아는 항구 노동자가 여성들에게 고인의 물건들을 사용하면 안 된다고 경고하려 했지만 말이 먹히지 않는 것을 목격했다. 같은 골목에 있는 자임레르 테케에서 한 호자가 전염병을 막는 부적을 쓰고 있었다. 대문에서 조용히 기다리다 그의 앞에 나아가 양팔을 가슴 앞에 교차하여 모으고 세 번 몸을 숙이면서 "존경을 표하러 이곳에 왔습니다, 어르신."이라고 말하면 안으로 들여보내 주었다. 어떤 마을에서는 죽음과 두려움의 정적, 의사와 관리들의 무력함을 느꼈지만 그다음 골목과 정원으로 걸어갔을 즈음 자신이 어린 시절의 먼지 많고 생기 없고 조용한 거리에 있다는 것을 발견하고 두려움이 조금 누그러졌다.

가운데에 가느다란 하수가 흐르는 골목을 걷고 있을 때 그의 오른쪽 더 앞으로 열 명 남짓한 처녀와 부인들 사이에서 제이넵을 발견했다. 그는 형형색색의 옷을 입고 하얀 머릿수건을 쓴 여성들을 한동안 아무도 눈치채지 못하게 따라갔다. 하지만 그리 오래 지속되지 않았다.

제이넵과 그 일행이 순식간에 눈앞에서 사라졌다. 콜아아스는 그들을 찾기 위해 텅 비고 돌보지 않은 정원, 키 큰 풀, 담쟁이덩굴이 있는 벽을 따라 한동안 돌아다녔다. 어느 뒷마당에서 머릿수건을 한 여성이 세상에서 가장 평범한 하루를 보내는 듯이 줄에 빨래를 널고 맨발의 두 어린 아들은 몸싸움을 하고 있었다.

그는 그 앞에 나타난 먼지 많은 골목이 어린 시절의 골목 같았다. 지금 꿈속에 있는 자신을 외부에서 바라보는 느낌이었다. 하지만 이를 인지하자마자 그녀의 흔적을 잃어버렸다는 것을 깨닫고 주 청사로 돌아왔다.

그날 오후 어머니를 보았을 때 그는 사랑에 빠졌다는 사실을 더 이상 감출 수 없다는 것을 알았다. 이미 어머니는 다른 화제가 있을 수 없다는 것을 암시하는 분위기로 말했다.

"그 아이를 쫓아갔다고 하던데. 그 행동이 맘에 들었나 보더라."

콜아아스는 그 소식이 너무나 빨리 어머니에게 전해진 것을 보고 놀랐고, 오히려 기뻤다. 속으로는 "그 처녀와 결혼시켜 주세요!"라고 말하고 싶었지만 그의 조바심이 어머니를 겁줄까 두려워 망설였다. 하지만 어머니는 아들의 얼굴을 보고 모든 것을 눈치채고 차분한 목소리로 말했다.

"아주 특별한 아이야. 가시 돋친 장미지만 일생에 한 번 오는 기회지. 네가 그 아이의 가치를 알아본 것은 현명해졌다는 의미다. 그 아이를 위해 모든 것을 할 준비가 되어 있니?"

"모든 것이라니?"

"그 아이는 많은 험한 일을 겪고 난 후 라미즈로부터 완전히 벗어나기 위해 이스탄불로 가고 싶어 한단다. 오빠들과 아버지가 라미즈로부터 받은 금의 전부 혹은 일부를 돌려주지 않았다더라. 이건 확실해. 라미즈는 형인 함둘라흐 셰이크를 믿고 여전히 온갖 부도덕한 짓을 하고 있어."

"전 라미즈가 두렵지 않아요. 하지만 지금은 검역이 있어서 당장 이스탄불로 갈 수 없습니다. 그녀를 먼저 파디샤의 딸과 함께 중국으로 데려갈 거예요!"

"그 아이한테 '널 이스탄불로 데려갈게.'라고 하는 편이 중국에 데려간다는 것보다 더 믿을 만하고 효과적일 거야. 그런데 너의 라미는 뭐라던?"

어머니가 "너의 라미"라고 한 사람은 도시의 모든 소문을 아는 콜아아스의 어린 시절 친구였다. 콜아아스는 장미 향기가 나는 화창한 골목, 꽃이 핀 보리수와 목련나무들 아래를 걸어 스플렌디드 팔라스 호텔로 갔다. 오렌지색과 흰색 줄무늬 차양이 그늘을 드리운 호텔 테라스에서 라미와 함께 항구가 내다보이는 테이블의 짚 의자에 앉았다. 장미, 백리향, 그리고 리졸 냄새가 코로 들어왔다. 얼굴이 긴 라미의 어머니는 정교도 신자고 아버지는 무슬림이었다. 라미는 아버지가 돌아가시고 가족이 섬을 떠나자 룸들 사이에서 자랐다. 붉은색과 밤색 마 정장 차림을 한 그는 현재 스플렌디드 팔라스 호텔의 지배인이었다. 십 년 전까지만 해도 섬의 대리석 광산을 운영하던 이탈리아 사업가, 부유한 룸, 오스만 제국 관리, 겉치레를 좋아하는 다소 영향력 있는 무슬림 남성, 사무관, 사복 군인, 그리고 가끔 총독이 들르던 호텔의 커다란 로비와 테라스에서는 민게르의 모든 중요한 소식이 오가곤 했다.

라미는 제이넵이 파혼한 사실을 알고 라미즈가 셰이크 형의 명성을 이용해 보복할까 두려워하고 있었다. 그는 라미즈가 미친 짓을 할 수 있다고 콜아아스에게 경고하고는 총독이 그를 가둔 것은 잘한 일이라고 말했다. 라미즈가 섬에 다시는 발을 들이지 않는다는 조건하에 이스탄불의 명령으로 석방되었다는 소식을 듣자 그는 "총독이 다시 잡아 가둬야 해!"라고 말했지만 이 일이 쉽지는 않을 거라고 덧붙였다.

"왜?"

"총독 파샤가 셰이크 함둘라흐를 좋아하지 않지만 그의 승인 없이는 방역을 시행하기 어렵다는 것도 알기 때문이지."

일부 역사가들은 오스만 제국의 권력자인 총독 파샤가 셰이크 함둘라흐를 이토록 꺼리고 그를 화나게 할 행동들을 삼가는 것이 불필요한 "나약함"이며, 시골 지역에 수비대가 있는 오스만 제국의 총독 파샤가 테케의 셰이크를 두려워할 필요는 없다고 썼다. 민게르만 아니라 이후에 설립된 공화국에서 파샤들은 물론 셰이크들보다 더 강했고, 실제로 현대 터키와 민게르 세속주의는 이러한 토대에 의거한다. 하지만 방역 조치를 따르도록 시민들을 설득하기 위해 총독이 겸손한 자세를 취하는 것은 오늘날 생각하면 현실적이며 적절한 정치적 태도로 볼 수 있다.

"섬 전체가 그 처녀에 대해 얘기했어. 힘들 거야, 넌."

"그래, 난 사랑에 빠졌어."

"그 처녀에게는 오빠가 둘 있어. 하디드와 메지드, 쌍둥이지. '쌍둥이 제빵소' 주인이었는데 지금은 문을 닫았어. 네 방역 부대에 이들을 지원자로 받아. 아주 똑똑하지는 않지만 정직한 사람들이야. 스플렌디드 팔라스 주방에서 가장 좋은 빵을 '쌍둥이 제빵소'가 공급했지."

"그 처녀를 얼마나 사랑하는지 나는 그녀의 오빠들이 잘못을 저지를 수도 있다는 것을 믿지 않아." 콜아아스는 믿음에 가득 차 말했다.

이 대화는 결국 콜아아스가 제이넵과 두 오빠를 시내에서 만나는 계획으로 이어졌다. 그들은 사흘 뒤 이스탄불 대로에 있는 스플렌디드 호텔의 반쯤 가려진 테라스에서 만났다. 콜아아스는 그곳에서 제이넵을 보고 얼마나 흥분했는지 의사 누리에게 솔직하게 말했다.

오빠들인 메지드와 하디드는 더 도회적인 사람으로 보이도록 깨끗한 셔츠를 입고 면도도 깔끔히 한 상태였지만 머리에 쓴 페스와 불안하게 앉아 있는 모습에서 그 자리를 불편해한다는 것이 확연히 느껴졌다. 양가 어머니들이 콜아아스가 지불할 지참금, 선물, 금 같은 문제를 이미 합의했기 때문에 이 문제는 전혀 거론되지 않았다. 빈 호텔의 식당 벽에 걸린 벌써 낡고 바래 버린 방역 광고가 마치 아주 오랜 옛날의 유산처럼 느껴졌고, 어쩐지 페스트를 더 두려운 존재로 만들고 있었다.

"우리가 여기에 모인 것은 위험한 행동입니다." 콜아아스가 말했다. "사실 방역 조치에 따르면 두 명 이상 모이는 것은 금지되어 있지요."

"우리는 신에게 모든 걸 맡겼어요!" 메지드가 말했다. "우리는 모두 운명이라고 믿기 때문에 마음이 편합니다. 걱정하지 말아요!"

"방역 조치를 믿고 방역 부대에 지원군으로 합류한다면 더 편하게 느낄 겁니다. 어제와 오늘 아침 총 열한 명이 페스트로 사망했습니다. 여전히 사망자를 숨기는 사람들이 있고요."

"캬밀 베이, 믿어 주세요." 제이넵이 말했다. "저는 전염병에 휩쓸려 젊은 나이에 죽기보다 제대로 살아 보지도 못하고 이 섬에서 늙는 것이 더 두려워요."

"당신이 무엇을 원하는지 이렇게까지 잘 안다는 게 존경스럽군요.” 콜아아스가 말했다.

마주 앉아 있자 얼굴이 너무 가까워서 오랫동안 서로 눈을 똑바로 쳐다볼 수 없었다. 콜아아스는 이 검은 눈동자의 처녀와 지독한 사랑에 빠지리라는 것을 깨달았고, 외딴 수비대에서 보내는 외로운 밤에는 그녀를 그리는 고통을 머릿속에 떠올리며 그녀와 결혼하기만을 갈망했다.

제이넵의 어머니와 오빠들, 그리고 배후에서 결혼식과 결혼 흥정을 진행한 사티예 부인은 모든 것을 빠르고 순조롭게 해결했다. 콜아아스는 결혼하는 과정에서 걸림돌이 나타나면 총독 파샤의 지원을 받았다. 라미즈의 측근들은 셰이크 함둘라흐가 동생이 당한 일에 마음 아파하며 분노하고 있다는 말들을 만들어 내고 소문을 퍼트렸다. 모두들 라미즈가 도시로 돌아와 습격할 거라고 믿었다.

총독은 콜아아스가 원하는 여성과 결혼하고, 그 누구에 대한 두려움 없이 기뻐하는 것을 명예 문제로 생각했다. 그들은 새로 결혼한 오스만 제국 장교가 스플렌디드 호텔에서 머무는 것이 가장 적합하며 가장 안전한 해결책이라는 결정을 내렸다. 이렇게 해서 콜아아스는 미래의 아내와 함께 부유한 유럽인들처럼 스플렌디드 호텔 꼭대기 층에 있는 방에 신혼살림을 차리기로 했다.

모든 것을 가까이 지켜보던 총독 파샤는 콜아아스에게 에셰크아느르탄 비탈길 초입에 있는 민게르의 가장 유명한 이발사 파나요트의 이발소에서 신랑 면도를 하라고 추천했다. 5월 14일 화요일 정오 이발사 파나요트는 최근 이십 년 동안 아르카즈에서 결혼한 모든 기독교인과 무슬림이 면도를 하기 위해 그에게 온다는 것을 콜아아스에게 자랑스럽게 말한 후 덧붙였다.

“지휘관님, 저의 작은 가게와 이용 기구들을 ‘페스트에 감염된 건 아닌가?’라는 걱정스러운 시선으로 보는 것 같군요! 하지만 보시지요, 저는 모든 가위, 면도칼, 고데기를 방역의가 경고한 대로 오랫동안 끓였습니다. 제가 두려워서가 아니라 당신처럼 세련된 손님들이 원하기 때문이지요."

"당신은 왜 두려워하지 않지요?"

"우릴 성모 마리아와 구원자 예수에게 맡겼기 때문이지요!" 이발사는 이발소 한구석에 눈길을 던지며 말했다.

콜아아스는 이발사에게 힘을 주는 성상이 아니라 면도용 솔, 대접, 절구, 칼, 면도칼, 물통, 돌만을 보았다. 이발사는 파디샤의 딸과 결혼한 의사가 전염병을 막기 위해 섬에 왔으며, 지금 면도를 하는 신랑 콜아아스가 그들의 경호병이라는 것을 안다고 말했다. 그런 다음 민게르 사람들이 파디샤에게 얼마나 충심인지 설명하기 시작했다. 사십 년 가까이 겨울과 봄이면 동지중해에 있는 오스만 제국령 섬들에서 반란이 일어났다. 그리스에 예속되고 싶어 하며, 크레타섬처럼 오스만 제국 통치에서 도망치고 이탈하고 싶은 룸이 일으키는 반란들이었다. 매년 여름 오스만 제국의 메수디예, 오스마니예 혹은 새로운 포탑을 탑재한 오르하니예 전함이 반란을 일으킨 섬에 있는 비밀경찰과 첩자들이 알려 준 정보에 의거하여 룸 마을들을 폭격했다. 때로는 섬에 주둔하는 오스만 제국 수비대 병사들이 마을들을 급습하고 혐의자들을 감옥에 가두었다. 대부분 섬에 있는 룸 마을과 항구들을 단지 벌주기 위해 폭격했다. 하지만 새로운 포탑을 탑재한 오르하니예는 최근 이십 년 동안 아르카즈로 와 룸 마을들을 폭격한 적이 한 번도 없었다!

"왜일까?" 왜냐하면 압뒬하미트가 기독교인 이주자들을 포함해 이 섬사람들이 자신에게 충성한다는 것을 알기 때문이었다! 십오 년 전 민게르섬은 동지중해에서 가장 부유한 섬이었고, 인구의 절반 정도가 무슬림이었다! "지휘관님, 보십시오!" 파나요트 에펜디는 말을 이었다. “이 콧수염에 바르는 기름과 펜치 고데기는 이스탄불에서도 한두 군데 이발소에 있을까 말까 합니다. 하지만 저는 십 년 전에 이 병을 베를린에서 주문했고 민게르의 모든 룸과 무슬림 신사와 남성분들에게 어떻게 바르는지 가르쳐 주었답니다. 당시에는 끝이 뾰족하고 몸통은 두껍고 꼿꼿한 카이저 빌헬름 콧수염을 만들기 위해 가운데는 짧게 자르고 가장자리를 가늘게 구부리는 것으로 충분하다고들 생각했지요. 하지만 고데기 끝을 달궈 콧수염을 원하는 형태로 만들면서 밀랍 액체를 인내심을 가지고 털에 천천히 먹이며 바르는 것이 아주 중요합니다.”

이발사는 방금 말한 것들을 천천히 콜아아스에게 적용하고 있었다. 가장 중요한 부분은 이것이다. 콧수염을 지탱하기 위해 뺨과 광대뼈 위에 있는 털들을 사용해서는 절대 안 된다. 그러면 보기 싫고 억세 보인다. 하지만 안타깝게도 베를린과 이스탄불에 여전히 이렇게 하는 이발사들이 있다. 반면 면도를 시작하기 전에 얼굴에 있는 모든 털을 두 번 윤을 내며 제거해야 한다는 것을 노련하고 현대적인 이발사들은 알고 있다. 빌헬름에게 끝이 칼처럼 뾰족하고 꼿꼿한 특별한 콧수염을 만들어 준 프랑스 회사는 그 비밀을 묘약처럼 감춘 이 밀랍이 들어간 접착제를 베를린의 상점들에서 여전히 팔고 있다. 민게르 출신 이발사 파나요트는 독일 상품을 다 쓰면 정구에 짓이긴 떡갈나무 생열매와 민게르 소나무 송진을 살해당한 화학자가 압뒬하미트의 허락을 받아 가져온 묘목으로 만든 장미수와 혼합한 후 약초상 와실한테서 산 구운 병아리콩 가루를 첨가해 같은 결과물을 얻었다. 콜아아스가 원하면 콧수염 끝을 더 날카롭고 단단하게 만들 수 있지만 수줍음 타는 고집 센 신부를 겁먹게 해서는 안 된다고 말했다.

콜아아스는 카이저 빌헬름식의 끝이 뾰족한 콧수염을 하고 주 청사로 돌아가다가 한적한 이스탄불 대로에서 페스트 광인과 마주쳤다. 어린 시절 아르카즈에는 많은 사람이 너그럽게 보아주는 몇 명의 광인이 있었다. 아이들은 놀렸지만 일부 노인과 룸 여성들이 가엾게 여겨 돈과 먹을 것을 주었던 이들 대부분을 콜아아스는 좋아했다. 항상 여자 옷을 입는 룸 광인 디미트리오스와 시끌벅적한 시장에서 갑자기 고함치고 비명을 지르기 시작하는 진지르 출신 세르베트는 모두가 알았다. 두 광인은 사람 많은 시장이나 다리, 항구에서 마주치면 룸어, 민게르어, 튀르크어를 섞어 서로 온갖 욕설을 퍼붓다가 나중에는 치고받고 싸우기 시작했다. 아이들만 아니라 어른들도 이들의 싸움을 즐겼다. 그런데 전염병이 시작된 후 이 옛 광인들은 갑자기 사라지고 그 대신 더 비정상적이고 더 강박적이며 사람들에게 연민보다 혐오와 분노를 불러일으키는 페스트 광인들이 나타났다.

이 마을 저 마을 돌아다니는 에린 출신의 에크렘은 새로운 광인들 중 가장 유명했다. 이스탄불에서 신학 교육을 받았다는 남자는 와크프 관리부 직원으로 전염병 이전에는 독서를 좋아한다는 점 이외에 별다른 특징 없이 평범하고 존재감이 없었다. 하지만 함께 행복하게 살던 두 아내가 갑자기 죽자 『코란』에 몰두하기 시작했고, 곧 그들에게 닥친 것이 '대재앙'이라는 결론에 다다랐다.

에크렘 에펜디는 군복 차림에 훈장과 메달을 단 콜아아스를 보고 늘 그랬듯이 길 한가운데에 갑자기 멈추어 팔을 현란하게 움직이며 「키야마」[67]장을 암송하기 시작했다. 깊고 진심 어린 목소리였으며, 심지어 약간 콧소리를 내며 울고 있는 것처럼 느껴졌다. 콜아아스는 큰 키에 검은 프록코트를 입고 보라색 페스를 쓴 남자 맞은

67 『코란』 중 75장으로 '대재앙'을 의미한다.

편에 서서 존경심을 가지고 들었다. 광인은 이 장 여섯 번째 설에 이르러 "대재앙의 날이 언제이뇨?"라고 물을 때 위협하는 듯한 시선으로 그를 바라보았다. 인간의 시야가 현혹되고, 달은 어둠 속에 묻히며, 태양과 달이 만나는 대재앙의 날이었다! 그러고는 긴 팔과 손가락을 뻗어 하늘의 한 지점을 가리켰다. 콜아아스는 에크렘 에펜디가 가리키는 곳에서 특별한 무언가를 보지 못했다. 그것은 깨끗하고 청명한 민게르의 하늘이었다. 하지만 그와 다투기 싫어 무엇인가를 본 척했다.

와크프 관리부 직원은 대재앙의 시기에는 신이 유일한 피난처라는 의미의 다른 구절들을 암송했다. 전염병이 확산된 후 모든 호자와 설교자가 핑계를 대며 인용하는 구절들이기 때문에 모든 무슬림 의사와 방역관은 이 단어들에 익숙했고, 늘 존경을 표했으며, 자신들이 습득한 지식을 환자들에게 확실히 보여 주었다.

한번은 이 구절들을 암송할 때 나이 든 에크렘이 방역을 비판했다는 말을 듣고 총독은 광인을 가두려고 생각했지만 실행에 옮기지 않았다. 콜아아스는 광인을 뒤로하고 계속 길을 가면서 자신이 얼마나 행복하고 행운아인지 다시 한번 생각했다. 우리는 지금 개인적인 감정과 결정이 역사의 흐름을 바꾸었던 어느 작은 나라의 이야기를 쓰기 때문에 이 행복을 강조하고자 한다.

콜아아스의 혼인 서약식은 사실 스플렌디드 호텔에서 거행될 예정이었는데 안전에 대한 우려로(그 지역에는 라미즈의 측근들이 있었다.) 주 청사 대회의실에서 치러졌다. 장소가 바뀐 데 불안을 느낀 하객들은 주 청사 건물의 리졸 냄새가 나는 1층 복도에서 대기한 후 다 함께 2층으로 올라가 결혼식 참석을 위해 대회의실로 안내되었다. 모두 멋지게 차려입고 티 없이 활기찬 모습이었다. 제이넵은 민게르 처녀들이 입는 붉은색의 전통 신부복 차림이었다.

콜아아스는 꿈속에서처럼 결혼식을 외부에서 지켜보는 듯했다. 쾨르 메흐메트 파샤 사원의 이맘 누렛틴 에펜디가 공책에 신랑과 신부의 이름을 적을 때 그들은 멀리서 서로를 주의 깊게 바라보았다.

먼저 콜아아스가 이맘 에펜디의 질문에 대답했다. 규정에 의거하여 그가 그녀와 결혼할 때 (토지비와 지참금 이외에) 지급한 액수를 썼다. 만약 이혼하게 되면 무엇을 줄지도 밝혔다. 한편으로는 붉은 신부복을 입은 신부를 감탄과 갈망에 가득 차 바라보며 평생 겪었던 외로움의 고통이 끝나리라는 사실을 도무지 믿지 못했다. 결혼 증인들 중 한 명은 콜아아스의 친구 라미이고, 다른 한 명은 총독 파샤가 혼인 서약식을 통제하기를 원했기 때문에 증인을 서 달라고 요청한 정보국장 마즈하르 에펜디였다. 파샤는 알 수 없는 이유로 마지막 순간에 집무실로 가 그곳에 머물렀다. 혼인 서약식 중간쯤에 항구 방향으로 난 대회의실의 작은 문이 열리더니 파키제 술탄과 부마 의사가 들어왔다. 두 사람은 가족, 친척, 이웃, 그리고 가장 멋진 옷을 입고 페스까지 쓴 아이들로 이루어진 인파와 떨어져 있었지만 모두들 파디샤의 딸이 결혼식에 온 데에 몹시 감격했다. 이맘 에펜디가 긴 기도문을 읽기 시작하자 사람들은 혼인 서약이 이루어졌다는 것을 알았다. 콜아아스는 어머니가 준 금팔찌를 아내에게 끼워 주었다. 그는 증인들과 몇몇 하객들하고 악수를 나누었다. 하지만 질병에 대한 두려움으로 사람들은 서로 껴안거나 악수조차 하지 않았고 대부분이 한시라도 빨리 집에 돌아가고 싶어 했다.

여느 때와 달리 손등에 입 맞추기, 상대의 손을 이마에 갖다 대며 인사하기, 포옹하기 같은 절차를 생략했기 때문에 결혼식은 짧게 끝났고, 행복한 신부와 신랑은 곧 마부 제케리야가 모는 총독 파샤의 랜도 마차를 타고 스플렌디드 호텔로 향했다. 한편 어느 때고 라미즈가 측근들과 함께 습격할 거라고 예상한 총독은 여전히 불안해했다. 그날 신랑 신부가 주 청사에서 나가는 모습을 지켜본 파키제 술탄은 언니 하티제에게 쓴 1901년 5월 14일 자 편지에서 특히 "그 모든 재앙의 분위기에도 불구하고 두 사람은 얼굴에 나타난 행복한 표정과 미소를 감출 수 없었다."라는 점에 주목했다.

33장

파키제 술탄에게 콜아아스와 제이넵의 큰 행복은 이스탄불에서 있었던 그녀와 언니들의 결혼식, 그들에게 보내는 조롱 섞인 눈길, 비아냥, 그리고 여전히 느끼는 분노를 떠올리게 했다.

"사람들은 오랜 세월 궁전과 하렘 방들에 새장 속 새처럼 갇혀 지내는 우리가 부당한 대우를 받는다고 생각하는 대신 세상 물정을 모른다며 조롱했고, 우리 처지를 비웃기까지 했어!" 파키제 술탄은 한 편지에서 불만을 토로했다. 하지만 "우리 처지를 보고 즐거워하는 사람들, 심지어 우리에 대해 꾸며 낸 이야기와 우스갯소리를 했던 사람들이 어쩌면 옳을지도 몰라!"라고 같은 편지에 썼다.(언니들이 츠라안 궁전에서 이을드즈 궁전으로 아버지를 떠나 그들의 결혼을 주선할 숙부 압뒬하미트의 곁으로 갈 때 이을드즈 궁전에서 온 마차를 끄는 말들의 상스럽고 추한 엉덩이와 엉치뼈를 보고 공포에 휩싸인 적이 있다.)

"우리를 조롱한 사람들에게 해 주고 싶은 말이 있어."라고 파키제 술탄은 또 다른 편지에 썼다. "아버지가 말했듯이 셰익스피어 시대에 살았던 할아버지의 할아버지 메흐메트 4세는 아버지가 돌아가시자 왕위 쟁탈전이 없었으면 해서 그중 다섯 명은 아이였던 열아홉 명의 불운하고 죄 없는 왕자를, 그러니까 남자 형제들을 사형 집행인에게 양도할 때(같은 숫자의 여자 형제들도 있었다.) 마치 우리를 결혼시킨 압뒬하미트처럼 먼저 왕위에 올랐던 셀림 2세의 딸들을 작은 혼수를 챙겨 지위가 낮은 궁전 종복들과 결혼시켰지. 내 아버지가 말했듯이 이 모든 여자 형제들 누구의 이름도 오스만 제국 인명 기록부에 등록되지 않은 것이, 다시 말해 오스만 제국에서 파디샤의 딸들조차 중요하지 않다는 사실이 때로는 우리 목숨을 구했어. 이 파디샤 딸들의 딸들, 그러니까 하늠 술탄도 좋은 남편들과 짝지어 주었기 때문에 혈통이 지속되었고 더 나아가 풍족한 삶을 살았어. 게다가 결혼을 잘하면 술탄과 하늠 술탄은 남편들과 함께 제국령의 다양한 주로 갈 테니 과거에 '시골'이라고 했던 '지방'들도 알게 되었지. 숙부 압뒬하미트는 이러한 이유로 세니예와 페리데 하늠 술탄을 마흐무트 2세의 손녀가 아니라 딸처럼 존중하고 배려했으며, 이을드즈 궁전 의식에 초대했고, 아르나부트쾨이의 해안 저택을 선물해 주었고, 나이들이 많기 때문에 술탄과 동등하게 대했지. 어차피 대신이나 파샤의 신부가 될 것이기 때문에 우리가 바깥세상에 대해 전혀 모른다는 사실은 의미도 없고 중요하지도 않아. 하지만 국가, 땅, 섬, 산이 지도에 다 담지 못할 만큼 광활한 숭고한 오스만 제국 왕좌에 어느 날 앉을 거라 기다리고 있지만 압뒬하미트의 심기증 때문에 군인과 비밀경찰들로 둘러싸인 한두 군데 궁전 이외에 어디도 가 보지 못하고 어떤 것도 보지 못한 왕자가 하렘의 창문을 통해 난생처음으로 보았던 양을 괴물이라고 생각해 경호병을 부른 것은 오스만 제국의 미래가 우려되는바 우리 술탄들의 상황보다 훨씬 더 심각한 노릇이 아닐까?"

먼저 하티제와 페히메 언니가 이을드즈 궁전으로 갔다. 숙부인 압뒬하미트는 두 조카에게 잘 대해 주었으며 슬퍼하지 않도록,

그리고 적당한 남편 후보나 어머니와 이모들의 눈에 들어 결혼할 수 있도록 중요하거나 중요하지 않은 많은 행사와 모임에 딸들처럼 그녀들을 초대했다. 하티제와 페히메 술탄은 이을드즈에서 보낸 이 년 동안 많은 행사와 연회에 참석했고, 많은 여성과 알게 되었으며, 대화도 나누었다. 하지만 안타깝게도 두 멋진 처녀와 결혼하고 싶어 하는 신랑 후보는 나타나지 않았다. 신랑 후보만 아니라 가족들이 압뒬하미트를 두려워했기 때문이다. 압뒬하미트가 매일 선을 보인 형의 딸이 아무리 아름답고 교양이 있더라도 부유한 파샤의 아들이 구혼자로 나서지 않는 것은 어쩌면 그 억압적인 환경에서 있을 법한 일이었다. 그리하여 두 자매는 깊은 실망감에 빠졌다.

세 자매가 몇몇 파샤의 아들과 잠재적으로 적합한 왕자들에게 느꼈던 분노의 이면에는 물론 이들 대부분이 무례하고 교양 없고 바람둥이며 속물이라는 점도 있었다. 우리는 서른 살의 우아하고 아름다운 큰딸 하티제 술탄이 했던 예상, 그러니까 이을드즈 궁전에 가면 좋은 남편감을 찾을 거라는 생각이 안타깝게도 옳지 않았다는 사실을 말하기 위해 이 모든 것을 설명하고 있다. 아무도 구혼을 하지 않았기 때문에 결국 가장 적당하고 좋은 남편감을 찾는 일은 파디샤의 몫이 되었다.

압뒬하미트는 실력 있고 순종적인 마베인 관리 중에서 가장 마음에 드는 사람을 찾기 시작했다. 무라트 5세를 감금한 츠라안 궁전에서 그 시기에 또 전염병 소식이 들려왔다. 파디샤는 명성을 들은 방역 전문 의사를 모든 건물의(이 석조 건물은 공화국 시기에 한동안 베식타쉬 여자고등학교로 사용되었다.) 상태를 둘러보라며 그곳으로 보냈다. 하지만 당시 츠라안 궁전의 일부인 그 건물에 결혼을 거부하고 아버지와 남아 있는 셋째 딸 파키제 술탄을 보라는 의미에서 압뒬하미트가 일부러 누리를 보냈다고 말하는 사람도 많았다. 심지어 어떤 사람들은 셋째 딸도 적당한 남편감과 결혼하기를 원했던 무라트 5세가 '동생' 압뒬하미트와 중개인을 통해 비밀리에 소통하면서 이 계획에 동의했다고 주장했다.

예순 살의 무라트 5세는 폐위된 초기에 품었던 쿠데타 혹은 납치를 통해 다시 왕위에 오를 거라는 환상을 이제 포기하고 "어쩌겠어, 내가 운이 없는 거지!" 하며 그의 처지를 받아들였다. 오후에는 가장 좋은 친구인 아들(둘은 스무 살의 나이 차이가 났다.) 메흐메트 셀라핫틴 왕자와 네 딸(한 명은 결핵으로 사망할 터였다.) 모두에게 하나하나 관심을 기울이면서 책을 읽고 피아노를 치고 작곡을 했으며, 저녁에는 술을 거나하게 마시며 시간을 보냈다. 아버지와 아들은 술을 좋아했다.

옛 파디샤는 아침이면 가운데 층 그의 거처 맞은편에 있는 어머니 셰브케프자 카든[68]을 문안차 방문했다. 어머니는 야망 있는 체르케스인으로 폐위 초기에는 아들을 다시 왕위에 앉히기 위해 묘안을 짜고(여장을 시켜 몰래 유럽으로 보내기) 음모를 꾸미면서(이 음모에는 궁전의 수로도 이용되었다.) 이 주제들에 대해 아들과 단둘이 이야기를 나누곤 했다. 어머니가 사망한 후 비게 된 이 거처의 일부 방들에는 궁전 1층의 밀집된 생활에 신물이 나고 방이 바다 쪽을 향하고 있어 류머티즘에 걸린 궁녀들 중 그가 가장 아끼는 애첩들이 차지했다.

1층에는 무라트 5세와 마흔 살의 아들(그는 딸 여섯과 아들 둘, 모두 여덟 명의 자녀를 두었다.)과 메흐메트 셀라핫틴 왕자의 시중을 드는 — 새로 입궁한 후궁, 나이 든 후궁, 우스타[69] — 마흔다섯

68 술탄의 어머니를 칭하는 말이며 '왈리데'라는 공식 칭호를 부여받았다.

69 궁녀와 궁전 하녀들 중 연장자를 일컫는 말.

명의 궁녀가 있었다. 1878년 정치 운동가 알리 수아비 습격 당시 옛 파디샤를 납치해 왕위에 앉히려 한 쿠데타 세력을 쫓던 압뒬하미트의 수하 메흐메트 파샤는 이 '여자들'의 방에 모르고 급히 들어갔다가 더운 여름에 대부분 발가벗거나 반쯤 벗은, 나이가 들거나 아주 젊은 마흔여 명의 아름다운 여자들을 보자 마비된 듯 검에 몸을 기댔다. 무라트 5세와 이십팔 년간 감금 생활을 한 애첩 필리즈텐은 오스만 제국 마지막 하렘의 모든 삶을 목격하고 더없이 솔직하게 묘사한 야사 전문가 지야 샤키르가 1940년에 엮은 그녀의 회고록에서 하렘 여성들이 그 일이 있고 오랫동안 메흐메트 파샤가 동상처럼 서 있던 모습을 흉내 내며 폭소를 터트렸다고 말했다.

의사 누리는 여성과 소녀들로 가득 찬 이 공간에서 '누구와도 마주치지 않고' 위층으로 안내되었다. 바다가 내다보이는 중간층 거처의 한 방에서 나이 든 하녀와 무라트 5세의 손녀들 중 한 명인 제릴레 술탄의 피부에 생긴 이상한 반점을 진찰하고 있을 때 문이 열렸고, 순간 파키제 술탄과 눈이 마주쳤다. 늙은 하녀가 아버지는 여기에 안 계신다고 말하자 파키제 술탄은 밖으로 나갔다. 하지만 하렘에 있는 젊은 술탄과 의사는 서로의 눈을 마치 초기 터키 소설에서 자주 묘사했듯이 '한동안 똑바로' 바라보았다. 이틀 후 의향을 묻자 파키제 술탄은 이 잘생긴 의사와 결혼하겠다며 언니들처럼 숙부가 있는 이을드즈 궁전으로 가는 데 동의했다.

압뒬하미트가 무라트 5세의 아름답고 개성 있는 딸들과 맺어 준 평범하고 존재감 없는 남편들은 입방아에 자주 올랐다.(이 소문에서 대부분 첫째와 둘째 딸의 남편들이 언급되었다.) 세월이 흐른 후 신문의 역사 면에는 그 남편들이 사무관이고(즉 부자가 아니라는 것이다.) '늙었으며' 잘생기지도 않았다는 글이 많이 실렸다. 마베인 수석 비서관의 보좌관이 될 유명한 터키 소설가들 중 한 명인 할리트 지야조차 『40년』이라는 회고록에서 심지어 두 늙은 부마가 가난했음을 암시하기 위해 '고아 학교 출신'이라는 것을 다시 한 번 지적했다. 더 최악은 이스탄불 시민들 사이에서 하티제 술탄이 못생긴 남편을 침실로 들이지 않았다는 식의 소문이 자자했다. "작은아버지는 못생긴 딸들에게 잘생기고 부유한 남편을 찾아 준 반면 우리에게는……." 하는 식으로 시작되는 많은 꾸며 낸 문장들도 공화국 시기 터키 언론에 등장했다. 하지만 우리한테 있는 편지들에서 무라트 5세의 딸들이 숙부의 딸인 사촌 나이메 술탄에 대해 '못생겼다'라고 말했다는 어떤 암시도 없다. 어쨌든 그녀들의 교양은 이런 말을 할 수준이 아니었다!

우리가 이 주제들에 대해 관심을 갖는 것은 또 다른 주제를 한 번 더 우회적으로 거론하기 위해서다. 입방아를 찧는 사람들에 의하면 언니 하티제나 페히메와 달리 파키제 술탄은 '아름답지' 않았다! 혹은 그들만큼 '아름답지' 않았다! 이러한 이유로 파키제 술탄은 이스탄불의 궁전을 싫어하는 말 많은 사람들의 날카로운 혀와 가시 돋친 말들을 피할 수 있었다. 뒷말하기 좋아하는 사람들은 압뒬하미트가 아름답지도 않은 셋째 조카와 맺어 줄 남편감을 마베인에서 찾지 못하자 결국 마베인 관리보다 훨씬 더 '지위'가 낮은 의사에 만족했다고 말하며 언니들만큼 자신만만하거나 멋지지 않은 파키제 술탄을 입에 올리기를 잊었고, 이는 오스만 제국 궁전에서 보낸 마지막 날들의 음흉한 험담으로부터 그녀를 보호했다.

세 자매가 결혼하던 날 화려하게 치장한 사람들을 태운 마차들이 이을드즈 궁전과 이스탄불의 다른 궁전들, 대신과 파샤의 저택을 나와 파디샤가 조카들에게 선물한 오르타쾨이와 쿠루체시메 사이의 해안 저택을 향했다. 파디샤는 이 기회에 이을드즈 궁전의 그랜드 마베인 별관에서 외교 연회를 앞서 베풀고 대신과 파샤, 대사,

왕자 들을 초대했다. 불필요한 지출에 매우 화를 내던 압뒬하미트는 이 연회에 많은 비용을 들이지 않았고, 이 년 전 딸 나이메 술탄의 결혼식과 달리 이번에는 부마와 마베인 고위 관직자들을 대동하고 계단 앞에서 손님들을 맞이하지 않았다.

지난해 어느 정도는 빅토리아 여왕의 재위 60주년 기념식을 흉내 내어 통치 이십오 년째 되는 해를 많은 비용을 들여 축하한 파디샤는 이제 의식, 접대, 연회 등에 초기처럼 시간과 돈을 배정하지 않았다. 때로는 친딸과 차별을 두지 않는 것처럼 관대하게 대하던 조카 술탄들에게 필요한 쌍두마차를 배정할 때도 미루적거렸다. 압뒬하미트가 인색했는지 아니면 마베인 비서관들이 부마들을 홀대했는지 모르지만 결국 그들에게 보낸 특별 마차를 두 언니가 전혀 만족하지 않았다는 것을 파키제 술탄과 주고받은 편지에서 알 수 있다. 세 자매 중 가장 요구 사항이 없고 겸손한 파키제 술탄은 어차피 결혼 초기에 중국으로 가던 중 민게르주에 머물렀기 때문에 그녀와 남편이 받은 마차에 대해서 관심을 가질 기회가 없었다.

이번에는 결혼식 날 이을드즈 궁전만 아니라 오르타쾨이의 해안 저택에서 한 번 모습을 비치고 사라진 왕자들 중 네 명에 대해 파키제 술탄의 편지에 조롱하는 말들이 있었다. 온갖 경박한 짓을 하고 모임 때마다 바이올린을 가져와 소음을 내는 압뒬하미트의 아들 메흐메트 압뒬카디르 에펜디는 '우둔'했다. 다른 왕자 아비드 에펜디는 '어리석은' 사람이었다. 파디샤가 압뒬아지즈의 막내딸 에미네 술탄과 결혼시키고 싶어 한 아들 세이펫틴 에펜디는 '바람둥이'였고, 이 때문에 에미네 술탄으로부터 거절당했다. 아지지예 승객들이 민게르에서 내릴 때 들은 「해군 행진곡」을 작곡한(그는 이 작품을 일곱 살 때 작곡했다.) '꼬마' 부르하넷틴 에펜디에 대해 파키제 술탄은 '버릇없다.'라고 생각했다.

파키제 술탄은 언니에게 쓴 일곱 번째 편지부터는 봉투를 봉인하기 전에 남편에게 읽어 주기 시작했다. 이러한 방법으로 그녀는 셜록 홈스처럼 남편의 조사에 참여할 뿐 아니라 지금까지 자신이 알고 있던 유일한 삶인 궁전 생활에 대해 간접적으로 그에게 알려 주었다.

34장

의사 누리는 아내가 과거에 경험한 행사, 음모, 분노, 그리움에 귀를 기울였지만 처음에는 분석 대신 자신이 경험한 이상하고 당혹스러운 방역 이야기로 답했다. 또 매일 병원에서 환자들과 함께 있을 때 겪은 일들도 들려주었다.

당시 그는 집들과 병원을 오가며 환자들을 진찰했을 뿐 아니라 방역 조치와 관련해 문제가 있는 곳에 가 그 이유를 파악하고 돕느라 분주했다. 방역 관계자들로부터 집을 비우라는 말을 들은 사람들은 저항하고 고함치고 싸우려 들었는데 이러한 곳에서 항상 타당하고 적당한 해결책을 찾기는 힘들었다. 어떤 사람은 하루만이라도 가족과 함께 보내고 싶어 했고, 어떤 사람은 문을 안에서 걸어 잠갔고, 어떤 사람은 사흘 사이에 아내와 딸이 연달아 죽자 미쳐 버렸고, 또 어떤 사람은 고통 때문에 정신이 나간 시늉을 하며 격리를 위해 성으로 데려가려는 경호병과 방역 부대 병사들을 공격했다. 전염병이 악화될수록 — 이제 매일 하루에 열다섯 명 이상이 죽었다. — 사람들은 체념하거나 더 분노했고, 심지어 공격적인 성향으로 바뀌었다. 소문, 험담, 끊임없이 이어지는 장례식 때문에 사람들은 냉정과 이성을 잃었다. 상금으로 금화 다섯 개를 받기 위해 숨어 있는 환자를 고발하는 사람들이 최근 사흘간 증가했다. 하지만 다섯 건 중 셋은 페스트가 아니었다. 이 모든 것에도 불구하고 페스트에 대한 대부분 무슬림들의 반응은 여전히 자기 보호보다 두려움과 비난이었다.

이쯤 되면 도시 전체가 동의한 것은 단 한 가지라고 말할 수 있겠다. 쥐한테 전염되었든 다른 사람들로부터 전염되었다고 믿든 사람들은 꼭 필요한 경우가 아니면 집 밖을 나가지 않았다. 어차피 도시 동쪽과 항구는 대다수의 룸들이 떠났기 때문에 거의 비어 있었다. 다른 사람들은 비스킷, 밀가루, 건포도, 과일시럽 같은 것들을 자루, 바구니, 통, 올리브유 단지에 담아 집과 마당에 감추고는 문을 꼭꼭 잠그고 마치 적군에 대비하듯 꼭 틀어박혀서 전염병이 지나가기만을 기다렸다. 하지만 쥐와 쥐에 붙은 벼룩들은 담벼락 아래를 지나 집 안으로 들어갔다!

텅 빈 거리는 어딘지 신비롭고 섬뜩했는데 정원 너머에 무리 지어 있는 사람들을 보는 것이 더 무서웠다. 그 집에서 사망자가 나왔고, 지금 보는 문 뒤에 시체 하나가 더 있다는 의미였기 때문이다. 잠시 후면 집을 비우기 위해 방역관들이 올 테고, 집에 있는 사람들은 '당장 소식을 전해야 할지, 아니면 나중에 할지' 논쟁을 벌이다가 어쩌면 자기들끼리 싸우기 시작할 것이다. 어떤 사람들은 공포에 사로잡혀 목숨을 건지기 위해 옳든 그르든 많은 상상을 하며 계획을 세우고 이러한 것들을 사람들에게 설명하는 반면, 어떤 사람들은 정반대로 세상을 외면하고 체념하며 모든 것을 신에게 맡겼다.

집에서 나오지 않던 남자들 대부분은 금세 지겨워하고 인내심이 바닥이 나 호기심에 휩싸여 퇴창의 격자문을 살짝 열고서 밖을 엿보다가 아무 데나 대고 소리를 질렀다. 또 다른 사람들은 기독교인들처럼 창문을 끝까지 열어젖히고 종일 문 앞을 지나가는 사람들을 구경했다. 오후나 방역 부대에 있지 않을 때 콜아아스는 파키제 술탄이 요청한 대로 부마 의사를 경호하며 함께 움직였다. 창가에 서 있던 사람들은 군복 차림인 콜아아스를 보고서 종종 감동을 받고 그를 신뢰할 수 있다고 느꼈다. 어느 날 아침 콜아아스가 의사 부마와 함께 가파르고 좋은 향기가 나는 에요클리마 마을을 걷고 있을 때 창에 덧문이 달린 집에서 룸 노인이 그의 계급을 모르고 소리쳤다. "군인 양반! 마리팀 배가 항구에 왔는지 말해 줄 수 있소!"

의사 누리는 어떤 콜레라 전염병 때도 보지 못하고 듣지 못한 것들을 경험하게 되었다. 도둑들은 노인들만 사는 집에 들어가 집을 털었다. 간혹 도둑 패거리가 빈집인 줄 알고 들어간 집에서 페스트로 죽은 사람을 발견하고 방역관들이 집에 들어오지 않도록 시신을 감추려다 전염되어 나중에 병원에서 이러한 사실을 누리에게 자백하기도 했다. 어떤 도둑들은 무법천지의 혼란한 분위기를 틈타 들어간 집에 눌러살기도 했다. 이러한 일들은 주로 방역 부대와 헌병들이 찾아가지 못하는 외딴 룸 마을인 단텔라와 코푼야에서 발생했다.

누리는 테오도로풀로스 병원에서 젊은 룸 의사의 도움을 받으며 두 시간 가까이 환자들과 분투하고 있었다. 고통을 덜고 체질을 강화하기 위해 알약을 주고 상처를 소독했으며, 가래톳을 갈라 편하게 해 주려 애썼다. 인내심을 가지고 같은 말을 되풀이하면서 창문을 계속 열어 두어 방을 환기하라고 지시했다.

주 청사로 돌아와 객실에 들어갔을 때 아내가 편지를 쓰고 있는 것을 보았다. 또 이스탄불에서 그에게 암호화된 '칙령'이 도착했다는 쪽지가 있었다.

그 소식에 너무나 흥분하여 의사 누리가 자신을 안을 때조차 이 전보를 궁금해하고 있다는 것을 눈치챈 영리한 아내는 불만스러운 눈길을 보내며 말했다. "가서 봐요, 무슨 내용인지!"(왜냐하면 '칙령'은 파디샤, 즉 압뒬하미트의 명령을 의미했기 때문이다.)

"술탄을 향한 충성심이 나에 대한 충실함보다 훨씬 더 강한 것을 보니 속이 상하네요." 파키제 술탄이 말했다.

"그것은 전혀 다른 충성심입니다. 하나는 마음에서 우러나오는 충실함이고, 다른 하나는 혈연에 의거한 충실함이지요."

"마음에서 우러나오는 충실함은 아마도 나에 대한 것일 테지요. 하지만 압뒬하미트에 대한 충실함이 왜 혈연에 의거하지요? 파디샤는 당신이 아니라 내 숙부인데요."

"나의 충실함은 오로지 숙부이신 군주이자 파디샤 압뒬하미트 전하에게만 해당하는 것이 아닙니다. 그 숭고한 지위를 대표하는 숭고한 국가, 위대한 오스만 제국, 정부, 모든 민족, 그리고 방역 당국에도 적용되는 충실함이에요."

"압뒬하미트 이외에 바브알리, 국가, 민족이 있다고 생각하다니 놀랍군요. 당신이 '국가'라고 하는 파샤와 비서관들은 숙부가 원하는 모든 것을 하지요. '그'에 따르면 정의는 그가 원하는 모든 것을 하는 것 그 자체랍니다. 다른 정의가 있었더라면 내 아버지, 오빠, 언니들, 그리고 나를 이십사 년간 새장 속 새처럼 츠라안 궁전에 가둬 두었을까요? 국가가 정의와 파샤들이 언급했던 모든 것을 조용히 주시하는 '민족'이었더라면 내 아버지를 미쳤다는 이유로 그렇게나 쉽게 폐위할 수 있었을까요?"

"진지하게 하는 질문인가요?"

"그럼요, 진지해요, 대답해 줘요."

"당신 사촌들과 당신이 말했던 다른 멍청한 왕자들이 궁전 창으로 구경하던 사람들이, 카바타쉬에서 베식타쉬까지 걷는 군중이 바로 그 민족입니다."

"당신 말이 옳아요. 가서 전보를 확인해요." 파키제 술탄은 심술궂게 말했다. 그녀의 얼굴에 그가 처음 본 이상한 표정이 나타났다. 남편을 무시하는 것처럼 보이려 애쓰는 듯했다.

누리는 무슨 말을 할지 알 수 없었다. "전염병이 어떻게 확산되었고, 그 심각성이 어느 정도이고, 어디까지 전염되었는지 정확히 모르는 상태에서 밖에 나가는 것은 여전히 안 됩니다." 그는 순전히 무언가 엄격하게 들릴 말을 해야 한다고 생각하며 말했다.

"우리는 외출 금지에 익숙하답니다!" 술탄이 보란 듯이 말했다.

누리는 특별한 전보의 내용을 확인하기 위해 암호장을 꺼내 객실 한쪽으로 물러났다. 마침내 그는 알았다. 그것은 그저 지원군과 보급품을 실은 배를 서둘러 보내 달라고 그가 이스탄불에 보낸 전보에 대한 '수신 확인' 메시지일 뿐이었다.

35장

5월 6일 월요일 자정에 마지막 배가 섬을 떠난 후 열흘이 지난 5월 16일 목요일에 열아홉 명이 사망했다. 다음 날 아침 총독과 콜아아스는 이 사망자들을 전염병 지도에 기록하면서 방역 조치가 '효과가 없다.'라고 생각했고, 다음 날 아침 회의에서 이 생각을 말했다.

의사 누리는 그렇게 비관적이지 않았다. 동일한 조치들이 다음 날 아침 완전히 순식간에 발병을 늦출 수도 있었다. 중요한 것은 정도 문제였다. 당혹감에 휩싸여 잘못된 결정을 내리느니 지금까지 일어난 상황을 면밀히 관찰하고 그들이 직면했던 저항의 원인에 대해 생각할 필요가 있었다.

의사들은 이제 사망자가 발생한 무슬림의 집에 새로운 방역 부대 군인들과 함께 들어갔으며, 사망자가 쓰던 물건들을 압수하고 시신을 '새로운 묘지'에서 석회로 살처분하기 위해 필요한 조치를 했다. 이는 부마 의사가 보기에 방역의 성공적인 면이었다. 하지만 의사들은 마을 책임자가 때로는 가장 사소한 것들 중 하나인 방역 경계선조차 진지하게 받아들이지 않는다는 것도 인지하고 있었다. 이러한 조치에 대해 곧 투룬츨라르와 치테 마을 곳곳에서 분노에 싸인 무시와 비웃음이 속출했고, 이러한 현상을 타흐신이라는 열 살짜리 아이가 가장 잘 표현했다. 아이는 제 아버지한테는 페스트가 전염되지 않는다고, 왜냐하면 자신과 아버지에게는 '이런 것들'이 있기 때문이라고 말했다. 아이가 누리에게 자랑스럽게 내민 손에는 깨알 같은 글씨로 쓴 기도문 종이가 들려 있었다. 의사는 빛바랜 두꺼운 종이를 압수했고, 아이가 울음을 그치지 않자 다른 의사와 방역 부대 군인들을 불러야 했다.

'타흐신 사건'은 총독만 아니라 많은 방역 위원의 눈에 이즈미르에서 성공을 거둔 조치들이 민게르섬에서는 왜 효과가 없는지에 대한 편리한 대답으로 보였다.(전통, 종교, 셰이크, 무지한 사람들!) 압뒬하미트의 '범이슬람주의', 유럽의 식민 통치에 대항하여 아시아와 아프리카에서 일고 있는 무슬림 봉기에 대한 경계심, 그 밖의 다른 많은 역사적 편견 역시 이 편리한 대답에 영향을 미쳤다. 하지만 영사와 룸 출신 의사들만 아니라 하렘에서 그들보다 더 서구적이고 '합리적인' 교육을 받은 파키제 술탄과 유럽 스승들로부터 의학 교육을 받은 부마 의사, 총독 파샤도 어느 정도 이 관점을 믿고 있었다.

총독 파샤는 방역처가 압수한 기도문을 조사하게 했고, 이를 와을라 마을의 리파이 셰이크가 주었다는 것을 알게 되었다. 시민을 위로하는 이 종교적 성격을 띤 종이는 과연 방역에 해로운 것일까?

이 문제는 부마 의사가 헤자즈에서 콜레라에 맞서 분투할 때 아랍 셰이크와 영국 의사들 사이에서 많은 논쟁이 있었다. 기도문과 부적들은 물론 어떤 '학문적 가치'가 없지만 힘든 시기에 사람들이 이로 인해 불신에 휩싸이지 않았고, 심지어 힘을 얻었다. 이 종이들을 대놓고 반대하는 것은 사람들을 방역의들로부터 멀어지게 하고, 방역에 대한 저항과 고집을 더 완강하게 만들었다. 반면에 사람들과 상인들이 이 종이를 믿을수록 '우리에겐 아무 탈이 없어.'라는 생각을 더 진심으로 받아들였고, 나중에는 오로지 어떤 테케나 셰이크와 가깝다는 이유로 자신이 의학 법칙을 초월하는 힘을 지녔다고 생각하기 시작했다.

"난 사기꾼 리파이 셰이크를 경찰서로 끌고 와 겁을 주고 모든 테케와 집, 그리고 그의 가족 모두에게 리졸을 퍼부을 수 있어요. 하지만 그러면 나중에 일이 커질 수 있소!" 총독이 말했다. 부마 의사는 그가 셰이크 함둘라흐에 대해서도 비슷한 말을 했던 것이 떠올랐다. "그러면 우리가 테케를 핍박했다는 소식이 당장 폐하께 전달될 테고, 그다음 날 이스탄불에서 셰이크를 풀어 주라는 전문이 도착하겠지요."

다음 날 아침 부마 의사는 방역부장 니코스가 타흐신에게서 가져온 페스트 귀신을 막는 리파이 셰이크의 기도문을 돌려주었다. 그는 그 가족들로부터 환영받았고, 투룬츨라르 마을의 그 집에서 병의 흔적은 찾을 수 없었다. 그곳에는 이상한 하얀 빛, 어떤 평온, 그리고 모든 것을 신에게 맡기는 체념의 기운이 서려 있었다. 아이 아버지는 항구로 내려가는 비탈길에서 자두, 모과, 호두를 팔았다. 부마 의사는 자신이 무라트 5세의 부마, 즉 동화 같은 파디샤의 딸과 결혼한 사람이라는 사실을 타흐신이 알고 있다는 느낌을 받았다.

그 시절 방역 위원회와 주 청사의 역학 팀은 한동안 니코스가 확신에 차서 말하는 전염병 이론으로 시간을 허비했다. 어느 날 아침 니코스는 전염병 상황실 지도 앞에서 일종의 정찰을 했다. 알렉산드리아로부터 전염병을 가져온 쥐 혹은 쥐에서 병이 옮은 이곳 쥐들은 오늘도 도시의 서쪽에서만 발견되었다.

"기독교인 마을에도 초록색 점이 많군요!" 총독 파샤가 말했다.

"그들 대부분은 항구에 내려왔을 때 병에 옮는답니다. 집에서 죽는 경우 우리는 병이 그 마을에도 전염되었다고 봅니다."

"페탈리스 마을에 사는 테살로니키 출신 카르카비트사스 가족의 숲 같은 대저택 정원에서 내 눈으로 쥐의 사체를 본 적이 있소."

우리 독자들이 이 주제에 대한 총독 파샤와 니코스의 논쟁이 얼마나 오래 지속되었는지 알면 놀랄 것이다. 누리는 그 대범한 생각을 이해하거나 옳다고 여기지 않았지만 반대하지는 못했다. 총독이 이 도시의 기독교인 마을에서 여전히 쥐의 사체가 나온다고 밝히고, 가난한 룸 아이들이 돈을 받는 대가로 이날도 시청에 쥐 사체를 양도했다는 사실에도 불구하고 페스트보다 콜레라에 대한 경험이 더 많은 니코스는 자신이 어떤 종류의 '발견'을 했다는 확신을 바꾸지 않았다. 필리푸와 스테파누라는 두 젊은 룸 의사와 한 직원이 사흘 동안 아르카즈천 맞은편의 기독교인 마을에 페스트가 얼마나 퍼졌는지 파악하기 위해 노력했지만 어떤 결과도 얻지 못했다.

그사이 정말로 일부 가난한 룸 아이들이 무슬림 마을에서 쥐 사체를 가져와 시청에 팔았다는 것도 알게 되었다. 부모를 잃자 집에서 도망친 룸 사내아이들로 이들은 첫 어린이 패거리였다. 호라 마을에서 무슬림 아이들과 기독교 아이들 사이에 죽은 쥐 때문에 싸움이 벌어졌다는 정보도 총독의 귀에 들어왔다. 그즈음 아야 트리아다 교회 주교는 룸 아이들을 길거리 싸움과 병균들로부터 보호하기 위해 교회에 부속된 두 학교를 다시 열어 수업을 시작해야 할지까지 고려하고 있었다.

아무런 결실도 보지 못한 계획(선생과 고용인 중 3분의 1이 마을에서 도망친 후였다.)과 다른 창조적인 해결 방안들을 이야기하는 것은 단지 주 청사를 지배한 절망감과 방역을 선포한 지 이십

일이 지난 후 지식인과 상류층의 심리 상태를 알아주었으면 해서다. 학문적 발견이 인류의 모든 삶을 완전히 변화시킨다는 것을 모든 사람이 믿고, 식민지가 유럽에 가져다준 부의 증가를 모두가 지지하던 시기에 상대적으로 더 나은 교육을 받은 상류층이 해야 할 의무는 전보를 발명한 새뮤얼 모스와 전구를 발명한 에디슨처럼 창조적인 발명을 하거나 탐구적인 영감으로 살인 사건을 해결하는 셜록 홈스처럼 문제들을 해결하는 것이었다! 이런 희망적인 상상에 가득 차 집에서 식초 증기, 향, 니키포로 약국에서 산 염산, 약초상에서 모은 가루로 페스트를 이길 방법을 찾고자 했던 아버지들은 종종 실험을 하며 하루를 보냈다.

완전히 효능이 있고 믿을 만한 첫 페스트 백신은 사십 년 후에 발견되었다. 1900년대에 뭄바이와 홍콩에서 환자들에게 페스트균을 혈청에 투여해 그 결과를 얻고자 했던 의사들이 절망에 휩싸여 한 것도 비슷한 실험이었다. 모든 우연적인 노력이 결과를 내지 못하자 주 관청만 아니라 시민들의 사기도 저하되고 방역 조치를 위해 필요한 단호함과 낙관론에 악영향을 미쳤다.

의사 니코스의 전염병학 이론에서 어떤 결론도 나오지 않고 본코프스키 파샤와 조수를 죽인 살인자들을 최신 유럽 방식으로 순식간에 색출할 거라는 희망도 약간은 시들해졌다. 총독 파샤가 다른 문제들을 논의하던 중 말했다. "유럽 방식이 오스만 제국에 항상 뿌리 내리지는 않습니다!" 의사 누리는 총독이 그에게 가시 돋친 말을 한다고 느꼈다. 그는 살인 사건을 셜록 홈스처럼 해결하기가 쉽지 않다는 것을 알았지만 약초상에 자주 가 정담을 나누며 계속 실마리를 찾았다.

이틀 후 아침에 총독은 아내로부터 전보를 받았다. 섬에 페스트가 도는 것과 관련한 소식이 퍼지자 에스마 부인은 불안해하며 이스탄불에서 아르카즈를 도우러 출발하는 첫 배를 타겠다고 쓰여 있었다. 총독 파샤는 구호선을 준비 중이라는 사실을 이 전보로 알게 되었다. 하지만 많은 시도가 갑자기 중단되고 결론에 이르지 못했기 때문에 이를 잊고 있었다. 오 년 동안 섬에 오지 않던 아내가 처남과 함께 구호선에서 내릴 거라는 생각만으로도 파샤는 놀랐다. 먼저 든 생각은 이랬다. 아내와 떨어져 산 오 년 동안 파샤는 다른 사람이 되어 있었다. 과거의 자신으로 돌아가고 싶지 않았다. 이스탄불 정권이 바뀌고 키프로스섬 출신의 캬밀 파샤가 총리대신이 되어 그를 다시 대신으로 임명한다 해도 민게르섬을 떠나 이스탄불로 다시 가고 싶지 않을 수도 있었다.

또한 이스탄불과 그 사이에 벌어진 새로운 논쟁이 총독 파샤를 혼란스럽게 만들었다. 방역이 시작된 이후 배들이 격리 기간을 거치지 않고는 항구를 떠나지 못하게 되었다.(총독 파샤는 이 격리 명령을 성공적으로 이행하고 있었다.) 하지만 매일 저녁 연인 마리카를 보러 갈 때 마차가 멈추었던 작은 항구부터 시작해 그다음의 작은 만과 해변에서 나룻배 십장들이 승객과 짐을 싣고 근해에서 기다리고 있는 배로 몰래 가는 것을 보았다. 밤의 어둠을 틈타 방역이 뚫리고 있었다. 첫날 모든 선박 회사들이 그렇게 했다.

정치적인 이유로 그 후 며칠 동안 판탈레온사 배들은 프라이시네트 같은 작은 회사들처럼 격리를 거치지 않았는데도 계속 승객을 받았다. 바람이 불고 파도가 이는 날에는 섬 근해에서 어둠 속에 기다리고 있는 배를 향해 노를 젓는 룸 뱃사공들이 무척 애를 먹었다. 나중에 총독 파샤의 정보원들은 코즈마 십장과 그 무리가 이탈리아 영사가 비호하는 자카르야디스 십장과 함께 많은 돈을 벌고 있다고 보고했다. 파샤가 비호하는 세이트 십장은 이 밀항에 연루되지 않았다.

상황을 뒤늦게 알게 된 파샤는 바브알리와 파디샤의 눈에 그가 소홀했거나 공범으로 비칠까 봐 우려하고 있었다. 앞날도 내다보지 못하고 도무지 제대로 행동하지 못할 것 같았다. 이스탄불에 전보를 쳐서 마흐무디예 전함으로 이 밀항꾼들을 포격하는 것도 잠시 상상해 보았다. 어차피 밀항선들은 두 달 전에 북쪽 해안으로 친그리스 분리주의자들을 실어 날랐다. 한때는 승객을 태우는 크고 작은 선박 회사 경영자들을 잡아들여 방역 조치와 여행법에 위배된다는 이유를 들어 체포할까도 생각했다. 하지만 지나친 처사가 될 터였다. 파샤는 어떤 결정도 내리지 못한 채로 많은 시간을 보냈다.

섬에서 승객을 태운 모든 배는 목적지인 나라, 도시, 섬(크레타, 테살로니키, 이즈미르, 마르세유, 라고스)에 도착했을 때 우리가 역사의 시작에서 언급한 하즈 배 반란 사건에서 그랬듯이 외진 만에 있는 임시 방역소에 격리되었다. 민게르 방역의 실패는 전 세계 사람들이 보는 앞에서 오스만 제국 외교관과 관료, 그리고 파디샤를 당혹스럽게 만들었다.

총독 파샤는 막을 수 없는 페스트의 기세를 때로는 형이상학적인 거대한 파도처럼 느꼈고, 바다에 떠 있기 위해 필요한 평정과 믿음을 모색했으며, 용기와 끈기로 버티는 자신과 부마 의사, 방역관 친구들을 마음속으로 대단하다고 여겼다. 하지만 때로는 조금도 중요하지 않은 영사들의 언쟁, 전염병의 확산을 차단하는 데 전혀 쓸모없는 외교적, 정치적 음모, 아무도 읽지 않는 신문에 실린 불필요한 글과 뉴스들에 강박적으로 매달리고 그가 간과한 역설과 영사들의 위선적인 태도를 생각하며 시간과 힘을 소모했다.

예를 들어 메사주리 마리팀 회사 대표인 안돈 함푸리는 검역 때문에 섬에서 도망치려는 사람들을 실어 나르지 못해 돈을 벌지 못한다고 불평하면서 한편으로 좀 봐 달라며 특혜를 요구했고, 다른 한편으로는 "프랑스 정부의 요구는 방역과 격리 없이 누구도 섬에서 이탈하지 않는 것이다!"라고 낮은 소리로 다른 생각을 말했다. 그는 두 가지 태도가 모순되기 때문에 서로 다른 때에 말하고, 때로는 그 상황이 부끄러웠던지 파샤에게 미소를 짓곤 했다. 사미 파샤 역시 비슷한 위선을 계속 떨어서 정치의 어려움을 잘 인식하고 있었다. 파샤는 다양한 서구주의 개혁의 흥분으로 "모두 오스만 제국의 평등한 제국민이며, 이제 이교도인은 없소!"라고 매일 말하면서도 기회가 될 때마다 무슬림을 봐주며, 최소한 그래야 한다고 진심으로 믿었고, 이 일을 충분히 하지 못할 경우 죄책감을 느꼈다.

하지만 모든 것에도 불구하고 총독 파샤는 영사들의 위선을 좋게 보지 않았다. 그렇다, 메사주리 마리팀 회사 대표와 두 직원은 문서상 영사관 직원으로 되어 있어 건드릴 수 없었다. 하지만 어느 날 아침 선박 대행사 사무실을 급습해 다른 직원들을 지하 감옥에 넣고 사무실과 매표구를 폐쇄했다. 대행사 사무실은 배의 정원보다 더 많이 판매한 표와 그 비슷한 범죄의 증거들로 넘쳐 났다. 밀매업을 도운 룸 뱃사공들의 감독관인 라자르 에펜디를 지하 감옥에 넣을 때 총독 파샤는 섬에 도착한 첫해에 무슬림 뱃사공들을 보호하던 본능을 떠올렸다. 사실 오스만 정부에서는 누군가를 지하 감옥에 넣지 않고는 어떤 문제도 해결되지 않았다.

다음 날 파샤는 이스탄불의 프랑스 대사 무스티예 후작의 압력을 포함해 마베인과 바브알리에서 보낸 전보를 받은 후 대행사 직원들을 풀어 줄 수밖에 없었다. 그들 중 한 명이 지하 감옥에서 페스트에 감염되어 얼마 지나지 않아 사망하자 총독 파샤는 당시에 자주 하던 말을 되풀이했다. 전보가 오지 않았더라면 섬의 무정부 상태와 전염병을 두 주 안에 막을 수 있었을 것이다.

게다가 마베인은 전보에서 인도와 중국의 최신 의학과 세균학 발전에 대해 안다는 투로 페스트가 종이와 부적으로 손을 통해 전염되지 않는다고 상기시키면서 반란을 일으키고 시민들을 화나게 할 행동들을 멀리하라고 방역부장에게 명령했다. 이 전보를 보건부가 아닌 마베인에서 보냈기 때문에 총독 파샤는 사실상 압뒬하미트가 그에게 보냈다는 느낌을 받았다.

총독 파샤는 이스탄불에서 전보로 끊임없이 방해를 받는 것에 피로감을 느꼈고, 곧 방역 결정을 공정하게 적용하려는 노력도 쓸데없다고 느끼기 시작했다. 그래서 이스탄불이 밀항을 차단하기 위해 전보로 지시한 야간 통행금지는 완벽하게 적용되지 못했다. 그렇다, 어떤 곳에서는 밤에 등불이나 초를 들고 돌아다니는 것이 정말로 금지되었기 때문에 아무도 거리에 나가지 않았다. 하지만 나중에 이는 도둑들이 빈집에서 훔친 물건들을 집에서 집으로 쉽게 옮기는 데 악용되었다는 사실이 드러난다. 이 테이블, 매트리스, 살림살이가 병을 더욱 퍼트리지 않았겠는가?

"사실 총독 파샤는 룸들이 나룻배를 타고 전염병을 피해 섬에서 도망치는 데에 대해 전혀 불만이 없었다!"라고 말하는 그리스 역사학자들도 있었다. 이로써 통치하기 어려운 정교도인과 부유하고 힘 있는 룸 가족이 감소하고 민게르에 사는 무슬림이 다수가 되는 셈이었다. 하지만 섬에 남은 무슬림이 죽고 그 수가 감소한 후에 도망친 룸이 되돌아올 테고, 그렇게 룸이 섬에서 대다수를 차지하게 되면 먼저 독립을, 나중에는 그리스를 원할 거라고 말하는 무슬림도 있었다. 어차피 룸이 다수를 차지하기 때문에 이러한 음모가 불필요하다고 생각하는 사람들도 사실은 옳았다.

이 문제에 대해 우리 역사를 이해하기 위해 알아야 하고 소설가의 노력으로 제시하고자 하는 비밀스러운 감정이 있다면 바로 총독 사미 파샤가 압뒬하미트에게 느끼는 비통함이었다. 총독 파샤는 파디샤가 민게르 사람들의 목숨을 구하기보다 병이 이스탄불과 유럽으로 전파되지 않도록 막는 데 급급한 것을 도무지 받아들이기 힘들었다. 이 감정은 전통적인 오스만 세계에서 아버지로부터 잊히고 고위층에게 충분한 사랑을 받지 못한 외로운 종이 경험하는 전형적인 비통함이라고 이야기할 수 있다. 민게르의 무슬림은 때때로 이스탄불이 그들을 충분히 사랑하지 않는다고 진심으로 믿었다. 하지만 군 소재지이던 작은 섬을 파디샤 압뒬메지트가 유럽에 맞서 외교적 책략하에 주로 승격시킨 것만으로도 섬에 대한 특별한 관심과 사랑을 증명한다.

36장

콜아아스는 방역 부대를 훈련하여 마을 순찰을 이끌며 감염되고 문제 있는 집들을 처리하고 의사 누리가 환자를 방문하거나 거리를 거닐 때 따라다니느라 바빠서 종일 호텔 방에 거의 들르지 못했다. 커다란 방에서 제이넵과 만나면 신혼부부는 웃으며 이야기하고 사랑을 나누었고 밖에는 거의 나가지 않았다. 사랑을 나누고 나서는 껴안고 잠에 빠져들곤 했다. 둘 다 예전에는 전혀 경험하지 못한 평온함을 느꼈다. 콜아아스는 제이넵의 숨소리를 들었고, 그의 팔에 안겨 잠들고 그를 그토록 편하고 안전하게 느낀다는 데 놀랐다. 그들은 부끄러워하며 두 개의 높은 창문에 달린 이탈리아식 덧문을 닫아 놓았다.

제이넵은 평생 처음으로 콜아아스 캬밀에게 자신을 온전히 바쳐 사랑을 나누었고, 사흘 후에는 이십 년 동안 알고 지낸 사이처럼 그를 믿었다. 가끔은 오빠들과 말할 때처럼 빠르고 큰 소리로 말했다. 콜아아스가 지금까지 그녀에게서 좋아하지 않는 유일한 면은 큰 목소리였다. 제이넵은 이스탄불에 가는 것에 대해 시끄럽게 이야기하기를 좋아했다.

오후에 덧문 사이로 새어 들어오는 빛이 바닥에 막대 모양의 그림자를 드리웠을 때 콜아아스는 아내를 꼭 껴안고 지금 이 순간 느끼는 행복과 그림자의 형태를 절대 잊지 못하리라는 것을 알게 되었다. 그들은 오십 년간 함께 행복하게 살 것이다. 때로 둘은 침대에서 아무 말 없이 나란히 누워 있었다. 잠시 후 콜아아스는 그녀의 등 뒤에서 배 모양의 가슴을 손으로 감싸 쥐고 그대로 있었다. 이따금 아내가 손으로 그의 손을 감싸면 둘은 가만히 있었다. 누워 있는 곳에서 덧문 사이로 항구와 이스탄불 대로와 거리에서 희미한 소음이 들려왔다. 도시는 여느 때보다 조용했다. 항구에서 들려오는 먼 소음과 가끔 지나가는 마차 소리 외에는 아무 소리도 들리지 않았다. 도시 전체가, 모든 것이 페스트의 깊은 정적에 휩싸였을 때 그들은 호텔 뒤뜰의 소나무에서 참새가 지저귀는 소리를 들었다.

콜아아스 캬밀이 믿기 힘든 행복이었다. 한편 이 행복은 그와 아내에게 두려움과 삶의 중요성을 일깨워 주었다. 그들은 누구보다 행복했기 때문에 이따금 누구보다 두려웠다.

이처럼 두려웠는데도 결혼의 행복은 간혹 그들로 하여금 '경솔한' 행동을 하게 만들었다. 제이넵의 어머니가 딸을 위해 오랫동안 준비한 혼수품과 콜아아스 어머니 가족이 준 물건들이 제이넵의 친정집에 있었다. 제이넵은 결혼 선물, 혼수품, 수예 테이블보, 이탈리아산 도자기 커피잔 세트, 이제 색이 약간 검어진 은설탕통, 램프를 보러 가는 것을 좋아했다. 한번은 콜아아스가 아내와 함께 장모님 집에 갔다가 돌아오는 길에 에린 출신 에크렘에 버금가는 페스트 광인과 마주쳤다. "함께 걸으면 안 되는데 못 들었어?" 부부가 처음 본 그 덩치 큰 남자는 소리쳤다. 콜아아스는 꼭 필요한 경우가 아니면 아내의 외출을 막고 싶었지만 제이넵은 종일 거리를 돌아다니며 환자들의 집을 방문하는 사람은 그가 아니냐고 반박했다.

"난 그다지 걱정하지 않아요." 어느날 제이넵이 말했다. "어차피 운명이라면 피할 수 없으니까요."

방역관들이 맞서 싸우던 운명주의를 아내가 그처럼 진심을 담아 표현하는 것을 듣고 놀랐지만 콜아아스는 제이넵과 너무나 행복했기 때문에 문제 삼지 않고 잊었다. 그는 다시 배가 운항하기 시작하면 아내를 어떻게 섬에 잡아둘지를 더 고심했다.

그 시기 콜아아스는 다시는 섬의 삶에서 멀어지지 못하리라고 직감하기 시작했다. 그는 주 청사, 병원, 사람들의 집을 오가며 아르카즈 거리를 돌아다녔다. 걸으면서 도시 분위기와 그가 느끼는 행복 사이의 차이를 확연하게 느꼈지만 행복하다는 이유로 죄책감이 들지는 않았다. 작지만 방역 부대를(가끔 '방역군'이라고도 했다.) 조직하고, 총독이 그에게 보여 주는 아버지 같은 사랑과 부마 의사와의 우정이 신뢰감을 주었다. 콜아아스는 총독에게 테케 셰이크들을 크게 염려할 필요가 없다고 솔직하게 말하고 싶었다. 다른 섬들에서처럼 기독교인들과 유혈 충돌이 벌어지면 그들을 보호할 유일한 힘이 오스만 제국 군대라는 것을 민게르의 모든 테케 셰이크와 무슬림은 분명히 알고 있었다.

콜아아스가 오스만 제국 군복 차림을 하고 병원에서 주 청사로 걸어갈 때면 사람들은 놀리고 시비를 걸고 심지어 존경을 표하는 척하다가 비아냥거렸다. 나중에 집에 돌아오면 그는 그 재미난 만남에 대해 늘 아내에게 말해 주었다.

"우리가 이곳에 있다는 걸 아무에게도 말하지 마!" 텅 빈 정원을 거닐고 있을 때 부속 건물에서 만난 사람이 두려움에 가득 차 그에게 말한 적도 있었다.

한번은 또래인 남자가 2층 창문에서 "군인!" 하고 불렀다. 무슬림이었고, 민게르 말투였다. "당신네 생각에 이 일의 끝이 어떻게 될 것 같아?"

"신이 원하시는 대로 되겠죠." 콜아아스가 대답했다. "방역 조치에 따르세요."

"따르고 있는데 뭐 변한 게 있어? 포로 신세지 뭐야. 항구와 도시 광장에 무슨 일 있어?"

"아무 일도 없습니다! 집 밖으로 절대 나오지 말아요!" 콜아아스는 명령하듯 말했다. 비이성적인 사람들과 혼란스러운 사람들을 보면 나타나는 경고 본능은 그들과 언쟁하고, 대치하고, 결국에는 목소리를 높이는 지경까지 다다랐다. 파키제 술탄은 콜아아스가 느끼는 이 '현대인의 외로움'에 대해 아주 잘 알았다.

때로 콜아아스는 집의 창가에 몸을 숨긴 채 아래를 구경하는 사람과 눈이 마주쳤지만 그와 아무 말도 하지 않았다. 처음에는 이러한 마주침이 두렵고, 이상하고, 심지어 매혹적으로 느껴졌다.

"뭘 봐!" 한번은 누군가 그를 향해 소리를 질렀다.

이즈음 가장 신실한 무슬림마저 당황하게 만든 죽음에 대한 공포는 사람들을 기존의 양식과 성향에서 벗어나 다른 사람으로 바꿔 놓기 시작했다. 콜아아스에 의하면 이 질병은 모든 사람을 실제보다 더 비겁하고, 비이성적이고, 이기적으로 만들었다.

도시 중심부에 인접한 대부분의 집들은 문을 꽉꽉 닫고 뒷문은 절대 열리지 않을 듯이 잠겨 있었지만 어디론가 서둘러 가는 사람과 아이들은 '이번 한 번인데 뭐.' 하며 이웃집 정원을 지나 빠져나갔다. 부마 의사도 룸 방역의들도 방역이 이렇게 쉽게 뚫렸다는 사실을 모르고 있었다. 그들은 사람들이 나중에 퇴거 조치된 빈집으로 돌아간 것도, 몇몇 사람들이 밤에 나룻배를 타고 성 격리 구역에서 탈출했다는 것도 몰랐다. '그들은 나처럼 섬에서 태어나고 자라지 않았기 때문이야!'라고 콜아아스는 생각했다. 만약 이곳에서 나고 자란 방역의와 군인들이 섬을 지켰더라면 전염병이 이렇게까지 퍼지지 않았을 것이다.

콜아아스는 매일 아침 수비대로 가기 전에 먼저 전염병 상황실 지도 앞에서 진행되는 회의에 참석했다. 의사 누리의 노력으로 아르카즈 지도가 있는 방은 이제 전염병에 관련한 모든 정보가 모이는 중심이 되었다. 지난 이십오 일간 아르카즈에 있는 저택과 부유한 사람들의 집, 공터, 테케, 사원, 교회, 샘, 다리, 광장, 학교, 병원, 경찰서, 가게 들이 표시되었다. 도시와 섬을 떠나 도망친 사람이 많았지만 사망자 수는 줄어들지 않았다. 의심할 바 없이 병은 확산 중이었고, 동요는 커져만 갔다.

전염병은 항구에 있는 옛 타쉬 부두에서 아르카즈로 유입되었다. 방역부장 니코스는 지도의 도움을 받아 균이 확산하는 경로를 추적했고, 페스트를 유입시킨 배가 알렉산드리아에서 온 그리스 국기를 단 바지선 필로토스라는 것을 확인했다.(바닥이 평편한 이 화물선들은 항구에 들어와 나무 부두에 묶을 수 있었다.) 전염병이 이 배를 통해 섬에 유입된 뒤 인근 무슬림 마을에, 특히 와을라, 카디를레르, 게르메, 치테에 자리 잡았다. 이곳에서 발생한 사망 건이 지도에 표시된 첫 사건들이었다. 끝나지 않았지만 하미디에 병원 건축이 와을라에서 진행된 것은 신성한 우연이라고 여길 만하다. 어쩌면 그럴지도 모른다. 하지만 이 시기는 사람들이 여느 때보다 모든 것에서 징후, 의미, 점괘, 징조를 보는 경향이 강했기 때문에 우리는 이 특별한 우연에 연연하지 않을 것이다.

우연, 별점, 구름의 모양과 바람의 방향에서 의미를 도출하고 징조를 찾는 상황에 다다랐다. 모든 사람이 하고 있는 일이었다. 실증주의 학문을 누구보다 믿는 젊은 의사들도, 총독 사미 파샤와 의사 니코스도 가끔 이 같은 세부적인 것에 관심을 보였고 심지어 약간 믿었다. 만약 누가 물으면 "믿지 않지만 확실히 이상하군요."라고 해명하며 미소를 지었고, 학문적, 의학적으로 가장 필요한 조치들을 주저 없이 이행했다. 그러나 나중에 이성의 다른 한 부분으로는 이 터무니없는 것들을 믿었다. 예를 들어 그날 해가 질 때 지평선에 보랏빛 구름이 나타나거나 그해 그랬듯이 황새가 일찍 떠나면 다음 날 사람이 덜 죽을 거라고 생각해 버렸다.

가장 '계몽된' 사람들조차 절망에 빠졌을 때 주의를 기울이던 이러한 징조들을 파키제 술탄은 오늘날에도 우리를 안타깝게 할 정도로 믿었다. 우리는 이 책에 서민과 위정자들이 강하게 믿었던 이러한 꾸며 낸 말과 거짓 이야기들에 대해 언급했다. 그들이 역사의 흐름을 형성하는 데 영향을 미치기 때문이다. 하지만 사람들이 커피점과 별점으로 미래를 가늠하고, 심지어 셰이크 함둘라흐가 페스트에 대항해 조상들의 책과 후루피파[70] 문서에서 해답과 징조를 모색한 것은 페스트에 대한 사람들의 반응에 큰 영향을 미치지 못했다. 이러한 소문들 중 민족주의자의 편견과 무지만큼 민게르의 페스트 확산에 많은 영향을 미친 것은 없다. 방역 회의에 참석한 모두가(일부는 살짝 미소 지으며) 이러한 점괘에 대해 언급했더라도 그들은 병이 어떻게 계속 확산하고 어떻게 살아남을지 알기 위해 간절하게 지도와 그 위의 메모들을 살폈다. 알렉산드리아에서 온 필로토스에서 나온 쥐들은 먼저 쾨르 메흐메트 사원 뒤 작은 목조 가옥에 사는 짐꾼에게 페스트를 옮겼다. 짐꾼이 죽었을 때 아무도 페스트라는 생각을 하지 못했기 때문에 그의 죽음에 대해 더 이상 신경 쓰지 않았다. 디프테리아, 폐렴, 그리고 다른 많은 병이 비슷한 징후가 나타난다.

70 존재의 원천을 우리 얼굴에 쓰인 글자에서 찾을 수 있다고 믿은 14세기에 존재했던 종파. '후루피'는 아랍어로 '글자'라는 뜻이다.

그날 부마 의사는 질병이 쥐가 나아가는 속도로 항구에서 도시로 확산되었음을 다시 한번 지도를 통해 다른 의사들과 총독에게 보여 주었다. 지도에서는 콜아아스가 다닌 사관 중학교가 확산 선상에 있다는 것이 파악되었다. 사관 중학교는 방역 선포 이틀 전에 휴교했기 때문에 방역관들이 학생들을 격리하지 않았다. 의사 누리는 감염된 학생들 중 일부가 천천히 발병하고 증상이 나타날 것이라고 생각했다. 이스탄불 군 지휘부는 상황을 주시하면서 사관 중학교에서 강의하며 한두 푼 더 버는 도시 북동쪽 수비대의 두 장교에게 방역 선포 이후 부대로 귀환하라는 명령을 내렸다. 이는 페스트가 이처럼 퍼졌는데도 불구하고 수치스러운 하즈 배 반란 사건 이후 압뒬하미트가 여전히 오스만 군대를 민게르의 페스트 상황에 투입하지 않을 작정이며, 민게르와 섬사람들보다 오스만 국가를 먼저 생각했다는 새로운 증거였다.

5월 28일 화요일 게르메 마을 인근에서 발생한 사건은 국가와 방역관들의 우유부단함을 보여 주는 좋은 사례였다. 사건은 마을 바로 밖에서 밀과 보리를 경작하는 무슬림의 집에서 일어났다. 전날 농부의 열두 살짜리 아들이 죽었다. 그날 아침 의사들은 큰딸도 분명히 전염되었고, 병원으로 이송해야 하며, 아버지와 어머니는 격리를 위해 성으로 보내야 한다고 결정했다. 집 근처에서 입이 피투성이인 방금 죽은 쥐 두 마리를 발견한 것이다. 하루 전 푸른 눈의 아들을 잃은 부모는 — 아마도 — 죽어 가는 푸른 눈의 딸을 의사들에게 절대 내주지 않으려고 했다. 어머니가 끊임없이 울어 어차피 매일 장례식에 가는 마을 사람들을 들고일어나게 만들었다. 길을 가로막는 아이들을 충분히 겁을 주지 못한 방역관들은 의사 누리에게 "어떻게 하면 좋을까요?" 물어볼 필요를 느꼈고, 그는 총독으로부터 확실한 명령을 받지 않은 상태였다. 집을 비우는 작업이 신속하게 진행되지 않아 마을은 종일 고함치고, 싸우고, 울며불며 야단이었다.

프랑스 영사는 이 사건을 즉각 전해 듣고 'les maladroits'(무능한 사람들)라는 문구를 사용하며 이스탄불로 전보를 쳤다. 총독은 무슈 안돈에게 무척 화가 났지만 의사 누리에 따르면 잘못은 전적으로 총독에게 있었다.

37장

감염된 사람들, 감염되었다고 의심이 가는 사람들, 심지어 환자들, 특히 젊은이들이 집과 가족과 방역관들로부터 도망치는 문제가 갈수록 커졌다. 도망자 수가 늘어나는 중요한 원인은 성내 격리 구역의 열악한 환경 때문이었다. 성안의 이 특별한 구역은 일단 들어가면 나오지 못하는 곳으로 변해 버렸다. 최근의 국제법에 따르면 페스트 격리 기간은 닷새였다. 격리된 사람이 감염자가 아니면 닷새 후에 나와야 한다는 뜻이다. 그러나 방역 조치가 내려지고 사람들을 격리하기 시작한 지 이십 일이 지나 진행된 최근 계산에 따르면 성의 격리 구역에 180명의 감염 의심자가 있었다. 그중 절반 이상은 닷새보다 더 오래 억류되었고, 병세가 없는데도 여전히 성에 있었다.

어차피 무슬림들 사이에서 의사의 권유와 헌병의 도움으로 성에 격리 수용되는 것은 종신형을 받고 감방에 가는 것과 같은 의미였다. 과거에는 재판관과 판사들이 당신을 되돌아올 수 없는 그 축축한 어둠 속으로 보냈지만 지금은 의사들이 보내고 있었다. 이것이 유일한 차이였다. '격리' 시설은 항구를 내다보는 성 한쪽에 고립되어 있고 죄수들은 남쪽으로 바다를 바라보는, 바람이 불어치는 베네치아 탑과 오스만 시대 감방에 갇혀 있었다.

격리 구역의 감염 의심자들이 아직 진단을 받지 못한 페스트 감염자들과 접촉해 전염된 사례는 아직 해결하지 못한 또 다른 문제였다. 이러한 문제들이 생기지 않도록 격리 기간과 감염 정도에 따라 처음부터 뜰, 방, 구역으로 나누려고 생각했지만 그곳에서 지하 감옥의 규칙과 감방 시스템이 유지될 수 없다는 것을 금세 알게 되었다. 남자들이 아내와 아이들을 걱정해 직접 눈으로 보지 않고는 편히 있지 못했기 때문에 시설 뒤편의 그늘진 여성 구역을 유지하기도 힘들었다. 결국 격리된 사람들을 가족끼리 모으고, 집단별로 무리 짓는 것이 모두의 사정에 맞았다. 의사 니코스는 뜰을 더 잘 통제하고, 격리된 사람들도 가족과 함께 더 행복한 나날을 보냈다. 하지만 이 조치가 페스트의 확산을 가속화했기 때문에 내부는 눈에 띄게 사람이 많아졌고, 사실상 사람이 많은 격리 구역은 병을 종식시키는 곳이 아니라 확산시키는 장소가 되어 갔다. "올 때 아무렇지도 않았는데 격리 구역에서 전염되었다."라는 주장이 격리만 아니라 방역을 방해하는 타당한 소문으로 빠르게 퍼지면서 격리 구역은 곧 성의 두 번째 감옥 도시가 되는 길을 걷고 있었다.

총독과 방역부장은 의사를 보내 달라는 전보를 이스탄불에 두 번 더 보냈다. 지하 감옥에 대한 두려움이 점차 방역에 대한 저항의 형태를 띠자 사실 의사들만 아니라 주 청사는 의학적으로 주의하며 격리 구역을 비우는 것이 정책적으로 좋다고 생각했다. 어쨌든 방, 침대, 매트리스, 의자, 담요가 충분하지 않았다. 수비대는 응급 상황에 맞서 처음에는 비스킷, 말린 잠두콩, 빵을 보내며 지원했다. 하지만 수비대 사령관 메흐메트 파샤는 쥐가 없으면 병이 전염되지 않는다는 것을 믿지 않았고, 군인과 요리사를 주 청사와 병원에 보내지 않았으며, 주방의 자원을 성의 격리 구역에 제공하지 않기 위해 온갖 핑계를 찾았고, '방역에 관여하지 마시오!'라는 압뒬하미트의 정책을 벗어나고 싶어 하지 않았다. 총독은 집무실에서 만을 가로질러 건너편 격리 구역에 점차 사람이 많아지는 것을 볼 수 있었고, 물가에 줄지어 앉아 낚시하며 시간을 죽이는 남자들을 지켜보았다.

얼마 후 인원이 많아진 격리 구역은 총독과 수비대 사령관의 압력으로 '석방'이 용이해졌다. 하지만 집에 돌아간 사람들은(두고 간 가족을 볼 수 있었던 몇몇 행운아들을 제외하고) 새로운 골칫거리가 되었다. 어떤 마을에서는 집에 돌아온 사람들을 환자나 감염자 취급을 했고, 어떤 마을에서는 한번 들어가면 나오지 못하는 격리 구역에서 풀려난 게 감염 의심자이거나 총독과 사이가 좋은 정보원이라는 증거라고 여겼다. 진짜 문제는 격리 구역에서 돌아왔을 때 대부분 사람들이 집과 가족을 잃어버렸다는 사실을 확인하게 된 것이었다. 어차피 이 사람들은 집에서 사망자나 환자가 나왔기 때문에 격리 구역으로 강제 이송되었다. 어떤 사람은 가족 중에 죽은 사람이 있었고, 어떤 사람은 가족이 집을 두고 도망쳤다. 그들이 없는 동안 낯선 사람들이 이사 들어온 것을 발견한 사람들도 있었다. 이들은 새로운 손님들과 싸우거나 협상을 했고, 심지어 이제 아무도 없는 외로움에 대한 두려움 때문에 새로운 가족이 생겼다며 기뻐하기도 했다.

모든 가슴 아픈 이야기 중 총독이 가장 속상했던 것은 격리 구역을 나가 집으로 갔는데 아무도 없고, 인정 많은 친척이나 돈도 없고, 달리 몸을 피할 곳을 찾지 못한 여섯 명이 곧 다시 돌아와 입소 신청서를 낸 사건이었다.

이틀 후 아침 새로운 사망자들을 지도에 표시하는 동안 그들은 전염병이 속도를 줄이기는커녕 가장 한적하고 외딴 기독교인 마을에까지 전염된 상황을 침울하게 지켜보았다. 그리고 스스로에게조차 고백하기 힘들었던 사실을 확연히 깨달았다. 용감하게 희생하며 많은 노력을 기울인 방역 투쟁의 속도와 힘은 페스트의 확산 속도와 위력, 감염자 수와 비교해 소소하고 미약했다. 아직 방문하지 않고 발견하지 못한 환자가 많았으며, 그 숫자는 날이 갈수록 빠르게 증가하고 있었다. 문을 열고 들어갈 수 있었던 집들 중 3분의 1만 비울 수 있었다. 얼마나 심각하고 끔찍한 문제였던지 우리가 116년이 지나 지금 이 책에서 서술하는 것처럼 이 상황을 무엇이라고 명명할 수 없었다. 이는 종들이 신을 눈앞에 떠올리지 못하고 상상할 수 없는 것과 같았다. 전염병 상황실 지도에서 이 공포스러운 사실이 명확하게 보였다. 사람들은 악몽 속에서 그랬듯이 목격했던 공포스러운 것에 이름을 붙이면 상황이 더 악화된다고 생각해 침묵하거나 스스로에게 상황을 완화하는 거짓말을 했다.

전염병이 더 심각해질 거라는 사실을 머릿속에 새기면 살아가기가 매우 힘들기 때문에 사람들은 거짓말을 꾸며 냈고, 그러면 일시적이나마 약간은 잊을 수 있었다. 두 주 전 쥐의 사체가 무슬림 마을에서만 나온다고 했던 니코스의 이론이 이런 유의 거짓말이었다. 그의 말을 믿지 않던 총독에게조차 며칠이나마 희망을 주었다. 어느 날은 한 마을에서 사망자 수를 줄이거나 숫자들의 변동을 통해 병이 물러났다는 것과 관련한 또 다른 거짓말을 꾸며 내고는 이 거짓말을 누구보다 먼저 그들이 믿었다. 이스탄불에서 구호선이 출발했다는 것도 그들이 계속 믿었던 또 다른 거짓 소식이었지만 최소한 이 거짓말을 조장하는 전보들이 도착하고 있었다. 하나의 소식이 거짓으로 드러나면 얼마 안 되어 희망을 주는 새로운 거짓말을 꾸며 내야만 했다.

의사 누리는 전염병 시기 가장 절망적인 상황에서 가장 유럽적이고 학식이 높은 사람조차 믿고자 하는 개인적인 위안이 되는 상상이 있다는 것을 경험으로 알았다. 종교적 위로는 아니었다. 어느 날 총독이 말했다. "오늘 이 마차가 벌써 세 번째로 창문 앞을 지나가고 있습니다. 정말 이상하지요!" 누리가 보기에 그는 분명히 이것으로부터 어떤 의미를 도출하고 희망적인 징조로 여겼다.

일상에서 거짓말과 징조들을 읽는 것으로 충분한 희망을 찾지 못하면 깊은 '체념'의 감정이 나타나기 시작한다. 아내와 논쟁한 적이 있는 이 정신 상태에 대해 누리는 '운명주의'와 비슷한 감정이 아닐까 생각했지만 우리 생각에 '운명주의'는 아니다. 왜냐하면 운명주의를 믿는 사람은 위험을 알지만 신에게 자신을 맡겼기 때문에 조치를 하지 않는다. '체념에 휩싸인 절망'인 경우 위험을 모르는 것처럼 행동하고 누구에게도 자신을 맡기지 않으며 믿지 않는다. 부마 의사는 때로 총독이 하루의 업무를 마친 다음 '이제 우리가 달리 할 수 있는 것은 없어.'라고 생각하는 것을 보았다. 혹은 항상 마지막으로 할 수 있는 일이 있지만 인력 혹은 여력이 모자라거나 더 이상 신경 쓰지 않았다. 그 시간에 잠시의 행복과 위안을 위해 할 수 있는 유일하게 이성적인 것은 사랑하는 사람과 희미한 어둠 속에서 서로를 안는 것임을 총독 파샤나 콜아아스나 누리나 이제는 다 알고 있었다.

38장

사미 파샤는 이미 페스트에 맞서 섬에서 국가의 권위와 오스만 제국의 존재를 지키기 위해 하루를 보내고 있었고, 거기에 더해 이스탄불에서 계속 전보를 보내 왜 최근 명령을 아직 수행하지 않았는지 계속 질책 섞인 질문을 하는 데 지쳐 갔다. 국가를 대표해 그가 행사하는 권력이 갈수록 약해지는 것도 알고 있었다. 많은 공무원이 도시를 떠났다. 일부는 집에서 전혀 나오지 않았고, 주 청사에 출근도 하지 않았다. 수비대 병력을 페스트 방역에 사용할 수도 없었다. 이러한 상황인데도 마베인은 총독으로 하여금 무력을 사용하도록 지시하고 있었다.

이스탄불이 우려하는 첫 번째 문제는 방역을 따르지 않고 격리와 검진을 거치지 않은 채 섬에서 도망치는 사람들을 저지하지 못한다는 것이었다. 총독 파샤는 타쉬 부두 주변과 항만에 조치를 하여 그렇지 않아도 한정된 경찰과 공무원 인력 일부를 나룻배가 출발할 수 있는 장소들로 보냈다. 이스탄불은 사공과 도망자들이 더 북쪽 만에서 밤에 활동한다고 알렸고 총독은 수비대 사령관에게 도움을 요청했다. 사령관은 북쪽 영토에서 게릴라들과 싸우는 군인들은 이스탄불이 이 일을 위해 전보를 보내 명령을 내릴 때만 방역에 관여할 것이라고 말했다.

민게르 역사가들 사이에서 총독 파샤가 이스탄불과 유럽 국가들을 진정시킬 조치들을 하지 않고 밤마다 도망치는 사람들을 저지하지 않는 이유에 대해 다양한 해석이 나왔다. 총독은 "나에게 수비대 병력을 주지 않으면 나도 만과 바위 해안에서 도망자들을 추적하지 않을 거요."라고 말하고 싶었다는 것이 우리가 생각한 바다. 파키제 술탄의 편지에 따르면 이 시기 총독은 나룻배 십장들의 돈과 권력 다툼에 놀랄 만큼 빠르게 끌려다니고 있었다. 총독 파샤는 과도하게 표를 팔았다는 이유로 급습을 감행하여 여행사 사장들, 다시 말해 영사들을 제압했다. 하지만 이 여행사들과 우리 역사 초반에 설명했던 나룻배 십장들이 북쪽 만에서 사람들을 몰래 태우는 일도 하고 있었다. 총독은 여권법과 여행법을 위반했다는 이유로 그들에게 소송을 걸었다.

초기에 전염병이나 방역 조치를 그다지 중요하게 여기지 않고 섬에서 도망칠지 도무지 마음을 정하지 못하던 부유한 가족들이 결국 떠나기로(아마도 하인과 요리사들이 죽거나 도망쳤기 때문에) 결정했다. 총독은 정보원들로부터 나룻배 십장들이 이 다급한 도망자들로부터 엄청난 돈을 요구했다는 것을 알게 되었다. 더욱이 필사적인 도망자들은 바다 한가운데에서 그들을 거두는 불법 선박에 도달하면 '표'에 대한 값을 치렀다. 그리스와 이탈리아 소속인 이 작은 회사들의 배에 타기 위해 그중 절반을 이스탄불 대로에 있는 여행사들에 선금으로 지불했다. 이러한 사실을 안 총독은 최소한 지금은 무슬림 사공들을 보호해야겠다는 생각이 들었다.

총독이 무슬림을 돕기 위해 자신이 구축한 방역 조치를 깨려고 계획한 사실이 민게르주 관리들에 의해 기록되었고, 어쩌면 이러한 이유로 자료에 집착하는 많은 역사 연구자의 관심을 끌었을 것이다. 이 이야기가 이토록 중요하게 여겨지는 이유는 물론 오스만 제국 관료 체제의 본질적인 딜레마 때문이다. 국가 전체의 안전을 생각해야 하는 오스만 제국 관료인 총독 파샤가 유사한 사건에서 무슬림을 우선적으로 보호하고 연대하려 생각한다면 근대화 개혁을 시행하고 그 지역을 통치하는 데 현대적인 방법과 기술을 사용하기가 힘들어진다. 그런데 만약 총독 파샤가 진정으로 현대적인 유럽식 개혁과 방법을 받아들이면 이미 자유, 평등, 기술 발전으로 급성장 중인 기독교 부르주아는 새로운 기회들을 더 잘 활용할 것이고, 나라가 유럽화할수록 무슬림의 힘이 저하될 것이다.

섬사람들이 밤마다 작은 배로 서양과 크레타로 도망치는 사례가 계속 증가했기 때문에 유럽 국가들은 전염병이 확산하는 것을 우려해 해결책을 모색하기 시작했다. 그들이 통치하는 식민지 국가에 있는 많은 무슬림 인구 때문에 전염병을 우려하는 경험 많은 프랑스와 영국은 결국 작은 밀항선들을 일일이 잡아 한적한 곳에 격리하느니 섬 전체를 전함으로 봉쇄하는 편이 더 적절하다는 것을 알게 되었다. 이 사건이 바브알리에서 여전히 논쟁 중이었는데도 심리적인 준비의 한 형태로 영국은 전함 HMS 프린스 조지를, 프랑스는 전함 아미랄 보댕을 동지중해의 민게르섬 인근 바다로 보냈다.

이 시점에서 영국 대사는 섬 봉쇄에 오스만 제국의 배도 동참하라고 제의했다. 외교부 기록 보관소와 외교 문서에서도 볼 수 있듯이 압뒬하미트는 이 결정을 미루기 위해 '전염병은 심각하지도 중요하지도 않다.'라는 생각을 퍼트리려고 애썼다. 하지만 파디샤는 불법 무역, 선박 회사 급습, 룸 뱃사공 체포가 계속되던 시기에 마침내 국제적 압력에 굴복했다.

열강과 함께 오스만 제국 전함 마흐무디예가 페스트로부터 도망치는 사람들을 실은 작은 배들을 저지하기 위해 6월 6일 목요일 출발한다는 소문을 이스탄불의 관료 친구들이 하루 전에 총독 파샤에게 알려 주었다. 파샤는 이 말을 믿지 않았지만 커다란 수치심을 느꼈다. 방역은 성공하지 못했고, 전염병을 물리치는 데 실패했으며, 심지어 감염된 사람들이 도망쳐 서양으로 페스트를 옮기는 것을 저지하지 못해 전 세계를 불안하게 만들었다. 파샤는 사람들이 이 표현을 사용하는 데에 매우 격분했음에도 '유럽의 병자'이기 때문에 죄책감을 느꼈다. 지금 힘든 상황에 놓인 파디샤조차 총독의 무능함에 직면하여 마치 적군이라도 되는 것처럼 유럽인들과 함께 그의 섬에 마흐무디예를 보내고 있었다.

이 일반적인 정치와 군사 풍경이 총독 파샤의 자존심을 얼마나 상하게 했던지 페스트처럼 이를 생각할 수도 믿을 수도 없었다. 그날 저녁 무렵 법정 서기가 별다른 기척 없이 1층 복도를 걷다가 죽음의 천사 아즈라엘이 어깨를 두드린 듯 눈앞에서 갑자기 쓰러져 죽자 총독 파샤는 집무실로 들어가 책상 앞에 앉아서 한동안 꿈쩍하지 않고 창밖을 내다보았다.

하지만 곧 정보원들이 보고한 새로운 소식을 들어야 했다. 라미즈는 석방된 후 예상했던 것처럼 가만히 있지 않고 하즈 배 반란을 일으킨 사람들이 사는 마을로 피했다. 하즈 배 반란 사건 이후 군인들이 하즈의 우두머리 역할을 한 아버지와 아들이 사는 네빌레르 마을을 온갖 구실을 들어 벌을 주었기 때문에 이웃 마을인 치프텔레르로 옮겼고, 그렇게 자신들에게 부과된 세금을 피하려고 했다. 이 새로운 마을은 그리스에서 온 민족주의 무장 세력에 맞서기 위해 조직을 꾸렸다. 그러니까 그들도 범죄 조직이 되었던 것이다. 보수적이던 마을 사람들은 하즈 배 반란 사건 이후 격해지고 공격적으로 변했다. 룸 패거리처럼 자기들끼리 민병대를 구성했다. 룸 패거리가 무슬림 마을들을 습격하듯 이 무슬림 패거리도 룸 마을을 공격하고, 때때로 사람을 죽이며 약탈까지 하는 지경에 이르렀다. 총독 파샤는 이 패거리를 룸 패거리들에 맞선 일종의 시민군으로 활용하기 위해 대부분 그들을, 예를 들어 메모에게 그랬던 것처럼 모른 척했다.

하지만 외부에서 온 흉포한 산적들의 부추김으로 패거리가 정도를 넘어 룸 마을에 불을 질렀고, 이스탄불에서 경고 전보가 오면 총독 파샤는 수비대 사령관 메흐메트 파샤의 도움을 받아 그들을 진압했다.

총독 파샤는 이 년 동안 라미즈의 이 패거리가 무슬림 마을에서 몸을 피하고, 무장한 사람들을 금전적으로 도와주면서 심지어 그곳에 작은 테케 설립을 주도했다는 것도 알고 있었다. 라미즈가 이 마을들에서 모은 사람들과 모험을 좋아하는 건달들과 함께 어느 날 밤 아르카즈로 돌아와 대담무쌍하게 치테 마을에 있는 그의 집에 정착했다는 소식도 들었다. 정보국장이 경고를 해 그날 저녁 즉시 습격했지만 어떠한 결과를 얻지는 못했다. 집사와 하인이 지키던 라미즈의 빈집을 수색할 때 총독은 의심 가는 물건, 종이, 글, 그리고 있다면 책과 신문을 가능한 한 많이 압수하라고 명령했다. 이것이 방역 위반죄가 아니었음에도 콜아아스의 방역 부대가 습격에 동참했다.

민게르어로 말하는 사람들이 방역 부대와 압될하미트, 실패한 방역 조치에 느끼는 분노는 민게르 민족주의의 불길을 지폈다. 총독과 정보국장은 태동하는 민족주의를 한동안 주시하면서 기록만 했다. 오스만 관료 체계에서 첫 번째 적은 물론 그리스인, 세르비아인, 불가리아인, 아르메니아인 같은 기독교 민족들의 민족주의였지만 제국이 빠르게 와해하는 것을 본 관료들은 튀르크인이 아닌 아랍인, 쿠르드인, 알바니아인 같은 무슬림 민족주의의 첫 움직임도 주시하기 시작했다.(당시에는 '민족주의'라는 단어는 '민족 문제!' 같은 다른 표현처럼 널리 쓰이지 않았다.) 총독에 따르면 튀르크어로 말하든 민게르어로 말하든 방역 부대가 모두 무슬림이라는 점이 중요했다. 그들이 무슬림이기 때문에 무슬림 시민들의 우려를 이해하리라고 생각했다. 부마 의사는 이 문제에 대해 그다지 긍정적이지 않았지만 콜아아스가 무장시킨 메지드와 하디드 형제가 소각장에서 너무나 부지런히 일한다는 말을 듣자 이 선택이 옳았다고도 생각했다.

39장

페스트균에 감염된 물건과 쥐 사체를 태울 구덩이를 판다는 생각은 본코프스키 파샤가 섬에 온 첫날 총독 파샤에게 제안했던 것이었다. 폐기할 모직류, 침대, 리넨 옷과 고리버들로 된 물건, 매트리스 등은 아주 옛날에도 그랬듯이 모든 사람이 볼 수 있는 곳에서 본보기 삼아 태우는 것이 방역과 위생의 중요성에 대해 섬 주민을 교육하는 데에도 도움이 된다고 생각했다. 소각장의 쓰임은 본코프스키 파샤가 동양의 역병에 대해 압뒬하미트에게 제출한 보고서에서도 권고한 바 있다.

본코프스키 파샤의 암살 사건으로 인해 이러한 종류의 소각장 계획은 연기되었다. 콜아아스의 '방역 부대'가 오염된 집을 더 성공적으로 비우기 시작하면서 침대, 이불, 카펫, 그리고 더 많은 물건이 산더미처럼 쌓였다. 이 더럽고 오염된 물건들을 목조 건물에서 태우는 것은 위험했다. 페스트에 대한 공포 때문에 버려진 옛 뜰에서 태우기도 힘들었다. 주인들은 그 물건들을 리졸로 충분히 소독한 후 보관하는(언젠가 되돌려 주는) 쪽을 선호했을 텐데 그럴 시간도 장소도 없었다. 어차피 소각되지 않은 물건들은 어쨌든 결국 고물상에게 팔릴 터였다. 그래서 부마 의사가 방역부장과 총독에게 한 조언에 따라 시청 직원들은 새 공동묘지와 유카르 투룬츨라르 마을 뒤쪽 끝자락 사이의 평평한 땅에 있는 도시 바로 뒤 언덕에 방치된 구덩이 두 개를 사용하기 시작했다. 이 장소의 유일한 단점은 아르파라 마을을 지나 구불거리는 길고 비탈진 길 끝에 위치한다는 것이었다.

총독은 저녁 무렵에 첫 점화를 하라고 명령했다. 많은 사람이 방역 결정이 내려지고 이십 일이 지나 불타오른 첫 불길을 호기심에 가득 차 마음껏 구경했다. 거대하고 반짝이는 붉은 파도처럼 커지고 가끔 샛노란 불덩이로 강해지며 주위를 온통 군청색과 보라색으로 짙게 물들인 구덩이의 불길은 어쩌면 많은 사람이 쏟은 눈물 때문인지 몰라도 밤까지 타올랐고, 도시 내부만 아니라 섬의 다른 지역에서도 보였다. 다음 날에도 많은 물건, 직물, 침대가 구덩이에서 소각되었고, 전염병이 계속되는 내내 이 검은 연기는 낮에도 사람들을 두렵게 만들었다. 검은 연기는 민게르 사람들에게 죽음의 천사 아즈라엘이 가까이 있음을, 남은 것은 신의 자비뿐이며 어쩐지 혼자라는 느낌까지 들게 했다. 방역 규정에 적합하지 못한 물건과 죽은 사람들의 잡동사니들이 도시에서 수거되어 계속 언덕으로 운반되는 광경을 볼 때도 똑같은 감정이었다는 것을 파키제 술탄의 편지에서 알 수 있다.

제이넵의 오빠들인 메지드와 하디드는 투룬츨라르 마을 뒤 무슬림 묘지에서 헌신적으로 일하고 있었다. 외국인 참관인과 기독교 의사의 출입이 금지된 메카에서도 페스트 방역의 기본 규칙 중 하나인 매장 전 시신을 석회로 소독하는 방식이 민게르섬처럼 많은 문제를 일으키지 않았다. 방역부장 니코스는 그 이유가 섬에 오랫동안 전염병이 없었고 주민들이 안타깝지만 방역의 중요성을 이해하지 못했기 때문이라고 설명했다. 모든 사람이 좋아하던 방역 차부시 함디 바바의 자애로움도 이 문제를 해결하는 데 그다지 소용이 없었다. 이 문제의 끔찍한 세부 사항들이 그의 의욕을 꺾고 지치게 만들었기 때문이다. 총독의 제안으로 메지드와 하디드 형제가 석회 처리를 위해 예니 묘지에서 보초를 서기 시작하자 여성 시신의 얼굴은 덮는다, 은밀한 곳과 벗은 몸이 드러나지 않도록 한다, 드러날 경우에는 아주 조금만 드러나게 한다, 삽으로 석회를 그렇게 거칠게 '덮지 말아야' 한다, 감기지 않은 눈, 입, 코에 석회를 부어서는 안 된다 등 많은 불만 사항이 확대되거나 정치화되지 않고 마무리되었다.

오염된 물건들은 시에서 선물한 수비대의 낡은 마차로 운반했다. 양철로 덮인 낡고 넓은 마차가 짐을 싣고 구불구불한 길을 따라 언덕에 있는 구덩이로 향할 때 소매치기, 도둑, 온갖 말썽꾼과 바보들이 덤벼들곤 했다. 대부분의 목적은 낡은 러그, 침대, 침대보, 옷을 훔쳐서 자신이 사용하거나 여전히 몰래 장사를 하는 고물상에 팔거나 여기저기 나누어 주는 것이었다. 방역처의 끝없는 경고에도 불구하고 초기만큼은 아니지만 많은 사람이 사망자의 물건을 집요하게 계속 사용했다. 이 잘못된 행동의 근간에는 국가, 서구화, 현대 의학, 국제 사회에 대한 도전과 조롱, 반발, 더 나아가 어리석음이 내포되어 있었다.

어떤 사람들은 이 몰이해가 셰이크와 호자들을 지나치게 배려하며 관대하게 대했기 때문이라고 했다. 총독 파샤는 수하에 있는 건달 같은 두 경비병을 마차 운반 작업에 투입했다. 채찍을 휘두르는 인정사정없는 경비병들은 아이들을 포함해 어느 누구도 마차 근처에 오지 못하도록 했다. 곧 마차가 지나갈 때 들리던 욕설, 비명, 저주는 잦아들었고, 그 자리를 페스트 시기에 서서히 익숙해지는 섬사람들의 비관적인 정적이 차지했다. 때로 마차는 조용하고 텅 빈 거리에서도 전혀 시선을 집중시키지 않았다. 어떤 노인과 아주머니들은 거리에서 천천히 나아가는 마차를 고물 장수 포티의 마차와 혼동했다. 하지만 때로는 악의적이고 용감하고 뻔뻔한 아이들이 경비병들의 채찍에도 아랑곳하지 않고 기어이 마차에 올라타 익살을 떨며 물건을 훔치려고 들었다. 나중에는 마차가 바이으를라르, 카디를레르, 게르메 같은 마을을 지날 때 사람들이 장의용 마차를 본 듯 놀랐다. 조롱하며 "꺼져!" 하고 고함을 치는 사람들과 돌을 던지는 아이들과 여느 때보다 맹렬하게 짖는 마을 개들을 향해 경비병들이 채찍질을 하며 물러나게 하려 했지만 그들은 멈추지 않았다.

채찍을 든 경비병과 주민들 사이의 갈등이 방역에 맞서는 일종의 고집으로 변했다는 것을 처음 알아챈 사람은 누리였고, 먼저 콜아아스가 아닌 총독에게 마차가 낮에는 절대 거리에 나가지 않는 게 좋겠다고 제안했다.

전염병이 계속되면서 마차가 가는 길에 주인 없는 시신들이 놓이기 시작했다. 당장 수거해야 하는 시신들은 빈집에 새로 들어와 사는 주인이 주로 내다 놓았다. 그들은 새집에서 냄새가 나기 시작하고 방역관들이 들어와 사방을 소독하고 문에 못질을 할까 염려했다. 소각할 물건들로 가득 찬 마차에 실린 시신들을 맞은편의 묘지로 가져가 그들이 살던 마을에 의거해 종교를 결정하고 장례 의식 없이 예배와 기도도 드리지 않고 석회로 처분해 매장하는 것이 가장 적당한 해결책이었다. 하지만 이 일도 치밀함과 전문성, 경험이 필요했다.

모든 일을 예의 주시하던 총독은 콜아아스에게 마차가 지나가는 길에 놓아둔 주인 없는 다른 시신들을 묻는 일에 메지드와 하디드 형제를 추천했다. 두 형제는 특히 옛 민게르어로 소통하는 마을에서 사랑받고, 심지어 존경도 받는다며 결정을 내리지 못하는 콜아아스를 끈질기게 설득했다. 사실 모든 사람이 말했듯이 그들은 약간 순진하다고 알려졌지만 사람들로부터 사랑받고, 장사도 해 봤으며, 약간이지만 돈과 토지도 있는 메지드와 하디드 형제의 사회적 위치에 어울리는 일은 아니었다. 마차를 타고 길거리에 던져진 시신들을 거두는 일은 아주 가난하고 무모한 젊은이들과 비이성적인 크레타 이주민 건달들이 큰돈을 받고 의욕적으로 할 만한 일이었다.

그럼에도 메지드와 하디드 형제는 처음에 조수를 두고 일하기로 했다. 어쩌면 여동생과 결혼한 콜아아스가 선물이나 돈 혹은 보상금을 줄 거라고 생각했을지 모른다. 그 대신 그들은 곧 사망자의 유품을 소각장으로 운반하는 마차에 대해 사람들이 느끼는 분노의 주요 표적이 되었다. 이전의 경비병들과 달리 그들은 채찍도 들지 않았다. 하지만 그들이 민게르어로 말했더라도(어떤 사람들에 의하면 이 때문에) 사람들은 그들의 달래는 듯한 말들을 받아들이지 않았다. 총독은 쌍둥이 형제가 마차 경비 일에 금세 지칠 거라고 생각하며 새로운 결정을 내렸다. 이후부터 비어 있는 집, 가게, 마구간에서 나온 물건들은 집 앞이나 정원에 쌓아 놓고 날이 어두워진 후 메지드와 하디드가 경호하는 마차가 조용히 물건들을 싣고 어둠을 틈타 소각장으로 가져갈 때까지 훔쳐 가지 못하도록 경비병 두 명을 보초로 세울 참이었다.

밤에는 도시가 잠잠해지고 온통 기괴한 군청색 안개가 내려앉은 듯 두렵고 치명적인 어둠 속에 파묻혔다. 항구와 하미디예 대로에 밤마다 켜져 있던 가스등은 과거의 행복한 시절처럼 밝혀지지 않았다. 어떤 집에는 사람들이 살았지만 대문에 등불도 없고 창가에도 빛이나 그림자가 보이지 않았다. 이 집들에 숨은 사람들이 있을 수도 있고 없을 수도 있었다. 어떤 집들은 지붕과 정원의 나무에 심술궂고 지혜로운 부엉이가 둥지를 틀기 시작했다. 사람이 사는 것처럼 보이게 해 산적이나 도둑이 들지 않도록 빈집 문 앞에 등불을 켜 놓은 집도 있었다.

일주일 후, 그러니까 6월 두 번째 금요일에 쌍둥이 형제는 여동생에게 일을 그만두고 싶다고 말했다. 쌍둥이의 항의는 우리가 전에 언급한 콜아아스의 의심을 더욱 깊어지게 했다. 콜아아스 캬밀은 결혼하고 일주일 만에 아내를 진심으로 조건 없이 사랑하게 되었고, 그녀와 매우 행복할 거라고 확신했다. 한편 제이넵은 날이 갈수록 기회가 생기면 당장 이스탄불로 가고 싶다고 단호하게 큰 소리로 말했고, 남편이 한 약속을 상기시켰으며, 이 문제를 언급할 때는 페스트나 방역이 존재하지 않는 것처럼 굴었다. 콜아아스는 어떻게 해야 할지 정확히 몰랐다. 제이넵에게서 오빠들이 마차 운반과 묘지 일 대신 사무실 직원으로 일하고 싶어 한다는 말을 듣자 그는 거친 반응을 보이며 그들을 대신할 누군가를 찾을 때까지 오빠들과 조수들이 마차를 지켜야 한다고 말했다.

이스탄불 문제에 대해서는 '기회가 생기면' 가겠다고 아내에게 두 번 약속했다. 그는 머릿속에 모여드는 망설임의 구름들 속에서 진짜 문제는 다른 무엇이라는 것을 감지했다. 콜아아스의 말이 아내나 두 오빠에게 영향력을 발휘하지 못한다는 것이었다. 어머니로부터 긍정적인 면만 들었던 결혼은 예기치 않은 부수적인 결과를 동반했다. 아내의 요구 사항을 다 들어줄 수 없다는 것과 그녀를 잃을지 모른다는 두려움이었다!

한편 스플렌디드 호텔 객실에서 멋진 풍경과 성, 군청색 지중해를 함께 바라보면서 제이넵은 흥분했지만 남편에게 천천히 또박또박 오빠 메지드가 중요한 소식을 알려 주었다고 말했다. 메지드는 여동생에게 지난 이틀 동안 십장 세이트와 사공들이 섬 인근 바다에 도착한 배에 밤마다 나룻배로 승객을 나르고 있으며, 준비를 잘하면 이 배를 타고 이틀 만에 이즈미르에 도착할 수 있고, 오스만 제국 전함이 밀항선들을 곧장 카니아 항구로 데려가니 그곳에서 테살로니키나 이즈미르로 갈 수 있을 거라고 설명했다. 이 노선은 새로 생겼지만 언제 운항이 정지될지 모르기 때문에 서둘러야 한다고도 했다.

밀항을 돕는 사공들의 우두머리인 세이트는 총독 사미 파샤가 룸 우두머리들에 맞서 비호하는 무슬림 우두머리라는 것을 독자들에게 다시 한번 말해 두고자 한다. 콜아아스는 총독 사미 파샤의 정보원들이 이 불법 경로를 분명히 알아챌 거라 생각했고, 아내가 인내심이 없다는 것을 깨닫고 그날 밤 제이넵을 이즈미르에 사는 친척 곁으로 보내야 한다고 결정했다.

파키제 술탄의 편지들은 다른 민게르 역사에 기록되지 않은 이 정보들을 가장 가까운 시선과 입을 통해 설명하고 있다. 그럼에도 콜아아스가 이러한 결정을 내릴 때 무슨 생각을 했는지 우리조차 이해가 안 되었고, 어쩌면 이 지점에서 소설가가 되어 보려고 한다. 결국 우리도 모든 민게르 민족처럼 콜아아스 캬밀이 섬 밖의 삶을 생각하지 않고 자신을 민족에게 바쳤다는 것을 알기 때문이다. 이치에 맞는 유일한 해석은 사실 콜아아스 캬밀이 아내를 섬 밖으로 빼돌리고 싶어 하지 않았다는 것이다.

"오빠들이 말하길 십장 세이트가 오늘 밤 바다에서 기다리고 있을 크레타 선박에 나룻배로 우리를 데려다줄 수 있다고 했어요." 제이넵은 남편의 눈을 똑바로 바라보며 말했다.

아내는 지금 콜아아스도 함께 떠나자고 말하는 걸까? 하지만 결정을 내리자마자 사실 자신들이 행복하다는 것을 알았다. 사랑을 나누는 행위와 부부로서 느끼는 동지애는 이전에 알지 못하던 깊은 희열로 그들을 행복하게 해 주었다. 서로를 사랑했으며, 그들끼리 발전시킨 어린 시절의 특별한 언어로 '어린아이처럼' 농담을 하고 웃었다. 그러나 이후 정사 역사학자들과 돈 버는 데만 관심이 있는 신문 기자들이 주장했듯이 그들은 '마법적이고 모든 것을 포용하는 민게르어의 아름다움을' 발견하지 못했다. 그렇다, 민게르어는 고대 민게르 민족의 유산이며, 그 뿌리가 저 멀리 아랄해 남쪽의 비밀스러운 계곡에 살던 민족에게까지 거슬러 올라간다. 그런데 1901년까지 십자군, 베네치아, 비잔틴, 오스만 제국의 억압 아래 민게르어는 아르카즈의 몇 안 되는 마을들과 섬의 북쪽 산악 마을들에 갇혔고 현대 세계와 가톨릭, 정교회, 이슬람 문화의 깊이, 도구, 정신, 개념적 범위를 발전시킬 기회조차 없었다.

제이넵은 스플렌디드 팔라스 호텔에서 가방을 꾸리며 조금 울었다. 어린 시절부터 계속 가지고 있던 이모의 선물인 자개 손잡이가 달린 섬 특산품 빗이 친정에 있었기 때문이다. 행운을 가져다준다고 믿은 그 물건과 한동안 떨어져 지낸다는 생각이 그녀를 슬프게 했다. 콜아아스가 라미즈에 대비해 호텔 입구에 배치한 보초병들 중 한 명을 서둘러 처가에 보내 빗을 가져오게 하자고 제안했지만 부부는 조용히 서로를 안고 가만히 있었다. 둘 다 이 이별이 길어질지 모른다고 생각하며 두려워했다.

그들은 한 번 더 사랑을 나누었다. 열정과 희열보다는 슬픔과 우울을 느꼈다. 아내의 젖은 눈은 콜아아스의 의지를 약해지게 만들었다. 어떻게 해야 할까? 뇌리 한구석에서는 지금 아내가 틀림없이 구제될 것이고, 전염병이 끝나면 이즈미르에서 데려올 것이며, 그녀가 떠나는 것이, 미친 라미즈의 위협과 페스트로부터 도망치는 것이 좋다고 믿으려 애를 썼다. 하지만 제이넵이 떠나자마자

이 날들과 시간, 그녀의 눈길을 떠올리고, 외딴 지역과 헤자즈에서 경험한 외로움에 다시 빠져들 것이다. 그는 지금 그녀를 절대 잊지 않기 위해 마음껏 아내를 바라고 있었다. 편지를 읽은 독자들은 이 지점에서 콜아아스가 진심이 아닐 수도 있다고 생각할 것이다.

날이 어두워지자 콜아아스는 사복 차림을 하고 라미가 준 모자를 썼다. 십장 세이트와 나룻배를 마련한 메지드는 콜아아스에게 꼭 모자를 쓰라고 말했다. 제이넵은 필요한 모든 것을 넣은 가방을 콜아아스에게 건넸다. 스플렌디드 호텔의 현대적인 주방을 지나 뒷문으로 나갔다. 페스트가 거리를 텅 비웠을 뿐 아니라 밤도 우울하게 만들었다. 바람에 나무들이 사각거리는 소리를 들으며 텅 비고 어두운 길을 유령처럼 걸었다. 많은 대문이 잠겨 있었고, 집들에 가스등이나 촛불이 켜져 있지 않았으며, 아무런 빛줄기도 보이지 않았다. 하지만 두 사람의 머릿속은 전염병이 아니라 이별의 두려움으로 가득했다. 둘 다 십장 세이트의 나룻배가 제이넵을 데려갈 곳으로 조용히 걸었고, 결국 어떤 형태로든 헤어지지 않으리라는 것을 알고 있었다. 그러지 않았다면 길을 나서지도 않았을 것이다.

작은 항구에서 북쪽으로 세 번째인 타쉴르크만 초입의 어부 피신처는 그가 어린 시절부터 있었다. 여기까지 걷는 데에 생각보다 꽤 오래 걸렸다. 피신처와 약간 떨어진 곳에 날림으로 지은 부두는 희미한 반달 아래 그 형체를 거의 구분할 수 없었다. 바위에 가볍게 부딪치는 파도 소리와 어렴풋한 바람에 나뭇잎이 사각거리는 소리는 누군가 있는 것 같은 느낌을 주었지만 아무도 없었다. 부부는 구석으로 물러나 앉아 서로를 안고 조용히 기다렸다. 아래에서 자갈에 부딪혀 부서지는 파도의 포말이 하얀 얼룩처럼 반짝였다.

“매일 이즈미르로 당신에게 전보를 보내겠소.” 콜아아스는 말했다.

제이넵은 소리 없이 울기 시작했다. 그들 앞에 있는 바다는 벽처럼 어두웠다. 메지드와 하디드가 오면 제이넵과 함께 부두로 걸어가 십장 세이트의 나룻배를 탈(그가 부리는 사람이 아니라 직접 올 터였다.) 예정이었지만 한참이 지나도 아무런 움직임이 없었다. 많은 시간이 흐른 후 아무도 오지 않으리라는 것을 알게 되었을 때 산들이 약간 밝아졌다. 오래된 물건들을 태우는 구덩이에서 붉은색, 주황색, 분홍빛이 나는 이상한 불길이 솟아올랐다. 콜아아스는 제이넵의 뺨에서 흐르는 눈물을 보았다.

"아무도 오지 않아. 우린 헤어지지 않을 거야!" 콜아아스는 말했다.

그들은 서로의 표정에서 사실 이렇게 된 데 은근히 안도하고 있음을 알았다. 한동안 더 기다리다 뒷골목을 지나 아무도 모르게 스플렌디드로 돌아왔다. 돌아오는 길에 아내의 손을 잡았을 때 제이넵이 사실은 행복해한다는 것을 느꼈다.

이 도피 시도에 대해 역사학자로서 파키제 술탄의 편지에 있는 말 이외에 제시할 수 있는 어떤 증거나 자료가 없다. 민게르 민족주의 역사학자들은 이 주제를 터부시하고 전혀 언급조차 하지 않는다. 얼마 안 있어 섬의 운명을 바꿀 사람이 사실은 제 가족의 운명을 섬 주민들의 운명과 별개로 여기고 아내를 도피시킬 생각을 했기 때문이다.

호텔로 돌아온 직후 라미가 찾아왔다. "전함들이 섬을 봉쇄했다는군." 그가 다급하게 말했다. 마치 "파디샤가 서거하셨다네!"라고 말하는 것처럼 흥분한 목소리였다. "이제 전 세계가 우리를 우려하고 있으니 전염병도 종식시키겠지. 사실 어제 호텔을 떠났던 로버트 에펜디가 다시 33호실을 달라고 했어."

콜아아스는 국제 열강들에 의해 포위되었다는 것은 우리가 사실상 운명에 맡겨졌다는 의미임을 즉시 알아챘다. 하지만 라미의 위로하는 듯한 해석에 동조하는 척했다. 아내도 금세 이 과장된 낙관론을 믿었다. 그러나 그들이 행복한 진짜 이유는 서로 헤어지지 않았고, 잠시 후면 방에 단둘이 남아 오랫동안 사랑을 나누리라는 것을 알기 때문이었다.

40장

국제 열강들은 이스탄불과 함께 섬을 봉쇄하기로 결정했다. 최소한 이 결정을 내리도록 오스만 제국에 압력을 가했다. 많은 세월이 흐른 후 문서 보관소에서 서신 왕래를 읽은 연구자들은 만약 바브알리에서 전함을 보내지 않으면 안타깝지만 봉쇄는 오스만 제국에 맞서 구축한 조치로 보일 수 있다고 영국 대사가 보고했다는 것을 발견했다. 필립 커리 경에 의하면 오스만 전함이 봉쇄 작전에 동참할 경우 세계적인 수치를 겪는 것은 오스만 제국이 아니라 섬을 통제하지 못한 민게르 총독과 방역 기구가 될 터였다. 오르하니예는 또 수리 중이었고, 그리하여 해군 장관의 제안으로 압뒬하미트는 마흐무디예를 보냈다.

다음 날 아침 이스탄불은 전보로 총독 사미 파샤와 민게르 방역 기구에 봉쇄 결정을 알렸다. 이 봉쇄가 오스만 제국 시민들을 보호하기 위한 민게르 주 관청의 요청이었다는 내용으로 미루어 볼 때 총독은 국제 언론에도 공식 발표가 이루어졌으리라고 생각했다.

정오 무렵 아르카즈 전체는 섬이 영국, 프랑스, 러시아 함대와 초승달과 별이 있는 국기를 단 전함 마흐무디예에 포위당했으며, 그 이유가 방역 규칙과 격리 조치, 의사의 지시에 주의를 기울이지 않고 페스트로부터 도망치려는 사람들을 막기 위함임을 알게 되었다. 민게르 사람들은 섬 이름이 전 세계 신문에 거론되고 있다는 것도 알았지만 자랑스러워할 수 없었다. 안타깝게도 긍정적으로 이야기되지 않았기 때문이다. 페스트를 차단하지 못했으며, 더 최악은 세계에 퍼트리고 있다는 것이었다.

전염병 확산을 방지하기 위해 배치된 전함들의 특징이 지역 신문에 기회가 있을 때마다(그리고 관심을 받고 있다는 감출 수 없는 긍지로) 자주 게재되었다. 1883년 건조된 프랑스의 아미랄 보댕은 길이가 100미터였고, 1895년 건조된 영국 전함 HMS 프린스 조지는 포술이 뛰어났다. 카이저 빌헬름은 외교적 우려와 압뒬하미트의 심기를 건드릴까 두려워 배를 보내지 않았다. 아르카즈 사람들은 육안으로는 배들을 볼 수 없었다. 맑고 바람 부는 날에 섬의 산골 마을, 테케, 바위 곶 등에서만 겨우 식별이 되었다. 그러다 안개가 덮이면 열강의 배들은 비밀스럽게 시야에서 사라졌고, 그러면 배들은 갔고 애당초 한 번도 오지 않았다는 근거 없는 소문들이 돌기 시작했다.

이스탄불의 명령으로 섬이 봉쇄된 이유들을 설명하는 성명서가 마치 전염병과 방역 공고처럼 도시 곳곳에 걸렸다. 성명서는 봉쇄가 민게르 사람을 겨냥한 게 아니라 사람들을 몰래 도피시키는 불법 행위를 하는 범법자들과 그 배들을 막기 위해 단행되었다고 설명하고 있었다.

봉쇄는 모든 섬사람의 마음에 상처를 입히고 사기를 떨어뜨렸다. 이 결정은 민게르주 사람들에게 방역 조치가 실패했으며, 전 세계가 그들에게 "너희 일은 스스로 알아서 하고 우리한테서 떨어져 있어!"라고 말하고 있다는 것을 보여 주는 신호였다. 항상 유럽과 러시아로부터 보호를 기대하던 정교도 룸들은 유럽인이 그들의 이익을 우선으로 생각한다는 것을 깨달았다. 하지만 무슬림들도 압뒬하미트가 그들을 버렸다고 느꼈다. 어떤 이들은 곧 이 고통스러운 사실을 얼버무리고 스스로를 속이기 위해 거짓말들을 꾸며 냈다. 예를 들어 파디샤의 구호선인 페리보트 수후레트가 군인과 보급품, 약을 싣고 길을 나섰다, 사실 사망자 수가 감소하고 있다, 영국인들이 인도에서 광견병처럼 주사 한 방으로 전염병을 종식시키는 백신을 발견했고 단지 백신 적용을 위한 시간을 벌기 위해 봉쇄했다. 집에서 주로 민게르어를 쓰는 사람들, 테케와 호자들과 가까운 사람들의 분노는 섬을 봉쇄한 영국인과 프랑스인들만을 향했다. 압뒬하미트에게는 화를 내지 않고 그도 어쩔 수 없었노라고 이해하는 분위기였다.

무슬림들 사이에서 기독교인들에 대한 적대심은 때때로 오스만 관료, 총독, 군인을 향한 분노로 변했다. 섬에서 거의 모든 사람이 공유하는 기본적인 감정이 있었다. 많은 사람이 지난 오십 년 동안 유럽인에게 환심을 사기 위해 선포된 모든 개혁 조치, 기독교인과 무슬림의 평등을 위해 반은 유럽의 압력으로 반은 진심으로 행해진 개선과 개혁이 진행된 후 섬이 지금 힘든 시기를 보내고 있는데 유럽은 도움을 주기는커녕 섬을 섬사람들의 운명에 맡겼다고 생각했다. 이들이 방역을 무시하도록 조장했기 때문에 총독 파샤는 룸보다 이들을 더 우려했다. 한편 방역이 주로 룸 출신 의사들과 방역 관리 부처, 총독의 관계에 의존하기 때문에 페스트는 상업과 관료주의 영역 이외에 서로의 삶에 관심이 없던 지식인 룸과 지식인 무슬림을 서로 가까워지도록 만들었다. 게다가 그리스가 섬에서 룸어를 사용하는 인구의 건강을 진심으로 걱정하고 있어 총독은 사실상 정치적 기회주의는 존재하지 않는다고 생각했다.

사흘 동안 비가 내렸다. 매년 이 봄비는 무성한 식물군과 달팽

이와 까치들에게 생기를 불어넣을 뿐 아니라 홍수를 일으켜 아르카즈천이 범람하면서 골목길에 흙탕물이 흐르고 항구와 만은 거의 보자[71]와 비슷한 누런 빛깔로 변했다. 집무실의 퇴창을 통해 바다가 성 가까이에서는 초록빛 도는 푸른색이 되고 아랍 등대 옆에서는 더 짙은 푸른색으로 변하는 것을 바라보던 총독 파샤는 갑자기 퍼붓기 시작한 빗속에 성이 눈앞에서 사라지는 모습을 구경하며 한동안 시간을 보내면서 그들이 맞닥뜨린 진짜 문제를 수없이 생각해 보았다.

"더 많은 군인을 보내 사람들을 지하 감옥이나 격리 구역에 가두면 반란이 일어날 겁니다." 어느 날 총독이 누리에게 말했다. "이미 우리는 매일 스무 명 남짓을 성에 가두고 있지요. 전염병 의심자라며, 방역을 위반한 죄인, 기회를 노린 도둑, 약탈자, 산적이라며 말입니다."

비가 그친 후 총독 파샤와 의사 누리는 전염병이 가장 많이 퍼진 치테, 게르메, 카디를레르 마을을 향해 걷기 시작했다. 콜아아스도 파샤의 경비병들과 방역 부대 병사들을 데리고 합류했다. 이렇게 해서 매일 이십 분에서 이십오 분 정도 걸리는 산책을 통해 도시의 최근 상황, 병이 확산된 거리에서 일어나는 가슴 아픈 다툼과 마찰을 직접 눈으로 보게 되었다.

도시는 리졸 냄새가 나고 조용했다. 나무, 돌과 나무 벽, 사람들이 사는 집 1층까지 모두 군인들이 석회를 칠해 놓은 탓에 총독 파샤는 이따금 도시가 완전히 다른 곳으로 보였다. 이 낯선 감각은 거리의 공허함을 수반했다. 두 사람 이상이 나란히 걷는 모습도 보이지 않았다. 지난 오 년 동안 하루에 적어도 두세 번 이상 건너다

71 기장으로 만든 터키의 전통 음료.

닌 하미디예 다리에서 도시와 시장 쪽을 바라본 총독 파샤는 가게들 절반 이상이 닫힌 것을 알고 소름이 돋았다.

총독은 천변의 바위나 부두에 혼자 서서 바다를 바라보는 일거리를 잃은 사람을 보거나 가게 문을 닫은 상인을 맞닥뜨리거나 여기저기 구석에 숨은 듯 앉아 기다리는 사람들을 발견할 때면 불안한 마음이 들었다. 이방인조차 도시 인구 대부분이 두꺼운 벽 너머 창살, 덧문, 퇴창, 안뜰 뒤에 있는 집 안으로 몸을 피했다는 사실을 쉽사리 알았을 것이다. 비가 그치고 6월 19일 수요일 열일곱 명이 사망한 날 총독은 문을 닫은 상당수의 가게가 판자로 못질이 되어 있는 것을 알아챘다. 일부는 소독 처리한 후 새로운 균이나 도둑이 들지 못하도록 주인들이 못을 박았다. 하지만 방역 초기에 의욕적으로 취한 많은 조치가 한 달 반이 지난 지금 이행되지 않고 있었고, 매일 새로운 상황과 이상한 현상들이 발생했다.

병균과 전염병 시기에 어쩌면 집과 가게를 나무판으로 봉쇄하는 조치까지는 필요하지 않을지 모르지만 갈수록 증가하는 도둑, 불법 점유, 약탈에 대처하는 역할로는 충분했다. 주인들에게는 목재와 인건비 명목으로 세금을 부과했는데 이 잘못된 조항은 얼마 지나지 않아 바로잡았다. 이어 폐쇄하는 집이 점점 줄기 시작했다. 격리 조치의 완화는 총독과 의사 누리의 논쟁에서 자주 거론되었다. 콜아아스는 총독과 누리가 전략적인 계산에서 '방역 강도'를 어떻게 평가하는지에 감탄하며 주로 조용히 들었다. 파키제 술탄의 편지를 읽은 사람들은 총독이 이스탄불에서 온 사려 깊지 못한 전보들 때문에 방역 조치를 계속해서 완화할 수밖에 없어 매우 불만스러워했다는 것을 알게 될 것이다.

봉쇄 이후 닷새 동안 여든두 명이 사망했다. 그럼에도 수비대 사령관 메흐메트 파샤가 페스트로 사망한 사실이 모든 사람을 놀라게 했다는 것도 흥미롭다. 6월 중순쯤 도시를 잠식하기 시작한 절망감을 설명하기 위해서는 역사학자도 소설가도 아닌 시인이 되어야 할 것이다! 이는 신중하게 행동하고, 상식을 발휘하고, 예방 조치를 취하는 것을 방해하는 절망감이었다. 마치 "어차피 우린 끝났어."라고 말하는 듯한 느낌이었다. 지금 당장 죽지는 않지만 모두 섬에 억류되어 있고 결국에는 죽음이 어딘가에서 그들을 찾아올 거라고 느꼈다.

이제는 룸만이 아니라 무슬림 대다수가 방역 조치 전에 도망치지 않은 것을 후회했다. 이처럼 국제 봉쇄로 운항이 중단되면서 작은 화물선과 대형 어선들이 섬 주변 해역으로 돌아왔고, 나룻배 십장들은 다시 한밤중에 사람들을 도피시키기 시작했다. 새로운 밀항 방식으로 많은 돈을 버는 사공들은 영국 전함 HMS 프린스 조지와 프랑스 전함 조지 아미랄 보댕이 포위를 풀었다거나 밤마다 크레타의 카니아 항구로 물러나 바닷길이 열렸다는 식의 거짓말과 헛소문을 퍼트렸다. 어떤 사공이 바람과 해류 덕분에 노를 저어 3인 가족을 이틀 만에 크레타 해안으로 데려간 것은 사실이었다. 하지만 섬사람들은 이 소식을 듣지 못했다. 이 모험이 궁금한 사람들은 1962년 아테네에서 출간된 『노는 우리의 바람』이라는 멋진 회고록을 읽기 바란다.

새로운 방식의 도피는 처음에 아주 몰래 진행되었다. 하지만 총독의 부하들도 방역 부대도 관심을 두지 않고 모든 것이 과거처럼 계속되자 가속도가 붙었다. 바로 이 시기에 지나치게 많은 승객을 싣고 가던 배 한 척이 파도 높은 바다에서 침몰하고 말았다. 혹은 일부러 침몰시켰을 수도 있다. 열다섯 명이 넘는 민게르 출신 룸들이 물에 빠져 죽었다.

처음에는 이 사건에 대해 사고라고 이야기했지만 섬사람들은 밀항선 침몰의 배후에 어떤 '악의'가 있다는 것을 감지했다. 민게르 사람들이 버려졌다는 것을 깨닫고 모두를 탓하던 시기였다. 1970년대에 러시아 역사학자들은 열두 명의 도망자들을 태운 토피코스가 러시아 전함 이바노프에서 발사한 포탄에 맞아 침몰했음을 증명하는 문서들을 발견했다. 섬을 몰래 떠나려는 시도가 도무지 그치지 않는 것을 보고 영국의 독려를 받은 국제군은 배를 침몰시킴으로써 본때를 보여 줘야 한다고 결정을 내렸다. 사실 처음 계획은 침몰한 배에 탄 승객들을 구조해 섬으로 돌려보내는 것이었지만 한밤중에 큰 소란이 있었다. 밀항선이 스스로 러시아 배 쪽으로 향했다. 러시아 외교부는 이바노프가 '감염자를 태운 배'의 공격에 맞서 방어할 수밖에 없었다고 발표하려다 결국 그만두었다. 민게르 사람들의 감정에 지대한 영향을 미친 이 재앙의 많은 부분이 오늘날까지 여전히 밝혀지지 않고 모호하게 남아 있다.

이후에 해안으로 떠내려온 시신들은 사람들에게 색다른 두려움을 심어 주었고, 그들이 족쇄를 채운 죄수처럼 섬에 붙잡혀 있다는 느낌을 남겼다.

41장

6월 22일 금요일부터(이날 스물한 명이 사망했다.) 콜아아스가 무장시키고 훈련하여 임무를 부여한 방역군의 수는 예순두 명이었다. 절반 이상이 투룬츨라르, 바이으를라르, 아르파라 마을에서 살았다. 대부분은 어린 시절 골목에서 친구와 놀면서 혹은 가족들과 민게르어를 사용했고, 일부는 여전히 집에서 민게르어로 말했다. 하지만 방역군들은 민족적인 정체성보다 이웃 간의 인맥과 어린 시절의 우정 덕분에 이 일자리를 구했고, 그래서 운이 좋다고 생각했다. 대부분 나이가 서른 살 정도였지만 콜아아스는 바이으를라르에서 아버지와 아들도 뽑았다. 총독이 특별히 편성한 예산 덕분에 군인들은 첫 월급을 선불로 받았다.

콜아아스는 매일 아침 전염병 상황실 지도 앞에서 진행되는 회의를 마친 후 총독의 철갑 랜도를 타고 수비대로 가 한동안 방역부대를 훈련하고 복장을 점검했다. 병사들 중 몇몇은 군복이 너무 마음에 들어서 혹은 약간은 과시하고 싶은 생각에 절대 벗지 않고 집이나 마을에서도 계속 입고 있었다. 오전 훈련이 끝나면 군인들에게 임무를 할당하여 의사 누리, 의사 니코스와 아침에 협의해 결정한 장소들로 보냈다. 예를 들어 함디 바바와 두 군인은 타쉬 부두 근처에서 최근에 비워진 집 식구들을 진정시키기 위해, 만약 소각일로 바쁘지 않을 경우 메지드와 하디드 형제는 하미디예 병원 뜰에 설치된 막사에서 죽은 하인과 도망친 사람의 빈자리를 채우기 위해, 부대에 고용된 아버지와 아들은 시계탑 건축 부지에 침입한 두 사람을 쫓아내기 위해 파견될 수 있다.(사실 경찰의 일이었지만 시계탑 꼭대기에 있는 두 사람이 모두 감염된 데다 열이 나고 있는 것으로 알려졌다.)

의사 누리가 보기에 지금까지 방역 부대에서 아무도 병에 걸리지 않은 것은 병균이 사람들 사이에 직접 전염되기보다 쥐한테서 사람에게 전염된다는 매우 뚜렷한 증거였다. 콜아아스는 부마 의사의 영향을 받아 방역군이 질병과 좀 더 거리를 두도록 하기 위해 수비대에 기숙사를 마련했다. 대부분의 병사가 전염병이 극심한 마을들에서 왔기 때문에 위험했다. 콜아아스는 그들이 사실 이 형편없는 방이 아니라 여느 때처럼 집에서 아내, 가족, 아버지와 지내고 싶어 하며 몇몇은 규율을 어기고 도망쳤다는 사실을 고발을 통해 알고 있었다. 하지만 임무를 훌륭하게 수행하는 이 특별군의 사기를 꺾고 싶지 않았다.

그날 아침 콜아아스 캬밀은 방역군 절반 이상에게 임무를 맡겨 여러 마을로 보낸 후 가장 신임하는 스무 명을 한쪽에 대기시키고 수비대 사령관이 준 탄약들 중 세 개씩을 나누어 주었다. 그리고 장전을 명령했다. 모두 두려워했으나 명령에 따라 달그락거리는 소리를 내며 소총에 장전했다. 콜아아스는 함디 바바를 소대장으로 임명했다. 이틀 전 사무실 업무로 이동한 메지드와 하디드 형제한테는 바이으를라르 마을 출신인 무스타파를 붙여 주었다. 지난 이틀 동안 이 뛰어난 군인들이 잠시 후 수행할 임무를 위해 준비해 왔지만 몇 마디 해야 한다고 느꼈다. 그는 그들이 수행할 임무가 이 저주받을 질병에 맞서는 데에 무언가 도움이 될 것이며, 두려워하지 말라고, 어쩌면 우체국에서 한 발 정도 쏠지 모르지만 총을 쏠 필요도 없을 거라고 말했다. 이미 모든 군인과 하나하나 만나 전염병에 맞서 우체국을 지켜야 한다고 설명했다. 마지막 순간에 그는 군인들에게 각자 할 일을 한 번 더 말해 주면서 총독 파샤도 이 일에 대해 알고 있다고 거짓말을 했다.

콜아아스를 선두로 방역 부대는 곧장 수비대 정문을 나가(경비병들이 문을 열고 그들이 지나가는 동안 경례를 했다.) 많은 세월이 흐른 후 함디 바바 언덕이라고 불릴 가파른 길을 따라 한 줄로 느긋하게 내려갔다. 군인들은 조용히 에요클리마 마을의 리졸과 인동덩굴꽃 냄새가 나는 푸른 정원과 보라색 부겐빌레아꽃 사이를 걸었다. 벌들이 윙윙거리는 소리가 들렸다. 아야 요르기 교회 뒷문으로 들어가 소독 장면을 여러 번 보아서 아주 잘 아는, 죽음과 아몬드 냄새가 나는 커다란 뜰을 지나 천천히 바다를 향했다. 관들로 가득 차 있고 사망자의 친구와 친척들과 묘지 방문객이 북적대던 정문 앞 계단에 낙담한 거지 둘이 앉아 있었고, 네다섯 개의 검은 그림자가 군인들을 두려움에 휩싸여 바라보았다.

군인들은 매일 몇 번씩 지나던 리졸 냄새가 나는 거리를 지나 주 청사 앞에서 속도를 늦추지 않고 하미디예 대로로 나아갔으며, 잠시 후 우체국에 도착했다. 그들을 본 사람은 거의 없었고, 보았더라도 방역 분란을 말리러 왔다고 생각했다.

미리 계획한 대로 메지드와 하디드 형제, 그리고 그들과 함께 온 군인 셋이 우체국 건물 뒷문 밖 뜰을 포위했다. 콜아아스를 포함하여 일곱 명의 군인은 우체국 입구에 있는 계단을 통해 층계참으로 올라갔다. 들어오는 배들이 더 드물던 지난날 우편물 꾸러미를 푸는 동안 사람들이 모여 기다리던 작은 광장에는 여덟 명의 군인이 우체국을 등지고 섰다. 그들의 태도는 호기심에 가득 차 구경하는 사람들에게 이 작전을 경비하는 군인임을 보여 주었다. 아직 바깥에는 인파가 많지 않았지만 하미디예 대로를 건던 사람들이 문 앞에 있는 '방역 부대'를 보고 우체국에서 무슨 일이 일어났다는 것을 알아채고 모여들기 시작했다.

콜아아스는 건물 안으로 들어갔다. 아침 시간이라 우체국에는 손님이 다섯 명뿐이었다. 부유한 저택에서 보낸 하인들과 모자를 쓰고 프록코트를 입은 멋진 신사들이었다. 이스탄불, 이즈미르, 아테네에 전보를 치러 온 것이다. 파키제 술탄의 편지를 가져올 때 이들을 여러 번 본 적이 있다. 대부분 "우리는 잘 있어." 혹은 "모든 것이 최악이고 우리는 집 밖으로 나가지 않아." 같은 내용의 전보들이었다.(사망자가 나온 집에 사는 사람들은 전보도 치지 못하고 방역군들에 의해 격리 구역으로 이송되었다.) 콜아아스는 주위에 무슬림이 없다는 것을 알았다. 이는 그가 최근에서야 신경 쓰기 시작한 세부 사항이었다.

콜아아스가 파키제 술탄의 편지를 부치러 올 때 알게 된 개구리상을 한 직원에게 다가가려는데 우체국장이 내려왔다. 범상치 않은 일이 벌어지는 것을 위층 사무실에서 보았기 때문이다.

"술탄의 새 편지를 가지고 오셨습니까?" 그는 상냥한 미소를 띠며 말했다.

콜아아스는 이곳을 자주 오가며 우체국장 디미트리스 에펜디와 친해졌다. 디미트리스는 십이 년 전 이스탄불에서 이곳으로 발령이 났다. 민게르 출신이 아니었다. 테살로니키 출신의 룸으로 오스만 제국의 가장 오래된 전신국에서 근무했으며, 이스탄불 쳄베를리타쉬에 있는 고등전신학교를 다녔고, 수년간 프랑스어와 튀르크어로 전보 칠 때의 복잡성을 파악한 사람이었다. 페스트 발병 초기에 파키제 술탄의 무거운 편지를 재어 요금을 계산하고 직원들이 우표를 고르는 동안 디미트리스 에펜디는 콜아아스에게 이스탄불 이야기를 했다. 전보 기술자들이 프랑스어로 가르친 수업들과 당시의 이스탄불에 대해 이야기하고는 지금은 어떤지 물었다.

"이번에는 보낼 편지가 없습니다! 오늘은 우체국 전체를 장악하려고 왔습니다!"

"뭐라고요?"

"우체국은 봉쇄되었습니다."

"뭔가 잘못된 것 같은데요."

마치 전보에서 잘못된 알파벳이나 숫자 부호를 교정하고 어떤 기술적인 잘못을 보여 주듯 확신에 가득 차 말하는 그의 태도에 콜아아스는 화가 났다.

"복종하십시오!" 콜아아스가 무슨 비밀을 알려 주는 분위기로 말했다.

"하지만 무슨 상황인지 설명이 필요해 보입니다……."

콜아아스는 사십 년 전 예방 조치로나 어울릴 훈증 소독 용품이 놓인 판매대에서 물러나 다시 정문으로 가서 입구에 서 있는 함디 바바와 다른 방역군 두 명을 안으로 불렀다. 콜아아스는 디미트리스 에펜디와 우체국 직원들이 자신과 방역군들 앞에서 신중하게 행동하라는 의미로 과장되게 행동했다. 직원들은 매일 거리에서 함디 바바와 다른 군인들을 보았기에 그들이 싸움, 완력, 그리고 필요하다면 기꺼이 무기를 사용하리라는 것을 알고 있었다.

지난 며칠 동안 콜아아스는 엉망진창인 우체국 내부에 신경이 쓰였다. 협탁들은 지저분하고 자루와 테이블과 상자들에 편지가 쌓여 있었다. 어린 시절 이 우체국은 벽에 걸린 액자 속 엽서 견본처럼 깔끔했을 뿐 아니라 부지런한 주부의 주방처럼 질서 정연했다. 방역이 이 너저분함의 이유가 될 수 없었다. 최근 열린 보건 회의 이후 우체국에 건네고 받은 종이와 신문들은 소독을 하지 않았기 때문에 방역 면에서 편지를 받고 보내는 데에는 아무런 제약이 없었다. 우편물 취급이 줄어들고 업무가 느려진 것은 일부 직원들이 전염병을 두려워하여 일을 그만두고 도망쳐서다. 콜아아스가 위층에 올라가는 것을 금지하고 군인 한 명을 계단 쪽으로 보냈을 때 우체국에 있던 사람들은 이 일을 미리 계획했다는 사실을 알게 되었다.

그때 옛 민게르 사람으로 보이는 수놓은 조끼를 입은 남자가 우체국장에게 다가갔다. 한 달 전 섬을 출발한 메사주리 마리팀 회사 소속의 콰달키비르선으로 이스탄불에 귀중한 소포를 보냈는데 아직 수령했다는 답장을 받지 못했기 때문이다. 우체국장은 도착 여부를 확인하고 싶으면 어떻게 신청해야 하는지 이미 지난 두 번의 방문에서 두 번씩 설명해 주었다. 지난주에 노인은 이틀에 한 번씩 우체국에 와서 직원들과 말다툼을 하고 그의 귀중한 소포를 찾아 돌려줄 때까지 반송된 우편물 자루를 열어 조사해야 한다고 명기된 주 청사에서 승인한 새 서류를 여봐란듯이 휘둘렀다.

국장과 노인 사이에 룸어로 주고받는 논쟁이 길어지자 콜아아스는 이것이 그들의 의도를 공포하기 좋은 기회라고 생각했다.

"이제 됐습니다. 그만하시오." 그가 튀르크어로 말했다. "우체국의 작업은 이 순간부로 끝났소!"

그는 모든 사람이 들을 만큼 큰 소리로 말했다. 우체국장이 룸어로 무어라고 말하며 수놓은 조끼를 입은 노인을 돌려보냈다. 우체국에 들어온 군인들 때문에 불안해진 다른 손님들도 문 쪽으로 걸어갔다.

"작업이라면 그게 정확히 뭘 의미합니까?"

"모든 일련의 작업을 멈추시오! 전보를 보내지 말아요. 받지도 마시오!" 콜아아스가 말했다.

우체국장은 시선으로 벽에 있는 알림판을 가리켰다. 방역이 공식적으로 선포된 지 일주일 후 방역부장과 협의하고 총독의 승인을 받아 우체국 벽에 고객이 따라야 할 규칙들을 튀르크어, 프랑스어, 룸어로 자세히 적어 놓았다. 한 명씩 들어와야 하고, 두 사람이 나란히 설 수 없다. 우체국 직원에게 손을 대서는 안 되고, 직원은 훈증 소독 용품을 자유롭게 사용할 수 있으며, 소독기를 든 방역관에 대한 어떠한 이의 제기도 용납되지 않는다. 민게르인, 특히 무슬림의 문맹률은 10퍼센트를 넘지 않았지만 총독과 방역부장이 주장하여 아르카즈의 많은 가게, 호텔, 식당, 심지어 개방된 공간이나 특정 건물에도 이 알림판을 걸었다.

"전보도 금지입니까?" 디미트리스 에펜디가 물었다. "질병과 무슨 연관이 있지요?"

"금지하지 않습니다. 질서와 규제를 따르라는 겁니다."

"이런 일은 총독의 결정으로만 가능합니다. 명령서가 있습니까? 당신은 아주 뛰어난 젊은이고, 미래는 더 밝습니다."

"함디 바바!" 콜아아스가 모든 사람이 아는 나이 든 방역 병사를 향해 소리쳤다.

함디 바바는 보병용 마우저 소총을 어깨에서 내렸다. 모든 사람이 보고 있다는 것을 알면서도 침착한 몸짓으로 안전장치를 풀고 총알을 장전했다. 달그락거리는 소총 소리에 우체국은 정적이 감돌았다. 함디 바바가 소총을 어깨에 대고 천천히 조심스럽게 조준하는 모습을 모든 사람이 지켜보았다.

"알겠으니 그만하시오." 우체국장 디미트리스가 말했다.

함디 바바는 감았던 한쪽 눈을 뜨고 콜아아스를 쳐다보았고, 그들이 계획한 대로 계속해야 한다고 이해했다.

총신 근처에 서 있던 전신 배달원이 자리를 옮겼다. 눈 가까이 있던 모자 쓴 남자와 함께 서기가 급히 밖으로 도망쳤다.

함디 바바가 방아쇠를 당겼다. 발포 소리가 크게 울렸다. 많은 사람이 바닥에 엎드렸다. 일부는 테이블 아래와 협탁 뒤로 몸을 숨기려 했다.

함디 바바는 흥분한 듯 두 번 더 발포했다.

"사격 중지, 어깨 총!" 콜아아스가 말했다.

첫 두 발은 벽에 있는 스위스산 테타 상표 시계에 명중해 유리가 깨지며 박살이 났다. 마지막 총알은 시계의 호두나무 몸통에 박히면서 사라져 우체국에 있던 사람들은 그것이 마법적으로 사라졌다고 생각했다. 우체국의 넓은 로비에 화약 냄새가 풍겼다.

"총알이 우릴 맞힐 수도 있습니다." 디미트리스가 말했다. "제발 다시는 여기서 발포하지 말아 주시오."

"이해해 주셔서 기쁩니다. 논의해야 할 일련의 제안 사항이 있습니다."

"나는 국가의 무기를 든 군인과 절대 논쟁하지 않습니다. 그럼 위층 국장실로 가시지요. 거기서 당신의 명령을 듣도록 하겠소."

콜아아스는 경험 많은 우체국장의 목소리에 조롱의 기미가 있다고 느꼈다. 그는 총소리를 듣고 온 사람들을 진정시키기 위해 함디 바바를 내보냈다. 문 앞으로 온 메지드와 하디드 형제는 무슨 일인지 묻는 사람들에게 콜아아스의 명령에 따라 우체국에서 전보 업무가 중단되었다고 설명했다. 편지와 소포는 배가 운항하면 여느 때처럼 발송하고 배포할 것이며, 전보 업무만 중단했다. 아무도 이 말을 믿지 않았기 때문에 이 결정을 튀르크어, 룸어, 프랑스어로 작성해 문 앞에 게시했다. 하지만 그날 찾아온 사람들 대부분은 어쨌든 전보를 치려고 했다.

42장

앞에서 설명한 사건은 민게르 역사에 '전신국 급습'으로 기록되었다. 그들이 급습한 곳은 사실 우체국이기 때문에 이 표현은 다소 부정확하다. 역사적, 공식적으로 일치된 의견은 '전신국 사건'이 이 섬에서 '민족적 자각'의 시작이었다는 점이다. 이후 116년 동안 섬은 6월 22일을 '전보의 날'로 기념하고 있으며 공공 기관과 학교가 문을 닫는다. 기념행사에서 납작한 모자를 쓴 나이 든 직원들이 아침에 수비대에서 우체국까지 비탈길을 걸어 내려가던 방역 부대의 행진을 재현한다. 오늘날 섬사람들은 수비대에서 온 '무리'가 전신국 직원이 아니라 군인이었다는 사실을 잊은 것일까? 일련의 정사 '역사학자들'은 이 사건이 총알이 발사되고 무력이 동원된 습격이 아니라 즐거움이 있는 '근대성' 실험으로 '기억되는 것'은 민게르 민족이 폭력을 싫어하기 때문이라고 주장한다.

콜아아스는 우체국장이 적어도 한동안은 그의 명령에 따를 것으로 확신하며 스플렌디드 호텔에 있는 아내의 곁으로 돌아갔다. 그는 방에서 두 시간 동안 나오지 않았다. 아주 나중에 그는 그 시간 동안 무척이나 행복했다고 신문 기자들에게 말했다.

오후 1시에 아야 트리아다 교회 종이 울리자 콜아아스는 스플렌디드 호텔의 주방 문을 나와 주 청사를 향해 걸었다. 하미디예 대로, 공사가 끝나지 않은 시계탑 주변, 심지어 항상 꽃 장수와 밤 장수로 변장한 사복 경찰과 건달, 상인이 들끓는 하미디예 다리 주변까지 텅 비어 있었다. 우체국을 지날 때 콜아아스는 문 앞에 배치한 군인들이 여전히 보초를 서고 있는 모습을 보았다. 우리는 이 산책에서 콜아아스가 오늘날 우리가 역사라고 부르는 것에 상당히 가까워졌음을 느낄 수 있다.

콜아아스는 단호하고 신념에 가득 차서 주 청사로 들어갔다. 마음은 방금 체스 게임에서 예기치 않게 기발한 공격을 한 사람처럼 만족감으로 가득했다. 그는 곧장 총독의 집무실로 안내되었다. 의사 누리도 그곳에 있었다.

"왜 이런 일을 했는지, 어떤 결론을 기대했으며 어떻게 일을 수습할 생각인지 설명해 보시오." 총독은 분노에 차 말했다. "전염병이 기승을 부리는 와중에 이제 섬은 세상과 단절되었소."

"존경하는 파샤, 파샤께서는 '이스탄불에서 이틀간 전보가 오지 않으면 내가 방역에 맞서는 저항 세력을 끝장낼 텐데.'라고 여러 번 표명하셨습니다."

"이건 장난으로 넘길 일이 아니오!"

의사 누리가 끼어들었다. "파샤, 명령을 내리시면 반나절 만에 전신을 다시 연결하고 이스탄불 마베인에서 계속 명령을 전달받을 수 있습니다! 혹은 상황을 바로잡는 일을…… 좀 더 여유롭게 접근할 수도 있습니다. 그러면 원하시는 바대로…… 이틀 동안 아무도 우리에게 간섭하지 못할 겁니다."

"누구도 우리 일에 간섭할 수 없습니다."라고 말한 총독은 콜아아스를 향해 돌아섰다. "자네를 체포하겠네."

콜아아스는 안으로 들어온 경비병들에게 전혀 저항하지 않았다. 주 청사 건물 1층에 있는 방에 갇히기 전 총독은 오빠들한테 아내를 보살피도록 하겠다고 약속하며 그를 안심시켰다. 그는 콜아아스의 자신감 있고 신념에 찬 태도에 깊은 인상을 받았다.

콜아아스의 자신감은 의심할 바 없이 전신국 급습이 성공했다는 느낌에서 비롯되었다. '전신국 급습'은 아직 이 공식적인 이름을 얻기 전에, 그러니까 첫 순간부터 어떤 희망의 원천이 되었다. 유럽인들이 과장하며 무시했던 '운명주의자들'과 다른 사람들이 느끼는 두려움을 조롱할 만큼 무정하고 멍청한 사람들조차 그 시절에는 결국 두려움에 휩싸였다. 지금 국제적인 봉쇄와 불법 도피자들을 태운 배의 침몰은 섬사람들에게 질병과 함께 갇혔다는 느낌을 주었다. 과거 섬사람들은 신문에서 끔찍한 뉴스들을 읽을 때 그 모든 세상 문제, 전쟁, 재앙으로부터 떨어져 외딴 섬에서 살기 때문에 때로 신에게 감사했다. 지금은 섬이 부여하는 거리감이 저주로 변해 버렸다.

6월 중순이면 항상 도시 위에 나타나던, 어떤 때는 연한 노란색이고 또 어떤 때는 창백하고 무색인 그 희미한 빛이 이제 모두에게 그들만의 독특한 지옥에 갇힌 듯한 느낌을 주었다. 페스트 자체가 하늘에 매달린 노란 존재인 듯 매 순간 민게르 사람들을 관찰하며 무심코 다음에는 누구의 생명을 끊을지 결정하는 것만 같았다.

질병이 '외부'로부터 왔다고 믿는 대다수는 질병을 가져온 동일한 힘이 지금 한 치의 부끄럼 없이 그들을 전함으로 봉쇄했다고 진심으로 믿었다. 일부 기독교인들도 그렇게 생각했다.

총독 파샤는 사람들 사이에 빠르게 퍼지는 이 이상한 분위기를 누구보다 먼저 느꼈다. 그는 주 청사 건물에 감금한 콜아아스의 이름이 무슬림 상인들, 와을라와 카디를레르 마을의 분노에 찬 사람들, 심지어 총독을 증오하는 룸들 사이에서 점점 유명해지고 있다는 것을 얼마 지나지 않아 정보원들을 통해 알게 되었다.

"이제 누구도 파샤를 간섭하지 못합니다." 같은 날 전염병 현황지도 앞에 앉아 있을 때 의사 누리가 말했다.

총독 사미 파샤는 개인적인 추억 하나를 떠올리며 말했다. "젊은 시절에 저녁 무렵이면 한때 우리와 이웃해 있던 작고하신 파흐렛틴 파샤의 부서에서 일하던 사람들은 가끔 업무가 끝나고 거리 맞은편에 있는 번역국 동료들과 만나 조국의 미래를 두고 각자의 꿈을 이야기했지요. 어느 날 저녁 대화를 하던 중 나즐리 출신인 네즈미가 다음과 같은 조건을 내걸며 말했습니다. 모두들 만약 오늘 총리대신이 된다면, 그러니까 모든 권력을 손에 쥐게 된다면 국가의 구원을 위해 무엇을 할 텐가?"

"파샤께서는 뭐라고 하셨습니까?"

"우리 중에 분명히 첩자와 밀고자가 있기 때문에 나도 다른 사람들처럼 고매하신 파디샤를 위해 장황하게 기도를 한 후 안타깝게도 진부한 말을 했답니다. 내 말이 그렇게 평범했다는 사실이 항상 후회되었지요. 나는 말했습니다. '학문과 교육을 좀 더 중요하게 여기고, 이슬람 신학교를 폐쇄하고 유럽식 대학을 만들 겁니다!'라고요. 이후 오랫동안 그때 어떤 흥미롭고 매력적인 말을 했어야 할까 생각했습니다……. 때로 사람들은 저 밖의 부도덕한 사람과 교활한 사람들에게 마땅한 벌을 주어야 하는지 궁금해하지요! 때로는 우리의 방역 노력을 무력화하는 물라와 페스트에 맞서 부적을 쓰는 사이비 호자들에게 화가 납니다. 이곳에서 오랜 세월 영사들에게 분노했어요. 그런데 사실 이 섬에서 지금 최선은 기독교인들을 섬에서 모두 내보내는 것이라고 생각합니다."

"왜입니까, 파샤? 게다가 나가지 않으면 어쩌지요? 어떻게 할까요, 모두 죽일까요?"

"어림도 없는 소리죠. 원해도 할 수 없습니다. 그들 대부분은 선하고 똑똑하고 야무지고 부지런한 사람들입니다. 하지만 규율을 무시하고 말을 듣지 않고 고집을 피우고 무지하기 때문에 이렇게 많은 사람이 죽어 가는데 내가 아무것도 할 수 없는 것이 정말 고통스럽습니다. 지금 비열한 영사들은 모두 다른 불평과 위협, 거짓말을 꾸며 대며 우체국을 개방하라고 할 겁니다. 사실 지금이 그들에게 본때를 보여 줄 때죠."

"파샤, 절대로 그러지 마십시오. 그러면 그들도 방역에 맞설 겁니다. 우체국에 어떤 결함이 생겨 이스탄불과 연결이 끊어졌다고 발표하세요. 콜아아스는 감금되었고, 영사들에게 이 터무니없는 사건을 내가 용납할 수 없다고 말씀하십시오."

"사실 이스탄불과 연결이 끊어지지 않았소! 우체국에 있는 전신선은 계속 작동하고 있습니다. 암호 담당자에게 문구들을 계속 해독하라고 했습니다."

파샤는 호기심을 억누르지 못하고 최근에 온 전보 두 개를 확인했다. 이스탄불은 구조선 쉬한단이 지금 가는 중이니 필요한 조치를 하도록 지시하고 있었다. 총독 파샤는 두 번째 전보의 내용을 누리에게 숨기지 않았다. "이스탄불 방역 기구는 지금부터 이곳 아르카즈와 섬의 다른 도시, 예컨대 자르도스트와 테셀리를 연결하는 길을 이용하는 사람들을 검진할 때 체온계로 열을 확인하라고 요구하고 있습니다. 우리는 그렇게 많은 체온계가 없습니다. 왜 이런 요구를 할까요?"

누리는 시골 지역, 카슈미르, 뭄바이에서 전염병이 확산되었던 인도에서 이런 조치가 채택되었다고 설명했다. "이스탄불은 이 질병이 섬의 다른 지역으로 퍼질지에만 신경을 쓰고 있군!" 그들은 분노하며 서로 낮게 중얼거렸다. 다음 날 총독은 콜아아스를 감금했다는 말로 영사들의 맹렬한 항의를 잠재웠지만 전신선을 복구하지는 않았다.

43장

6월 24일 월요일 아침 총독은 오라 마을에 있는 경관이 아름답기로 유명한 영국 영사 조지 베이의 집에 주 관청 서기를 보내 집무실로 초대했다. 총독이 의도적으로 방역 위원회에 임명한 영사는 현재 그에게 그다지 호의적이지 않았다.

총독은 조지 베이를 매우 좋아했고, 다른 모든 영사보다 특별하게 생각했다. 조지 베이는 선박 회사나 영국 무역 사업의 대표라서가 아니라 섬을 사랑하기 때문에 이곳에 있었고, 영국인이기 때문에 부영사가 아니라 영사였다. 십오 년 전 영국 보호국의 도로 건설 사업에 참여하기 위해 젊은 엔지니어로 키프로스섬에 갔으며, 그곳에서 민게르 출신 처녀와 결혼한 후 구 년 전에 이 섬으로 와 정착했다. 민게르 출신인 다른 영사들과 달리 그는 영사 특권과 관세 면제를 뻔뻔스럽게 개인의 이익을 위해 사용하지 않았다.

더불어 파샤는 조지 베이가 아내를 동등하게 대하는 태도에 진심 어린 존경심을 지녀 왔다. 조지와 헬렌은 자주 함께 눈에 띄었고, 함께 여행하고 소풍을 다녔으며, 항상 섬의 가장 멋진 장소를 알아냈고, 항상 서로에게 모든 것을 털어놓았다. 마리카를 만나기 전 총독 파샤는 이들 덕분에 그녀의 남편을 — 고이 잠드시

길 — 알게 되었다. 총독 파샤는 초창기에 영사의 집에서 와인을 마시며 멋진 경치를 바라볼 때면 동지중해의 보석인 아름다운 민게르섬을 오스만 제국의 손에서 빼앗길 원하는 비겁한 놈들에 맞서 목숨을 걸고 지킬 것이며, 그들과 끝까지 싸우겠노라고 조지와 헬렌에게 말하기를 좋아했다. 총독은 그들이 사랑, 결혼, 인생에 대한 주제들에서 자신을 거칠고 고압적인 사람으로 여기며 때때로 은밀하게 조롱하는 게 아닐까 느끼면서도(어쩌면 그의 착각일 수도 있다.) 조지 베이와의 우정을 소중하게 여겼다.

안타깝게도 이들 사이를 멀어지게 만든 것은 책과 예상치 않게 문제가 된 표현의 자유에 관한 논쟁이었다. 압뒬하미트 2세 시기에 외국에서 부친 모든 책은 먼저 우체국에서 주 청사로 보내고, 이곳에서 공식적으로 '적합' 판정을 받아야 수령인에게 전달되었다. 틈틈이 민게르 역사를 쓰고 있던 조지 베이가 런던과 파리에 주문한 논문과 회고록들은 종종 유해하다는 이유로 압수되거나 몇 달이 지나서야 그에게 전달되었다. 이러한 어려움은 책을 평가하는 일을 맡은 3인으로 구성된 위원회가 야기하고 있었다.(위원회 위원들은 프랑스어를 조금 아는 사무관들이었다.) 조지 베이는 마침내 총독 친구에게 조사 위원회의 평가를 서둘러 달라고 부탁했고, 한동안은 덕도 봤다. 하지만 얼마 안 되어 다시 책을 회수하는 일이 지연되기 시작하자 우편 주소를 민게르 프랑스 우체국, 그러니까 이스탄불 대로에 있는 메사주리 마리팀 회사 사무실로 바꾸었다.

총독 파샤는 무슈 조지의 이 결정을 정치적 음모이자 그를 향한 교활하고 음흉한 모욕으로 여겼고, 게다가 정보원들이 민게르에서 유해한 책들이 자유롭게 유통되고 있다고 압뒬하미트에게 고발하면 자신이 어려운 상황에 처할지 모른다는 생각에 두려워하다 다급한 마음에 두 달 전 조지 베이에게 온 새로운 책 궤짝을 압류하는 데 성공했다.

이 압류 작전에는 많은 정보원이 동원되었다. 먼저 조지 공사가 친구들에게 유럽에서 궤짝 가득 새 책이 왔다고 자랑하며 이야기했다는 사실을 정보원들을 통해 알게 된 것이 시작이었다. 총독은 항구와 우체국에 있는 정보원들에게 이 궤짝에 대해 경고했고, '프랑스 우체국'으로 가는 책이 가득 찬 궤짝을 단계마다 추적하라고 명령했다. 이후 책 궤짝이 영사의 집으로 운반될 때 경찰들이 마차를 멈춰 세웠고, 무슬림 마부가 절도죄로 수배 중이라는 거짓말로 궤짝을 압류했다. 궤짝이 열리고 안에서 책들이 나오자 총독 파샤는 평가를 위해 주 청사에 있는 검열 위원회로 보냈다. 총독의 이런 행동의 배후에는 조지와 그가 벌인 더 오래된 논쟁이 자리 잡고 있었다. '유해한 책으로부터 국가와 대중을 보호하는 방법'은 파샤가 토론하기를 즐기던 주제였지만 이 토론이 너무 장황하게 길어지도록 둔 것을 후회했다.

그날 아침 집무실로 들어온 조지의 표정을 보고 파샤는 그 달콤한 논쟁과 농담들은 아주 먼 이야기가 되었다는 것을 알았다. 영사는 거리를 두며 그들이 항상 사용하던 서툰 프랑스어로 우체국이 언제 다시 문을 열고 전신 업무는 언제 재개될지 물었다.

"기술적인 문제가 발생했습니다. 콜아아스도 도를 넘어선 행동을 했고, 현재 지하 감옥에 있소."

"영사들은 당신이 그를 부추겼다고 생각한답니다."

"우리가 무슨 목적으로 어떤 이익이 있어서 그런 일을 하겠습니까?"

"지금 치테와 와을라 마을에서는 그를 영웅으로 선언했습니다. 이제 모두들 방역 부대를 두려워하고 있어요. 우리 섬을 크레타처럼 오스만 제국에서 떼어 놓기 위해 고의로 해를 끼치려고 전염병을 외부에서 들여왔다고 믿는 사람들이 있다는 것을 저보다 더 잘 아실 겁니다……. 이 사람들은 전신국 습격을 반깁니다. 그러니까 우리는 지금 압뒬하미트가 루멜리아와 그의 통치하에 있는 섬들에서 가장 막고 싶었던 것을 보고 있습니다. 룸과 무슬림 사이가 나빠지고 있습니다."

"안타깝지만 그렇습니다."

"파샤, 저도 우리의 우정을 생각해 경고하겠습니다." 무슈 조지는 감정이 격앙되었을 때 늘 그러듯이 실력이 향상된 프랑스어로 말했다. "영국과 프랑스는 더 이상 이 병이 유럽과 이처럼 가까이 있는 것을 용납하지 않을 겁니다. 열강들은 인도와 중국에서 페스트를 차단하지 못했습니다. 왜냐하면 머니까요. 그곳에서는 이런 작업이 아주 번거로운 데다 현지인들은 무지하고 다루기 힘들지요. 하지만 이곳에서 전염병은 차단되어야 합니다. 왜냐하면 서서히 유럽을 위협하는 상황이 되고 있으니까요. 우리가 실패하면 그들은 군대를 보내고, 필요한 경우 섬 전체를 소개할 수도 있습니다."

"파디샤께서 절대 허락하지 않을 거요." 총독은 화를 내며 대답했다. "영국인들이 힌두교도 군대를 이곳으로 이끌고 온다면 우리는 수비대의 아랍인들을 한 치도 주저하지 않고 파견할 것이고, 끝까지 싸울 겁니다. 나도 싸울 겁니다."

"파샤, 당신도 아실 겁니다. 압뒬하미트는 키프로스와 크레타처럼 이미 이 섬을 기꺼이 포기할 준비가 되어 있습니다." 무슈 조지가 미소 지으며 말했다.

총독 파샤는 혐오가 가득한 시선으로 영사를 바라보았다. 하지만 그 말이 사실임을 알고 있었다. 압뒬하미트는 1877~1878년 전쟁에서 빼앗긴 발칸 지역의 일부를 러시아로부터 탈환할 때 도움을 준 영국에 키프로스섬을 선물처럼 주었고, 다만 섬 상공에 오스만 제국 국기를 계속 게양해 달라고 요청했다. 총독 파샤의 머리에 고인이 된 나므크 케말의 유명한 말이 떠올랐다. "국가는 결코 성을 포기하지 않아!" 이는 연극 작품 「조국 혹은 실리스트라를 위하여」의 순수하고 사랑스러운 군인 주인공 이스마일 베이가 한 말이다. 오스만 제국은 150년 동안 성, 섬, 나라, 지방을 내주며 계속 후퇴해 왔다.

총독 파샤는 자신도 놀랄 만큼 어떤 신념과 힘을 느끼며 냉정하고 비꼬는 투로 영사 조지에게 물었다.

"그래서 우리가 어떻게 하면 좋을까요?"

"바로 어제 룸 공동체 수장인 콘스탄티노스 에펜디와 만났습니다. 가장 적절한 조치는 섬 출신 무슬림들, 기독교인들, 신부들, 호자들이 공동 성명을 발표해 과거의 싸움들을 잊고 오로지 이 재앙에 맞서 함께 싸우도록 하는 겁니다. 물론 전신국도 당장 문을 여는 것이……."

"모든 일이 당신이 호의를 가지고 생각하는 것처럼 쉽다면 얼마나 좋을까요!" 총독이 말했다. "제케리야와 함께 가장 감염이 심하고 악취 나는 곳으로 가시지요. 어쩌면 마음이 바뀌실 겁니다."

"치테에서 그 지독한 냄새를 풍기던 시신이 드디어 발견되었다는 것을 섬 전체가 알고 있습니다. 누가 소홀히 한 거지요? 파샤의 랜도로 거리 시찰을 나가는 것은 물론 저로서야 큰 영광이지요."

대개 영국 영사가 친구보다는 외교관처럼 지나치게 정중히 말하기 시작하면 총독 파샤는 의심하며 그가 자신을 상대로 어떤 음모를 꾸미고 있다고 생각했지만 이번 경우에는 도시를 함께 돌아다니게 되어 기뻐했다. 마부에게 치테에 갈 때 이번에는 어떤 경로로 갈지 필요 이상으로 길게 설명하고는 무슈 조지를 맞은편이 아니라 옆자리에 앉게 하고 랜도의 창문을 열었다.

예니 사원을 향해 나아갈 때 파샤는 텅 빈 거리가 문득 생경하게 느껴졌다. 전염병이 아니더라도 거리에서 아무도 볼 수 없다는 것은 슬픈 일이었다.

그들은 천을 따라 줄지어 있는 가게들 대부분이 문을 닫은 것을 보았다. 시장 구역에는 이발소 두 군데('운명론자' 노인들 외에는 아무도 수염을 깎으러 오지 않았다. 파나요트의 이발소는 오늘 아침에 문을 닫았다.)와 일하지 않으면 굶어 죽을지 모르는 몇몇 대장장이가 여전히 문을 열어 놓고 있었다. 방역 부대가 그들의 권위에 저항하거나 방역 조치를 따르지 않는 룸과 무슬림 등 많은 가게 주인들을 괴롭히고, 그중 많은 수를 체포해 성 감옥에 가두었기 때문에 상인들 대부분은 가게를 아예 닫고 시장에도 오지 않았다. 파샤는 처음에 이러한 조치를 반대했다. 가게들이 질서 속에서 문을 닫도록 명령을 내렸지만 체제를 적용하기도 전에 시장은 이미 텅 비고 정적에 휩싸였다.

의사 니코스와 룸 공동체는 청사 직원과 경찰들의 도움을 받아 룸 중학교 교정과 쥐덫으로 채워진 1층에 시장을 열었다. 이곳에서 방역의들과 계속해서 리졸을 분사하는 방역관의 통제하에 도시 밖에서 가져온 계란, 호두, 허브 맛 치즈, 무화과, 건포도 같은 '안전한' 물품들을 판매했다. 총독은 집에서 나오지 않고 먹을 것이 없어 서서히 기아 상태에 처한 사람들을 위해 마련한 이 방역 시장이 잘 돌아가고 있으며 유용하다는 것을 조지 영사도 보았으면 했다. 하지만 영사는 매일 이곳에 들르며 사람들이 어떤 상태인지를 이 시장을 보고 가장 잘 가늠할 수 있었다고 말했다. 일주일에 한 번 도시로 들어올 때 고열이 없는지 의사의 검진을 거친 이 용감한 상인들이 무슈 조지에게 섬 북쪽 지역만이 아니라 도시 바로 외곽 마을들의 최근 상황도 알려 주었다.(의심 많은 사미 파샤는 영사가 섬의 북쪽에서 이루어질 군사 상륙을 대비하기 위해 정보를 수집 중이라고 생각했다!)

44장

철갑 랜도가 이스탄불 대로로 들어섰다. 두 달 전만 해도 섬에서 가장 화려하고 생동감 넘치던 비탈진 길이 지금 텅 비어 있었다. 여행사 사무실(메사주리 마리팀, 로이드, 토머스 쿡, 판탈레온, 프라이시네), 공증인 크세노풀로스의 사무실, 사진사 완야스의 사진관은 여전히 열려 있었지만 주변에 아무도 없었다. 모퉁이를 지나자 엄마의 손을 잡은 룸 아이가 페스트로 죽은 병아리콩 장수 루카의 가게를 쳐다보고 있었다. 총독의 랜도를 알아보고는 창백한 얼굴에 검고 긴 옷을 입은 (갈라티아라는 이름의) 어머니가 얼어붙기라도 하듯 몸이 굳더니 총독의 마차를 보지 못하도록 다급하게 아들의 두 눈을 손으로 가렸다. 사십이 년 후 그리스 외교부 장관이 되고 반역과 나치에게 협력한 혐의로 많은 비판을 받을 이 열한 살의 아이는 얀니스 키산니스오로 『내가 본 것들』이라는 회고록에서 어린 시절을 그리워하며 1901년 페스트의 끔찍함에 대해 솔직하고 강렬하게 서술한다.

지금까지 총독과 무슈 조지는 전염병이 섬사람들을 얼마나 이해할 수 없고 이상한 생각과 행동으로 떠미는지 자주 목격했기 때문에 그 정오에 검은 옷을 입은 어머니의 행동에 그다지 주목하지 않았다. 반면에 경비병들의 몽둥이에도 아랑곳없이 총독의 철갑 랜도 앞 흙길에 누워 사라진 아내와 아들이 어디로 갔는지 묻는 남자 때문에 놀랐다. 총독은 의사와 방역 부대의 지시를 보란 듯이 무시하고 반대되는 행동을 하는 사람은 누구든 처벌해야 한다는 점을 분명히 했다. 집을 비우거나 소독하거나 폐쇄할 때 저항하고, 의사와 방역군을 공격하고, 심지어 병을 옮기려 드는 사람들에게 자비를 베풀어서는 안 되었다.

갑자기 그들은 커다란 폭발 소리에 흔들렸다. 랜도 지붕에 누군가 커다란 돌이나 장작을 던졌다는 추측이 들었다. 노련한 마부인 제케리야가 말을 좀 더 빠르게 몰더니 귈뤼 체시메 거리 모퉁이에서 왼쪽으로 돌기 전에 멈췄다. 정적이 흘렀다. 그들은 말들이 헉헉거리는 소리를 들었다. 총독은 마차에서 내리지 않았다. 얼마 전에도 와을라 마을에서 리파이 테케 근처를 지날 때 아이들이 돌을 던지고는 뒤따르던 마차에 탄 경호병들이 붙잡기 전에 도망쳤다. 총독으로 지내는 오 년 동안 처음 있는 일이었다.

"셰이크와 호자들과 교류하면 이런 일이 일어납니다." 영사 조지가 아는 척하며 말했다.

하미디예 병원 뜰에 누운 환자와 의사들은 총독 파샤의 랜도와 그 뒤 경호병들이 탄 마차를 보고 멈추기를 기다렸다. 하지만 말들은 도시의 가장 황폐하고 오염된 곳에서 도망치듯 멀어졌다. 게르메 마을로 들어갈 때 길이 두 갈래로 나뉘자 마부 제케리야는 더 넓은 윗길을 택했다.

"르가르 아 루에스트 호텔의 요리사 포티아디가 마을로 도망친 후 죽었다고 합니다." 영사는 옛 친구 이야기를 하듯 말했다.

이 소식은 총독을 슬프게 했다. 한때 영사와 총독은 대리석 광산을 지나 바위 절벽에 위치한 이 호텔 식당에서 한 달에 한 번 점심 식사를 하며 섬의 여러 가지 문제에 대해 화기애애하게 대화를 나누곤 했다. 도시의 가로등 기둥부터 득이 되기보다 해를 끼치는 것처럼 보이는 부족하고 끊임없이 범람하는 하수 시스템까지, 부두에서 일어나는 불법 행위부터 그리스 영사 레오니디스의 작은 속임수까지, 민게르석 무역부터 장미 재배의 어려움까지 모든 종류의 문제를 함께 토론했다. 이 기간에 총독의 영국 영사에 대한 존경심은 대단히 커졌다.

그게 삼 년 전이었다. 그때 민족주의 갈등, 전쟁, 전염병과 멀리 떨어져 있던 섬은 얼마나 평온한 곳이었던지 오늘날 상상조차 못할 정치적 대화와 우정이 가능했다.

치테 마을로 가는 길에 할리피예 테케의 신도라고 여겨지는 헐렁하고 긴 보라색 가운을 입은 젊은이가 랜도를 보자 길 가장자리로 물러났다. 그러고는 셰이크가 항상 지시한 대로 목에 건 부적을 셋째 손가락과 둘째 손가락을 핀셋처럼 만들어 쥐고 마차를 향해 들었다. 랜도가 옆을 지나갈 때 영사와 총독은 젊은이의 입술이 움직이는 것을 보고 기도를 읊는다는 것을 알았다.

랜도가 보라색 가운을 입은 젊은이를 지나쳤을 때 그들은 그 냄새를 처음 맡았다. 아르카즈 사람들이 지난 아홉 주 동안 도무지 익숙해지지 못한 시체 냄새였다. 이 냄새가 항상 나는 것은 아니었다. 이따금 코를 찌를 듯 지독해졌고, 때로는 장미 향기가 풍겨 오기도 했다. 집이나 정원, 혹은 전혀 예상하지 않은 곳에서 누군가 쓰러져 죽은 채 한동안 발견되지 않아야, 그러고도 그날 바람이 어느 방향에서 부느냐에 따라 달랐다. 냄새 때문에 발견된 시신을 검진한 의사들은 때로 다른 곳에서 죽은 시신을 옮겨 놓았거나 페스트 때문이 아니라 심하게 구타를 당하여, 혹은 칼에 찔려 죽었다는 것을 밝혀냈다. 페스트와 모든 사람을 피해 자신들이 자랑해 마지

않던 가장 은밀하고 찾을 수 없는 곳에서 혼자 죽었는데 시신에서 냄새가 나서 발견된 사람들도 있었다. 주인들이 페스트로부터 도망치기 위해 걸어 잠그고 떠난 빈집에 몰래 들어갔다가 죽어 며칠 동안 발견되지 않은 요리사, 하인, 경비, 부부도 있었다.

그들은 치테에 들어갈 때 서럽게 울고 있는 아이를 보았다. 아이는 총독의 랜도를 포함하여 아무것에도 관심이 없었다. 얼마나 가슴 아픈 광경이었던지 파샤는 마차를 세우고 아이를 위로하고 싶은 마음이 들었다. 영사도 같은 아픔을 느꼈다. 룸 공동체는 마리안나 테오도로풀로스 여자고등학교 뒤에 자리한 신고전주의 양식의 빈 건물을 전염병으로 부모가 사망한 열일곱 명의(이는 총독이 파악하고 있는 최근 수치였다.) 아이들을 위해 일종의 고아원으로 사용하기 시작했다. 사실 무슬림 마을인 치테, 게르메, 바이으를라르에서도 여든 명 정도 되는 아이들이 부모를 잃었다. 이 아이들은 삼촌, 이모, 다시 말해 도시에 있는 다른 친인척이나 이웃, 지인들이 거두었다.

총독은 '확진자'와 '감염 의심자'라는 이유로 가족이 성의 격리 구역에 갇힌 후 돌보아 줄 친척을 찾지 못한 스무 명에 가까운 무슬림 아이들을 룸 고아원에 맡겼다. 일주일 후 카디리 테케 근처의 정보원들을 통해 카디리 종파 제자들이 룸 학교에서 무슬림 아이들을 기독교인으로 만든다고 항의하는 탄원서에 서명했다는 소식을 듣고는 화가 머리끝까지 났다. 총독은 탄원서를 작성한 카디리 데르비시[72](안경을 낀 이상한 청년이었다!)를 방역 조치 위반으로 감옥에 가두라고 명령했다. 하지만 안경을 낀 데르비시는 홀연히 사라졌고, 부마 의사는 와크프 관리부장의 권고를 받아들여 자미

72 극도의 금욕 생활을 서약하는 이슬람교 집단의 일원.

외뉘 마을의 피단르크 골목에 있는 옛 베네치아 건물을 무슬림 고아원으로 쓸 수 있다고 제안했다. 한편 국가가 국민에게 도움과 보호를 제공할 때 기독교인과 무슬림을 구별하기 시작하는 순간 이는 오스만 제국의 종말을 준비하는 것임을 총독들을 포함하여 모든 관료가 '의문의 여지가 없는 원칙'으로 알고 있기 때문에 파샤의 머리는 더욱 혼란스러웠다. 그사이 무슬림 고아원의 준비 기간이 길어지자 파샤는 더 많은 아이를 룸 고아원에 보냈다.

빈집에 숨어 정원에서 레몬과 오렌지를 따 먹고 호두를 훔쳐 먹으며 살아가는 아이들의 생존을 위한 분투는 매우 생생하고 가슴 아픈 주제다. 안타깝게도 오늘날 섬에서 출간되는 초등학교와 중학교 교과서는 페스트로 부모를 잃은 아이들의 애처로운 모험들을 멋지다는 듯 낭만적인 민족주의로 부풀리고, 대부분 얼마 지나지 않아 죽을 이 아이들 패거리에게 역병이 전혀 닿지 않은 것처럼 이야기한다. 1930년대 교과서는 이 가련한 아이들을 수천 년 전 아랄해 지역에서 온 가장 오래되고 순수하고 참된 민게르의 자손으로 묘사했다. 한때 이 아이들은 사람들 사이에서 '불멸의 아이들'이라는 이름을 얻었지만 이후 민게르 스카우트 연맹이 세계 스카우트 연맹의 요청에 따라 '어린 장미'로 바뀌었다.

사실 랜도를 공격한 아이들은 가래톳이 생기지 않았는데도 열이 난다는 이유로 격리되고, 결국 격리 시설에서 페스트에 걸린 친구의 운명에 대해 시위한 것이었다. 아이들에게 페스트의 가장 끔찍한 면은 엄마, 아빠, 심지어 둘이 동시에 죽어 홀로 남겨지는 것이 아니었다. 파샤가 지금까지 무슬림과 기독교 마을에서 보고받은 바에 의하면 다정다감하던 엄마가 죽어 가며 절박하고 가련하고 이기적인 짐승으로 변하는 것을 보았을 때 아이들은 정말로 미쳐 버릴 것만 같았다! 그러면 몇몇은 이 세상에서 희망을 잃고 마치 귀신이 들린 듯 먼 곳으로 도망쳤다.

랜도가 오른쪽 위로 꺾어 투룬츨라르 마을로 진입하자 마부 제케리야는 방역 부대 병사들이 항상 그러듯이 천을 코에 대고 눌렀다. 총독은 창문을 닫았다. 지난 사흘 동안 냄새가 너무나 역하게 풍겨 어떤 가족들은 마을을 떠나 다른 거리에 사는 지인들 곁으로 옮겨 갔다. 서쪽에서 희미하게 불어오는 바람이 냄새를 도시 전체로, 주 청사 집무실에 앉아 있는 파샤의(그리고 계속 편지를 쓰는 파키제 술탄의) 코까지 실어 왔고, 이는 모두를 짜증 나게 했다. 한때 냄새가 비밀 공동묘지에서 흘러나온다는 소문이 돌았지만 근거는 없었다.

멀리 방역 부대 병사들과 시청 직원들이 보이자 마차가 멈췄다. 마차 주위를 에워싸는 경호병들을 보고 총독이 왔다고 여긴 부마 의사는 랜도에 올랐을 때 상냥한 얼굴에 통통한 모습을 한 영국 영사를 발견하고 깜짝 놀랐다.

총독은 그들이 이미 아는 사이라는 것을 알지만 어쨌든 서로 소개해 주었다. 그들은 부마 의사가 전하는 소식을 들었다. 최근에 수색한 목조 가옥의 두 층 사이에 있는 커다란 들보에서 죽은 지 최소한 이십 일은 된 두 사람이 서로 꼭 껴안고 있는 것을 발견했다. 부부인지 연인인지, 아니면 다른 어떤 사이인지는 알 수 없었다. 많은 사람이 냄새가 마치 접촉처럼 병을 옮길 수 있다고 믿었기 때문에 시신을 수습하는 일은 용감한 젊은 방역군인 하이리가 맡았다.

빈집에서 정체가 불분명한 두 젊은이의 시신이 발견되었다는 소식이 도시에 퍼지자 실종된 형제와 아들을 찾으려는 인파가 투룬츨라르 마을로 몰려들었다. 부마 의사는 총독 파샤를 레몬나무가 그늘을 드리운 뒤뜰로 데려갔다. 껍질이 쭈글쭈글한 레몬들은 나뭇잎 사이에서 악취 때문에 죽은 과일처럼 보였다.

"파샤, 방역 경계선을 치고 군인들을 세우는 것으로 이곳을 지킬 수는 없습니다. 한시라도 빨리 불태워야 합니다." 누리는 갑자기 감정이 폭발한 듯 말했다. "페놀로 이곳을 다 소독할 수도 없습니다. 이런 곳에서는 쥐나 벼룩이 없어도 페스트가 퍼질 수 있다고 확신합니다."

"본코프스키 파샤가 몇몇 거리를 불태우라는 결정을 내렸기 때문에 암살되었다고 당신이 말했잖습니까."

"살해 동기에 대한 제 추측이었을 뿐입니다. 이곳에서는 그것이 오염을 한시라도 빨리 제거할 유일한 해결책입니다."

어떤 역사학자들은 이곳을 소각하는 결정이 '잘못'되었으며, 심지어 무익하다고 생각했다. 똑같이 페스트가 퍼진 인도 뭄바이에서는 특히 시골 지역에서 페스트가 들어가 자리 잡은 허름한 집, 쓰러져 가는 건물, 가난한 사람들의 오두막, 쓰레기장을 한 치의 주저도 없이 불태웠다. 방역관들은 카슈미르, 싱가포르, 중국 간쑤 지역에서 페스트가 대도시에 접근하지 못하도록 막기 위해 건물, 때로는 모든 거리, 심지어 마을까지 불태웠다. 실제로 평야와 메마르고 궁핍한 광야에서 노랗고 붉은 불길과 검은 연기가 피어오르는 광경은 종종 페스트가 접근하고 있다는 사실을 의미했다.

총독 파샤는 방역부장 니코스에게 이곳 전체를 비운 후 목조 건물을 조심해서 태우라고 명령했다. 둘은 소각장의 두려움을 모르는 소방관과 방역 부대가 이 일을 가장 잘 해낼 거라 결정하고 그들을 언덕에서 투룬츨라르 마을로 데려오고자 했다. 그들은 좀 더 편히 이야기들을 나누기 위해 철갑 랜도 쪽으로 다가갔다. 앞에 모인 인파 사이에서 총독을 발견하고 그에게 다가서는 사람들도 있었다.

총독은 랜도로 들어가 영사의 맞은편에 앉았다. 마차 안에도 냄새가 배어 있었다. 시체 두 구가 이렇게 지독한 냄새를 일으킬 리 없었다. 마차가 막 출발하려는데 문이 열렸다. 부마 의사 누리도 다시 마차에 올랐다.

철갑 랜도가 천천히 흔들리며 주 청사를 향해 전진할 때 조지 영사와 총독과 누리는 한동안 아무 말도 하지 않았다. 총독은 끔찍한 상황을 더 이상 보고 싶지 않다는 듯 팔짱을 낀 채 손을 바라보고 있었다. 영사는 창밖으로 거리를 응시했지만 얼굴은 "내가 본 재앙을 믿을 수 없어!" 하고 외치는 듯 얼어붙은 표정이었다.

리파이 테케와 예니 사원 사이 도로에서 랜도의 오른쪽 창문에 골목들 사이로 바다가 보이자 총독은 전함들 중 하나를 볼 수 있을 것처럼 눈을 가늘게 뜨고 바다 쪽을 쳐다보았다.

"무슈 조지, 당신의 생각은 우리에게 매우 중요합니다! 저 유럽 전함들이 우리 바다에서 물러나고 봉쇄를 해제하려면 우리가 섬에서 무엇을 해야 하지요?"

"파샤! 집무실에서 제가 말씀드린 대로입니다." 영사는 옛 친구이자 겸손한 외교관처럼 말했다. "페스트 환자들이 유럽으로 이동하는 것을 막아야 합니다."

"우리는 이스탄불이 요청하는 모든 조치를 했고, 요청하지 않은 조치도 했어요. 필요한 모든 조치에 우리가 진심으로 헌신을 다해 임했지만 사망자 수가 줄지 않았다고 그들에게 전하시오."

"우체국 재개를 고려하시면 도움과 지원이 올 겁니다. 더불어 허락하신다면 한 가지 더 요청을 드리겠습니다. 치테 마을의 그 보라색 가운을 입은 젊은이 말인데요, 파샤……. 왜 파샤와 우리 모두를 적대시할까요? 할 수만 있다면 그는 모든 방역 규정을 어기고, 심지어 우리 모두를 죽일 겁니다."

"그는 셰이크 함둘라흐의 열렬한 종도 할릴이오! 그들이 가장

기고만장하지요. 모두들 다른 사이비 셰이크들에 대해, 그들의 하찮은 종잇조각에 대해 이야기하고 있습니다. 그런데 왜 아무도 이 일의 배후에 셰이크 함둘라흐가 있다는 것을 말하지 않지요? 왜 그의 이름을 사람들 앞에서 전혀 언급하지 않지요? 내가 그들의 지휘관을(이는 민게르 역사상 누군가가 '지휘관'이라는 단어를 이 의미로 사용한 첫 사례였다.) 감금했다는 이유만으로 방역 부대 병사들은 불만이랍니다! 오직 이들만이 셰이크와 부하들을 굴복시킬 수 있습니다. 그래서 나는 지금 콜아아스를 석방해 군인들에게 돌려보낼 겁니다."

"셰이크가 페스트에 걸렸다는 소식은 들으셨겠지요!" 조지 영사는 콜아아스를 석방하려는 계획에 반대하지 않고 말했다.

"뭐라고요?" 총독 사미 파샤가 말했다. "셰이크 함둘라흐가 페스트에 걸렸다고요?"

총독은 집무실로 돌아가자마자 콜아아스를 풀어 주고는 그를 불러 사람들이 지지를 보내는 것에 우쭐하지 않도록 조심하고, 눈에 띄지 말고 병사들 곁을 떠나지도 말라고 충고했다.

45장

총독은 셰이크 함둘라흐가 페스트에 걸렸다는 소식을 듣자 놀랐고, 심지어 충격을 받았다. 총독 임무를 맡은 초기에 우정을 나누었던 셰이크는 주변의 가난하고 신실한 사람들과는 완전히 다른, 특별한 사람이었다. 어쩌면 그의 지혜와 초월성을 은밀하게 믿고 있었는지도 모른다. 더 많은 정보를 조사한 후 소문을 통해 셰이크가 병에 걸렸지만 "우리 자신을 운명과 신의 섭리에 맡겼다."라고 말하며 치료를 거부했다는 것을 알고 셰이크에게 편지를 보냈다. 그의 병에 대해 들었으며, 파디샤가 총애하는 페스트 전문 의사가 이 도시에 있으니 당장 진찰하여 치료를 시작할 수 있을 거라고 썼다. 오 년 전 셰이크와 우정을 나눌 때 만났으며 옛 오스만 제국 가문인 우르간즈자데의 큰아들이자 선박 회사 소유주인 테브피크를 불러 중재자 역할을 부탁했다.

다음 날 아침 테케에서 온 둥그스름한 얼굴에 흰 턱수염을 기르고 펠트로 된 고깔 모양 모자를 쓴 나이 든 데르비시가(이름은 니메툴라흐 에펜디였지만 '섭정'으로 불러 달라고 했다.) 셰이크의 답장을 가지고 주 청사 직원을 찾아왔다. 일찍부터 책상 앞에 앉아 있던 총독은 또박또박한 글씨로 쓴 셰이크의 편지에서 그가 제안을 수락했으며, 부마 의사의 방문을 영광으로 여길 것이라는 내용을 읽고 드디어 페스트에 맞서 승리한 듯이 기뻐했다.

하지만 셰이크가 한 가지 조건을 내세웠다. 셰이크는 할리피예 종파 테케의 성스러운 양모와(그는 '순수한'이라는 단어를 사용했다.) 펠트 보물을 더럽힌 방역 부대 병사들 중 누구도 다시는 테케에 발을 들여서는 안 된다고 요청했다.

총독은 이 조건을 받아들였다. 그는 방금 도착한 방역부장 니코스와 부마 의사와 이 문제를 논의했다.

"자신이 죽을지도 모른다고 깨달은 지금 셰이크는 의사들을 외면하는 것이 어리석은 처사임을 알게 된 모양이오."라고 총독은 말했다.

"감염되었다고 해서 반드시 죽는 것은 아닙니다!" 의사 누리가 말했다.

"죽지 않는다면 왜 우리에게 답장을 썼지요?"

"파샤, 저는 지방 도시에서 오로지 유명세를 위해 총독과 무타사르프들을 괴롭히고 자화자찬하는 온갖 셰이크들을 보았습니다. 이들은 가난하고 무지한 종도에게 자신들이 얼마나 재능 있고 중요한지를 증명하기 위해 고위직에 있는 사람들과 이러한 유의 싸움을 시작하고, 모든 것을 과장하며, 나중에는 거창한 의식으로 화해하기를 좋아한답니다. 셰이크, 테케, 종파가 너무나 많습니다. 그들에게는 이름을 알리고 관심을 끄는 것이 중요하지요."

아르카즈에만 테케가 스물여덟 곳이었다. 절반이 기독교인인 인구 2만 5000명에 불과한 도시치고 지나치게 많은 수였다. 이스탄불은 오스만 제국이 섬을 정복하고 처음 몇 년 동안 기독교인들을 무슬림으로 개종시키는 데에 효과적일 수 있기 때문에 섬에서 거의 모든 종파를 지원했다.

지금 민게르에는 존경할 만한 학자부터 순전한 사기꾼까지 어떤 이는 신실하고 어떤 이는 책 애호가이고 어떤 이는 지나치게 진지한, 그리고 모두 다른 색의 옷을 입은 온갖 종류의 셰이크가 있었다. 민게르 출신의 실력 있는 군인이 이스탄불에서 승진해 파샤나 고관이 되면 종종 오스만 제국령에서 거두어들인 많은 수익금을 섬에 있는 테케들의 번창을 위해 기부했다.(예를 들어 예니 사원 건축을 지원한 민게르 출신의 마흐무트 파샤가 그랬다.) 또는 섬을 사랑하게 된 사람이 유명하고 부유해지면 이스탄불 정부가 지지하고 자신이 계속 다니던 테케의 셰이크에게 선물과 금을 안겨 이스탄불에서 민게르로 보내면서 그들이 새로운 테케 건물을 짓고 오래된 저택을 데르비시의 숙소로 개조할 수 있도록 올리브기름 방앗간 혹은 룸들이 사는 어촌의 수익이나 도시에 있는 몇몇 가게의 세를 기부하기도 했다. 그러나 오스만 제국이 유럽과 발칸과 지중해에서 영토를 잃기 시작하자 섬 외부에서 오는 이 테케들의 수익원이 말라 버렸다. 어떤 테케들은 주인을 잃고 가난해졌으며, 곧이어 노숙자, 가난한 사람, 심지어 건달과 도둑의 은신처로 바뀌어 결국 상황이 더 나빠지지 않도록 총독과 와크프 관리부장이 관리해야 했다.

제국 전역에 흩어져 있는 테케와 데르비시 숙소가 정치권력의 중심이라는 사실을 알고 그들의 활동을 면밀히 관찰한 압뒬하미트는 왕위에 앉자마자 먼저 섬에서 가장 강력하고 부유하고 역사가 깊은 메블레비 테케에 테타 상표의 벽시계를 보냈지만 개혁주의자 미트하트 파샤의 친구라는 이유로 얼마 지나지 않아 이스탄불에 있는 셰이크들 모두에게 기분이 상했기 때문에 카디릴레르, 할리필레르 같은 다른 종파를 지원함으로써 불안감에서 벗어나고자 했다.

이러한 지원 덕분에 오늘날 할리피예 종파의 셰이크가 전염병에 맞서 방역 노력을 강화하거나 약화할 권력과 위엄을 가지게 되었다. 의사 누리가 셰이크를 보러 가기 전 총독 파샤의 집무실에서 회의가 열렸다. 전신국 습격과 짧은 감금 생활에서 자신감이 충만해진 콜아아스는 어린 시절에 자주 드나들던 테케의 거주 시설에 대해 열성을 다해 정보를 제공했다. 그는 누리에게 삼십 년 전 옛 셰이크 중 한 명의 품에 안겨 하얗고 풍성한 턱수염을 잡아당겼던 이야기를 장황하게 들려주었다.

그때 창밖으로 도시를 바라보던 총독은 벡타시 테케와 다른 테케들만 아니라 예니 사원 근처의 저 멀리 언덕에서 검은 구름이 솟아오르는 것을 보았다. 모두가 창문 근처에 모여들어 혼란스러워하면서 무슨 일이 일어나고 있는지 알아내려고 애를 썼다. 잠시 후 사무관이 전날 투룬출라르에서 꼭 껴안은 시신 두 구가 숨겨져 있어 냄새가 나던 집에 소각 결정이 내려졌다고 알려 주었다. 목조 가옥이라도 작은 집이 아니라서 마치 마을 전체가 불타는 듯 연기가 엄청났다. 바싹 마른 나무가 빠른 속도로 타닥타닥 소리를 내며 탔기 때문에 불길이 순식간에 위로 치솟았고, 이후 모든 사람이 나쁜 징조로 해석할 만한 검은 연기를 뿜어내기 시작했다.

가끔 언덕에 있는 소각 구덩이에서 솟아오르는 푸른 연기에 익숙한 민게르 사람들은 이번에 서쪽에서 타오르는 노랗고 오렌지빛을 띠는 불길과 검은 연기의 그림자를 보자 상황이 악화되었다는 것을 알았다. 집 한 채가 태양을 가리고 하늘을 어둡게 할 만큼 많은 연기를 일으킨다는 것을 믿기 어려웠던 총독은 불길이 번지고 있다는 결론을 내리고 집무실에서 테라스로 나갔다. 섬을 에워싼 열강들의 전함에서도 틀림없이 연기가 보일 것이다. 전 세계가 전보에 답을 하지 않고 전염병을 막지 못하고 화재를 진압하지 못하는 가련한 민게르를 오스만 제국에 대해 그랬듯이 동정하고 무시

한다고 총독은 느꼈다.

역사 연구자로서 우리는 총독 사미 파샤의 직감이 맞았다는 것을 말해 두고 싶다. 봉쇄 작전에 투입된 프랑스 전함 아미랄 보댕에 승선한 한 신문 기자 덕분에 일주일 후 파리에서 발행되는《르 프티 파리지앵》에 봉쇄된 채 페스트의 손아귀에 있는 오스만 제국령 민게르섬이 불길에 휩싸여 있다는 소식이 낭만적인 상상의 그림과 함께 한 면 전체에 기사화될 터였다.

할리피예 테케에 도착했을 때 고깔 모양의 펠트 모자를 쓴 '섭정'이 입구에서 의사 누리를 맞이해 가장자리에 있는 2층 목조 건물로 데리고 갔다. 주위에 호자나 종도들이 없었다. 목조 건물의 문이 열리면서 멍한 표정의 몸집이 큰 남자가 나타났다. 무엇인가를 떠올리려고 했지만 떠오르지 않아 그는 묘한 미소를 지었다. 부마 의사는 그가 셰이크라는 것을 알았다. 얼굴은 창백하고 피곤해 보였지만 목에 가래톳이 없었다.

"셰이크 에펜디의 성스러운 손등에 입 맞추고 싶습니다만 방역 규칙 때문에 그럴 수가 없겠습니다."

"당연한 처사이십니다! 부인인 술탄의 조부이신 고매한 술탄 마흐무트처럼 저도 방역을 믿습니다. 게다가 누구에게도, 특히 당신처럼 왕족의 부마에게 병을 옮기지 말아야 한다는 책임감으로 노심초사하고 있답니다. 부마, 저는 사흘 전에 이 방에 이렇게 앉아 있다가 쓰러져 정신을 잃었습니다. 의식불명 상태일 때 저세상에서 보았던 것들에 저는 무척 만족했습니다만 데르비시들이 우리 셰이크가 아플지 모른다고 비통해하며 걱정하여 이렇게 소문이 나고, 그러다가 사람들이 '셰이크가 페스트에 걸렸다.'라고 말하기 시작했답니다. 하지만 저는 의원들에게 연락하지 않았습니다. 열흘 동안 홀로 명상 수련을 했음에도 총독 파샤께서 부마께 저를 방문하도록 요청하신 데에 진심으로 감동했습니다. 오스만 제국에서 가장 유명하실 뿐 아니라 무슬림인 방역의를 제게 보내신 고매한 알라, 우리 예언자 무함마드, 파디샤, 그리고 총독 파샤께 감사 기도를 했습니다. 그런데 한 가지 질문과 한 가지 조건이 있습니다."

"말씀하십시오, 셰이크 에펜디."

"부마께서 오기 바로 전에 우리 테케에서 겨우 두 골목 떨어진 집이 방역을 핑계로 불쏘시개처럼 타며 자욱해진 연기가 해조차 가렸는데 그건 무슨 의미입니까?"

"우연입니다."

"우리를 리졸로 소독한 방역 부대와 그 지휘관인 콜아아스가 그곳을 불태운 게 아닙니까? 만약 '페스트에 걸렸으니 다음은 당신 차례야.'라고 말할 목적이었다면 총독 파샤의 직원이 충분히 말해 줄 수 있었다고 믿습니다."

"물론 아닙니다……. 총독 파샤께서는 당신을 그지없이 존경합니다."

"그렇다면 저를 진찰하기 전에 왜 우리가 이 저주받을 전염병에 절대 감염되지 않을 것이고 우리를 불태울 필요가 전혀 없는지 설명하기 위해 우리 테케의 100년 역사를 들려주고 싶습니다. 민게르섬의 할리피예 테케는 이스탄불 톱하네 지역의 카디리 테케에서 이곳으로 파견한 제 조부 셰이크 누룰라흐 에펜디가 설립했답니다." 셰이크 함둘라흐 에펜디는 단호한 목소리로 모든 것의 시작을 설명했다.

사실 그의 조부를 민게르에 부른 사람들은 그가 카디를레르 마을에 있는 카디리 종파의 셰이크가 되어 주기를 바랐다. 섬에 있는 종파들의 테케에서 규율을 벗어나 바늘이나 꼬챙이로 여기저기를 찌르며 리파이 의식을 행하는 사람들을 쫓아내고 싶었기 때문이다. 그런데 당시 총독이 비호한 리파이 종파가 의식을 포기하기를 거부하자 그의 조부는 자신을 불러들인 반대자 민게르인들과 함께 게르메 마을에 다른 종파를 세웠다.

셰이크 함둘라흐는 이야기를 계속했다. 그는 아버지처럼 이곳에서, 이 테케에서, 이 골목들에서 성장했다. 이스탄불의 메흐메트 파샤 신학교에서 공부했으며, 그곳에서 종교적인 문제와 시, 역사에 관심을 갖게 되었다. 하지만 전임 셰이크인 아버지의 끈질긴 요청에도 한동안 섬에 돌아오지 않았다. 이스탄불에서 루멜리아 이주민인 가난한 집안의 딸과 결혼했고, 작은 신학교에서 강의를 했으며, '여명'이라는 제목의 시집을 출판했고, 한때 카라쾨이 세관에서 근무했다. 한번은 이을드즈 궁전 금요 예배 행렬에서 멀리 압뒬하미트를 보았다.(한동안 그는 압뒬하미트를 위해 기도했다.) 십칠 년 전 아버지가 사망하자 유산 문제를 해결하기 위해 민게르에 돌아온 첫날 밤 이제부터 섬에서 머물게 되리라는 것을 느꼈고, 이스탄불에 있는 책과 물건들을 가져온 뒤 예배와 묵상, 그리고 수장을 맡게 된 테케 일에 헌신했다.

흥분하며 말하던 셰이크는 지쳐 보였다. "이제 당신에게 우리의 가장 비밀스러운 보물들을 보여 주겠습니다!" 그가 말했다.

의사 누리는 제자들에게 의지해 겨우 걷는 셰이크를 뒤따라 화재 연기에 어두워진 뜰로 나갔다. 본관을 향해 걸어갈 때 누리는 가장 새로 온 신자부터 가장 오래된 데르비시까지 테케에 있는 모든 사람이 몇 거리 떨어진 곳에서 발생한 화재인 양 그를 의심의 눈길로 지켜보는 것을 보았다. 셰이크는 이 저명한 손님에게 거실 왼쪽의 파란색으로 칠하라고 했던 침실에 가두어 놓은, 날개가 하나인 신성한 민게르 곤충을 보여 주었다. 섬에서 한 번도 나간 적이 없는 민게르 사람들처럼 곤충은 방문을 열어도 도망가지 않았다. 그다음에 은둔실을 보러 갔다. 셰이크는 한 데르비시가 이곳에서 사십 일을 홀로 수련하던 마지막 날 밤 꿈에서 바닷속에 가라앉은 배를 보았으며, 그다음 날 데르비시는 아랍 등대 근해에서 나타난 이 배를 타고 중국으로 가 할리피예 종파의 새로운 테케를 설립했다고 말했다.

셰이크는 "우리 예언자의 지팡이처럼" 감나무로 만든 할아버지의 지팡이와 자개 장식을 한 "강철만큼 단단한" 아버지의 지팡이를 자랑스러워하며 보여 주었다.

누구는 대머리, 누구는 분홍빛 입술, 누구는 창백한 얼굴, 누구는 거친 눈길, 누구는 부드러운 눈길을 한 젊은 데르비시들이 문 앞에 서서 바라보고 있었다. 의사 누리는 그 방들을 지나며 페스트가 이곳에서 빠르게 확산하리라고 직감했다.

그들은 어른 네 사람 키만 한 호두나무 아래를 지나 나무와 니스 냄새가 나는 최신 건물로 들어갔다. 셰이크는 구석에 놓인 나무 궤짝을 열고 이전 셰이크들의 '왕관'이라는 초록색, 보라색, 회색 모자들과 '텐누레'[73]라는 노랗고 푸른색 줄무늬가 있는 치마들과 섬 북쪽 아닥산에서 떼어 와 데르비시와 제자들의 목에 표식으로 달고 있는 '복종'의 돌들과 모든 셰이크가 꼭 맞게 차던 열두 매듭으로 된 허리띠를 보여 주었다. 이는 종파의 성물들이었고 검은 리졸과 방역의 독이 닿으면 죽는다. 이와 더불어 제자들부터 데르비시까지 모두 죽을 것이다.

셰이크는 모든 물건을 보여 줄 때 과장되고 이중적인 의미를 지니는 말을 사용했으며, 비록 정말로 마음이 상하거나 특별히 화가 나지 않았다는 것이 확실해 보였지만 얼마나 공을 들여 마음 상하

73 수행자들이 입는 소매와 칼라가 없고 치마폭이 넓고 긴 옷.

고 화난 것처럼 행동했던지 의사 누리는 어디가 아픈지조차 설명하지 못하는 무지한 촌사람과 말할 때 느꼈던 절망감과 죄책감에 빠져들었다.

셰이크는 레몬꽃 향기가 나고 책으로 가득 찬 방에서 몇 권의 책, 필사본, 오래되어 빛바랜 종이, 소책자 들을 꺼내 놓더니 진짜 주제로 넘어가며 페스트 문제에 대해 모두가 물었던 질문들에 답하고, 가장 올바른 이슬람적 접근법이 무엇인지 논쟁하고 해명하는 마스나비를 읽기 시작했다고 말했다.

"페스트와 전염병 문제에 대해 이슬람 세계에서는 애석하게도 두 가지 관점이 여전히 서로 격렬히 대립하고 있지요. 첫 번째는 '페스트가 신으로부터 왔고, 그것으로부터 도망치는 것은 쓸데없을 뿐 아니라 운명에서 도망치려는 것처럼 어렵고 위험하다.'라는 관점입니다. 실제로 무함마드는 후루피 종파처럼 '페스트가 전염된다고 주장하는 사람들은 새, 부엉이, 뱀의 움직임에서 어떤 징조를 읽고 구제를 염원하는 사람들과 다를 바 없다.'라고 말씀하셨지요. 페스트가 창궐하면 최선은 운명에 순응하여 누구에게도 자신을 드러내지 않으며 영혼을 더럽히지 않고 기다리는 것입니다. 유럽인들은 애석하게도 이러한 것을 전혀 이해하지 못하고 이런 사람들을 '운명론자'라고들 말하지요. 두 번째 관점은 페스트가 전염된다는 것을 인정하는 관점입니다. 무슬림이든 기독교인이든 죽고 싶지 않으면 그 질병이 만연한 곳에서, 그 공기와 사람들로부터 도망치는 것이지요. 『하디스』[74]에 '사자로부터 도망치듯 문둥병 환자로부터 도망쳐라!'라고 기록된 우리 예언자의 말씀도 이를 뒷받침합니다. 하지만 페스트가 우리 안에 있다면 어차피 문을 걸어 잠가

74 무함마드의 언행록.

도, 도망쳐도 소용없답니다. 그럴 때는 신의 자비를 구하는 방법 외에 다른 해결책이 없지요."

문 주변에서 예닐곱 명이 그들의 말을 듣고 있었다. 부마 의사는 이곳에서 주고받는 모든 말이 구시장과 신시장 상인, 영사, 사무관, 신문 기자 사이에서, 그리고 술탄의 정보원들이 이스탄불로 보낼 보고서에서 정확하든 아니든 간에 반복되리라는 것을 알았다.

"이 방을 보십시오!" 셰이크가 방문 하나를 열면서 말했다.

젊은 제자 세 명이 털실 뭉치와 형형색색의 직물들에 둘러싸여 베틀 앞에 앉아 있었다.

"우리 테케의 설립자이신 조부 셰이크 누룰라흐가 원하던 바대로 우리는 모두 우리가 돌려 만든 털실, 우리가 짠 직물과 리넨으로 우리 조상들이 하던 방식대로 재단하고 꿰매어 식물 뿌리와 민게르 풀, 그리고 중국에서 온 가루로 염색해 만든 속옷, 셔츠, 카디건, 납작모자를 착용합니다."

부마 의사는 셰이크의 말을 들은 젊은 제자가 연 옷장과 리넨 제품을 넣어 두는 장에서 셔츠, 베개, 원모 더미와 다양한 색깔의 직물들을 보았다. 셰이크는 숨을 가쁘게 쉬면서 계속 말을 이었다.

"조상들부터 이어진 우리의 가장 신성한 유산인 양모들에 리졸을 뿌려 순식간에 진흙더미로 만드는 것을 어떤 양심이 용납하겠습니까?"

의사 누리는 이 말이 셰이크의 말을 듣기 위해 모여든 사람들에게 하는 것이고, 사실 셰이크가 모든 사람을 온화한 동시에 호되게 꾸중한다는 것을 알았기 때문에 대답하지 않고 가만히 있었다.

"93 전쟁 당시 러시아인조차 리졸을 가지고 이런 악행은 하지 않았소!" 셰이크는 마음속 깊이 격노하며 말한 뒤 "아이고!" 하는 비명과 함께 몸을 움츠렸다. 곧장 달려온 두 제자가 팔을 잡아 부축했다.

"괜찮아!"

셰이크가 양팔을 붙잡은 두 데르비시에게 꾸중하는 목소리로 쏘아붙였지만 평소 둘에게 기대어 걷는 데 아주 익숙하다는 것을 의사 누리는 간파했다.

부마 의사가 처음의 건물로 돌아와 진찰을 준비할 때 셰이크는 강요할 필요도 없이 곧 헐렁한 가운과 셔츠, 속옷을 벗고 기다렸다.

"쓰러지시기 전이나 후에 토하셨습니까?"

"아니요."

"열이 났습니까?"

"아닙니다."

의사 누리는 가래톳 치료용으로 가방에 넣었던 약사 에드헴 페르테브의 연고를 갑에서 꺼내고 주사기가 든 금속 상자와 초록색 병에 든 보라색 아편 알약들이 제자리에 있는지 점검했다. 이스탄불의 이스티카메트 약국에서 구입한 옥도정기와 십 년 전 시장에 나온 바이에르 아스피린(프랑스에서 샀으며 정말 꼭 필요할 때만 사용했다.) 뚜껑을 아무런 목적 없이 열었다 닫았다. 보라색 병에 영약처럼 보관한 리졸 용액을 솜으로 정성스럽게 천천히 손가락에 바르고 셰이크에게 다가갔다.

그는 셰이크가 발가벗고 누워 불안해하는 것을 알 수 있었다. 맨팔, 좁은 가슴, 가냘픈 목이 놀라울 정도로 하얗고 심지어 어린아이 같았다.

의사 누리는 셰이크가 아픈 곳을 말로 표현하지 못하는 노인인 양 샅샅이 진찰했다. 선명한 분홍빛 혀에는 페스트 환자들에게서 자주 보이는 변색의 징후가 없었다. 가만있지 못하는 혀를 숟가락으로 누르며 편도선을 주의 깊게 관찰했다.(페스트는 어떤 형태로

든지 편도선을 '공격하기' 때문에 처음에 병명을 진단하지 못하는 의사들은 디프테리아와 혼동한다.) 눈도 충혈되지 않았다. 맥박을 두 번 쟀는데 정상이었다. 열도 없었고, 식은땀을 흘리거나 어지럼증도 없었다. 부마 의사는 셰이크의 지친 가슴에서 들리는 소리를 자세히 듣기 위해 청진기를 사용했다. 심장이 불규칙하게 뛰고 폐렴 증세가 있었다. 금속의 차가운 청진기 표면이 하얀 피부에 닿을 때마다 셰이크가 조금 떤다는 것을 알아챘다.

"심호흡을 하십시오!"

셰이크의 털이 난 귓속을 들여다본 후 손가락으로 목의 분비샘 위를 천천히 부드럽게 눌러 보며 통증이나 딱딱해진 곳이 있는지 검진했다. 겨드랑이 역시 손가락으로 조심스럽게 만지며 진찰했고, 그곳에도 붓거나 굳은 부분은 없었다.

부마 의사는 셰이크의 양쪽 서혜부를 세심하게 만져 보고 가방 쪽으로 가 손을 소독하면서 말했다. "다 좋습니다. 편찮으시지 않네요."

"알라홈마 아스알루카 알아프와 왈아피야 필둔야 왈아키라."[75] 셰이크가 말했다. "부탁이니 총독 파샤와 모든 영사에게 제가 건강하며, 우리 테케 전체에 질병이 없다고 전해 주시기 바랍니다. 저와 총독 파샤를 등지게 하려는 사람들이 제가 아프다는 소문을 내고 있습니다. 그들은 테케를 고립시키고, 우리 모두를 데려가 성에 있는 격리 구역 뜰에 가두고, 우리에게 해를 끼치고 싶어 합니다."

"총독 파샤는 셰이크와 테케가 해를 입는 것을 절대 원하지 않으십니다."

"그것이 사실이라고 믿습니다!"

75 "하나님, 현세와 내세에서 당신의 용서와 보호를 구합니다."라는 의미의 기도.

"하지만 셰이크께 해를 끼치려는 사람들에게 기회를 주는 사람들도 있지요. 작은 테케의 셰이크들은 거짓 기도문을 만들어 페스트의 악령에 맞서 그것들을 쥐고 흔듭니다. 방역 조치에 대한 신뢰, 규제에 복종하려는 사람들의 의지를 약화시키고 있지요."

"셰이크들 중 일부만 제 말을 듣는답니다. 어떤 사람들은 그냥 알고만 지내고, 대부분은 저한테 해를 끼치려 하지요."

"셰이크, 사실 저는 이곳에 총독 파샤의 대사로 온 것이기도 합니다. 총독은 셰이크께서 룸 공동체의 수장인 대주교 콘스탄틴 에펜디와 함께 주 청사의 발코니에서 모든 섬사람에게 '방역에 복종하십시오.'라는 메시지를 전달해 주시길 바랍니다. 파샤는 라미즈를 석방했습니다."

"대주교 콘스탄틴 에펜디는 저처럼 시인이시지요. 제 시집 『여명』이 민게르에서 출간되었을 때 그에게 한 권 선사하고 싶었습니다. 총독 파샤가 원하시는 모임에 기꺼이 참석하겠습니다! 그런데 조건이 하나 있습니다."

"그 조건을 총독에게 곧장 전달하고 관철시키겠습니다." 누리는 가방을 들면서 말했다.

"오늘 저녁 예니 사원에서 제가 설교를 하겠습니다! 이미 와크프 관리부와 이스탄불에서 승인했습니다. 하지만 방역 위원회가 사원이 너무 붐빌 것을 우려해 금지한다면 무슬림들의 마음에 상처를 입힐 테고, 방역관들로부터 등을 돌리게 할 것입니다."

"셰이크 에펜디와 셰이크를 사랑하는 사람들이 방역에 등을 돌리는 것이 저희의 가장 큰 두려움입니다."

"의사 누리 파샤, 제가 왜 당신들의 방역 노력이 성공하기를 바라는지 아십니까?" 셰이크 에펜디는 눈썹을 치켜올리며 말했다. 이제 속옷, 셔츠, 재킷을 다시 입고 머리에는 그의 종파를 말해 주는 납작한 모자까지 쓰고 있었다. "유럽의 기독교인들은 지난 400년 동안 방역 규정 도입 덕분에 질병으로부터 보호받았습니다. 무슬림들이 계속 방역을 믿지 않고 현대적인 방법을 배우지 않는다면 수적 열세에 다다르도록 더 많은 사람이 죽어 이 세상에 홀로 남겨질 겁니다."

46장

총독은 셰이크 함둘라흐가 무슬림과 기독교인 공동체의 지도자들과 함께 주 청사 발코니에서 주민들에게 연설하기로 결정했다는 데 매우 기뻐하며 즉시 집회 시간과 세부 사항을 협의하기 시작했다.

셰이크를 대신해 고깔 모양의 펠트 모자를 쓴 데르비시가 회의에 참석했다. 협상은 치열했고, 총독 파샤는 펠트 모자를 쓴 니메툴라흐 에펜디가 영사들보다 훨씬 '더 노련한 외교관'이며, 사리사욕과 돈 이외에 다른 동기가 없는 영사들과 달리 '이상주의자'였기 때문에 더욱 '깨기 힘든 단단한 호두'임을 알아차렸다. 더불어 총독은 영사들과 우체국이 언제 문을 열지 논쟁하는 동시에 열강이 전염병을 차단한다는 핑계로 섬에 군대를 보내려는 의도가 정말 있는지 없는지를 알아내려고 애썼다.

전신선이 끊어지면서 영사들은 영향력과 권위를 많이 잃었다. 총독은 전신 서비스 중단이 방역 시행만 아니라 도시를 규율하에 두기 위해 더할 나위 없는 기회라는 것을 매일 깨달았다. 급습 후 방역 부대에 대한 불복종도 줄었다. 평소 모든 결정에 의문을 품고 목소리를 높이던 버릇없는 놈들도 이제는 무슨 일이 일어날지 기다리고 있었다.

총독은 이틀 뒤인 6월 28일 금요일에 열릴 행사와 집회에 관해 서로 수용 가능한 계획을 확정했다. 금요 예배와 셰이크의 설교가 끝난 뒤 셰이크와 공동체가 주 청사 광장으로 이동하고, 그곳에서 셰이크는 총독과 다른 공동체 지도자들과 함께 발코니에서 군중에게 방역 조치 준수를 촉구하고 단결과 동료애의 메시지를 담은 연설을 할 것이다. 두 집회가 마무리되면 우체국에서 추가 행사가 있고, 그 후 전신 업무가 재개된다.

사미 파샤는 총독으로서 오 년간 비록 그가 원하는 순간이 있었지만 한 번도 발코니에 나가 대중을 향해 연설한 적이 없다. 압뒬하미트는 일개 총독이 자신과 국민 사이에 끼어드는 것을 좋아하지 않았다. 게다가 오스만 제국에서는 대중 연설이 익숙하게 통용되는 관례가 아니었다. 총독은 서기에게 집회 공고문을 방역 규정 안내문하고 같은 형식과 글자 크기의 포스터로 제작하라고 지시했다. 총독은 흥분하며 금요일에 발코니에서 연설할 때 대중과 영사와 신문 기자와 사진기자들이 어디에서 서로 얼마만큼 거리를 두고 서 있어야 하는지를 비롯하여 세부적인 부분에 대해 열띤 논쟁을 하다가 발코니로 나갔다.

집무실로 되돌아왔을 때 책상에 새로 도착한 전보가 기다리고 있었다. 암호 해독 직원이 전보를 해독했고, 그 내용이 매우 중요하다고 판단하여 즉시 총독의 책상 위에 가져다 놓았다.

총독은 전보가 마베인에서 왔다는 것을 어쩔 수 없이 보게 되었다. 심장이 빨리 뛰었다. 나쁜 소식일 수도 있었다. 어쩌면 읽지 않는 편이 좋았다! 하지만 스스로를 어쩌지 못하고 전보를 확인했다.

먼저 그가 민게르 총독 직위에서 해제된 사실을 알았다. 그는 숨을 멈췄다. 알레포로 발령이 났다. 갑작스러운 통증에 가슴이 움츠러들었다. 이스탄불에 들르지 않고 곧장 알레포로 가는 데에 열흘이라는 기간이 주어졌다. 전보를 다시 한번 읽었고, 심장은 더 빨리 뛰었다. 알레포에 뭔가 혼란스러운 일이 있다는 암시였다.

총독은 전보를 세 번째 읽었을 때야 비로소 그 발령이 일종의 처벌이라는 것을 깨달았다. 새 봉급은 현재의 3분의 2였다. 하지만 알레포는 인구가 더 많고 훨씬 큰 주였으며 우르파와 마라시도 관할이었다.

마리카는 어떻게 하지? 그는 이에 대해 여러 번 생각했다. 무슬림으로 개종해 결혼에 응한다고 해도 외교적 추문을 일으킬 것이다. 오스만 제국 파샤들은 모든 대사와 영사들이 탄지마트 개혁 이후에도 여전히 여러 주에서 아름다운 기독교인 여성들을 둘째, 셋째 부인으로 삼아 하렘에 가두어 두기 위해 무슬림으로 개종하도록 강제한다고 주장할 것이다. 어쨌든 마리카는 그와 함께 멀고 전갈이 득실거리는 곳으로 가지 않을 것이다!

사미 파샤는(우리가 그를 총독이라 불러야 할지 더 이상 확신할 수 없다.) 전보를 거듭해 읽을수록 그 사실을 받아들일 수 없었다. 이스탄불이 실수를 한 것이 분명했다! 어차피 그 기간 안에 알레포로 가기는 불가능했다. 이것이 잘못된 발령(혹은 해임)이라는 증거였다. 그를 열흘 안에 알레포로 보내려는 사람들은 닷새 동안 격리하지 않고는 누구도 섬을 떠나지 못한다는 사실을 모른다는 말인가? 마리카는 어떻게 될까?

그는 이 결정의 긍정적인 면을 보려고 애썼다. 해직되었지만 다른 임무로 발령이 났다. 압뒬하미트는 몹시 화가 나고 불신에 휩싸일 때면 해직한 총독을 한동안 무보수로 불확실한 상태에 두면서 굴욕을 맛보게 하고 나중에 발령을 냈다. 이번에는 상황이 달랐다. 폭군 압뒬하미트이지만 그렇게 하지 않고 자제했다. 사미 파샤는 오랫동안 기다리던 전보를 받고 해임되어 심장마비를 일으킨 가련한 무스타파 하이리 파샤의 이야기에 바브알리에서 모두 얼마나 매정하게 웃었는지 떠올렸다. 적어도 사미 파샤의 상황은 더 나았다.

곧 사미 파샤는 발령을 받아들이되 집행을 지연시키는 것이 가장 좋은 방안이라는 결론에 이르렀다. 이곳에 남아 페스트와 계속 용감하게 싸웠다는 사실을 언젠가 알게 되었을 때 그에게 일급 메지디 훈장으로 보상할 것이다. 이스탄불에서 출발한 배편으로 도착하는, 온갖 임명 소식을 게재하는《말루마트》, 심지어《모니퇴르 데 콩쉴라》같은 신문들을 구독하기 때문에 임명 명령이 때로 취소될 수 있으며, 이러한 기적이 가능하다는 것을 알았다. 압뒬하미트와 마베인에 특별한 연줄이 있는 사람들, 가장 높은 곳에 비호자가 있는 사람들이라면 이런 일을 주선할 수 있었다. 총독이 새 발령지로 갔는데 전임 총독이 복직되어 그 자리에 계속 있는 경우가 더러 있었다. 운이 좋으면 그 역시 그럴 수 있을지 모른다.

그는 잠시 부마 의사 누리가 그와 관련해 압뒬하미트에게, 혹은 최소한 마베인에 전보를 칠 수 있을지 생각해 보았다. 하지만 파키제 술탄의 편지를 통해 우리는 사미 파샤가 자존심을 버리고 의사 누리에게 이러한 부탁을 하지 않았다는 것을 알게 된다.

사미 파샤는 만약 아무 일 없는 듯이 행동하면 모든 것이 그대로 계속되리라는 사실을 그 순간 깨달았다. 섬에서 그가 해임된 것을 아는 유일한 사람은 암호 해독 직원이었다. 그 역시 파샤의 침착하고 편안한 모습을 보면 그 결정이 취소되었다고 생각할지 모른다. 어쩌면 금요일까지 이틀간 아무 일 없는 척하는 것이 최선이다. 하지만 그 직후 사미 파샤는 생각했던 바와 정반대로 했다. 암호 해독 직원을 불러 그가 해독한 전보는 국가 기밀이며, 이 비밀을 누설하면 이스탄불과 자신이 그에 합당한 가장 혹독한 벌을 내릴 거라고 말했다.

그날 사미 파샤는 누리도 콜아아스도 보지 않았다. 니코스가 찾아왔지만 돌려보내고 집무실에서 나오지 않았다. 그는 아무도 만나지 않는 한 자신이 해임된 사실을 아무도 모를 것 같았다. 아내 에스마의 아버지 바핫틴 파샤가 전도양양한 사위에게 한 면은 오스만 시각을, 다른 한 면은 유럽 시각을 나타내는 주머니 시계를 결혼 선물로 주었다. 외롭고 슬플 때마다 사미 파샤는 이 벨기에산 시계를 손에 쥐고서 세상이 좀 더 견딜 만한 곳임을 손바닥으로 느끼곤 했다. 하지만 그날 집무실에 앉아 있을 때는 그럴 힘조차 남아 있지 않았다.

전보를 읽는 순간 그는 오로지 마리카의 곁에서만 평온을 찾을 수 있으리라는 것을 알았다. 제케리야가 그를 태우고 시내를 가로지르는 동안 사미 파샤는 창밖의 어둡고 슬픈 거리를 바라보며 눈물을 흘릴 뻔했지만 우울감에 빠지는 것은 패배를 인정한다는 의미라고 생각하며 마음을 다잡았다. 그는 마차에서 내려 위엄 있는 발걸음으로 마리카의 집 뒷문까지 성큼성큼 걸었다.

그녀의 집에서 그는 여느 때처럼 침착하고 신중했으며 그 프랑스어 억양을 좋아하던 '오토리테'의 의미에 적합하게 '권위 있게' 행동했다. 마리카는 너무나 아름다웠다. 아름다움을 넘어 선하고 정직했다. 파샤는 곧 해임되었다는 사실을 잊었다.

그날의 주제는 여전히 서로 껴안은 채 발견된 두 젊은이의 시신과 집을 불태웠을 때 솟아오른 검은 연기였다. "그렇게 검은 연기가 피어오른 것은 그곳에 다른 시체가 있다는 말이래요."라고 마리카는 말했다.

"그런 것들은 빨리도 꾸며 대는군."

"시체에 있는 지방이 검은 연기를 내뿜는다고 해요."

"그런 끔찍한 말들이 당신 입에서 나오다니 실망이오. 그 말을 들으니 내 마음도 괴롭군."

마리카가 기분이 상한 것을 본 파샤는 일 년 전 잡지《세르베티 퓌눈》[76]에 실린 번역 기사에서 읽은 기이한 이야기가 그 순간 기적처럼 떠올랐고 상황을 수습하기 위해 그녀에게 들려주었다. "어떤 아시아 종교에서는 불타는 시체에서 나오는 연기의 농도와 색을 분석해 고인이 얼마나 죄가 많은지 결백한지, 얼마나 고결한지 사악한지를 가늠한다고 합니다."

"파샤, 당신은 모든 것을 알고 있군요."

"하지만 당신이 아는 것들이 늘 더 중요하지. 말해 보시게."

"파샤, 라미즈가 도시에 와 있다고 해요. 파샤의 귀에도 들어갔겠지요. 제이넵을 빼어 간 사람들에 대해 복수를 맹세했답니다. 아직도 제이넵을 많이 사랑한대요. 그런데 그 맹세를 형인 셰이크 곁에서가 아니라 리파이 셰이크인 르프크 메룰의 테케에서 했다고요."

"참 이상도 하지. 리파이 테케는 페스트 시기에 활기를 띠고 있어요……. 하지만 그런 모임에 대해서는 아무도 모르는 것 같소."

"자임레르 테케의 사팔뜨기 셰이크 셰브케트가 페스트에 맞서 나누어 준 장밋빛 분홍색 기도 종이를 소지하지 않은 사람은 치테 마을에 들어가지 못하는 모양입니다. 크레타 이주민 젊은이들의 길을 막고 기도 종이가 있는지 물어서 없으면 안으로 들이지 않는대요."

"그건 문제가 아니지! 그런 것은 우리가 그 지역에 없을 때만 일어날 일이오. 그런 유의 사소한 불법적인 사건이 한두 번 있었지만

76 '지식의 풍요'라는 의미.

소문처럼 많지 않아요. 내 정보원과 헌병들이 그런 놈들을 가만두지 않으니까."

"제발 이런 소문들을 전한다고 화내지 마세요. 그것들은 제가 꾸며 낸 것도 아니고 저도 대부분은 믿지 않습니다."

"하지만 가끔 믿는 것도 있잖소!"

"그럼 말할게요……. 파샤도 가끔은 믿지만 저한테 말하지 않잖아요. 믿고 있다는 사실이 부끄럽지만 그래도 믿으시니까요. 제가 이런 소문들을 일일이 알려 드릴 때 파샤의 시선을 보면 어떤 것을 믿고 어떤 것을 믿지 않으시는지 알아요. 타쉴르크 위쪽의 작은 만에서 크레타로 사람들을 몰래 데려가는 일이 다시 시작되었대요."

"그 말은 믿을 수 있소. 하지만 어떻게 함대를 피하지?"

"금요일 주 청사 모임에 셰이크 함둘라흐가 참석하지 않을 거라고 말하는 사람들이 있어요, 파샤……."

"왜 그런다고 합니까!"

"파샤, 셰이크가 페스트에 걸렸다는 소문을 다들 알아요. 그들은 주 청사에서 부마 파샤가 그를 보러 갔다는 것을 들었습니다."

"알라고 하지 뭐."

"또 이런 소문도 있어요. 부마 의사가 그를 다녀간 후 셰이크 함둘라흐는 오만해져서 '페스트는 날 건드리지 못해!'라고 말했대요. 사실 이 이야기는 아이들 사이에서 인기 있지만 모든 사람이 은근히 믿어요. 아이들은 전신국 급습과 콜아아스도 좋아해요."

"이렇게 많은 소문이 왜 도는지 아시오, 마리카? 룸은 무슬림을, 무슬림은 룸을 잘 모르기 때문이라오. 교회와 사원에서 서로 무엇을 하는지조차 모르지. 하나의 민족이 되려면 이러한 소문들은 끝나야 해요."

"그리고 부마 의사가 약초상에 가는 문제도 있어요. 상인들은 그를 두려워한답니다. 결국 요리사의 조수에게 했듯이 약초 상인들을 정보국장에게 넘길 거라고들 해요. 지하 감옥에서 발바닥을 맞고, 독을 팔았다는 이유로 법정에 서게 될 거라고 걱정한답니다."

사미 파샤는 방금 들은 모든 소문 중에 셰이크 함둘라흐가 '페스트는 날 건드리지 못해.'라고 말했다는 것에 그의 머리와 영혼이 고정되어 있다는 사실을 곧 깨달았다. 셰이크가 페스트에 걸렸다는 말을 조지 영사에게 처음 들었고, 그래서 그 말을 곧장 믿었다. 지금은 덫에 빠졌다고 생각했다. 의사 누리도 그를 속이고 이 음모에 중요한 역할을 했다고 의기소침하며 생각했다. 이 음모에 대해 셰이크 함둘라흐와 조지 영사에게 복수할 수 있다면 그를 해임하기로 한 결정도 철회될 것만 같았다!

"마리카, 난 오늘 유쾌해지고 싶어요. 페스트에 대한 이야기는 그만합시다."

"그러시죠. 그런데 아무도 다른 이야기는 하지 않아요."

"결국 이 저주받을 페스트도 사라질 거요. 그러고 나면 우리 아름다운 민게르에 나무를, 특히 야자수와 보스포루스 소나무와 아카시아를 사방에 심고 싶소. 이제는 이스탄불에서 예산이 오지 않아도 여객선들이 안전하게 접근할 큰 부두를 만드는 일에 착수할 거요. 룸만 아니라 무슬림에게서도 기부를 받아야 해. 먼저 테오도로풀로스 가문과 마브로예니스 가문의 도움을 받는다면 이즈미르 출신 쿠마슈츠자데 가문과 테브피크 파샤의 손자도 기부할 겁니다."

"파샤께서는 누구보다 이 섬을 사랑하시는군요. 그런데 안타깝게도 모두 당신을 비난하고 있어요."

마리카는 정말 멋진 사람이다! 파샤는 그녀 없는 삶을 결코 생각할 수 없었다. 그녀의 다정하고 이해심 깊은 표정은 영혼의 거울이다. 이 영리한 여인에게 위선은 조금도 없었고, 그래서 그가 그토록 사랑하는 것이었다. 때로 파샤는 그녀가 무슬림이라는 상상을 하고, 이를 반농담으로 그녀에게 말하면 마리카도 장난스럽게 하렘의 후궁인 척하며 아름다운 몸과 커다란 가슴으로 파샤를 도발하고 웃게 만들었다.

사미 파샤는 마리카와 사랑을 나누는 것만이 그가 느끼는 고통스러운 절망과 외로움에서 벗어나게 해 줄 수 있다는 사실을 알고 조바심에 휩싸였다. 마리카가 그에게서 가장 좋아하지 않는 면이 이 사랑을 나누고 싶어 하는 조급함이었다. 하지만 파샤는 그날 저녁 주와 국가의 최근 골칫거리에 대해 불만 반 조롱 반인 해석으로 마리카를 즐겁게 해 줄 힘이 남아 있지 않았다.

잠시 정적이 흐르자 마리카는 그의 마음을 헤아리고 미소를 지으며 침대로 갔다. 파샤는 더없이 고마웠다. 사랑을 나눌 때 고마움과 흠모의 감정 사이를 오갔다. 한편으로는 자기 안에 있는 짐승이 마음대로 하도록 놔두었다. 술을 마시지 않고도 취한 것 같았다. 항상 지대한 관심을 가졌던 마리카의 오른쪽 유두를 한동안 입에 담고 있었다. 마리카가 그의 듬성듬성한 머리칼과 머리를 사랑을 다해 어루만지면 파샤는 어머니와 어린 시절을 떠올렸다. 마리카의 부드러운 젖가슴이 풍성한 턱수염에 스치는 것도 좋아했다. 그들은 긴 사랑을 나누었고, 파샤는 땀에 흠뻑 젖었다. 등에 모기가 있는 것도 나중에야 알았다.

"오늘 파샤에게 무슨 일이 있는 듯하지만 묻지 않겠어요." 하고는 마리카는 다시 덧붙였다. "사실 제가 하고 싶은 말이 있어요."

"말해요."

"오늘 뒤뜰에서 피투성이 쥐 사체를 발견했대요. 어제는 그 저주반을 괴물들이 제 침대 바로 밑에서 달그락거리며 여기저기 돌아다녔어요."

"빌어먹을 놈들!"

파샤는 아침까지 마리카의 방에서 보초를 섰다. 안락의자 가장자리에서 졸다 마리카의 침대로 들어갔다 하면서 쥐들이 마리카를 공격하지 못하게 막았다. 아침에 주 청사로 왔을 때 직원을 두 명 보내 마리카의 집에 쥐덫을 설치하고 쥐약을 놓도록 했으며 시에도 도움을 요청했다. 한편 마리카만 아니라 그가 격리되거나 최소한 검진을 받아야 한다는 생각은 조금도 하지 않았다.

47장

그즈음 매일 평균 스무 명에서 스물다섯 명이 사망했고, 실제 수치는 더 높을 거라며 다들 비관적으로 말하고 있었다. 어떤 가족은 방역군의 방문을 피하기 위해 집에서 발생한 죽음을 감추었다. 목에 가래톳이 났지만 뚜렷하지 않으면 사람들은 스스로를 속이면서 환자가 — 아버지, 어머니, 할아버지 — 페스트가 아닌 다른 병으로 죽었다고 믿었다. 이 집에 사는 사람들은 두 번째, 세 번째 죽음이 발생하도록 마을에 있는 다른 사람들에게 병을 옮겼다.

마리카의 집에서 쥐 때문에 보초를 서며 불면의 밤을 보냈지만 행복했던 다음 날 아침 사미 파샤는 쉬한단이 이즈미르에 들러 약과 텐트를 실은 후 섬을 향하고 있다는 것을 알게 되었다. 방역부장에게 보낸 전보에서 선박이 보급품, 병사, 지원자를 싣고 있다고 알렸으며, 오스만 제국 등록 담당자들이 통상적으로 그러듯이 정확하고 주의 깊게 정확한 수를 기재했다. 사미 파샤는 전보 끄트머리에서 모든 희망을 파괴하는 새로운 정보를 하나 더 보았다. 새로운 총독이 임명되었고, 그 역시 배에 타고 있었다. 더군다나 새 총독은 사미 파샤가 알고 한때 친구처럼 지냈으며 단순한 바보라고 확신했던 이브라힘 하크 파샤였다. 사미 파샤는 그를 번역국에서 사무관으로 일할 때 알게 되었다. 그는 사무관들의 감독관인 압누르라흐만 페브지 파샤에게 종일 아첨을 떨곤 했다. 계급은 준장에 상당할 것이었다. 그렇다면 새로 올 수비대 사령관에게 어떻게 명령을 내리지? 분명히 마베인이나 바브알리에 이런 복잡한 계급과 직위를 마땅히 매길 사람이 한 명도 없다는 이야기군. 아니면 이 모든 것이 단지 사미 파샤를 괴롭히기 위해서일 수도 있다!

이성이 동요와 분노를 압도했다. 사미 파샤는 지금쯤 해임 소식이 퍼졌을 것이며, 그 결정이 취소되지 않으리라는 것을 깨닫고 새로운 계획을 세웠다.

매일 그랬듯이 그날 아침 사미 파샤는 전염병 상황실에서 사망자들을 표시하기 위해 지도에 초록색 점을 찍은 후 말했다. "안타깝게도 방역이 성공적이지 않다고 믿는 마베인 직원들이 나를 알레포로 발령을 냈습니다."(사실 압뒬하미트가 일일이 직접 총독을 임명한다는 사실을 모두 알고 있었다.) "이 결정은 취소될 것입니다. 하지만 취소되지 않는다고 해도 신임 총독이 공식적으로 임무 수행을 시작할 때까지 예전처럼 꼼꼼하게 내가 모든 책임을 지고, 금요일 주 청사 광장에서 연설을 할 것입니다. 구호선 승객들이 민게르에 내리기 위해서는 닷새간 격리되어야 한다는 점을 잊지 마시기 바랍니다."

"북쪽과 서쪽 항구에서 오는 배의 승객들은 격리 대상이 아닙니다." 니코스가 말했다.

이것이 순진한 발언이었을까, 아니면 더 이상 파샤의 명령을 따르지 않겠다는 암시였을까? 방역부장은 사미 파샤의 해임 결정에 침착하게 반응했다.

"아무것도 모르고 섬 주민들을 알지 못하는 이 새 의사들과 새 총독은 우리의 모든 방역 노력을 제쳐 두고 전혀 다른 방법과 제재를 적용할 겁니다." 사미 파샤가 말했다 "더 많은 시간이 낭비되고, 물론 이 새로운 조치들도 소용이 없겠지요. 헛되이 수백 명이 죽을 겁니다."

"반면 닷새의 격리는 우리가 고매하신 전하께서 원하는 새로운 조치에 대비할 기회가 될 것입니다!" 누리가 말했다.

이 지점에서 역사학자들은 부마 의사가 구호선 쉬한단의 승객들을 격리하자는 사미 파샤의 제안에 지지를 표명함으로써 섬의 운명을 바꾸어 놓았다는 데 동의한다. 일부는 압뒬하미트가 보낸 '구호선'에 대한 파키제 술탄의 의심과 숙부에 대한 적대감에서 영향을 받았다고 추측하고 있다. 의학사에 관심이 있는 사람들은 방역 측면에서 부마 의사의 판단이 옳다고 여긴다.

방역이 도입된 이후 감염된 항구에서 민게르섬으로 온 노란 깃발을 건 배에 탄 승객들은 열이 나는지와 상관없이 항구 근해의 작은 바위섬에 있는 처녀탑에서 닷새간 격리되었다. 그즈음은 남쪽 알렉산드리아 방향에서는 배가 거의 오지 않았다. 처녀탑에서 기다리는 사람들은 섬을 떠난 배에 타기 위해 격리 중이었다. 매일 아침과 저녁 무렵 항구에서 처녀탑으로 나룻배 한 척이 출발하여 경비병, 의사, 감염 의심자를 돌보는 공무원들을 그곳에 있는 격리 구역으로 데려갔다 데려왔다.

사미 파샤는 처녀탑이 구호선인 쉬한단의 승객들을 아르카즈에서 떨어져 통제하기 위한 최적의 장소라는 결정을 내린 후 쉬한단을 맞이할 나룻배 십장 세이트를 불러 그가 무엇을 해야 하는지에 대해 길고 상세한 지시를 내렸다.

구호선 쉬한단은 여섯 시간 늦게 도착했다. 그 이유를 국제적 음모의 결과라고 암시하거나 심지어 대놓고 말할 만큼 의심 많은 역사학자들이 있다. 하지만 이 오래된 배는 로도스섬 근해에서 폭풍을 만났고 낡은 모터들 중 하나가 고장 나 급격히 속력이 줄었다. 유카르 투룬츨라르와 코푼야 같은 언덕 마을에서 배가 처음 눈에 보이자 사람들이 항구로 모여들어 기다리기 시작했다. 한 시간이 채 안 되어 부두를 따라, 특히 하미디예 다리, 마제스틱 호텔, 그리고 세관 건물 주위에 호기심 많고 희망에 부푼 사람들이 꽉 들어찼다. 와을라와 투룬츨라르에서 온 몇몇 노인들은 파디샤가 드디어 이스탄불에서 도움의 손길을 보냈다고 기뻐했다. 하지만 이들은 무슨 일을 당하든 "파디샤 만세!"라고 외칠 만큼 순진한 사람들이었다. 모든 일은 당국의 무관심, 무능, 그리고 대중을 무시한 결과였기 때문에 방역 조치가 그러했듯이 이 구호선에 대해 기대가 크지 않았다. 일부 분노한 사람들은 도움을 구하거나 페스트에서 벗어날 희망을 찾기 위해서가 아니라 정반대로 "왜 이제 왔소!"라고 고함치기 위해 부두에 왔다. 사미 파샤는 수하의 모든 경찰력을 부두로 보냈다. 콜아아스의 명령으로 방역 부대 병사들 열여섯 명이 함디 바바의 지휘하에 나룻배들이 묶여 있는 부두에 자리를 잡았다.

구호선 쉬한단은 아랍 등대 근해에 다다르자 옛날 행복하고 아름다운 시절의 정기선들처럼 뱃고동을 울렸다. 가늘고 슬픈 뱃고동 소리가 주도 주변의 바위산에서 두 번 메아리쳤다. 세관 앞에서 이 순간을 기다렸고, 무엇을 해야 할지 총독으로부터 들은 십장 세이트는 나룻배를 타고 출발했다. 부두에 모인 인파가 파도에 흔들거리며 쉬한단을 향해 다가가는 나룻배를 호기심에 가득 차 바라보았다. 나룻배에는 방역부장 니코스, 젊은 의사 필리포스, 네 명의 방역군, 그리고 등에 리졸이 가득 든 양철통을 짊어진 방역관들이 타고 있었다.

비록 안전한 이스탄불과 이즈미르에서 왔고 노란 깃발을 달지 않았지만 쉬한단의 이탈리아인 선장 레오나르도는 나룻배에 탄 사람들을 정중하게 대했다. 그는 섬 전체에 퍼진 전염병의 규모와 매일 스무 명이 넘는 사람이 죽고 있다는 사실을 알았다. 그는 의사들과 리졸 방역관이 배에 올라타는 것을 허락했다.

하지만 새 총독 이브라힘 하크 파샤는 불안해했다. 그는 선실로 찾아온 방역부장 니코스에게 "카이저 빌헬름도 격리되는데 우리가 불평하다니 당연히 적절하지 않지요!" 하고는 계속하여 고매하신 폐하께서는 이 격리 절차가 총독 부임을 지연시키는 변명이 되는 것을 원하지 않는다고 말했다.(자신이 임명한 주지사와 대사들이 발령지로 가기 전에 꼭 만나는 것이 파디샤의 관례였다.) 배에 오른 사람들은 새 총독이 배와 함께 도착했다는 것을 곧 알게 되었다. 처녀탑에 격리될지언정 이제 모든 권한은 새 총독에게 있음을 인정하고 그에 따라 행동하는 것이 적절했지만 그런 일은 일어나지 않았다.

나룻배에서 사람들이 구호선으로 오르자 부두에서 지켜보던 사람들은 쉬한단에서 무슨 일이나 논쟁이 일어났다는 것을 감지했다. 새 총독 이브라힘 하크 파샤는 선실에서 나오지 않았고, 당연히 격리 수용을 거부했다. 음모론에 관심이 많은 역사학자들의 말에 따르면 그는 최근 이스탄불에서 명령이 내려왔을 때 섬 전신국에서 발생한 고장과 총독의 무능에 대해 들었지만 '뭔가 더 불길한 음모'가 있다고는 예상하지 못했다. 그사이 리졸 방역관들이 구호선 소독을 시작했다. 갑판은 트인 데다 바람이 불었지만 선실의 닫힌 문들 뒤에 리졸을 분사해야 할 곳이 많았다.

니코스는 쉬한단이 데려온 젊은이들 중 한 명이 병에 걸렸다는 진단을 내렸다. 나중에 알게 될 테지만 할아버지가 민게르 출신이어서 이 임무에 지원한 왕립 의학교 1학년 학생 야니 하지페트루는 사실 디프테리아였다. 하지만 일부 환자들은 사타구니에 가래톳이 생겼음에도 열이 나지 않고 회복했고, 어떤 환자들은 다리 사이나 겨드랑이에 가래톳이 생기지 않았는데 갑자기 열이 나며 이틀 만에 사망하는 것으로 알려졌다. 야니 하지페트루는 이렇게 페스트로 '진단'되었으며, 이는 쉬한단 승객들을 닷새간 격리하는 두 번째 핑계가 되었다.

신임 총독은 선실을 막돼먹게 소독하는 병사들이나 방역부장과 논쟁하지 않았다. 그의 보좌관인 하디가 지극히 솔직하게 쓴 회고록 『섬에서 모국으로』에서 신임 총독 이브라힘 하크 파샤가 그 소란한 와중에 유일하게 했던 생각은 짐 가방과 궤짝들을 빠짐없이 구호선에서 나룻배로 내리는 것이었다고 고백한다. 마베인에서 보낸 전보가 잘못 통보한 바에 따르면 전임 총독 사미 파샤는 섬을 떠나 알레포로 향하는 길이었다.

지원자들, 다시 말해 민게르에 뿌리를 둔 세 명의 룸 의사, 이스탄불이 발령을 내 별수 없이 오게 된 왕립 의학교를 갓 졸업한 두 명의 젊은 무슬림 의사, 그리고 호기심 많고 모험을 좋아하는 몇몇 다른 사람들은 쉬한단의 줄사다리를 타고 파도 때문에 오르락내리락하는 나룻배로 뛰어내렸다. 여행 내내 끔찍한 페스트와 싸우러 가는 것이 아니라 휴가를 가는 양 큰 소리로 웃고 농담하던 지원자들은 리졸 냄새와 방역 부대 병사들의 거친 면모를 보고는 배에서 내릴 때부터 입을 꼭 다물었고, 심지어 주눅이 들었다.(민게르에 뿌리를 둔 젊은 룸 의사 세 명 중 두 명과 나룻배에 탄 무슬림 의사 한 명은 전염병으로 한 달이 못 되어 사망한다.)

신임 총독은 가방과 궤짝들을 모두 실었는지 확인한 후 나룻배에 탔다. 세이트의 사공들이 항구가 아닌 정반대 방향의 처녀탑을 향해 나룻배를 저어 가자 신임 총독 이브라힘 하크 파샤는 자리에서 일어나 항의했다. 만약 도우러 온 사람들을 격리할 필요가 있다면 항구의 세관 건물 옆이나 도시의 한곳에서 머물면 되지 않느냐는 것이었다. 방역부장 니코스 베이는 아르카즈가 '위험'하다는 점을 상기시키며 겁을 주었다. 일부는 신임 총독이 나룻배를 타고 시내로 갈 것이라고 믿었기 때문에 이런 역사적인 순간에 처녀탑에 닷새간 격리될 줄 알았더라면 전보로 이스탄불에 물었어야 한다고 쓴 바 있다. 이 모든 사건을 영국과 서방, 혹은 그리스가 꾸민 음모로 보는 사람들도 있다. 민게르섬의 자르도스트시에서 오래전에 무타사르프직을 수행한 신임 총독이 페스트를 지나치게 두려워했다고 말한 사람들도 일리가 있다.

이 모든 지나친 해석이 그날 있었던 일들을 우리 눈앞에 떠올리는 데 얼마나 유용한지는 말하기 힘들다. 다만 참석할 의도가 없는 사람들을 포함해 꽤 많은 사람이 셰이크 함둘라흐의 금요 설교와 그 후 주 청사 발코니에서 진행될 모임을 기다렸다는 것은 주저 없이 말할 수 있다.

48장

수백 년 동안 민게르의 소푸 사임 파샤 사원과 쾨르 메흐메트 파샤 사원에서 진행된 금요 설교는 이스탄불이 승인한 설교자들이 행했다. 하지만 역사적이고 특별한 상황에서는 큰 종파의 테케 셰이크들이 예니 사원에서 설교하는 것도 허락되었고, 힘든 시기에는 많은 사람이 유명한 셰이크들의 설교를 듣기 위해 사원에 꽉꽉 들어차기도 했다. 아랍어로 읽는 기도를 일상적인 언어로 대중에게 전달하고 조언하는 이들 셰이크 중 일부는 이야기를 하고 신자들을 겁주거나 울리는 데에 얼마나 능란했던지 크고 중요한 사원에서 설교하도록 이스탄불로 초청되었고, 그 덕분에 역사 속 민게르 위인 목록에 포함되기도 했다.

셰이크 함둘라흐는 아르카즈의 사원에서 오래전에 딱 두 번 설교를 했다. 믿음, 육체의 유혹에 저항하는 법, 악마의 덫 같은 익숙한 주제들이었다. 셰이크는 섬에서 일어난 일들에 대해 새로운 어떤 것도 말하지 않았을 뿐 아니라 암시하지도 않았다. 그러니까 셰이크 함둘라흐의 과거 설교들은 신학적이었고, 무슬림의 일상적인 고민과 두려움을 다루지 않아 그다지 흔적을 남기지 않았다. 그사이 지난 십이 년 동안 셰이크는 섬에서 명성이 높아졌지만 와크프 관리부와 이스탄불의 승인이 필요한 설교단 일에 관여하기를 꺼려 다시는 설교를 하지 않았다. 이러한 이유로 단지 신실한 무슬림들만 아니라 영사들과 기독교 공동체 지도자들도 그가 페스트 문제에 대해 어떻게 설교를 진행할지 호기심을 갖고 기다렸다.

사미 파샤는 셰이크를 멀리서 감시하라고 지시했다. 셰이크가 설교를 마친 후 어떤 핑계를 대고 주 청사 모임에 참석하지 않을 수도 있으며, 이는 의도했던 것과 반대로 방역에 대항하는 시위로 변질될지 모른다고 생각했다.

목요일에 가장 결연하고 가장 화가 난 주인공은 라미즈였다. 라미즈는 이스탄불에서 온 전보 덕분에 석방된 후 북쪽 치프텔레르와 네빌레르 마을로 갔다. 페스트를 피해 아르카즈에서 도망친 사람들과의 분쟁과 약사 니키포로의 큰아들을 위협해 돈을 갈취한 것에 대해서는 우리 책에서 길게 설명하지 않겠다. 하지만 마리카가 사미 파샤에게 했던 경고는 옳았다. 일주일 전 라미즈는 치프텔레르와 네빌레르 마을에서 모은 일곱 명, 즉 새로 꾸린 패거리와 함께 아르카즈로 잠입했다. 이들은 쥐를 쏜다는 핑계로 사냥총과 칼을 소지하고 있었다. 라미즈는 신임 총독이 자리에 앉아 수비대와 아랍 대대를 지휘하기 시작하고 나서야 열강들이 전함을 철수할 거라고 여기저기 사람들에게 말하고 다녔다.

관이 모자라서 이제는 시신 대부분을 관 없이 묻었다. 모든 가족이 죽거나 도망쳐 주인 없이 남은 시신들을 염하는 일 역시 메지드와 하디드가 그만둔 후 그 자리를 대신했던 분노에 찬 크레타인과 그다음에 온 마을 사람들마저 도망치면서 문제가 커졌다. 두려워서 직장에 오지 않는 직원들이 늘수록 사미 파샤의 부하들이 도시에서 라미즈를 추적하기도 어려워졌다.

목요일 밤 라미즈는 프랑스 영사 안돈 함푸리의 비호를 받는 사공 라자르 에펜디의 배를 타고 비밀리에 처녀탑이 있는 작은 섬을 향했다. 라미즈는 아르카즈에서 합류한 세 명을 포함해 무장한 열 명과 함께 움직였다. 라미즈와 심복들은 나무로 대충 만든 부두로 조용히 올라갔다. 하지만 바위섬의 경계 임무를 누구보다도 잘 수행하고 있는 사납게 날뛰는 개 두 마리의 공격을 받았고, 결국 보초들이 왔다. 침입자들은 무기를 내보이며 오늘 밤 신임 총독을 납치하려고 하는 패거리에 맞서 조치를 하기 위해 사미 파샤와 의사 니코스의 승인을 받고 왔노라고 말한 후 보초들의 무기를 빼앗고 그들을 묶었다.

라미즈가 신임 총독 이브라힘 하크 파샤를 설득하는 일은 더욱 힘들었다. 보좌관 하디가 나중에 회고록 『섬에서 모국으로』에서 유쾌한 언어로 쓴 바와 같이 신임 총독 이브라힘 하크 파샤는 자신을 왕위에 올릴 모험가 반란자들이 두려워 하렘에 숨은 후계자 왕자처럼 라미즈와 심복들을 대했다.(압뒬아지즈를 폐위시킨 반란이 하루 앞당겨졌다는 것을 몰랐던 무라트 5세도 반란자들이 데리러 왔을 때 이런 공포에 휩싸였다.) 신임 총독 이브라힘 하크 파샤는 머물고 있던 격리실 문을 한동안 열지 않았다. 격리를 핑계로 처녀탑에 가두는 것이 적절하지 않다고 여겼기 때문에 안 그래도 모든 것을 의심했고, 어떤 음모가 있다고 생각했다. 그는 작은 나강 권총을 가방에서 꺼내 총알을 장전했다.

그러나 자정이 지났을 때 신임 총독은 라미즈와 그 패거리가 처녀탑을 장악했으며, 도시에서 아무도 도와주러 오지 않을 거라는, 다시 말해 라미즈의 포로가 되었다는 것을 알고 나강을 손에 들고 방에서 나왔다. 라미즈는 그가 진정한 총독이며 누구보다도 무기를 소지할 권리가 있다고 진심 어린 흥분에 맹세하고는 총독을 처녀탑 입구에 있는 큰 방으로 안내했다. 라미즈의 지시하에 신임 총독을 따라 이스탄불에서 온 보좌관 하디 베이와 비서, 그리고 지원자들과 다른 사람들도 이 넓은 방으로 모였다. 인내심 없는 지원자들은 이스탄불에서 섬의 전염병과 싸우기 위해 먼 길을 와 이곳에 격리된 터무니없는 상황에 분노했다. 그리고 대부분이 밤의 어둠 속에 처녀탑에서 도시로 이송하기 위해 그들을 이곳으로 데려온 게 틀림없다고 생각하던 중 라미즈가 가스등을 모두 밝히고 모든 사람이 서로를 보았는지 확인한 후 신임 총독 이브라힘 하크 파샤 앞에 몸을 조아리고 급히 왕위에 올린 새 파디샤에게 충성을 맹세하듯 그의 손등에 입을 맞추었다. 라미즈와 부하들은 파디샤의 명령에 따라 이브라힘 하크 파샤를 민게르의 새 총독으로 인정하며 다음 날 그를 총독 집무실까지 호위하겠다고 선언했다.

이브라힘 하크 파샤의 보좌관 하디는 회고록에서 파샤가 이 건달들을 믿지 않았지만 범법자 라미즈의 화를 돋우지 않기 위해 따르는 척했다고 분명하게 쓰고 있다. 파샤의 의도는 한시라도 빨리 도망쳐 지금 알았듯이 아직 섬에 있는 전임 총독 사미 파샤를 만나 함께 상황을 검토하는 것이었다.

라미즈는 처녀탑 습격이 성공적으로 끝나 기뻤다. 금요일 아침 동이 틀 때 십장의 나룻배로 신임 총독과 수행원은 에스키[77] 타쉬 부두를 통해 도시에 도착했다. 날이 밝을 무렵 바다로 나간 룸 어부들은 항상 낭만적이고 비밀스러운 모습의 처녀탑에서 도시로 천천히 들어가는 십장 라자르의 나룻배를 보고는 격리된 섬에서 또 시체들이 왔다고 생각하며 슬퍼했다. 전염병은 누그러들지 않았고 격리 조치는 효과가 없었으며 격리된 건강한 사람들조차 감금된 곳에서 병에 걸리고 있었다.

77 '오래된, 옛'이라는 의미.

많은 짐을 에스키 타쉬 부두에 부려 놓고 나룻배는 조용히 세관 앞의 늘 있던 자리로 돌아갔다. 사미 파샤의 정보원들은 벌써 나룻배를 알아챘지만 그들이 옛 타쉬 부두에 도착했을 즈음 라미즈와 신임 총독의 수행원들은 이미 와을라 마을로 들어갔다. 필요하다면 이들은 사미 파샤의 정보원과 야경꾼, 그리고 그들을 막아설지 모르는 경비병들을 제압할 수 있었다. 그러나 그들은 누구와 충돌하거나 누구에게 들키지 않고 골목길로 사라졌다.

49장

셰이크 함둘라흐는 목요일 저녁을 이스탄불 페스트 발생 시기에 증조부와 조부가 참고한 책과 소책자들을 읽으며 보냈다. 이 문헌들은 전조의 해석, 압자드[78] 수 체계의 예언적 힘, 후루피주의라는 문자주의 수피 교리에 집대성된 알파벳의 신비한 속성을 통해 전염병의 미스터리를 풀고자 했다. 구십 년 전 이스탄불에서 창궐한 페스트가 너무나 끔찍해서 신실한 무슬림은 세상을 등졌고 신비로운 징조, 기도문, 부적 이외에 다른 구원의 희망이 없는 상황에 이르렀다. 예전부터 신비로운 학문과 문자의 비밀에 관심을 기울였기 때문에 셰이크 함둘라흐의 선조들은 이 오래된 문헌들에서 위안을 얻었다. 심지어 이중적인 의미와 암시로 가득한 글들을 쓰기까지 했다. 하지만 셰이크 함둘라흐는 모든 사람이 세균과 리졸에 대해 말하는 새로운 시대에 이 소책자들은 어떤 해결책도 되지 못하리라는 것을 알았다. 그 문헌들에는 방역에 대한 조언이나 치

78 전통적인 계산 체계는 아랍어 알파벳의 각 문자에 상당하는 숫자에 바탕을 두었다. 각각의 숫자를 나타내는 문자들은 사각형의 도표로 배열하면 그보다 더 큰 사각형을 이룬다. 그다음 문자들은 특정 연산 과정, 즉 곱셈 또는 나눗셈의 연산법에 따라 도표의 이 사각형에서 저 사각형으로 이항된다. 이 사각형은 또한 문자들이 모여 숫자로 되지만 단어가 되기 때문에 점치는 데도 사용된다.

료제에 대한 언급이 없었다.

셰이크 함둘라흐는 금요 정오 기도를 올린 후 시간이 되어 설교 단상에 올라갔을 때 슬픔에 가득 찬 수많은 인파가 내면을 향한 종교적 논리의 섬세함에는 관심이 없으며 모든 사람이 애도하고 눈물을 흘리고 신의 이름을 부르며 위안을 구하고 있는 것을 바로 알았다. 열두 계단을 올라 단상에 도달하자 이제 자신이 아래에 모인 안절부절못하고 고통받고 겁먹은 사람들보다 훨씬 높은 위치에 있는 느낌이었다. 하지만 셰이크는 마음을 열고 싶어 하는 사람이나 고통받는 사람이나 제자들과 이야기를 나눌 때 그들의 눈을 가까이에서 바라보는 것을 좋아했다. 이는 셰이크가 자아를 잊고 상대방의 자아에 이르도록 해 주었다. 셰이크는 단상에 서 있는 내내 군중이 무엇보다 그에게 원하는 것은 이성이 아닌 새로운 분위기와 새로운 영혼 상태라고 느꼈다. 두려움과 죽음에 대항할 치료제를 기대한다는 것도 직관적으로 알게 되었다. 테케에서는 이를 생각하지 못했다. 운명에서 도망칠 수 없다고 말하든 방역이 『코란』의 명령이라고 주장하든 신도들에게는 별 소용이 없을 것이다. 어쩔 줄 몰라 하는 겁먹은 신도들은 세부적인 것을 이해할 만큼 침착한 상태가 아니었다. 전능하신 신이라고 말할 때, 신이 얼마나 숭고하고 자비로운지에 대해 말할 때 셰이크에게 주목했고, 신의 이름을 언급할 때 순간적으로 그들의 얼굴은 깨달음과 위로의 빛으로 밝아졌다. 셰이크는 방역과 운명을 예측하는 대신 신도들과 함께 기도하는 편이 더 적절하다는 것을 곧 깨달았다.

그는 본능에 따라 선언했다. "랍베나 윌라 투함밀나 마 라 타카테 레나 비흐!" 「바카라」 장에 있는 구절이었다. "하나님, 우리가 견딜 수 없는 짐을 우리에게 짊어지게 하지 마십시오!"라고 셰이크는 간결한 튀르크어로 번역했다. 그런 다음 인내에 관해 마음에서 우러난 말을 덧붙였다. "견딜 수 있는 유일한 방법은 신에게 의지하는 것입니다. 모든 것은 '그'의 뜻에 따라 이루어지기 때문에 믿는 사람들은 신에게 의지하는 것밖에 다른 위안이 없습니다." 그는 어떤 주제를 끝맺음하고 머릿속 혼란을 정리하듯 자신감 넘치는 태도로 말했다. 군중은 그가 한 말에 깊은 의미가 담겨 있다고 확신했지만 모두들 너무나 불안하고 지쳐 있었다.

셰이크 함둘라흐는 그의 진심 어린 말을 주의 깊게 듣는 턱수염을 기른 지쳐 보이는 남자들 대부분을 알고 있었다. 전염병 초기에 사원 뜰에서, 무살라 돌[79] 앞에서, 그리고 매장할 자리를 찾고 있을 때 그들과 마주친 적이 있다. 그 시절 그는 이 집에서 저 집으로, 장례식에서 장례식으로 뛰어다녔다. 지금 그에게서 위로를 기대하는 밤색 머리의 남자는 아내와 두 딸이 죽은 뒤에 정신을 놓는 대신 매우 위엄 있게 행동했다. 편자공인 르자는 이웃들이 죽을 때마다 자신도 죽는 것 같았다. 저 크레타 이주민 청년은 다른 사람의 죽음에 익숙해졌는데도 자신의 죽음을 생각조차 못 하고 오늘 금요 예배에 참석했지만 사실 모든 것에서 도망치고 있었다. 그러나 어쩌면 이러한 사례들은 이례적일지 모른다. 이날 사원을 꽉 채운 300명 대부분은 다른 모든 사람처럼 되기 위해, 신과 가까워지고, 홀로 남지 않고, 두려워하는 다른 사람들과 함께 있기 위해 왔다. 곧 설교는 자연스럽게 방역에 대항하는 테케, 호자, 셰이크를 비호하는 분위기로 바뀌었다.

셰이크 함둘라흐는 칩거에 들어가기 전 전염병이 시작된 초기에 많은 집에 불려 가서 질병의 막을 수 없는 위력 앞에 망연자실하며 신앙을 의심하기 시작한 많은 사람에게 누군가는 계속 살아

79 장례 기도를 드릴 때 관을 올려놓는 약간 높은 평평한 돌.

야 할 이유라고 말할 위안을 제공했다. 또한 시체를 씻기고 매상하는 자리에도 참석해 비통함에 반쯤 미친 유족들에게 조언과 위로의 말을 건넸다. 이 집에서 저 집으로, 뜰에서 묘지로, 관 상점에서 사원 뜰로 방문을 계속하며 보내던 시기에 열려 있고 정직한 이 사람들과 매우 가까워졌다. 셰이크가 병에 걸렸다는 소식을 들었을 때 이들은 절망에 빠졌고, 이후 셰이크가 병을 이겨 냈으며 전염병독이 묻은 화살이 그에게는 먹히지 않는다는 말을 들었을 때 이 사람들은 또 그 이야기를 믿었다. 셰이크는 지금 그가 자기 힘의 비밀을 밝히거나 최소한 그들을 기도로 이끌어 이 특혜를 얻게 되기를 사람들이 기대하고 있다고 믿었다. 며칠 동안 죽음에 대한 공포와 장례의 슬픔을 나눈 사람들에게 진심으로 위안을 주고 싶었다.

물론 가장 큰 위안은 무슬림이 되어 무슬림으로 죽는 것이다. 셰이크는 신을 부정하는 사람들이 죽는 순간에 믿는 것으로는 충분하지 않고 지옥의 불길에서 어떻게 탈지를 상기시키려고 『코란』의 「니사」 장에 나오는 아랍어 문구들을 암송하고 그 의미를 알려주었다. 신이 산 자를 죽일 수 있듯이 죽은 자와 땅도 부활시킬 수 있다고 말했다. 그러니까 죽음을 두려워하는 사람들은 죽음 이후의 삶을 생각하며 두려움을 이겨 내야 한다. 죄인이라면 두려워하는 것은 당연하다. 하지만 그렇지 않다면 죽음을 두려워하는 것은 정신을 잃게 만든다. 셰이크는 말했다. “여러분이 그렇게까지 도망치고 두려워하는 죽음은 결국 여러분을 찾아 따라잡을 것입니다. 가장 견고한 성에 숨어도 당신을 찾을 것입니다.”

프랑스 영사가 나중에 지적했듯이 이는 ‘방역을 약화시키는’ 말이었다. 설교가 끝난 후 주 청사에서 진행될 모임을 기다리던 전임 총독 사미 파샤의 기대와 달리 셰이크는 기도문, 부적, 페스트에 맞서 꾸며 낸 기도들을 비판하는 어떤 말도 하지 않았다. 정반대로 꿈의 해석, 부엉이 날개에서 떨어진 그림자, 그리고 같은 날 밤하늘에서 떨어진 별들에 대해 이야기했다. 하지만 무살라 돌 앞에서 기다리는 것이 무엇을 의미하는지 설명할 때 사람들이 그를 가장 잘 이해한다고 느꼈다.

사람들이 장례식에서 장례식으로 뛰어다니며 지난 며칠을 보낸 마을들도 있었다. 아르카즈 사람들과 섬에 남은 사람들은 도망치지 않기로 한 것을 후회하고 있을까? 누구처럼 도망쳐 멀리 언덕, 마을, 동굴 속으로 숨지 않은 사람들은 경솔한 실수를 범한 것일까? 나룻배를 타고 물에 빠져 죽을 위험을 무릅쓰고 도망친 사람들과 사원에 와서 신에게 의지하는 사람들 중 누가 더 신의 위로를 받을 자격이 있는가?

신도들은 셰이크가 심오하고 의미심장하게 말하고 있으며 굉장히 지식이 많은 학자라고 생각했다. 그가 신에 대한 두려움과 페스트에 대한 두려움에 대해 언급할수록 호기심을 갖고 들으며 심지어 위안을 찾았다. 이러한 열의를 느낀 셰이크는 「요셉」 장에서 아랍어 구절을 암송하고 따라 하도록 했다. 그는 말했다. "하늘과 땅을 창조하시고 무에서 유를 창조하시는 하나님! 나를 무슬림으로 죽게 하시고 가장 신실한 종 가운데에 있게 하소서!"

"아멘!" 하는 소리로 자주 끊기던 긴 설교가 끝날 무렵 셰이크가 「안비야」 장에서 "모든 생명체는 죽음을 맛보게 될 것이다!"라는 구절을 언급하며 얼마나 열정적으로 말했던지 몇몇 사람들은 울기 시작했다. 그들은 죽어 가고 있었고, 안타깝게도 죽음에 맞서 하나가 되어 싸울 정신조차 없었다. 그래서 사원과 테케를 찾는다는 것을 셰이크는 그들의 눈을 통해 알 수 있었다. 최근에 방에서 칩거하며 이 고통 속에 몸부림치는 사람들에게 위안을 주지 못한 데에 대해 후회와 죄책감이 들었다.

설교가 길어질수록 셰이크는 이따금 말을 멈추고 정직 속에서 주의 깊게 사람들의 눈을 들여다보았다. 대부분 괴로워하고, 화나고, 지쳐 있었다. 하지만 아무 일 없는 그저 평범한 금요 설교인 양 평온한 마음으로 멍하니 바라보는 노인들, 이곳에서 무슨 일이 있는지 모른 채 모든 것에 놀란 듯 서 있는 사람들, 셰이크가 말할 때마다 고개를 끄덕이며 낙관적으로 동의하는 사람들도 있었다. "네, 정말 대단하지요, 그렇지 않습니까?"라고 말하듯이 셰이크도 계속해서 고개를 끄덕였다. 어떤 이들은 정적이 흐르는 동안 셰이크의 눈길을 피했다. 또한 셰이크는 사람들 사이에서 사미 파샤의 정보원들을 알아보았다. 그는 이미 이번 설교에 정치적인 측면이 있으리라는 것을 알았고, 처음부터 그 측면을 잊고 싶었다.

그사이 앞쪽에서 셰이크의 말을 극도로 흥분하여 듣고 있던 늙은 마부가 복받치는 감정 때문인지, 아니면 머리가 어지럽거나 혹은 아팠는지 그 자리에서 눕더니 곧 몸을 떨면서 신음하기 시작했다. 잠시 후 페스트로 인해 경련을 일으키는 남자에게 다른 신도들만 아니라 셰이크도 관심을 보일 수밖에 없었고, 그리하여 설교는 중단되었다.

노심초사하며 앉아 있던 군중이 갑자기 움직이기 시작했다. 어떤 이들은 이로써 설교가 끝났다고 여겼다. 자리에서 일어나 곧장 사라진 사람들이나 마부가 경련을 일으키며 신음하는 것을 알아채지 못한 사람들은 훼방꾼이 소동을 일으켰다고 생각했다. 사미 파샤와 영사들은 라미즈가 형의 설교에 나타나 소동을 일으킬 거라 예상했고, 실제로 사미 파샤는 예니 사원 주위와 사원 뜰 입구에 예방 조치를 취해 놓았다.

그러나 나쁜 의도를 가진 사람들의 선동이 아니라는 것이 곧 밝혀졌다. 대부분 사람들이 적어도 얼굴을 알고 좋아하는 다정한 늙은 마부가 병에 걸려 극심한 고통을 겪는 모습을 보자 모든 참석자가 의기소침해졌다. 빠른 속도로 진행된 이 사건을 분석한 몇몇 민게르 역사학자들은 셰이크 함둘라흐의 설교 마지막에 늙은 마부가 바닥에 쓰러져 몸부림치지 않았더라면 민게르의 역사는 어쩌면 다른 형태로 진행되었을 거라고 주장했다.

그렇다, 결국 이런 혹은 저런 이유로 셰이크의 설교 이후 흩어진 군중은 사미 파샤가 상상했던 것처럼 주 청사 광장 모임에 가지 않았다. 셰이크 함둘라흐도 그들을 그곳으로 안내하지 못했고, 설교할 때 주 청사 광장에서 열릴 중요한 행사에 대해 말조차 꺼내지 않았다. 조금 전 이슬람교 이외에 달리 의지할 데가 없으며, 애초에 의지할 곳이 없다고 말한 셰이크 함둘라흐는 삼십 분 뒤에 기독교 공동체 지도자인 신부들과 함께 모습을 드러내고 싶지 않았다. 그들이 내릴 사원과 교회 출입 금지 결정은 셰이크가 조금 전에 설파한 설교와 모순되었다. 사미 파샤와 약속을 했지만 셰이크는 주 청사로 이동할 수 없었고, 사미 파샤가 특별히 선발하여 지시를 내린 경호병들이 데리러 왔을 때 그는 모든 방역 조치를 위반하며 그의 손등에 입을 맞추는 추종자들과 시간을 보내고 있었다.

사미 파샤는 약속을 하고도 셰이크 함둘라흐가 주 청사 발코니에서 있을 모임에 오지 않기 위해 미루적거릴 거라고 예측했다. 게다가 사원과 주 청사 사이에서 길을 막는 사람이나 훼방꾼들이 있을지 모른다고 예상하여 조치를 했고, 마부 제케리야와 경비병 여섯 명에게 특별 임무를 지시했다. 셰이크 함둘라흐가 설교를 마치고 손등에 입맞춤을 받고 있는데 갑자기 이들이 나타나 팔짱을 끼더니 어렵지 않게 사원 옆문을 통해 뜰로 그를 데려가 보리수나무 아래에서 기다리던 철갑 마차에 태웠다. 사미 파샤는 만약 셰이크가 저항하면 억지로 끌어다 마차에 태우고 절대 사람들에게 넘기지 말라고 말했다. 하지만 그 순간이 닥쳤을 때 다른 사람들처럼 셰이크도 변장한 경호병들을 그의 측근이라고 생각했기 때문에 아무런 저항 없이, 누구와도 작별 인사를 나누지 않고서 서둘러 걸어가 기다리고 있는 철갑 랜도에 올랐다.

그날 아침 처녀탑에서 신임 총독과 보좌관과 비서를 빼돌린 라미즈와 심복들은 골목길을 지나 와을라 마을의 다 쓰러져 가는 집에 숨었다. 그들은 정오 기도 시간까지 그곳에서 머물렀다. 쾨르 메흐메트 파샤 사원의 그림자 아래에 있으면서 사관 중학교 교정이 보이는 폐허가 된 옛 오스만 제국 저택이었다. 사관 중학교 학생들은 불길하고 귀신이 나온다고 여겨지는 이곳을 비밀 모임을 위한 장소이자 포도주를 마시고 주먹싸움을 하기 위한 장소로 사용했다. 페스트 발병 시기에는 이 집에서 많은 쥐 사체가 나왔다. 게다가 최근 두 주 동안 두 구의 시신이 두 차례에 걸쳐 발견되었는데 정원에서 나는 악취 때문에 그 존재가 드러났다. 한 구는 아내와 어머니의 죽음 이후 미쳐서 장례식도 기다리지 않고 도망친 무슬림 남편이었다. 그는 얼마 가지 못하고 지금은 비어 있는 그 집 가까이에서 쓰러져 죽었다.

두 번째 시신은 플리즈보스에서 온 청년이었기 때문에 더 의심스러웠다. 부유한 플리즈보스 마을에 사는 룸이 죽기 위해 와을라에 올 리가 없으므로 두 공무원은 이 청년의 죽음을 의심스럽게 여겼지만 조사는 중단되었다. 방역 부대가 도시의 다른 많은 장소처럼 저택과 정원 출입을 금지했기 때문이다. 이것은 실제로 사람들이 존중하며 지키던 금지 사항들 중 하나였기 때문에 라미즈와 부하들은 이 무너져 가는 저택이 안전하다는 것을 알고 있었다.

모든 모험을 회고록에서 재미있게 묘사한 보좌관 하디는 라미즈의 동기는 순전히 사랑과 복수이며, 이 일의 배후에서 더 심오한 이유를 찾는 것은 무의미하다고 전한다. 라미즈는 약혼녀를 빼앗아 간 콜아아스와 그를 도운 전임 총독 사미 파샤에게 복수하는 가장 좋은 방법은 신임 총독이 지체 없이 직무를 시작하도록 돕는 것이라고 생각했다. 정오 기도 시간 이후 삼십 분이 지나 주 청사 발코니에서 섬의 유지들이 대중에게 연설할 때 신임 총독도 그곳에 있어야만 했다. 나중에 법정에서 라미즈는 이 계획이 영사들이나 형 혹은 누구의 것도 아닌 자신의 생각이었다고 여러 번 반복해서 말했다.

사실 라미즈의 머릿속이 얼마나 복잡했는지에 대해서는 종종 라미즈에게 정보를 전달하고 한때 정보국장과 사미 파샤에게 충성했던 주 청사 관리인 누스레트가 가장 잘 증언할 수 있었지만 누스레트는 그날 사망한다. 라미즈는 주위에서 일어나는 일들에 대한 정보도 치프텔레르 마을 출신이자 주 청사에서 관리인으로 일하는 누스레트에게서 받았다. 사실 누스레트는 그렇게 한동안 이중 첩자 노릇을 했다. 한편으로는 사미 파샤에게 룸을 공격한 무슬림 게릴라 중 일부를(전부가 아니라 그가 증오하던 사람들을) 고발했고, 심지어 룸 게릴라에 대해서도 중요한 정보를 전달했다.

셰이크 함둘라흐의 설교가 시작되기 직전에 마차 한 대가 라미즈의 부하들 절반을 싣고 주 청사로 데려갔다. 누스레트는 그들을 주 청사에 새로 파견된 팀으로 위장했다. 이 첫 팀은 일단 주 청사 주방 맞은편의 장작을 보관하는 헛간에 숨었다.

삼십 분이 지나 이번에는 같은 마차가 라미즈, 신임 총독, 그리고 다른 세 명을 정문에서 가까운 옆문에 내려놓았다. 라미즈와 신임 총독, 손에 든 무기를 감추지 않은 부하들은 아무런 어려움 없이 안으로 들어갔다. 누스레트가 주 청사 옆문에서 그들을 맞이하고 긴 복도와 뒤쪽 계단을 통해 위층으로 안내했다.

셰이크 함둘라흐가 설교를 막 시작하려고 할 때 누스레트는 라미즈와 신임 총독 일행을 데리고 뒤쪽 계단을 올라가 그날 손님들을 위해 준비한 대회의실 옆방을 가로질러 아무에게도 들키지 않고 조용히 우리가 이따금 전염병 상황실이라고 부르던 지도가 있는 방에 그들을 들여보낸 다음 문을 잠갔다. 사미 파샤와 모든 정보원이 예니 사원 주변을 경계하는 데 집중하고 있었기 때문에 주청사에서 일어나는 일에는 아무도 주의를 기울이지 않았다. 하지만 나중에 이런 허술한 태세는 일종의 공모로 비칠 터였다.

셰이크 함둘라흐의 설교가 여전히 진행되고 있는 동안 사미 파샤가 발코니 행사에 초대한 영사와 신문 기자들, 그 밖의 손님들이 도착하기 시작했다. 사람들은 서로에게 다가가지 않고 멀리서 인사를 나누었다. 여느 때처럼 영사들은 자기네끼리 모였다. 기자들과 다른 호기심 많은 사람들은 한쪽 구석으로 물러나 어슬렁거리며 사미 파샤가 고집을 부려 요청했고 별 의미가 없다고 생각한 이 모임이 가능한 한 빨리 사고 없이 시작해서 끝나기를 인내심을 가지고 기다렸다.

50장

이 장을 민게르 역사학자들이 많이 묻는 질문으로 시작하려 한다. 그날 아침 콜아아스는 결국 오스만 제국에 대한 도전이 될 이러한 역사적인 일에 착수할 때 왜 사 년 전 그리스 전쟁에서 받은 메달과 3등급 메지디예 훈장을 오스만 제국 장교복 가슴에 달았을까? 섬 역사학자들이 도무지 대답을 하지 못한 이 질문에 지금 답을 하고자 한다. 콜아아스와 사미 파샤는 그날 일어날 사건의 규모와 궁극적인 결과에 대해 전혀 가늠하지 못했다. 이들은 신임 총독이 처녀탑 격리소에서 빠져나왔다는 소식을 들었고, 라미즈에게 화가 나 있었다. 콜아아스는 미친 듯이 사랑하는 아내의 옛 약혼자가 주 청사를 습격하고 방역 노력과 사미 파샤가 중요하게 생각한 모임을 방해할지 모른다는 예감이 들었다. 당연히 오스만 제국 훈장이 군복과 마찬가지로 그 의욕을 꺾을 거라고 생각했다.

아침에 스플렌디드 호텔 방에서 제이넵은 남편이 메달과 훈장을 달아서만이 아니라 그의 태도 때문에 조금 겁이 난다고 솔직하게 말했다.

"걱정 말아요. 우리는 살아서 이곳을 나갈 거니까." 콜아아스는 말했다. 그리고 나강 권총을 보여 주며 덧붙였다. "이 섬사람들도 안전할 거요, 믿어요!" 하지만 제이넵은 어쩐 일인지 권총에는 관심이 없어 보였다. 마치 싸움이나 무기가 아니라 더 형이상학적이고 정신적인 무언가를 두려워하는 듯했다.

사미 파샤의 명령에 따라 셰이크 함둘라흐를 마차에 태우고 병사 한 명이 주 청사와 스플렌디드 호텔을 향해 하얀 깃발을 흔들어 신호를 보내자 철갑 랜도가 대로를 피해 비탈진 골목길을 따라 주 청사로 출발했다. 그는 도망자이자 무장을 한 라미즈가 매 순간 훼방을 놓을 것으로 예상했으며, 길을 가로막고 마차를 가로챈 후 형 옆에 앉아 혼란을 일으키거나 납치할 수도 있다고 우려했다. 랜도가 도중에 스플렌디드 팔라스에 들러 콜아아스를 태우면 셰이크 함둘라흐는 상황의 심각성을 파악하고 건방지게 행동하지 않을 것이다.

콜아아스는 흰 깃발을 보고 아내를 껴안았다. 제이넵은 남편에게 라미즈가 나쁜 짓을 할까 두려우니 조심해야 한다고 말했다. 그들을 서로를 꼭 안았다.

콜아아스는 텅 빈 호텔 계단을 천천히 내려갔다. 로비에는 라미즈의 습격을 대비해 무장한 방역 부대 군인 네 명이 보초를 서고 있었다. 금박 테두리를 두른 커다란 거울에 비친 자기 모습을 흘낏 바라보고는 병사들 중 한 명으로부터 치테 마을에서 방역을 어렵게 하는 두 무슬림 가족의 싸움에 대한 보고를 들은 뒤 밖으로 나왔을 때 철갑 랜도가 호텔로 접근하고 있었다. 경호병들이 가득 탄 마차 한 대가 그 뒤를 따랐다.

지치고 땀에 흠뻑 젖은 말들이 끄는 철갑 랜도가 호텔 앞에 멈추자 셰이크 함둘라흐가 가장 신임하는 고깔 모양의 펠트 모자를 쓴 데르비시 니메툴라흐 에펜디가 함께 앉아 있는 것이 보였다. 우리 독자들에게 할리피예 테케의 지도자들 중 한 명인 니메툴라흐 에펜디가 존재감 없고 소박한 모습과 반대로, 혹은 어쩌면 그 덕분에 섬 역사에서 중요한 자리에 앉게 된다는 것을 말하고자 한다.

셰이크 함둘라흐는 방역 부대의 지휘관이 랜도에 탈 줄은 몰랐다. 의붓동생의 약혼자를 빼앗아 가고, 그 휘하의 방역 부대가 테케 사람들을 거칠게 대했으며, 사방에 리졸을 분사하게 했던 콜아아스에게 물론 좋은 감정일 리 없었다. 하지만 메달을 단 장교복 차림에 무장을 한 단호한 모습을 보자 자신을 흠모하는 새 제자와 만난 듯 미소를 지었다.

"당신이 영웅이라는 것은 알고 있었습니다. 그런데 이렇게 젊은지는 몰랐다오. 메달이 아주 잘 어울리는군요!"

콜아아스는 셰이크와 니메툴라흐 에펜디의 맞은편에 앉았다. 잠시 후 겸손하게 몸을 굽혀 감사의 말을 전했다.

"고매하신 셰이크 에펜디께서는 아주 훌륭한 설교를 하셨습니다!" 니메툴라흐 에펜디는 말했다. "신도들은 울었고, 위안을 받았으며, 에펜디의 손등에 입을 맞출 때까지 놓아주지 않았답니다." 그리고 잠시 정적이 흐르자 덧붙였다. "고매하신 셰이크의 설교 덕분에 신도들은 방역 규칙 준수가 필요하다는 것도 이해했답니다."

주의 깊은 독자들은 이 말이 잘못되었다는 것을 알 것이다. 하지만 콜아아스는 설교를 듣지 않았다.

마부 제케리야가 조심스럽게 천천히 모는 마차가 텅 빈 골목과 비탈길을 지나 하미디예 광장으로 올라갈 때 뜰에서 조문객들과 바닥에 앉아 포도를 먹는 남자아이와 울고 있는 동생을 보고 모두 움찔했다. 콜아아스는 칠팔 분 정도 걸릴 이 짧은 마차 여행에서 셰이크에게 하고자 결심했던 말을 할 적당한 때라고 느꼈다.

"셰이크 에펜디, 섬 전체가 당신을 정말 존경하고 있으니 처음부터 의사와 방역 관계자들에게 전폭적인 지지를 보내셨더라면 이렇게 많은 죽음, 이렇게 많은 슬픔과 고통은 없었을 겁니다."

"우리는 신과 예언자의 종입니다. 먼저 신께서 명하는 것을 하지요. '질병은 오로지 의사들만이 알아.' 하며 우리 종교, 믿음, 과거로부터 등을 돌릴 수는 없습니다."

"우리 모두 신의 종입니다. 하지만 민족의 믿음과 역사가 민족의 삶과 미래보다 더 중요합니까?"

"종교, 믿음, 역사가 없는 민족은 삶도 미래도 없습니다. 그런데 이 섬에서 민족이란 누구를 가리키나요?"

"모든 섬사람이지요. 이 주에 사는 사람들 말입니다."

마차가 하미디예 다리 위를 지나는 동안 바퀴에서 색다른 소리가 나자 모두들 기다렸다는 듯이 입을 다물고 창밖을 내다보았다. 오른쪽에는 성곽의 연분홍빛 벽과 항구의 푸른빛이, 왼쪽에는 줄지어 선 소나무와 야자수들, 그리고 에스키 다리가 나타났다.

그러다 사미 파샤가 하미디예 대로를 따라 드문드문 세워 둔 경찰들을 보았다. 수많은 포스터를 붙이고, 이 행사를 위해 신문에 특별히 공고문을 게재하고, 공무원들이 권고를 했음에도 도시의 가장 큰 대로에는 기대했던 인파가 보이지 않았다. "사람들이 더 올 겁니다!" 모든 사람이 같은 생각을 하고 있다는 것을 알고 니메툴라흐 에펜디가 말했다. "신도들이 이제 막 사원을 나서고 있으니까요." 그는 머리를 창밖으로 내밀고 뒤를 바라보았다. 하지만 철갑 마차를 따라오는 경호병들이 탄 마차뿐이고 행사에 오는 사람들은 보이지 않았다. 사람들은 우체국 문 앞에서 방역 부대와 경찰들을 보는 데에 익숙했다. 주 청사 광장도 경계 태세가 엄중했다. 이곳에는 여행사 직원, 가게 주인, 그리고 사미 파샤의 명령으로 온 공무원들로 구성된 작은 인파가 있었다. 창문 사이로 상황을 살피던 사미 파샤는 그들이 광장 한가운데에 있기를 바랐지만 사람들 대부분이 가장

자리에 늘어선 아몬드나무와 야자나무 그늘에서 기다렸다.

철갑 마차가 광장에 들어와 문으로 다가가자 모든 시선이 집중되었다. 땀으로 범벅이 된 말들이 멈추기도 전에 한 무리의 경비병, 경찰, 사무관이 마차 주위에 모여들었다. 문지기가 노련하게 놓아 둔 발판을 밟고 셰이크가 마차에서 내려 손등에 입맞춤을 하려는 사람들 사이를 빠져나와 주 청사 문을 통해 안으로 들어가는 데에는 많은 시간이 소요되었다.

"세정을 해야 해!" 셰이크가 그늘로 들어서자마자 고깔 모양의 펠트 모자를 쓴 니메툴라흐 에펜디에게 말했다.

계단 앞에 서양인, 특히 영사들을 염두에 두고 설계한 수돗물이 흐르는 유럽식 화장실이 있었다. 셰이크가 그곳에서 다소 오랫동안, 우리의 추정에 따르면 십 분 동안 머문 사실이 일부 역사학자들에 의하면 역사의 흐름을 바꾸어 놓았기 때문에 이 문제에 관해 아주 부정확한 해석이나 도를 넘는 해석들이 여럿 나왔다.

이 모든 정치적 과장이 부적절하다는 것을 증명하기 위해 우리의 해석을 솔직하게 적고자 한다. 셰이크가 '세정소'에 가서 약간 오랜 머문 이유는 단지 호기심 때문이었다. 칠 년 전 새 주 청사 건물이 개장했을 때 집무실, 객실, 발코니가 유럽식이며 지나치게 현대적이라고 《하와디시 아르카타》를 포함하여 많은 신문에서 길게 언급되었다. 특히 섬의 무슬림 지식인들 사이에서는 테살로니키에 있는 스토호스 상점에서 가져온 변기가 무척 유럽적이라는 것이 서구화와 기독교인들의 부유함에 대한 맥락에서 많이 이야기된 적이 있었던 것이다.

51장

셰이크 함둘라흐가 세정소로 들어가자 콜아아스는 모든 사람이 아는 주 청사의 분홍빛이 도는 흰색 민게르석으로 덮인 넓은 계단을 올라갔다. 군복에 메달과 훈장을 달 때면 늘 경험하던 자부심과 쑥스러움을 느꼈으며 주의를 끌지 않으려고 애썼다. 하지만 그날 그 장소에서는 아무 소용이 없었다. 관리인과 사무관과 다른 모든 사람의 걱정과 두려움에 가득 찬 시선을 느끼며 계단을 올라가면서 그는 누구와도 눈이 마주치지 않기 위해 벽에 붙은(일부는 두 달이 된) 방역 포스터들을 마치 처음 보는 것처럼 살폈다.

그는 대회의실로 들어갔다. 방역 위원회가 소집될 때조차 커튼이 대부분 닫혀 있고 항상 침침했기 때문에 환하게 반짝이는 회의실을 보고는 잠시 방을 잘못 들어왔나 하는 생각이 들었다. 발코니 옆 살짝 비쳐 든 햇살 아래서 의사 누리가 프랑스 영사 안돈과(그 사람을 보면 짜증이 났다.) 이야기하는 것을 보고 전염병 상황실 쪽으로 걸어갔다.

상황실의 초록색 문을 열려고 했지만 잠겨 있었다. 막 다시 발코니를 향하려는데 문 너머에서 달그락거리는 소리와 누군가 말하는 소리가 들려왔다. 직원이 아직 사망자를 지도에 표시하고 있는

지도 모른다. 문을 잠근 이유는 보안 때문으로 보였고, 안에 있는 사람들이 곧 나올 거라고 생각했다.

콜아아스는 방역부장 니코스와 위원회 소속의 나이 든 의사 타소스의 대화에 합류했다. 코푼야와 에요클리마 마을의 뒷골목과 정원에서 꽤 많은 쥐 사체가 또 발견되기 시작했다. 게다가 죽은 지 얼마 안 되었거나 여전히 피를 토하는 쥐들이었다. 아침에는 오래된 룸 가문 중 하나인 마브로예니스 집안의 몸집이 크고 건장한 아들이 헛소리를 해서 병원으로 옮겨졌으며, 모두가 좋아하는 포목상이 문을 열지 않았다.

콜아아스는 대화를 듣는 동안 회의실과 발코니에 있는 다른 사람들처럼 하미디예 대로에서 주 청사 광장으로 오고 있는 사람들을 바라보았다. 오륙십 명쯤 되는 사람들이 광장 한가운데에 모여 발코니에서 진행될 연설을 기다리고 있었다. 계속 기다려 봐야 파샤가 며칠 동안 꿈꾸었던 수백 명의 큰 인파는 오지 않으리라는 것이 이제 분명해졌다.

콜아아스는 사미 파샤와 함께 있거나 그의 집무실에서 자주 보았던 직원에게 다가가 상황실 문을 열어 달라고 부탁했다.

"열쇠는 누스레트 에펜디가 가지고 있습니다." 아몬드 모양의 콧수염을 기른 사무관이 말했다. 그리고 집무실로 통하는 문을 바라보며 덧붙였다. "그분은 파샤의 집무실에 계실 겁니다."

이때 집무실 문이 열리더니 사미 파샤, 등록 담당자, 누스레트 에펜디가 회의실로 걸어 나왔다. 그들은 침착하고 단호해 보였다.

콜아아스는 회의실의 다른 편 끝에 있는 큰 문에서 움직임을 감지했고, 셰이크 함둘라흐가 계단을 올라와 방으로 들어오리라는 것을 알았다. 아몬드 콧수염을 기른 직원과 함께 상황실 앞에 다다랐을 때 안에서 누군가가 거칠고 끈질기게 문을 두드리기 시작했다. 문 두드리는 소리는 이내 빨라지더니 더욱더 격렬해졌다.

누스레트가 마치 기다렸다는 듯이 사미 파샤의 곁을 떠나 열쇠를 쥐고 문을 열러 갔다. 하지만 너무 강하고 거칠게 문을 두드려 열쇠를 꽂아 넣지 못했다.

"열지 말아요!" 프랑스 영사가 고함쳤다.(물론 이 말은 역사에 길이 남게 되었다.) 모두 급습을 예상하고 있었던 듯했다.

회의실과 발코니에 있던 사람들은 당황하기 시작했다. 셰이크와 함께 들어온 경비병 두 명이 소총을 들고 다가오는 것을 보고 콜아아스는 문에서 물러나 높은 창문들 중 하나의 난간에 몸을 숨겼다.

이때쯤 대회의실에 있는 사람들은 일종의 함정이 있다는 사실을 알아차렸다. 침입자들은 문이 잠긴 전염병 상황실에 갇혔다. 모두들 정확히 무슨 일이 일어나고 있는지, 그리고 미수에 그친 습격의 본질을 알아내려고 애썼다. 혹시 사미 파샤의 작품인가? 멀리 떨어진 오스만 제국 영토의 통치자들은 기독교인과 모든 일에 불만을 품은 말썽꾼을 겁주기 위해 이따금 이런 함정을 팠다. 하지만 여기는 제국의 속주이고, 모든 것이 기자들의 눈앞에서 벌어지고 있었다.

사미 파샤의 경비병들이 전염병 상황실을 포위하는 동안 몇몇 사람들은 밖으로 혹은 발코니로 급히 빠져나갔다. 이제 전염병 상황실 안에서 나는 소리를 들을 수 있었다. 그 목소리를 아는 사람들은 라미즈가 외치는 소리를 들었다. "문 열어!" 안에서 싸움이 났는지 밀치고 당기는 소리가 들려왔다.

다들 무엇을 해야 할지 모르던 차에 마침내 상황실의 초록색 문이 열리더니 먼저 라미즈의 부하들 중 네빌레르 마을 출신인 대머리에 팔자수염을 기른 남자가 밖으로 나왔다. 회의실에서 두려움에 떨고 있는 사람들을 향해 소총을 겨누었지만 누군가를 조준하지는 않았다.

룸 신문 기자와 저명인사들이 숨어 있는 한쪽 구석에서 바자르두 이슬레의 주인인 키르야코 에펜디가 룸 억양의 튀르크어로 방에 있는 모든 사람의 감정과 두려움을 표현하며 말했다. "진정하십시오!" 그 순간 모두들 같은 말을 하고 싶었다. "제발 방아쇠를 당기지 말아요. 발포하지 마시오!" 하지만 또한 대부분이 그것은 불가능하다는 것을 느끼고 있었다.

또 다른 사람이 말했다. "발포하지 마시오!"

그때 전염병 상황실 문 앞에 라미즈가 나타났다. 그의 태도, 분홍빛 얼굴, 눈길은 평온했다. 심지어 어쩐 일인지 지나치게 자신감이 있어 보였다고도 말할 수 있겠다.

"이 행사는 신임 총독이 취임한 후에 진행하는 편이 더 적절합니다!" 라미즈가 말했다.

신임 총독의 수행원들과 라미즈의 부하들이 셰이크 함둘라흐를 에워싸고 있어 셰이크가 의붓동생의 이 대담한 말에 어떤 반응을 보였는지 사미 파샤도 영사들도 볼 수 없었다. 몇몇 사람들이 주장했듯이 어쩌면 셰이크는 나중에 의붓동생을 된통 혼냈을지 모른다. 공식적인 역할이나 자격도 없는 건달이 단지 형이 섬에서 가장 사랑받는 테케의 셰이크라는 이유로 신임 총독을 격리 구역에서 납치하고도 모자라 전임 총독 앞에서 명령조로 말하는 것은 모든 사람의 이목을 끄는 일이었다.

오스만 제국과 터키 작가들, 민게르 민족주의 역사학자들과 전 세계 사람들은 누가 처음 발포했는지에 대해 다른 이론을 가지고 있다. 원래 이러한 상황에서는 때로 첫 발포를 한 도발적인 선동가나 겁에 질려 첫 방아쇠를 당긴 바보가 사람들 사이에서 도드라져 누구나 그가 누구인지 말할 수 있다. 그러나 그날 정오에 주 청사 대회의실에서는 그렇지 않았다. 정반대로 마치 누군가 발포 명령을 내린 것처럼 갑자기 모두가 서로에게 총을 쏘기 시작했다. 어차피 손가락이 이미 소총이나 권총의 방아쇠에 고정되어 있었다. 신임 총독 이브라힘 하크 파샤의 보좌관은 회고록에서 문이 열리자마자 소규모의 접전이 벌어질 것을 예상했으며, 그래서 허리에 찬 나강 권총을 빼 발포하기 시작했다고 썼다.

복도로 통하는 전염병 상황실 문으로 밀고 들어온 사미 파샤의 부하들이 '두 번째 전선'의 서막을 열었다. 사미 파샤는 마지막 순간에 정보원이자 앞잡이인 누스레트로부터 받은 정보에 의거하여 주 청사 계단과 그의 집무실 주위에 무장한 사람들을 배치했다. 소규모 접전이 시작되었을 때 회의실 입구와 그 주변에 무장한 열여덟 명의 총독 부하들이 있었다. 일부는 무기를 공개적으로 소지하고 다니는 경비병들이었다. 나머지는 공무원, 하인, 상점 주인으로 변장하고 무기를 소지했다.(콜아아스와 같은 기둥으로 몸을 숨긴 유수프도 그중 한 명이었다.) 이들은 첫 번째 총성을 들은 후 사미 파샤로부터 전달받은 지침에 따라 조금도 주저하지 않고 무기를 꺼내 적에게 발포하기 시작했다.

사미 파샤는 주 청사와 광장으로 소집한 사람들에게 파디샤와 민족에 해를 끼치려는 저주받을 놈들이 그날 예정된 역사적인 방역 행사를 훼방 놓기 위해 사보타주 하거나 심지어 암살을 시도할지 모른다며 이 반역자들을 주저 없이 사격하라고 명령했다.(다시 말해 사미 파샤의 부하들은 독립적인 민게르가 아닌 파디샤를 위해 방아쇠를 당겼다.)

공격 계획을 들었을 때 사미 파샤는 발코니에서 진행될 방역 연설을 안전하게 진행하기 위해 공격적인 라미즈와 부하들을 조용히 한 명 한 명 체포할 수 있으리라고 순진한 상상을 했다. 전염병 상황실 문을 통해 침입자들을 덮치는 것이 이 계획에서 가장 중요한 부분이었다.

하지만 우리가 보기에 이 계획은 총격을 불러왔고, 이후 미친 듯한 '접전'이 이어졌다. 잠깐 사이에 모든 사람이 테이블, 기둥, 안락의자, 화분, 난로로 엄호를 하며 '적'을 향해 총을 쏘고 있었다.

접전이 시작되고 처음 팔 초에서 십 초 동안은 그리 치열하지 않았다. 회의실에 있던 손님들과 행사를 위해 모인 사람들은 무슨 일이 일어나는지 정확히 이해하지 못했다. 셰이크와 사미 파샤가 방금 회의실로 들어왔기 때문에 그들의 관심은 다른 곳에 있었다. 어쩌면 이러한 이유로 첫 총알이 발사된 후 커다란 당혹감과 혼란이 일었다. 그런 다음 첫 총성 직후 거의 모두가 동시에 총을 쏘기 시작했다. 두꺼운 커튼과 목재 패널로 덮인 커다란 회의실에 총성이 울려 퍼졌지만 밖에서는 이상하고 강한 소음이 간헐적으로 들렸을 뿐이다.

접전이 계속되던 몇 분 동안 안에 있는 손님들은 지독한 총소리로 미칠 것만 같았다. 그들은 그 몇 분간 보고 느낀 것과 끔찍한 총소리를 평생 기억할 것이다. 군인, 직원, 범법자가 총에 맞아 쓰러져서가 아니라 무시무시한 총소리 때문에 두려웠다.

손님들 중 몇몇은 방역 위원회가 끝없이 회의를 진행했던 커다란 나무 테이블 아래로 들어갔고, 다른 사람들은 벽장, 의자, 책상 뒤로 몸을 숨기고 대다수는 바닥에 엎드렸다.

대부분은 자신들이 목표물이 아니라는 것을 처음부터 알았다. 하지만 총을 꺼내 들고 마구 쏘아 대는데 그게 무슨 상관이란 말인가! 분노의 분위기가 감도는 상황에서 누구나 목표물이 될 수 있었고, 모두가 그 분노를 이해했다. 흡사 페스트를 겨냥하고 쏘는 것만 같았다. 목격자와 역사학자들은 이 몇 분 동안 서로 150발을 주고받았다는 사실에 동의한다.

사미 파샤에게 잘 훈련한 열여덟 명의 부하가 있었다면, 라미즈의 사수 열두 명은 총을 쏘아 누군가를 죽이기보다 자신들을 보호하는 데에 더 중점을 두었다.

접전 초기에 라미즈의 몇몇 부하들은 총에 맞고도 무엇으로든 자신을 엄호하며 반격을 시도했다. 용기와 대범함 덕분에 잠시나마 꽤 많은 사람을 쏠 수 있었다. 하지만 곧 총격이 완전히 멈췄다. 사미 파샤의 부하들이 특히 대회의실 출입문에서 무차별로 총격을 가해 진압하면서 그들은 하나둘 죽기 시작했다!

라미즈는 주제넘은 말을 하고 금방 팔과 어깨에 두 발의 총알을 맞아 후퇴해야 했다. 그러나 상황실의 다른 문을 통해 도망칠 수도 없었다. 사미 파샤가 배치한 경비병 세 명이 그쪽으로 쉬지 않고 총격을 가하고 있었다. 라미즈는 포위를 뚫고 나갈 수 없다는 것을 알자 다시 초록색 문으로 돌아와 회의실에서 그를 향해 발포하는 경비병들에게 총을 쏘기 시작했다. 몇 분이 안 되어 상황실에 남은 목표물은 그뿐이었다.

"모두 자리를 지키시오!" 전임 총독 사미 파샤가 말했다.

긴 정적이 흘렀다. 갈매기 두 마리가 광장 위를 날며 사납게 비명을 질러 대는 소리가 들려왔다. 총격은 주 청사 안에서 일어났지만 주도의 가장 먼 곳까지 들렸고, 산에도 메아리쳤다.

이어진 정적은 더욱 호기심을 부채질했다. 일부 손님들이 문밖으로 달아나는 동안 일부는 바닥에 엎드리거나 숨어 있던 곳에서 꿈쩍하지 않고 기다렸다. 부상자들의 고통스러운 신음과 애원도 들렸다.

콜아아스는 몸을 숨겼던 기둥 뒤에서 나와 엉망진창이 된 상황실로 다가갔다. 라미즈의 부하 네 명과 앞잡이 관리인 누스레트가 죽어 있는 것이 가장 먼저 눈에 들어왔다. 온통 피투성이였다. 바닥의 민게르석이 특이한 붉은색으로 물들었다. 라미즈는 쓰러졌지만 죽지 않고 신음하며 꿈틀거리고 있었다.

콜아아스는 경비병 한 명이 고통스럽게 몸부림치는 것을 발견하고 최소한 그는 죽지 않을 거라고 생각했다. 침입자들 중에는 새하얗고 아이 같은 얼굴을 한 청년이 접전에서 상처 하나 입지 않고 살아남았다. 콜아아스가 처음 보는 청년은 두려움에 가득 차 덜덜 떨었지만 표정에는 살아남았다는 안도감으로 묘한 기쁨이 어려 있었다. 그는 손에 권총을 들고 다가오는 콜아아스를 보고 항복한다는 의미로 팔을 들어 올렸다.

전염병 상황실의 다른 문 주위에 모인 사람들은 그다지 많은 사격을 받지 않았다. 신임 총독 이브라힘 하크 파샤는 이마에 총을 맞고 죽었다. 콜아아스는 죽은 신임 총독 때문에 슬퍼하는 보좌관 하디와 라미즈의 나머지 부하들이 투항하는 모습을 지켜보았다.

총알 네 발이 두 달 동안 아침마다 총독 파샤와 부마 의사가 초록색으로 사망자와 전염된 집과 장소를 표시하던 지도에 명중했다. 페인트가 벗겨진 커다란 검은색 장식장에 총알구멍이 났지만 유리는 그대로였다.

바로 옆 호두나무 진열장의 유리는 소란 중에 산산조각이 났다. 사미 파샤의 부하와 헌병들이 상황실로 다가오는 것을 보자 콜아아스는 호두나무 진열장 맨 아래에 있는 궤짝을 살짝 잡아당겨 자물쇠가 없는 뚜껑을 열고 잘 접힌 두 개의 러그 아래에서 '레반트의 장미'를 상징하는 민게르성의 고깔 모양 탑, 베야즈산, 민게르 장미가 수놓아진 진홍색과 분홍색 깃발 같은 현수막을 꺼냈다.

분홍색 장미가 그려진 붉은 깃발은 불빛이 희미한 방에서 펄럭일 곳을 찾는 것만 같았다. 콜아아스가 발코니를 향해 두 걸음 내딛자 그 천은 마치 원하는 빛을 발견한 듯 보였고, 총격에 대한 두려움으로 숨어 있던 손님들의 시선 아래서 대회의실을 순식간에 붉은색으로 물들였다.

먼저 민게르 신문들과 훗날 역사책들은 그날 행사를 위해 모인 안절부절못하던 손님들이 콜아아스의 손에 들린 깃발에서 뿜어져 나온 광채에 얼마나 매료되었는지에 대해 많은 감명적인 글을 썼다. 우리는 지금 민족주의의 흥분이 역사와 문학, 신화와 사실, 색과 의미의 경계를 흐리는 시점에 와 있다. 그러므로 이 사건을 좀 더 자세히 좀 더 느긋하게 살펴보려고 한다.

52장

콜아아스가 한 손에 나강 권총을, 다른 한 손에 붉은 리넨 깃발을 들고 전염병 상황실에서 나와 회의실을 지나 발코니로 걸어가는 모습을 묘사한 많은 유화가 있다. 대부분은 라미의 어머니 쪽 친척인 룸 화가 알렉산드로스 사트소스가 '혁명' 1주년을 기념하여 《아데카토스 아르카디》 신문의 요청으로 준비한 그림에 바탕을 둔다. 이 그림은 세계의 모든 자유주의 혁명가들이 낭만적인 애착을 가지는 들라크루아의 「민중을 이끄는 여신」에서 많은 영향을 받은 것이 분명하다. 사실 이 역사를 집필하면서 우리가 묘사한 것과 비슷한 사건이 이미 가까이에서 발생했다는 느낌을 도무지 마음속에서 떨쳐 버릴 수 없었다. 실제로 들라크루아와 사트소스의 혁명적인 '자유'에서 영감을 받은 도자기 장식품, 램프, 그리고 다른 물건들이 1930년대 말까지 섬의 상점들에서 판매되었다.

콜아아스가 발코니 문턱에 서 있을 때 의사 누리가 사람들 사이에서 나와 그를 멈춰 세웠다. 진심에서 우러난 몸짓으로 콜아아스 캬밀의 어깨에 손을 얹었다. 의사 누리는 그가 침입자들에게 총을 쏘는 것을 보았고, 이제 그를 껴안고 싶었으나 콜아아스가 한 손에는 권총을, 다른 한 손에는 깃발을 들고 있어 그러지 못했다. 하지만 그는 우리 독자들과 콜아아스가 여전히 눈치채지 못한 것을 알아보았다.

"다치셨군요?"

"아닙니다!" 콜아아스는 말했다. 그러더니 깃발을 든 손을 내려다보았고, 손목 근처에 난 총상과 피를 보았다. 전혀 아프지 않았지만 그랬다, 총을 맞았고 피를 많이 흘리고 있었다.

"다친 줄 몰랐습니다, 파샤!" 그가 방금 다가온 사미 파샤를 향해 말했다. "하지만 어떤 총알도 우리가 지금 민족을 위해 해야 할 일에 걸림돌이 될 수 없습니다."

콜아아스는 이 말을 모든 사람이 들을 수 있도록 점점 목소리를 높이며 말했다. 손님들은 그의 말에 귀를 기울였고, 이제 파샤가 어떻게 반응할지 기다렸다. 하지만 파샤는 무슨 말을 할지 결정하지 못해 조용히 있었다.

"파샤, 지금 사원과 교회를 폐쇄한다고 모두가 함께 선언하지 않으면 방역 조치는 불가능해집니다. 특히 이번 급습이 있고 나서 우리 목소리를 대중에게 알리지 않는다면 파샤의 말도 방역 부대의 말도 다시는 듣지 않을 겁니다."

콜아아스는 파샤에게 큰 소리로 강하게 말하는 자신을 보고 스스로도 놀랐다. 그 순간을 찍은 어떤 사진에는 그가 파샤에게 총을 겨누는 모습이 담겨 있다. 사미 파샤는 섬의 기자들이 주 청사 발코니에서 연설하는 그의 사진을 찍어 신문과 잡지에 게재할 수 있도록 그들을 아래쪽 광장으로 보냈다. 회의실에 있는 사진사는 민게르의 첫 사진사 완야스였다. 화가 알렉산드로스 사트소스가 들라크루아의 영향을 받아 그린 「자유」에 묘사된 콜아아스의 복장과 서 있는 모습의 세부는 사진작가 완야스의 이 첫 사진에서 가져왔다.

완야스의 두 번째 사진에서는 셰이크 함둘라흐가 한쪽 구석에 침착하게 똑바로 서 있다. 셰이크가 의붓동생이 조금 전 총격전에서 부상당했다는 사실을(모두 라미즈가 죽었다고 생각했다.) 알았는지 우리는 알 수 없다. 하지만 그는 정치적 측면에서 지금은 행사를 진행하는 것 외에 방법이 없다는 것을 알 만큼 인생 경험이 충분한 사람이었다. 이제 손님들이 어느 정도 평정을 되찾았고, 라미즈의 공격은 곧 발표할 방역 조치를 방해하려는 시도였다는 사실에 모든 사람이 즉각 동의했다. 주 청사 건물에 모인 무슬림과 기독교인 모두 아무 일 없었던 것처럼 행사를 진행하고, 통합과 연대의 메시지를 전달하고, 사원과 교회의 폐쇄를 시민들에게 알리는 데도 동의했다.

게다가 모두들 이 역사적인 순간에 그 의미를 함께 나눌 가장 적합한 사람은 해임으로 머리가 복잡한 총독이 아니라 콜아아스 캬밀이라고 느꼈다. 일부 사람들에 의하면 신부들, 공동체 지도자들, 신문 기자들이 발코니로 나갈 때 콜아아스는 지극히 격앙되어 있었다. 신임 총독 이브라힘 하크 파샤가 이마에 총을 맞고 사망했다고 말했을 때 사미 파샤가 절망에 빠졌다는 것을 젊은 장교는 그의 표정에서 알 수 있었다.

"이제 아무도 우리 말을 듣지 않을 거요!" 사미 파샤는 솔직하게 자신을 드러내며 말했다.

"정반대입니다, 파샤!" 콜아아스가 그 순간 머리에 떠오른 유명한 답변을 했다. "지금 우리가 한 걸음 나아가 혁명을 선언한다면 진보를 사랑하는 민게르 민족은 우리와 함께 한 걸음이 아니라 두 걸음을 내디딜 겁니다."

민족주의자에다 보수적인 오스만과 터키 역사학자들이 이해하지 못한 것은 1901년에 섬에서 '진보'와 '혁명' 같은 단어들이 사용된 맥락만이 아니었다. 섬이 스스로 오스만 제국에서 떨어져 나간 원인이 민게르 민족이 정말 존재했기 때문이며 사실은 오스만 제국의 무능 때문이라는 것을 인정하지 못하는 그들은 이 사건의 배후에 다른 불가사의한 이유와 힘이 작용했을 거라고 암시하는 것을 자신들의 임무라고 여겼다. 이들은 '혁명'이 일어난 순간은 '설명된 대로' 되지 않았을 거라고 믿었다. 이들에 따르면 가장 좋은 증거는 바로 얼마 전 불복종이라는 이유로 감금된 온유즈바시[80] 계급의 서른한 살 먹은 장교가 스무 살 정도 많은 파샤 계급의 선배 관료인 '선임' 총독에게 결코 명령하는 투로 말하지 못했으리라는 점이다.

이 시점에서 '혁명'의 규칙 중 하나는 과거에 일어나지 않았으며, 일어나리라고 전혀 예상되지 않고, 심지어 상상조차 하지 못할 일들이 차례차례 일어나기 시작하는 것임을 덧붙이고자 한다.

콜아아스에게는 경험, 양심, 섬사람들에 대한 진심 어린 사랑 이외에 다른 어떤 힘도 없었다. 그 많은 압력, 두려움, 가슴에 달고 있는 오스만 제국의 메달과 훈장에도 불구하고 실행에 옮기도록 한 힘은 그의 순수함과 진정성이었다. 파샤가 계획한 대로 손님들이 주 청사 발코니에 자리를 잡기 시작했을 때 콜아아스는 부마 의사와 다른 손님들도 잘 들을 수 있도록 사미 파샤에게 진심을 다해 말했다.

"총독 파샤, 우리의 파디샤이신 압뒬하미트께서 왕좌에 앉아 있는 한 파샤만 아니라 저 역시 과거의 삶으로, 이스탄불로 안전하게 되돌아갈 길은 안타깝지만 완전히 차단되었습니다."

파키제 술탄과 남편에게 앞으로 수년 동안 '예언'적 의미를 띠게 될 이 선언을 모든 사람이 들을 만큼 큰 소리로 말한 후 콜아아

80 오스만 제국에서 대위와 소령 사이의 계급.

스는 더욱 목소리를 높여 수사학적이고 시적으로 말을 이었다.

"파샤, 낙담하지 마십시오. 우리에게는 위안이 될 것이 있습니다. 우리는 혼자가 아닙니다. 민게르 민족과 함께입니다. 이 섬에 사는 모든 사람, 모든 민게르 민족은 압뒬하미트로부터 계속 전보를 받는 한 페스트에서 해방되어 안전할 방법이 완전히 막혔다는 것을 압니다."

이 섬의 역사에서 '민게르 민족'을 언급하고 압뒬하미트에 반대하는 발언을 공개적으로 한 것은 처음이었다. 이 일만으로도 모두가 충분히 겁을 먹었다.

이제 콜아아스는 발코니의 난간까지 다다랐다. "이스탄불로부터 전보를 기다리지 않고 우리가 스스로를 다스리기 시작하면 방역은 끝날 것이고, 질병은 잠잠해질 것이며, 우리 모두 안전해질 겁니다." 그는 진짜 정치인처럼 말했다.

그런 다음 광장을 향해 몸을 돌리고 온 힘을 다해 외쳤다. "민게르 만세! 민게르인 만세! 민게르 민족 만세!"

광장은 마침내 사람들로 가득 차기 시작했다. 그때 140명에서 150명 정도 되는 사람들이 모여 있었다. 소규모 접전이 시작되자 도망쳐 흩어졌다가 되돌아온 호기심 많은 사람들이었다. 주 청사 광장 주변의 상점, 기둥 뒤, 나무 아래 숨어 있던 모든 마부, 경비병, 상인도 발코니에 셰이크 함둘라흐와 대주교 콘스탄틴 에펜디가 전임 총독과 부마 의사와 함께 있는 것을 보고 밖으로 나왔다. 콜아아스는 이들에게 시간을 주기 위해 사미 파샤에게 몸을 돌리고 목격자들만 아니라 파키제 술탄의 편지에서도 확인한 바와 같이 역사적인 말을 했다.

"파샤, 파샤의 통찰력 있는 지도가 아니었더라면 오늘날도 없었을 겁니다. 당신은 우리의 가장 위대한 총독이십니다. 신의 은총이 있기를! 하지만 이제 더 이상 파디샤의 총독이 아니라 우리 민족의 총독이십니다! 우리 위원회는 지금 이 순간부터 민게르의 독립을 선언합니다. 지금 이 순간부터 우리 섬은 자유입니다. 민게르 만세, 민게르 민족 만세, 자유 만세!"

아래 광장에는 인파가 점점 늘고 사진 기자들은 끊임없이 사진을 찍었다. 1901년 6월 28일 금요일 발코니에 모두 함께 서 있는 저명인사들의 꽤 낙관적인 모습을 찍은 사진들은 민게르섬이 드디어 세계사의 무대에 나서던 날의 소식을 장식했다. 이 사진들은 세계 5대륙에서 수백 개의 신문에 게재되었으며, 나중에는 책, 백과사전, 우표, 역사에 남게 되었다.

이 사진들 중 아르히스 씨가 찍은 사진이 처음으로 프랑스 영사와 여전히 어선을 이용해 사람들을 섬 밖으로 빼돌리고 있던 패거리의 도움을 받아 크레타로 밀반입되었고, 그곳에서 프랑스로 넘어가 1901년 7월 1일 월요일, 그러니까 사흘 후 파리의 가장 중요한 우익 보수 신문인《르 피가로》2면에 실렸다.

민게르의 혁명

동지중해에서 대리석과 장미로 유명한 작은 오스만 제국령의 섬 민게르가 독립을 선언했다. 인구 8만 명 중 절반은 무슬림, 절반은 기독교인인 이 섬은 구 주 동안 끔찍한 페스트 전염병에 시달리고 있다. 섬의 방역 기구가 전염병을 차단하지 못하자 페스트가 유럽으로 전파되지 않도록 하기 위해 오스만 제국의 부름으로 국제 열강들이 네 척의 전함으로 섬을 봉쇄했다. 삼 년 전 헤자즈에서 돌아온 하즈들이 섬의 엄격한 격리 조치에 반발했고, 총격전에서 하즈 일곱 명과 군인 한 명이 사망했다. 혁명 중에 도시에서 총성이 들렸으며 거리에는 오스만 제국 군인들이 보였다.

마지막 문장은 다소 과장되었다. 우리는 이 책에서 이런 유의 거짓 정보를 바로잡을 여지를 두지 않았지만 이 잘못된 정보는 프랑스가 섬이 여전히 오스만 제국의 통제하에 있다는 인상을 주고 싶어 기사에 포함시킨 것이며, 우리는 이에 대해 더 이상 언급하지 않을 것이다.

이 문제에 관한 또 다른 흥미로운 해석은 바브알리, 심지어 압뒬하미트를 속이기 위해 이 거짓말이 삽입되었을지 모른다는 것이다. 이스탄불은 섬에서 무슨 일이 일어났는지 정확히 몰랐다. 전신선이 끊겼고, 오로지 밀수꾼들을 통해 보고를 받았으며, 압뒬하미트는 대부분 룸 출신인 밀수꾼들 사이에 정보원을 심어 놓지 못했기 때문에 이스탄불은 누가 권력을 잡았는지조차 파악하지 못했다.

《르 피가로》에서 발코니에 있는 사람들을 보여 주는 사진이 한 면의 4분의 1을 차지했고, 그 아래에 "민게르의 독립이 오스만 제국 주 청사 발코니에서 선언될 때!"라고 쓰여 있었다. 일주일 후 프랑스의 《일뤼스트라시옹》에 같은 사진에 의거하여 제작된 판화가 실렸으며, 그 아래에 비슷한 설명이 있었다. 물론 프랑스 신문 기자들은 사진 속의 사람들이 누구인지 몰랐다. 우리는 이 책을 위해 발코니에 있었던 사람들의 이름을 열거하고자 한다. 셰이크 함둘라흐, 그리스 정교회 수장인 주교 콘스탄티노스 라네라스, 전임 총독 사미 파샤, 부마 의사 누리, 모든 영사, 정보국장 마즈하르 에펜디, 그리고 오늘날 그 정체를 알지 못하는 두 사람과 다섯 명의 경비병.(신임 총독의 보좌관 하디, 라미즈와 부상당한 부하들은 주 청사 지하에 가두었다.)

그다음 날《더 타임스》는 이후에 모든 역사학자가 좋아한다는 이유로 거듭 되풀이하면서 사람들이 별생각 없이 사용하는 진부한 표현이 되어 버린 글귀와 함께 같은 사진을 게재했다. "민게르섬의 독립은 기독교인과 무슬림 공동체가 합동으로 만들어 낸 오스만 제국령 주 청사의 발표를 통해 선언되었다."

이스탄불 정부와 압뒬하미트는 독립 선언을 파리 대사인 뮈니르 파샤와 런던 대사인 코스타키 안토풀로 파샤가 신문에서 읽은 기사들을 전보로 알려 와 알게 되었다. 뉴스의 사실 여부를 믿지 못한 압뒬하미트가 이 기사가 실린《르 피가로》와《더 타임스》의 실제 지면을 보고 싶어 하여 유럽에서 이스탄불로 온 우편 자루를 하역하는 시르케지 부두에 특수 정보원들을 파견했다는 적의에 가득 찬 과장된 소문들도 돌았다. 민게르섬은 어떤 전보에도 전혀 응답하지 않았기 때문에 파디샤와 바브알리 관료들이 민족주의 봉기가 어디에서 발생했는지, 주동자들은 누구인지 궁금해한 것은 당연한 노릇이었다.

53장

콜아아스가 튀르크어로 민게르의 자유와 독립을 선언한 후 짧은 정적이 흘렀다. 그때 주 청사의 관리인들 중 가장 나이가 많은 하쉬메트가 콜아아스의 피 묻은 손에 있는 '깃발'을 가져다 공격에 대비해 무기로 가지고 다니던 무거운 몽둥이에 노련하고 솜씨 좋게 묶어 그에게 돌려주었다.

평생 섬에서 한 번도 나간 적이 없으며 읽고 쓰는 것도 정확히 모르는 관리인은 한때 이렇게 역사로 기록되었다. 장차 섬이 이탈리아의 점령에서 벗어나 정권을 장악할 새 민족주의 정부는 하쉬메트의 마을에 새로 지은 학교에 그를 기리기 위해 '기수 하쉬메트 초등학교'라고 이름을 붙였다. 늙은 관리인이 깃발을 몽둥이에 묶던 순간은 초기에 많은 화가의 그림에서 소재가 되었다. 이후 교육부가 지폐 그림에는 늙은 관리인이 아닌 두 소녀가 지휘관 콜아아스의 손에 깃발을 건네주는 편이 더 적합하다고 여기면서 관리인은 그림에서 서서히 사라졌고 1970년부터는 완전히 잊혔다. 오늘날에는 그의 마을 사람들만이 그를 기억하고 있다.

화가들이 매우 눈여겨본 늙은 관리인의 '몸짓'은 콜아아스로 하여금 행동하도록 자극했다. 콜아아스는 권총을 내려놓고 한쪽은 피투성이인 두 손으로 깃대를 쥐고 광장에서 보이도록 비스듬히 잡고 흔들기 시작했다. 상처 때문에 고통스럽고 깃발과 깃대가 무겁게 느껴졌지만 지휘관 캬밀은 깃발을 좌우로 세 번 흔들었다. 모든 사람이 깃발의 색과 펄럭이는 모습을 보았다는 확신이 들자 그것을 하쉬메트에게 건네고 조금 전에 했던 말을 프랑스어로 한 번 더 말했다.

"비브 민게르, 비브 레 밍게리앙! 리베르테, 에갈리테, 프라테르니테!"

그리고 튀르크어로 덧붙였다.

"민게르 만세, 민게르 민족 만세! 자유, 평등, 우애!"

"민게르는 위대한 민족입니다." 그가 계속 말했다. "민게르 민족은 페스트를 극복하고 존경하는 위원들과 총독의 지도하에 자유, 진보, 문명을 향해 걸어갈 것입니다. 민게르 만세, 민게르 민족 만세, 우리 군인 만세, 방역 관계자들 만세, 방역 부대 만세!" 발코니에 모인 대부분의 사람들은 콜아아스가 도를 넘었다고 생각했다. 하지만 모두 사미 파샤가 준비한 목적이 모호한 연극이라고 믿었기 때문에 인내심을 갖고 기다렸다. 이 주제에 대한 가장 중요한 설명은 룸 공동체 수장인 대주교 콘스탄틴 에펜디의 딸이 1932년 아테네에서 출간한 회고록 『민게르의 바람』에 나온 문장들이다. 그 딸에 의하면 그날 저녁 콘스탄틴 에펜디는 섬이 오스만 제국의 지배에서 벗어난 것을 전혀 기뻐하지 않았다. 반대로 지극히 불안하고 근심에 차 있었다. 발코니에서 연설이 계속되는 동안 대주교는 총독 파샤가 이틀 전 해임되었고, 신임 총독인 이브라힘 하크 파샤는 살해당했으며, 그 보좌관이 부상당한 것을 알게 되었고 그날 집에서 자신들이 재앙의 문턱에 서 있으며 압뒬하미트가 터무니없는 반란 행위를 절대 용서하지 않을 거라고 몇 번이나 되풀이해 말했다. 다른 섬에서 이러한 유의 반란이 일어날 때마다 얼마 지나지 않아 오스만 제국 전함 한 척이 섬과 마을과 도시를 무차별적으로 폭격했다는 것을 아주 잘 알고 있었다.

하지만 딸이 회고록에 썼듯이 섬이 열강들의 전함에 둘러싸여 있다는 점, 페스트에 감염된 민게르섬에 대해 압뒬하미트와 서구 열강들이 분명히 정치적 동맹 관계에 있다는 점은 그를 안심시켰다. 압뒬하미트가 독자적으로 봉쇄를 허물고 전함 마흐무디예나 오르하니예로 섬을 폭격할 용기는 내지 못할 것이다. 대주교는 이러한 상황을 잘 아는 영악한 전임 총독 파샤가 자유와 독립에 대한 주장까지 제기했다고 믿었다. 그러니까 그에 따르면 "누가 이 반란의 선동자이자 주모자인가?"라는 압뒬하미트와 이스탄불의 물음에 대한 답은 전임 총독 사미 파샤였을 것이다.

콜아아스는 전신국 급습과 뒤이은 감금으로 이스탄불과 총독에게 화가 나 있는 무슬림 사이에서 유명해지고 존경을 받게 되었다. 그의 이름은 무슬림 마을에서 무슨 일이 일어나는지에 대해 전혀 관심이 없던 부유한 룸 가족들 사이에도 알려졌다. 날이 갈수록 더 많은 사람이 더 큰 일을 할 이 뛰어난 장교가 중국 무슬림에게 소위 조언을 하기 위해 가는 잘 알려지지 않은 사절단과 파디샤의 딸을 경호하기 위해 섬에 왔다는 것은 신빙성이 없다고 생각했으며, 실제로는 다른 비밀 임무를 띠고 왔을 거라고 진심으로 필사적으로 믿었다.

교전 중 왼쪽 팔뚝에 입은 부상으로 인해 지금 콜아아스의 손목, 손, 손가락은 완전히 피로 뒤덮여 있었다. 나중에는 발코니에 있던 무슬림, 경비병, 그리고 임무 수행 중인 관리들만 아니라 기독교인들도 깃발을 물들인 피에 대해 누군가는 진심으로, 누군가는 믿지 않으면서 과장되게 말할 수밖에 없었다. 민게르인이라는 사실이 '피의 문제'로 인식되고 확고히 자리 잡아 가던 1930년대와 1940년대의 '자유 투쟁'은 이 매우 극적인 순간을 기억해 냈고, 많은 사람이 민게르인들을 행동하게 만든 것은 설립자의 손목에서 손가락을 지나 깃발을 타고 아래로, 광장과 땅으로 떨어진 피라고 주장했다.

이는 수천 년 전 아랄해 남쪽에서 섬으로 이주한 아주 특별한 언어를 지닌 고귀한 민게르 민족의 피였다. 콜아아스의 손과 손목이 피로 붉게 물들자 누리는 깃발을 잠시 내려놓은 틈을 타 그를 붙들고는 소매를 걷어 올리고 상처를 살폈다. 제국의 가장 외진 지역에 있는 허름한 야전 병원을 방문했을 때 전장에서 부상당한 많은 사병과 장교를 보았으며, 그들을 치료하는 것을 돕고 직접 치료도 했다. 그는 능숙한 몸짓으로 여전히 피가 흐르는 콜아아스의 상처를 진찰하고 상태가 위중하다고 판단했다.

어떤 사람들은 부마 의사가 콜아아스를 제압해 입을 막았다고 시사하기도 했다. 아니다. 부마 의사의 처치는 의학적으로 필요했고, 그 자리에서 해야만 했다. 앞으로 보게 될 테지만 콜아아스는 치명적인 위험을 극복한 것이 아니었다. 누리는 심각한 출혈이 계속되는 콜아아스를 발코니에서 데리고 나와 순간적으로 그날의 정치적 발전 상황 밖으로 끌어냈을 뿐 아니라 출혈을 멈추기 위한 응급 처치를 했다.

콜아아스를 발코니에서 안으로 데려가자 광장에 있던 소수의 호기심 많은 사람들 사이에서 동요가 일었다. "콜아아스 만세!" 페스를 쓴 한두 사람이 외쳤다. 이들은 총소리를 무시하고 모든 것이 사미 파샤가 계획한 대로 돌아간다고 생각한 어리석고 부주의한 사람들이었다. 대부분은 콜아아스가 연설하고 깃발을 흔들기 전부터 총소리와 이후의 정적 때문에 뭔가 범상치 않은 일이 벌어지고 있다는 것을 알았다. 어떤 사람들은 사람들 위에서 '우아하고 자랑스럽게' 휘날리는 영광스러운 깃발을 보고 감동하기도 했다.

그 순간 누구의 입에서 나왔는지 절대 모를 외침이 들렸다.

"아 바스 압뒬하미트!"

사미 파샤와 발코니에 있던 모든 사람은 그러한 무례에 대해 반대 입장을 표명했다. 그 소리는 발코니 아래 어딘가의 주 청사 입구에서 들려왔는데 근처에 있는 무슬림 지도자, 군인, 헌병 들은 이를 못 들은 척했고, 그곳에 있던 영사관 직원과 신문 기자들도 주인공이 누구인지 감추었다. 이 문제에 대해 여전히 정확한 정보가 없다는 것은 때로 우리에게 사실은 아무도 선동적인 말을 하지 않았다고 생각하게 만든다. 사미 파샤만 아니라 발코니에 있던 사람들에게 압뒬하미트에 반대하는 불손과 오만함에 거부감을 표출할 기회는 모든 사람의 공통된 두려움인 '파디샤가 대단히 분노할 거야!'라는 우려를 조금이나마 덜어 주었다. 사미 파샤의 태도에서 "저 남자의 입을 다물게 해!"라고 말하는 듯한 분위기가 감돌았다.

발코니에 모인 사람들은 지금 파디샤의 정보원과 신문 기자들에게 '이스탄불과 파디샤에 대항해 아무것도 하지 않습니다.'라는 인상을 주고 있었다.(하지만 이는 그리 오래가지 않았다.) 사실 콜아아스의 과장된 태도와 공격에도 불구하고 대부분은 총독이 원하는 대로 모임이 성공했다고 믿었다. 역사학자로서 우리는 가장 큰 격변, 혁명, 참화를 일으킨 대부분의 사람들은 자신이 한 일을 두려워했지만 이 두려움과는 달리 자신이 한 일을 진심으로 믿었다는 것을 역사에서 보았다.

사미 파샤는 콜아아스가 발코니에서 물러나자마자 정확히 이러한 태도로 행동했다. 그가 상상한 규모보다 10분의 1도 안 되는 군중에게 방역이 성공을 거두기 위해 한동안 사원과 교회 출입이 금지된다고 말했다. 에잔[81]이나 종을 울릴 필요도 없었다. 교전에서 흘린 많은 피, 여전히 공기 중에 떠도는 화약 냄새와 부상자들의 신음 속에서 수사학적이고 과장된 연설로 곧장 들어가고 싶은 마음이 들지 않았다. 그는 먼저 수도원이나 테케에는 그곳에 사는 사람들만 출입이 허용된다고 말했다. 이 결정을 발표한 직후에는 주 청사에서 직원들이 파견되어 수도원과 테케에 사는 사람들을 확인해 수를 기록하고, 그 이외에는 누구도 출입하지 못한다. 총독 파샤는 사원과 교회 출입 금지 문제에서 인구 조사 담당자들의 업무가 가장 섬세하고 중요하다고 여겼으며, 이들이 따를 세부 지침들을 등록 담당자와 함께 열성적으로 일하며 자세하게 작성했다. 그는 매우 중요하다고 여기는 이 세부 지침들을 읽기 시작했다. 이는 결국 그가 꼼꼼하게 준비한 연설로 이어졌다.

발코니에 모인 사람들도 광장에 있는 사람들도 사미 파샤의 연설을 제대로 들을 수 없었다. 전임 총독의 목소리가 충분히 강하지 않았고, 모두가 서로 이야기하면서 무슨 일이 일어나고 있는지 이해하느라 바빴다. 사미 파샤가 정성스럽게 작성한 연설에는 이스탄불과 파디샤에 맞서는 어떤 말도 없었기 때문에 광장의 인파 중 나이 든 사람들과 압뒬하미트의 열성적인 지지자들 몇 명이 "파디샤 만세!"라고 소리쳤던 것도 이상할 게 없었다.

사미 파샤가 연설을 하는 동안 정보국장이 완야스에게 전염병 상황실의 상황을 촬영하라고 지시했다. 초록색 문 너머의 방은 꽤 작아서 부상당하고 죽어 가는 침입자들이 서로의 몸 위로 쓰러져 피가 섞이고 시체들이 뒤엉켜 있었다. 테이블이 뒤집히고, 작은 탁자는 바닥에 나뒹굴고, 램프가 쓰러지고, 유리는 깨져 있었으며, 사

81 이슬람 사원에서 하루 다섯 번 신자들에게 기도 시간을 알리는 소리.

방에 총알 자국투성이였다. 하지만 벽에 붙은 '전염병 현황 지도'는 그대로였다. 심지어 총알들이 지도를 벽에 더 단단히 고정했다고 해도 과장은 아니었다.

민게르 지도를 배경으로 앞쪽에 피투성이 시신이 놓여 있는 사진들이 겨우 사흘 만에 아테네 언론의 손에 들어갔고, 《에피메리스》에 '민게르에서 혁명에 반대하는 압뒬하미트 지지자들이 패배했다!'라는 제목으로 게재되었다.

《아크로폴리스》는 바닥에 쓰러진 피투성이 시신들에 관하여 "민게르 혁명의 선언을 진압하기 위해 압뒬하미트가 보낸 신임 총독과 게릴라들의 최후!"라고 언급했다.

이 뉴스와 사진들이 그리스와 유럽 언론에 실린 것은 곧 혁명과 독립의 화살은 시위를 떠났고, 이제 압뒬하미트도 수긍할 만한 되돌릴 방법이 없다는 의미였다. 다시 말해 오스만 제국은 깃발을 버리고 정권을 다른 사람에게 양도한 뒤 또 다른 방법을 통해 민게르를 되찾을 희망조차 남아 있지 않았다.

어떤 사람들은 사미 파샤가 사진들을 의도적으로 그리스 언론에 전달했으며, 그 목적은 섬의 독립을 두려워하고 압뒬하미트의 보복을 경계하는 무슬림과 기독교인에게 되돌아갈 길이 막혔다는 것을 보여 주기 위해서라고 시사한다. 우리는 이 관점에 동의하지 않는다. 사미 파샤는 콜아아스가 한 일을 계획하지 않았을 뿐 아니라 항상 발생한 사건을 확대하지 않고 진정시키고 싶어 했다. 하지만 사진들이 공개되지 않았더라도 압뒬하미트가 신임 총독이 살해되었다는 소식을 듣고 이를 그의 책임으로 돌릴 것이며, 해임 결정을 따르지 않았기 때문에 더 큰 비난을 받으리라는 사실을 알았다. 발코니에서의 방역 연설이 끝나기도 전에 사미 파샤는 이스탄불로 돌아가기는커녕 오스만 제국 국경 내에서 살 길도 막혔다는 것을 깨달았다.

파샤가 계획한 대로 발코니 행사는 공동체 지도자들, 종교인들, 정치인들, 의사들이 방역 조치가 성공하고 신이 민게르에서 페스트를 물리칠 수 있도록 모두 함께 자신들의 믿음에 따라 기도하면서 끝을 맺었다. 섬의 전형적인, 그리고 우리가 항상 지지하던 세속적인 유대감을 상징하는 순간을 포착한 이 사진들은 안타깝게도 몇 년 후에 "민게르 국가의 설립자들이 국가가 오래 지속되고 모두에게 행복과 평온을 가져다주기를 기도하는 장면"으로 소개되었다.

모임이 끝나자 발코니에서 호기심과 두려움에 싸여 안으로 들어온 손님들은 간혹 멈춰 서서 경비병과 관리인들이 옮기기 시작한 시신들을 살폈다. 룸 정교회 공동체장인 대주교 콘스탄틴 에펜디도 출입문을 나서기 전에 호기심을 이기지 못하고 전염병 상황실을 향해 걸어가 누군가 그를 방에서 끌어낼 때까지 십자가를 꺼내 들고 피투성이 시신들을, 총알구멍이 난 신임 총독의 이마와 피범벅이 된 얼굴을 한동안 바라보았다. 사미 파샤는 대주교, 셰이크 에펜디, 그리고 귀빈들을 계단까지 안내하며 방역 노력을 지지해 준 데 감사를 표시했다. 마치 모든 것이 계획한 방향으로 가고 있다는 듯 습격도 전혀 없고 사람들도 죽지 않은 것처럼 희망적인 말들을 건네면서 그들을 배웅했다.

의사 누리는 집무실 문 옆에서 콜아아스의 출혈을 멈추려고 애썼다. 방역 위원회 소속인 늙고 떠벌리기 좋아하는 의사 타소스가 그를 돕고 있었다.

사미 파샤는 회의실로 돌아와 그곳에서 자신을 기다리는 영사들을 보았을 때 행복감과 자신감이 들었다. 항상 주변의 모든 것을 통제하는 과거 총독 사미 파샤의 힘을 느꼈다. 이제 그는 섬의 유일한 통치자였고, 이 사실을 영사들의 시선에서 알 수 있었다.

"알아 두시기 바랍니다. 민게르는 어떤 것도 예전과 같지 않을 겁니다." 사미 파샤는 영사들을 향해 평소라면 사용하지 않았을 질책하고 무시하는 투로 말했다. "민게르 사람들의 생명과 재산, 방역 노력에 맞서 흉악한 습격을 지원한 배후는 누구라도 처벌받을 것입니다. 이 비열한 놈들은 영사들의 특권을 이용해 문을 통해 여기까지 걸어 들어온 것이 분명합니다. 지금 이 순간부터 영사들이 주 청사를 출입할 수 있도록 한 모든 허가를 취소합니다. 영사들의 다른 모든 특권도 검토하겠습니다. 습격의 배후에 어떤 영사가 있든 그 역시 당연히, 반드시 처벌받을 것입니다. 더 자세한 내용은 나중에 외무부 장관이 여러분에게 알려 줄 것입니다."

비록 아무런 설명을 요청하지 못했지만 모든 영사와 신문 기자는 사미 파샤가 과거에 정보부 직원이 하던 일을 이제 '외무부 장관'이 수행할 거라고 하는 말을 들었다. 분명히 '총독' 사미 파샤 역시 콜아아스의 말을 지지하고 독립된 국가라는 생각을 옹호한다는 의미였다.

그 순간 콜아아스가 말했다. "민게르는 민게르인들의 것입니다." 하지만 너무 고통스럽고 지쳤기 때문에 계속 말을 잇지 못하고 누군가 등 뒤에 놓아 준 베개에 몸을 기대며 입을 다물었다.

몇몇 사람들은 콜아아스가 손과 팔을 간헐적으로 겨우 움직이고 분노에 차 혼자 중얼거리듯 말하는 것을 페스트 환자의 행동과 비슷하다고 보았다. 이 사람들은 이스탄불에 대한 반목이 재앙을 가져올 거라고 생각한 현실주의자들이었다. 그들은 콜아아스가 일부 페스트 환자처럼 '미쳐 간다.'라고 믿고 싶어 했다.

부마 의사의 주도하에 콜아아스 캬밀은 사람들의 손과 어깨에 들려 사람들로 가득 찬 회의실을 나갔다. 알렉산드로스 사트소스가 1927년 이 장면을 그린 유화는 매우 멋지고 웅장하다. 안타깝지만 섬 주민들은 텍사스 출신 알코올 중독자 백만장자의 개인 소장품인 이 그림을 원본이 아니라 신문과 잡지에 실린 대략적인 흑백 복제품을 통해 알고 있다. 우리는 그림에서 국가 설립자와 자유의 영웅이 손에 총과 깃발을 들고 가냘픈 여자처럼 누워 있는 모습, 특히 감긴 눈과 창백한 피부가 적절하게 잘 묘사되었다고 생각한다. 한편 섬의 모든 역사학자는 콜아아스 캬밀이 사실은 곧 자리에서 일어나 혁명을 진전시키고 싶어 했다는 데에 의견이 일치한다.

사람들이 문을 향해 걸어갈 때 잠깐 프랑스 영사와 눈이 마주친 사미 파샤는 자신이 느끼는 힘을 특히 무슈 안돈이 인지하기를 바랐다.

"이후부터 직위를 남용하여 이스탄불 대사관에 전보로 나에 대해 불평하는 버릇은 버리십시오. 고맙게도 우리 지휘관 덕분에 이미 그만두셨겠지만요."(그는 콜아아스와 전신국 급습을 의미한다는 것을 나타내기 위해 콜아아스를 밖으로 옮기고 있는 문 쪽에 시선을 던졌다.)

이렇게 해서 총독 사미 파샤는 우리 독자들이 콜아아스 캬밀로 알고 있는 민게르 국가의 설립자를 민게르인들이 116년 동안 진심 어린 감사와 열정을 담아 불렀던 호칭인 '지휘관' 캬밀이라고 두 번째로 언급했다. 지금부터 우리도 독자들이 잊지 않도록 하기 위해 콜아아스를 이따금 지휘관으로 부르고자 한다.

54장

은퇴한 대사이며 지극히 속물인 사이트 네딤 에펜디는 외교 회고록 『유럽과 아시아』에서 바브알리가 민게르섬을 잃은 사실을 프랑스와 영국 신문을 통해 알게 된 것을 제국의 몰락 시기에 오스만 관료주의가 극도로 무능했다는 평범한 사례로 설명하고 있다. 이 관찰은 옳지 않다. 전신이 끊기고 페스트와 봉쇄 때문에 첩보망이 끊어져 압뒬하미트와 이스탄불 관료들이 섬으로부터 소식을 받지 못하는 것은 당연했다. 영사들도 외부에 소식을 전하지 못했기 때문에 이스탄불에 있는 영국과 프랑스 대사들 역시 이 상황에 대해 충분한 정보가 없었다. 어쨌든 주 청사 광장의 자유와 독립 선언 이후(얼마 지나지 않아 이 숭고한 개념은 함께 언급되기 시작했다.) 도망치듯 건물을 나온 영사들은 집에서 나오지 않았다. 사미 파샤가 처벌하리라는 것을 잘 알았기 때문에 당분간 가게와 여행사를 열지 않고 무슨 일이 일어날지 집에서 지켜보며 기다리기 시작했다.

사미 파샤는 독립을 주장할 수밖에 없는 상황이며, 이것이 역사적으로 불가피하다고 보았기 때문에 일부 관리나 사무관들처럼 우유부단함에 휩쓸리지 않았다. 반면에 몇몇 역사학자들은 '민게르 소실'이라는 주제로 쓴 글에서 사미 파샤가 사실은 압뒬하미트가 이십 년 전 이집트와 키프로스를 영국에 양도했지만 그 존재와 귀환의 희망을 상징하는 오스만 제국 국기가 섬에 휘날리도록 했을 때와 비슷하게 상황이 전개되기를 여전히 바랐을지도 모른다고, 즉 그는 여전히 파디샤의 사람이었다고 주장했다.

모든 역사학자가 동의한 점은 지휘관 캬밀이 그날 밤 정말로 죽음의 문턱에서 돌아왔다는 것이다. 국가 설립자가 민족적이고 극적인 순간에 입은 부상에 대한 의사의 진단서가 없기 때문에 지나치게 과장되고 모순적으로 쓴 글도 많다. 우리는 여기에서 파키제 술탄이 남편으로부터 들은 내용을 전하는 것이 가장 신빙성 있다고 믿는다. 콜아아스는 왼쪽 팔뚝에 심각한 총상을 입었고, 의사 누리와 도움의 손길을 주러 달려온 의사 타소스는 처음에 엄청난 출혈을 멈추는 데 집중했다. 둘 다 용감한 지휘관이 과다 출혈로 죽을지 모른다고 생각했다. 한 사람이 손으로 혈관을 누르고 다른 사람은 그의 팔꿈치 뒤를 거친 천으로 단단히 감싸 동여맸다.

지혈을 하고 나서 가장 가까운 방으로 옮길 때 콜아아스는 정신이 혼미한 상태였다. 누리는 그를 치료하기에 가장 빠르고 적당한 곳이 자신의 객실이라고 생각하여 방을 준비시켰다. 파키제 술탄은 머리를 가리고 뒤쪽에 있는 작은 방으로 물러났다. 정신이 혼미한 콜아아스를 가끔 술탄이 소설을 읽던 방 입구 옆의 기다란 유럽식 소파에 눕혔다. 넓은 객실이 호기심 많은 사람들로 차기 시작하자 누리는 문을 닫았다.

반쯤 의식을 잃고 누워서 콜아아스는 가끔 눈을 살짝 뜨며 무슨 일이 일어나고 있는지 지켜보았고 심지어 질문을 하기도 했다.(그는 사미 파샤에 대해 물었다.) 하지만 누리는 말을 하지 못하게 했다. 질문도 금지했다. 지휘관의 얼굴은 창백했고 눈은 감겨 있었다. 의사들은 출혈이 멈춘 것을 확신하자 조금은 마음을 놓았다.

1900년대 첫 사분기는 상대적으로 말해서 인류가 서로에게 가장 많은 총알을 쏘아 상처를 입힌 잔인한 시기였다. 자동 기관총과 그 앞으로 죽기를 무릅쓰고 달려든 애국적 민족주의가 같은 시기에 등장하여 빠르게 퍼졌기 때문이다. 하지만 그날 일은 그 시기 우리가 의학 서적에서 읽은 것들과 전혀 반대였으며, 지휘관 캬밀은 왼쪽 팔뚝에 총상을 입었지만 아마도 혈관을 관통하여 출혈이 심했던 모양이다.

파키제 술탄은 날이 어두워지기 전에 객실 뒤쪽에 있는 방에서 나와 상황을 지켜보았다. 그녀는 비록 새로운 국가를 설립하려는 시도를 전혀 몰랐지만 국가 설립자가 오스만 제국 제복에 메달과 훈장을 달고 피투성이로 문 옆의 긴 소파에 누워 있는 모습과 머리맡에 놓인 깃발을 보며 낭만적이라고 생각했다. 전염병 상황실에 있는 시신들에 대해서는 소식을 들어 알고 있었다. 화약 냄새가 사방에 배어 있었다. 그녀와 남편을 호위하던 이 영웅적인 군인에게 누리가 보이는 호의를 자신도 보여 주고 싶었지만 무엇을 해야 할지 정확히 알 수 없었다. 파키제 술탄이 제안하여 콜아아스의 아내 제이넵과 어머니에게 소식을 전하고 주 청사로 초대하자는 결정이 내려졌다.

지휘관 캬밀의 손이 괴사하지 않도록 왼팔을 감싼 천을 잠시 헐겁게 했다가 다시 동여매고 있을 때 제이넵이 도착했다. 제이넵은 남편의 창백한 얼굴과 혼미한 상태를 보고 작은 비명을 지르며 무릎을 꿇고 그를 껴안았다. 주위에 있던 사람들이 뒤로 물러나자 파키제 술탄은 예닐곱 걸음 떨어진 곳에서 그 둘을 지켜볼 수 있었다. 영원히 잊지 못할 순간이었다.

궁전에서 평생을 보낸 파키제 술탄에 의하면 사랑의 가장 강력한 증거는 여성과 남성이 공유하는 긍정적인 마음과 배려심만 아니라 그 감정의 깊이와 진정성이었다. 그녀가 보기에 콜아아스와 제이넵 사이에는 이러한 깊은 유대감이 있었다. 제이넵은 결혼하고 사십오 일 동안 콜아아스 캬밀 없이는 살 수 없음을 깨달은 것이 분명했다. 독자들은 장차 교과서에 실릴 것이 확실한 국가 설립자와 그 아내에 대한 파키제 술탄의 묘사를 이 소설 이후에 편지가 출간되면 읽을 수 있을 것이다.

그 순간에 느낀 흥분으로 파키제 술탄은 민게르섬을 오스만 제국으로부터 독립시키려는 사람들을 의식적이든 아니든 지지했다.

"지휘관, 훌륭하시네요! 당신은 자신이 이 섬사람이라는 것을 증명하셨어요."

"민게르는 민게르인의 것입니다."라고 지휘관은 힘겹게 답했다.

지휘관 캬밀을 가장 안전하다고 여겨지는 수비대로 옮기기 위해 철갑 랜도에 태울 때 파키제 술탄도 그 자리에 있었다. 주 청사의 모든 직원이 문 앞의 랜도 주변에 모여 있었다. 접전으로 인한 끔찍한 참상에도 불구하고 어떤 구원의 꿈과 살아남을 수 있다는 기대는 그들 모두에게 희망을 안겨 주었다.

혁명이 일어나고 자유와 독립이 처음 선언되던 날 밤을 묘사한 오늘날 모든 섬이 아는 그림이 있다. 화가 타젯틴이 주 청사의 철갑 랜도가 한밤중에 텅 빈 도시의 골목길을 나아가는 모습을 포착한 그림이다. 이 멋진 그림에서 철갑 랜도의 마부석은 비어 있다. 자유 선언이 있던 바로 다음 날 페스트가 마부들이 모이는 곳을 덮쳐 그들 모두에게 전염되었기 때문이다. 마부 제케리야는 먼 곳에 있었기 때문에 살아남았지만 모든 아르카즈 사람이 사랑하던 나이 들고 경험 많은 예의 바른 마부 네 명이 같은 날 사망하면서 아무도 마차를 찾을 수 없게 되었다. 마부들의 죽음 이후 시민들은 밤에 마부 없이 움직이는 랜도를 상상했고 화가 타젯틴이 그 분위기를 담아냈다.

자유와 독립이 선언되던 날 아르카즈에서 열여섯 명이 페스트로 사망했다. 하루 평균보다는 약간 적은 수치였다. 사망자들 중 일곱 명은 코푼야와 에요클리마 마을에서 나왔다. 그날 밤 지휘관을 수비대로 데려간 철갑 랜도가 두 마을 사이의 좁은 골목을 지나가고 있을 때 아버지와 딸이 죽은 집을 찾은 조문객들은 마차 위의 횃불이 온 마을을 밝히는 것을 보았다.

거리에 있는 사람들, 환자들, 도둑들, 사악한 사람들의 그림자가 유령처럼 벽에 길게 늘어졌다. 어떤 사람들은 페스트에 걸려 피를 토하는 쥐와 그 정령들, 그리고 페스트에 감염된 액체를 샘에 바르는 남자가 모두 철갑 랜도의 깃대에 꽂힌 깃발에서 퍼지는 빛을 보고 도망치는 것을 보았다고 주장했다. 혁명과 자유 선언 소식은 모든 사람에게 희망을 주었다.

다음 날 전임 총독 사미 파샤는 집무실에 있었지만 온갖 압박과 질문들에도 불구하고 정도를 넘는 어떠한 결정도 내리지 않았다. 그는 대부분의 시간을 발코니와 옆 회의실에서 전날 있었던 무력 충돌의 흔적들을 치우며 보냈다.

그런 뒤에 사미 파샤는 신문 기자 마놀리스를 만났다. "이제 자유가 주어졌으니 언론도 자유롭다고 생각해야겠지요!" 신문 기자가 대담하게 주장했지만 사미 파샤는 발뺌을 했다.

"자유로운 민게르에서는 언론도 자유롭습니다. 다만 이 역사적이고 민족적인 문제에 대해 우리에게 확인도 하지 않고 생각나는 대로 쓰지 마십시오. 당신들이 진실한 감정과 흥분으로 쓴 것을 저 불량배와 게릴라(그는 전염병 상황실을 가리켰다.), 그리고 적이 즉시 악용해 자유와 독립에 맞서 이용할 겁니다. 우리는 새로운 정부와 방역 규정을 곧 발표할 겁니다!"

사미 파샤는 라미즈를 포함해 부상당해 병원으로 이송된 침입자들을 감옥에 보내는 일을 하나하나 직접 처리했다. 가벼운 상처만 입고 탈출한 신임 총독의 수행원들이 그를 만나고 싶어 했지만 보좌관 하디와 모두를 나룻배에 태워 처녀탑의 격리 구역으로 돌려보냈으며, 사망한 이브라힘 하크 총독의 장례식에 참석하겠다는 요구도 번거로워서 거절했다.

그 첫날 사미 파샤는 작고 중요하지 않은 아스르 사데트[82] 테케와 아스르 사데트 종파를 상대하느라 바빴다. 그들은 폐쇄적이고 가난한 그룹이었다. 정치, 시장, 심지어 누구와도 관계와 친분이 없었다. 그들은 사원 폐쇄 결정을 거부하고, 필요하면 싸우겠다고 결정했다. 이 테케에 다니는 사람들은 작은 공동체였고, 타틀르수에 사는 이들의 수장 셰이크 사지트 에펜디도 반미치광이였다.

파샤는 지금 그들을 따끔하게 혼내 주고, 그리하여 수립 중인 새로운 정권의 단호한 의지를 모든 사람에게 보여 주고 싶었다. 아스르 사데트파가 움직이기 전에 신임하는 경비병들로 구성한 분대를 즉시 작은 아스르 사데트 테케로 보냈다. 테케 거주자들은 분노에 차 있고 사나웠다.(총독의 부하들은 그들이 온순하고 평화를 사랑하는 사람들이라고 생각하여 도발할 필요가 있다고 여겼다.) 처음에 그들은 핑계를 대며 총독이 보낸 분대를 안으로 들이지 않았다. 오히려 누군가 사원에서 예배를 올릴 계획을 고발했다는 것을 알고 분노는 극에 달했다. 이렇게 해서 '지휘관' 캬밀이 자유 민게르 국가를 선언한 지 하루가 지나지 않아 섬에서 공무원과 시민 사이에 첫 무력 충돌이 일어났다. 아스르 사데트의 놈팡이들, 빈둥거리는 놈들, 독실한 신자들이 사미 파샤가 보낸 경비병들에게 장작과

82 이슬람 역사에서 예언자 무함마드가 살아 있던 시기를 일컫는 말로 '행복의 시대'라는 의미다.

몽둥이를 들고 달려들었다.

총독의 분대는 잠시 싸우다가 후퇴했다. 가장 거칠고 용감한 경비병들 중 한 명인 카라 카디르의 눈썹이 찢어지고 또 다른 한 명이 정신을 잃었기 때문이다. 그날 오후에야 사미 파샤의 방역 부대로부터 지원을 받아 경비병들을 보충하고 다시 공격을 개시했다. 일부 학자들은 새로 설립된 국가의 '권위'와 무력함을 보여 주기 위해 이런 느림과 무모함을 지적한다.

사미 파샤는 해가 지기 전에 철갑 마차를 타고 수비대로 갔다. 손님 숙소에서 긴 소파에 누워 있던 지휘관 캬밀이 그를 보고 일어나 앉으려다 곧 다시 누웠다. 옆에는 제이넵이 있었다. 지휘관은 빨리 몸을 회복해 얼굴에 혈색이 돌고 시선은 부드러웠다. 오스만 제국의 훈장과 메달을 달지 않았지만 군복은 입고 있었다. 그의 모습은 멋지고 인상적인 데다 시적인 면도 있었다. 그 순간 우리 주인공인 콜아아스가 역사의 무대에 나오고 있는 사람들 위에 비치는 특별한 후광으로 둘러싸여 있었다는 것을 밝히는 바다. 제이넵의 오빠들, 의사들, 직원들이 모두 방에서 나갔다. 사미 파샤는 문을 닫았다. 두 사람은 방에 정확히 삼십 분 동안 함께 앉아 있었다.(의사 타소스는 부상당한 지휘관이 힘들지 않도록 삼십 분 이상 머물지 말라고 부탁했다.)

어떤 사람들은 지휘관과 마지막 오스만 제국 총독 이 두 사람이 삼십 분 동안 이야기를 나누며 다가올 오십 년 동안의 섬의 미래를 결정했다고 주장한다. 하지만 콜아아스도 전임 총독 사미 파샤도 방에서 무슨 이야기를 나누었는지에 대해 그리 멀지 않은 죽음을 맞이할 때까지 아무에게도 말하지 않았다. 그럼에도 이 주제와 관련해 많은 글이 있다.

사미 파샤의 랜도가 수비대를 떠날 때 사드리 하사는 민게르섬의 독립을 알리는 대포를 쏘아 올리기 시작했다. 해가 막 지고 있었다. 지평선에 다른 어디에서도 볼 수 없는 보라색과 분홍색 사이의 빛이 나타났고, 빨간색과 주황색의 구름 두 줄기가 그들 위에서 빠르게 짙어지는 어두운 구름과 합쳐지고 있었다.

사미 파샤는 대포 소리를 배경으로 마차를 타고 옛 주 청사 건물로 돌아가면서 영혼에서 느끼는 폭풍을 잠재울 유일한 길은 마리카에게 모두 이야기하는 것임을 알았지만 다음 날까지 비밀을 지켜야 한다고 결정했기 때문에 결국 마리카에게 가지 않았다. 대포 소리가 계속되는 동안 그는 주 청사에 있는 집무실 창을 통해 어둠 속에서 도시를 바라보았다.

대포가 꽝 하고 울릴 때마다 아르카즈 전체를 흔드는 굉음이 가파른 바위 절벽에 메아리치면서 더욱 커지는 듯했다. 페스트가 창궐한 아르카즈에서 어린 시절을 보낸 사람들에게 수년이 흐른 후 무엇이 가장 무서웠느냐고 물으면 많은 수가 대부분은 미소를 지으며 이 대포 소리를 떠올렸다. 처음에는 거의 모든 섬사람이 대포 소리가 전함에서 들려온다고, 그러니까 열강들이 공격을 시작했다고 생각했다.

하지만 대포가 한 발 한 발 길고 일정한 간격을 두고 발포되자 사람들은 곧 이것이 전혀 다른 것을 의미한다고 생각했다. 대포 하나로 스물다섯 발을 쏘는 데 두 시간 가까이 걸렸다. 그런 다음 도시와 항구는 사원과 교회를 폐쇄하고 에잔과 종소리를 금지한 이후에 만연했던 그 고요함으로 돌아갔다.

다음 날 아침 사미 파샤가 보낸 랜도가(마부 제케리야는 가장 멋진 제복을 입고 있었다.) 지휘관 캬밀을 주 청사 광장으로 데려왔을 즈음에는 대부분 사람들이 민게르의 독립을 전 세계에 선포하기 위해 지난밤 대포를 쏘았다는 사실을 알고 있었다. 섬의 아들이자 이 독립을 섬에 가져온 지휘관 캬밀이 철갑 랜도에서 내리자 수비대 군악대원들은 가장 잘 아는 곡, 즉 압뒬하미트에게 경의를 표하기 위해 작곡된 「하미디예 행진곡」을 연주하기 시작했다. 방역 부대 병사들과 헌병들은 주 청사 입구에 차려 자세로 서 있었다.

"민게르 사람이 작곡한 새로운 국가가 필요해!" 그들만 집무실에 있을 때 사미 파샤가 말했다.

그는 콜아아스의 가슴에 고정되어 있는 붕대 감은 팔과 메달과 훈장을 달지 않아 소박하고 더 위풍당당해 보이는 제복을 유심히 바라보았다.

"모두들 여기에 와 있습니다……. 테이블 상석에 앉으십시오. 그런데 제가 먼저 저쪽으로 가겠습니다!"

"아닙니다! 함께 가십시오. 격식을 차릴 필요는 없습니다."

지휘관 캬밀은 이렇게 말하면서 사미 파샤를 따라 옆에 있는 넓은 회의실로 갔다. 큰 테이블 주변 의자들에는 이미 방역처의 주요 관리들, 방역 위원회의 일부 위원들, 마을 대표자들, 주 청사 직원들, 의사 누리, 의사 니코스, 그리고 다른 의사들 몇 명이 앉아 있었다. 다들 가능한 한 멀리 떨어져 앉았다.

"이 회의에 더 많은 사람을 초대하고 싶었습니다만…… 불가능했습니다." 사미 파샤가 말했다. "상대방을 향해 기침하지 마십시오. 우리가 하는 모든 일은 전염병을 종식시키고, 민게르인의 생명을 구하고, 모두 함께 생존하기 위한 것입니다. 우리에게 혁명 말고는 다른 선택지가 없었다는 것을 여러분이 가장 잘 아실 겁니다."

잠시 후 참석자들은 사미 파샤의 말에서 새로운 민게르 국가의 헌법을 작성하거나 이를 승인하는 등의 부담스러운 책무가 기다리고 있음을 알게 되었다. 테이블 가장자리에 두 명의 서기가 앉아 곧 낭독되는 헌법 조항들을 받아쓸 준비를 하고 있었다.

"첫째, 민게르 민족은 민게르야의 민게르섬에 산다. 둘째, 민게르야는 민게르인의 것이다. 셋째, 자유롭고 독립적인 민게르 국가 민게르야를 민게르인을 대신해 민게르 공화국이 통치한다. 넷째, 민게르인은 모든 사람에게 평등하게 적용되는 법으로 통치된다. 헌법이 곧 마련될 것이다. 민게르 국민은 평등하다. 다섯째, 재판 업무, 토지 대장, 공식 등록부, 세금, 군 복무, 세관 규정, 우편 서비스, 항만, 농업, 무역, 그 밖의 모든 결정은 민게르인이 내리며, 명시되지 않은 부분은 새로운 조항이 발표될 때까지 구 오스만 제국 정권의 기록, 지폐, 동전, 계급, 지위, 명예가 그대로 유효하다." 일단 처음 다섯 개 조항을 기록하자 사미 파샤는 '의회'라고 부르기 시작한 소수의 룸과 대다수를 차지하는 무슬림으로 이루어진 마흔 명의 참석자들에게 서명하도록 한 후 미리 준비한 새 정부의 구성과 다른 조직 문제들로 넘어갔다.

와크프 관리부장은 '와크프 장관', 방역부장 니코스는 '보건 장관'(새 정부의 방역 장관은 예외를 적용해 의사 누리를 임명했다.), 세관장은 '세관 장관', 헌병대장은 '내무 장관'이 될 터였다. 이러한 논리에 따르면 주 청사 건물의 새 의회에서 아무도 사무실을 옮길 필요가 없었다. 관건은 일을 하고, 방역 규정을 끝까지 잘 시행하는 것이었다. 직함은 그리 중요하지 않았다. 지금부터 섬은 스스로 결정할 것이다.

이 긴 연설이 끝나갈 무렵 모든 사람은 사미 파샤가 자신을 새로운 정권의 '국무총리'로 여긴다는 사실을 알게 되었다. 파샤는 더 이상 직위와 호칭에 대해 언급하지 않았다. 콜아아스가 발코니에서 사람들을 향해 민게르 깃발을 흔든 지 아직 이틀이 지나지 않았다. 사미 파샤는 독립을 선언하고 이스탄불과 오스만 제국의 지배에서 벗어난 데에 대해 불만을 품은 사람들의 목소리가 높아지기 전에 진정시켜야 한다는 아주 적절한 결정을 내렸다.

"여러분이 알다시피 우리는 모두 특별한 시기를 경험하고 있습니다." 그는 연설을 마무리 지을 준비를 하며 말했다. "우리는 숭고한 민게르 민족이 페스트에 맞서 실존을 위한 투쟁을 벌이는 것을 목격했습니다. 우리는 이 싸움을 감독하고 한편으로 민게르인이 문명국가의 무대에 올라가는 것을 알아차리지 못하고 지켜보게 되었습니다. 이 투쟁 기간 내내 지휘관 캬밀이 우리 모두의 지도자였습니다. 저는 지금 그에게 소장 계급의 파샤 지위를 부여하는 문제에 대해 투표를 제안합니다. 안건이 통과되었습니다. 이제 지휘관 캬밀 파샤를 민게르 대통령직 후보로 지명하겠습니다. 동의하는 사람은 손을 들어 주시기 바랍니다. 지휘관 캬밀 파샤는 민게르야의 초대 대통령으로 선출되었습니다. 결정은 오늘 저녁 스물다섯 발의 대포 발사와 함께 선포될 것입니다."

모든 사람이 지휘관을 바라보고 있었다.

"민게르 민족을 대표하는 숭고한 의회에 감사드립니다!" 지휘관 캬밀이 말했다. 그는 자리에서 일어나 과장되지만 미소를 지으며 모든 사람에게 인사했다. "저 역시 헌법 조항 하나를 제안하고 싶습니다. 이 조항은 처음부터 포함되어야 한다고 생각합니다. '민게르'에서는 민게르 민족과 민게르야의 모국어인 민게르어를 사용한다! 국가의 공식 언어는 일시적으로 튀르크어와 룸어다."

잠시 정적이 흘렀다. 콜아아스는 사미 파샤가 언짢아하는 것을 알아챘다.

룸 의사 타소스가 박수를 치며 환호했다. "브라보!"

오스만 제국에서 룸어는 공식 언어가 아니었기 때문에 헌법에 포함시킬 이 조항은 섬에 사는 룸들의 새 독립 국가에 대한 지지를 확보하는 데 확실히 도움이 될 것이다. 그 순간까지 모든 사람이 마치 동화의 한 장면이나 꿈처럼 여기던 회의가 순식간에 좀 더 신중한 계산, 이 표현이 적합하다면 '현실 정치'라는 영역으로 들어섰다. 한편 민게르어의 발전을 위해 튀르크어처럼 룸어도 장차 구석으로 밀려날 듯했다. 섬의 유일한 언어인 민게르어에 대한 민족주의적이고 언어학적인 전망은 그날 방역 문제를 다루기 위해 선의로 회의에 참석한 사람들에게 지나치게 환상적으로 보였기 때문에 심각하게 받아들여지지 않았다. 무슬림을 화나게 한 것은 룸어를 공식 언어로 만들었다는 점뿐이었다.

지휘관 캬밀은 그들의 불편한 기색을 감지했다. "이 아름다운 섬에서 우리는 수백 년 동안 형제로 살아왔습니다! 그렇다면 방역 당국과 정부도 공정한 아버지처럼 형제들에게 동등한 거리를 유지해야 합니다. 페스트를 물리치기 위한 첫 번째 조건은 서로를 형제처럼 대하는 것입니다."

지휘관 캬밀은 잊지 못할 말을 듣게 되리라는 것을 느끼게 해 주고 싶은 듯 잠시 입을 다물었다. "나는 민게르인입니다! 민게르인이라는 것이 자랑스럽고 더 나아가 자긍심을 느낍니다. 나 자신을 세계 민족 형제애의 영광스럽고 평등한 일원으로 여기기 때문에 행복합니다. 하지만 세계 민족 형제애도 나의 민게르, 나의 섬, 나의 민게르어를 존중해 주기 바랍니다. 내일 내 아들이 태어나면 이 섬에 사는 모든 사람처럼 집에서 민게르어를 사용할 것입니다. 우리 아이들이 자라서 학교에 갈 때 집에서 쓰는 말을 부끄러워하며 잊지 않도록, 세계가 지켜보는 가운데 민게르 민족이 페스트로 인해 멸망하지 않도록 이 조치를 받아들여야 합니다."

이는 오늘날까지 민게르 국민과 섬에서 학교를 다닌 모든 사람이 애틋하게 기억하고 때로는 눈물을 흘리며 읊조리는 말들이다. 섬 인구의 대부분은 특히 해외에서 만났을 때 미소를 지으며 "나는 민게르인입니다."라고 말하면서 큰 자부심을 느낀다. 하지만 이 말의 아주 명백한 모순에 대해 가볍게라도 언급해서는 안 된다. 모든 사람이 형제라면 우리 조상이 수백 년 전에 쓰던 튀르크어, 룸어, 심지어 이탈리아어와 아랍어는 왜 민게르어보다 더 열등한 언어로 간주하느냐고 아무도 물을 수 없다. 1901년 섬에서 태어난 아이들 중 5분의 1만이 집에서 민게르어를 사용했다. 대부분 룸어나 튀르크어를 사용하며 자랐다. 그러나 지휘관 캬밀의 이 즉흥적이고 시적인 연설은 안타깝게도 회의실에 서 있던 관리들 중 한 명이 갑자기 의자에 주저앉더니 고통을 감추지 못한 채 모든 사람이 아는 페스트 증상으로 덜덜 떨며 신음하자 중단되고 말았다.

55장

단기간에 국무총리가 되어 새로운 역할에 필요한 준비를 마친 그날 오후 사미 파샤는 옆에 있는 큰 회의실에서 새 헌법에 대한 논의가 계속되는 가운데 업무를 시작했다.

전날 밤 두 번째 교전이 있고 나서 방역 부대가 체포한 일곱 명의 아스르파는 성의 감옥에 가두고, 그 두 배인 나머지 사람들은 격리 구역으로 보냈다. 한편 "사원에 가지 않으면 진정한 무슬림이 될 수 없고 페스트를 구실 삼아 사원을 폐쇄하는 것은 이슬람에 위배되는 무자비한 짓"이라고 말한 작은 테케의 '곱슬이'라는 별명을 가진 셰이크(머리카락과 턱수염이 곱슬곱슬했다.)에 대해 정신을 차리라는 의미로 체포를 명령했으나 '곱슬이'가 후회하는 기미를 보이자 성 지하 감옥에 가두지 않고 풀어 주었다. 사미 파샤는 라미즈와 그 공모자들에 대한 재판을 준비하기 위해 타쉬츨라르와 카디를레르 마을의 몇몇 집들을 급습하라고 허가했지만 할리피예 테케와 가까운 게르메에서는 허가하지 않았다.

사미 파샤는 할리피예 테케에 특별한 관심을 보였다. 그들과 불화가 있다고 생각하지 않았으며 오해를 사고 싶지 않았다. 라미즈가 접전에서 부상당해 죽지 않은 것은 잘된 일이었다. 이는 지휘관의 분노와 경각심을 일깨웠을 뿐 아니라 셰이크에 맞서는 지렛대로 사용할 수 있었다. 셰이크의 동생이 많은 사람이 희생된 유혈 공격을 주도하다 부상당하고 투옥된 소식에 할리피예 테케는 들썩이고 낙담했다. 국무총리 사미 파샤는 셰이크 함둘라흐가 어느 건물의 어느 방에 숨어 명상에 잠겼는지조차 알 수 없었다. 그는 할리피예 종파에 맞서 어떤 태도를 보여야 하는지 지휘관에게 묻지 않았다. 하지만 라미즈와 그 공모자들에 대한 재판을 가능한 한 서둘러 진행하라고 명령했으며, 법정에 이 명령을 내린 사실을 지휘관에게 감추지 않았다.

"민게르 국가는 공정해야 합니다!" 지휘관 캬밀은 말했다.

전임 총독이자 신임 국무총리인 사미 파샤는 지휘관에게 민게르의 여러 문제를 어떻게 어느 선까지 알려야 하는지 첫날부터 파악했다. 지휘관은 공무원과 직원들의 행정적인 역할이나 관료적 문제들에는 그다지 관심이 없었다. 반면에 부서 예산, 돈, 급여, 군인 수, 아랍 부대를 공공질서를 위해 사용하는 방법 같은 문제들은 재빨리 파악했으며 세부적인 것들도 면밀히 검토했다. 정부가 해결하기를 원하고 그가 관심을 기울이고 좋아하며 제안했던 특별한 문제들도 있었다.

예를 들어 민게르 국가 선포를 위해 발행해야 하는 우표가 그중 하나였다. 지휘관은 체신 장관 디미트리스 에펜디에게 이 문제에 대해 직접 지시를 했다. 섬이나 이즈미르나 테살로니키에는 마땅히 그런 섬세한 작업을 할 만한 인쇄소가 없으며 파리에서 우표들을 주문해야 한다고 장관이 답변했을 때는 달가워하지 않았다. 그는 장관에게 민게르섬에서 가능한 모든 자원을 동원하여 기술적인 해결책을 찾으라고 끈질기게 요구했다. 인쇄업자들이 페스트 때문에 도망쳤다면 내무 장관이 그들을 찾아야 할 거라고 말했다. 사미 파샤는 곧 대통령이 그와 민게르의 풍경이 담긴 우표를 보고 싶어 한다는 것을 깨달았다.

지휘관이 지대한 관심을 나타낸 또 다른 문제는 정부와 의회 의원들에게 선물을 나누어 주는 것이었다. 마치 술탄들이 새로 등극했을 때 제국의 군부와 관료들에게 나누어 주는 보상과 비슷했다. 그는 주, 즉 그러니까 새 정부의 재원이 조금밖에 남지 않았다는 것을 알고 있었다. 그는 불가능한 이 일에 대해 해결책을 생각해 냈다. 그를 지지하는 모든 관리에게 선물로 섬의 꽤 많은 토지를 증여하고 그 농지세를 면제하는 공식 문서를 발급하는 것이다. 오늘날 116년이 지나 이 '토지 등기' 선물과 농지세 면제가 민게르 토지 등기부로부터 유효하다고 인정받기 위해서는 먼저 법원에 자세한 신청서를 제출해야 한다.

그날 저녁 무렵 지휘관을 민게르야의 대통령으로 선언하기 위해 쏘아 올린 대포는 이번에 도시에서 더 따뜻하게 환영받았다. 사망자 수는 줄지 않고 먹을 것을 구하기도 더 힘들어졌지만 아르카즈 사람들은 전신국을 급습하고 사랑에 빠져 섬 출신 처녀와 결혼한 젊고 용감한 지휘관을 좋아했다. 사흘 전 주 청사에서 벌어진 유혈 습격 이후 공식적인 행사는 생각하는 것조차 공상에 가까운 일이었기 때문에 방역 발표와 비슷한 포스터를 인쇄하기로 했다. 축포에 이어 지휘관 캬밀 파샤가 자유롭고 독립적인 민게르야의 대통령으로 선언되었으며 방역 규정과 새로운 정부의 결정을 따라야 한다는 것을 알리는 포스터들을 모든 거리에 붙였다.

'민게르 혁명'이 일어난 시기에 주 청사 소속 정규직과 봉급을 받는 직원들 중 겨우 절반만 출근했다. 어떤 사람들은 집에서 절대 나오지 않았고, 어떤 사람들은 시골로 도망쳤으며, 어떤 사람들은 죽었다. 구 주 청사이자 새 각료 본부에 들르는 직원들 대부분은 공짜 점심을 먹고 봉급을 다른 사람에게 뺏기지 않기 위해서였다. 주 청사의 많은 업무는 이스탄불에서 온 책임감 강한 소수의 중·고급 관리들이 처리했다. 다음 날 아침 출근하면서 벽에 붙은 포스터를 본 이 오스만 제국 관리들은 그 내용이 사실이라면 새 민게르 정부와 이스탄불 중 하나를 선택하게 될지도 모른다는 생각이 들어 불안해했다. 이제 모두들 사미 파샤가 해임되었으며 압뒬하미트가 보낸 신임 총독은 살해되었다는 사실을 알고 있었다.

만약 사미 파샤가 젊었을 때 군수, 무타사르프 혹은 중급 관리를 지내던 오스만 제국 도시나 섬에서 반란이 일어나 지금처럼 섬과 이스탄불 중에 선택할 수밖에 없는 상황이라면 당연히 이스탄불을 선택했을 것이다. 무어라고 변명을 하든 이스탄불을 선택하지 않은 관리는 '배신자'였다. 그래서 일부 관리들이, 예를 들어 와크프 관리부장 니자미 베이(얼마 전 결혼했고 아내는 이스탄불에 있었다.)나 재무 차장 압둘라흐 베이(그는 섬에 도무지 적응하지 못했으며 좋아하지 않았다.)가 이스탄불로 당장 돌아가고 싶어 하는 마음을 아주 잘 이해했다. 머리가 복잡할 거라고 생각했던 정보국장(아내가 섬의 부유한 가문 출신이다.)과 암호 해독자 메흐메트 파즐 베이 같은 관리들은 본보기가 될 거라는 의미에서 헌법 작성 위원회에 포함시켰다.

룸 출신 관리들과 섬 태생인 사람들은 자유와 독립 선언에 크게 반대하지 않았을 뿐 아니라 잠깐이나마 페스트와 방역 문제를 잊고 비록 서류상일지라도 장관, 장 같은 새로운 직책과 직함에 대해 서로 이야기하고 농담하기를 좋아했다. 이스탄불이 보복할까? 봉급은 받을 수 있을까? 그들이 선물로 받을 토지 증서에 새로운 직함이 기재될까? 사미 파샤는 봉급을 준다고 약속했다.

이스탄불과 오스만 제국에 충성한 관리들은 농담을 꺼렸을 뿐 아니라 새로운 직함을 진지하게 받아들이지 않았으며, 돈에 대해서는 거의 생각하지 않았고, 상황이 다소 예민하다고 여기면서도 이를 드러내지 않았다. 사미 파샤는 이스탄불에 충성하는 이 머리가 복잡한 관리들을 다 알고 있었으며, 침울하고 불행한 모습의 이면에서 어느 날 압뒬하미트가 내릴 처벌에 대한 공포와 아내나 아이들을 다시는 보지 못하고 절대 집에 돌아갈 수 없을지 모른다는 두려움을 보았다.

“민게르 정부는 사려 깊고 동정심이 많습니다.” 사미 파샤는 미소를 지으며 말했다. “이곳에 누군가를 억지로 붙들어 두거나 인질로 삼을 생각은 당연히 없습니다. 모든 사람을 다 초대하지 못했습니다. 동료들에게 전해 주시기 바랍니다. 우리는 혁명 정부에서 일하고 싶지 않은 사람, 더 나아가 떠나고 싶은 사람, 이스탄불로 돌아가기를 선택한 사람을 도울 준비가 되어 있습니다. 민게르야는 오스만 제국과 친구입니다. 이 페스트의 재앙이 끝나면 다 잘될 겁니다.”

그는 마지막 말을 우호적인 분위기로 마치 관료적인 문제에 대해 언급하는 것처럼 말했다.

“이렇게 더 지속되면 우리는 조국과 파디샤와 이슬람 공동체를 배반하는 셈이 됩니다!” 테셀리 군수인 라흐메틀라흐 에펜디가 말했다.

“그건 옳은 생각이 아닙니다!” 사미 파샤는 잘 알지 못하는 이 사람을 지휘관의 사려 깊지 못한 제안으로 회의에 참석시킨 것을 즉시 후회했다. ‘반역’, ‘전하께서 어떻게 생각하실까?’ 같은 표현들이 전혀 언급되지 않는 회의를 상상했기 때문이었다. “궁극적으로 저 역시 이 섬 출신이 아닙니다.” 사미 파샤는 주저하며 말을 계속 이었다. “하지만 염려하지 마십시오. 우리가 당신을 해친다면 이를 핑계로 섬을 점령하려고 할 테니까요."

"어차피 섬은 오스만 제국과 파디샤의 것이니 '점령'이라는 말은 잘못되었습니다!" 라흐메툴라흐 에펜디가 말했다.

"만약 우리가 이스탄불을 선택한 당신들을 보내 준다면 우리를 상대로 첩자 노릇을 하겠지요."

"파샤, 매일 열다섯 명에서 스무 명이 죽고 있습니다. 이 전염병이 계속되는 한 누구도 섬을 점령할 생각을 하지 않을 겁니다. 그러니 첩자도 필요 없겠지요."

"임무를 계속 수행하는 사람들은 이전 정권에서 밀린 급여와 새로운 급여를 곧 받게 될 겁니다. 오스만 제국을 배반한다는 우려 때문에 관직을 그만두는 사람들은 계속 임무를 수행하는 사람들에게 지급된 이후에 밀린 급여를 받게 될 겁니다."

'지금이 급여를 생각할 때인가?'라고 생각하는 사람들이 있었지만 다들 속으로만 간직했다. 창을 통해 창백한 빛이 들어오고 초록색 소나무가 잿빛으로 보였다. 에잔 소리와 종소리가 들리지 않아 도시 위에 구름이 더욱 무겁게 드리우고 하늘의 푸른빛과 사람들의 결의가 모두 시들해진 듯했다.

일부 논평가들이 긴 논쟁이 있은 후 사미 파샤가 당장 이스탄불로 돌아가고 싶은 사람들을 분열하게 만들었을 뿐 아니라 계속 섬에 남도록 설득하는 데 성공했으며, 룸들에 맞서 그에게 동조하는 파벌을 얻게 되었다고 말한 것은 옳다. 집에서 튀르크어를 사용하는 이 사람들은 페스트가 종식되고 그들을 구할 오스만 제국 전함과 군인들이 올 때까지 눈 밖에 나지 않는 것이 최선이라고 결론 내렸다. 사미 파샤는 그날 저녁 집에 헌병과 군인들을 보내 이스탄불로 돌아가고 싶어 하는 오스만 제국 관리들 중 가장 분노하고 목소리를 높인 군수 라흐메툴라흐 에펜디, 와크프 관리부장 니자미 베이, 재무 차장 압둘라흐 베이 같은 사람들을 처녀탑으로 이송했다. 하얗고 멋진 건물이 있는 이 작은 격리 섬은 날이 갈수록 민게르 국가가 압뒬하미트에 충성하며 튀르크어를 사용하는 오스만 제국 국민들을(룸어를 사용하는 사람은 두 명이었다.) 가두는 감옥으로 변해 갔다.

그날 밤 오스만 제국에 충성하는 관료들을 처녀탑으로 데려가는 나룻배가 부두를 떠나 조용히 항해할 때 사미 파샤는 각료 본부(옛 주 청사) 건물의 집무실 발코니로 나갔다. 그가 이곳에 나온 것은 혁명이 있던 금요일 오후 이후 처음이었다. 도시의 한적한 곳에서, 아르카즈천에서 개구리들이 울고 매미들이 울부짖는 가운데 그는 오스만 제국의 관리들을 데려가는 나룻배의 노 젓는 소리를 들으려 했다.

56장

그 시절 섬에서 가장 행복한 두 사람은 분명히 대통령 캬밀과 젊은 아내 제이넵이었다. 콜아아스의 상처를 돌보는 의사 타소스가 제이넵을 한 번 보고는 임신했다고 말해 주면서 부부의 삶은 달라졌다.

제이넵은 수비대의 손님 숙소에서 자신이 포로처럼 느껴졌고, 엄마를 만나지도 못했다. 사실 라미즈와 그 공모자들이 감옥에 있으니 그들을 두려워할 필요가 없었다. 손님 숙소는 국가 원수의 영광스러운 지위에 합당하지도 업무를 수행하기에 적당하지도 않았다. 그리하여 그들은 스플렌디드로 돌아가기로 결정했다.

호텔에 돌아가자마자 지휘관은 군복을 입고 파샤라는 것을 보여 주는 견장과 배지를 달고서 어머니에게 갔다. 그날 지휘관이 머릿수건을 쓰고 눈물을 흘리는 어머니의 손등에 입을 맞출 때 찍은 사진은 교과서, 지폐, 복권, 그리고 1950년대 이후 섬에서 성행한 어머니의 날 축하 행사 때문에 오늘날 모든 민게르인이 알고 있다. 지금은 박물관이 된 콜아아스 캬밀의 어린 시절 집에 전시되어 있는 미잔즈 무라트의 프랑스 혁명과 자유를 소재로 한 책(아랍 문자를 사용하여 '튀르크어'로 썼다.)도 또 다른 중요한 물건이며, 이곳을 방문하는 학생들의 숙제이기도 하다.

콜아아스는 스플렌디드 호텔 1층을 방역 부대에 배정했고, 2층에는 그의 집무실(큰 호텔 방이기 때문에 사미 파샤의 집무실보다 작았다.)과 국무총리가 보좌관(지금의 대통령 비서실장)으로 보낸 정보국장 마즈하르와 직원 한 명의 사무실을 두었다. 위층에 있는 그들의 객실 역시 변화를 주었으며, 아기 요람을 어디에 놓을지도 이미 정했다.

방을 수준에 맞게 꾸미기 위해 섬에서 가장 부유한 룸 가문들 중 플리즈보스 해변이 내려다보이고 전망 탑이 멋진 마브로예니스 집안의 4층 저택에서 플리즈보스 가구들을 압류한 일은 많은 비난을 받았다. 이 사건은 룸들에게 새 정권이 기독교인을 학대한다는 측면에서 오스만 제국과 별 차이가 없다는 신호로 해석되었다.

콜아아스는(그를 항상 '대통령'이라고 부를 수는 없다.) 태어날 아이가 남자아이라고 상정하고는 고고학자 셀림 사히르에게 소식을 전해 옛 민게르 남자아이들의 이름을 찾아 달라고 부탁했다. 그는 아들이 아주 특별한 사람이 될 거라고 확신했다. 아이가 듣고 말할 첫 단어는 물론 민게르어라야만 했다. 이러한 이유로 제이넵과 더 자주 단둘이 있으면서 민게르어로 말하고 싶었다. 하지만 대통령의 바쁜 일상에서 쉬운 일은 아니었다.

부부는 서로를 친근하게 느끼고 그 많은 재앙 속에 행복할 수 있었던 이유가 스플렌디드 호텔의 꼭대기 층에서 둘이서만 지내기 때문이라는 것을 알았다. 가끔은 서로를 안고 창문 하나를 열고서 정지한 채 작은 움직임도 없는 죽음에 흠뻑 젖은 도시의 정적에 귀를 기울였다. 때로 소각되는 집에서 올라오는 검은 연기 사이로 만을 가로질러 섬의 격리 구역 뜰에 모인 환자들, 감염 의심자들, 시간을 죽이는 불운한 사람들을 바라보았다.

그들은 침대에서 함께 할 수 있는 놀이들도 만들어 냈다. 서로의 벗은 몸에서 한 지점에 — 가장 은밀한 부분은 아니다. — 시선을 고정하고 배꼽, 유두, 귀, 손가락, 어깨를 손으로 잡고는 과일, 새, 동물 혹은 물건에 비유한다. 둘 다 이 놀이가 벌거벗은 몸, 성적 행위, 그리고 서로에 대해 더 편안해지는 데 도움이 된다는 것을 알았다. 눈과 코를 상대의 피부 위 한 지점에 가까이 대면 모기와 벌레에 물린 자국, 상처, 멍, 점, 얼룩이 보였다. 모기들이 계속 물었기 때문에 목과 다리는 붉은 반점투성이였다. 이 발진과 부종들을 보고는 가끔은 둘 다 불안해지기도 했다. 한번은 제이넵이 콜아아스의 겨드랑이와 등 사이에 있는 작은 농포를 발견하고는 공포에 휩싸여 "이게 뭐야!" 하고 소리쳤다. 하지만 다행스럽게도 곧 그 위에 난 구멍과 가려움증 때문에 가래톳의 시작이 아니라 모기가 문 자국인 것을 알고 마음을 놓았다.

섬에서 보낸 두 달 동안 콜아아스는 죽음의 공포가 어떻게 부부, 모자, 부녀 사이에 악마처럼 파고드는지 보았다. 테오도로풀로스 병원에서 의사 누리를 호위할 때 한꺼번에 페스트에 걸려 아이들을 돌보지 못하는 부부에게 화가 났었다. 또 한번은 카디를레르 마을의 바다 근처 골목에서 목에 커다란 반점이 있는 아들을 가족에게서 떼어 내 병원으로 데려가야 했는데 이는 아버지가 병에 걸리고 방역 부대와 싸우지 못할 상황까지 이르러서야 가능했다. 가족 중 한 명에게 페스트 가래톳이 나타나면 당연히 나머지는 몸에 생긴 붉은 반점과 벌레 물린 자리, 농포에 더욱 주의했다. 콜아아스는 당시 사람들의 얼굴에 드러난 표정에서 죽음을 견딜 수 없게 만드는 것은 외로움임을 보았다.

수비대에서 스플렌디드 호텔로 옮긴 날 총상 위의 붕대를 만지는데 오른쪽 겨드랑이에서 딱딱한 것이 느껴졌다. 제이넵이 눈치채지 못하도록 손거울로 가려운 부위를 확인하니 꽤 크고 붉은 부종이 보였다. 다만 손가락으로 만졌을 때 페스트 환자가 느끼는 통증은 없이 가렵기만 했다. 가래톳이 생기는 환자들에서 볼 수 있는 무기력이나 열감도 느껴지지 않았다. 그러나 이틀째에 가끔 기침이 났다. 어떤 사람들은 기침으로 발병이 시작되기도 했다.

페스트에 걸리면 징후를 곧장 알아차리고 병에 걸렸다는 사실을 받아들일 수 있을까? 무엇보다도 콜아아스는 겁쟁이들을 싫어했다.

오스만 제국의 젊은 장교 캬밀은 지휘관이자 대통령이 되면서 사고, 감정, 심지어 꿈까지 모두 변했다는 것을 느꼈다. 이 변화는 그에게 고통을 주지 않았지만 놀라게 했다. 그는 더 '이상주의자'가 되었고, 다른 사람들을 더 많이 생각했으며, 섬과 아들, 민게르 민족을 위해 삶을 바치고 싶었다. 이러한 감정에 사로잡힐 때면 그는 더 좋은 사람이 되는 기쁨을 이해했다.

콜아아스는 예기치 않게 지휘관이자 대통령의 자리에 오른 후 이 임무를 위해 자신이 선택되었다고 느끼기 시작했다. 그리스 전쟁에서 메달을 받았더라도 사흘 전까지 평범한 콜아아스였는데 오늘은 한 국가, 더군다나 나고 자란 사랑하는 섬의 대통령이 된 것이 단순히 하나의 우연일까? 콜아아스는 사관 학교에 다닐 때 자신이 다른 민게르 출신들에 비해 더 우수하다기보다는 운이 좋다고 생각했다. 지금은 우연이 아니라고 생각했으며, 다른 사람들도 이를 알아주었으면 했다. 아들이 자라면 당연히 아버지가 젊은 시절과 학생 시절에 어떤 사람이었는지 알게 될 것이다.

다음 날 아침 그는 고고학자 셀림 사히르로부터 오래된 민게르 남자아이들의 이름에 대한 답장을 받고 흥분했다. 집무실 의자에 앉아 스플렌디드 팔라스 호텔의 2층 창문 밖을 바라보며 아카시아와 소나무들 사이로 텅 빈 항구와 부두, 바다로 내려가는 비탈길이 얼마나 슬퍼 보이는지 생각했다.

오늘날 민게르 대통령 기록 보관소에 보관된 이 편지의 내용은 지휘관 캬밀을 불안하게 만들었다. 그는 보좌관인 옛 정보국장 마즈하르를 불러 손으로 쓴 편지를 큰 소리로 또박또박 읽게 했다.

“이 이름들을 들어 본 적이 있으신가요?”

옛 정보국장은 섬으로 발령이 났을 때 결혼하여 이곳에 남았다. 하지만 민게르 출신이 아니고 어린 시절을 이스탄불에서 보냈다. 그는 이러한 사실을 마치 사과하는 듯한 어조로 밝힌 후 자신이 민게르를 얼마나 사랑하는지, 모든 사람이, 특히 무슬림들이 독립과 자유를 얼마나 반기는지 말하고는 마침내 이 오래된 민게르 이름들을 전혀 들어 본 적이 없노라고 고백했다.

“나도 이 이름들을 한 번도 들은 적이 없습니다!” 대통령은 실망을 감추지 않고 말했다.

그들은 사무관을 불러 편지를 읽어 보게 했다. 그는 편지에 나오는 한두 개의 프랑스어 단어와 민게르 이름들을 읽으며 더듬거렸다. 편지는 아랍 문자를 사용한 튀르크어로 되어 있었고, 민게르 이름 목록과 로마자로 표기한 장식적인 프랑스어 단어들이 쓰여 있었다. 섬에서 나고 자란 직원은 어쩌면 흥분하고 긴장해서 이름들을 알아보지 못했을지도 모른다. 대통령은 고고학자가 그를 칭할 때 지휘관을 뜻하는 프랑스어 ‘코만다’라는 단어를 조롱하듯 사용한 데에 화가 났다.

“고고학자 셀림 사히르 베이는 우리 역사를 더 잘 연구해야 합니다! 당신이 체신부와 세관부 장관과 함께 이 문제에 대해 어떤 규정을 마련해야 하겠습니다.”

대통령은 새 직무에 금세 적응했다. 하루에 두 번 국무총리가 보낸 소식을 가져오는 사무관으로부터 사망자 수를 보고받고, 이제는 매일 아침 전염병 격리 구역으로 가지 않았다. 방역 부대도 지휘하지 않았다. 이 업무를 민게르 역사상 처음으로 소박한 의식과 함께 훈장을 수여한 함디 바바에게 넘겼다.

섬의 모든 유명한 재단사는 룸이었고, 대부분이 섬을 떠나는 마지막 배로 이즈미르와 테살로니키로 도망쳤다. 하지만 대통령은 야쿠미 에펜디를 찾아내 겨울용과 페스트 종식 이후의 공식 행사를 위해 민간 정장들을 주문하면서 옷감 견본과 가능한 디자인들을 보여 달라고 덧붙였다. 잠시 후 누리가 방문해 함께 사망자 수와 지도의 최근 상황을 평가했다. 매일 열두 명에서 열다섯 명이 죽었다. 사망자 수가 약간 줄기는 했지만 모든 것이 그들의 예상보다 더 힘들었다. 불행하게도 여전히 사람들은 고집과 반항으로, 혹은 아둔함과 얄팍한 용기로 방역 조치들을 어기고 있었다.

지휘관 캬밀은 바로 얼마 전까지 그가 호위하던 부마 의사를 평소처럼 공손하게 대했다. "파키제 술탄은 새 민게르 국가의 보호하에 있습니다."라고 그는 말했다. 누리는 사미 파샤의 랜도를 타고 왔다. 그가 지휘관에게 평소처럼 도시를 돌아보며 상황을 직접 살피자고 제안했다.

"철갑 마차에 앉아 바라보는 것이 아니라 직접 걸으면서 보고 싶습니다!" 지휘관 캬밀 파샤가 말했다.

지휘관 캬밀은 거리를 걸을 때 사람들의 행동, 시선, 그리고 창문에서 "만세!"를 외치는 그들의 말에서(지난 사흘 동안 이런 일이 예닐곱 차례 있었다.) 자신이 얼마나 사랑받고 있는지 알 수 있었다. 이 사랑을 단지 페스트가 아니라 온갖 재앙에서 섬을 보호할 공동의 믿음, 희망적인 관점으로 바꾸고 싶었다. 그를 알아보고 희망에 차서 미소 짓는 선한 사람들을 안전하게 구하고 그들의 보호자가 되는 것이 신이 부여한 임무였다.

지휘관은 정부 예산으로 200개의 민게르 국기를(작더라도) 제작하라고 명령했지만 재단사와 양복점, 포목상 주인들 대부분이 오래전에 도망친 데다 아마포를 외부에서 가져올 가능성이 없기 때문에 쉬운 일이 아니었다. 그래서인지 페스트를 피해 숨어 지내던 대부분의 가족이 새로운 국기와 새로운 정부에 대해 아직 알지도 못했던 듯하다. 전혀 관심이 없는 사람들이나 무지한 사람도 많았다……. 이 나라를 이끄는 것은 힘든 일이었다. 하지만 대통령이자 지휘관 캬밀은 절망하지 않았다. 이 나라가 오늘날 섬에서 숨쉬고 사는 모든 사람보다 더 오랜 세월, 어쩌면 수백 년 동안 지속되리라고 확신했다. 모두들 새 국가가 국민에게 희망을 주었으며 페스트를 통제할 거라 믿는다고 말했다. 그 희망은 거리에 나선 콜아아스 캬밀의 모습, 그의 확고한 의지, 열정, 노력으로부터 나왔다. 파키제 술탄으로 인해 국민은 젊은 지휘관을 이스탄불과 궁전과 파디샤들과 연결 지었고, 전신국을 급습한 그의 행동을 칭찬했으며, 그가 전 세계를 향해 깃발을 흔들며 도전했을 때 역시 그의 뒤를 따랐다.

지휘관 캬밀은 때로 이곳에서 태어나고 민게르인이 된 것은 신의 은총이라고 생각했다. 창밖을 내다보는 사람들과 눈이 마주치고 지금처럼 사람들이 그에게 미소 지을 때 그 표정에서 감사함을 보았다. 그들이 얼마나 큰 은총을 받았는지 그가 일깨워 주었기 때문이었다. 모두들 이곳에서 태어난 것이 행운이었다.

전염병을 믿지 않고 전혀 예방 조치를 하지 않던 가난한 사람들은 가장 큰 고통을 받으며 굶주리고 있었다. 지휘관은 그들에 대해 책임을 느꼈다. 도시 밖에 과수원, 밭, 농지, 친구가 없는 사람들은 얼마 지나지 않아 먹을 것이 바닥났다. 사실 이 사람들이 겪는 곤경은 전염병에 대해 정보를 주지 않은 오스만 제국 정부의 책임이었다. 총독 사미 파샤도 전염병 초기에 발병을 격렬하게 부인했다! 사미 파샤는 멍청한 사람이었다.

지휘관은 양옆과 뒤에 경호병을 거느리고 하미디예 대로로 나갔다.(모든 오스만 제국 거리 이름들을 바꾸어야 한다.) 아야 트리아다 교회와 아르카즈천 뒤쪽의 작은 가게가 많은 골목으로 들어갔다. 밀가루, 감자 같은 생필품들을 제공하는 가게들 절반 이상이 전염병과 방역 처벌에 대한 두려움, 그리고 제재 때문에 넌더리가 나서 문을 열지 않았고, 이제 다른 곳 혹은 집에서 장사를 했다. 올리브부터 치즈(만약 있다면), 호두부터 말린 자두까지(위험하다고들 했다.) 모든 먹거리의 가격이 세 배로 뛰었다. 시장에서 항상 파는 양파, 푸른색 채소, 감자 같은 가장 값싼 것들조차 사라지고 없었다. 제빵소는 빵과 스콘을 평소의 절반 정도만 만들었다. 지휘관은 사미 파샤로부터 압뒬하미트가 주장하여 수비대 한구석에 비축해 둔 밀가루가 있다는 소식을 들었기 때문에 현재로서는 크게 염려하지 않았다. 서너 배 비싸게 파는 정육점과 닭집들은 물건을 뒷문으로 손님들에게 건넸다. 어차피 안전하지 않다고 여기기 때문에 닭집, 생선 가게, 내장 가게는 대부분 문을 닫아야 했고 문 앞에 있던 고양이들도 사라지고 없었다.

섬의 인구는 도망친 사람들과 죽은 사람들 때문에 계속해서 줄었지만 시장이 빠르게 한산해지고 비워져 더 이상 사람들의 배를 채우지 못했다. 이를 알고 사미 파샤는 오스만 제국 지배하에 있을 때 룸 중학교에서 자발적으로 생겨 활성화된 시장에 눈을 돌려 새로운 국무총리로서 가난한 사람들이 먹을 것을 구할 수 있게 계속 운영되도록 애썼다. 지휘관과 그 뒤를 따르는 무리는 시장이 있는 왼쪽으로 돌아 다시 골목길로 들어갔다. 사실 이 좁은 골목에 튀어

나와 있는 퇴창 아래를 걷는 것은 위험했다. 도시의 대부분 남자들이 창문 앞에 앉아 시간을 죽이고 있었다.

상업이 멈추지 않고 아르카즈 사람들이 식량을 공급받기 위해서는 방역 금지 조치들을 해제해야 했다. 방역 부대가 외부에서 온 어느 누구도 마음대로 도시에 들어오는 것을 허용하지 않았기 때문이다. 걸어서 도시를 나가고 싶은 사람들도 다양한 도장과 서명이 있는 허가증을 방역 부대 병사들에게 보여 주거나 대부분의 사람들처럼 밤이 오기를 기다려 칠흑 같은 어둠 속에서 유카르 투룬출라르 마을 혹은 호라 마을 뒤쪽의 바람이 많이 불고 바위가 많은 들판을 걸어야만 했다. 개, 산적, 정신 나간 환자들, 쥐, 그리고 페스트 악마를 피한다면 한밤중에 도시를 빠져나가 시골로 도망칠 수 있었다. 하지만 일주일에 세 번 장사를 목적으로 도시에 들어왔다 나가기 위해서는 특별한 허가와 보호책이 필요했다. 새 정부는 이 문제에 대해 아직 새로운 조치를 내리지 않았다.

룸 중학교에 있는 시장을 계속 열어 두기로 한 결정은 의사 누리만 아니라 사미 파샤와 지휘관에게 모든 방역 노력에 악영향을 미치는 근본적인 모순을(하즈 배 반란 사건에서처럼) 한 번 더 알려 주었다. 그렇다, 방역이 성공하기 위해서는 엄격할 필요가 있었다. 그러나 엄격함이 지나치면 지금 지휘관에게 미소를 보내고 그에게 희망을 걸고 있는 사람들이 조만간 혁명과 심지어 자유와 독립에 등을 돌릴지도 모른다.

도시에서 아직 굶주림으로 죽은 사람은 없지만 페스트로 가까운 사람과 모든 것을 잃은 가장 가난하고 아무도 남지 않은 사람들은 구걸을 하기 시작했다. 사미 파샤는 경찰과 헌병을 동원해 이 경험 없고 순진한 거지들을 겁주어 거리에서 쫓아냈고, 몇몇 구실을 들어 성 감옥에 있는 흉악한 죄인들 곁으로 보냈다. 하지만 곧 절망적이고 가난한 사람들이 거리에서 죽거나 배를 곯느니보다 공짜 수프를 주는 감방을 선호한다는 사실을 깨닫자 거리에 있는 거지들을 방역관들에게 맡기는 것이 가장 좋은 해결책임을 알게 되었다. 함디 바바와 두 병사는 단지 '방역 위반'이라는 이유로 거지들을 대로에서 내몰았다. 사실 이 조치는 두 주 전 아직 오스만 제국 지배하에 있을 때 내려졌지만 현재도 같은 정책이 계속 적용되고 있었다.

곧 지휘관은 도시에 무슨 일이 벌어지고 있는지를 눈으로 직접 보기 위해 매일 최소한 한 번은 아르카즈의 거리를 한동안 거니는 습관이 생겼다. 이 행보에서 방역 조치로 인한 싸움, 충돌, 불화가 발생한 곳으로 가 방역 부대에 복종하도록 장려했다. 가끔은 특정 문제를 가능한 한 많이 이해하고 알기 위해 어딘가로 향했다. 이 경우 그 문제에 대해 잘 아는 사람이 지휘관의 행보에 동참하도록 초대되기도 했다.

7월 6일 토요일 대통령은 아르카즈에서 갈수록 심각해지는 식료품 부족에 맞서 해결책을 논의하기 위해 제빵사 하디드와 메지드 형제를 데리고 아르카즈 천변의 새로운 '마을 시장'으로 갔다. 이제 갓 수염이 나기 시작하는 마을 소년들이 신선한 숭어와 송어를 팔고 머릿수건을 쓴 룸 아주머니들이 아욱, 쐐기풀, 그리고 다른 비슷한 풀들을 팔고 있었다.

죽음에 대한 두려움과 외로움 때문에 미칠 것 같아 집을 나갔다가 안전하게 돌아온 두 아이가 도시 밖 산에서 아욱을 먹고 살아남았다고 말한 이후 날것이나 수프로 먹을 수 있는 정체 모를 야생초들이 도시의 몇몇 가게와 이 새로운 시장에서 주로 팔리기 시작했다.

이 시점에서 민게르 사람들 대부분은 결국 어떻게든 방법을 찾아 무언가를 먹고 살았다는 점을 지적해야겠다. 국무총리 사미 파샤는 밀항을 막기 위해 한동안 어선들의 활동을 금지했지만 섬사람들이 생선을 먹고 사는 것을 보고 금지를 해제했다. 룸 공동체 수장인 콘스탄틴 에펜디의 딸은 회고록에서 페스트 당시를 이야기하며 치테, 게르메, 카디를레르처럼 전염병이 가장 심하게 발생한 마을에서는 아이들이 물고기를 잡아 가족을 먹여 살렸다고 썼다. 뒤뜰을 빠져나온 아이들은 도시 밖으로 나가 무리를 지어 들판과 비밀 통로와 숨겨진 좁은 길을 지나며 블랙베리와 야생 딸기와 아욱을 따고 두 시간 만에 다미타시천이 지중해로 흘러 들어가는 다미타시 계곡의 험한 바위 절벽에 도착했다. 우리 소설의 어두운 분위기에 숨이 막힐지 모르는 독자들에게 그곳 얕은 물속에서 바짓단을 걷어붙이고 바구니와 막대기에 묶은 그물로 물고기를 잡는 아이들이 사실 행복했다는 것을 말해 주고 싶다. 콘스탄틴 에펜디의 딸은 조금 전에 언급한 회고록에서 이 아이들이 개울 어귀에서 무릎까지 바지를 걷어 올리고 손에는 그물을 들고서 초록색 숭어를 잡을 때 '레벌루시옹'과 캬밀 파샤의 대통령직 취임을 선포하는 대포 소리를 들었다고 '향수'에 젖어 쓴 바 있다.

내가 어린 시절에 뒤적이던 옛 민게르 잡지들에서 가족과 마을을 먹여 살린 영웅적인 아이들이 그물과 바구니로 초록색 숭어를 잡는 모습을 담은 그림을 보고 무척 감동했다는 것을 여기서 밝히고 넘어간다. 116년 전에 살았더라면, 그리고 여자아이가 아닌 남자아이였더라면 나도 이 쾌활한 아이들 중 하나였을 것이다. 이 점을 염두에 두고 우리의 소설이자 역사의 마지막에 가까워진 시점에서 내가 이 소설의 작가이자 역사학자이며 여러분이 읽는 이 소설의 주요 인물들 중 한 명의 직계 후손임을 이제 밝혀야겠다.

호라 마을의 룸 초등학교에 숭어 이외에 애기수영과 아욱 비슷한 풀들을 파는 새로운 시장이 생겼다. 대통령과 하디드와 메지드 형제는 룸 어린이들이 전염병이 창궐하기 전에 다니던 이 건물을 돌아보았다. 여전히 벽에 오래된 방역 포스터들이 걸리고 여기저기 쥐덫이 놓이고 리졸 냄새가 강하게 나는 어두운 교실에는 페스트에 대항하는 기도문을 파는 무슬림들이 있었다. 페스트는 아르카즈에 사는 무슬림과 기독교인을 구분 짓는 실제와 가상의 경계를 약간 흐릿하게 만들었다.

지휘관 캬밀이 메지드와 하디드 형제를 데리고 상인들로 꽉 찬 작고 사랑스러운 학교 교정에서 상황을 살피고 있는데 개울에서 잡은 물고기를 팔러 온 장화를 신은 아이들 중 한 명이 다가왔다.

경비병들이 혹시 모를 위험을 대비해 끼어들려고 하자 지휘관이 그들을 저지했다.

"가장 힘든 시기에 물고기를 잡으며 자유로운 민게르를 굶주림에서 벗어나게 한 어린 영웅을 누구보다 존경합니다." 지휘관 캬밀이 말했다. "막지 마시오. 탄원할 것이 무엇인지 아이 스스로 말하도록 내버려 둬요!"

경비병들이 물러서자 여드름이 나고 사랑스러운 얼굴에 두 뺨이 매끈한 페스를 쓴 열여섯 살짜리 소년은 지휘관에게 다가와 허리에 두른 넓은 벨트에서 총을 꺼내 그의 가슴과 얼굴을 향해 쏘기 시작했다.

57장

소년의 리볼버 권총에서 나온 첫 번째 총알은 지휘관의 제복 어깨에 구멍을 냈지만 피부에는 닿지 않았고, 심지어 긁힌 자국조차 남기지 않았다.

총이 발사되기 전에 메지드가 이상한 눈치를 채고 다가가다 총을 꺼내는 것을 보고는 소년을 향해 달려들었다. 일부 목격자들에 의하면 메지드가 소년의 손에서 총을 빼앗으려 했고, 다른 목격자들에 의하면 지휘관 앞에 나서서 몸으로 그를 지켰다.

두 번째 총알은 메지드의 심장을, 세 번째 총알은 척추 바로 옆을 명중했다. 메지드는 총알의 충격으로 뒤로 한 번 비틀거렸다가 앞쪽으로 쓰러져 그 자리에서 죽었다.

네 번째 총알은 뒤에 있는 초등학교 건물의 테살로니키에서 들여온 유리창들 중 하나를 깼다. 나중에 그 이름이 하산이라고 밝혀진 소년은 총을 빼앗으려는 경비병들과 몸싸움을 벌이다가 조준을 하지 않고 방아쇠를 당겼다.

다섯 번째 총알을 발사하기 전에 붙잡힌 하산은 그 순간 확고하고 깊고 신비로운 침묵에 빠졌다. 모두들 그의 단호한 침묵에 놀랐지만 또한 젊고 잘생기고 건장한 메지드가 갑자기 쓰러져 죽어 더 놀라고, 심지어 믿지 못했다. 비교적 인구가 많지 않은 호라 마을의 소박한 장터는(할 일 없는 사람들, 호기심 많은 사람들, 아이들이 물건을 사러라기보다 구경하러 오곤 했다.) 도심, 항구, 성 주변의 위험하고 폭력적인 분위기와는 거리가 멀었기 때문이다.

총성이 들리자 장터에 있던 사람들이 순식간에 흩어졌고, 마을 사람들과 아이들 대부분은 한동안 좌판과 생선 바구니 앞으로 돌아오지 않았다. 지휘관은 갑작스러운 공격에 맞서 침착하게 행동했으며, 이후 그가 설명했듯이 처음에는 오로지 죽음, 아내, 곧 태어날 아들, 그리고 나라만을 생각했다.

경비병들은 손이 묶인 소년을 거칠게 다루거나 때릴 필요가 없었다. 열여섯 살의 하산은 전혀 저항하지 않았고, 금세 도착한 경호병 마차에 태워 사미 파샤가 여전히 통치하던 옛 주 청사 건물 맨 아래층의 취조실이 보이는 복도에 있는 세 개의 좁은 감방들 중 가운데에 가두었다.

민게르 독립의 영웅인 지휘관을 겨냥한 공격은 정오 기도 시간에(이제 에잔이 울리지 않지만) 발생했다. 대통령 캬밀은 파장하기 전에 시장을 방문할 계획이었다. 하지만 지휘관이 그 시간에 그곳에 있으리라는 것을 아는 사람은 스플렌디드 호텔 2층에 있는 보좌관과 사무관뿐이었다. 모두 우연이었을까? 결국 본코프스키 파샤도 이런 우연과 맞닥뜨린 결과 살해를 당했다.

네 시간 후 스플렌디드 팔라스 호텔 2층에서 국무총리 사미 파샤와 보좌관 마즈하르가 참석한 회의에서 '급진적인' 결정이 내려졌고, 그날 저녁 실행에 옮겨졌다. 소박한 '민게르 혁명'을 세계사의 중요한 사건에 빗대기 좋아하는 민족주의 역사학자들은 그날 이후의 민게르 시절을 '프랑스 혁명의 자코뱅 공포 정치' 시대에 비유했다. 민중을 빠르게 평정하기 위해 재판과 사형 집행을 이용했다는 점에서, 그리고 '혁명의 이상'은 오로지 이에 맞서는 사람들에게 폭력을 행사할 경우에만 성공할 수 있다는 확신에 근거한 정치적 의지의 발현과 관련해서도 유사성이 있었다.

사미 파샤는 지휘관의 집무실에서 진행된 회의에 항상 온건적인 조언을 하는 의사 누리를 부르지 않았다. 대통령도 누리에 대해 묻거나 찾지 않았다.(그를 지나치게 이스탄불 사람으로 여기고 오스만 정권과 가깝다고 생각했을지도 모른다.) 방역부 장관 누리의 부재는 더 가혹한 결정과 조치를 낳았으며, 사형 선고를 받은 사람들의 수가 늘었을 뿐 아니라 파키제 술탄과 우리에게서 사건의 가장 가까운 목격자를 빼앗는 결과가 되었다. 이에 민게르 혁명의 '자코뱅 공포 정치' 시대를 서술할 때 파키제 술탄의 편지들보다는 다른 목격자들의 말들을 참고했다는 점을 밝혀 둔다.

살인자 소년이 온갖 압력에도 불구하고 말을 하지 않았지만 사미 파샤는 곧 그가 삼 년 전 크레타섬에서 온 집의 아이라는 사실을 알게 되었다. 하산의 가족은 북쪽에 있는 네빌레르 마을에 정착했고, 장미 농장에서 일했다. 라미즈와 부하들이 몸을 피한 마을도 이 지역에 있었다. 사미 파샤는 소년이 곧 모두 자백할 것이며, 이 일의 배후에 라미즈가 있음을 확신한다고 밝혔다.

부마 의사 누리는 압뒬하미트가 원하는 바대로 '셜록 홈스식'의 실마리에 열중하여 새로운 증거들을 찾을 수도 있었다. 하지만 사미 파샤는 일주일 전 라미즈가 습격 도중에 체포되었으며 그날 부하들과 관리인 앞잡이 누스레트, 이스탄불에서 보낸 신임 총독 등 여섯 명이 죽었다고 말하면서 이번에는 라미즈와 관련해 어떤 핑계도 정의 실현에 걸림돌이 될 수 없다고 말했다. 국가의 양심 면에서 이 정도만으로도 라미즈와 공모자들을 교수형에 처하는 것을 정당화하기에 충분했다. 또한 오스만 제국의 보건위생 수석 검사관 본코프스키 파샤와 대통령이자 지휘관 캬밀의 처남인 최고의 군인 메지드 에펜디가 야만적으로 살해된 것은 아마도 방역 노력을 무력화하고 민게르 민족을 없애려는 의도에서 라미즈가 계획했을지도 모른다. 인정사정없이 사람을 죽이는 이 살인자를 처벌하지 않는 것은 오스만 제국의 나약함으로 비쳤다.

"이 건방진 폭력배에게 자비를 베푼다면 더 많은 사람, 안타깝지만 결국에는 우리 모두의 목숨까지 잃을 수 있습니다."

대통령 보좌관 마즈하르 에펜디는 라미즈와 부하들의 진술을 들은 후 주 청사 습격에 대한 재판이 속행되고, 다음 날 아침 사형 판결이 내려질 것이라고 말했다. 스플렌디드 팔라스 2층에서 진행된 회의에 참석한 모두가 라미즈와 함께 몇 명이 더 사형되리라는 것을 알았다. 그 절차를 당장 진행해야 한다는 것이 무언으로 일관한 대다수의 의견이었다. 이 가혹한 결정이 내려지는 데 대통령이 영향력을 행사했지만 그 사실이 알려지기를 바라지 않았다는 것은 이후에 명확하게 기술되었다.

사미 파샤와 의사들, 방역 부대에 어려움을 야기했던 리파이와 자임레르를 포함한 테케 여섯 곳을 병원으로 전환한다는 결정이 내려졌다. 방역 부대와 마을 대표자들을 보내어 이 테케들의 건물과 뜰에 페스트 환자를 수용하고 치료할 준비를 하고 몇몇 테케는 완전히 비울 수도 있었다. 거리에서 병사들의 작업을 방해하거나 방역 제한 조치를 따르지 않는 사람들을 더 중죄로 다스릴 것이며, 소독하려고 온갖 노력을 기울였지만 성과가 없던 크레타 출신 이주민이 밀집해 사는 타쉬츨라르의 주택과 그 옆 쓰레기 더미를 불태우기로 결정했다.

사미 파샤는 또한 질병이 가장 많이 퍼지고 사망자 수가 도무지 줄어들지 않는 치테 마을의 골목 두 곳을 봉쇄하라고 지시했다. 그날 결정하고 무력으로 집행한 제재 조치가 섬사람들이 겪는 재앙을 더욱 심화시키는 원인이 되었다고 하는 사람들의 주장이 옳을지도 모른다. 그곳에서 살인이 일어났다는 이유로 아르카즈의 모든 마을 시장을 폐쇄한 것은 잘못된 판단이자 야만적이기까지 한 결정이었다. 이는 뒤이은 굶주림과 분노의 원인이 되었다. 하지만 우리는 섬을 통치하는 사람들이 왜 국가 폭력과 가혹함 외에는 더 이상 방법이 없다고 생각하기 시작했는지도 이해할 수 있다.

모든 사람이 동의한 바는 오빠 메지드가 죽자 지휘관의 아내 제이넵이 매우 슬퍼했다는 것이다. 제이넵은 옛 약혼자한테 복수하기 위해 남편인 지휘관 캬밀에게 꽤 압력을 행사했을 것이다.

사미 파샤가 하즈 배 반란 사건에서도 드러내지 않았던 무자비함을 그 시기에 보여 주었던 이유는 작은 신생국인 민게르야가 오스만 제국이 — 유럽의 병자일지라도 — 제공하던 안전에 더는 의존할 수 없었기 때문이다. 그렇다, 이제 민게르야는 자유롭고 독립적이었지만 혼자였다……. 영국이나 프랑스는 차치하고라도 평범한 해적선이 섬의 북쪽 해안에 200명의 무장한 사람을 상륙시키고 이 소규모 군대가 걸어서 산을 넘어 아르카즈로 온다면 사미 파샤와 수비대에 있는 훈련이 덜 된 군대가 수적으로 월등하다 하더라도 그들을 저지하는 데 어려움을 겪을 테고, 새 민게르 국가는 한 달도 못 되어 몰락해 역사의 무대에서 사라질 수 있었다. 어쩌면 '민게르 민족'의 존재조차 완전히 잊힐 것이다. 사미 파샤는 방역이 성공하지 못해 전염병이 지속된다면 얼마 지나지 않아 이러한 일이 일어날 가능성이 매우 크다고 믿었다

처음부터 결과가 뻔한 재판에서 라미즈는 신임 총독의 취임을 도왔을 뿐이고, 이는 섬사람들이 — 그는 이후 당시의 민족주의 분위기에 편승하여 '민게르인'이라고도 했다. — 죽지 않으려면 방역

조치에 모든 사람이 복종할 필요가 있다고 믿었기 때문이며, 형이나 어떤 영사도 그에게 '이렇게 해!'라고 지시하지 않았고, 모두 그의 신념에 따라 행동했다고 말했다. 그의 목적은 잔인한 오스만 제국을 섬기는 것이 아니었다. 라미즈와 부하들은 그들이 믿는 대의명분을 위해 눈 하나 깜짝하지 않고 사람을 죽일 수 있고 — 특히 그들이 죽이는 사람이 기독교인라면 — 이 문제를 도덕적인 문제로 여기지 않을 만큼 편안해 보였다. 이들은 북쪽의 산악 지역에서 수많은 마을을 습격하고 약탈했으며 많은 사람을 죽였다.

법정은 항복한 가장 어린 청년을 제외하고 주 청사 습격을 계획한 라미즈와 살아남은 사람 모두에게 사형을 선고했다. 살인, 심각한 상해, 처녀 납치, 명예살인 같은 중요한 재판들을 제국의 수도에 있는 법정에 넘기지 않고 섬에서 처리하라고 이스탄불에서 보낸 옛 재판관이자 새 판사인 무자페르 에펜디를 혁명에 찬성하지 않는 테셀리 군수 라흐메툴라흐 에펜디와 함께 한밤중에 나룻배에 태워 처녀탑에 가두었기 때문에 사미 파샤는 프랑스 영사를 통해 알게 되었으며 유럽 파리에서 공부한 유일한 섬사람인 부자 얀니스요르기스 가문의 나이 든 흐리스토피 에펜디를 철갑 마차에 태워 옛 주 청사이자 새 각료 본부로 데려와 '유럽식 판결' 작성을 부탁했다. 살인자들은 민게르야의 풍부한 자원, 광물, 생선, 장미유를 약탈하고, 사람들을 착취하고, 외세가 섬에 개입할 발판이 된 페스트 전염병이 더욱 확산하도록 용감한 의사와 방역 지휘자들에 대한 암살을 계획한 사람들이었다. 사미 파샤는 판결문이 법률 용어로 작성되길 원했다. 흐리스토피 에펜디는 처음에 프랑스어 판결문을 작성하기 위해 불려 왔다 생각했다. 그러나 새로운 국가에서 룸어와 튀르크어가 일시적이지만 공식 언어가 되었다는 것을 알자 오랫동안 이스탄불에서 '외국인'들의 무역 소송 변호사로 일하며 익힌 튀르크어 법률 용어로 멋지게 판결문을 썼다. 그는 길고 가느다란 손가락과 우아한 필체를 지닌 사람이었다.

국무총리인 옛 총독 사미 파샤는 지휘관 캬밀이 사형 판결문에 서명하도록 직원 한 명과 전달자를 스플렌디드 팔라스로 보냈다. 하지만 두 시간 후 판결문은 서명 없이 쪽지와 함께 되돌아왔다. 쪽지는 작성 중인 헌법에 의하면 민게르야에서 사형 선고는 대통령이 아니라 국무총리에게 승인 권한이 있음을 지적하고 있었다. 그러니까 사형 집행을 위해서는 대통령이 아닌 국무총리 사미 파샤의 서명이 필요했다.

사미 파샤는 사형 집행의 책임을 노련한 술책으로 떠넘긴 대통령에게 그 자신을 보호하고 있다며 화내지 않았다. 심지어 옳다고 생각했다. 모두 함께 살아서 나가려면 먼저 '그'가, 이 젊은 영웅이 섬에서 모든 사람의 사랑을 받아야 한다고 생각했기 때문이다. 하지만 모든 화살을 혼자 감당하기는 부담이 되고 약간의 연민도 없지 않아 세 명을 종신형으로 바꾸고 라미즈와 공모자 두 사람의 사형 결정에만 서명했다. 사미 파샤는 마지막 순간에 세 명을 '올가미'에서 벗어나도록 해 주었기 때문에 양심의 가책을 덜 느끼면서 라미즈와 다른 세 사람의 사형을 즉시 집행하도록 최선을 다했다.

라미즈와 공모자들은 독립 국가가 된 이후로 사형 집행을 위해 이스탄불의 허가가 필요 없다는 것을, 다시 말해 언제라도 사형될 수 있다는 것을 알았다. 그들은 무슨 생각을 했을까? 사미 파샤는 제국 전역의 교도소장들로부터 '어느 사형수의 마지막 밤' 같은 이야기와 회상을 듣는 것을 좋아했다. 사형수들은 모두 마지막 밤을 불면으로 보내고, 압뒬하미트가 용서하기를 기다렸으며, 대부분의 경우 종신형으로 바뀌었다.

어느 날 밤 사미 파샤는 한순간 철갑 랜도를 불러 성에 있는 라미즈를 방문하고 싶은 억누를 수 없는 갈망을 느꼈다. 하지만 마음이 약해져 건방진 산적놈을 용서한다면 아무도 새로운 국가와 방역 조치를 심각하게 받아들이지 않고, 지휘관은 화를 낼 것이며, 압뒬하미트의 눈 밖에 났듯이 심지어 그의 눈 밖에 날 것이 불을 보듯 뻔했다.

그는 밤새 한숨도 자지 못했다. 갑자기 지휘관 캬밀의 보좌관 마즈하르가 황급하게 집무실로 들어왔다.

"셰이크 함둘라흐의 섭정인 고깔 모양의 펠트 모자를 쓴 니메툴라흐 에펜디가 찾아왔습니다! 셰이크가 동생의 용서를 구하는 편지를 썼고, 자비를 베풀어 달라고 한답니다!"

"자네의 생각은 어떤가?"

"대통령께서는 우리가 이 악당을 제거하기 전에는 평온하지 않을 거라고 말씀하십니다……. 하지만 니메툴라흐 에펜디는 무척 합리적인 분입니다……. 그를 맞이하시는 편이 좋을 듯합니다."

"그 고깔 모양의 펠트 모자를 쓴 자는 어디 있습니까?"

사미 파샤는 자정이 훨씬 지나서 집무실을 나와 희미한 가스등이 길고 신비로운 그림자를 떨구는 넓은 계단을 내려갔다. 할리피예 종파의 이인자 니메툴라흐가 고깔 모양 펠트 모자를 쓰고 옛 주청사이자 새로운 각료 본부 건물 입구의 한구석에 앉아 있는 것을 보고 그에게 자신도 무척 유감이지만 이제 자유 민게르에서는 법정이 독립적이라고, 할 수 있는 일이 없다고 말했다.

"셰이크께서는 라미즈를 옹호하지 않습니다……. 하지만 그를 처형하면 셰이크를 사랑하는 사람들이 총리님을 사랑하지 않으리라는 것을 알아주셨으면 합니다."

"사랑은 마음이 하는 일이지요." 국무총리는 어떤 영감이 떠오른 듯 말했다. "사람들의 마음을 다스리는 셰이크 함둘라흐께서는 모든 것에 그러하시지만 이 문제에서도 옳으십니다. 다만 압뒬하미트도 미트하트 파샤의 암살을 저지하지 못하셨다는 점을 잊지 마십시오. 게다가 제 임무는 셰이크처럼 사람들의 마음을 정복하는 것이 아니라 국가라는 배를 떠 있도록 하고, 국민이 안전하게 폭풍을 헤쳐 나가도록 이끄는 것입니다. 어려운 시기에 때로는 국민의 마음을 사기보다 그들을 두렵게 만드는 것이 더 유용할 수 있지요."

사미 파샤는 국무총리가 아니라 평범한 관리처럼 니메툴라흐 에펜디를 문까지 배웅하면서 셰이크 함둘라흐 에펜디에게 존경을 담아 안부를 전했다. 되돌아서 계단을 올라가려는데 마즈하르 에펜디가 사형수들을 성에서 주 청사 광장으로 이송하는 마차가 출발했다고 말했다. 사형 집행인 샤키르는 어차피 저녁 무렵부터 도착하여 조용히, 심지어 체념하며 모든 것을 신에 맡긴 듯 포도주를 마시기 시작했다. 사미 파샤는 방으로 가서 잠을 청해 봐야 잠들 수 없으리라는 것을 알고 집무실로 돌아갔다. 마리카와 함께였더라면 최소한 날이 밝을 때까지 코냑을 마셨을 것이다.

세 명의 죄수는 기도실에서 긴 세정 의식을 하고 마지막 기도를 올렸다. 주 청사 광장의 나무 아래와 가게 앞쪽에는 마즈하르 에펜디가 새로운 정부를 대표하여 보낸 경비병과 헌병들, 그리고 사미 파샤가 사형의 증인이 되어 사람들에게 알리라고 부른 관리들이 있었다. 술에 취한 사형 집행인이 서툰 손길로 죄수들의 손을 하나하나 묶고 흰색 집행복을(그의 어머니가 만들었다.) 입혔기 때문에 사형은 새벽에야 집행될 터였다. 헌병들은 광장으로 통하는 길들을 폐쇄했다. 마부들이 페스트에 걸린 후 어차피 주위에는 마차도, 마차를 탈 만큼 다급한 사람도 없었다. 아르카즈 위에 낮게 드리운 어둡고 불길한 구름이 모든 사람을 쫓아낸 듯 페스트가 있건 없건

거리는 텅 비어 있었다.

마즈하르 에펜디가 라미즈를 가리키며 "먼저 해."라고 말했지만 사형 집행인은 이상한 고집을 부려 그를 마지막 순서에 두었다. 라미즈는 최후의 순간에 사면되지 않았다는 것을 깨닫자 그날 광장에 있던 사람들이 절대 잊지 못할 큰 소리로 "제이넵!" 하고 울부짖고는 균형을 잡으려 애쓰던 의자에서 흔들거리며 떨어져 허공에 매달렸다. 그는 한동안 몸부림치며 몸을 비틀었고, 죽고 나서야 비로소 매달린 몸은 아무런 미동이 없었다.

58장

교수대는 옛 주 관청 광장 한가운데에 설치되어 있었다.(오늘날 그곳은 민게르 장미가 다채롭게 피어 있는 공원이며, 한때 그곳에 교수대가 서고 경고성 시체들이 내걸렸다는 사실을 섬의 현대사를 좋아하는 사람들 대부분이 모른다.) 만약 여러분이 완공되지 않은 시계탑에 서 있거나 예니 사원과 이발사 파나요트의 이발소 앞에서 보리수나무가 늘어선 하미디예 대로를 따라 똑바로 바라보면 주 청사 광장에 흰 얼룩처럼 걸린 세 구의 시신을 볼 수 있을 것이다.

흰색 사형 집행복을 입은 세 구의 시신은 사흘간 교수대에서 매달린 채 흔들거렸다. 성 쪽에서 남풍이 불어와 기름 먹인 두꺼운 삼 올가미에 매달린 시신이 천천히 빙빙 돌고 집행복 아래로 삐져나온 검은 바짓자락이 떨렸다. 그 모습을 본 사람들은 사미 파샤가 바라던 대로 교훈을 얻었고 방역 규칙을 더 잘 지키겠노라 스스로에게 다짐했다. 이 끔찍한 광경에 대해 얀니스 키산니스만이 『내가 본 것들』에서 언급하고 있다. 어린 얀니스에 따르면 사실 멀리에서는 보이지 않았던 그 하얀 얼룩들이 그의 상상 속에서 과장되어 더 무시무시하게 변했다. 많은 유용한 정보가 담긴 이 책은 안타깝게도 새 정권이 오스만 제국의 압제를 이어받았으며, 어쨌든 오스만 제국은 문제가 생기면 사람을 매다는 것 외에 달리 할 줄 모른다는 식의 반튀르크, 반이슬람 정서로 가득 차 있다.

바람이 없는 날에는 수도에서 죽음, 시체, 인동덩굴 냄새가 훨씬 더 강렬하게 풍겼고, 곧 페스트의 고요가 덮쳐 밤의 어둠 속에서 그 존재가 더 두드러졌다. 집에 숨어 있는 사람들은 걸어 잠근 문 뒤에서 계속 기다리며 속삭이듯 말했다. 증기선들이 도시로 들어왔다 나갈 때 항구 옆 돌산에 메아리치는 뱃고동과 엔진 소리, 닻을 올리고 내리는 소리, 마차들의 방울 소리, 말발굽 소리는 사라졌다. 항구와 그 주변 호텔들, 부두, 이스탄불 대로의 가로등은 어차피 밤에 불을 켜지 않았다. 밀항하는 배들은 외딴곳에 있는 바위로 된 만을 이용하기 때문에 뱃사공과 모험을 찾는 사람들도 항구에 전혀 들르지 않았다. 최근에 밤을 틈타 테케 신자들의 집을 습격한 사건은 사람들을 두려움과 공포로 몰아넣었다. 대부분의 사람들이 밤에는 더 이상 집 밖으로 나오지 않았다. 마차, 달구지, 사륜 쌍두마차가 다리 위와 가파른 비탈길 모퉁이에서 내는 곡조도 사라졌다. 저녁에 문을 닫고 서둘러 귀가하는 사람들의 즐거운 수다도 없었다. 간간이 아이들의 목소리가 들렸지만 평상시 시끌벅적하던 소리보다는 시들했다. 에잔과 교회 종소리가 울리지 않는다는 것만으로 설명하기에는 너무 깊은 정적이었다.

날이 어두워진 후 거리에는 불량배들, 집집마다 돌아다니는 도둑들, 방역 규정을 위반하는 사람들, 병원과 의사로부터 도망치는 사람들과 온갖 미치광이들뿐이어서 경비대와 보초병들은 밤에 거리에서 마주치는 모든 사람을 체포하고 종종 두들겨 팼으며, 감옥에 가두고는 이틀이 지나기 전에는 풀어 주지 않았다.

의사 누리는 파키제 술탄이 두려워할까 봐 사형 집행과 바로 문

밖의 교수대에 걸린 시신들에 대해 말하지 않았다. 객실에 있는 방 창문은 옆 광장이 아니라 풍경, 그러니까 성과 항구, 파란 바다를 향해 나 있었다. 하지만 파키제 술탄은 주위의 정적에서 뭔가 비범한 일이 일어났다는 것을 알았다. 그녀의 방에서 페스트의 밤의 정적을 깨는 술 취한 사람의 고함을 들을 수 있었다. 잠이 오지 않는 어느 밤 그녀는 아침마다 자신을 깨우던 닭 우는 소리도 사라졌다고 썼다. 사형 집행 후 이틀이 지났을 때였다. 바람이 불지 않는 가장 고요한 날에도 해안의 고운 모래를 때리는 평온한 물소리는 여전히 계속되었다. 그 밤의 다른 소리들은 갈매기, 까마귀, 개 들한테서 들려왔다. 파키제 술탄은 밤에 졸고 있을 때 다른 아르카즈 사람처럼 어둠 속에 고슴도치, 뱀, 개구리가 정원에서 정원으로 이동하는 것을 느낄 수 있었다.

궁전 하렘에 갇혀 살던 시절에 술탄은 모든 물체, 풀, 구름, 벌레, 새를 관찰하는 법을 배웠다. 민게르 주 청사의 손님 숙소에서 지내던 시절에는 창문으로 '꾸준히' 찾아오는 까마귀 한 마리를 '특히' 주의해서 관찰했다. 파키제 술탄과 언니들은 어린 시절에 사람들을 두 부류로, 즉 '까마귀를 좋아하는 사람과 갈매기를 좋아하는 사람'으로 나누었다. 파키제 술탄은 자유롭고 우아한 하얀 갈매기들을 좋아했고, 더 똑똑할 수는 있지만 시끄럽고 심술궂고 무례한 까마귀들은 좋아하지 않았다. 하지만 밤마다 그녀의 창문에 찾아드는 이 '엄숙하고 위풍당당한' 까마귀를 좋아했고, 그 까마귀를 오랫동안 주의 깊게 살폈다. 까마귀는 매일 파키제 술탄이 편지를 쓰는 책상 옆 창문으로 날아와 한동안 그녀를 바라보곤 했다.

커다란 머리 위의 깃털이 이따금 햇빛을 받아 반짝였다. 다른 까마귀들처럼 절대 노파 같은 끔찍한 소리로 까악거리지 않았으며 대체로 조용했다. 깃털은 군데군데 새까맣고 나머지는 잿빛이었다. 짙은 분홍색 발은 파키제 술탄이 거북해할 정도로 못생겼다. 술탄은 편지를 쓸 때 까마귀가 머리를 전혀 움직이지 않고 펜 끝을, 잉크가 종이에 한 자 한 자 쓰이면서 스며들어 단어와 문장으로 변하는 것을 감탄하며 바라보는 듯했다. 까마귀는 파키제 술탄과 사랑에 빠진 것 같았다. 의사 누리가 방으로 들어오면 이 검고 커다란 새는 순식간에 사라졌다.

그런데 한번은 부마 의사에게 '거의 마치' 자신을 보여 주고 싶은 것처럼 그대로 남아 있었다. 의사 누리는 까마귀가 아내를 애틋해하는 시선으로 바라보는 것을 보고 차갑게 말했다. "아, 사미 파샤의 창문에 오는 그 까마귀네!"

"그건 분명히 다른 까마귀일 거예요!" 파키제 술탄은 질투심에 휩싸여 말했다.

술탄이 아주 나중에 이 까마귀에 대한 나머지 이야기를 언니에게 쓴다는 것을 이 시점에서 우리 독자들에게 말해 두고 싶다. 남편이 임시로 수립된 정부의 장관이었지만 파키제 술탄이 쓴 모든 편지는 언니에게 전달되기 전에 다른 사람들에게 먼저 읽히리라는 것을 알았기 때문일 것이다.

무라트 5세의 셋째 딸은 혼자 있을 때 옷을 입고 머리를 가린 후 방에서 나갔다. 주 청사 건물의 넓은 계단을 내려와 2층에서 중간 뜰을 둘러싼 기둥들을 따라 걷다가 광장이 내다보이는 창문을 발견하고는 호기심으로 가득 차 다가가서는 사미 파샤의 까마귀를 보게 되기를 기대하며 밖을 바라보았다.

엄숙하고 위풍당당한 까마귀 대신 광장 한가운데에 놓인 교수대 세 개와 하얀 옷을 입은 시신 세 구를 보고 그녀는 난생처음 그런 것을 보았음에도 그들이 누구인지 바로 알았다.

파키제 술탄은 아무에게도 들키지 않고 두 달 반 동안 지낸 손님 숙소의 방으로 돌아오자마자 토하면서 잠시 임신이 아닐까 생각했지만 아이가 아닌 죽음에 몸이 반응한 것이라는 사실을 나중에 알고 한동안 혼자 울었다. 잠시 후 그녀는 단지 그 시신 때문만이 아니라 아버지, 언니들, 이스탄불로부터 멀리 떨어져 있었기 때문에 느낀 슬픔이라는 것을 이해했다.

"당신은 정말 너무해요!" 그녀는 숙소로 돌아온 남편에게 말했다. "바로 코앞에 있는 그 끔찍한 것을 여태껏 숨기고 있었더군요. 저런 짓은 숙부 압뒬하미트도 하지 않았어요."

"정말입니다. 숙부께서는 제국의 주에서 보내오는 사형 결정을 아주 드물게 승인하셨지요. 미트하트 파샤의 사형 선고도 종신형으로 바꾸셨어요. 하지만 그를 아주 이상한 방법과 형태로 타이프에서 암살한 것도 그분이시지요."

"이런 총독이 통치하는 곳에서 사느니 차라리 이스탄불에서 숙부를 두려워하며 사는 쪽을 택하겠어요."

"나의 술탄이여!" 남편은 진정 어린 존경을 담아 말했다. "이스탄불을 얼마나 그리워하시는지 아주 잘 압니다. 하지만 페스트가 종식된다 한들, 방역이 해제된단 한들 우리가 원하면 이스탄불에 갈 수 있을까요? 그러려면 과거 술탄의 경호병인 대통령으로부터 꼭 허락을 받아야 합니다. 이곳을 통치하는 사람은 총독이 아니라 제이넵의 남편입니다."

"그렇다면 여기서 함께 도망가요. 나를 납치해요."

"아시겠지만 저는 섬과 이 섬사람들에게 절실한 책임감을 느낍니다. 압니다, 당신도 그렇게 느낀다는 것을. 특히 이곳 튀르크인, 무슬림…… 어디 그들뿐이겠습니까? 룸과 모든 사람에게 애정을 품고 저처럼 그들을 돕고 싶어 하시지요. 게다가 이후 이곳에 우리의 인도적인 임무가 남아 있지 않아도 이스탄불로 돌아가기는 힘듭니다. 저는, 최소한 저는 위대한 오스만 제국에서 분리된 독립 국가와 인도적, 의학적 사고로 협업을 했습니다. 제 생각에 술탄의 상황도 크게 다를 바 없습니다. 모든 것이 끝난 뒤에 숙부이신 파디샤께서 먼저 우리를 용서하셔야 합니다. 그래야만 이스탄불로 돌아갈 수 있으니까요."

'반역'과 그들의 무력감에 관한 이야기가 나오자 파키제 술탄은 울기 시작했다. 남편이 그녀를 감싸 안고는 귀 뒤의 부드러운 피부에 입을 맞추고 머리카락에서 나는 좋은 향기를 들이마셨다.

이 행동이 술탄을 더욱 울게 만들었다. 가방에서 아버지의 하렘에 있는 나이 든 부인들 중 한 명이 정성스럽게 수놓은 손수건을 꺼내 아이 같은 눈과 통통한 볼을 닦았다.

"그러니까 우리는 지금 이곳에 인질로 있는 거군요……."

"이스탄불에서도 그랬지 않나……."

"당신은 왜 이들의 정치 싸움에 관여하죠? 숙부는 당신을 이곳에 독립된 국가를 세우라고 보낸 게 아니라 페스트를 종식시키라고 보냈어요."

"그렇다면 숙부께서는 당신을 왜 나와 함께 중국으로 보냈지요? 왜 당신과 콜아아스를 알렉산드리아에서 이 페스트가 창궐한 섬으로 보냈을까요?"

이는 중국으로 가는 고문 사절단에 동참하리라는 것을 안 이래로 그들 사이에 가장 많이 언급된 주제였고, 지금 서로의 감정을 상하게 하지 않으려 애쓰면서 다시 논의를 벌였다. 숙부가 자신을 섬에 보낸 또 다른 이유가 살인 사건의 범인을 잡기 위해서라고 누리가 다시 한번 지적하자 파키제는 말했다. "진짜 살인자는 저들을 교수형에 처한 사람들이에요!"

누리는 이 사형 집행의 배후에 있는 사람은 그녀의 옛 경호병이며 라미즈는 천사가 아니라고 말한 후 신문 기자 알리 수아비와 수행원들이 무라트 5세를 다시 권좌에 앉히기 위해 어느 날 밤 궁전을 급습했고, 성공하지 못하자 그녀의 숙부가 처음으로 사형 판결문에 서명했다는 것을 상기시켰다. 파키제 술탄이 아직 태어나기 전이었다. 같은 해 프리메이슨도 무라트 5세를 다시 등극시키기 위해 지하 통로를 통해 돌마바흐체 궁전에 도달하려는 음모를 꾸미다 발각되었다. 다음 날 무슨 일을 벌일지를 신문 칼럼에서 대놓고 도전하듯 발표한 알리 수아비는(압뒬하미트의 정보원들이 그의 일거수일투족을 감시하고 있었다.) 손에 무기와 몽둥이를 든 남자들과 나룻배를 타고 츠라안 궁전을 공격했으며, 이들은 심지어 습격을 미리 알고 이 순간을 대비해 옷을 갈아입고 다시 왕위에 오를 시간을 기다리던 무라트 5세에게까지 다다랐다. 하지만 습격에 맞서 역공을 한 압뒬하미트의 경비병들에 의해 알리 수아비를 포함하여 많은 습격자가 현장에서 목숨을 잃었다. 알리 수아비의 시신은 몽둥이로 두들겨 맞고 총알로 벌집이 되었다. 습격자들 대부분은 1877~1878년 오스만 제국과 러시아의 전쟁에서 집과 토지를 잃고 이스탄불로 올 수밖에 없었던 플로브디프 출신의 가난한 발칸 이주자들이었다. 파키제 술탄의 아버지가 다시 왕위에 오르면 오스만 제국이 러시아인과 유럽인들에게 다시 전쟁을 선포하고 압뒬하미트의 무능 때문에 잃어버린 영토를 수복할 것이며, 이스탄불 거리를 꽉 채운 무슬림 발칸 이주자들도 집으로 돌아갈 터였다.

“가련한 내 아버지는 그 습격에 대해 아무것도 몰랐어요! 하지만 그 습격자들 때문에 우리를 내가 태어난 건물로 보냈고, 아버지와 오빠들이 누구와도 만나지 못하도록 감시를 더욱 강화했지요.”

남편이 그를 부마로 받아들여 파디샤의 딸과 결혼시킨 오스만 왕가를 비판하고, 이들에 대해 자신이 압뒬하미트에게 그랬던 것처럼 조롱하듯 언급하는 데 불쾌해진 파키제 술탄은 남편의 콧대를 꺾어 주고 싶었다.

"어차피 이스탄불로 돌아가기가 그렇게 힘들다면 이제 숙부를 위해 본코프스키 파샤와 그 조수를 누가 죽였는지 찾는 것은 더 이상 중요하지 않아요. 이곳에서 우리가 탐정 셜록 홈스의 경박함을 흉내 낼 필요도 없고요!"

그녀는 마침내 누리의 마음에 상처를 주는 데 성공했다.

부부가 벌인 긴 토론의 긍정적인 결과 중 하나는 민게르 방역부 장관이 아내에게 약속한 바대로 국무총리 사미 파샤를 찾아가 주 청사 광장의 교수대와 시신들을 그만 치우는 편이 전염병을 차단하는 데 더 도움이 될 거라고 말한 것이었다.

"그렇게 생각하시는군요!" 사미 파샤가 말했다.

동생을 잃은 셰이크 함둘라흐에게 애도를 표하기 위해 할리피예 테케를 찾는 사람들의 수가 늘고 있었다. 페스트 전염을 두려워하지 않는 이 신자들은 테케 문 앞에서 몇 시간 동안 기다리다 대부분 셰이크를 멀리서조차 보지 못하고 되돌아갔다. 교훈을 얻기 위해 주 청사 광장에 오지 않았던 사람들이 보란 듯이 테케로 향했다는 것도 사미 파샤는 알고 있었다.

"지휘관 캬밀 파샤는 민게르 민족이 세계의 모든 다른 민족들로부터 마땅히 받아야 할 존중과 민족의 영광과 존엄성에 대해 종종 이야기합니다." 누리가 말했다. "그런데 이 교수대를 계속 전시해 둔다면 민게르 민족이 사형을 좋아하는 사악한 민족으로 비칠 겁니다."

"100년 전에 프랑스인들이 그들의 왕과 부자들, 그리고 길거리에서 되는대로 사람을 잡아들여 단두대로 죽일 때는 괜찮았는데 우리가 이곳에서 건방진 살인자와 방역을 방해하는 분리주의 매국노들을 처벌하는 것은 잘못이군요……." 사미 파샤가 대답했다.

하지만 사미 파샤와 의사 누리 사이에는 지난 두 달 반 동안에 일종의 동지애가 생겼기 때문에 이 논쟁은 더 이상 확대되지 않았다. 누리는 사미 파샤에게 까마귀와 갈매기들이 죽은 사람들의 시체와 죽은 쥐들을 먹으면, 그것들이 병에 걸리지는 않지만 병을 퍼뜨린다고 설명했다. 사미 파샤는 그의 까마귀가 시체의 눈, 코, 귀를 쪼는 것을 몇 번 보았다. 허수아비를 무서워하는 까마귀들이 왜 시체는 두려워하지 않는지 이해할 수 없었다.

59장

지휘관 캬밀 파샤는 다양한 시간에 호위병들과 함께 아르카즈 거리를 돌아다녔다. 이외에는 스플렌디드 팔라스에서 전혀 나오지 않고 옛 주 청사 건물의 방역 회의에 참석하는 것도 중단했다. 매일 전염병 상황실에서 진행되는 회의가 끝난 후 의사 누리는 각료 본부에서(호위병들이 뒤를 따랐다.) 스플렌디드 호텔까지 걸어가 지휘관 캬밀과 상황을 논의했다. 자유와 독립을 선언하고 두 주 후에도 사망자 수는 줄지 않고 증가했다.

오스만 제국 통치 시절에 그랬던 것처럼 의사 누리와 지휘관은 도시 지도를 통해 하루의 상황을 평가했다. 하지만 다른 지도였다. 전염병 상황실에 있는 지도의 복사본을 지휘관 집무실의 멋진 호두나무 테이블 위에 펼쳐 놓았다. 테이블에는 호텔 '클럽'에서 가져온 촛대도 놓여 있었다. 누리는 사망자가 나온 집을 하나하나 표시하기 전에 먼저 어디에서 발병이 악화되었는지를 설명했다. 그러나 슬픈 얼굴의 사무관이 도무지 줄어들지 않는 사망자 수를 하루에 두 번 지휘관에게 보고했기 때문에 대통령은 누리와의 회의에서 새로이 알게 되는 것도 없었고 전염병을 종식시키기 위한 어떤 제안이나 조언도 하지 않았다.

멀리서 상황을 지켜본 영사와 관료들은 지휘관이 사미 파샤와는 달리 방역관과 의사들에게 전염병 억제를 맡기는 것이 적절하다고 생각했다. 누리의 작은 손이 지도에서 게르메 마을이나 하미디예 대로 위를 스쳐 지나갈 때 나중에 불만을 나타내며 아내에게 설명했듯이 지휘관은 이 지명들에 붙일 새로운 이름들을 상상하고 있었다. 예를 들어 주 청사 광장은 처음에 '자유 광장'으로 할까 생각했다가 까마귀들이 쪼아 먹어 교수대에서 산산조각이 난 라미즈와 그 부하들의 시신을 전시하고 사람들의 발길이 끊긴 후 잠시 '독립 광장'으로 이름을 바꿀까 했지만 최종적으로는 민게르 광장으로 결정했다. 하미디예 대로의 이름은 민게르 대로로 바꾸고 싶어 했다. 지휘관 캬밀은 하미디예 대로를 지휘관 캬밀 파샤 대로로 바꾸자는 보좌관 마즈하르 에펜디의 제안을 거부했고, 그런 일은 절대 허락하지 않을 것이며 항상 서민의 사람으로 남고 싶다고 말한 뒤 "내가 살아 있는 한……."이라는 단서를 덧붙이곤 했다.

민게르 국가 초기의 공식 연대기를 쓴 작가들은 지휘관 캬밀이 페스트가 유행하던 낮과 밤에 279개의 거리, 광장, 대로, 다리의 이름을 변경했다는 것을 지적하면서 이 숫자를 자랑스러워한다. 지휘관은 자유와 독립이 선언되기 전까지 이름이 없던 좁은 거리와 광장들에도 이름을 부여했다. 체신부 장관 디미트리스 에펜디가 특히 이름이 없는 장소들이 이름을 갖게 된 것이 등기 업무만 아니라 일반 편지와 소포 배달을 위해 매우 유용하며 오스만 제국 통치 시절에 못 했던 일들이 새 정부 시기에 행해졌다고 여기저기 말하던 차에 먼저 아내에 이어 그가 페스트에 걸려 테오도로풀로스 병원으로 옮겨져 이 모든 활동이 한동안 중단되면서(몇몇 룸 거리들도 이름이 변경되었다.) 지휘관은 새로운 위원회를 조직해야만 했다. 디미트리스 에펜디가 사망한 후 지휘관은 우체국의 커다란 입구 홀에 있는 자신의 사진 옆에 그의 커다란 사진을 걸라고 지시했다. 완야스가 찍은 이 사진이 116년이 지난 오늘날 우체국 건물에 처음 걸렸던 그 자리에 여전히 있다는 것은 실제로 민게르인들이 그들의 역사와 정체성에 얼마나 큰 애착을 지니고 있는지를 보여주는 또 다른 증거다.

파키제 술탄의 편지를 읽은 사람들은 훗날 민게르의 정사 역사학자들이 그랬듯이 그 시절 지휘관의 '공화주의'를 지나치게 강조하는 것은 과장되었음을 알게 된다. 지휘관 캬밀은 자신이 민게르야에 가져온 위대한 혁명과 변화를 매우 개인적인 행복으로 느꼈고, 근대성과 민족주의의 정신으로 나라를 개조하려는 노력을 계속하면서 주위 사람들에게 이 모든 것을 아들을(그는 아이가 아들이라고 확신했다.) 위해 하고 있다고 진심으로, 심지어 약간은 순진하게 말했다. 그는 아들에게 순수하고 진정한 민게르식 이름을 지어 주어야 한다고 생각했다. 특히 이 이름은 지휘관이 사망한 다음에도 민게르 역사에서 영향력을 미치고 모든 사람이 민족주의의 본보기로 삼을 것이기 때문에 매우 중요했다.

지휘관은 가끔 제이넵이 있는 위층으로 올라가 그의 꿈을 아내와 나누고 임신 상태와 건강은 아무런 문제가 없는지 진심으로 걱정하며 물었다. 임신은 제이넵이 세상에 느꼈던 분노를 누그러뜨려 피부가 더 반짝이고 미소는 더 밝아졌으며 얼굴이 더욱더 아름다워졌다.

지휘관은 고고학자 셀림 사히르가 제안한 민게르 이름을 거절하고 섬에서 이러저러한 이유로 옛 민게르어에 관심을 키워 온 몇몇 사람들과 모임을 했다. 일부는 어린 시절 동네 친구였고, 일부는 정보국장이 감시 일을 할 때 민게르 분리주의자라고 파일에 기입하고 투옥하겠다 위협하며 제압한 사람들이었다.(정보국장은 그리스 편 분리주의자들에게 훨씬 더 가혹했다.) 어린아이 같은 민속학적 열정으로 오랫동안 민게르 물품과 단어들을 수집하던 이 사람들은 처음에 벌을 받거나 수집품들을 몰수당할까 두려워 소극적이었지만 나중에는 많은 단어와 이름, 거리명을 제안했다. 함디 바바의 도움으로 대통령은 방역 부대에서 제안을 받았고, 그리하여 민게르 역사상 처음으로 거리들 중 하나는 섬에 산 누군가, 즉 함디 바바의 이름을 따서 명명되었다.

대통령은 섬의 약초와 의약품, 모든 해산물과 조개류와 나룻배와 돛단배 관련 용어들, 섬에서 요리되는 음식들의 민게르어 표현을 기록하기 위해 무슬림 약초상과 니키포로를 포함하여 기독교인 약사들, 룸 어부들, 급식소와 식당 주인들과 함께 회의를 소집했다. 삼십 년이 지나 처음으로 출간될 민게르어-튀르크어, 민게르어-룸어, 민게르어-민게르어 사전과 지중해 섬 문화에 의거한 유일한 백과사전인 『민게르 백과사전』의 기초가 바로 이 시기에 다져졌다.

한때 영사와 신문 기자들이 저녁 무렵 들러서 수다를 떨었고 웅장한 뒷문이 분홍색 민게르 장미들에 뒤덮인 정원으로 이어지는 호텔 1층의 런던 클럽은 민게르 언어, 역사, 문화 관련 모임을 하는 곳으로 지정되었다. 또한 당시 지휘관 캬밀은 방역 부대를 이용해 집에서 민게르어를 쓰는 젊은이들을 찾아 민게르어와 문화를 연구하는 사람들과 만나게 해 주려는 생각을 하고 있었다. 더불어 지휘관이 전염병 시기에 집에서 도망쳐 나온 고아 집단의 언어를 연구하기 위해 그들에게 누군가를 보냈다는 것은 민게르어를 부활시키고자 했던 사람들 사이에서는 널리 알려져 있었다. 지휘관이 가파른 언덕과 넘기 힘든 바위 뒤에 감춰진 계곡에 사는 아이들의 훼

손되지 않은 언어를 보존하기 위해서 방역 부대와 함께 이들을 '구제'할 계획을 세웠다는 것도 알려진 사실이지만 기이하게 계속 증가하는 사망자 수는 이 열정적인 계획을 완전히 불가능하게 만들었다.

사미 파샤와 보좌관 마즈하르가 테케에 맞서 힘든 싸움을 벌이는 동안 대통령은 옛 민게르 전설과 동화에서 아들에게 줄 이름을 찾기 위해 옛 등기국 직원이자 새 장관인 파이크 베이에게 두 차례의 시 경연 대회 개최를 요청했으며, 상금을 위해 국무총리에게 70메지디예의 예산을 준비하도록 했다. 첫 경연 대회에서 1등을 한 시는 민게르의 애국가가 될 것이며, 시의 주제는 섬, 자유, 독립이었다. 두 번째 경연 대회에서 수상한 시는 지휘관의 아들이 태어나는 날 열리는 축하 의식에서 낭독될 것이다.

고대 민게르 역사에 관심이 많은 고고학자 셀림 사히르와의 만남은 유감스럽게도 젊은 지휘관이 파샤의 아들과 속물들에 대해 느꼈던 분노로 그 빛을 잃었다. 셀림 사히르는 이 년 전 프랑스인 부인과 함께 민게르에 왔다. 할아버지와 아버지가 모두 압뒬하미트가 임명한 파샤들이었다. 그는 이야기를 할 때 계속해서 "나도 작고하신 할아버지처럼, 아버지처럼."이라고 말했다. 프랑스에서 법률과 예술사를 공부했으며, 이스탄불의 제국 박물관에서 일했고, 그곳 대학에서 가르쳤다. 최근에는 작고하신 아버지의 친구가 국무총리를 설득해 이스탄불에서 오스만 제국 박물관을 '세계적인 국립 박물관 수준으로' 다시 한번 위상을 높이는 일을 맡았다. 그러니까 어떤 의미에서 그는 압뒬하미트와 오스만 제국이 박물관을 만들어 그들을 유럽적이고 문명적인 이미지로 세계에 보여 주기 위해 영입한 새로운 세대의 고문들 중 한 사람이었다. 처음에 압뒬하미트는 오스만 제국 영토에 있는 고대 그리스와 로마 유적들의 가치를 이해하지 못했고, 그것들을 원하는 유럽인 친구들에게 공짜로 주곤 했다. 이후에 관료들과 셀림 사히르처럼 잘 교육받은 파샤의 아들들이 이 돌들의 중요성에 대해 얼마간 파디샤를 설득할 수 있었다.

이 년 전 셀림 사히르는 압뒬하미트로부터 받은 공식 서신을 가지고서 군 화물선인 파질레트를 타고 섬으로 와 아르카즈 바로 북동쪽에 있는 작은 만들 중 한 곳에서 바다로 뻗은 유적지를 파헤치기 시작했다. 이 장소는 섬에 있는 그의 친구들이 알려 주었다. 그가 찾는 것은 물속에서 진입할 수 있는 광대하고 어두운 동굴 바닥에 숨겨진 새하얀 여인 조각상이었다. 이 조각상을 꺼내 이스탄불의 제국 박물관으로 가져가 박물관장인 오스만 함디 베이가 십오 년 전에 역시나 시돈의 동굴 유적에서 발견하자마자 알렉산더대왕의 것이라고 했던(아니었다.) 그 석관처럼 유명하게 만들고 싶었다. 그때까지 오스만 제국은 여전히 자신들을 세계적인 강대국으로 간주했으며 다른 국가들도 그렇게 인정했다. 하지만 고고학자의 '실패'를 고려하면 지금 '유럽의 병자'는 더 이상 박물관을 세울 수 없었다.

이스탄불에서 돈이 오지 않았는지 누군가 압뒬하미트를 의심하게 만들었는지, 어떤 이유에서든 조각상을 동굴 바닥에서 꺼내기 위해 필요한 기중기와 레일 장치가 너무 지연되었고 작업은 길어졌다. 고고학자가 세 살던 집에 초대되어 간 영사들과 섬의 부자들, 그리고 정보원들을 통해 모든 것을 지켜본 총독은(사미 파샤는 올리브유로 튀긴 민물 숭어를 그곳에서 처음 먹었다.) 고고학자 사히르 베이와 잘 지내고 싶어 했다. 매달 규칙적으로 오스만르 은행에서 암호로 된 높은 봉급을 받는 것으로 보아 그가 압뒬하미트의 정보원 일을 하면서 섬에 머무는 것이 확실했다.

국무총리 사미 파샤로부터 이러한 정보를 받은 지휘관은 고고학자 사히르 베이와 만나는 자리에 그를 초대했다.

"내 아들에게 어떤 이름을 지어 줄지 아직 결정하지 못했지만 이번에 당신이 제안한 이름들이 마음에 들어서 거리의 이름으로 사용하기로 결정했습니다!"

그는 지휘관의 또 다른 일이 자신에게 봉사하는 사람들을 즉시 포상하고 달콤한 말로 격려하는 것임을 어느 권력자처럼 빨리 배웠다.

"하지만 당신이 민게르 민족의 역사에 대해 쓴 것들은 안타깝게도 우릴 만족시키지 못했습니다."

"어떤 면에서 그렇습니까?"

"당신은 민게르 민족의 기원으로 저 멀리 아랄해와 아시아의 한 지역을 지목했습니다. 내가 어렸을 때 들은 옛날이야기에서는 그런 호수도 아시아인도 없었습니다. 민게르 사람들이 페스트 때문에 전 세계로부터 버림받았고, 우리 자신을 믿는 것 외에 다른 어떤 방법이 없는 이 힘든 시기에 제발 당신마저 우리에게 '당신들은 나중에 다른 곳에서 이 섬으로 온 사람들입니다.'라고 말하지 말아 주십시오."

"저는 전혀 그렇게 생각하지 않았습니다! 하지만 이는 프랑스와 독일의 가장 권위 있는 고고학자들과 고대 언어 전문가들의 생각입니다."

"그러나 민게르 민족은 집이 저 멀리 다른 곳에 있다는 것을, 이 섬에 옛날에는 다른 민족이 살았다는 것을 특히 당신 같은 학자들한테서 듣고 싶어 하지 않을 겁니다."

"코망당, 귀하의 위대한 성공을 저보다 더 칭찬하는 사람은 없을 겁니다. 하지만 역사학이 민게르 민족의 기원을 바꿀 수는 없습니다.”

“민게르 민족은 아이가 아닙니다. 민게르 사람들은 나에게 사랑을 다해 ‘지휘관’이라 부르고 있고, 이는 내 인생에서 가장 커다란 영광입니다. 그런데 당신은 이를 프랑스어로 말하며 가볍게 여기고 있군요!”

이 문제를 그냥 넘길 수 없다는 듯 고고학자를 향해 호통치는 모습에서 사미 파샤는 젊은 지휘관이 엄청난 분노로 가득 차 있으며, 이 분노 없이는 민족주의의 열정도 없으리라는 것을 알 수 있었다.

“이제 왕과 파디샤의 시대가 막을 내렸다는 것을 아셔야 합니다.” 지휘관이 말을 이었다. “민게르 민족의 조각상을 이스탄불에 있는 파디샤의 박물관으로 운송하려는 목적이 무엇이지요?”

“물속에 있는 조각상은 가장 오래된 민게르 종족인 바타닌들의 여왕입니다. 이스탄불로 옮겨 가면 민게르 민족의 문화를 전 세계에 알릴 아주 큰 기회가 될 것입니다.”

“아닙니다. 이스탄불에 도착하자마자 그것도 알렉산더나 다른 민족의 유물이라고 할 거요. 프랑스인들이 좋아하는 또 다른 민족을 찾겠지요. 게다가 민게르 여왕의 조각상을 이제 왜 이스탄불로 가져가야 하지요? 조각상을 우리가 가진 자원으로 꺼내서 시계탑 꼭대기에 앉힙시다. 당신에게 한 달 기한을 주지요.”

60장

지휘관 캬밀이 태어날 아들을 위해 제안받은 이름들을(그의 어머니도 이름 몇 개를 제안했다.) '시험'하는 한 방법은 제이넵의 배 속에 있는 아이에게 그 이름들을 세 번 속삭이는 것이었다. 만약 아들이 자기 이름이라고 느낀다면 분명히 배 속에서 발로 차거나 공중제비를 돌 것이다. 지휘관은 임신한 아내의 배(사실은 밋밋했다.)와 동그랗고 아름다운 가슴, 딸기색 유두에서 눈을 떼지 못하고 그녀를 '진찰하기' 위해 계속해서 새로운 핑계를 찾았다. 지휘관은 때로 좋은 향기가 나는 아내의 피부 위 한 지점에, 예를 들어 배 위에 코를 대고 부리로 땅속에 묻힌 보물을 파서 꺼내고 싶어 하는 새처럼 행동했다. 제이넵도 기발한 놀이와 농담들로 이런 유치한 놀이에 동참했고, 그 뒤에 행복하게 사랑을 나누었다.

이틀 후 오후에 대통령은 제이넵이 있는 위층으로 올라갔다. 사망자 수가 여전히 줄어들지 않아 그는 불안해했다. 남편의 기분을 풀어 주고 싶었던 제이넵이 침대로 끌고 가자 지휘관은 그녀가 이끄는 대로 따랐다. 그는 잠깐 아내에게 입을 맞춘 다음 그녀의 아름다운 몸을 '진찰하기' 시작했다. 제이넵의 등, 목, 겨드랑이를 즐겁게 검사하고 배 아래쪽을 보는데 사타구니에서 의심스럽고 약간 붉은 기가 도는 단단한 것을 발견했다. 건강하고 반짝이는 아내의 피부에 매일 밤 모기와 이상한 벌레들, 정확히 알 수 없는 무엇인가로 인해 생긴 얼룩들이 나타났다 사라졌기 때문에 어쩌면 그다지 신경 쓰지 않아도 되었다. 하지만 홍반을 보자마자 보면 안 될 것을 보았다는 생각에 눈길을 돌리려는데 심장이 두 번 강하게 뛰었다. 그것은 전에 보았던 홍반과 사뭇 달랐다.

그러나 지휘관 캬밀은 아내가 호텔 방에서 전혀 나가지 않았고 호텔에는 쥐가 없기 때문에 페스트일 가능성은 없다고 생각했다. 그는 손가락 끝으로 단단한 부분을 가볍게, 그러다 더 세게 건드려 보았다. 제이넵이 아무런 반응을 보이지 않자 벌레 물린 자국이라고 결론을 내렸다. 페스트 가래톳이었다면 통증을 느꼈을 것이다. 지휘관은 불안감으로 아내의 기분을 망치고 싶지 않아 그 반점을 잊기로 했다.

영국 영사 조지는 지휘관과 옛 친구 국무총리를 만나기 위해 면담을 요청하는 편지를 썼다. 다른 영사들이 숨어 지내는 상황에서 사미 파샤는 영국인의 이 바람을 긍정적으로 생각했다. 여느 때처럼 영국인의 노련함으로 누구보다 먼저 새로운 국가에 무엇인가를 제안할 것이라고 추측했다. 하지만 결국 무엇일지 알 수 없어 이 생각을 지휘관에게 말하고 함께 영사와 논의할 예상 주제들을 검토했다.

이렇게까지 준비했는데 영사가 고고학자 셀림은 섬과 민게르를 사랑하는 좋은 사람이며 선한 의도를 가진 사람이라고 말하러 왔다는 사실을 알고 놀랐다. 조지 영사는 이 고고학자 부부가 페스트 환자로 격리되는 것보다 오스만 제국 편에 선 튀르크인이라는 이유로 추방된 사람들과 함께 처녀탑의 '격리 시설'로 보내지는 것을 더 두려워한다고도 말했다. 고고학자는 처녀탑에 갇힌, 이스탄불에 충성하는 모든 관리가 이스탄불로 돌려보내지는 대신 성지석 압박 수단으로 이용될 거라고 믿었다. 이러한 상황에서 옛 민게르 여왕의 조각상을 꺼내지는 않을 터였다. 지금 고고학자가 유일하게 원하는 것은 아내와 함께 섬에 머무는 것이었다.

"그가 당신을 보냈습니까?"

"대통령께서 옛 민게르 이름들을 조사하고 있다고 들었습니다. 그가 말하길 저도 제안을 할 수 있을 거라고 했습니다."

"영사는 민게르섬을 정말로 좋아합니다." 사미 파샤가 끼어들었다. "책을 쓰기 위해 오랫동안 우리 섬에 대한 책을 전 세계에서 가져와 읽고 있습니다."

"우리 섬을 주제로 책을 쓸 만큼 가치 있다고 여기신다니 제 질문에 대답을 해 주실 수 있으신지요?" 지휘관이 말했다. "당신 생각에 민게르인들의 집은 이 섬인가요, 아니면 다른 곳인가요?"

"민게르인들은 이 섬에서 민게르인이 되었습니다."

"어쩌면 우리 역사를 당신이 가장 잘 쓸 것 같군요!"

지휘관은 다음 말을 잇지 않았다. 그의 시선은 바다 너머에 나타난 이상한 빛에 고정되었다. 정적이 흘렀다…….

"민게르 정부는 영국 대표에게 다음과 같은 것을 묻고 싶습니다. 이 봉쇄를 해제하기 위해 우리가 무엇을 해야 합니까?" 사미 파샤가 용기를 내어 말했다.

"우리 정부와 이스탄불에 있는 우리 대사가 최근의 상황에 대해 무슨 말을 했는지 전혀 알 수가 없습니다. 하지만 전염병이 종식되면 봉쇄도 해제될 겁니다."

"우리가 무엇을 해도 전염병이 사그라지지 않고 있습니다." 사미 파샤가 말했다.

"마치 적군과 싸우듯 테케들과 분투했던 것이 일을 크게 만들었습니다." 영사가 말했다.

"당신 같은 진정한 친구에게서 그런 말을 듣다니 상심이 큽니다. 영국 정부는 페스트를 막기 위해 어떤 해결책을 제안하고 있습니까?"

"전신선은 끊겼고, 봉쇄되었고, 격리 상태지요. 영국 정부가 무어라고 말했는지 저는 제 위치에서 그저 추측만 하고 있습니다."

"그 추측이 무엇인지요?"

"대통령께는 아주 귀한 손님이 있습니다." 조지가 신중하게 말했다. "파키제 술탄은 오스만 왕가에서 매우 특별한 사람입니다. 파디샤의 딸은 외교적인 가치가 있지요"

"오스만 제국 전통에서 왕조의 여성 혈통 후손은 누구도 왕위와 관련이 없고, 국민들도 이를 받아들이지 않습니다."

"지휘관님, 덕분에 이곳은 더 이상 오스만 제국 영토가 아닙니다." 조지는 다시 신중하게 말했다. "국민도 다른 국민이지요."

영사가 돌아간 후 사미 파샤가 항상 그랬듯이 지휘관도 그의 경고를 진지하게 받아들여 방역 회의에 참석해 단지 테케 주위에서 벌어지는 일만 아니라 마을 대표들이 설명하는 수도의 가장 외딴 곳에서 일어나는 문제에도 관심을 기울였다.

플리즈보스 마을의 대표인 완겔리스 에펜디는 빈집 중 하나에 정착한 무슬림 '범법자'가 이틀 전에 죽어 시체 냄새가 난다고 했다. 방역 부대는 겨우 일주일 전에 테살로니키 출신의 세페리디스 가족에 대한 고발을 받고 빈집의 뒷문을 부수고 들어가 모든 문과 덧문 달린 창들을 안에서 한 번 더 못을 박은 뒤 집 전체를 다시 한 번 소독하고 들어갔던 그 문을 통해 나왔다. 그러니까 어제 냄새 때문에 시신이 발견된 사람은 그 집에 방역 부대가 다녀가고 나서 숨어든 것이다. 페스트를 피한다는 핑계로 빈집에 침입한 사람들은 그들이 정착한 집을 나중에 도둑질의 근거지와 합류 거점으로 사용해 국가에 큰 위협 요소가 되고 있었다.

가파른 비탈길, 바위 절벽, 멋진 풍경을 지닌 단텔라 마을의 방역 대표인 아포스톨로스 에펜디는 새로운 국가가 수립되고 참석한 이 첫 회의에서 오스만 제국으로부터 받지 못한 봉급을 지급하라고 요구했다. 그는 마을 대표 일도 그만두고 싶어 했다. 단텔라는 사람들이 거의 다 떠나 버린 조용하고 외딴 룸 마을이었다. 이 대표는 외로움에 시달리고 있었다. 한번은 밤에 빈 정원에서 페스트 악마와 마주쳤다고 말하기도 했다. 사미 파샤가 보기에 그가 마주친 것은 페스트 악마가 아니라 사람들을 빼돌리는 밀항꾼과 사공들이었다. 헌병과 공무원들이 도망쳤기 때문에 외딴 작은 마을에서 국가의 존재는 없다고 해도 지나친 말이 아니었다. 주로 한적해진 도시의 크고 부유한 룸 저택 주변에 위치한 이 무법 지대가 천 반대편에 사는 무슬림 마을에서 의지할 곳 없는 사람과 기회주의자들을 끌어들였다. 섬 북쪽에서 수도로 도둑질과 약탈을 하러 오는 사람들도 있었다. 빠르게 늘어난 다양한 패거리들 중에는 모든 사람이 언급했지만 실제로는 아주 소수의 사람들만이 본 고아 집단도 있었다. 민게르의 민족시인 살리흐 르자가 이 소문에 의거하여 페스트 시기에 도망간 아이들을 소재로 쓴 낭만적인 아동 소설 『나의 엄마는 밤의 숲에』는 열 살 때 이 책을 읽은 나를 광적인 민게르 민족주의자로 바꾸어 놓았다.

호리소폴리팃사 광장에서 소식을 가져온 마을 책임자는 이틀 사이에 방금 죽은 쥐 사체가 또 벽 아래와 정원에서 보이기 시작한다고 설명했다. 방역 규제를 적용하고 페스트 환자가 숨어 있거나 숨겨진 집을 찾고 퇴거할 집을 정하고 리졸 방역관들에게 소독할 집과 거리들을 안내하는 일을 하는 마을 대표들은 곧 방역에 대한 사람들의 불만을 정부 관계자들에게 전달하는 중개인으로 바뀌었다. 하지만 그날 지휘관은 감염되지 않은 코푼야 마을의 대장장이를 감옥에 있는 격리소로 넣었다고 주장하는 무책임하고 우둔한 '대표'를 꾸짖었다.

"실수를 저지를 때 당신은 어디에 있었습니까? 당신의 임무는 우릴 비판하는 것이 아니라 방역 규정을 위반한 사람들을 단속하는 것입니다."

사실 민게르에서 마을 대표들이 광범위하게 퍼진 분노를 모면했다면 이유는 방역 부대가 섬 출신이며, 친숙한 사람들이고, 방역 노력에 훨씬 더 크게 관여하기 때문이었다. 사람들은 먼저 이들에게 화를 돌렸다. 새로운 국가가 수립되고 방역 부대가 더욱 엄격해졌기 때문에 그들에 대한 대중의 분노도 커졌다. 사망자 수가 전혀 줄어들지 않는 것도 분노를 더 키우고 있었다. "우리가 겪은 그 많은 고통, 그 많은 어려움과 모욕이 다 헛수고였다는 거군." 무슬림 마을 사람들은 흔히 이렇게 말했다.

유카르 투룬츨라르 마을 대표는 사실 방역 부대에 대해 불평할 사람들이 더 이상 남아 있지 않다고 전했다. 소각 구덩이 근처에 사는 사람들은 냄새 때문에 마을을 하나둘 떠났다. 마을에 있는 새 무슬림 묘지를 보는 사람들은 불안하고 화가 났다. 장례 행렬 소리가 끝없이 들려왔기 때문이다. 묘지로 가고 묘지에서 돌아오는 인파 이외에도 마을 사람들은 밤마다 묘지를 파헤치는 개들 때문에 불평했다. 개들은 종종 싸움을 벌였고, 어떤 개들은 입에 인간의 장기나 죽은 쥐를 물고 다니며 질병을 퍼트렸다. 또한 붉은 돛을 단 배가 와서 모든 사람을 구할 거라는 식의 소문이 돌았다. 하지만 사실은 마을에 혼자 사는 이불 장수가 죽은 것 이외에 다른 특별한 일은 없었다.

와을라, 게르메, 치테 마을의 대표들은 당장에 새로운 국가와 방역 책임자들, 그리고 지휘관에게 그들이 마음에 품고 있는 낙관론이 근거가 없다고 느끼도록 만들었다. 와을라에서, 다시 말해 사관 중학교, 하미디예 병원, 쾨르 메흐메트 파샤 사원 주변 거리에서 질병이 갈수록 더 많은 사람의 목숨을 앗아 가는 상황은 지난 정부든 현 정부든 국가와 방역 당국의 권위와 평판에 악영향을 미치고 있었다. 가장 눈길을 끄는 이 마을에서 질병을 차단하기 위해 사미 파샤의 강력한 권고와 의사들의 동의로 뒤뜰에 방역 부대 병사들을 배치하고, 일부 거리들을 한동안 봉쇄하며, 과거에 그랬듯이 도둑, 부랑아, 페스트 환자가 드나들지 못하도록 큰 못을 박아 집들을(그 수는 많지 않았다.) 폐쇄한다는 결정이 이루어졌다. 새로운 국가가 통치 초기에 손을 못 쓸 정도로 감염된 집과 쓰레기를 소각하라는 결정을 내렸지만 실행되기까지 꼬박 일주일이 걸렸고, 이는 마을 사람들의 분노를 샀다. 사미 파샤는 지휘관이 새로운 소각 결정에 대해 빠른 명령을 내리기를 기다렸다.

회의실에서 논의가 계속되는 동안 지휘관은 창가에서 지붕 사이로 보이는 스플렌디드 팔라스를 바라보며 그곳에서 기다리는 아내 곁으로 달려가고 싶었다. 아내의 사타구니에 있는 붉은 자국은 자기만 알았다. 지금 아내에게 달려갈 수 있다면, 서로를 안고 침대로 들어가 모든 것을 잊는다면, 그러면 어쩌면 그 붉은 자국이 페스트 가래톳의 시작일지 모른다는 사실도 잊을 수 있을 것이다.

제이넵이 페스트에 걸렸다면 그 역시 걸렸을 것이다. 혹은 그를 아내와 떼어 놓을 것이다. 절대 그가 못 할 일이었다. 이러한 것들을 생각할수록 지휘관은 주변에서 벌어지는 방역 조치들에 대한 논쟁을 따라잡기가 힘들어졌다. 하지만 페스트가 다가올수록 그는 전쟁에서 적군의 맹공격에 겁을 먹은 병사들에게 그랬듯이 혼란과 죽음에 대한 공포 때문에 잘못된 결정을 내리는 사람들에게 화가 났다. 지금 그는 그들처럼 행동하고 있었다. 그는 침착해야 했다.

전염병의 규모와 죽음에 대한 공포가 컸지만 기독교인만 아니라 무슬림들 일부는 침착함을 잃지 않았고, 게다가 끝까지 인간성을 고수했다. 어떤 사람들이 오직 자기 목숨을 구할 생각만 할 때 또 다른 사람들은 죽을 위험을 무릅쓰고 사망자의 집을 방문해 고통 속에서 몸부림치는 사람들을 도왔다. 거리를 돌아다니며 "우리가 어떻게 된 거야? 지옥에 떨어졌어!"라고 울부짖는 광인들을 위로하는 선의를 가진 사람들도 있었다. 여전히 공동체 의식, 형제애, 동포애를 잃지 않은 사람이 많았다.

매일 스무 명에서 스물다섯 명이 전염병으로 죽어 가는 이 사람들은 서로 끊임없이 조문을 다녔다. 도시에서는 여전히 큰 인원이었다. 방역 선포 후 사람들이 거의 거리에 나가지 않았지만 가족, 이웃, 공동체에 느끼는 예속감 때문에, 다시 말해 좋은 사람들이기 때문에 선의로 집, 사원 뜰, 장례식에 모였고, 이는 안타깝게도 질병을 더욱 퍼트렸다. 7월 말 민게르섬 수도는 세 번째 전염병이 창궐하여 공포로 움츠러든 뭄바이나 홍콩처럼 거리가 완전히 텅 비지는 않았다. 비탈진 도로 중 하나를 따라 어딘가에는 장례식에서 장례식으로, 집에서 집으로 뛰어가는 선의를 지닌 무슬림 남성들이 항상 무리 지어 있었다.

지휘관은 여러 경로로 들은 이야기를 통해 치테 마을에서 국가나 공무원들의 권위와 위엄이 더 이상 남아 있지 않다는 것을 알았다. 그저께 이곳에서만 여섯 명이 죽었다. 하지만 마을 대표는 고인들이 아니라 '허가증'에 관해 이야기했다. 타쉬츨라르에서 와 이 마을에 정착하고 온갖 경범죄를 저지르는 크레타 이주민 실업자 청년들과 마을에서 마차를 몰고 농사를 짓고 장사를 하는 가난한 원래 거주민들 사이의 적대감은 누그러지지 않았다. 가난하고 신실한 가족들은 부도덕하고 거친 청년들이 마을에 질병을 들여왔다고 믿으며 이 불경스러운 이주민들을 마을에서 추방하라고 요구했다.

사미 파샤는 오스만 제국 시절에 이 문제들을(다른 마을에서도 유사한 불화가 있었다.) 해결하기 위해 '허가' 규정을 만들었다. 방역 부대에서 허가증을 받은 사람들만이 특정 마을과 거리를 출입할 수 있었다. 이 조치 덕분에 총독 파샤는 크레타 출신의 근본 없는 실직 상태의 청년들을 마을에 가두었을 뿐 아니라 그들에 대한 기록을 작성했고, 이 계획은 처음에 성공적이었다. 하지만 방역관과 허가증이 있는 사람들이 허가증 장사를 시작하자 파샤의 획기적인 시도는 완전히 다른 방향으로 틀어졌다. 방역관만 아니라 마을 사람들은 이 일로 돈을 벌었고, 사실 제한적이기는 하지만 통제선 역할을 했기 때문에 총독 파샤와 부마 의사도 허가증 제도를 포기하지 못했다. 한편 허가증 때문에 도시에서 이동이 증가했다. 마을 대표는 전날 페스트로 죽은 두 명의 허가증을 친척들이 곧장 구시장에 있는 한 상점에 팔았다고 보고했다. 페스트로 어머니나 형제를 잃고 감염된 집을 떠나 격리된 사람들의 허가증은 취소해야 마땅했지만 그 서류들이 다른 사람들에 의해 빠르게 사용되고 있었다. 지휘관이 머릿속의 구름들 사이에서 파악했듯이 최근의 문제는 새로운 정부가 수립된 후 일부 공무원들이 옛 허가증을 취소하거나 그 위에 새 도장을 찍어 새 정부의 허가증이라며 재발급 요금을 요구하기 시작했다는 것이다. 허가증은 상업을 위해 필요했기 때문에 모두들 요금을 지불했지만 불만이 없지 않았다. 재무부 직원이었던 마을 대표는 이 일로 돈을 버는 것은 아니지만 어떤 사람들은 언젠가 돈이 될 거라며 허가증을 모으고 있다고 지휘관에게 말했다.

61장

지휘관은 곧 아내의 서혜부에 있는 부어오른 홍반 이외에 다른 생각은 할 수 없게 되었다. 어쩌면 지금 제이넵은 스플렌디드 호텔 방에서 고열과 두통으로 혼자 고통을 겪고 있을지도 모른다.

그는 눈앞에 떠오른 장면들을 멈출 수가 없었다. 회의 중간에 주 청사에서 나와 뒤따르는 경호병들과 함께 스플렌디드 호텔로 돌아왔다. 거리에는 사람이 거의 없었다. 손에 꾸러미를 들고 어딘가로 향하는 여자와 작은 바구니를 들고 가는 소심한 아이가 지휘관에게 관심을 보였지만 길에서 마주친 대부분의 사람들은 그를 알아보지 못했다. 창가에 있던 갈색 머리의 아이만이 그를 보고는 사람들에게 알렸고, 잠시 후 아이 아버지가 왔다. 그 역시 갈색 머리였다. 아이가 외쳤다. "지휘관 만세!"

지휘관은 기뻤다. 그는 아이에게 손을 흔들어 주었다. 아이와 가족을 이 저주받을 전염병에서 구하고 갈색 머리 아이의 영웅 지휘관이 되고 싶었다. 하지만 제이넵이 아프면 해낼 수 없다. 제이넵의 서혜부에 있는 것이 페스트 반점이라면 분명히 그도 병에 걸렸을 것이다. 그러나 지휘관은 아무런 증상이 없었다.

스플렌디드 팔라스 문 앞에 있는 방역 부대 병사와 경비병들이 그를 보자 차려 자세를 했다. 지휘관 캬밀은 계단을 올라가면서 제이넵에게 이 문제에 대해 말하지 않기로 이미 마음먹었다. 그저 멀리에서 보려고 했다. 페스트라면 어차피 열이나 두통 같은 다른 증상이 있었을 것이다. 페스트가 아니라면 홍반에 대해 언급해 봐야 괜히 제이넵을 혼란스럽게 만들 뿐이다. 지휘관은 미리 두려움과 걱정에 휩싸인 사람들을 많이 보았다. 병에 걸리지 않았다는 사실이 밝혀질 때까지 자신과 주위 사람들의 삶을 지옥으로 만들곤 했다. 사람들은 보통 초기 증상들을 무시하려고 한다. 그들 중 한 명이 병에 걸리면 같은 집에 사는 사람들도 병에 걸렸거나 최소한 격리되어야 한다는 의미이기 때문에 확실해지기 전까지 아무도 초기의 홍반, 열, 두통에 대해 언급하고 싶어 하지 않았다.

방으로 들어갔을 때 콜아아스는 방 안에서 신경질적인 모습으로 왔다 갔다 하는 아내를 보고 마음이 놓였다. 아내는 페스트에 걸려 피곤한 사람처럼 보이지 않았다. 그녀에게 자신의 두려움을 농담처럼 건네 볼까?

"조카가 선물로 준 진주 장식 빗을 엄마가 줬는데…… 사흘 내내 바로 여기에 있었는데……."

"사흘 전에 어머니가 다녀가셨어?"

"아니, 내가 집에 갔어요. 경호병과 함께!"

제이넵은 자신이 저지른 사소한 잘못을 용서해 주길 바라는 마음으로 미소를 지으며 남편을 바라보았다.

"지휘관의 아내가 방역 규정을 따르지 않으면 국민이 따르겠소?" 지휘관 캬밀은 이렇게 말하고 방을 나갔다.

아내가 그의 말을 따르지 않은 데에 대해 그가 느낀 놀라움과 분노는 죽음에 대한 두려움보다 훨씬 더 컸다. 첫 번째 아내 아이셰에게는 이런 기질이 없었기 때문에 지휘관은 아내가 그의 뜻을 어길 때면 어떻게 해야 할지 몰라 방을 나가서 분노가 가라앉기를 기다렸다.

아래층에서 사미 파샤가 보낸 정보원이 마즈하르 에펜디에게 셰이크 함둘라흐와 그를 조문하러 간 사람들에 대한 최근 상황을 보고하고 있었다. 할리피예 종파를 더 화나게 만들지 않기 위해 라미즈가 교수형을 당하고 처음 사흘간은 테케에 조문하러 모여든 사람들을 해산하지 않았다. 하지만 테케 정문에 사람들이 줄을 서기 시작하자 사미 파샤의 제안에 따라 방역 조치의 일환으로 골목 출입을 통제했다. 이는 조문객들이 테케 정원의 뒷문들을 통해 몰래 출입하는 결과를 낳았다. 모든 문에서 방역군이 보초를 서자 이번에는 어린 제자들이 낮은 담과 블랙베리와 가시덤불에 가려진 비밀 통로를 통해 들어갔다. 인내하며 한참 동안 기다려 테케로 들어간 조문객들은 사실상 셰이크를 보지 못한 채 자신들이 가져온 선물이나 음식들을 놓고 잠시 시간을 보낸 후 돌아갔다. 셰이크가 어디에서 칩거하는지는 고깔 모양의 펠트 모자를 쓴 니메툴라흐 에펜디와 몇 명만 알고 있었다. 마즈하르 에펜디의 정보원들은 셰이크가 숨어 있는 장소를 확인하기 위해 한동안 면밀히 살피고 있었다. 사미 파샤가 셰이크를 테케에서 빼내 다른 곳으로 데려갈 계획을 세웠기 때문이다.

지휘관은 처음에 이 결정을 '무례한 행동'으로 여겼으나 정보원으로부터 사람들이 방역 조치를 거부하고 라미즈를 동정한다는 등 많은 이야기를 듣고 동의하게 되었다. 정보원은 확실하지 않지만 셰이크가 어디에 숨었는지 추측은 하고 있었다. 그에 따르면 셰이크는 치테 마을 근처 보리수와 소나무들로 가려진 두 집 중 하나에 있었다. '외부 출입을 삼가고 수행'하거나 간혹 '교화'되고 싶어 하는 제자들이 머무는 곳이었다. 주로 비어 있던 이 집들 주위에 최근에 몸집이 크고 싸움을 잘하는 제자들이 배치되었다.

오랫동안 계획한 급습은 대성공이었다. 방역군들 중 건장하고 하지와 호자 부류를 좋아하지 않는 특별히 거친 병사 열 명과 각료 본부에서 뽑은 헌병 여섯 명이 두 팀으로 나뉘어 사다리를 타고 눈 깜짝할 사이에 벽을 넘어서 두 집에 도착했다. 다른 정보원에게서 입수한 정보에 근거하여 첫 번째 집으로 들어가니 빈 소파와 세 개의 문이 있었다. 첫 번째 방에서 보초를 서던 데르비시는 잠에서 깨어 일어나려다가 즉시 체포 당했다. 두 번째 방문을 열었을 때 그들은 요 위에서 자고 있는 셰이크 함둘라흐를 보았다. 세 번째 방은 비어 있었다.

미리 계획한 대로 프록코트를 입고 다프니 상점에서 산 멋진 신발을 신은 관리가 무척 정중한 태도로 셰이크에게 인사하고 손등에 입을 맞추었다. 셰이크는 유령처럼 헐렁한 하얀 가운을 입고 있었다. 머리카락과 턱수염이 더 하얘 보였고 도무지 잠에서 깨어나지 못하는 듯했다. 노란 촛불이 켜진 방의 빈 벽에 비친 독수리처럼 움직이는 크고 검은 셰이크의 그림자가 셰이크보다 열 배는 더 무서웠다.

멋진 신발을 신은 직원은 잠에서 깨어나지 못하는, 혹은 그런 척하는 셰이크 함둘라흐에게 자신은 각료 본부에서 왔으며 암살 위험에 대비해 셰이크의 안전을 확보하려 한다고 말했다. 셰이크는 직원의 뒤에 있는 경호병들을 보았다. 잠시 후 그는 이후 몇 년 동안 그에게 불리하게 사용된 유명한 말을 했다.

“무슨 일이 있소? 저 사람들은 파디샤의 부하들입니까? 파디샤의 직인이 찍힌 칙령이나 서명이 들어간 공문을 보여 주시오.”

경험 많은 공무원이 공손한 태도로 임무와 관련해 명령을 받았고, 지금 가는 장소에서 더 안전할 것이며, 그곳에 도착하면 모든 상황을 설명하겠다고 반복해서 말하는 동안 방역 군인 둘이 팔짱을 끼자 셰이크는 소지품 몇 개와 책을 가져가고 싶다고 요청했다. 그는 가장 좋아하는 가운 잠옷 두 벌, 셔츠와 속옷, 대부분 니키포로의 약국에서 조제한 약, 이스탄불에서 셰이크였던 할아버지로부터 물려받은 후루피주의에 관한 책들을 챙겼다. 고깔 모양의 펠트 모자를 쓴 보좌관 니메툴라흐도 데려가고 싶다고 말했지만 받아들여지지 않았다.

테케의 뒤뜰에 있는 가장 가까운 문이 조용히 열렸고, 예정대로 각료 본부의 마부인 제케리야가 철갑 랜도와 함께 대기하고 있었다. 셰이크는 순순히 마차에 오르자마자 가죽 의자의 냄새를 맡고는 이전에 이 랜도를 탔던 것을 기억했다.

최근 들어 밤에 잠들기 전 그는 페스트의 발생 원인과 페스트로부터 자신을 보호하는 방법에 관하여 이븐 제르하니가 쓴 것들을 읽고 있었다. 지난 며칠 동안 이븐 제르하니의 『모호한 책』 번역본을 읽었고, 『주석』의 몇몇 구절들을 몇 번이나 자세하게 읽었다. 그의 머릿속은 모든 단어, 모든 숫자, 그리고 물론 모든 알파벳에서 새로운 의미를 찾은 후루피의 비밀들로 가득 차 있었다. 게다가 이런 책을 많이 읽으면 으레 그러듯이 지금 그의 머리도 우주 속에서 계속 비밀들과 단어들을 찾고 있었다.

바람 한 점 없는 조용한 여름밤이었다. 귀뚜라미들이 끊임없이 우는 소리, 수많은 별이 어둡고 짙푸른 밤하늘에 퍼트리는 빛은 후루피주의에 도취한 셰이크의 상태를 더욱 절정에 이르게 만들었다. 삶과 의미, 표지와 사물, 어둠과 부재는 비밀의 영역이었다. 빛과 영혼, 외로움과 아름다움, 힘과 환상은 마음의 시였다. 그리고 페스트에 시달리는 밤 하나 된 사랑과 신이 별, 나뭇가지, 꽃향기, 새소리(부엉이와 까마귀), 고슴도치로 이루어진 선을 지나고 있었다. 랜도가 카디리 테케와 리파이 테케가 있는 텅빈 거리를 천천히 흔들거리며 나아가는 동안 셰이크는 어둠 속에서 손에 등불을 들고 서 있는 두 보초병을 보고 이를 새 정부의 성공으로 간주하며 감탄했다.

만약 새 정부가 정말로 강력하다면 그는 섬의 다른 곳에 유배될 것이다. 물론 진짜 해결책은 아니다. 그의 제자들, 추앙자들, 지지자들은 그가 있는 장소를 찾아내 다시 그의 문 앞에 몰려들 것이다. 만약 섬이 오스만 제국의 통치하에 있다면 혹은 지금 한마디 설명도 없이 그를 납치한 악당들이 오스만 제국의 하수인이라면 셰이크는 민게르에서 아주 먼 어딘가로, 아라비아 혹은 시르트 같은 도달할 수 없는 곳으로 유배될 것이라고 추측했다. 통치자들에게 방해가 되고, 골칫거리이며, 정치적 힘을 행사하려는 열망을 가진 테케 셰이크들을 공동체로부터 떼어 내, 가는 데만 여섯 달이 걸리는 지역으로 추방하는 것이 오스만 제국의 전통이다. 젊은 시절에 셰이크 함둘라흐는 총독 파샤와 이스탄불 관료들의 분노를 사 집과 테케에서 쫓겨나 유배된 셰이크들이 외딴 시골 지역에서 밥벌이를 위해 『코란』을 가르치는 것을 보았다. 신념 이외에 다른 죄가 없는 이 셰이크들은 자존심 때문에 이스탄불 정부의 분노를 사는 실수를 저지르곤 했다. 혹은 추종자들에게 자신이 얼마나 힘이 있는지 증명하기 위해 도를 넘어서는 행동을 하기도 했다. 이러한 일이 일어나지 않도록 특히 사미 파샤 통치 시절에 무척이나 조심했지만 결과적으로는 실패하고 말았다.

마차가 하미디예 병원 뒤뜰에 가득 들어찬 천막과 침대들이 내려다보이는 거리를 지나갔다. 그러더니 왼쪽으로 방향을 틀어 다시 비탈길을 올라가 과자 장수 조피리의 제빵소 앞을 지나 이발사 파나요트의 가게에서 하미디예 대로로 나갔다. 거리는 칠흑같이 어둡고 텅 비어 있었다. 유배지로 가는 셰이크는 십칠 년 동안 살던 도시가 버려지고, 잊히고, 아주 슬픈 곳으로 변한 것을 보았다. 별빛이 성과 분홍빛 도는 하얀 돌집들을 기이하고 독특한 색조로 물들이고 있었다. 지금 데려가는 곳이 어디든 그는 그곳에서 이 빛을 그리워하리라는 것을 알았다. 지금 그의 눈앞에는 춥고 활기라고는 없는, 나무도 없고 심지어 창문도 없는 동부 도시, 전혀 가 보지 않은 에르주룸 혹은 완 같은 곳이 떠올랐다. 철도가 닿지 않는 먼 유배지에, 특히 페스트가 만연한 방역 시기에는 누구도 셰이크를 따라 올 수 없을 것이다. 니메툴라흐 에펜디는 분명히 용기를 내 줄 사람을 구하려 하겠지만 배신자들과 맞닥뜨릴 때마다 인간이 패배의 순간에 얼마나 비열할 수 있는지 보게 될 것이다.

랜도가 하미디예 대로를 따라 다리를 지나갈 때 셰이크는 그를 옛 주 청사 건물로 데려간다고 생각했다. 하지만 마차는 옛 주 청사 건물이자 현재의 각료 본부 광장에서 군인과 헌병들 사이를 천천히 돌아 흐리소폴리팃사 광장으로 가 테오도로풀로스 병원 옆을 지나 플리즈보스만을 향해 나아갔다. 랜도가 바다 쪽으로 내려갈 때 셰이크는 반쯤 열린 창문을 통해 이끼와 바다 냄새를 깊이 들이마셨다.

이 섬, 이 도시에 살면서 가장 좋은 점은 최악인 날에도, 가장 끔찍한 시절에도 사람의 영혼을 열고 다시 삶과 이어지게 만드는 바다 풍경과 냄새를 마주할 수 있다는 것이다. 셰이크는 이 정답고 따스하고 온화한 기후에서 멀어져 눈 덮인 곳 혹은 가뭄으로 시달리는 곳으로 보내져 동굴에 살 만큼 가난한 사람들 사이에서 지내고 제자들이 우편으로 보내오는 돈을 기다려야 할 것이 벌써부터 두려워지기 시작했다. 그가 존경받는 셰이크라는 사실을 모르는 민족과 부족에게 자신을 소개하고, 『코란』을 읽고 설교하며 생계를 유지하는 수밖에 없을 것이다. 셰이크 함둘라흐는 철갑 랜도가 해안을 따라 나아갈 때 나룻배가 와 그를 태워 근해에서 기다리는 마흐무디예에 양도할 것이며, 어쩌면 전함에 있는 군인들의 학대와 더불어 유배 생활이 시작될지 모른다고 생각했다. 마차가 가파르고 딱딱한 비탈길을 내려가는 동안 말발굽이 내는 금속성 음악을 들으며 기이한 환상과 후회에 빠져들었다. 그는 이곳에 머물 수 있기를 무척이나 갈망했다.

마차가 해안으로 내려가 자갈 많은 만에서 멈추지 않고 한동안 북쪽으로 향했다. 셰이크는 그를 섬에서 납치해 압뒬하미트가 보낸 배에 태워 유배지로 보내지 않는 것을 알고 기뻤다. 숲속에서 낯선 한기가 느껴지고 곧이어 울부짖듯 지저귀는 새소리와 부스럭거리는 소리가 들렸다. 랜도의 오른쪽에는 해변, 해안, 바위에 부딪히는 작은 파도들의 철썩임이 있었다. 셰이크 함둘라흐는 주변에 아무도 없으며, 어떤 움직임도 없고, 밀항하는 배들도 활동을 중단했다고 판단했다.

두려운 상상과는 달리 아무도 셰이크를 제국의 외딴곳으로 보내지 않았다. 사미 파샤는 아르카즈 북동쪽에 있는 콘스탄즈 호텔의 주인과 요리사를 찾아 아무도 모르는 이 오래된 저택을 '유배'를 위해 준비시켜 두었다. 사미 파샤는 르가르 아 루에스트 호텔이 문을 닫는 기간이나 변화를 원할 때 이곳에서 조지 영사와 만나 점심을 먹곤 했다.

셰이크 함둘라흐는 무단 침입자들과 페스트 환자들이 거주했던 터라 청소를 했는데도 혼과 요정들로 들끓고 삐걱거리며 덜커덩거리는 오래된 건물이 전혀 불편하게 느껴지지 않았다. 섬에서 머문다는 데에 무척 안도하며 작은 방에서 세정을 하고 기도를 올렸다. 그의 기도를 들어주고 민게르에 머물 수 있도록 해 준 신에게 한동안 감사를 드리며 눈물을 글썽였다. 머지않아 테케에 있는 정든 침대로 되돌아가리라고 굳게 믿었기 때문이다.

62장

지휘관 캬밀은 셰이크 함둘라흐 테케에 대한 급습이 끝날 때까지 각료 본부 건물을 떠나지 않았다. 전령들을 통해 셰이크를 성공적으로 체포하여 콘스탄즈 호텔에 억류했다는 소식을 전해 듣고 나서야 경호병들과 함께 어두운 거리를 지나 스플렌디드 호텔로 돌아왔다. 그는 아무도 없는 거리에서 자신의 발걸음 소리를 들으며 비탈길을 내려오는 동안 버려진 도시의 모습을 보고 한 번 더 충격을 받으며 걱정과 슬픔에 빠져들었다.

제이넵이 그의 허락 없이 어머니를 방문하러 가 거리를 활보했다는 말에 문을 꽝 닫고 방을 나온 뒤로 거의 반나절 동안 아내를 보지 못했다. '정치적 노력으로 내 신념을 실현하려고 할 때 페스트에 대한 걱정들이 마음을 어지럽히도록 둘 수 없었기 때문이다!'라고 그는 스스로에게 그 이유를 설명했다. 하지만 아내가 페스트에 걸렸다는 것을 알게 되면 그 순간을 견디지 못하리라는 사실을 알기 때문에 방을 피하고 있었다. 그는 그동안 내내 사무관을 통해 아내에게 소식을 전했다. 어차피 제이넵이 페스트에 걸렸다면 지난 반나절 동안 여러 증상과 두통을 감추기 힘들었을 테고 그 소식을 그에게 전했을 것이다.

지휘관은 낙관적인 생각을 하며 한밤중에 호텔로 들어갔다. 하지만 계단을 올라가며 점점 자신감이 줄었다. 비단 같은 제이넵의 피부에 있던 붉은 부종이 눈앞에 떠올랐다. 지금은 어떨까? 그는 아내에게 아무것도 묻지 않기로 했다.

사미 파샤는 문 앞에 불필요하게 경비병을 배치해 놓았다. 열쇠로 열고 들어갔을 때 방은 어두웠고 아내는 보이지 않았다. 모든 게 정상이라면 지금쯤 제이넵은 침대에 들어가 잠들어 있을 것이다. 하지만 지휘관은 창문으로 들어오는 빛을 통해 아내가 침대에 없다는 사실을 알았다.

떨리는 손으로 옆에 있는 초에 불을 붙이고 작은 놋쇠 촛대를 들어 올리자 먼저 잃어버렸다던, 선물받은 진주 장식 빗이 눈에 들어왔고, 잠시 후 창문에서 몇 걸음 떨어진 곳에 앉아 있는 아내가 보였다.

"제이넵." 그가 말했다.

아내가 대답을 하지 않자 지휘관 캬밀은 불안했지만 자신을 억눌렀다. 손에 들린 촛대가 방 안의 그림자들에 아라베스크 무늬를 그리고 있었다. 아내에게 다가가 얼굴에 불빛을 비추니 그녀는 창백하고 슬픈 표정을 하고 있었다.

"셰이크 함둘라흐를 테케에서 데리고 나와 도시 밖에 숨겼어." 그는 사과하는 듯한 어조로 말했다.

하지만 그는 아내가 이 문제에 관심이 없는 것을 알 수 있었다. 제이넵은 그가 문을 꽝 닫고 나가 한동안 모습을 나타내지 않아 화가 난 걸까? 아니면 병에 걸렸을지 모른다고 느꼈을 때 혼자여서 두려웠던 걸까?

제이넵은 깊고 은밀한 고민을 털어놓지 못해 초조해하는 아이처럼 울기 시작했다. 캬밀은 그녀를 안고 쓰다듬으며 달콤한 말로 위로하려고 애썼다.

그들은 평상복을 입은 채 침대에 누웠다. 지휘관은 얼마 되지 않은 결혼 생활 동안 알게 된, 그들이 둘 다 행복해하는 자세를 취했다. 등 뒤로 아내를 껴안고 아내의 목에 입술을 대고서 두 팔로 아기가 있는 배를 꼭 감싸 안았다. 둘은 이런 자세로 서로를 꼭 안고 잔 적이 많았다.

지휘관은 제이넵의 몸, 배, 팔을 어루만졌지만 페스트 반점이 있다고 의심되는 서혜부에는 손을 대지 않았다. 아내가 열이 없다는 점이 중요했다. 그러나 평소처럼 사랑을 나누고 싶어 하지는 않아 보였다. 지휘관도 그랬다.

아내가 한 번 더 울었다. 지휘관은 왜 우는지 묻지 않고 아무 말 없이 계속 안고 있었다. 이 침묵은 무언가 심각한 일이 있다는 것을 인정한다는 의미가 아니고 무엇이란 말인가?

그들은 잠들고 싶은 간절한 마음으로 잠에 빠져들었다. 한참이 지나 비몽사몽간에 부두에서 들려오는 고함 소리를 들었다. 하지만 둘 다 너무나 무섭고 이상한 꿈을 꾸고 있어 그 소리도 머릿속에 있는 지옥의 일부라고 생각했다.

소리가 그치자 지휘관은 슬퍼서 죽을 것만 같았다. 그토록 많이 분주하게 일하고, 도시에서 도시로, 전장에서 전장으로 뛰어다니던 군 생활 이후 드디어 인생에서 두 달 반 동안 행복을 맛보았다. 신이여, 정말 너무 짧습니다! 아내가 아프다면 모든 것이 끝났다는 의미였다. 단지 아내와 아내의 배 속에 있는 아이만이 아니라 그도 분명히 죽을 것이다. 안타깝지만 민게르 민족의 마지막이라는 의미도 될 수 있다! 지휘관은 다시 밖에서 들려오는 사람들의 고함을 들었지만 머릿속의 가능성들이 너무나 크고 두려워서 그 고함 소리를 일관된 생각으로 정리하지 못하고 다시 잠들었다. 혹은 스스로가 잠들었다고 믿었다.

아내가 그의 팔에 안겨 떨기 시작하자 그는 잠에서 깨어났다. 열이 나면 심한 경련이 시작된다는 것을 환자들에게서 보았고 들은 바도 있었다. 마치 더 꼭 안으면 떨림이 줄어들까 하여 온 힘을 다해 아내를 껴안았다. 이제 상황은 더 이상 서로에게 아내의 병을 숨기기 힘들게 만들었다.

뿌연 생각의 연기 속에서 그는 제이넵에게 화가 났다. 전혀 그럴 필요가 없었는데 어머니를 방문하기 위해 방과 호텔을 나갔다는 것이 믿기지 않았다.

그녀에게 말하고 싶었다. "우리가 나눈 모든 행복, 아들의 인생, 국가의 미래…… 그 모든 것을 사소한 외출을 위해 희생했어!" 하지만 입을 열면 의사가 오기도 전에 당장 싸우게 되리라는 것을 알았다. 게다가 과거의 잘못에 연연하기 전에 지금 무엇을 해야 할지 결정해야만 했다. 그러나 앞에 놓인 문제가 너무나 두려워 지휘관은 어떻게 생각해야 할지조차 알 수 없었다.

아내는 한 번 더 조용히 서럽게 울었다. 남편은 아무것도 묻지 못했다. 제이넵은 두 번 더 경련을 일으켰지만 몸은 뜨겁지 않았다. 지휘관은 어찌할 바를 몰랐고, 침대에서 나오고 싶지 않았고, 아침이 오지 않기를, 아내의 병세가 악화하지 않기를, 시간이 멈추기를 바랐다. 하지만 날은 평소처럼 분홍빛과 노란빛을 띠며 기묘한 빛깔로 서서히 밝아 오기 시작했다. 부두의 고함 소리도 점점 더 높아졌다…….

부두와 항구에 모인 인파는 할리피예 테케의 분노한 데르비시들이었다. 셰이크인 함둘라흐 에펜디가 납치되었다는 사실에 분노하고 있었다. 그들은 셰이크를 찾기 위해 지난밤에 즉흥적으로 테케의 정문을 나와 카디를레르와 와을라 마을을 지나 부두로 내려왔다. 구호나 결의안은 없었다. 기도를 하지도 않고 신의 이름을 부르지도 않았다. 조용히 한 방향을 향해 걷고 있었다. 이 인내심 많은 제자들은 밤새 끈질기게 걷고 걸어 그들의 셰이크를 찾아 데려가기로 작정한 듯했다. 모두가 앞사람을 따라 걸었다. 아침이 되자 할리피예 테케의 젊은 제자들 사오십 명으로 이루어진 무리가 그들의 테케에서 와을라 쪽으로 곧장 걸어가 옛 타쉬 부두로 내려갔고, 굴곡진 만을 따라 부두에서 세관 쪽으로 간 후 이스탄불 대로와 부두가 만나는 지점에서 그들에 맞서 벽을 만든 방역 부대를 보고 멈추었다.

이 자발적인 집회는 할리피예 테케의 셰이크 함둘라흐를 좋아하는 제자들의 분노로 시작되었다. 하지만 이날 군중의 행동은 아르카즈시를 벗어나 페스트로부터 도망치고 싶은 욕망을 나타내기도 했으며, 만약 새로운 국가와 새로운 질서가 성공적이었다면 이들을 성문 쪽으로 몰아 도시 밖으로 나가도록 내버려 두는 것이 타당했다. 그러나 이즈음 도시는 정보와 논리가 아니라 잘못된 의사소통과 의혹이 지배적이었으며, 각료 본부에서 끊임없이 명령을 받는 방역 부대는 분노한 할리피예 신도들을 부두에서 멈춰 세웠다.

도시 밖으로 나가지 못하게 되자 할리피예 테케의 젊은 데르비시와 제자들은 분노의 목소리를 높였다. 테케에서 만든 수프와 빵을 조국으로 여기는 사람들과 길에서 이들 무리에 합류한 다른 말썽꾼들은, 우리 생각이지만 민게르 혁명의 두 번째 국면을 이렇게 해서 촉발했다. 그날 아르카즈에 갑자기 불타오른 무정부 상태와 재앙에 가까운 혼란의 분위기를 조성한 것은 이 할리피예 데르비시들이었다. 지휘관이 스플렌디드 호텔의 창문을 통해 바깥을 내다보았을 때 방역 부대가 할리피예 신도들을 겁주기 위해 공중에 대고 총을 발사했다. 세 발의 총성이 온 도시에 메아리쳤다.

창문에서 떨어져 침대로 되돌아온 지휘관은 아내가 다시 울고 있는 것을 보았다. 제이넵은 남편이 다가오자 단호하게 정신을 가다듬고는 자리에서 일어나 옷을 풀어 서혜부에 있는 종기를 보여 주었다.

하루 만에 그 딱딱한 것이 종기로 변해 있었다. 완전한 가래톳은 아니었다. 하지만 조만간 그렇게 될 테고, 아내는 고통 속에서 몸부림칠 것이다. 지휘관은 아내의 얼굴과 시선에서 벌써부터 고통을 볼 수 있었다. 곧 제이넵이 고통으로 신음하기 시작하리라는 것을, 이곳에서의 행복한 삶이 끝났다는 것을 알았다.

행복한 삶이란 도대체 무엇이던가! 모두 끝나 버렸다, 모든 것이! 지휘관의 삶도 끝이 났다. 지금 이 사실을 얼마나 확신했던지 자신의 현실적인 태도가 자랑스럽게 느껴졌고, 겁쟁이처럼 스스로를 속이려 들지도 않았다. 그러나 이 현실주의적인 순간은 오래가지 않았다.

지휘관은 아내 곁에 앉아 서혜부에 있는 종기를 살짝 만졌다. "아파?" 아직 완전히 딱딱해지지 않았고, 그렇게 아프지도 않았다. 하지만 하루 사이에 고통이 심해질 테고, 그러면 아내가 겪을 고통을 경감시키기 위해 의사가 가래톳을 갈라야만 한다. 콜아아스 캬밀은 부마 의사 누리를 호위하던 시절에 병원에서 이러한 상황에 놓인 환자들을 많이 보았고, 그들이 몸부림치는 것을 보며 안타까워했다.

제이넵은 침대에 누웠다. 지휘관은 그녀의 얼굴에서 절망과 충격을 보았다. 이것이 그녀의 잘못이기라도 한 양 죄책감을 느끼는 것을 알 수 있었다.

"최선은 테오도로풀로스 병원으로 가는 거야!" 지휘관이 말했다. "한시라도 빨리 종기를 째고 안에 있는 것을 짜내는 게 좋아!"

“난 병원에 가기 싫어요!” 제이넵이 말했다 “이 방에서 나가고 싶지 않아!”

지휘관은 아내가 기대할 거라고 느끼며 그녀를 품에 안았다. 서로를 힘껏 안고 한동안 침대에서 조용히 누워 있었다. 지휘관은 아내의 숨결을, 쿵쿵 뛰는 심장을, 몸속의 움직임을 손가락 끝으로 느끼면서 그가 두 달 반 동안 알았던 그녀를, 그녀와 장난치며 웃던 것을 떠올리며 괴로워했다.

“일어나, 자, 병원으로 갑시다!” 잠시 후 지휘관은 말했다.

“당신이 파디샤 아닌가요? 그들을 여기로 오라고 해요!”

지휘관은 그녀의 생각이 옳다고 여겼다. 당연히 이 큰 호텔 방에서 치료할 수 있다. 하지만 서혜부에 생긴 아직 덜 부어오른 가래톳을 째는 것은 치료가 아니라는 사실을 알고 있었다. 환자가 지휘관의 아내이기 때문에 모두들 아주 유용한 일을 하고, 이로써 제이넵을 살릴 것처럼 행동하겠지만 아직 작고 딱딱해지지 않았든 목에 생긴 속이 꽉 찬 커다란 가래톳이든 가래톳을 째는 것은 페스트 환자를 치료하는 것이 아니라 단지 고통을 약간 줄여 줄 뿐이었다. 그것도 그나마 하나의 소문이었다. 경험으로 배운 더 확실한 사실은 가래톳이 생긴 환자 대부분은 죽는다는 것이다. 지휘관은 이 주제에 대해 부마 의사 누리와 룸 의사들이 튀르크어와 프랑스어를 섞어서 빠르게 말하는 것을 자주 들은 적이 있다.

지금은 미치고 싶지 않다면 의사들로부터 귀동냥으로 듣고 안 것들 모두를 잊고 가래톳이 생기는 페스트를 치료 가능하다고 믿어야만 했다. 그런데 치료를 위해 불러온 의사들은 즉시 격리 규정을 다시 알려 주며 부부를 떼어 놓으려고 할 것이다. 이에 맞서 그가 할 수 있는 일은 아내와 함께 격리되는 것뿐이었다.

하지만 그는 지휘관이 병에 걸려 격리되거나 고립되어 있다는 소문이 나면 방역의 노력만이 아니라 새로운 정부를 약화시킬 것이라고 예측했다. 어쩌면 지휘관의 아내는 왜 병원에 가지 않느냐고 말하지 않을 수도 있다. 하지만 그들은 당장 그 강력한 지휘관도 페스트를 피하지 못했는데 어떻게 그가 우리를 구하고 우리에게 우리의 옛 언어와 옛 민게르 이름들을 가르친단 말인가라고 말할 것이다.

그는 울고 흐느끼며 고함을 지르고 떨기 시작한 아내를 강제로 방에서 데리고 나가 병원으로 가고 싶지 않았다. 아내는 페스트 환자가 무엇을 겪는지도 몰랐다. 지금 진실을 솔직하게 말해 주어야만 했다.

하지만 제이넵이 남편에게서 원하는 것은 그 순간 꼭 안고 나쁜 일이 일어나지 않을 거라고 확신시켜 주는 것뿐이었다. 남편이 안아 주면 제이넵은 그가 병이 옮는 것을 두려워하지 않는다고, 그러니까 그녀를 사랑한다고 생각했다. 그러다 곧 닥칠 일에 대한 두려움으로 다시 울기 시작했다.

오랫동안 그들은 서로를 꼭 끌어안은 채 그대로 있었다. 아침 햇살이 덧문과 커튼 사이로 방에 스며들었다. 빛줄기 사이에 떠다니는 먼지 입자를 바라보며 지휘관은 아내가 숨 쉴 때 주의 깊게 듣고 밖에서 들려오는 소리들을 이해하려고 애썼다.

셰이크 함둘라흐가 테케에 있는 방에서 납치된 데에 대한 반발은 계속 커져 갔다. 다른 테케의 셰이크들도 이 '테케 사람들의 반란'을 지지하고 나섰다. 조직적인 구심점이나 지도자가 있는 정치적인 운동은 아니었다. 저절로 형성되었다. 지휘관은 아내를 안고 슬픔과 우울을 극복하고자 노력하면서 민족을 잘 아는 민게르인으로서 바깥에서 들려오는 소음을 통해 거리에서 무슨 일이 일어나는지 추측할 수 있었다. 그가 조직한 방역 부대의 호전적인 병사들과 '테케 사람들'이 마주친 자리에서 싸우고 있었다. 아직 피를 흘리지 않았지만 항구 쪽과 와을라에서 다른 군인들이 공중에 대고, 혹은 어떤 사람들에 의하면 테케 사람들을 향해 경고 사격을 했다. 이 모든 일이 일어나는 동안 지휘관은 아내를 품에 안고 침대에 누워 있었다.

얼마 후 문 앞에 마즈하르 에펜디가 왔다. 지휘관이 문을 열지 않자 메모를 놓고 갔다. 지휘관은 특히 방역 부대에 맞서 일종의 반란이 일어났다는 것을 알았기 때문에 방에서 나가 그들을 지휘하고 싶었다. 하지만 방 밖으로 나가면 아내의 병을 숨길 수 없을 테고, 이는 그녀와 당장 헤어진다는 의미다. 게다가 아내가 아픈 사실이 알려지면 직접 군대를 지휘하기도 어려울 것이다.

정오 무렵 제이넵이 연달아 두 번 토하더니 침대에 힘없이 쓰러져 누웠다. 그녀는 심장이 굉장히 빨리 뛰고 땀을 흘리며 고통스러워했다. 의사가 오면 남편과 떼어 놓을 것이 확실했기에 남편이 문 쪽으로 가면 울었다.

오후에 제이넵은 열이 더 많이 오르고 헛소리를 하기 시작했다. "난 이스탄불을 보지 못하고 죽을 거예요!" 그때 그녀가 한 말은 지휘관을 무척 슬프게 만들었다. 그는 이스탄불에 데려갈 거라고 아내에게 몇 번이나 말했다.

"파키제 술탄이 궁에서 감금 생활을 하던 베식타쉬, 정부가 있는 바브알리, 제국 세균학 연구소가 있는 니샨타쉬에 데려갈게!" 지휘관은 말했다. 꼭 그럴 것이다. 아내가 울자 지휘관은 눈물을 글썽였다.

제이넵은 여덟 시간 후 스플렌디드에 있는 방에서 페스트로 죽는다. 그녀에게 죽음은 구십오 일 전에 같은 병으로 죽은 아버지인 간수 바이람 에펜디보다 더 빨리 찾아왔다.

63장

셰이크 함둘라흐 에펜디의 납치 이후 애초에 할리피예 종파 신도들이나 그들과 가까운 다른 테케의 반란자들이 보인 반응은 우려할 만큼 심각한 수준은 아니었다. 테케들에서 온 제자들의 일부는 몽둥이를 들고 있었지만 대부분 무기를 소지하지 않았고, 싸울 의도가 없다는 것을 보여 주기 위해 나뭇가지 하나도 주워 들지 않았다. 사미 파샤는 방역 부대가 이 훈련되지 않은 무리를 제압하리라는 데 아무런 의심이 없었다.

그날 밤 감옥에서 시작된 반란이 민게르 역사를 극적으로 바꾸었다는 데에 대해 역사학자들은 동의한다. 하지만 만약 지휘관이 페스트에 걸린 아내를 두고 군인들을 지휘했더라면 상황은 완전히 달라졌을 것이며, 그렇게 많은 사람이 헛되이 죽지 않았을 거라고 말한 사람들의 의견에 우리는 동의하지 않는다. 성의 감옥에서 일어난 폭동이 예기치 않게 규모가 커져 지휘관의 군사적, 정치적 지휘가 필요할 상황에 이르렀을 때는 이미 화살이 시위를 떠난 뒤였으며 국가는 너무나 약해져 있었다.

새 감방이라고 알려진 3호실 죄수들은 간수들의 거친 태도와 페스트 확산에 분노하여 폭동을 일으킬 기회를 엿보고 있었다. 셰이크 함둘라흐 납치 이후 도시의 거리에 나타난 '무정부' 분위기, 종파 지도자와 일부 상점 주인들, 그리고 선동가들이 방역 부대에 대항해 조장한 적대감이 이러한 기회와 영감을 제공했다. 도시 전체가 재앙의 분위기에 휩싸여 있었고, 분노한 죄수들은 때가 왔다고 느꼈다.

하지만 열흘 전 3호실에 페스트가 발생했을 때 모두의 분노는 극에 달했다. 감옥 운영진이 내린 유일한 조치는 모든 감방을 격리하는 것이었다. 아무도 바람을 쐬러 밖에 나갈 수 없게 되면서 분노는 누적되었다. 페스트 가래톳이 생긴 사람들은 하미디예 병원으로(병원 이름은 여전히 바뀌지 않았다.) 보냈다. 일단 가면 두 번 다시 소식이 없었기 때문에 아무도 그곳으로 가고 싶어 하지 않았다. 매일 방역관 두 명과 간수들이 들어와 두려움에 움츠러든 죄수들과 감방을 샅샅이 소독했지만 다음 날 아침 두 사람에게 더 가래톳이 생겼고, 그들도 죽기 위해 하미디예 병원으로 보내졌다.

소독 작업 중 죄수 한 명이 침대에 몸을 던지며 페스트 열병으로 발작을 일으켜 헛소리를 하는 척 소동을 벌이는 동안 다른 죄수들이 간수를 옴짝달싹 못하게 붙잡고 열쇠를 빼앗았다. 잠시 실랑이를 벌이다 다른 간수들도 항복했다. 폭동이 일어난 사실을 교도소장이 인지하기도 전에 폭도들이 건물 전체를 장악했다. 페스트 덕분에 이처럼 쉬운 승리가 가능했다. 장례식과 공포로 인해 교도소 직원과 간수들 중 출근하는 사람이 줄었다. 페스트가 퍼졌다는 소문이 처음 돈 뒤로 몇몇 다른 간수들도 오지 않았다.

그날 밤 폭도는 거의 아무런 저항 없이 성의 나머지 부분도 장악했다. 그들은 이 일을 계획하거나 상상해 보지 않았다. 계획된 행동이라고 말할 수 없었다. 하지만 비잔틴 시대의 유물인 중앙 건물이 폭도의 손에 넘어간 것을 본 교도소장은 베네치아 탑과 행정실에 있는 부하들마저 철수시켰다. 교도소장이 지나치게 신중하게 행동했다고 주장하는 사람들에게 해 주고 싶은 말이 있다. 3호실의 죄수와 건달들은 의심스럽거나 평소 좋아하지 않았거나 대항하는 사람들을 흠씬 두들겨 패 죽였다. 죄수들 세 명은 고문하고 발바닥을 채찍질하고 뜨거운 석탄으로 낙인을 찍던 주방 건물을 불태워 버렸다. 그날 밤 아르카즈의 다른 곳에서도 불길이 치솟았다. 교도소장이 교도소를 떠나기로 한 결정은 옳았다.

그런데 이러한 행정 공백은 순식간에 3호실의 대담한 폭력배들에게 예상치 못한 책임을 지우게 되었다. 이제 성의 관리가 그들 손에 달려 있었다. 모든 수감자를 풀어 주어야 할까? 오스만 제국이나 새로운 정부, 총독 누구든 간에 이 해방된 죄수 무리를 보면 어떻게 해야 할지 난감했을 것이다. 주위에는 사미 파샤의 경비병들도 없었다. 죄수들 사이에서 페스트에 걸려 병원으로 이송된 친구들을 찾으러 가야 한다는 이야기도 오갔다. 한편 문이 여전히 잠겨 있어 자유롭지 못한 감방의 죄수들은 미친 듯이 고함을 지르고 "열어, 열어!" 소리치며 쇠창살을 부여잡고 흔들었다. 공기에서 녹과 곰팡이와 연기 냄새가 났다.

아침이 되자 감방이 모두 텅 비었다. 성의 넓은 땅은 자유로워진 죄수들을 위한 놀이터가 되었다. 몇몇은 행복해하며 서로 껴안고 축하 인사를 나누었다. 일부는 벌써부터 성을 떠나 걸어서 도시로 흩어졌다. 마치 페스트는 잊힌 것 같았다. 거리에 방역 부대와 헌병들이 없었다. 지휘관의 아내 제이넵이 스플렌디드 호텔에서 페스트로 사망하면서 상당히 쇠약해진 국가 구조가 그 무렵 완전히 무너졌다고 말할 수 있을 것이다.

마지막 순간에 제이넵도 간수였던 아버지처럼 약간 호전되어 모든 사람에게 희망을 주었다. 지휘관은 아내의 혈색이 돌아온 것을 보고 예방 조치를 무시한 채 그녀 곁에 앉아 배 속에 있는 아기의 존재를 느껴 보았다. 그녀를 안고서 다 좋아질 거라고, 격리 조치가 효과가 있을 거라고 말했다. 창밖으로 바다와 그 특별한 민게르의 푸른색을 본다면 그녀는 삶이 얼마나 아름다운지 금세 알 수 있을 것이다.

제이넵이 고통 속에서 이따금 정신을 잃고 헛소리를 하면서 죽음에 다가갈 때 남편 캬밀은 곁에 있었다.

제이넵의 장례식은 거행하지 않고 다음 날 아침 석회로 덮어 매장하기로 결정되었다. 캬밀은 죽은 아내의 새하얀 얼굴에 나타난 놀란 듯한 표정에서 눈을 떼지 못하고 끝없는 죄책감을 느꼈다. 그녀 곁에 앉아 식어 가는 손을 잡고 하디드가 억지로 끌어낼 때까지 꼼짝도 하지 않았다.

지휘관의 아내가 페스트로 죽었다는 사실을 비밀에 부쳐야 한다는 데 모두 동의했다. 그리하여 종교 의식 없이 새 무슬림 묘지에 특별히 그녀를 위해 파 놓은 무덤에 묻히게 되었다. 묘지에는 일반적인 장례 마차, 매장인, 그리고 갈매기와 까마귀 몇 마리 외에 지휘관뿐이었다. 그는 시선을 끌지 않기 위해 시골 사람처럼 머리에는 페스를 쓰고 헐렁한 바지, 두꺼운 벨트, 두꺼운 소가죽 신발 차림을 했다.

당시 지휘관은 아내와 태어날 아들을 잃은 고통에서 벗어나기 위해 상상에서 위안을 찾았다. 우리는 그가 자신을 전설적인 민게르 마을 사람, 제이넵은 '목가적인' 민게르 동화에 등장하는 시골 처녀로 상상했다고 생각할 수 있다. 1901년 7월 27일에 발생한 중대한 사건들 속에서 지휘관이 그가 겪은 커다란 고통을 민게르 신화의 일부로 다시 상상할 수 있었다는 것은 오늘날에도 우리를 놀라고 감탄하게 만든다.

그날 지휘관은 평소와 같은 선의와 진심 어린 민족적 감정으로 룸 기자와 튀르크인 기자에게 제이넵에 대한 성명을 발표했다. 이후《네오 니시》와《하와디시 아르카타》에 실린 이 '인터뷰'는 그가 제이넵과 처음 만난 어린 시절로 거슬러 올라간다.(그러나 그들 사이에는 열네 살의 나이 차가 있었다.) 제이넵은 아주 똑똑하고 개성이 강한 소녀였다. 선생님들의 압력에도 불구하고 학교에서나 친구들 사이에서나 고집스럽게 옛 민게르어로 말했다. 그때 제이넵과 캬밀은 서로의 짝이 되었다. 민게르어로 말하고 싶을 때면 서로를 찾았다. 옛 민게르어로 말할 때 영혼 속의 모든 색이 신비로운 서정성을 드러내곤 했다. 지휘관은 제이넵의 귀여운 얼굴에서 민게르어의 우아함을 보았고, 그때부터 민게르어를 해방하고 프랑스어, 룸어, 아랍어, 튀르크어의 공격으로부터 보호하기 위해 무엇을 해야 할지 생각하기 시작했다.

오늘날 모든 민게르야 시민이 거의 외우고 있는 이 글은 우리가 생각하기에 민게르 민족주의와 혁명의 근원과 마음에서 나온 가장 시적인 표현이다. 그 힘든 시기에 지휘관이 아내의 장례식 직전에 이 글을 쓰도록 한 것은 사실 놀라운 일이다. 어떤 사람들은 지휘관이 보좌관 마즈하르 에펜디와 일부 문학가들에게 성명서의 최종안을 위해 몰래 문장 수정을 요청했다고 주장한다. 여섯 달 후에 발표될 민족시 경연 대회 수상 작품들도 지휘관의 이 '기본' 성명서에서 영감을 받을 터였다.

이 성명서에는 소리 면에서 민게르어의 '물'이라는 단어와 '신', '자아'라는 단어가 가지는 유사성, 대상과 의미 사이의 신비로운 관계에 대한 다양한 성찰이 담겨 있었다. 칠 년 후 알렉산드로스 사트소스가 그릴 유화는 아내 제이넵이 묻히는 순간 새 무슬림 묘지에서 홀로 기도하는 지휘관의 모습을 그린 것으로 오늘날 최소한 민게르인들 사이에 그 시적인 성명서만큼이나 잘 알려져 있다. 위대한 화가의 기예는 지휘관의 내적 갈등을 잘 묘사하고 있다.

그림에서 지휘관은 방금 매장된 임신한 아내의 묘를 고통스럽게 바라보면서(멀리 뒤에는 까마귀들이 있다.) 다른 한편으로는 국가의 미래를 위해 강하고 확고하고 침착해야 한다는 것을 알기에 모든 의지를 발휘하고 있는 영웅처럼 보인다. 분위기로도 우리를 감동시키는 이 그림은 희미한 노란색이 지배적인 색조를 이룬다. 그 가운데 도시와 소각장에서 피어오르는 불길의 푸른 연기가 장면에 극적인 효과를 더한다. 가장 인상적인 부분은 멀리 펼쳐져 있는 민게르의 험준한 산, 언덕, 들판이 불러일으키는 '고향'의 정서와 예속감이다.

64장

새로운 민게르 국가를 통치하는 사람들은 초등학교에서의 민게르어 교육, 민게르 이름, 역사, 동화 같은 고귀한 주제들을 다루느라 바빴다. 마치 자신들의 고민에 몰두하며 내면으로 침잠하느라 도시에서 일어나는 일들을 이해하거나 파악하지 못하는 듯했다. 공무원, 정보원, 사무관, 군인이 출근을 하지 않고 다양한 핑계들을 대며 모습을 나타내지 않았기 때문이기도 하다. 투룬츨라르에서 순찰을 돌던 방역 부대 군인 두 명이 소위 '종파 신도'라는 젊은이의 공격을 받아 한 명은 도망치고 다른 한 명은 흠씬 두들겨 맞아 한쪽 눈이 완전히 파열되어 앞을 못 보게 되었다. 이는 방역 부대를 두렵게 했을 뿐 아니라 복수심에 불타도록 만들었다. 그래서 사미 파샤는 그들이 도시에서 돌아다니는 것을 원하지 않았다.

진정으로 역사의 흐름을 바꾼 순간은 성을 장악한 죄수들이 곰곰이 생각하다 유일하게 자물쇠를 열지 못해 여전히 쇠창살 안에 갇혀 있던 격리 시설의 문을 열었을 때였다. 이 믿을 수 없는 사건의 결과로 페스트에 걸렸거나 의심 증상이 있는 300명에 가까운 사람들이 자유의 몸이 되었다.

죄수들이 격리 지역을 비울 때 무슨 생각을 했을까? '다른 사람들을 풀어 주었으니 이 사람들도 풀어 주자!' 하는 원시적이고 단순한 무정부주의 논리로 행동한 것일까? 아니면 스스로에게 "이 페스트 확진자와 감염 의심자들이 온 도시를 마비시키고 전염병이 무서운 속도로 확산되겠지, 뭐 어때!"라고 말했을까? 우리는 알 수 없다.(그러나 이 주제에 관한 많은 가설이 있다.) 어쩌면 방역관들이 은밀하게 믿고 있던 것을 그들도 믿었으며, 사실 방역이 심각한 일이지만 효과 없고, 심지어 소용없는 노릇이라고 생각했는지도 모른다.(하지만 최소한 격리 시설에 수용된 사람들은 부당하게 갇혔고, 그들을 풀어 준 것은 잘한 일이었다!)

교도소 폭도가 격리 시설 정문의 자물쇠를 열어 주었지만 안에 있는 사람들에게 "당신들은 자유요."라고 말하지도 않았다. 아무도 페스트에 걸릴 위험을 감수하면서까지 안으로 들어가려 하지 않았고, 아무도 책임을 지고 싶어 하지 않았기 때문에 격리 시설에 있는 사람들은 자유로워졌다는 사실을 알기까지 시간이 걸렸다. 격리 구역은 성의 교도소보다 더 천천히 비워졌다. 하지만 폭동이 일어난 아침에 격리 시설의 문이 열렸다는 소식은 반나절 만에 아르카즈에 퍼졌다. 물론 이 수치스러운 일이 벌어진 것은 방역 담당자와 경비병들이 달아났기 때문이었다!

교도소와 격리 시설, 어떤 의미에서는 성이 비워짐으로써 도시의 분위기는 완전히 바뀌었다. 성을 나와 집으로 돌아가는 격리 시설 이탈자들을 거리에서 마주치는 것은 흔한 일이 되어 버렸다. 사람들은 죄수들에게 그랬듯이 그들에게도 "고생했어요!"라고 말했지만 이 사람들을 두려워했다. 방역 담당자나 경비병이나 그들을 신경 쓰지 않았다.

감염되어 페스트에 걸린 상태로 격리 시설에서 나온 사람들이 집으로 돌아왔을 때 대부분 사람들은 환영하지 않았다. 일부는 어차피 가족이 이미 흩어졌고, 가까운 사람들은 죽었으며, 집은 다른 사람들이 차지했다는 사실을 고통스럽게 확인해야만 했다. 일부는 집을 차지한 사람들 혹은 집에 이 사람들을 들인 친척들과 싸우거나 말다툼에 휘말렸다. 또 어떤 사람들은 병에 걸리고 페스트에 걸렸다는 이유로 집 안에 들이고 싶어 하지 않았다. 합리적인 남자들은 그들에게 다시 성으로 돌아가 의무적인 격리 기간을 채우는 것이 가장 좋은 방법이라고 말하기도 했다. 이 모든 일이 자신들에게 일어날 것이며, 격리 시설에서 주는 수프와 빵을 집에서는 구할 수 없다는 것을 예상한 일부 사람들은 격리 시설을 떠나지 않았다. 이들은 나간 사람들이 두고 간 가장 좋은 침대와 공간을 즉시 차지했다. 이 사람들이 수프와 빵을 위해 남았다는 말도 사실 전적으로 옳지는 않다. 지난주부터 도시와 격리 시설에 배급되는 빵과 제빵소에 제공되는 밀가루가 절반으로 줄었기 때문이다.

몇몇 사람들이 지적했듯이 이때는 무정부 상태, 유기, 정치 실패의 상황이었으며, 불확실성의 기운이 갈수록 빠르게 커지고 확산되었다. 새로운 국가를 설립한 지 한 달이 안 되어 거리는 흉포한 범죄자, 강간범, 살인자, 페스트에 감염된 죄수, 감염 의심자로 넘쳐 났다.

이들은 '부당하게' 격리 시설에 수용된 사람들이었다. 하지만 실제로 방역 부대 군인들을 무례하게 대하고, 말을 듣지 않고, 무책임하게 방역 규정을 위반하여 수용된 사람들도 있었다. 감금된 데에 의학적 근거는 없었다. 사실 감옥에 보내야 했지만 '당국'은 격리가 더 가혹하고 설득력 있는 처벌이라는 것을 알았으며, 군인들도 쓸데없이 방역 조치를 위반하는 건방진 사람들에게 거칠게 대하면서 본때를 보여 주려고 생각했다. 하지만 이들은 많은 건강한 사람을 병들게 한 방역 부대에 복수를 하기로 결심했다. 단지 방역 부대만 아니라 전반적으로 방역, 의사, 격리 조치에 반대하면서 애초에 의사, 기독교인, 방역 담당자가 섬에 질병을 가져왔다고 말하기를 좋아했고 이러한 주장들에 휩쓸렸다. 사미 파샤는 빠르게 늘어나는 이 무리를 다시 모아 격리 시설에 넣기는 불가능하다는 것을 알고 있었다.

격리 시설에서 나온 무리는 얼마 지나지 않아 아르카즈의 권력 공백을 감지했다. 페스트, 혁명, 공개 처형이 있은 후 거리에 나오기를 두려워하던 사람들은 교도소와 격리 시설에서 나온 무법자와 페스트 환자들이 거리를 꽉 채우자 이제는 전혀 밖으로 나오지 않게 되었다. 사미 파샤의 경고에 따라 방역 부대 군인들 역시 어디에서도 보이지 않았다.

격리 시설에서 나온 분노에 찬 사람들이 도시에서 받아들여질 수 있었던 한 가지 이유는 교도소 폭도나 그들과 함께 탈출한 사람들에 맞서 상점 주인과 집주인들을 보호했기 때문이다. 폭동이 일어나자 교도소와 지하 감옥에서 도망친 일부 죄수들은 도시에서 눈독을 들인 집에 들어가거나 최소한 정원 혹은 어딘가 구석진 자리를 찾아 정착할 계획이었다. 주변에 공공질서를 유지할 헌병이나 군인이 없어서 범법자들은 대담하게 행동할 수 있었다. 더 무지하고 겁 없고 양아치 같은 놈들은 이즈미르로 데려다줄 배를 찾아 부두로 내려갔고, 그곳에서 방역 부대만 아니라 격리 시설에서 나온 사람들과 충돌했다. 첫 번째 심각한 충돌은 에셰크 아느르탄 비탈길 초입에서 시골 사람들이 가져온 무화과, 호두, 치즈 등을 파는 식료품 가게 주인과 죄수들 사이에서 발생했다. 죄수 한 명이 진열된 무화과를 먹어 치우고 다른 한 명은 치즈를 가방에 집어넣고 있을 때 식료품 가게 주인과 그 가족이 그들을 공격했다. 격리 구역에서 도망친 페스트 환자가 아니라 범법자라는 사실을 알았기에 그들을 두려워하지 않았다. '부당하게' 전염병 환자 취급을 받아 닷새간 격리되었다가 풀려난 것을 축하하기 위해 신이 나서 모여 있던 식료품 가게 주인의 동생과 몇몇 친구들이 곧장 싸움에 동참했다. 격리 시설을 나온 분노에 찬 사람들과 죄수들의 싸움은 오 분쯤 몽둥이들이 공중에 날아다니다 끝이 났다. 하지만 '감염된 사람들'이 미쳐 날뛰는 죄수들에 맞서 상인을 보호했다는 소문이 퍼졌다.

사미 파샤는 국무총리로서 오 년 동안 근무한 집무실에서 모든 상황을 면밀히 추적하고 있었다. 그날 저녁 지휘관의 보좌관인 마즈하르 에펜디와 부마 의사가 사미 파샤의 집무실에서 만났다. 그들에게는 죄수, 건달, 격리 시설에서 나온 사람, 복수를 다짐한 테케 신도로부터 국가를 보호할 충분한 병사와 헌병이 없었다. 방역 부대 군인들은 불운한 충돌과 싸움 끝에 집으로 돌아가곤 했기에 아침에 수비대에 오는 수가 절반도 되지 않았다. 지휘관의 아내가 페스트로 사망했다는 소문을 병사들도 들었고, 이는 그들의 사기를 떨어트렸다. 사미 파샤의 휘하에 있는 병력과 헌병들은 각료 본부 광장과 건물의 안전을 겨우 유지했다. 건물로 들어와 밤을 보내려는 공격적인 죄수들을 이 헌병들이 내쫓았다. 일부 폭력배가 도시의 몇몇 집에 머물며 정부 건물을 급습하려 한다는 말도 있었다. 집무실에 모인 사람들은 격리 시설에서 도망친 사람들을 방역 부대와 함께 제압할 궁리를 했지만 아무런 해결책을 찾지 못했다.

사미 파샤는 각료 본부 건물과 지휘관이 머무는 스플렌디드 호텔을 더 안전하게 지키기 위해 수비대의 아랍 부대에 말을 이해하고 따를 소대를 요청했다. 그런데 이 군인들이 도무지 오지 않았다. 협상을 담당한 마즈하르 에펜디는 지휘관에게 거리의 상황과 급속히 힘을 키워 가는 격리 시설 도망자들에 대해 알리고 조언을 듣고 싶어 했다. 지휘관은 아내와 아들을 잃은 고통으로 스플렌디드 팔라스 꼭대기 층에 있는 방에 틀어박혀 나오려고 하지 않았다. 탈출한 죄수들이 카디클레르 마을의 집 한 채를 불태워 그 연기를 도시 전역에서 볼 수 있었다. 지휘관은 그 이유가 무엇인지 궁금해하고 상황을 알려 달라고 했어야 한다. 그는 밤에 도시에서 들려오는 고함, 비명, 한두 발의 총소리도 들었을 것이다.

지금이 역사 속 개인의 위치에 관해 한두 마디 하기에 적절한 순간인 듯하다. 지휘관 캬밀의 아내 제이넵이 페스트에 걸리지 않았더라면 그 결과로 일어난 많은 사건이 일어나지 않고 역사는 완전히 다른 경로로 흘러갔을까? 아니면 역사가 민게르섬을 위해 연출한 피할 수 없는 전개 상황이 그럼에도 불구하고 전개되었을까? 이는 대답하기 어려운 질문이다. 그러나 권력 공백과 무정부 상태가 도시를 지배하는 동안 민게르 언어와 아내에 대한 지휘관의 집착은 무정부 상태와 무질서한 분위기를 악화시켰을 뿐이고, 더 중요하게는 새로운 국가의 희망과 낙관론이 빠르게 사라지는 원인이 되었다.

다음 날 아침 아르카즈 지도 앞에 앉은 사람들은 서른두 명의 새로운 사망자가 표시된 것을 보았다. 이제 시신들을 일일이 매장하기가 거의 불가능했지만 뒷마당에서 여전히 방역 조치를 위반한 가족 장례식이 치러지고 있었다. 도시의 거리에서 제멋대로 행동하는 새로운 무리가 방역 규정에 따르지 않는 것은 당연한 일로 여겨졌다.

사미 파샤는 지휘관이 애도하던 방에서 나와 방역 부대를 다시 지휘하는 것으로 국가의 권위를 회복할 수 있으며, 다른 해결책이 남아 있지 않고, 더 이상 지연된다면 종말을 의미할지도 모른다는 것을 누구보다 잘 알고 있었다. 다음 날 사미 파샤와 마즈하르 에펜디는 헌병들을 데리고 스플렌디드 팔라스 3층으로 걸어 올라가 지휘관의 방문을 두드렸다. 하얗고 두꺼운 나무 문은 열리지 않았다. 한동안 더 기다리다가 다시 한번 문을 두드렸다. 문이 여전히 열리지 않자 미리 써 온 최근의 정치 상황과 긴급한 상황을 설명하는 편지를 문 아래 틈새로 반쯤 밀어 넣었다.

한 시간이 지나 다시 왔을 때 편지가 없었다. 마즈하르 에펜디는 문손잡이가 움직인 것을 다른 사람들에게도 보여 주었다. 지휘관이 잠에서 깬 모양이었다. 문은 잠겨 있지 않았다. 문을 다시 한번 두드리고 잠시 기다리다 안으로 들어가기 전에 부마 의사 누리도 부르는 것이 적절하다고 생각하며 옛 주 청사 건물에 전령을 보냈다.

삼십 분 후 의사 누리는 그의 뒤에 서 있고 사미 파샤가 방문을 천천히 밀어 열었다.

안에서 아무 소리도 들리지 않자 조금 있다가 사미 파샤, 의사 누리, 마즈하르 에펜디는 안으로 들어갔다. 지휘관 캬밀이 호텔 방의 커다란 덧문이 있는 창문 앞 호두나무 책상 앞에 앉아 있었다. 지휘관은 누군가가 들어오는 것을 보았지만 앉은 자세를 바꾸지 않았다. 누리가 그에게 다가가려다 심상치 않은 기운을 느꼈다.

지휘관은 군복을 입고 발에는 여름에 전혀 어울리지 않게 부츠를 신고 있었다. 누리는 잠시 그가 거리로 나가 병사들을 이끌고 전투를 하겠다는 의지라고 생각했지만 정반대의 것을 보게 되었다. 캬밀은 전쟁은커녕 숨 쉴 힘조차 없어 보였다. 이마는 땀으로 흥건하고 숨을 헐떡였다.

의사 누리는 지휘관이 이발을 하느라 머리를 움직이지 못하는 사람처럼 그들을 눈으로 관찰하고 있는 것을 알아챘다. 그때 시선이 자동으로 지휘관의 목을 향했다. 지휘관 캬밀의 목 오른쪽에 커다란 페스트 가래톳이 매우 분명하게 보였다.

그 역사적인 순간에 새 국가의 설립자이자 혁명 영웅인 지휘관 캬밀 파샤가 페스트에 걸렸다. 지휘관이 "난 페스트에 걸렸어. 아파."라고 불평하듯이 말하고 싶지 않아서 혹은 이 말을 할 수 없었기 때문에 그렇게 행동했다는 것을 그들은 깨달았다. 사미 파샤는 또한 지휘관이 토라진 어린아이처럼 입을 열지 않으리라는 것을 감지했다. 누리는 페스트가 환자의 언어 능력에 영향을 미치고 몸을 떨거나 말을 더듬게 할 수 있다는 사실을 떠올렸다.

이제 어떻게 될까? 방에 들어온 세 사람은 지휘관이 무엇보다도 국가와 섬의 상황을 생각하고 있으며, 지휘관도 그들처럼 병이 알려지기를 바라지 않는다는 것을 간파했다. 하지만 지휘관은 자기 목숨이 끝날 때까지만을 생각할 수 있었다. 나머지 세 명은 두려워하며 그 이후의 상황에 대해 생각하고 있었다.

65장

섬의 다른 정치 지도자 세 명에게 목에 생긴 가래톳을 보여 준 직후 지휘관 캬밀 파샤는 지금까지 취했던 자세를 버리고 앉아 있던 고리버들 의자에서 힘겹게 일어나 고인이 된 아내와 행복한 두 달 반을 보낸 침대에 몸을 던지고 떨기 시작했다.

이 시점에서 방에 있던 다른 세 명의 남자, 즉 사미 파샤, 마즈하르 에펜디, 부마 의사 누리가 당장 옛 주 관청이자 현재의 각료 본부로 돌아가 자신들과 아내, 아이들의 목숨을 구하는 것 외에 다른 생각을 할 수 있었다는 사실은 많은 세월이 흐른 후 이 모든 일을 이해하려고 노력하는 사람으로서 놀라울 따름이다. 하지만 사미 파샤와 마즈하르 에펜디는 국가라는 배가 계속 물 위에 떠 있도록 하기 위해 정부의 명령을 기다리는 열 명쯤 되는 군인과 함께하는 것처럼 행동하려고 애썼다.

일부 역사가들은 지휘관 캬밀이 페스트에 걸렸을 때부터 민게르의 반혁명이 시작되고, 이전의 질서로 돌아가기 시작했다고 주장한다. 혁명을 만약 오스만 제국으로부터의 이탈과 독립을 의미하는 것으로 이해한다면 이는 잘못되었다. 섬은 여전히 독립의 길을 가고 있었기 때문이다. 하지만 세속주의와 현대화로 이해한다면 어쩌면 이들의 관찰은 옳다. 그러나 우리는 이틀 안에 관료와 의사들의 모든 노력에도 불구하고 새 정권이 꼿꼿하게 지탱되기 힘들 거라는 점이 드러났다는 데에 동의한다. 사미 파샤의 첩자와 정보원들로부터 아무런 소식이 없었다. 그들도 무슨 일이 일어나는지 이해하려고 애쓰는 중이었기 때문이다. 도시는 서양인들이 '혼돈'과 '무정부 상태'라고 부르는 기강 해이, 무질서, 혼란에 휘말려 있었다. 옛 주 관청이자 현재의 각료 본부 건물에도 도시에서 정확히 무슨 일이 일어나고 있는지를 아는 사람이 아무도 없었다.

오후에 의사 누리와 의사 니코스는 지휘관의 가래톳을 절개했다. 해열 주사를 놓고 조금이나마 열을 내리기 위해 그들의 감독하에 남자 간호사에게 그를 씻기도록 조치했다. 그들은 병든 지휘관에게 너무 가까이 다가가지 않았다. 누리는 지휘관이 첫째 날은 병을 다른 사람들처럼 숨겼고, 둘째 날은 아이처럼 행동했다고 아내에게 말했다. 민게르 교과서는 지휘관이 병들었음에도 현대적인 방역 체계를 구축하기 위해 계속 투병했으며 전혀 "두려워하지 않았다."라고 기술하고 있다. 지휘관은 때로 긴 침묵에 빠졌고, 이마를 망치로 강타하는 듯한 두통 때문에 고통을 겪었으며, 침대에 누워 덜덜 떨면서 자기 내부로 침잠했다. 이따금 열이 내린 듯 잠을 깨자마자 침대에서 나오고 싶어 했으며, 마치 어디론가 급히 가야만 할 것처럼 굴었다.

목에 있는 가래톳을 절개하고 한 시간이 지나 지휘관은 남은 힘을 끌어모아 침대에서 일어나 큰 창문을 통해 도시와 항구를 내다보았다. 특유의 군청색, 분홍색, 하얀색 빛으로 가득 찬 항구는 눈이 부시게 아름다웠다. 그는 머릿속에 민게르인에 대한 무언가가 있는 듯했고 도시와 그 불빛을 보자 위에서 전해 받은 이 지식을 확신하는 것처럼 행동하며 민게르 민족이 세계에서 가장 고귀하고 가장 진정성 있고 가장 귀족적인 민족이고 영원히 그렇게 남을 거라고 말했다. 지금까지 욕심 많고 사악하고 탐욕스러운 사람들의 손가락에 끼워져 있다고 해서 혹은 이탈리아인, 룸, 튀르크인이 함부로 나쁘게 대했다고 해서 보석의 가치가 떨어지지는 않는다. 민게르는 여전히 가치가 있었다. 민게르를 민게르인이 가장 잘 이해하고 발전시킬 것이다. 이것이 그들이 민게르어를 사용하는 이유였다. "나는 민게르인이다."라고 말하는 사람은 모두 민게르인이었다. 수백 년 동안 민게르인에게 "나는 민게르인이다."라고 말하는 것이 금지되었지만 이제 이 가장 아름다운 말은 기도처럼 신성하게 여겨져야 하며 그 이상은 묻지 말아야 한다.

그는 이 말이 나머지 인류와의 형제애의 시작이며 사실은 모든 것의 시작이라고 주장했다. 지휘관은 거리에 나가 사람들 사이에서 걷고 있는 듯한 사람의 표정이었다. "마치 지휘관으로부터 사랑, 흥분, 열정이 도시 전역으로 뿜어 나오는 것 같았지!"라고 부마 의사는 아내에게 이 순간을 설명했다. 지휘관은 민게르 민족이 언젠가 아주 중요한 것을 성취하고 세계의 역사를 바꿀 것이라고 말했다! 안타깝게도 이 열정의 순간이 지나자 지휘관은 기진맥진하여 침대에 누워서 횡설수설하며 잠이 들었다.

마즈하르 에펜디는 젊은 사무관을 지휘관의 병상으로 보내 그가 한 모든 말을 기록하게 했다. 누리가 아내에게 설명한 것과 사무관의 기록은 많은 부분이 일치했다. 마지막 섬망 상태에서 지휘관이 가장 많이 언급한 주제는 봉쇄한 전함들을 볼 수 있는 것, 아내가 절대 호텔 방을 나가선 안 된다는 것, 아들에게 읽고 쓰는 법을 가르치기 위해 민게르 학교 이외에 다른 학교에는 보내지 않겠다는 것 등이었다. 한번은 하늘의 구름이 민게르 국기에 있는 장미와 똑같이 생겼다고 말했다. 이 사건은 민게르 문화, 특히 교과서에서 매우 중요하게 여겨져 미술 수업 때 구름이라는 주제가 부각되었으며, 섬 전체가 매년 8월 초 지휘관의 기일 다음 날을 '구름과 장미' 휴일로 기념했다.

상황이 얼마나 절박한지를 파악한 사미 파샤와 보좌관 마즈하르 에펜디는 더 이상 불필요한 죽음을 막기 위해 셰이크 함둘라흐와 협력해야 한다고 생각했다. 그들은 콘스탄즈 호텔에 전령을 보냈다. 하지만 셰이크로부터 아무런 대답을 받지 못했다.

방에서 열에 들떠 깨어난 지휘관은 자정에 젊은 사무관에게 짝을 찾는 민게르 여우 이야기를 들려주었다. 어린 시절에 할머니에게 들은 이야기였다. 같은 날 밤 그는 할머니가 들려준 옛 섬 이야기도 떠올렸다. 아직 도시 아르카즈가 존재하기 전에 만 근해의 바위에 충돌한 배에서 내린 사람들이 오늘날 민게르인의 조상이었다. 그들은 이 섬을 좋아했고, 곧 섬의 바위, 샘, 숲, 바다를 보금자리로 여기게 되었다. 당시 민게르의 강에는 녹색 숭어와 빨간 반점이 있는 늙은 게들이 풍성했고, 숲에는 수다스러운 앵무새와 조용한 사자가, 하늘에는 매년 여름 유럽으로 가는 분홍색 황새와 푸른 제비들이 가득했다. 제이넵은 이 생물들 하나하나를 위해 섬에서 집을, 나무에서 둥지를, 동굴을 찾아 주었다. 이 어린 민게르 소녀는 동물들과 친구가 되었다. 당시 소녀의 아버지는 파디샤의 조정 관리였다. 지휘관은 사무관에게 민게르 초등학교용으로 제이넵이 옛 민게르야에서 이 동물들과 맺은 우정 이야기를 담은 읽기책을 써야 한다고 말한 뒤에 『제이넵의 책』 첫 번째 장을 튀르크어로 받아쓰게 했다. 지휘관은 이야기를 하면서 창문으로 다가가 힘겹게 숨을 쉬면서 덧문을 열어 달라고 부탁하고는 아르카즈의 야경을 바라보았다. 마치 할머니가 들려준 이야기가 아래에 있는 어둡고 고요한 도시에서 살아나는 것만 같았다. 추억과 미래, 옛 동화와 지금 일어나는 일들이 뒤섞이는 즐거움으로 지휘관의 얼굴이 환해졌다. 지휘관은 고통을 느끼며 침대에 쓰러지기 전 그 순간에 과거에서 오늘을 보는 것이 사실은 미래를 상상하는 것임을 알았다.

다음 날 아침 사미 파샤는 지휘관의 상태가 더 악화되고 사망자 수가 마흔여덟 명으로 증가했다는 것을 알고 나서 말했다. "이제 신에게 의지하는 것 이외에 다른 해결책이 없어!"

하지만 한 시간 후 '마지막' 해결책으로 어쩌면 처녀탑을 방문하는 것이 좋겠다고 마즈하르 에펜디와 함께 결정했다. 지난날 주에 예속되어 있었고 우리 책 초반에 아침 무렵 본코프스키 파샤를 아지지예에서 데려올 때 보았던 나룻배가 정오에 사미 파샤를 처녀탑으로 데리고 갔다. 최근의 정치적 전개 상황과 증가하는 사망자 수 때문에 이제 섬을 오가는 정기선과 비정기선이 없었고, 이 시점까지 처녀탑에 남아 있는 사람들은 '이스탄불에 충성하는' 관리들뿐이었다. 사미 파샤는 오스만 제국에 충성하는 사람들이 그에게 '반역' 문제를 암시할지 모른다는 생각 때문에 그들과 대화하기를 꺼렸다. 그는 취임하기도 전에 죽은 신임 총독의 보좌관인 하디만 만나 자신이 한 모든 일은 파디샤의 백성과 시민들의 건강을 위해서였다고 말한 다음 곧장 본론을 꺼냈다. 섬의 상황이 심각하다고, 튀르크 관료들과 그를 배에 태워 크레타섬으로 보내 주면 그곳에서 이스탄불로 돌아갈 수 있을 거라고 말했다. 하지만 그 대신 지휘관이 이스탄불에 봉쇄 해제와 페스트 차단을 위한 지원군을 요청했다고 덧붙였다.

하디는 회고록 『섬에서 모국으로』에서 그 순간에 대해 두 오스만 제국의 관료가 아닌 몸값을 원하는 해적과 그 인질의 만남이었다고 농담 투로 적은 바 있다. 게다가 사미 파샤가 말한 것들은 현실적이지 않았다. 그들을 처녀탑에서 데려갈 배가 있고, 그 배가 봉쇄를 뚫고 빠져나간다 하더라도 어느 누구도 이 의심스러운 오스만 제국 민게르 관료의 지시를 따를 리 없었다. 게다가 그들이 이스탄불에 도착하는 데에 일주일이 걸릴 거라고 예상했다. 실제로 사미 파샤는 자신의 제안이 터무니없다는 것을 깨달은 듯 갑자기 (마치 머리에 뭔가 새로운 묘안이 떠오른 듯) 대화를 끝내더니 나룻배를 타고 항구로 돌아갔다.

나룻배를 타고 항구로 돌아갈 때 사미 파샤는 아르카즈가 견딜 수 없이 슬프게 느껴졌다. 아무도 없고, 아무런 움직임도 없었다. 흐린 날이었고, 도시는 납빛을 띠었으며, 마치 생명이 하나도 남지 않은 것 같았다. 어디인지 두 군데에서 푸른 연기가 솟아오르고 있었을 뿐이다! 사공은 체념하며 노를 젓고 있었다. 바다는 어둡고 무서웠다. 물론 언젠가 전염병은 종식되고, 섬은 삶과 생기와 아름다움을 되찾을 것이다. 사미 파샤는 그때까지 이 무덤 같은 도시의 모습을 보느니 차라리 보지 않는 편이 더 좋겠다고 생각했다.

사미 파샤가 아직 배에 있을 때 민게르 국가의 설립자인 지휘관 캬밀 파샤가 아내에 이어 나흘 뒤에 스플렌디드 팔라스 맨 위층에 있는 방에서 페스트로 사망했다. 방에는 그가 하는 모든 말을 받아 적던 젊은 사무관뿐이었다. 의사 누리는 호텔 2층에서 기다리고 있었다.

사무관에 따르면 지휘관 캬밀은 생애의 마지막 두 시간 동안 터키어 단어 총 1200개, 민게르어 단어 총 129개를 말했다. 지휘관의 단어들로 인정받은 이 단어들은 두 언어로 관공서의 벽, 포스터, 우표, 달력, 전보, 알파벳 교육, 문학 등 여러 부문에서 널리 활용되었다. 지휘관의 129개 단어가 첫 민게르어 사전에 다양한 글꼴로 조판되었다. 평생 민게르어를 한 번도 듣지 못했더라도 수도 아르카즈에 와서 사흘만 머물면 이 129개의 단어를 가는 곳마다 보게 되어 저절로 배울 수 있을 것이다.

지휘관이 생의 마지막 시간에 사용한 단어들 중 일부는 시적인 감성(불, 꿈, 어머니)을, 일부는 위대한 사람의 감정(어둠, 슬픔, 자물쇠)을, 일부는 사실 그가 의식은 있지만 어쩌면 실질적인 도움이 필요했음을 보여 준다(문, 수건, 물컵).

몇몇 전기 작가, 역사학자, 정치인은 지휘관이 말할 기운도 남지 않은 삶의 마지막 순간에 군화와 전함에 대해 언급한 것을 두고 사공들을 불러 방역 부대를 이끌고 열강들의 전함을 공격할 계획을 세웠다고 해석한다.

옛 타쉬 부두에서 기다리던 마부 제케리야와 집무실로 돌아왔을 때 사미 파샤는 장관들이 다급해하는 모습을 보게 되었다. 지휘관을 의사 누리에게 맡긴 마즈하르 에펜디도 와 있다. 과연 놀랄 만한 소식이었다. 지난밤에 셰이크 함둘라흐가 콘스탄즈 호텔에서 탈출했다.

혹은 납치되었을 수도 있지만 확실하지 않았다. 그러나 셰이크를 납치한 사람들과 접전은 없었다. 셰이크가 그곳에서 그냥 걸어 나갔단 말인가? 그것은 불가능했다. 게다가 사미 파샤는 셰이크가 그런 짓을 하지 않으리라고 믿었다. 현재까지는 이 정도 정보가 다였다. 아무도 셰이크를 납치했다고 나서지 않았다. 납치범들은 셰이크를 본코프스키에게 그랬던 것처럼 구타하고 고문하고 죽일 수 있었고, 그럴 경우 그 책임은 아마도 국무총리인 사미 파샤에게 돌아갈 것이다.

또 다른 문제는 격리 구역에서 탈출한 사람들로 이루어진 집단이 특히 하미디예 대로에 있는 상점들과 상인들에게 지지를 받는다는 점이었다. 자신들을 '방역 피해자'로 소개하고 탈옥수들에 대항하면서 상인들의 지지를 받은 아르카즈 출신의 친구, 상인, 친척으로 구성된 이 마흔여 명의 패거리는 대부분 아야 트리아다 마을에 정착했다. 그들은 이곳에도 전염병을 퍼트렸다. 방역 부대가 그들에게 대항할 상태가 아니라는 사실을 알았고, 어차피 복수할 생각이었기 때문에 군인들과 싸우기 위한 핑계를 찾고 있었다. 사미 파샤의 정보원들은 이들이 방역에 반대하는 (단지 격리에 맞설 뿐 아니라) 정서를 대중에게 설파하고 있으며, 그들이 사는 마을 출신의 식료품 주인에게 세관 바로 뒤에 가게를 열고 무엇이든 원하는 대로 팔도록 장려한다는 것도 확인해 보고했다.

사미 파샤가 이 정보들을 부마 의사와 공유할 생각을 하고 있는데 해가 질 무렵 누리가 집무실에 나타나 지휘관 캬밀의 사망 소식을 전했다. 사미 파샤는 놀라지 않았다. 단지 나쁜 소식을 좀 더 나중에 듣고 싶었을 뿐이었다.

건국자 지휘관이 사망했다는 사실을 알게 된 일부 사람들은 진심으로 눈물을 흘렸다. 사미 파샤는 호텔로 가 시신을 보고 싶었으나 사망 소식이 퍼지는 것을 막기 위해 참았다. 사미 파샤는 이 어려운 시기에 그가 새 국가의 대표가 되기를 모든 사람이 원할 거라고 생각했다. 그는 이 모든 감정과 갈망, 꿈으로 인해 그날 밤 쉽게 잠들지 못하리라는 것을 미리 알고 마리카에게 전갈을 보냈다. 랜도를 타고 페탈리스 광장에서 내려 안개가 자욱한 텅 빈 거리를 걸어 마리카에게 갔다. 어느 호텔 입구에 작지만 민게르 국기가 걸린 것을 보고 놀랐다.

집에 들어가면서 그는 여느 때와 같이 위험한 꿈속에 있는 듯한 느낌에 휩싸였다. 그의 모든 꿈처럼 마리카의 집도 '금지'되어 있었다. 한구석에서 거리, 벽, 나무, 잎을 밝히던 등불이 꺼지자 그림자와 행복한 기억들은 사라지고 오로지 세상의 공허를 전하게 해주는 죽음의 공포와 외로움만이 남았다.

마리카는 페스트가 어떻게 사방에 퍼졌는지와 죽은 사람을 숨겨 온 이웃들에 대해 긴 이야기를 들려주었다. 사미 파샤는 계속 서서 그녀의 이야기에 집중하지 못했고 마리카가 이를 곧 알아차렸다.

"당신도 반쯤 죽은 사람 같아요." 그녀가 말했다.

사미 파샤는 얼굴만 보고 그의 마음을 아는 그녀에게 고마움을 느꼈다. 일단 앉아서 잠시 그녀의 말을 듣다가 사랑 안에서 모든 것을 잊고 싶어 마리카와 사랑을 나누었다. 하지만 그 무엇도 배를 찌르는 죽음에 대한 공포와 절망의 고통을 덜어 주지는 못했다.

마리카는 새로운 정부가 하는 말들을 조금 심각하게 받아들이고 있었다.

"사원과 교회에 대한 금지는 포기하세요! 그러지 않으면 당신만 아니라 방역에 불리해질 거예요. 사원과 교회에 가지 못하면 국민은 당신들에게 등을 돌릴 거라고요."

"여기서 국민이 누구지? 우리는 사람들, 모든 사람들의 생명을 책임지고 있어요."

"사원, 교회, 종교가 없으면 국민도 없어요, 파샤."

"우리를 이곳에서 국민으로 만든 것은 사원도 교회도 아닌 우리가 이 섬에 있다는 사실이오. 우리는 이 섬의 국민이오."

"하지만 파샤, 그런 국민을 섬 출신의 룸들이 믿는다고 쳐도 과연 무슬림들이 믿을까요? 교회 종소리 덕분에 우리는 숭고한 예수가 우리를 구원할 것이고 기도를 해야 한다는 생각을 떠올릴 뿐 아니라 우리처럼 도시에서 고통과 공포 속에 있는 절망적인 사람들의 존재를 느끼며 위로를 받습니다. 종소리가 없고 에잔 소리가 없는 곳에서는 죽음이 더 크게 느껴져요, 파샤."

국무총리 사미 파샤는 부루퉁한 표정으로 듣고 있었다. 잠시 후 마리카는 소문들을 늘어놓기 시작했다. 플리즈보스 마을에서 어린이 패거리가 야간 은신처로 사용하는 유령의 집에서 머리 없는 유골이 발견되었다. 구호선 쉬한단에서 나온 의약품, 통조림, 침구, 시트 들이 약사 코시아스의 상점과 구시장에 있는 일부 무슬림 상인들의 상점에서 비밀리에 판매되고 있다. 방역 부대원들 중 한 명이 페스트에 걸린 모자를 뇌물을 받고 의사에게 숨겼다.

"다행이군, 최소한 주변에 군인 한두 명은 남아 있으니!"

사미 파샤는 이렇게 말하고는 갑작스럽게 집을 나와 각료 본부로 돌아갔다.

오 년 동안 살던 섬을 통치하던 건물이 텅 비어 있었다. 계단과 복도에서 보초병 한두 명을 보았을 뿐이었다. 등불은 대부분 꺼져 있었다. 건물 뒤편에 있는 숙소로 가기 전에 사미 파샤는 보초병을 더 늘리라는 명령을 내렸다. 삼십 분이 지나서야 마침내 방에 들어가 자물쇠를 모두 잠그고 빗장을 건 후 누웠지만 제대로 잠을 이루지 못했다.

66장

다음 날 아침 평소처럼 지도 앞에 모인 사미 파샤, 누리, 니코스는 전날 마흔 명 이상이 사망했다는 것을 알게 되었다. 방역 부대가 격리 시설에서 탈출한 사람들과 분노한 테케 신도들을 꺼렸기 때문에 사망자 수가 급증한 바이으를라르와 투즐라 같은 마을에도 격리와 가옥 폐쇄 조치를 위한 인원을 보내지 못했다. 한편 각료 본부를 지키는 것이 가장 중요했던 사미 파샤는 신병이나 임무가 없는 군인이 보이면 청사에 붙잡아 두었다.

이 재앙과 절망의 시기에 국가 설립자의 무덤에 대해 몇 시간 동안 논쟁하고 영구적인 결정을 내린 것은 문화사학자들의 관심을 끌었다. 민게르 국가 설립자의 무덤은 새 무슬림 묘지(페스트로 죽은 사람들을 위한)와 콜아아스가 태어나고 자란 집 사이에 있는 투룬츨라르 마을의 약간 높은 땅에 마련하기로 했다. 도시 전역과 성만이 아니라 남쪽과 동쪽에서 오는 배들이 바로 볼 수 있는 곳이었다. 문화와 고고학을 좋아하는 나이 든 의사 타소스의 제안에 따라 영묘는 로마, 비잔틴, 오스만, 아랍 건축의 흔적을 보여 주도록 설계한다는 결정이 내려졌다. 그의 이 상상은 삼십이 년 후에 실현될 터였다.

사미 파샤와 직원들이 스플렌디드 팔라스에 누워 있는 시신을 누구의 것인지 아무도 모르게 주의를 끌지 않고 매장할 방법을 찾느라 거의 온종일 온갖 애를 다 썼지만 성공하지 못했다. 거리마다 장례식, 시골에서 온 상인, 탈출한 죄수, 지나가는 모든 사람을 가로막고 심문하는 폭력배들이 난무했기 때문이다. 용케 그들을 피한다고 해도 언덕에 있는 토지에 묻히는 이 특별한 사람이 누구인지 궁금해들 할 것이다.

민게르 정부와 사미 파샤의 머리를 어지럽히고 의지를 약하게 만든 것은 마즈하르 에펜디가 가져온 편지였다. 격리 시설에서 탈출한 수용자들을 대신하여 서기가 예의 바르게 작성한 편지는 방역 부대에 의해 부당하게 갇혔다가 해방된 마흔두 명의 사람들이 그 이름을 일일이 언급한 일부 군인들의 가혹한 대우와 뇌물 등의 문제에 대한 항의서를 전달하기 위해 각료 본부를 방문하고 싶다는 내용이었다. 마즈하르 에펜디는 시민들을 심하게 학대한 이들 일부 군인들이 현재 각료 본부 건물에 숨었다는 고발이 있어 그곳을 수색하고 싶어 한다고 말하며 이는 아주 건방진 요청이라고 덧붙였다.

사미 파샤는 소란을 피우기 위해 핑계를 찾는다는 것을 알았다. 그는 이 도시 전역에 생겨난 무법자들의 습격에 맞서기 위해 마즈하르 에펜디를 수비대로 보내 사오십 명의 병력을 요청했다. 이따금 창밖으로 그가 선 곳에서 위층이 보이는 스플렌디드 팔라스를 바라보면서 고통스러운 눈물을 흘리며 민게르 국가 설립자의 시신이 여전히 그곳에 있다는 것을 떠올렸다. 하지만 시선을 끌지 않고, 도시 전역에 생겨난 무법자 무리들과 충돌하거나 충돌 위험을 감수하지 않고 낮에 지휘관을 매장할 방법이 없었다. 이렇게 해서 그는 보건부 장관인 니코스와 논의해 영웅 지휘관의 시신을 자정이 지나 스플렌디드의 호텔 방에서 꺼내 격리 규정에 따라 어둠 속에 매장하기로 결정했다.

삼십 분 후 국무총리 사미 파샤는 사무관과 경비병들을 대동하고 파키제 술탄과 부마 의사가 머무는 객실을 찾았다. 그는 혼자 안으로 들어가 안타깝지만 지휘관의 어머니한테도 알리지 않고 자정 이후에 매장할 계획이라고 슬픈 표정으로 부마 의사에게 설명했다. 그 모습은 특히 방 다른 쪽에 서서 듣고 있는 파키제 술탄에게 말하는 것처럼 보였다.

"우리가 무엇을 했든 파디샤의 백성들을 구하기 위해 한 것입니다! 불행하게도 우리가 성공했다고 주장할 수는 없습니다. 하지만 파디샤께서 당신에게 맡긴 또 다른 임무를 겸손하게 모든 세부 사항을 가지고 성공적으로 마무리를 짓게 되어 자랑스럽습니다. 본코프스키 파샤와 조수인 의사 일리아스를 죽인 자들을 일일이 다 확인했습니다. 모두 여기에 있습니다. 셜록 홈스 방식과 튀르크 방식으로 말입니다!"

사미 파샤는 한쪽에 파일을 내려놓았다.

"또한 정문을 지키기 위해 추가로 경비병을 데리고 왔습니다. 안타깝게도 모두들 도망치고 있습니다……. 감옥을 탈출한 폭도가 이곳을 공격해도 놀랄 일이 아닙니다. 하지만 성공하지 못할 겁니다. 열쇠를 두 번 돌려 문을 잠그고 빗장을 거십시오. 국가의 보호를 받고 있으며 우리가 영광으로 여기는 특별한 손님이시라는 걸 잊지 마시기 바랍니다. 다른 장소로 옮겨 드릴 수도 있습니다."

"그건 왜지요, 파샤?"

"어디에 계시는지 그들은 모릅니다……." 그는 방에서 나가며 말했다. "큰 위험은 없겠지만 그래도 혹시 모르니 밖에 나가지 마십시오. 문에도 경비병을 세워 놓겠습니다."

파키제 술탄과 의사 누리가 사미 파샤를 본 것은 이때가 마지막이었다. 둘 다 섬에서 가장 두렵고 가장 불행한 밤을 보내고 있었다. 제이넵의 죽음과 콜아아스의 장례 문제로 진심으로 슬퍼했으며, 섬에 있는 모든 사람처럼 이제 그들도 죽을지 모른다고 느꼈다. 쥐로부터 보호할 덫과 약을 놓은 각료 본부 건물은 어쩌면 섬 전체에서 가장 안전한 곳이었다. 하지만 수많은 국제 페스트 방역 회의에 참석한 의사 누리도 옛날 사람들이 그랬듯이 쥐나 벼룩이 아니어도 도시의 공기를 통해 페스트에 감염될 수 있다는 두려움을 느끼기 시작했다. 게다가 지금은 폭도와 교도소 탈주범에게 살해될 가능성까지 더해졌다.

방에는 약간의 호두와 소금에 갓 절인 생선이 남아 있었다. 그들은 수비대에서 온 빵을 먹었다. 빵의 양이 꽤 줄어들었고, 이 작은 빵 덩어리가 유일한 먹거리인 사람들은 서서히 기아의 한계에 다가가고 있다는 의미였다. 잠들기 전에 그들은 작은 옷장을 문 앞에 밀어 놓았다. 파키제 술탄은 섬의 분위기, 그녀가 느꼈던 것들, 항구, 깊고 푸른 바다에서 불어오는 비릿한 냄새, 도시에 드물게 켜진 등불을 편지에서 매우 아름답게 설명한다. 독자들은 침대에서 남편과 함께 두려움에 떨며 안고 있는 모습, 도시에서 들려오는 소리와 파도 소리에 귀를 기울이며 도무지 잠들지 못하는 모습에 대한 묘사를 읽을 때 페스트 때문에 죽음의 공포에 휩싸여 잠들지 못하고 눈물을 흘리는 것이 어떤 기분인지 이해하게 된다.

자정이 조금 지나 광장과 건물 정문에서 총소리가 들렸다. 어떤 것은 아주 가까이 들렸고, 그 소리가 광장에서 메아리쳤다. 두 사람은 불안한 마음에 침대에서 나와 몸을 숙인 채 방에서 왔다 갔다 하며 창문 쪽으로는 다가가지 않았다.

그날 밤 사미 파샤의 병력과 폭도 사이에 벌어진 접전은 아침까지 지속되었다. 국무총리 사미 파샤는 마지막 순간까지 용감하게 싸웠다. 폭도 '부랑자들' 일곱 명과 경비병 두 명이 사망했다. 사미 파샤가 부하 두 명과 함께 뒷문으로 도망친 후 옛 주 청사 건물은 폭도에게 넘어갔다.

아침에 한동안 총성이 멈추고 접전은 끝나는 듯하더니 잠시 다시 시작되었다가 완전히 멈췄다. 완전한 정적에 이어 의사 누리와 파키제 술탄은 사람들이 광장에서 뛰어가는 소리, 계단을 오르는 소리, 그리고 누군가 이야기하는 소리를 들었다. 하지만 아무도 문 쪽으로 다가오지 않았다. 둘은 문을 열고 경비병이 있는지 확인할 용기도 내지 못한 채 기다렸다.

누리가 옷을 입고 밖으로 나갔을 때 보초가 바뀐 것을 보았다. 새로운 경비가 그들을 향해 어설프게 무기를 겨누자 다시 문을 닫고 빗장을 걸어 잠갔다. 부부는 무슨 일이 일어났는지 알아보려고 창밖을 내다보았다.

한 시간 뒤에 문을 두드리는 소리가 났다. 문 앞에 누리가 아는 사무관 두 명과 몇몇 관리들, 그리고 데르비시 옷을 입은 노인이 서 있었다.

그들은 부마 의사 누리를 같은 층에 있는 큰 사무실로 데려갔다. 독자들이 이 책을 읽기 시작할 때부터 사미 파샤의 집무실로 알고 있던 방이었다. 사실 누리는 섬에 도착한 날부터 지금까지 정확히 구십팔 일 동안 이 방 바로 옆의 지도가 있는 전염병 상황실에 거의 매일 드나들었다. 매번 옆에는 사미 파샤가 있었다. 하지만 지금 그가 항상 앉던 자리에 다른 사람이 있었다. 누리는 사미 파샤의 의자에서 일어난 사람을 바로 알아보았다. 고깔 모양의 펠트 모자를 쓴 나이프 니메툴라흐 에펜디였다. 지금은 모자를 쓰고 있지 않았다. 그가 여느 때와 같은 정중한 어조로 상황을 설명했다.

"접전 이후에 정부는 패배하고 사미 파샤는 도망쳤습니다. 국무총리의 인장은 지금 하찮은 저에게 있습니다. 하지만 대부분의 장관들은 자리에 남아 있지요. 그들은 직무를 계속 수행해 나갈 것입니다. 셰이크 에펜디께서는 평화롭게 예식 없이 테케로 돌아가셨습니다. 모든 사람이 방역 해제에 동의하고 있습니다!"

의사 누리는 셰이크 함둘라흐가 격리 시설을 탈출한 사람, 테케, 호자, 방역에 반대하는 상인 무리를 이용하여 사미 파샤에게 충성하는 소수의 경비병들을 내쫓고 정권을 잡았다는 사실을 알았다. 사미 파샤는 도망쳤지만 잡히는 것은 시간문제였다. 사실상의 새로운 정부가 수립되었다.

사원과 교회는 곧 문을 열고, 에잔과 종소리가 다시 들리고, 시신을 석회로 소독하는 의무는 사라질 것이다. 니메툴라흐 에펜디는 시신들을 매장하기 전에 사원에서 씻기는 일을 재개할 것이라고 덧붙였다. 이는 분명히 가장 시급한 문제였다.

"하지만 호자, 그렇게 되면 전염병이 너무 빨리 퍼져 시신을 씻을 사람도 찾기 힘들어집니다. 모든 상황이 지금보다 훨씬 더 나빠질 겁니다!"

신임 국무총리는 논쟁조차 하려 들지 않았다. 그 시기 방역 해제를 주장하는 사람들 사이에서는 조치들이 아무 소용이 없으며 사망자 수만 계속 늘어난다는 견해가 널리 퍼져 있었다. 방역 관계자들이 전염병을 들여왔다는 의견은 항상 있어 온 이야기였다.

신임 국무총리 니메툴라흐 에펜디는 방역이 해제되었으니 의사 누리는 자유로운 몸이 되었다고 다시 알려 주었다. 병원에서 환자들을 치료하는 일을 할 수도 있다. 하지만 영향력과 권한을 악용한 군인, 의사, 정부 관리에게는 책임을 물을 거라고 했다. 그와 파디샤의 딸은 민게르 정부의 특별한 공식 손님이며 항상 경호병들이 보호할 것이라고 정중하게 덧붙였다. 부마 의사가 방을 나가려 할 때 사미 파샤가 숨을 만한 곳을 아느냐고 물었지만 그는 모른다고 답했다.

누리는 객실로 돌아와 파키제 술탄에게 현재 상황을 전하고 니메툴라흐 에펜디가 신임 국무총리가 되었지만 그들을 나쁘게 대우하지는 않을 거라고 말했다.

얼마 지나지 않아 누리가 흥분하여 직접 무슨 일이 벌어지는지 보기 위해 밖으로 나가려고 했으나 방문 앞에서 저지를 당했다. 누리는 새 정권이 사실은 그가 병원에서 환자들을 치료하는 것도 원하지 않는다는 사실을 알았다. 부부는 이곳에 인질로 잡혀 있다는 것을 이미 마음 한구석으로 알고 있었다. 파키제 술탄이 살아온 삶의 방식이 지금 부마 의사 누리에게도 강요되었다.

그 후 십육 일 동안 부부는 객실에서 전혀 나가지 않았다. 따라서 우리는 일부 역사학자들이 '셰이크 함둘라흐 시대'라고 칭한 이 시기 국무총리이던 고깔 모양의 펠트 모자를 쓴 데르비시 니메툴라흐의 재임에 대해 파키제 술탄의 편지에 의거하지 않고 다른 자료들을 근거로 삼았다.

셰이크 함둘라흐 시대의 가장 큰 특징은 사원과 교회, 수도원과 테케가 페스트 전염병에도 불구하고 예배자들에게 개방되었다는 점이다. 상점, 식당, 이발소, 심지어 도깨비시장과 고물상까지 영업을 허용한 것은 사원과 교회 개방이 초래한 피해만큼 크지 않았다. 사원과 교회 개방은 가장 정보가 없고 무관심한 사람들의 관점에서 방역이 소용없다는 견해를 더 신빙성 있게 만들었다. 신 이외에 다른 피신처가 없다는 식의 운명론적이고 경건하고 패배주의적인 관점은 이 결정에 더욱 힘을 실어 주었다. 반세기 동안 모든 지중해 도시에서 콜레라의 근원으로 여겨진 고리버들 장수, 카펫 장

수, 고물상, 과일상 대부분은 방역을 믿는 룸 상인들이었다. 이들은 셰이크 함둘라흐가 자유롭게 장사하도록 한 것을 이해하지 못했으며 가게를 열려고 하지 않았다. 대형 상점, 유명한 식당 대부분, 호텔 내 식당과 클럽도 문을 열지 않았다.

영업을 재개한 이발소와 작은 식당들은 대부분 작은 골목이나 먼 마을에 있었다. 어차피 이 상인들은 여태껏 정부 관리들의 눈을 피해 방역을 위반하고 창고에서 몰래 고객들에게 물건을 전달하거나 특정 시간에 뒷문을 열고 많은 거래를 했다. 이 식료품 가게나 작은 식당에서 일하는 견습생과 상인들 절반 이상은 셰이크 함둘라흐의 시대가 끝나기 전에 페스트에 걸려 죽었다.

그러나 극소수의 사람만이 이 끔찍한 비극에 특별한 관심을 기울였다. 누구도 견습생들의 죽음을 막기 위한 조치를 제안하지 않았다. 무슨 일이 벌어지는지 아무도 인지하지 못했기 때문이다. 방역 해제와 함께 무덤과 장례 마차를 세는 관리들, 그리고 가장 중요하게는 이 수치들을 전염병 상황실에 있는 큰 지도의 거리와 집에 형형색색으로 표시하는 사무관들이 해고되었다. 따라서 이제 섬에는 그날 몇 명이 죽었는지 아는 사람이 없었다. 사실 집행부 사람들은 알고 싶어 하지도 않았다…….

고깔 모양의 펠트 모자를 쓴 니메툴라흐 에펜디는 재위 십 일 만에 사망자 수가 상상할 수 없을 만큼 빠르게 증가했다는 사실을 알게 되었고, 셰이크 함둘라흐의 지시와 현실 사이의 압도적인 불일치가 두려워 거의 마비될 지경이었다. 묘지에서 시신을 석회로 소독하는 것을 금지하고, 그 대신 셰이크의 특별 명령에 따라 시신들을 사원에서 종교 규정에 따라 기도를 올리며 한참 동안 씻기도록 한 것은 다시 문을 연 상점에 드나드는 사람들, 일부 코란 학교의 재개, 도시와 집으로 돌아간 이전 격리 시설 수용자들이 그랬듯이 전염병을 빠르게 확산시켰다.

방역 해제가 거리를 붐비게 하지는 않았다. 거리에는 방역을 믿지 않고 전염병을 심각하게 여기지 않는 소수의 테케 사람들과 여전히 아르카즈로 내려와 무언가를 팔고 싶어 하는 시골 사람들뿐이었다. 파키제 술탄이 지적했듯이 방역이 해제되었음에도 마차의 바퀴 소리와 방울 소리, 말발굽 소리가 거의 들리지 않았다. 방역이 해제되고 교회 종소리와 에잔 소리가 들리기 시작했지만 항구와 만, 도시를 덮고 있는 죽음의 정적은 사라지지 않았다. 오히려 에잔과 종소리가 도시의 적막감과 고요함에 더해져 모두에게 죽음을 연상시키는 신호로 변했다.

셰이크 함둘라흐 시대의 유일한 성공은 도시에 굶는 사람들이 증가하고 있을 때 매일 6000개의 따뜻한 빵을 사람들에게 무료로 나누어 주었다는 것이다. 수비대 창고에 보관된 밀가루를 몰수했기 때문에 가능한 일이었다. 수비대 제빵소에서 구운 빵들을 각 마을의 마차로 운반하여 마을 광장에서 사람들에게 배포했다.

이스탄불 정부는 하즈 배 반란 사건 이후 수비대에 대항하여 반란이 일어나거나 수비대가 적군에 의해 장기간 포위당해 봉쇄될 경우를(실제로 이런 일이 발생했다.) 대비하여 콩, 밀가루 같은 식량들을 보내고 그 밖의 이유로는 식량을 사용하지 못하도록 금지했다. 셰이크는 아랍어를 연습하고 『코란』의 언어로 대화하기 위해 이런저런 핑계를 대며 수비대를 방문하여 할리피예 종파를 좋아하고 테케를 아는 아랍 병사들과 아랍어로 말하며 친분을 쌓았고, 그들과 나눈 대화를 통해 이 숨겨 놓은 식량과 밀가루가 있는 장소를 알게 되었다.

67장

'셰이크 함둘라흐 시기'의 또 다른 확연한 특징은 모든 면에서 재판, 사형, 투옥과 함께한 '국가 테러'의 시기라는 점이다. 물론 정치적인 테러였지만 사적인 면도 있었다.

총격전을 벌인 후 사미 파샤는 자신이 목표라는 것을 알고 한밤중에 각료 본부 건물을 벗어나 두 시간 정도 마리카의 집에 숨어 있다가(그들은 사랑을 나누었다.) 모든 사람이 아는 곳에서 더 이상 머물지 않고 부하들에게 이끌려 뒷골목을 통해 도시를 빠져나갔다. 보좌관 마즈하르의 정보원과 첩자들은 전임 총독의 편이었고, 테케 출신의 새로운 정부는 빵을 나누어 주는 것 이외에 다른 아무것도 몰랐기 때문에 사실 그가 숨어 있던 곳에서 전임 총독을 찾을 수는 없었을 것이다.

사미 파샤는 두만르 마을의 농장에 있는 빈집에 숨었다. 총독이 재임 시절에 아르카즈에서 전신선을 끌어온 지역으로 그를 좋아하는 부자 알리 탈립의 집이었다. 농장은 사방이 돌담에 둘러싸여 있고, 알리 탈립의 무장 경비병들이 문 앞과 주변을 순찰하고 있었기 때문에 안전한 장소였다. 페스트가 만연하던 밤에 폐허, 버려진 건물, 심지어 사람이 사는 집에 강제로 들어가 정착한 격리 시설 탈출자와 탈옥범, 페스트 환자, 부랑배, 건달, 모험을 좇는 자들은 이 집에 들어올 수 없었다. 이 외딴 마을의 경비병들은 최근에 크레타에서 온 이주자들로 전임 총독의 얼굴을 알지 못했다. 사미 파샤는 이들이 아마 민게르 총독이 누구인지도 모를 거라고 생각했다.

꽤 안전하다고 느낀 사미 파샤는 농장 밖으로 나가 알브로스산의 높은 언덕에서 산책을 하기 시작했다. 산책 중에 페스트를 피해 아르카즈에서 도망친 세 명의 중년 남자와 우연히 만났는데 그중 한 명이 이 활동적이지만 지쳐 보이는 사람이 총독이라는 것을 알아보았다. 자유와 독립, 새로운 국가, 대통령이 된 지휘관 혹은 셰이크 함둘라흐에 대해 아무것도 모르는 세 명의 도망자들은 총독이 여기에서 무엇을 하는지 궁금해했다. 그들은 나중에 이 만남에 대해 여기저기 말하고 다녔다. 이틀 뒤 그들은 경관이 멋진 또 다른 언덕에서 다시 사미 파샤와 마주쳤다.

하루가 지나 고깔 모양의 펠트 모자를 쓴 니메툴라흐 정부가 수도에서 보낸 사복 경찰들이 농장에서 사미 파샤를 체포해 아르카즈로 데려와 성 감옥의 베네치아 탑에 있는 바다와 가장 가까운, 가장 축축하고 어두운 감방에 가두었다. 알리 탈립의 부하들은 이 경찰들을 전혀 막으려고 하지 않았다.

언젠가 「오이디푸스왕」을 공연하기 위해 아르카즈에 온 그리스 극단의 수염 난 주인공을 첩자로 몰아 이 감방에 가두고 다음 날 저녁 그를 방문한 적이 있어 사미 파샤는 게가 들끓는 이 동굴 같은 곳을 알고 있었다. 감방의 어둠은 그를 어두운 생각들에 집중하게 만들었다. 모든 것이 실패했기 때문에 사미 파샤는 끊임없이 자책했다. 민게르 총독직에서 해임된 사실을 받아들이지 못했고, 새로이 발령 난 지역으로 가는 대신 버릇없는 아이처럼 해임된 직위에 뻔뻔하게 매달려 계속 임무를 수행하려고 했으며, 당연히 실패했다. 물론 가장 큰 실수는 새로운 발령을 받아들이지 않은 것이었다. 왜 이런 실수를 저질렀을까? 바다의 푸른빛이 감방을 채울 때 그는 이 질문에 대해 항상 같은 대답을 했다. 민게르를 몹시 사랑했기 때문이다! 잠시 후 그가 사랑했던 것이 갑자기 민게르에서 마리카로 모습이 바뀌었다. 어차피 이 둘은 서로 떼어 놓을 수 없었다. 그날 밤 그가 아르카즈에서 도망칠 때 마리카는 매우 용감하고 단호하게 행동했고 사미 파샤를 위해 스스로를 위험에 빠트렸다.

사미 파샤는 마리카 이외에 믿고 도움을 요청할 다른 사람이 떠오르지 않았다. 부마 의사가 사미 파샤를 감옥에서 구하기 위해 자신을 위험에 빠트리려 할까? 어쩌면 파키제 술탄은 그를 동정할지 모른다. 하지만 이제 그들도 처녀탑에 있는 불행한 튀르크 관리들처럼 미친 셰이크가 이끄는 새 정권의 인질일 뿐이었다. 총독 사미는 옛 친구인 영국 영사 조지가 그를 풀어 주도록 셰이크 함둘라흐에게 압력을 가할 수 있을지 모른다고 생각하며 편지를 쓰기로 마음먹었다. 다만 그러려면 먼저 종이와 펜을 구해야 했다.

사미 파샤는 감방에 잡혀 있다는 사실을 섬의 누군가에게 알릴 편지를 쓰지조차 못하고 법정에 섰다. 8월 12일 월요일에 섬에 페스트가 엄청나게 퍼져 모두들 자기 목숨을 부지할 생각에 몰두하느라 다른 모든 것은 잊고 있었기 때문에 이 재판이 열린 것은 셰이크 함둘라흐가 지휘하는 니메툴라흐 에펜디 정부의 성공으로 볼 수 있다.

사미 파샤는 동생인 라미즈를 교수형에 처했기 때문에 셰이크 함둘라흐가 모든 사람에게 본보기가 될 처벌을 내릴 거라고, 이를 재판이라는 방법으로 전혀 관련 없는 구실을 들어 그리할 거라고 확신했다. 재판의 명목은 방역 시기에 병에 걸리지 않았는데 부당하고 잔인하게 격리 시설에 갇힌 사람들 혹은 전염병에 걸렸다는 이유로 집을 빼앗긴 사람들의 민원에 근거할 것이라고 생각했다. 어쩌면 압뒬하미트의 정보원이나 끄나풀이라는 혐의로 기소될지 모른다는 생각도 들었다. 하지만 하즈 배 반란 사건 재판이 삼 년 후 다시 열릴 가능성은 당시 전혀 떠오르지 않았기 때문에 재판장에서 갓 니스 칠을 한 의자에 앉았을 때 살해된 하즈들의 가족들과 당시 일했던 방역관들을 보고 놀라서 충격을 받았다.

하즈 배 반란에 가담하고 라미즈 무리와 공모한 네빌레르와 치프텔레르 마을 사람들은 셰이크 함둘라흐와 고깔 모양의 펠트 모자를 쓴 섭정이 통치권을 장악했다는 소식을 듣자마자 환호했다. 이들은 아르카즈에서 가장 페스트가 심각하다는 사실을 알지 못했기 때문에(알았더라도 아마 신경 쓰지 않았을 것이다.) 이틀 만에 수도로 와 국무총리 니메툴라흐 에펜디에게 과거에 방역을 집행하던 헌병들에게 살해당한 할아버지, 아버지, 형, 동생의 보상금과 삼 년 전 법의 속임수로 패소한 사건에 대한 재심리를 요구했다.

할리피예 종파와 친밀한 새 정부의 판사는 "그 사건은 오스만 제국 통치 시절에 일어났으며 새 정부는 책임이 없다!"라며 당연히 기각할 수 있었지만 재판을 승인했고, 하즈들에게 발포한 헌병들이 모두 오스만 제국의 다른 지역으로 갔기 때문에 — 아마도 셰이크 함둘라흐가 제안하여 — 재판은 이 재앙의 유일한 책임자로서 당시 총독이었던 사미 파샤를 고발하는 기소장으로 시작되었다.

이렇게 해서 사미 파샤는 오랫동안 가장 끔찍한 악몽으로 여겼던 장면이 그의 눈앞에서 빠르게 진행되는 것을 목격했다. 죽은 하즈들의 아들과 딸이 울면서 그를 비난했다. 새 정권이 가둔 마즈하르 에펜디의 서류에서 배를 납치한 자들에게 관용을 베풀지 말라고 한 총독 사미 파샤의 전보를 찾아 법정에서 낭독했다. 흰 수염을 기른 노인이 일어나 그를 비난했다. "당신은 그 대단한 총독인

데 양심이라고는 전혀 없소?" 한때 총독을 골치 아프게 만들고 반란을 주동했던 네빌레르 마을의 아버지와 아들도 교도소를 나온 후 법정으로 와서 '잔인한 총독'을 대놓고 비난했다. 헌병들이 사격한 하즈의 두 딸, 두 아들, 그리고 열두 살짜리 손자도 전염병을 신경 쓰지 않고 법정에 와 있었다. 사미 파샤는 모든 법정 연극이 얼마나 치밀하게 계획되었는지를 보며 겁을 먹고 절망에 빠졌다. 한때 아버지와 함께 온 아들이 법정에서 그를 공격하며 주먹을 휘두르려 할까 봐 두렵기도 했다.

이 재판이 이스탄불과 유럽에 반향을 일으킬 거라 예상한 민게르 국가의 새 통치자들은 법정에 판사가 올라갈 단상과 검사, 변호사, 언론인, 방청객이 앉을 의자와 책상을 배치하고 판사와 검사를 위해 이슬람 깃발의 초록색 천 위에 국기 색과 같은 민게르 장미를 수놓은 법복을 제작했다.(116년 후 이 흉한 법복은 유감스럽게도 아주 호기로운 전통이 되었고, 헌법 재판소와 고등 법원 구성원들을 포함해 섬의 모든 법조계 사람들이 여전히 진지하고 자랑스럽게 착용하고 있다.)

사미 파샤는 모든 비난에 "예, 그날 저는 섬의 총독이었습니다. 하지만……."이라고 말을 시작하며 군인들에게 하즈들에 대한 발포 명령을 내리지 않았으며, 헌병들이 발포한 사실을 며칠이 지나 알았다고 대답하려 했지만 모든 비난과 고함, 눈물 속에서 사람들의 뇌리에는 "제 책임입니다. 제 잘못입니다."라는 뜻으로 해석될 수 있는 "제가 총독이었습니다."라는 진술만이 남았다.

매우 빠르게 진행된 재판 중에 사미 파샤를 절망으로 이끈 또 다른 사실은 방역이 불필요한 조치라며 반대하는 정부(심지어 폭력배)의 법정에서 방역을 옹호하기는 불가능하다는 것이었다. 사미 파샤는 이러한 어려움을 염두에 두고 말했다. "존경하는 하즈들을 격리한 목적은 열강들의 뻔뻔한 요구에 굴복해서가 아니라 민게르 민족을 전염병으로부터 지키기 위해서였습니다!" 그럼에도 얼마 지나지 않아 섬에서 발행되는 네 개의 신문과 모든 사람이 동의한 사실은 사미 파샤는 폭군 압뒬하미트가 이을드즈 궁전에서 편히 통치하고 유럽 열강들이 파디샤의 심기를 건드리지 않도록 하기 위해 죄 없는 하즈들을 죽인 사람이라는 것이다.

두 시간 후 사미 파샤는 판사로부터 사형을 선고받았다는 사실을 알게 되었다. 마음 한구석으로는 기다리던 결정이라고 논리적으로 생각했지만, 다른 한편으로 지금 들은 것이 믿기지 않고 일어난 일들을 받아들일 수가 없었다. 배 오른쪽 아래에서 온몸으로 핀으로 찌르는 듯한 날카로운 통증이 퍼졌다.

사미 파샤는 판결이 뒤집힐 때까지 밤에 잠을 이루지 못하리라는 것을 바로 알았다. 잠시 눈물을 글썽이지 않을까 염려했지만 눈에는 눈물 한 방울도 맺혀 있지 않았고 아무도 알아채지 못했다.

사미 파샤는 이 사형 선고를 내린 '판사'를 임명한 삼 년 전의 화창하고 밝고 아름다웠던 6월을 기억하고 있었다. 『코란』과 샤리아[83] 법을 잘 안다고 주장하는 이 남자는 새 전신선 연결을 후원하던 부유한 하즈 페힘 에펜디의 중재를 통해 주 청사에 자리를 잡았고, 총독은 그가 할리피예 종파의 테케를 들락거린다는 사실을 알고도 '신을 두려워하니 불명예스러운 짓은 안 하겠지!' 하며 긍정적으로 받아들였다. 지금 이 존재감 없고 대수롭지 않았던 사람이 자신에게 사형 선고를 내렸다는 것이 도저히 이해가 안 되었다. 그는 자신을 사무실로 부른 판사를 만나러 갔다.

판사는 사형수 사미 파샤가 무슨 일이 벌어지는지 전혀 이해

83 종교에만 영향을 미치는 종교법이 아니라 정치와 사회에까지 모두 영향을 미치는 이슬람법이다.

하지 못한 시선으로 쳐다보는 것을 알 수 있었다. "총독 파샤, 사형을 선고받으셨습니다!" 그는 위로하듯 말했다. "과거에는 이런 유의 결정에 대해 항소하기 위해 이스탄불로 갔지요. 시간이 흘러 마음이 약해 사형수를 동정하던 압뒬하미트 전하께서는 결국 죄인의 형을 종신형이나 유배로 전환했고, 외국 대사들의 압력을 두려워하여 아무도 사형에 처하지 않았답니다. 하지만 지금 독립적인 민게르에서는 총독의 사형을 이스탄불에 항소할 수 없고, 압뒬하미트 전하의 사면을 기대해 봐야 아무 의미가 없지요."

"그러니까 무슨 말을 하고 싶으신 거요?"

"총독 파샤, 오늘이 총독의 삶에서 마지막 밤이 될지도 모릅니다. 민게르 국가의 이 결정은 이스탄불도 열강들도 바꿀 권한이 없습니다."

사미 파샤는 독립 국가인 민게르에 대해 아무도 간섭할 수 없다는 것을 세계에 보여 주기 위해 사형이 집행되리라는 사실을 깨닫고는 오싹했다.

사미 파샤는 판결이 믿기지 않았을 뿐 아니라 지금 등에서 다리까지 퍼지는 핀으로 찌르는 듯한 따끔거림이 머리와 영혼을 마비시켜 아무것도 생각할 수 없었고, 두려움이 너무 커서 세상을 보지도 사람들이 하는 말을 듣지도 이해하지도 못한다는 것을 깨달았다. 사방이 막히고 밖에서 빗장을 걸어 잠근 교도소 마차에 짐승처럼 실려 감방으로 끌려간 것도 그의 자존심을 상하게 하고 사기를 떨어뜨렸다. 하지만 무엇보다 최악은 '사형수'가 된 그를 사람들이 특별한 관심으로 이상한 짐승을 보듯, 그리고 가끔은 동정하듯 바라보는 것이었다. 방금 사형 선고가 내려졌지만 사미 파샤는 모두가 이미 알고 있다고 생각했다.

교도소 마차가 성의 정문을 지나 베네치아 탑을 향해 천천히 나아가는 동안 사미 파샤는 환풍구에 눈을 가져다 댔다. 가장 크고 호화로운 감방이 있고 폭동이 처음 시작된 오스만 시대의 건물 앞에 나란히 늘어선 시체들이 보였다. 스물여섯 구의 시체를 덤덤하게 세고 나서 한쪽에 죽은 죄수들과 격리 시설에서 사람들이 쓰던 매트리스, 담요, 소지품 들을 태우느라 뜰이 악취 나는 푸르고 진한 연기로 가득한 것을 보았다. 셰이크 함둘라흐의 신도들이 방역을 해제한 후 소각장에 있던 관리와 군인들까지 해산했기 때문에 이제 사망자의 물건을 태우고 싶은 사람들은 감옥 관리자들이 하던 대로 스스로 이 일들을 처리하고 있었다.

저녁이 되어 마차에 실려 갈 시신들이 늘어선 곳에서 조금 떨어진 장소에 죽어 가는 사람들이 누워 있었다. 매트리스 혹은 시트 위에 웅크리고 있거나 성의 돌바닥에서 고통으로 몸부림치며 토하고 비명을 지르는 예닐곱 명의 페스트 환자를 더 보았다. 가장 두려워하던 일이 일어나 전염병이 모든 감방 건물에 퍼졌다. 사미 파샤는 곧 죽어서 저녁때 수레에 실릴 것을 염두에 두고 이 환자들을 벌써부터 안뜰에 있는 다른 시신들 옆으로 데려다 놓았다는 것을 경험으로 알았다.

사미 파샤는 성의 교도소 구역 입구에서 셰이크 함둘라흐에 충성하는 관리와 경비병들을 보았다. 하지만 교도소 뜰에는 제복을 입은 교도소 경비가 없었다. 모두 도망쳤다.

길이 가로막혀 죄수를 실은 마차가 잠시 멈춰 섰다. 뜰을 점령한 죄수 두 명이 사미 파샤와 몇 뼘밖에 떨어지지 않은 곳에서 알아들을 수 없는 언어로 말다툼을 했다. 마차가 다시 출발하자 사미 파샤는 만약 그 범법자들이 그들의 냄새를 맡고 헉헉대는 숨소리를 들을 만큼 옛 총독이 가까이 있다는 사실을 알았더라면 이 재앙의 분위기에서 분명히 셰이크 함둘라흐의 부하들보다 앞서 마차를 세우고 그를 끌어내어 목매달았을 거라는 현실적인 생각을 했다. 마차가 베네치아 탑에 가까이 다가갔을 때 사미 파샤는 놀라운 대칭 감각으로 바닥에 네 줄로 배열해 놓은 페스트 희생자의 시신 열여섯 구를 보았는데 암울하게도 그들에게 어떤 슬픔도 느끼지 않는다는 것을 깨달았다.

사형 선고는 그를 지나치게 '이기적인' 사람으로 만들었다. 다른 사람들이 죽어 가는 광경은 어쩌면 저세상도 진짜이며, 그곳에 갈 때 혼자가 아니라는 것을 보여 주어 그는 슬프지 않았다. 머릿속에는 그를 이기적으로 만드는 한 가지 생각뿐이었다. 살아남자! 감방에 돌아갔을 때 그는 종이와 연필을 구해 조지 영사에게 편지를 쓸 생각이었다.

하지만 기이한 푸른색으로 변한 감방에 들어서자마자 사미 파샤는 깊은 탄식을 뱉으며 흐느껴 울었다. 한편으로는 이런 모습을 아무도 보지 않기를 바랐다. 울고 난 후 그는 가장자리에 놓인 짚 위에 누워 신의 기적으로 십 분 정도 잠이 들었다. 꿈속에서 그는 자유로웠고, 어머니와 함께 아티제 고모의 뒤뜰을 거닐었으며, 정원에 국화와 부드러운 노란빛과 우물이 있는 것을 보았다. 꿈에서 어머니의 따뜻한 손을 잡았고, 어머니는 아들에게 우물에 있는 두레박을 보여 주었다. 두레박 위에 달그락달그락 소리를 내는 커다란 도마뱀이 있었지만 무섭지 않고 친근해 보였다.

잠에서 깨었을 때 사미 파샤는 그 달그락거리는 소리가 바다 쪽 벽의 갈라진 틈새, 바위, 돌 위를 돌아다니는 게들이 내는 것이라는 사실을 알았다. 이것이 징조이며, 그는 교수형을 당하지 않고 곧 풀려날 거라고, 만약 처형할 생각이었다면 이 감방이 아니라 판결이 난 후 곧장 주 청사로 데려갔을 거라고 생각하자 약간 마음이 놓였다.

사미 파샤가 모든 기본 조항을 작성한 민게르 헌법에 의하면 사형수를 처형하기 전에 국무총리, 그러니까 고깔 모양의 펠트 모자를 쓴 니메툴라흐 에펜디가 사형 집행에 서명을 해야 한다. 니메툴라흐 에펜디는 물론 셰이크 함둘라흐의 뜻에 따라 행동할 것이다. 파샤가 섬에 도착한 첫해에 시와 책에 대해 많은 대화를 나누었던 옛 친구 셰이크 함둘라흐가 분노를 누그러뜨리고 앞에 놓인 사면 서류에 서명을 하면 사미 파샤는 자유로운 몸으로 성에서 나가 거리를 걸어 숙소로 돌아갈 것이다. 그는 돌아가는 길에 서두르지 않을 것이다. 니메툴라흐 에펜디가 오면 사면해 주어 고맙다고 말하면서 셰이크의 시집 『여명』에 대해 언급할 것이다. 만약 교수형에 처할 의도였다면 그를 이 감방에 가두지 않았을 테고, 생각이 깊고 사랑스러운 이 게가 괜히 바다에서 나와 그를 방문하지 않았을 것이다.

사미 파샤는 이스탄불에 있는 아내와 두 딸을 생각하자 낙관적인 생각이 들었다. "다음 배를 타고 갈게요." "친정아버지가 몸이 안 좋으세요." 많은 핑계와 거짓말로 시간을 벌며 그를 민게르에서 오 년간 홀로 지내도록 두고도 자신이 파샤의 딸이기 때문에 그래도 된다고 생각하는 아내에게 화가 많이 나 있었다. 그런데 어쩐지 아내와 두 딸이 위스퀴다르 해안에서 햇볕을 쬐며 하릴없이 앉아 있는 모습이 계속 눈앞에 떠올랐다. 마치 마리카도 이스탄불에 있는 것만 같았다.

셰이크 함둘라흐가 그를 용서하고 나면 사미 파샤는 섬에서 다시는 오래된 적들과 싸우지 않고 영사들과 우정을 나누며 모든 것에서 물러나 마리카와 결혼해 오라 마을의 해안으로 구불구불 내려가는 천국 같은 풍경이 있는 비탈길이나 조금 떨어진 단텔라에서 하얀 집에 정착해 쓸데없는 일에 간섭하지 않고 살 터였다. 왜

진작 그러지 않았을까? 안 그래도 마리카에게 더 잘해 주지 못한 것이 지금 몹시 후회되었다. 어느 날 밤 코냑을 마시고 마부 제케리야를 불러 철갑 랜도를 타고 마리카와 함께 나갔을 때 그녀가 달빛 아래서 즐기는 마차 여행에 매료된 모습을 똑똑히 보았다. 매달 달이 뜨면 그녀가 애원했는데도 소문이 날까 봐 다시는 랜도 여행에 데리고 나가지 않았던 자신에게 너무나 화가 났다.

감방 문이 갑자기 열렸다. 사미 파샤가 몽상에서 깨어나 서둘러 셰이크 함둘라흐를 맞이하려 했지만 오래전부터 알던 처형 담당관들을 보고 상황을 이해했다.

"기도를 드리고 싶소." 그는 자신도 놀랄 만큼 침착하게 말했다. "세정을 해야 합니다."

전염병 때문에 성내 예배소만 아니라 죄수들이 이용하는 감방 기도실도 폐쇄했다. 사미 파샤는 샘과 기도용 매트를 찾고, 기도할 장소를 찾고, 『코란』 구절 하나도 끝까지 떠올리지 못한 채 기도를 올리는 동안 무언가를 하느라 바빠서 잠시 고통을 잊을 수 있었다.

날이 어두워질 무렵 성 입구로 다시 온 마차에 그를 태웠다. 사미 파샤는 마차가 흔들리며 나아갈 때 시체를 싣는 검고 불길한 마차가 벌써 뜰에 도착해 있고, 옷을 소각해 벌거벗은 채로 줄지어 놓은 시신들이 마차로 옮겨지는 것을 보았다. 뜰에 있는 밤나무에 모여든 까마귀 수백 마리가 그 순간 미친 듯이 울기 시작했다. 옛 예니체리 건물 앞에도 많은 시신이 무질서하게 쌓여 있었다. 공기에서 죽음의 냄새가 아니라 젖은 풀 냄새가 났다. 교도소장의 지시에 따라 사망자들의 침대, 매트리스, 담요를 소각했지만 법적으로 금지되어 있기 때문에 이를 방역 조치가 아닌 '청소 작업'이라고 불렀다. 시신들을 마차로 옮기고 떠들고 쉬며 뜰에서 돌아다니는 네다섯 명의 행운아는 내일 해가 뜨면 다시 여기 이 세상에서 같은 하늘을 볼 것이다. 하지만 그때 그는 이곳에 없다.

사미 파샤는 마차의 나무 벽을 주먹으로 치며 온 힘을 다해 소리 지르고 발버둥을 쳤지만 아무도 그를 눈치채지 못했다. 손가락이 아프고 분노와 절망에 휩싸여 바닥에 주저앉아 잠시 울다 다시 의지를 모아 자리에서 일어나 그가 오 년 동안 다스리고 진심으로 사랑한 아르카즈 거리를 보기 위해 눈을 환풍구에 갖다 댔다. 하지만 어두워서 아무것도 보이지 않았다.

흙과 풀, 해초 냄새가 코에 와 닿자 이 도시 특유의 향기를 알아차리고 눈물을 흘리며 다시 마차 바닥에 주저앉아 신에게 구해 달라고 기도했다. 지금 그는 진심으로 후회하고 있었다. 마음속에는 분노나 자부심, 혹은 영웅적 환상도 없었다. 그의 어리석음에 대한 후회뿐이었다. 그가 가장 안타까워한 실수는 무엇이었을까? 전임 총독이자 전임 국무총리는 쓸데없이 라미즈와 싸웠다고, 모든 것을 지나치게 심각하게 받아들였다고, 해임 결정을 받아들였어야 했다고 다시금 생각했다. 죄수 마차의 바퀴가 색다른 소리를 내기 시작하자 하미디예 다리 위라는 것을 깨닫고 당장 일어나 환풍구를 통해 밖을 내다보았다. 조금 전까지 있던 장엄한 성이 신비한 빛에 에워싸여 있었다. 그는 지금이 그 멋진 건물을 보는 마지막이라는 것을 깨달았다.

우리가 역사책에 등장하는 인물을 좋아하거나 미워하기는 어렵다. 하지만 소설을 읽을 때는 이러한 감정을 느낄 수 있다. 사미 파샤를 좋아하는(소수일지라도) 독자들을 더 이상 마음 아프게 하지 않기 위해 우리는 그가 주 청사 건물에 있는 셰이크 함둘라흐나 고깔 모양의 펠트 모자를 쓴 니메툴라흐 에펜디가 자신을 용서할 거라고 상상하는 동안 그를 위로하러 온 이맘 에펜디의 말을 들으며 겪은 고통과 슬픈 생각들, 그리고 죽음의 공포에 대해 더는 이야기하지 않겠다.

사미 파샤는 마지막 순간까지 셰이크 함둘라흐가 그를 용서할 거라는 순진하고 낙관적인 믿음을 잃지 않았다. 사형 집행인을 보고 나서도 그것이 그를 용서한 사실을 숨기고 더욱더 겁주기 위해 꾸민 계략이라고 한동안 믿었다.

사미 파샤는 사형 집행인 샤키르가 도둑에다 술주정뱅이며 돈을 위해 사형 집행인 일을 했기 때문에 증오했다. 결국 이 사람의 손에 넘겨져 교수형을 당한다는 생각에 증오로 숨이 막힐 것만 같았다. 그는 앞으로 묶인 팔로 사형 집행인의 등을 내리쳤다. 온 힘을 다해 도망치려고 했지만 샤키르가 재빨리 목덜미를 잡았다.

"총독 파샤, 강해지셔야 합니다." 그가 말했다. "그게 당신에게 어울립니다."

사미 파샤는 광장에서 멀리 어둠 속에 숨어 사형을 지켜보는 비열한 놈들의 존재를 느꼈다. 그는 죽기 전에 이 악당들이 그를 어떻게 생각하는지는 전혀 중요하지 않다는 것을 깨달았다. 삶은 더 깊었다. 그는 당장 정신을 가다듬었다.

하지만 교수대로 다가갈 때 다리에 힘이 풀려 서 있을 수 없게 되자 입에서 포도주 냄새를 풍기는 샤키르가 놀라울 만큼 다정하게 말했다. "자, 총독 파샤, 이를 악무세요. 곧 끝납니다!"

어린아이와 이야기하듯 하는 그의 말이 위안이 되었다. 흰색 사형수 옷을 입고 목에 올가미를 두른 사미 파샤는 용감하게 허공으로 뛰어들면서 외쳤다. "어머니, 제가 갑니다!" 그가 죽기 전 꿈결처럼 커다란 날개를 가진 검은 까마귀가 그의 눈앞을 지나갔다.

68장

흰옷을 입은 사미 파샤의 몸이 옛 주 청사이자 현재의 민게르 광장에서 바람에 슬프게 흔들거릴 때 사람들이 그를 보러 왔다. 죽음과 전염병을 두려워하지 않는 아이들, 집에서 도망쳐 나온 젊은이들, 파샤의 온갖 적들, 그리스와 민게르 민족주의자들, 그가 감옥에 가둔 몇몇 신문 기자들. 네빌레르 마을에서 온 복수심에 불타는 라미즈의 친척들은 교수대 아래서 기도를 올리고 "신이여, 감사합니다."라고 말하며 무례를 범했기 때문에 헌병들이 이를 저지했다. 역사 유물을 밀반출했다는 정확하지만 입증되지 않은 혐의로 사미 파샤가 사 년간 가둔 타르크시스 에펜디는 광장에 매달린 인물이 사미 파샤가 아니라고 주장하며 이를 확인하려다 헌병들에게 내쫓겼다.

마리카와 아르카즈의 무슬림과 룸 공동체 지도층을 포함하여 사미 파샤를 좋아한 사람들은 집에 틀어박혀 숨을 죽이고 기다렸다. 이제 페스트가 공기를 통해서도 전염된다는 생각이 널리 퍼지고 있었다.

하지만 이것이 역사가들이 말한 일명 '국가 테러'의 속도를 늦추지는 않았다. 이틀 후 사미 파샤의 시신은 교수대에서 내려져 나클르크 묘지의 민게르 장미들 사이에 묻혔다. 다음 날 새벽 어스름 속에 본코프스키 파샤의 청년 시절 친구인 약사 니키포로가 같은 장소에서 교수형에 처해졌다.

사형 집행관 샤키르는 니키포로를 교수형에 처할 때 전 총독 사미 파샤보다 더 거칠고 무심하게 대했다. 샤키르는 공포로 다리가 풀린 늙은 약사를 꾸짖었을 뿐 아니라 애원하는 그에게 "예상하지 못했어? 이제 너무 늦었어."라고 가혹하게 대답했던 이유는 언젠가 약국에서 도둑질을 하다 쫓겨났거나(그가 사형 집행관이었기 때문에 경찰을 부르지 않았다.) 그날 저녁 포도주를 너무 많이 마셔서가 아니라 '국가 테러'라는 것이 서서히 섬에 사는 룸에 맞서는 운동으로 변하기 시작했기 때문이었다. 이전의 모든 정부처럼 니메툴라흐 에펜디와 셰이크 함둘라흐 정부도 무슬림이 섬 인구의 다수를 구성하게끔 하기 위해 곧 페스트 전염병을 이용하여 섬에 있는 룸을 몰아내고 통제하고 이미 섬에서 도망친 룸들을 돌아오지 못하게 막기 시작했다. 일부 룸들에 따르면 전신국 운영을 재개하지 않는 진짜 이유가 이거였다. 여객선 운항이 시작되면 다시 룸이 섬에서 다수가 될 것이다.

셰이크 함둘라흐와 그 정부 관리들은 인구 비율을 바꾸고 싶다는 이유 때문만이 아니라 그들 영혼 깊은 곳에서 나오는 기독교인과 불신자들에 대한 적의 때문에 룸을 냉대했다. 사원과 테케처럼 교회와 수도원도 완전한 자유를 얻었지만 테케 뜰에 설치된 임시 '병원'을 철거하면서 수도원의 병원들은 그대로 두고 오히려 테케 뜰에 있던 환자들을 침대와 함께 이곳의 넓고 푸르른 뜰로 옮겼다. 한때 셰이크 함둘라흐는 섬에 사는 룸과 크레타와 로도스에 사는 무슬림 사이의 주민 교환을 계획했다. 새로운 직원으로 무슬림만 채용했으며(국고에 돈이 없는데도), 튀르크인조차 룸만큼은 아니지만 좋지 않은 대우를 받았다. 새 정부는 오라, 플리즈보스, 단텔라 같은 부유한 룸 마을에 있는 빈집에 침입해 불법으로 거주하기 시작한 사람들을 쫓아내는 일을 전혀 서두르지 않았다.

하지만 룸 약사 니키포로가 사형 선고를 받고 곧장 교수형에 처해진 사건의 표면적인 이유는 물론 이것이 아니었다. 전통적인 고문과 발바닥에 채찍질을 당한 사람들의 자백이 니키포로를 올가미로 이끌었다. 파키제 공주와 의사 누리는 사미 파샤가 도시를 탈출하기 전 주 청사에서 보낸 마지막 밤에 그들에게 준 서류에서 자백들을 읽었다. 그들은 객실에서 나가는 것이 금지되어 있었기 때문에 시간이 많았을 뿐 아니라 도시에서 일어나는 끔찍한 일들에 대해 대부분 알지 못하여 낙관적이고 장난스러운 추측을 하며 하루하루를 보낼 수 있었다.

의사 일리아스가 독살되었을 당시 수비대 주방에 있던 여덟 명의 사병과 사령관을 체포하여 발바닥에 채찍질을 했지만 온갖 매질로 고통을 주고 피를 흘려도 아무런 성과를 내지 못하자 방역 부대 선서식을 위해 식탁을 차린 다섯 명의 사병을 포함하여 수비대의 크레타인 급양 담당관과 갈색 피부의 두 남자에게도 발바닥을 채찍질하는 고문을 가했다.

의사 누리가 약국과 약초상을 돌아다니며 쥐약 판매와 의심 가는 모든 것을 셜록 홈스 소설에서보다 더 세세하고 철저하게 조사하던 때에 정보국장의 강요로 검사와 고문관들이 사방을 온통 피로 낭자하게 만든 고문 취조를 전과 같은 순서로, 또 같은 용의자들에게 막 두 번째로 시작하려는데 주방에 있던 여덟 명의 사병 중 가장 순진하고 순수해 보이는 얼굴을 한 사병이 자기 차례가 오자 두 번째로 당할 고문이 두려워 울면서 죄를 인정하며 모든 사실을 말했고, 자기 말이 사실임을 증명하기 위해 선서식 전 금요일에 모든 사람이 정오 기도를 올리고 있을 때 독이 든 봉지를 가지고 주방으로 가 밀가루와 어떻게 섞었는지 흰 턱수염을 기른 검사와 콧수염이 난 사무관에게 보여 주며 머핀에 독을 넣은 사람이 자신이라는 것을 믿게 만들었다. 두 번째로 고문을 받으면 딱지 앉은 발바닥의 상처가 다시 터지고 고통으로 기절하거나 절름발이가 될(과다 출혈을 막거나 주변을 피로 물들이지 않기 위해 요리사 보조들의 발을 소금물이 가득 찬 양동이에 담그곤 했다.) 요리사 보조들은 이 자백 소식을 듣고 이제 다시 발이 묶여 채찍질을 당하지 않을 거라는 사실에 무척 기뻐했다.

정보국장과 총독 사미 파샤는 천사의 얼굴에 녹색 눈을 가진 어린 소년이 죄를 자백했다는 데 만족했다. 하지만 비소가 들어간 쥐약이 가득 든 봉지를 이 부드럽고 우호적인 시선을 한 소년에게 누가 왜 주었는지에 대한 답을 얻지 못하면 아마도 방역의들은 계속 살해될 것이었다. 몽둥이로 가장 세게 때리는 심문관이 어둠 속에서 촛불을 얼굴에 대고 이 질문을 할 때마다 소년은 촛불에 시선을 고정한 채 침묵을 지키거나 울기 시작했다.

정보국장은 더 중요한 두 번째 정보를(쥐약을 어느 약국 혹은 약초상에서 샀는지, 혹은 누가 그에게 주었는지를) 알아내기 위해 다시 발바닥을 채찍으로 때리는 고문을 하면 순진한 얼굴의 소년이 거짓말을 하거나 불구가 되거나 심지어 죽을 수도 있다는 것을 경험으로 알았기 때문에 심문관들에게 심문을 보류하라고 알리고 사미 파샤에게 상황을 보고했다. 그날 자백한 순진한 얼굴을 한 소년을 다시 심문해 독을 누구로부터 어떻게 입수했는지 밝히기 위해 고문 전에 발바닥의 상처들이 아물기를 기다리기로 결정했다. 그러는 동안 이 멍청한 반역자 소년의 모든 가족과 그가 누구와 이야기를 나누었는지 아주 사소한 것까지 조사하고, 필요하면 그들도 고문을 할 터였다.

사미 파샤가 두고 간 서류를 자세히 읽은 파키제 술탄은 당시 총독 파샤의 마음 상태를 잘 이해할 수 있었고 이 주제를 남편과 이야기하는 것을 좋아했다. "사미 파샤는 가련한 의사 일리아스의 살인범을 당신보다 먼저 자신의 방식으로 찾은 것이 너무나 기뻤을 거예요." 그녀는 이렇게 말문을 열었다.

"소년의 두 번째 자백을 빨리 받아 냈더라면 메지드를 죽이기 전에 이 사악한 암살단을 체포했을지도 모르는데." 의사 누리가 말했다.

"하지만 사미 파샤와 숙부는 서두르지 않았어요. 사미 파샤는 당신이 약국과 약초상을 방문하고 있다는 사실을 알았고, 어떤 결론에 이르지 못할 거라고 추측하면서 당신 코를 납작하게 해 주고 싶어 했어요. 셜록 홈스 방식은 동양이나 오스만 제국에서 통하지 않으리라는 것을 당신만 아니라 안타깝게도 밤마다 읽게 했던 살인 소설의 매력에 푹 빠진 숙부에게도 보여 주고 싶었지요. 나는 숙부가 사미 파샤 같은 총독이 그의 잘못을 지적하는 것을 받아들이기 어려웠을 거라고 생각해요."

"당신은 또 사미 파샤가 당신 숙부에게 끝까지 충성할 거라고 믿는군요."

"의심할 여지도 없어요. 그랬기 때문에 그가 방 네 개 떨어진 곳에 있을 때 나는 한 번도 이곳에서 안전하다고 느낀 적이 없어요. 일리아스를 죽인 머핀은 그만이 아니라 당신도 겨냥했다는 걸 잊지 말아요."

"하지만 총독 사미 파샤의 앞에도 머핀들이 놓여 있었는데."

"앞에 놓여 있었지만 그는 머핀을 먹지 않았어요." 파키제 술탄은 남편의 눈을 뚫어지게 바라보며 말했다.

지금 부부는 사미 파샤가 두고 간 서류에서 압뒬하미트가 추리 소설을 읽을 때 느끼던 희열을 느꼈고, 감찰국과 그 부하들이 발바닥을 때리는 형벌을 가해 모은 증거에 셜록 홈스의 논리를 적용하면서 진실에 다가가고 있다는 것을 알게 되었다.

부부가 이러한 문제들에 대해 이야기를 나눌 때 사미 파샤는 두만르 마을 근처에 있는 알리 탈립의 농장에 숨어 있었다. 부부는 전임 총독에 대해 궁금해하며 자주 이야기를 나누었다. 사미 파샤가 목숨을 구하기 위해 아르카즈에서 도망치기 전 그처럼 시간이 촉박할 때 용의자, 목격자 진술, 심문에 관한 비밀 정보로 가득한 이 서류를 왜 부마 의사와 파키제 술탄에게 주었을까?

"왜냐하면 사미 파샤는 우리를 숙부의 정보원이라고 생각했으니까요. 우리가 압뒬하미트에게 '전하의 총독인 사미 파샤는 사실 아주 유능합니다. 보십시오, 명령하신 대로 암살단을 훌륭하게 밝혀내 모두를 곧장 체포했습니다!'라고 말해 주기를 바라는 거지요. 어쩌면 숙부가 그를 용서할 거라 생각하고 말이지요."

"그는 파디샤의 충직한 신하지요. 성공적으로 마무리 지은 조사 결과를 파디샤에게 보여 주고 싶었던 겁니다." 누리가 말했다.

"당신 생각에는 총독 파샤가 살인범들의 신원을 확인해 이 일을 성공적으로 마친 것 같아요?"

"그럼요." 누리가 솔직하게 말했다. "서류에서 읽은 것과 총독이 작성한 보고서는 날 충분히 납득시켰어요."

"나도 그래요……."

그들은 잠시 아무 말도 하지 않았다.

"안타깝게도 셜록 홈스의 방식이 성공적이지 못했다는 의미가 되지요." 누리가 말했다.

"어쩌면 숙부 압뒬하미트는 유럽인들의 압력으로 시행했던 다른 많은 개혁처럼 이 셜록 홈스 문제에 대해서도 어차피 충분히 진지하지 않았던 것 같아요. 문제는 파디샤의 열정과 모방으로 유럽인이 되는 것이 아니라 그가 모방한 것을 국민도 기꺼이 열정적으로 받아들이는 게 중요하니까요. 그러니 이 문제에 대해 더 이상 마음 상해하지 말아요."

"아니요. 이렇게 말해도 괜찮을지 모르겠지만 숙부께서는 셜록 홈스 문제에 대해 진지했어요. 그분은 이것이 공동체와 개인에 관한 문제라는 사실을 아셨지요. 압뒬하미트는 큰 병원, 학교, 법원, 군사 기지, 기차역, 광장을 지을 때 개인을 공동체와 분리하고 싶어 했고, 개인들과 직접 접촉하고 싶어 했고, 그들이 법정에서 국가를 두려워하기를 원했어요. 그들의 이웃이 아니라."

"또 어쩌면 숙부는 단지 셜록 홈스를 좋아했던 것일지도 몰라요." 파키제 술탄은 짓궂게 미소 지으며 말했다.

사미 파샤가 주고 간 서류의 상당 부분을 수사 판사의 해석이 차지하고 있었다. 하지만 가장 긴 부분은 발바닥 고문을 당한 사람들의 진술이었다.('총독 파샤가 이것들을 일일이 다 읽었을 리가 없어!'라고 부부는 생각했지만 파샤가 여백에 연필로 해 둔 메모들이 있었다.) 수사 판사와 정보국장 사이의 지위 정도 되는 관리가 총독에게 매일 이 고문과 심문이 어떻게 진행되고 있는지에 관한 보고서를 썼다. 사실 이 보고서를 읽으면 누가 진짜 죄인이고 누가 정치적 이유로 낙인이 찍혔는지 알 수 있었다.

선의를 가진 요리사 보조 소년의 발바닥이 낫기를 기다리는 동안 정보국장의 부하들은 가족과 주변 인물들을 조사했다. 소년은 소각장 뒤쪽 언덕에 사미 파샤가 관용을 베풀어 지난 삼 년 동안 주인 없는 땅에 지은 날림집들 중 하나에 가족과 함께 살고 있었다. 주위에는 가난한 크레타 이주민들을 포함해 광적으로 독실한 젊은이들, 실업자들, 신실한 사람들이 있었다. 타쉬츨라르 마을의 반항적이고 호전적인 젊은이들과도 어울렸다. 아들이 수비대 주방에서 일하다 페스트에 걸려 성의 격리 시설로 보내졌다고 생각한 아버지는 아들을 항구에 있는 건달 친구들로부터 떼어 놓기 위해 무진장 애를 썼다면서 이곳 언덕으로 찾아왔던 친구들의 이름을 아무런 의심 없이 하나하나 열거했다.

혁명이 일어나기 전, 페스트가 만연하던 당시에 이 친구들 대부분은 즉시 체포되었다. 일부 죄 없는 사람들이 이유 없이 발바닥에 채찍질을 당했지만 다른 사람들은 라미즈 주변 사람들과 네빌레르 마을에서 아르카즈로 온 사람들하고 협력하여 방역 조치에 대한 저항을 계속하고 있었던 것으로 드러났다. 모든 증거를 수집하기까지 한 달이 넘게 걸렸다. 이 기간에 정보국장은 고문해서 얻어낸 자백과 가택 습격에서 확보한 편지, 전보, 손으로 쓴 글들을 가지고 네빌레르 마을과 하즈 배 반란 사건에 연루된 분노한 무리가 관련이 있으며 라미즈가 그들의 알려진 우두머리라는 사실을 증명했다. 총독 사미 파샤와 마즈하르 에펜디는 이 문제를 가장 사소한 부분부터 가장 큰 문제까지 마치 '조사는 어떻게 수행하는가'라는 수업에서 학생들에게 가르칠 완벽한 사례처럼 다루었다. 어쩌면 이 자료들을 압뒬하미트와 마베인에 자신들이 얼마나 능력 있는 관료인지를 증명하는 기회로 여겼을지도 모른다.

정보국장과 정보원들은 라미즈와 그 주위에 있는 분노에 찬 독실한 젊은이와 광신도들, 하즈 배 반란 사건에 대해 복수를 맹세한 신앙심 깊은 사람들의 이름을 일일이 확인한 후 이들을 감시하도록 했지만 모두를 체포하려고는 하지 않았다.(이 실수는 나중에 메지드가 목숨을 잃는 결과를 초래할 터였다.) 사미 파샤는 이 많은 테케 신도를 감옥에 가두면 방역 조치에 대한 분노를 불러일으키리라고 생각했을 것이다.

사미 파샤가 두고 간 자료들은 독자들도 이미 예측했듯이 본코프스키 파샤가 납치되어 살해된 배경에 우연의 요소가 존재했다는 것을 확연히 보여 준다. 오해하지 않았으면 한다. 당시 아르카즈에는 총독 파샤만 아니라 섬에 페스트를 가져온 기독교인을 죽이고자 했던 사람이 많았다. 사실 음모자들은 본코프스키 파샤와 조수 일리아스를 한꺼번에 머핀으로 독살하려고 했다. 압뒬하미트의 보건위생 수석 검사관을 납치할 계획은 없었다. 그런데 네빌레르 마을의 테르캅츨라르 테케에서 아르카즈로 왔고 삼 년 전 반란이 일어난 배에서 살아남은 하즈가 거리에서 갑자기 맞닥뜨린 유명한 수석 화학자를 그 모습과 태도로 알아보고는 순간적인 영감이 떠올라 집에 환자가 있다고 거짓말을 해 동료들이 있는 곳으로 데려갔다. 정보국장의 정보원과 관리들은 본코프스키 파샤가 죽기 전 몇 시간 동안 그를 고문하고 학대한 뒤 무자비하고 냉혹하게 목 졸라 죽이고는 그 시신을 흐리소폴리팃사 광장에 유기한 사람들의 이름을 모두 밝혀냈다.

"마즈하르 에펜디는 그들을 감옥에 가두지 않았어요. 왜냐하면 이들 중 일부는 라미즈와 함께 주 청사 회의 장소를 습격해 신임 총독을 자리에 앉히려는 음모에 가담했거든요. 정보국장은 함정을 파서 라미즈와 부하들을 이번에 현행범으로 붙잡아 즉시 형을 선고하기 위해 그 진행 상황과 결과를 사미 파샤를 대신해 감독하고 있었지요. 총독은 습격자들을 전염병 상황실 뒷문에서 조용히 체포할 생각이었고요. 기억하시겠지만……."

"정말 영리하십니다, 나의 술탄님." 부마 누리는 아내의 의견에 동의하며 말했다. "사실 숙부께서는 셜록 홈스식 탐정으로 내가 아니라 당신을 임명했어야 해요."

"이미 그러셨지요!" 파키제 술탄은 예상한 듯 자랑스럽게 말했다. "숙부가 나를 아지지예에 태워 당신과 함께 민게르로 보낸 이유를 드디어 알았어요. 숙부는 이 수수께끼를 아버지처럼 소설을 읽는 누군가와, 그러니까 당신이 나와 함께 합리적으로 풀 수 있을 거라고 생각했어요."

"사실 당신이야말로 누구보다도 숙부의 명석함을 높이 사는군요……."

"하지만 잊지 말아요, 당신이 풀려고 했던 살인의 배후에 숙부가 있다는 걸."

"지금 하는 말을 정말로 믿는 거요? 숙부께서 그처럼 악의를 가지고 있다고 생각한다면 우리가 이스탄불로 돌아갈 희망은 전혀 없다는 결론에도 이르렀을 텐데."

이따금 이스탄불이라는 말이 나오면 그들은 창문으로 걸어가 이스탄불에서 온 배가 있기라도 하듯 수평선을 바라보았다. 지중해는 여느 때보다 더 활기차 보였지만 도시는 무덤처럼 조용하고 고요했다.

69장

"만약 숙부께서 본코프스키 파샤를 정말로 죽이고 싶었다면 이스탄불에 있을 때 하는 편이 더 쉬웠을 거예요. 그 대신에 페스트를 차단하라고 이곳으로 보냈지만 멀고 외딴 섬에서는 언제든 사건들이 어렵고 복잡하게 변할 수 있지요!"

"실제로 그렇게 되었어요!" 파키제 술탄이 다시 말했다. "하지만 이게 숙부가 원하는 거예요. 숙부는 누군가를 암살하고자 할 경우에 당신이 계획했다는 사실을 알아채지 못하도록 당신이 전혀 통제할 수 없는 외딴곳에서 암살을 진행하게 하지요. 가장 유능하고 유럽 친화적인 대신인 미트하트 에펜디에게 압뒬아지즈를 폐위하고 살해한 정치적 음모와 쿠데타를 주도한 혐의로 이을드즈 법정에서 사형 선고가 내려진 후 숙부는 처형 명령에 서명하고 이스탄불에서 교수형에 처할 수도 있었어요. 하지만 교활하고 '마음이 약한' 압뒬하미트는 으레 그러듯이 인도적인 배려에서 마음이 움직인 척 사형 선고를 종신형으로 전환한 뒤 미트하트 에펜디를 타이프 감옥에 유배했지요. 그곳은 이 민게르 지하 감옥보다 더 끔찍하다고 해요. 얼마 지나지 않아 타이프에서 미트하트 파샤를 얼마나 비밀스럽게 암살했던지 압뒬하미트가 그를 죽였다는 것을 많은 사람이 깨닫지 못했지요. 내 숙부가 본코프스키 파샤에게 한 게 바로 이거예요."

"미트하트 파샤는 당신 아버님을 폐위하고 압뒬하미트를 등극시킨 그룹의 일원이었어요. 숙부께서 그의 암살을 지시했다는 구체적인 증거가 있습니까?"

"숙부는 셜록 홈스를 만족시킬 만한 증거를 절대 남기지 않아요. 그래서 셜록 홈스를 읽지요. 사실 숙부는 그 모든 추리 소설을 마치 세상의 다른 사람들처럼 어떻게 흔적을 남기지 않고 살인을 저지르는지, 이러한 것에 대한 유럽적인 방식이 무엇인지 배우기 위해서 읽지요. 그러니까 숙부가 저지른 많은 살인에 대해 어떠한 증거도 가지고 있지 않지만 확신하는 것은 많아요."

"아마도 숙부께서는 미트하트 파샤가 대중에게 사랑받고 있으므로 그의 강한 기질이 당신의 정치권력에 위협이 될 수 있다고 여겼을지 모르죠."

"미트하트 파샤는 당신이 생각하는 것처럼 대중으로부터 그렇게 사랑받지 않았어요. 그 점을 정정하고 싶군요."

"하지만 숙부께서 매우 좋아하고 오랜 세월 당신을 위해 충실하게 일한 본코프스키 파샤는 미트하트 파샤와 달리 파디샤에게 위협이 되지 않았어요."

"본코프스키 파샤는, 지하에서 고이 잠드시길, 독극물 전문가였어요. 그것만으로도 충분히 위협적이죠. 지금으로부터 이십 년 전 이을드즈 궁전 정원에서 키우던 독성 있는 식물들과 흔적을 남기지 않는 독에 대해 그가 보고서를 썼다고 당신이 내게 말해 주었지요. 어쩌면 어떤 정보원이 압뒬하미트에게 '본코프스키 파샤가 폐하를 독살할 계획입니다.'라는 허위 보고서를 올렸을지도 몰라요. 가끔 숙부는 수년간 엄청난 노력과 비용을 들여 계획한 정부 사업을 다 완성해 성대한 의식과 함께 개막하려다가 전혀 관련 없는 어떤 보고서 때문에 모든 것을 의심하며 중단하고는 그에 대해 잊어버려요."

"그러니까 숙부께서 본코프스키 파샤를 민게르에 보내 죽였다는 증거는 없지만 그런 확신은 있다는 거군요."

"우리는 이곳에서 며칠 동안 논쟁을 하고 있어요!" 파키제 술탄이 인내심을 가지고 대답했다. "우리가 도달할 수 있었던 유일하게 합리적인 설명은 이거예요. 우리가 알지 못하는 어떤 이유로 숙부는 본코프스키 파샤에게서 벗어나려 했고, 심지어 그를 제거하기로 결정했어요. 마베인의 사무관들은 이 일을 약사 니키포로를 통해 하는 것이 가장 좋다고 생각했겠지요. 니키포로와 본코프스키의 오랜 우정, 약사 협회를 통해 벌인 투쟁과 황실이 하사한 특전은 최소한 본코프스키 파샤를 보게 된 니키포로에게 당혹감과 죄책감을 느끼게 하리라는 사실을 마베인에 있는 누군가, 어쩌면 타흐신 파샤가 알았겠지요. 숙부에게 모든 사람의 약점과 공포를 알려 주는 게 마베인 사무관들이 하는 일이랍니다. 우리는 사미 파샤가 두고 간 자료에서 니키포로가 이스탄불에서 받은 암호 전문, 본코프스키 파샤가 이스탄불과 이즈미르에서 받은 전문을 함께 읽었어요. 혁명 이후에 니키포로는 민게르어 풀, 식물, 약 이름들과 민게르어 사전 등을 구실 삼아 지휘관에게 접근하여 그를 압뒬하미트의 영향권 안으로 끌어들이려 했지요."

"그게 마즈하르 에펜디의 생각이지만 설득력이 없어요."

"이 자료에 있는 모든 것이 어차피 마즈하르 에펜디의 생각이에요."

사실 부부는 마즈하르 에펜디가 자료를 수집하고, 모든 사건을 참조하고 관련 지어 분류하고, 이 모든 것을 진주 같은 손 글씨로 종이 위에 레이스처럼 수놓은 데 감명을 받았다. 마즈하르 에펜디는 살인 사건과 관련은 없지만 새로운 민게르 국가가 관심을 기울여야 할 문제들도 진지하게 보고서를 작성했다. 파샤는 이것들을 왜 자료에 포함했을까?

마즈하르 에펜디가 상세하게 조사하고 세심하게 설명한 주제 하나는 파키제 술탄과 부마 의사가 이전에 알지 못하던 문제였다. 훗날 민게르 국가의 지휘관이 될 콜아아스 캬밀은 전신국 급습 사건에서 왜 함디 바바에게 우체국 벽에 있는 테타 상표 시계를 쏘라고 명령했을까? 시계 상표가 테타라는 것이 어떤 의미가 있었을까? 테타(θ) 알파벳이 그리스 문자라는 이유에서였을까, 아니면 테타로 시작하는 중요한 단어가 그의 마음속에 있었던 걸까? 또 다른 문서에는 파키제 술탄의 편지들을 보내러 우체국에 갔을 때 콜아아스가 어떻게 행동했는지, 벽에 걸린 표지판을 읽었고, 테타 상표 시계에 특히 관심이 있어 보였다는 점도 언급되어 있었다.

부부가 자료에 있는 문서들이 제기하는 문제들에 대해 이야기를 나누고 있을 때 도시에서는 매일 마흔여 명이 사망하고 있었다. 이 시기가 섬과 민게르 민족의 역사에서 가장 끔찍하고 고통스러운 날들이라는 점은 전혀 의심할 여지가 없다. 국가 권위에 대한 신뢰가 남아 있지 않았고, 시민들은 그들이 따를 수 있는 어떤 구원자를 따라 고통을 잊고 싶은 본능마저 사라지고 없었다. 파키제 술탄과 부마 의사는 사미 파샤가 붙잡혀 교수형에 처해졌다는 사실을 알았을 때 모든 것이 얼마나 혼란에 빠져 있는지 알게 되었다. 교수대에 매달린 사미 파샤의 모습이 파키제 술탄과 남편의 눈앞에서 오래도록 사라지지 않았다. 한동안 그들은 전혀 웃지 못했고, 절망에 빠져 서로 거의 말도 하지 않고 아무것도 먹지 않았다. 사실 누리는 도시에서 무슨 일이 일어나고 있는지, 방역이 해제되었을 때 어떤 일이 벌어졌는지 무척 보고 싶었다. 이틀 후 불길하고 사악한 까마귀가 그들의 창문을 두드렸을 때 그들은 이번에 고깔 모양의 펠트 모자를 쓴 니메툴라흐 에펜디가 약사 니키포로를 교수형에 처했다는 것을 깨닫고 공포에 사로잡혔다.

"어떤 대가를 치르더라도 이제 이스탄불로 돌아가고 싶어요!" 파키제 술탄이 말했다. 그리고 한동안 그의 품에 안겨 울었다. "알아챘는지 모르겠지만 나는 우리가 다음 차례라고 생각해요."

"정반대일 거예요. 이 모든 야만적인 행동을 저지른 뒤에는 세계 다른 나라들의 반응이 두려울 거예요……." 의사 누리는 진심을 다해 말했다. "당신이 두려워하고 걱정할 필요는 없소. 정반대의 결과가 나타날 테니까. 전보다 훨씬 더 우리를 잘 대해 줄 거예요! 그들은 다시 방역 조치를 재개하는 길 이외에 다른 해결책이 없으니까." 부마 의사는 아내를 위로하고 싶은 마음에 거짓말을 하듯 무책임하게 말했다. 그러고는 덧붙여 말했다. "걱정하지 말아요. 무슨 죄로 유죄 선고를 내리고 니키포로를 교수형에 처했는지 내가 관리들을 통해 알아보지."

고인이 된 총독 사미 파샤가 두고 간 자료에서 그들은 전혀 생각하지 못했거나 생각했지만 잊어버린 질문들에 대한 답을 섬의 비밀경찰들이 하고 있었다. 예를 들어 이들이 정보국장에게 전달한 보고서에 의하면 페스트 전염병 시기에 가족을 잃고 집에서 도망쳐 산에서 과일을 따고 풀을 먹고 시내에서 물고기를 잡으며 살아남은 룸과 튀르크 아이들 패거리는 전설이 아니라 실제였다. 하지만 그들이 어디서 어떤 동굴에 숨었는지 혹은 어느 버려진 농장에서 살았는지는 알 수 없었다.

본코프스키 파샤가 제이넵의 아버지인 간수 바이람 에펜디의 시신에서 가져간 부적 목걸이는 유카르 투룬츨라르 마을에서 라미즈의 부하들이 머물던 미혼자의 집을 급습했을 당시 발견되었다. 이는 보건위생 수석 검사관의 살인범들을 교수형에 처할 확실한 증거였다.(우리는 셰이크 함둘라흐 에펜디 시기에 이 패거리의 일원들이 석방되거나 탈출하는 것을 눈감아 주었다는 것도 안다.)

자료에서는 약사 니키포로가 압뒬하미트의 정보원 역할을 했다는 결론을 내리고 있었다. 압뒬하미트가 정보국장에게 그랬던 것처럼 암호책을 주었으며 니키포로는 파디샤의 사무관들로부터 직접 명령을 받았다는 혐의로 기소되었다. 이는 압뒬하미트 통치하에서는 어쩌면 영광스러운 일일 것이다. 하지만 독립과 자유 선언 이후 수치스러운 일은 아니더라도 어쩌면 누군가에게는 불리하게 이용될 수 있었다. 한편 부부는 니키포로가 요리사 보조에게 독을 공급하지는 않았지만 정체를 숨기고 다른 식료품점이나 약초상에서 쥐약을 조달하는 방법을 '가르쳐 주었다.'라는 결론을 내렸다. 파키제 술탄은 그에게 이러한 생각을 심어 준 사람이 압뒬하미트라고 확신했다.(니키포로가 교수대에 매달리기 전에 고문당해 자백했던 내용을 그들도 우리도 알지 못한다.)

약사 니키포로는 또한 민게르 국기를 모욕했다는 전혀 뜻밖의 혐의로 기소되었고, 이 죄는 다른 죄들을 가중시키는 역할을 했다. 니키포로는 지휘관 캬밀이 발코니에서 전 세계에 혁명을 알릴 때 흔들었던 깃발을 만드는 데 역할을 했다는 사실이 기뻤다. 혁명 이후 니키포로는 약국 진열장에 깃발과 비슷한 광고 현수막을 자랑스럽게 전시했다. 물론 정보원들의 주장과 달리 그는 자신이 만든 국기를 조롱한 적이 없었다. 그는 섬의 독립을 진심으로 지지하고 오히려 국기를 자랑스럽게 여겼다. 매일 마흔 명에서 쉰 명이 페스트로 사망했기 때문에 이 사형 선고가 부당하고 근거가 없으며 잔인하다고 언급한 사람은 섬의 일부 룸들뿐이었다. 이들은 방역 선포 전에 섬에서 도망치지 못한 것을 한 번 더 후회했다. 그들은 두려움으로 몸을 웅크리고 문을 더욱더 굳게 잠갔다.

정보국장이 마침내 살인의 양상과 논리를 옳게 파악했을 때 지휘관이 사망했고, 더 이상 조치를 하기 전에 셰이크 함둘라흐의 시대가 시작되어 그 역시 감금되었다. 마즈하르 에펜디에 의하면 방역과 총독 사미 파샤에 반대하는 방해꾼들, 그러니까 라미즈와 부하들은 섬의 총독, 수비대 사령관, 방역의, 그리고 다른 사람들이 모두 수비대에 오면 머핀을 먹여 한꺼번에 독살할 계획이었다.(그들은 독을 커피에 넣을까도 잠시 고려했었다.) 압뒬하미트가 이 대담한 계획을 승인했거나 알았다는 증거를 제시하기는 불가능했으며 신빙성이 없었다. 하지만 섬의 어디에, 어느 상점에 쥐약이 있는지 누구보다 잘 아는 약사 니키포로에게 파디샤가 가끔 전보를 보낸 것은 사실이었다.

어떤 의미에서는 본코프스키 파샤가 충동적으로 우체국 뒷문을 나가 자신도 모르게 모든 사람의 계획을 헛되이 만들며 그를 뒤따르던 경찰과 사복 경비병들을 따돌리고 얼마 후 총독한테 복수하기 위해 아르카즈로 온 적대적인 방해꾼들의 손에 넘어간 일이 사건의 흐름을 바꾸고 국가의 정치적 방향을 독립의 길로 향하게 했다. 만약 압뒬하미트가 흔적을 남기지 않고 수석 화학자로부터 벗어나기를 바랐다면 사실 이는 달성된 셈이다. 이후 총독의 수비대 방문에서 머핀 독살 음모를 꾸미기 위해 애쓸 필요가 없었다! 하지만 본코프스키 파샤가 이미 죽었는데도 수비대에서 독이 든 머핀 사건이, 이 대담하고 심지어 뻔뻔한 독살 사건이 실행되었으며 의사 일리아스 역시 살해되었다.

민게르 혁명이 시작되기 일주일 전 정보국장과 검사들은 머핀에 독을 넣은 아기 얼굴을 한 요리사 보조의 발바닥에서 딱지가 떨어시고 상저가 완전히 나은 것을 보고 심문을 재개하기로 결정했다. 요리사 보조는 얼마 지나지 않아 같은 고통을 한 번 더 견딜 수 없다는 것을 깨닫고 아는 바를 말하기로 마음먹었다. 머핀에 넣은 커다란 봉지에 든 쥐약을 누구한테도 받지 않았으며, 자기 돈으로 다양한 시기에 아르카즈의 상점들에서 사 모았다고 했다. 그는 돈이 얼마나 있었고, 독을 어느 상점들에서 샀을까? 요리사 보조는 전통 약초상만이 아니라 새로운 약국까지 뒤져 모든 곳에서 쥐약을 샀다! 지금 그 상점들에 데리고 가면 독을 구입한 상점 주인이나 점원들이 그를 기억할까? 기억할 수도 있고 못 할 수도 있다. 모든 약초상에서 소량의 독을 샀기 때문에 점원들은 이 판매 혹은 손님을 신경 쓰지 않고 곧장 잊어버렸을지 모른다. 그를 알아보지 못하도록 상점 한 곳이 아니라 많은 상점에서 적은 양의 독약을 산 것은 아주 현명한 생각이었다. 그에게 누가 이런 것을 귀띔해 주었을까?

"당신은 이 어린 소년이 셜록 홈스의 모험담이나 프랑스 소설을 읽었을 거라고 생각해요?"

"어쩌면 섬에서 그런 소설들을 읽고 조언해 준 누군가가 있었을 거예요. 예를 들면 약사 니키포로가 이런 소설들을 읽었을 가능성이 있습니다!"

"이런 소설들은 이스탄불에서 그리고 오스만 제국 전체에서 숙부가 제일 먼저 읽지요!" 파키제 술탄은 대화를 끝내겠다는 단호함과 오스만인의 이상한 자부심으로 말했다.

이렇게 해서 조사단 관리들은 요리사 보조를 다시 데려다 어떻게 독을 손에 넣게 되었는지를 알아내기로 결정했다. 하지만 독립이 선언되자 조사단과 사무관들은 먼저 주 청사 습격과 라미즈 재판, 그다음에는 지휘관을 살해하려다 메지드를 죽인 살인범 조사

같은 다른 문제들로 시간을 빼앗겼다. 지휘관 암살 시도와 메지드의 총격 사건은 사미 파샤에게 라미즈를 교수형에 처할 용기를 주었을 뿐 아니라 조사관과 고문자들을 더 가혹하게 만들었다. 하지만 지휘관에게 총을 쏜 소년은 불구가 되도록 말을 하지 않았기 때문에 그가 네빌레르 마을에서 온 하즈 배 사건의 희생자들 중 한 명의 아들이며, 방역과 기독교도를 향해 끝없는 분노를 키워 왔다는 사실을 늦게서야 알게 되었다.

파키제 술탄과 부마 의사가 사미 파샤의 자료를 읽느라 지쳐 있을 때 '페스트 무정부주의'라고 했던 무법 상태는 극에 달했고, 사망자 수가 너무나 빠르게 증가해 시신을 회수하는 마차를 네 배로 늘렸는데도 밤에 작업을 다 마치지 못해 새벽 기도 시간 이후까지 일이 계속되었다. 할리피예, 리파이, 카디리 테케를 포함해 모든 테케의 정원은 매일, 특히 이른 저녁이면 성 교도소의 뜰처럼 줄지어 늘어놓은 시체들로 가득 찼다.

70장

밤거리를 달그락거리며 지나가는 시체를 실은 마차의 바퀴 소리와 마부의 욕설 섞인 소리가(때로는 민게르어로 말했다.) 들리면 파키제 술탄과 의사 누리는 아르카즈에 사는 많은 사람처럼 이 끔찍한 수렁에서 벗어날 길이 없다고 생각하며 두려움에 휩싸여 침대에서 서로를 꼭 껴안았다.(이틀 전 각료 본부 건물에서도 시체 한 구를 수거해 갔다.) 사미 파샤와 약사 니키포로가 연이어 교수형을 당한 후 정치적인 이유로 죽을 가능성이(비록 아내에게는 정반대로 말했지만 특히 누리에게는) 페스트에 걸려 죽을 가능성보다 더 커 보였다.

1901년 8월 16일 비바람이 부는 금요일에 정확히 쉰한 명이 사망했다. 방문을 두드리는 소리가 났을 때 파키제 술탄은 편지를 쓰는 중이었고 새 정권이 그들에게 보낸 하인이거나 하녀라고 생각했다. 남편이 문을 열러 갔을 때도 그녀는 책상 앞에서 일어나지 않았다. 하지만 문 앞에서 속삭이며 말하는 소리를 듣고 일어나 가까이 다가갔다.

"그들이 나를 증인으로 채택했다는군!" 의사 누리는 겸연쩍은 표정으로 말했다. "아래층으로 내려가 검사에게 진술을 해야 한답니다."

누리는 일부 방역 부대 병사들이 아프지 않은 사람들을 고의로 격리 시설에 넣었고 돈을 빼돌렸다는 혐의를 받고 있다고 말했다. 강간, 처녀 납치, 재산 압류, 살인 등 더 큰 범죄도 저질렀지만 부마 의사는 특정 사건 하나와 관련해 증인에 채택되었다고 했다. 피소된 군인이 어떤 집을 비우라는 명령을 내린 사람이 부마 의사라고 말했던 것이다. 안타깝게도 그는 방역의가 아니라 민게르를 사랑하는 사람으로서 자신을 변호해야 했다.

"가서 진술해요, 하지만 절대 이 무법자들에게 반감을 살 말은 하지 말아요. 그들이 당신을 해치기는 너무 쉽다는 게 확실하니까요. 제발 부탁인데 관심이 없고 알고 싶어 하지 않는 사람들에게 학문, 의학, 방역에 대해 연설하는 일로 나를 이곳에서 헛되이 기다리게 하지 말아 줘요. 알겠지만 당신이 늦으면 나는 세상에서 가장 불행한 여자가 될 거예요."

"당신을 불행하게 하다니…… 내가 상상조차 하지 않는 일이지요!" 의사 누리는 말했다. 아내의 명석함, 일어난 일들을 논의할 때 내놓는 영리한 발언, 언니에게 쓰는 편지에 담긴 열정에 대해 그는 날이 갈수록 더욱 감탄하고 있었다. "절대 늦지 않을 거요!"

하지만 그날 의사 누리는 돌아오지 않았다. 날이 어두워질 무렵 파키제 술탄은 편지 쓰는 책상 앞에 앉았지만 한 줄도 쓰지 못했다. 걱정, 두려움, 고통이 뒤섞인 마법의 화살이 심장과 폐 사이에 박혀 숨이 쉬어지지 않았다. 각료 본부 건물에서 메아리치는 발소리, 고함, 작은 삐걱거림마저 들을 만큼 주의를 집중했지만 익히 아는 남편의 발소리는 도무지 들려오지 않았다. 해 질 무렵 앞에 놓인 종이 위로 눈물이 방울방울 떨어지기 시작했다.

파키제 술탄은 만약 책상 앞에서 일어나면 남편이 절대 돌아오지 않을 것 같아 한밤중까지 아무것도 하지 않고 그 앞에 앉아 있었다.

머리를 책상에 대고 깜박 잠이 들었지만 의사 누리가 눈앞에 안전하게 돌아올 때까지는 마음을 놓지 못하리라는 것을 알았다. 그녀는 최근 사형이 집행되었던 아침 기도 시간 전에 객실 문을 열고 밖으로 나가 보았다. 문밖에는 평소처럼 다마스쿠스 출신의 튀르크어를 모르는 군인이 있었다. 그는 의자에 기대어 잠들었다가 갑자기 일어나 당황한 표정으로 파키제 술탄에게 소총을 겨누었다. 파키제 술탄은 다시 안으로 들어와 문을 닫고는 주위가 완전히 밝아질 때까지 책상 앞에 얼어붙은 듯 앉아 있었다.

주 청사 광장에는 교수대가 설치되어 있지 않다고, 만약 설치되었다면 불길한 까마귀가 창문 앞에 와 앉을 거라고 믿으며 그녀는 마침내 침대로 가서 누웠다.

그다음 날은 졸고, 괴로워하고, 울고, 악몽을 꾸며 보냈다. 파키제 술탄은 책상에서, 혹은 침대에서 깜박 졸 때마다 꿈속에서 누리를 보았다. 꿈같은 환상 속에서 남편은 아지지예의 뱃머리에 앉아 중국으로 가는 중이었고, 그녀는 이스탄불의 아버지 곁에서 남편이 돌아오기를 기다렸다.

하지만 잠 못 이루는 밤, 악몽, 눈물로 보내는 날들이 계속되어도 남편은 돌아오지 않았다. 그사이 파키제 술탄은 여러 번 문밖을 나가 사미 파샤의 옛 집무실로 가고 싶었다. 그녀는 각료 본부에 있는 모든 사람이 듣도록 경비병들에게 고함을 지르며 말했다. 다행히 불길한 까마귀는 어디에서도 보이지 않았다.

남편이 방을 나간 지 닷새가 지나고 문 앞에 온 사무관이 한 시간 뒤에 각료 본부 사무실로 오라고 했을 때 파키제는 이것이 남편이 안전하다는 의미라고 여기며 마음을 가라앉혔다. 종교를 이용해 권력을 장악한 사람들을 만나러 가기 위해 가장 보수적인 옷을 입고 턱부터 목까지 가리는 숄을 두르고서 머리에는 베일을 썼다.

매일 소량의 빵, 호두, 말린 생선, 말린 무화과를 가져다주던 심부름꾼 하인과 하녀가 일종의 '호위' 역할을 했다. 손님 숙소와 같은 층에 있는 각료 본부 집무실은 사미 파샤의 옛 집무실이었다. 파키제 술탄이 고인이 된 사미 파샤를 애도할 틈도 없이 총독 의자에 앉아 있던 국무총리 니메툴라흐가 자리에서 일어나 가장자리에 있는 큰 안락의자를 권했지만 파키제 술탄은 앉지 않았다. 그녀는 그들과 거리를 둔 채 분노하며 노려보았다. 집무실 가장자리에 젊은 사무관 두 명이 서 있었다.

국무총리는 파키제 술탄이 현재 민게르 국가의 가장 영광스러운 귀빈이며, 역사상 유일하게 이스탄불을 떠난 파디샤의 딸이 처음 방문한 곳이 민게르라는 데에 섬 전체가 매우 자부심을 느낀다고 말했다. 민게르 사람들은 압뒬하미트의 압제적인 횡포로 부당하게 폐위당한 아버지 무라트 5세와 그녀를 '특히' 좋아했다. 하지만 안타깝게도 섬에서는 남편에 대해 그다지 긍정적인 견해가 없었다. 잔인한 파디샤가 언니들에게 그랬듯이 그녀를 아버지에게서 떼어 놓고 전적으로 그에게 충성하며 첩자 짓을 해 줄 관리와 결혼시켰기 때문이다. 사실 부마 의사는 방역을 핑계 삼아 섬에 파란을 일으키고 군인과 섬사람들을 서로 적대적으로 만들었다. 지금 법정에서 곧 그에게 선고가 내려질 것이다.

파키제 술탄은 몸을 떨었다.

국무총리는 해결책이 있을지 모른다고 암시했다. 민게르 국가는 이 외롭고 힘든 시기에 압뒬하미트와의 새로운 대결까지 바라지는 않았다. 모든 문제를 원만하게 해결하고 섬에 대한 국제 사회의 관심을 유발하고, 어쩌면 서양으로부터 보호할 해결책을 정부만 아니라 섬을 사랑하는 모든 사람이 생각하고 있었다. 파키제 술탄이 이 제안을 받아들인다면 힘든 시기에 민게르 민족이 필요로 하는 큰 도움을 주게 될 것이다.

"저에게 기대하는 바가 제가 할 수 있는 일이라면 이 섬을 돕기 위해 무엇이든 주저하지 않을 것입니다."

"손님 숙소에서 은둔하는 삶은 변하지 않을 겁니다. 종일 편지를 써도 좋습니다. 더불어 술탄께서 적절하다고 생각하시면 사진을 찍은 후에 부군이신 부마께서 곧 방으로 돌아갈 겁니다."

니메툴라흐 에펜디는 그들이 계획한 해결책을 설명했다. 술탄이 적절하다고 생각할 경우 셰이크 함둘라흐 에펜디와 단지 서류상으로 혼인을 올리고 함께 사진을 찍을 계획이었다. 그 목적은 오스만 제국의 전 파디샤이자 이슬람 칼리프의 딸을 새 민게르 국가의 신부로 만드는 거였다. 국가 원수 격인 셰이크와 혼인하는 것은 이슬람 세계, 칼리프의 지위, 매년 헤자즈로 모이는 세계의 모든 무슬림을 고려했을 때 새로운 민게르 국가를 알리는 데 분명히 도움이 되었다. 물론 셰이크 함둘라흐는 이 혼인이 진정한 결합이 되리라고 기대하지 않았다. 오히려 셰이크는 누리가 아내 곁으로 한시라도 빨리 돌아가기를 원했다.

"그렇다면 의사 누리는 어떻게 생각하고 있지요?"

서류상이라도 셰이크와 혼인하기 위해서는 술탄이 누리와 이혼을 해야만 했다. 방법은 두 가지였다. 부마 의사가 "이혼하겠습니다!"라고 말하거나 남편이 사 년 이상 수감될 경우 파키제 술탄이 민게르 법원에 이혼 소송을 제기할 수 있다.

"의사 누리가 수감된 것을 지금 당신한테 들었어요."

"수감되겠지만 셰이크께서 곧장 사면할 테고, 민게르 국가 일급 훈장으로 보상을 받을 겁니다."

"이 문제에서 가장 적절한 행동이 무엇인지를 밝히는 의사 누리의 편지가 제 손에 들어오기 전까지는 결정을 내리기가 매우 어렵습니다."

같은 날 도착한 편지에서 누리는 자신이 성의 지하 감옥에 편히 있으며(그는 깨끗한 속옷, 양모 양말, 셔츠 두 벌을 보내 달라고 했다.) 이 중요한 결정은 남편의 의견에 동요되지 않고 파키제 술탄이 내리는 것이 더 좋겠다고 썼다. 파키제 술탄은 목숨이 위태로운데도 강요하지 않는 남편의 대답이 마음에 들었다.

하지만 남편이 감옥에서 편하거나 안전하다는 말은 사실이 아니었다. 파키제 술탄은 페스트가 성 구석구석에 퍼져 지체할 시간이 없다는 것을 알았기 때문에 혼인의 세부 사항과 사진에 대해 협상조차 못 했다.

"혼인식에서 누가 제 후견인이 되나요?" 그녀가 할 수 있는 말은 이것뿐이었다. "저는 제가 '예.'라고 말하고 싶어요!"

파키제 술탄은 신부복도 직접 고르고 싶어 했다. 셰이크 함둘라흐는 다섯 달 전 압뒬하미트도 참석했던 이스탄불 이을드즈 궁전에서 열린 결혼식과 똑같은 하얀 신부복을 입고 똑같은 장신구를 착용하기를 원했지만 파키제 술탄은 콜아아스와 제이넵의 결혼식에서 보았던 민게르 고유의 붉은색 전통 신부복을 입겠다고 고집했으며, 결국 이 요청은 받아들여졌다.

8월 22일 목요일 민게르 국가 원수 셰이크 함둘라흐를 태운 철갑 랜도가 정오 기도 시간 삼십 분 후 옛 주 청사인 새 민게르 광장으로 들어왔다. 국무총리 니메툴라흐는 국가 원수가 할리피예 테케에서 각료 본부 건물까지 오는 길에 경비병들을 세우고 건물 안에도 많은 호위병을 배치했다. 벽 아래, 구석, 계단 아래에 쥐덫들이 놓여 있었다.

셰이크가 도착했다는 소식을 듣고 파키제 술탄은 붉은색 신부복을 입고 머리를 완전히 가린 채 기다리고 있던 방을 나섰다. 파키제 술탄이 소박한 옷을 입는 것을 도운 하녀도 깨끗한 옷차림으로 뒤를 따랐다.

민게르 야사가들 중 가장 재미있고 호의적인 레시트 에크렘 아드귀치에 따르면 파키제 술탄이 방에서 아래층으로 내려가 혼인을 하고 사진을 찍고 다시 객실로 돌아오기까지 겨우 구 분이 걸렸다. 파키제 술탄은 언니에게 쓴 편지에서 이 구 분에 대한 이야기를 한 페이지에 썼고, 행사 자체나 자신의 역할을 진지하게 여기지 않았다. 그녀는 증인들, 셰이크, 그리고 혼인을 진행한 쾨르 메흐메트 파샤 사원의 이맘에게 공손하게 고개만 끄덕였으며, 의식이 진행되는 동안 수줍은 처녀처럼 눈을 내리깔고 꼭 필요할 때만 말했다.

혼인식을 이상하고 불쾌하고 용납할 수 없게 만든 것은 일흔두 살의 셰이크 함둘라흐가 신부보다 쉰 살이 많다는 점이었다. 게다가 신부는 그가 이슬람 종교를 정치적 목적을 위해(때로 숙부가 그랬듯이) 사악한 의도로 이용하는 기회주의자라고 생각했다. 파키제 술탄은 자기 권력을 공고히 하고 공포를 퍼뜨리기 위해 총독 사미 파샤, 약사 니키포로, 그리고 다른 사람들을 사형에 처한 셰이크를 혐오했다.

하지만 상상했던 것보다 셰이크가 더 늙고 지치고 '뚱한' 사람이라는 사실을 알고 놀랐다. 셰이크는 미소를 지어 보이며 눈을 마주치려고 애썼지만 파키제 술탄은 그의 눈길을 피했다. 의식에 배치된 사진사 완야스와 새 정부의 공식 신문사로 바뀐《하와디시 아르카타》의 사진 기자가 가리키는 지점에서 막 결혼해 피곤하지만 행복한 부부처럼 서로 조금 떨어져 자세를 취했다.

그들 앞에는 손을 올려놓은 우아하고 작은 테이블이 있었다. 셰이크나 파키제 술탄이나 서로에게 가까이 붙지 않았지만 사진사들이 쾌활하게 요청하자 셰이크 함둘라흐가 술탄에게 조금 더 가까이 다가갔다. 사진사들이 더 끈질기게 요구하자 셰이크는 파키제 술탄의 손 위에 잠시 손을 얹었다가 재빨리 거두었다. 나중에 파키제 술탄은 하티제 언니에게 보내는 편지에서 이 행동이 매우 혐오스러웠다고 썼다.

71장

이 사진들은 목적에 맞게 관보를 포함해 네 개 신문의 1면에 특별 게재되었다. 파키제 술탄은 너무나 부끄러워 이 사진들을 볼 수 없었다. 혼인식이 끝나고 하루가 지나도록 남편이 여전히 풀려나지 않았기 때문에 속았다고 생각하며 절망과 분노로 방에서 소리 없이 울었다. 어쩌면 가련한 남편은 아무것도 모를 수도 있었다. 다른 사람에게 눈물을 보이고 싶지 않고 편지도 쓰고 싶지 않았다. 특히 아버지가 혹시 이 신문들을 보지나 않을까 생각하며 슬퍼했다.

그러나 다음 날 아침은 맑고 화창했을 뿐 아니라 정말로 셰이크의 사면을 받은 부마 의사 누리가 쾌활하게 방으로 돌아왔다. 마치 아무 일도 없었던 것처럼 농담을 했다. 그들은 서로를 오랫동안 꼭 안고 있었다. 파키제 술탄은 행복해서 눈물을 흘렸다. 남편의 얼굴은 창백하고 야위었지만 감방에서 한 발자국도 나가지 않고 다른 사람들을 멀리한 덕에 성 전체에 퍼진 페스트를 피했다.

그들은 창의 덧문을 닫고 속옷과 잠옷을 입은 채 침대로 들어가 서로를 안았다. 의사 누리는 흥분, 두려움, 행복이 뒤섞인 감정과 피로로 한동안 몸을 떨었다. 그날 파키제 술탄과 부마 의사는 침대에서 나오지 않고 처음으로 섬을 탈출할 계획을 세우기 시작했다. 방역이 해제된 이 시점에 부마 의사는 더 이상 필요한 존재가 아니었다. 더 중요하게는 어쩌면 이제 아무도 그들을 생각하거나 신경 쓰지 않을지도 모른다. 국가는 혼란에 빠지고 각료 본부에는 니메툴라흐 에펜디와 셰이크 함둘라흐에게 충성하는 서너 명의 신자들뿐이었다. 대여섯 명쯤 되는 사람들이 전혀 알지도 못하는 국가라는 배를 띄우기 위해 안간힘을 쓰고 있었다.

다음 날 시중드는 하녀가 오지 않았다. 문밖의 작은 테이블에 놓아두는 말린 생선 두 마리와 작은 빵 덩어리로는 더 이상 허기를 달랠 수 없었고, 그들은 힘이 떨어지는 것을 느꼈다. 오후에 문 앞에 온 사무관이 국무총리 니메툴라흐가 의사 누리를 기다린다고 말했을 때 그들은 희망의 문이 열릴지 모른다고 생각하며 기뻐했다. 다시 편지를 쓰기 시작했기 때문에 파키제 술탄은 조금 더 낙관적이었으며, 남편이 감옥에서 겪은 일들을 잊기 전에 언니에게 말해 주고 싶었다.

삼십 분이 채 안 되어 돌아온 누리는 셰이크 함둘라흐가 페스트에 걸려서 가 봐야 한다고 말했다.

"가래톳이 생겼나요?" 하고 물었지만 파키제 술탄은 남편의 표정에서 그 답을 알았다. "가지 말아요, 이제 그는 살지 못해요. 당신도 감염될 거예요!"

"이들의 아둔함 때문에 그렇게 많은 사람이 헛되이 고통받고 죽는 것을 참을 수가 없어요."

"제발 부탁이에요, 밖에 나가지 말아요. 그 멍청하고 잔인한 셰이크도 자신이 악화시킨 페스트의 손아귀에서 고통받으며 죽으면 좋겠어요!"

"그렇게 말하지 말아요. 왜냐하면 실제로 그렇게 될 테니까. 나중에 마음이 아플 거요. 나는 선서를 한 의사로서 도움을 요청하면 가야만 해요."

"총독 파샤를 교수형에 처한 게 그 사람이에요. 약사 니키포로를 교수형에 처한 사람도 그라고요."

"사미 파샤도 그의 동생을 교수형에 처했지!" 누리는 방을 나서기 전에 말했다.

할리피예 테케까지 걸어가기로 했기 때문에 경비병 두 명을 데리고 갔다. 하지만 아직 이름이 바뀌지 않은 하미디예 대로를 걸으면서 걱정할 필요가 없었다는 것을 알게 되었다. 최악의 날에도 여덟 명에서 열 명은 마주쳤던 아르카즈의 주요 도로에는 어떤 금지령도 내리지 않았는데 아무도 없었다. 우체국 앞을 지키던 헌병들도 보이지 않았다. 룸 중학교로 내려가는 계단에 시신들이 널브러져 있는 것을 보았다. 이곳이 이처럼 텅 빈 것은 교수형 때문일지도 모른다. 하미디예 다리를 지날 때 잠깐 멈춰 서서 난간에 팔꿈치를 기대고 도시를 바라보았다. 스플렌디드를 포함해 마제스틱과 레반트 등 섬의 모든 호텔이 문을 닫았다. 거리에는 마차 한 대도 없고 만에는 움직이는 배가 한 척도 없어 바다가 유리 같았다. 부마 의사는 이발사 파나요트와 그의 가족이 사흘 사이에 모두 죽었다는 소식을 감옥의 새 교도소장으로부터 들었다. 이발소가 닫힌 것을 보고 이 사실이 떠올랐다. 에셰크 아느르탄 비탈길 초입에서 올려다보았을 때 언덕을 향해 천천히 올라가는 열 명쯤 되는 장례식 행렬이 눈에 들어왔다.

"부마 파샤!" 다리 가장자리에 앉아 있던 창백하고 허약한 흰머리의 룸 노파가 룸 억양이 있지만 유창한 튀르크어로 외쳤다. "파디샤의 따님은 우리 처지를 어떻게 생각하시나요?"

"파디샤의 따님은 언니에게 편지를 쓰고 있습니다……."

“써야지요. 암요, 써야 하고말고요! 우리의 고통스러운 모습을 온 세계에 알려야 한답니다.” 노파는 풍부한 튀르크어로 말했다. 누리가 길을 계속 가자 등 뒤에서 “나는 이스탄불 사람이라오!” 하고 소리쳤다.

도시에서 가장 붐볐어야 할 지역들조차 여름 끄트머리와 수확기에 모두가 떠난 마을에서 볼 수 있는 우울한 분위기에 젖어 있었다. 누구보다 먼저 이 분위기를 감지한 고양이들이 누리가 지나가는 것을 보고 집 앞과 정원 문 앞으로 뛰어와 야옹 하고 울었다. 주인 없는 암컷과 수컷 개 두 마리가 한동안 그를 따라오다 조피리의 제과점 옆에 있는 큰 집의 울창한 정원 속으로 코를 킁킁거리며 사라졌다.

쾨르 메흐메트 파샤 사원이 가까워지자 의사 누리에게는 도시의 모든 사람이 이곳에 모여 있는 듯 보였다. 무슬림 시신은 이슬람 규율에 따라 이 사원에서 씻겼고, 이를 증명하는 도장과 서명이 들어간 서류 없이는 매장이 허가되지 않았다. 사원 뜰, 시신 씻는 곳, 줄을 선 많은 사람에게서 병이 옮는 것을 두려워하는 사람들은 다음날 수레가 가져가도록 밤에 시신을 길바닥이나 모퉁이에 놓고 도망치거나 아무 곳에나 묻었다.

사망자 수가 증가하면서 가장 보수적이고 무모한 무슬림들조차 스스로 방역 규정을 따르며 군중을 피하고, 부득이한 경우가 아니면 집을 나서지 않았다. 하루 다섯 번 기도 시간에 여전히 규칙적으로 사원에 가는 몇몇 노인들은 있었지만 금요 예배를 위해 모인 군중은 평소보다 절반 이하로 줄었다. 방역에 반대하는 정부가 제안한 것들은 재앙을 두 주 만에 두 배 반, 세 배로 악화시켰고,어떤 의미에서 셰이크 함둘라흐의 반방역 정책은 많은 사망자가 발생한 이후 그의 가장 헌신적인 추종자들로부터 거부되고 있었다.

하미디예 병원 뒤뜰은 저 멀리 벽까지 침대로 꽉 들어차 있었다.(침대가 4~5미터 간격으로 놓여 있었다.) 벽 너머로는 리파이 테케의 뒤뜰이 시작되었다. 그곳 역시 붐비기는 마찬가지였다. 요와 매트리스가 없어 침대 시트, 카펫, 짚을 깔아 놓은 곳도 있었다. 의사 누리는 테케들이 있는 거리를 벽을 따라 걸으며 어디든 똑같다는 사실을 알았다. 셰이크 함둘라흐에 대한 믿음과 신뢰가 높았던 사람들의 가족이 가장 많이 죽고 가장 큰 고통을 겪었다.

할리피예 테케에 거의 도착했을 때 어떤 집의 2층 창문이 열리더니 이마가 좁은 남자가 물었다.

"의사 양반, 방역 의사 양반, 당신이 뭘 했는지 봤지. 어때 당신 솜씨가 맘에 들어?"

누리는 그가 방역 자체를 비판하는지, 아니면 민게르에서 실패로 끝난 조치에 대해 말하는지 알 수 없었다. 좁은 이마의 비평가는 뒤에 오는 경비병을 발견하고 침을 뱉듯이 말했다. "당신 같은 의사들은 이제 경비병이나 호위병 없이는 이 거리에 절대 발을 들여놓지 못하지!"

하지만 정반대의 일이 일어났다. 할리피예 테케로 들어가는 입구에서 그를 기다리던 두 젊은 데르비시는 과장된 몸짓을 하며 의사 누리를 맞이했다. 두 달 전 누리가 처음 방문했을 때 이곳이 천국이었다면 지금은 지옥으로 바뀌었고, 테케는 무너지고 있었다. 테케의 여러 건물과 숙소들 앞에는 잠시 후 수레에 실어 씻기는 곳으로 옮길 시신들이 놓여 있었다. 누리는 이 크나큰 고통을 목격하는 것이 부끄러운 듯 앞만 보고 걸었지만 정원 전체가 다른 테케들처럼, 심지어 더 많은 침대로 가득 차 있는 것을 알아챘다.

정원 벽 근처에 있는 작은 건물의 문이 열렸다. 셰이크 함둘라흐가 의식이 혼미한 상태로 바닥에 깔린 요에 누워 있었다. 의사 누리는 회복할 수 없을 만큼 그의 상태가 매우 심각하다는 것을 바로 알았다.

그는 셰이크 함둘라흐의 목에 생긴 커다랗고 딱딱한 가래톳을 갈라 고름을 빼냈다. 처음 방문했을 때 재담과 이중적 의미를 지니는 말을 주고받던 셰이크가 지금 자신을 알아보는지조차 확신하기 힘들었다. 첫 방문 당시에는 모든 사람이 그를 보고, 테케의 모든 눈이 그에게 고정되어 있다고 느꼈다. 하지만 지금은 이 환자가 '국가 원수'라는 명칭을 보유하고 있는데도 불구하고 아무도 그에게 관심이 없어 보였다. 사람들이 걷고, 뛰고, 멈춰 서서 보곤 했지만 테케만의 영적인 연대가 사라지고 모두들 자기 목숨을 구할 생각만 하는 것 같았다.

셰이크 함둘라흐는 한때 부마 의사를 알아보았다. "당신에게 내 시집 『여명』의 시 구절들을 읽어 주겠다던 약속을 지키겠소." 그는 한바탕 기침을 하고 땀을 흘리며 벌벌 떨고 경련을 일으켰다. 누리는 병에 감염되지 않도록 뒤로 물러섰다. 셰이크는 잠시 휴식을 취한 후 『여명』의 시 구절이 아니라 모든 사람이 계속 반복하던 『코란』의 「키야마」 장을 암송하다 다시 정신을 잃었다.

그들은 의사 누리를 랜도에 태워 돌려보냈다. 부마 누리는 마차 창문 밖으로 납빛 구름 아래에 놓인 성의 슬픈 풍경을 바라보며 아내와 함께 어떻게 이곳을 탈출할지 곰곰이 생각했다. 무슨 이유인지 테케 방문에 함께하지 않은 국무총리 니메툴라흐를 각료 본부의 집무실에서 만나 셰이크의 상태가 절망적이라고 솔직하게 말했다. 니메툴라흐 에펜디는 손바닥을 위로 치켜들고 빠르게 기도문을 읊었다.

파키제 술탄과 남편은 그날 이후 방에서 전혀 나오지 않았다. 둘은 어떤 핑계든 대어 랜도를 타고 섬의 북쪽으로 도망칠 계획을 하고 있었다. 북쪽 어딘가에 한동안 숨었다가 그곳에서 밀항군을 찾아 배를 타고 크레타섬으로 건너갈 계획이었다.

72장

8월 26일 월요일 아침 셰이크 함둘라흐는 두통으로 기나긴 고통을 겪고 열에 들떠 헛소리를 하다 잠이 들었다. 고통과 피로로 정신을 잃었다고도 할 수 있다. 병이 옮는 것을 두려워하지 않고 머리맡에서 울며 기다리던 젊은 제자들과 다른 셰이크들은 여느 때처럼 좋게 해석하며 그들의 셰이크가 그저 쉬고 있을 뿐이라고 생각했다. 실제로 셰이크는 정오 기도 시간 무렵 기력과 활력을 되찾은 듯 깨어났다. 그는 활기차고 쾌활했다. 주위에 있는 사람들에게 재치 있는 말을 했고, 기억하는 시구들을 읊어 주었으며, 두려워하면서 바라보는 사람들에게 째고 고름을 빼내 살짝 딱지가 앉은 목에 있는 페스트 가래톳을 보여 주며 농담을 했고, 섬을 봉쇄한 배들이 아직 그곳에 있는지도 물었다.

하지만 오래지 않아 그는 고통 속에서 몸부림치다 다시 의식을 잃었고, 곧 사망했다. 테케와 친하게 지내던 나이 든 룸 의사 타소스가 셰이크의 사망을 확인한 후 리졸로 손을 닦는 동안 방에 있던 사람들이 울기 시작했다. 셰이크 함둘라흐는 이미 삼 년 전에 모든 사람을 설득해 그가 항상 신임하고 국무총리로 임명한 고깔 모양의 펠트 모자를 쓴 충실한 섭정을 테케를 이끌어 갈 다음 지도자로 지명했다.

파키제 술탄과 남편은 셰이크 함둘라흐의 사망 소식을 그날 오후에 찾아온 의사 니코스로부터 들었다. 보건부 장관인 니코스는 다른 많은 것도 알고 있는 듯했지만 입을 다물기 위해 즉시 방에서 도망치듯 나갔다. 잠시 후 사무관이 와서 국무총리 니메툴라흐가 부마 의사와 술탄을 만나기 위해 숙소로 그들을 방문하고 싶어 한다는 말을 전달했다.

부부는 다음에 무슨 일이 일어날까 궁금해하며 서로를 바라보았다. 물론 국무총리는 이 방이 아니라 그의 집무실에서 만나는 편이 더 적절했다. 파키제 술탄은 옷을 입고 머리카락을 가렸다. 과거 총독의 방인 국무총리 집무실로 들어갔을 때 부부는 총독 사미 파샤를 처형한 이 사람을 얼마나 증오하는지 깨달았다.

국무총리 니메툴라흐는 그 증오를 느꼈지만 신경 쓰지 않았다. 매우 정중한 태도로 두 사람을 편한 자리에 앉히고는 셰이크가 페스트로 사망했다는 소식을 돌려 말하지 않고 곧장 전했다. 서류상이기는 하지만 파키제 술탄의 남편이기 때문에 그녀에게 조의를 표했다. 그러나 이 역시 과장하지 않고 편하게 말했다. 이 나쁜 소식을 도시, 신문 기자, 세계에 숨겼다. 아르카즈와 국가, 국민의 상황은 이미 재앙에 가까웠고, 또한 모두가 믿었던, 좋든 나쁘든 간에 한 국가의 원수가 죽었다. 만일의 사태를 대비하지 않으면 이 소식이 야기할 공백은 절망과 공포와 무정부 상태로 이어질 수 있었다.

소식이 알려지기 전에 민게르 정부의 명망가들은 이후에 무엇을 하고 어떻게 이 재앙을 헤쳐 나갈지에 대해 자문을 구하고 논의하여 지침이 될 만한 중요한 결정을 내렸다. 국무총리는 민게르 민족을 대표해 이 결정을 알리고 그들이 어떻게 생각하는지 알고 싶어 했다.

하지만 국무총리는 먼저 '민게르 정부의 명망가들'이 누구인지 설명했다. 이 위원회는 룸 공동체 지도자인 주교 콘스탄티노스 에펜디, 니메툴라흐 자신, 현재 가택 연금 중인 옛 정보국장, 몇몇 노령의 룸과 무슬림들, 노령의 신문 기자 둘, 그중 한 명은 룸, 니코스 베이, 몇몇 의사, 영국 영사를 포함한 세 명의 영사들로 구성되어 있었다.

"모든 사람이 동의했던 바는 방역 조치 해제가 민게르 민족에게 커다란 재앙을 가져왔다는 점입니다." 국무총리 니메툴라흐 에펜디는 가장 중요한 지점부터 말하며 이야기를 시작했다. "이 재앙이 더 이상 계속된다면 어쩌면 우리가 모두 죽을 겁니다……. 그 전함들은 다 죽을 때까지 우리를 이곳에 가둬 두겠지요. 민게르 민족도 사라집니다. 마지막 해결책으로 민게르의 명망가들은 의사 누리가 다시 방역 책임을 맡기를 원합니다."

한편 방역 부대는 함디 바바가 규합할 터였다. 통행금지, 계엄령 선포, 엄격한 처벌이 필요했다. 의사 누리가 누구보다 이를 잘 알았다!

"이제 너무 늦었습니다." 누리가 말했다. "더구나 당신은 어제까지만 해도 방역을 반대하셨잖습니까?"

"한 민족의 운명이 걸린 중요한 전환점에서 우리를 언급하는 것은 부적절합니다." 국무총리 니메툴라흐 에펜디가 말했다. "우리의 실수가 부끄럽소. 우리는 이곳을 떠나 테케로 돌아갑니다."

그는 고인이 된 총독 사미 파샤가 앉았던 의자와 책상을 가리켰다. "저 자리에 앉으시지요! 이제 당신이 국무총리입니다. 민게르 민족의 운명과 페스트에 맞서 싸우기 위해 무엇을 해야 할지 당신이 결정하세요. 확신하건대 룸, 무슬림, 의사, 상인 등 섬 전체가 원하고 있습니다. 집계에 의하면 어제 마흔여덟 명이 사망했습니다."

부마 의사 누리와 파키제 술탄은 사실 무엇을 제안하는지 이해했지만 처음에는 믿지 못했을 뿐 아니라 확실하게 하고 싶어 그 제안을 자세히 검토했다.

니메툴라흐 에펜디는 어차피 셰이크의 집정관이자 섭정 역할이었기 때문에 '주 청사에서의 임무'를 — 그는 국무총리직을 이렇게 언급했다. — 그만두겠다고 말했다. 만약 부마 의사 누리가 제안을 수락한다면 이 공석에 앉게 될 것이다. 셰이크 함둘라흐의 죽음으로 공석이 되었으며 국가를 대표하는 상징적인 자리에는 섬사람들 사이에서 '여왕'이라고 알려진 파키제 술탄이 앉는 것도 위원회가 진심으로 원하는 바였다.

"민게르의 명망가들은 다시 가장 철저한 방역 조치가 시행되기를 원할 뿐 아니라 파키제 술탄이 진정한 여왕으로서 온 세계에 나서는 것이 유일한 해결책이라고 만장일치로 결정했습니다."

니메툴라흐가 말하길 파키제 술탄을 여왕으로 공식 선포하면 민게르가 세계 여론의 관심을 끌 테고, 유럽인들이 이곳의 정치 문제를 공정하게 해결하려 할 것이다. 압뒬하미트가 여왕의 존재와 단호함을 보게 되면 서양 열강에게 기회를 주지 않기 위해 마흐무디예를 철수시켜 봉쇄를 풀 수도 있다.

파키제 술탄과 남편은 처음의 충격에서 벗어난 후 그들이 한 질문에 전적으로 긍정적인 대답을 받았다. 셰이크가 사망하면서 섬에서의 강제 체류 기간은 끝났다. 원한다면 밀수업자의 배를 타고 섬을 빠져나갈 수 있었다. '여왕' 파키제 술탄만이 아니라 부마 의사도 셰이크 함둘라흐가 국가 원수가 된 이후 지금까지 이십사 일 동안 감금되어 지냈다.

파키제 술탄이 망설이는 것을 알고 니메툴라흐는 여왕이라는 지위의 상징적인 면을 강조하기 위해 말했다. "사실 원하신다면 방에서 절대 나오지 않으셔도 됩니다!"

파키제 술탄은 그에게 잊지 못할 답변을 했다.

"정반대입니다. 저는 아무도 나를 이 방에 가두지 못하도록, 원하는 때에 집 밖으로 나가기 위해 여왕의 자리에 앉겠습니다."

"저도 이 방에서 일하는 것이 좋습니다." 의사 누리가 말했다.

사미 파샤와 마찬가지로 고깔 모양의 펠트 모자를 쓴 섭정은 이십오 일 전까지만 해도 누리가 매일 사미 파샤를 만나기 위해 방문했던 이 방을 아무것도 바꾸지 않고 그대로 두었다. 그럼에도 총독의 옛 집무실은 누리에게 완전히 다른 장소처럼 보였다.

니메툴라흐 에펜디는 상자와 봉투들을 가져왔다. 옛 오스만 제국 총독인 사미 파샤가 한 국가의 첫 국무총리가 되었다는 흥분으로 제작한 인장들과 은과 금 사슬에 매달린 열쇠 꾸러미를 의사 누리에게 건넸다. 옛 국무총리는 대부분 사라진 관리들의 상황을 시작으로 민게르 국가의 가장 중요한 문제들을 진지한 오스만 제국 관료처럼 나열하기 시작했다. 우리가 보기에 가장 시급하고 걱정스러운 문제는 아르카즈의 식량 공급 주제에서 다룬 기근이었다. 하지만 전임 국무총리와 신임 국무총리는 셰이크 함둘라흐의 장례식, 할리피예 테케와 종파들의 미래, 여왕을 나타내는 상징에 대해 더 많은 이야기를 나누었다.

모든 사람이 궁금해할 거라고 확신한 전임 국무총리는 대화 도중에 일주일 전 꾸었던 꿈 이야기를 하며 '갑자기' 민게르 국무총리직 같은 영광스러운 자리에서 물러나는 이유를 설명했다. 꿈 이야기를 한 목적은 사실상 국무총리직과 권력을 내려놓는 것이 자신의 결정이라는 인상을 주기 위해서였다. 우리가 보기에 섬의 재앙 상황과 행정 실패들을 고려하면 니메툴라흐 에펜디는 권력을 유지하기가 무척 힘들었다. 그는 방역을 해제하기 위해 권력을 장악했다. 하지만 섬 전체는 지금 유일한 해결책이 예전의 방역 이행 시기로 되돌아가는 것임을 깨달았다.

다해서 십 분이 채 걸리지 않은 이 인계식에서 신임 국무총리인 의사 누리는 전임 국무총리 니메툴라흐 에펜디가 할리피예 종파와 테케의 운영을 위해 정부로부터 재정 지원을 받는 데 동의했지만 셰이크 함둘라흐의 장례를 쾨르 메흐메트 파샤 사원에서 국장으로 거행하고자 하는 요청은 단호히 거절했다.

73장

전임 국무총리가 집무실을 나가자마자 부마 의사 누리는 철갑 랜도와 호위 마차를 준비하라는 명령을 내렸다. 부부는 숙소에 감금된 동안 도시에서 무슨 일이 일어나는지에 대해 약간의 제한된 정보만 접했다. 이제 모든 것을 눈으로 직접 볼 수 있었다.

아내 옆에 앉은 국무총리 누리의 지시에 따라 마부 제케리야는 먼저 흐리소폴리팃사 방향으로 랜도를 몰았다. 오른쪽에는 고인이 된 옛 총독 사미 파샤의 지시로 조성한 공원 저편에서 소나무와 야자수가 그늘을 드리우고 바위가 솟은 곳에 펼쳐 놓은 덮개와 러그 주위에 사람들이 무엇인가를 기다리는 듯 앉아 있었다. 생앙투안 교회로 내려가는 먼지투성이의 구릿빛 도로 가장자리에서도 그들을 보았다. 모두 붉고 푸른 옷을 입고 있었다. 먼지 쌓인 길을 따라 늘어선 소나무 아래 앉은 가족들과 남자들은 무엇인가를 기다리고 있었다. 의사 누리는 아르카즈에 막 도착한 시골 사람들이라고 추측했는데 그것이 맞았다.

방역이 해제되고 도시 출입이 자유로워진 후 섬의 북쪽 산악 지대에서 염소를 기르며 살던 많은 시골 사람들이 아르카즈로 내려왔다. 어떤 사람들은 페스트와 전염병이 퍼져 무법천지로 변한 마을에서 도망쳤고, 어떤 사람들은 굶주림과 실업으로 내몰렸고, 어떤 사람들은 높은 가격에 호두, 치즈, 말린 무화과, 소나무 꿀을 팔기 위해 왔다. 조금 전 레반트 공원에서도 보았던 이 사람들은 고인이 된 사미 파샤가 국무총리를 지내던 시절에 수도로 불렀다. 나중에는 니메툴라흐 에펜디가 빠르게 비워진 공직에 배치하려는 목적에서, 그리고 심지어 견습생들이 도망친 구시장의 몇몇 장인들에게 보내기 위해 이 부름은 계속되었다. 이런 일자리를 얻은 사람들 혹은 가족은 아는 사람들의 도움으로, 특히 기독교 마을에서 하루 이틀 만에 머물 곳을 찾을 수 있었기 때문에 부부는 이 사람들이 이곳에서 몸을 피하거나 거주할 곳을 찾고 있다고 생각했다.

파키제 술탄은 닫힌 문, 비뚤어진 벽, 우거진 나무, 노란 벌판, 분홍색과 보라색 꽃을 보았다. 모두 너무 아름답고 매력적이고 흥미로웠다. 망가진 굴뚝, 정원에서 엄마로부터 도망치는 아이, 머릿수건 끝자락으로 눈물을 닦는 여인을 보았고, 그녀는 이들에 대해 자신의 단어들로 언니에게 편지를 쓰게 되리라는 것을 알고 있었다. 검은 옷을 입고 모자를 쓴 남자가 단호한 걸음걸이로 혼자 걷고 있었다. 게으르게 길가에서 잠든 검은 고양이와 줄무늬 고양이, 좁은 골목에 책상다리를 하고 앉은 턱수염을 기른 할아버지와 손자(남편이 말하지 않았더라면 거지인 줄 몰랐을 것이다.), 해먹에서 잠을 자는 노인을 보았다. 많은 얼굴이 격자창이 뜯겨 나간 퇴창에서 길을 내다보며 창문으로 지나가는 랜도를 호기심에 가득 차 바라보고 있었다.

그들은 천천히 전진하는 랜도 창문으로 공터, 불탄 집, 그리고 민게르의 유명한 녹음으로 우거진 정원을 보았다. 술에 취한 듯 비틀거리며 걷는 사람들, 룸어로 크게 소리 지르는 여성들, 무엇인가를 찾다 싸우는 부부를 보았다. 아야 요르기 교회 뒷문에서 나온 복면을 쓴 세 남자는 누구인지 알지 못했다. 골목으로 통하는 어떤 집 문을 끈질기게 두드리는 분노한 꼽추에게 위층에서 누군가가 화를 내며 고함을 질렀다. 랜도가 가파른 코푼야와 호라 마을의 골목길을 지나가고 있을 때 파키제 술탄은 집의 열린 창문을 통해 가족들이 모여 있는 모습, 구석 침대에서 잠든 남자, 가구, 탁자, 램프, 꽃병, 거울을 하나하나 보며 랜도가 계속 이런 골목길을 지나갔으면 하고 바랐다.

그들은 룸 중학교와 에스키 다리 사이에 있는 공터에서 도시 출입이 자유로워진 이후 최근 삼 주 동안 아르카즈의 여러 마을에 생겨난 작은 시장들 중 한 곳을 우연히 보았다. 아내가 큰 호기심을 나타내며 창밖을 내다보는 것을 알아차리고 의사 누리는 마부 제케리야에게 멈추라고 말했다. 호위병을 태운 마차가 그들을 따라잡자 부부는 호기심에 이끌려 밖으로 나갔다. 다양한 연령대의 남자들 열한 명이 시골 사람 차림을 하고 물건을 팔고 있었다. 그중 둘은 아버지와 아들이었다. 모두들 작은 탁자처럼 뒤집어 놓은 바구니와 상자 위에 물건들을 올려놓았다. 치즈, 호두, 말린 무화과, 올리브유가 가득 담긴 항아리, 바구니에 담긴 신선한 딸기, 자두, 체리가 보였다. 녹슨 램프, 꽃병, 도자기 개 인형을 파는 상인도 있었다. 또 다른 상인은 그들을 향해 미소 지으며 고장 난 탁상시계, 손잡이가 긴 펜치, 크고 작은 깔때기, 분홍색과 오렌지색의 말린 과일이 든 병 앞에 서 있었다. 다들 조심스러웠고, 아무도 다른 사람에게 너무 가까이 다가가지 않았다.

랜도가 아르카즈천을 따라 나아갈 때 둑에 있는 집의 창문에서 낚싯대로 물고기를 잡는 사람들을 보았다. 전염병 시기에 민게르 사람들은 아이들 패거리 덕분에 민물에 사는 물고기들을 알게 되어 먹기 시작했다. 랜도는 에스키 다리에 도착하기 전에 왼쪽으로 방향을 틀어 낮은 담으로 둘러싸인 뒷마당 사이를 지나갔다. 갑자기 맨발의 어린아이가 풀들 사이에서 원숭이처럼 마차의 흙받기로 뛰어올라 여왕의 창문 쪽에 얼굴을 대고 안을 들여다보았다. 여왕 파키제 술탄은 비명을 질렀다. 호위병들이 도착하기 전 아이는 순식간에 나비처럼 사라졌다. 이 마을 사람들은 전임 총독 파샤의 철갑 랜도를 당연히 알고 있었다. 좁은 골목을 구불구불 나아가는 동안 정원에서 나는 장미와 보리수 향기를 맡았고 가는 곳마다 누군가 울고 있는 소리가 들렸다.

도시에서 가장 유럽적이면서 가장 오스만 제국적이었던 특별한 장소인 하미디예 대로는 지금 한적했다. 누리는 하미디예 다리에서 마차를 멈추고 도시의 가장 아름다운 풍경을 바라볼 수 있도록 아내를 마차에서 내리게 했다. 하루가 지나면 대포 소리와 함께 여왕으로 추대될 파키제 술탄이 철갑 랜도에서 내려 남편과 함께 풍경을 바라보았던 이 장면은 바자르 두 이슬레 상점 주인인 키르야코의 아들이 페스트 전염병 창궐 40주년에 《아크로폴리스》 신문과 한 인터뷰에서 묘사되었다. 키르야코의 아들은 어머니가 요리한 음식이 가득 든 작은 바구니를 들고 이틀에 한 번씩 단텔라 마을에서 에셰크 아느르탄 언덕으로 가 집 밖으로 나오기를 거부하는 할아버지의 집 1층 창문에 놓고 왔기에 그들을 볼 수 있었다.

쾨르 메흐메트 파샤 사원이 가까워지자 골목길은 점점 더 붐비기 시작했다. '이 골목들은 발병 한 달 만에 거의 세 집 중 한 집이 감염되었지. 지금은 상황이 얼마나 더 심각해졌을까?' 의사 누리는 생각했다.

그는 파키제 술탄에게 사원 뜰에 있는 인파는 정해진 의식에 따라 시신을 씻기기 위해 기다리는 사람들이라고 설명했다. 전염병을 더욱 확산시키는 원인이 된 이 관행은 의사 누리를 지극히 불안하게 만들었다.

사관 중학교와 에스키 타쉬 부두 사이에 있는 가난한 무슬림 마을로 들어가자 한동안 보이지 않던 총독 파샤의 랜도를 알아본 사람들은 호기심을 느꼈다. 몇몇 사람들이 욕설을 퍼붓고 고함을 쳤지만 분노한 크레타 이주민들은 바로 뒤에 호위 마차가 오는 것을 알고 있었다. 와을라, 타쉬촐라르 마을과 옛 부두 주변에 있는 모든 집이 어쩌면 다 감염되었을 것이다. 부부는 매일 열 명에서 열다섯 명이 죽는 이 골목에 여전히 사람이 많고 두세 명씩 무리를 지어 걸어가는 모습을 보고 놀랐다.

누리는 랜도가 와을라 마을을 지날 때 성의 감옥에서 보낸 팔 일, 그리고 아내와 함께 객실에서 보낸 십육 일 동안 그가 사랑하게 된 아르카즈의 많은 부분이 엄청난 변화를 겪었다는 것을 알게 되었다. 손가락으로 하나하나 지적할 수 있는 변화들도 적지 않았다. 방역 해제, 거리에 나와 있는 더 많은 사람, 보이지 않는 아이들, 창밖을 내다보는 많은 얼굴, 사람들에게서 느껴지는 섬뜩함.

깊고 어두운 불행과 여기에 동반되는 고요한 절망이 도시를 지배하고 있었다. 과거에 뒤늦게 방역을 선포하자 도시의 저명한 무슬림과 부유한 룸들은 분노, 자만, 심지어 무관심으로 반응했다. 총독 사미 파샤가 말했듯이 이 마을에 사는 사람들은 페스트를 '오스만 제국과 총독의 무능' 탓으로 돌렸다. 방역이 선포될 때 이 사람들은 페스트만 아니라 그들이 좋아하지 않는 '압제적이고 어리석은' 총독으로부터 도망쳤다. 분노는 그들에게 희망을 주었고, 더 나아가 탈출과 생존을 위한 계획을 세울 만큼 활기를 불어넣었다. 지금은 누리가 생각하기에 페스트의 무자비함과 끝없는 승리 때문에 사람들이 희망조차 품지 못하게 되었다. 사람들 간의 유대는 약해지고 우정, 무슨 일이 일어나는지 알고자 하는 충동, 새로운 소문에 분노하는 열정도 줄었다. 모두들 두려움, 상처, 고뇌를 안고 있었다. 아무도 이웃의 죽음에 관심을 두지 않았다.

카디리 테케의 뒤뜰에 널어놓은 하얀 빨래가 보였다. 한쪽 구석에 웃통을 벗고 누워 있는 남자가 아픈지 어떤지는 첫눈에 알아볼 수 없었다. 정원 한구석 혹은 나무 아래에 홀로 앉아 생각하고 기도하는 데르비시들도 있었다. 구석에 잠옷 차림으로 반듯하게 누운 남자가 꿈을 꾸듯 하늘을 바라보고 있었는데 그가 죽었다는 것을 머리맡에서 울고 있는 사람들을 보고서야 알았다.

병이 많이 퍼진 또 다른 마을인 치테의 가난한 골목, 무너질 듯 기울어진 목조 가옥, 깨진 기와, 굴뚝, 창문, 울고 있는 어머니들을 보고 파키제 술탄은 깊은 영향을 받았다. 랜도가 바이으를라르의 좁고 가파른 골목에서 전진하고 있을 때 군인들이 지키는 사방이 밀폐된 마차와 그 주위에 있는 사람들이 길을 막은 것을 보고 제케리야는 마차를 돌려야 했다. 마부 제케리야가 '빵 수레'라고 말해 주지 않았더라면 부부는 무엇인지 결코 알지 못했을 것이다. 빵 수레는 셰이크 함둘라흐 시대의 가장 성공적인 정책이었다. 이는 최악에다 말도 안 되는 정권이었음에도 국민이 반기를 들지 않은 가장 중요한 요인이었다. 매일 수비대 주방에서 구운 6000개의 빵 덩어리를 경비병이 경계를 서는 마차로 마을 전역에 나누어 주었다.

병원으로 사용되는 퀼레렌레르 벡타시 테케의 상황은 비참했다. 지휘관 콜아아스 시기에 이곳 장로들은 테케에서 퇴출되었다. 몇몇 어린 데르비시들이 테케에 남아 사람들을 간호하고 테케를 돌보기 위해 애썼다. 하지만 셰이크 함둘라흐 시기에 테케들 간 전쟁의 희생양이 된 테케 병원은 다양한 핑계들로 물건들을 압류당했고 구호품, 음식, 의사에 대한 지원이 어느 곳보다 적었다.

파키제 술탄은 담쟁이덩굴로 덮인 벽을 지나 테케의 넓고 녹음이 우거진 정원을 보자 그 풍경에 매료되었다. 마치 궁전에 있을 때 오래된 책에서 보았던 인도 세밀화처럼 커다란 정원에 다양한 색과 크기의 아주 작은 사람들이 초록색 바닥에 무리를 지어 흩어져 있었다. 가장 젊고 많은 집단은 흰옷을 입은 사람들이었다. 나이 든 사람들은 보라색과 갈색 옷을 입었다. 빨간 옷을 입은 사람들은 누구일까? 저 멀리 정원에 넘쳐 나는 환자들의 침대와 다른 집들 역시 옛날 세밀화에서처럼 이상하고 낯설어 보였다.

랜도는 속도를 늦추지 않았고, 여왕과 국무총리는 테케 정원에서 무슨 일이 일어나는지 알지 못한 채 나무가 우거진 바이으를라르 마을의 거리로 들어갔다. 정원에서 서로 안고 우는 여자들, 뛰어다니는 아이들과 개들, 한쪽에 눕혀 놓은 시신들, 빨래를 너는 여자들, 침대, 탁자, 커다란 물동이를 보았다. 파키제 술탄은 또 다른 정원에서 분홍빛 띠는 보라색으로 핀 야생화를 보았다. 누군가 나무 탁자, 황금색 벽시계, 하얀 옷장을 내놓았다. 또 다른 정원에는 무리를 지어 쓸쓸하게 서 있는 사람들과 경첩에서 떼어 나무에 기대어 놓은 노란색과 조개껍질색 문들이 있었는데 무슨 일이 일어나는지 알기도 전에 마차는 그곳에서 멀어졌다.

자임레르 테케 앞에서 채석장으로 이어지는 돌투성이의 움푹 팬 길을 천천히 올라가며(마차 바퀴들이 흔들렸다.) 그들은 까마귀들이 우르르 내려앉은 보라색 난간을 신기해하며 바라보았다. 빨간 체리가 달린 나무들이 있었다. 랜도가 유카르 투룬출라르 마을의 나른하고 조용한 골목을 지나가고 있을 때 시체 운반 수레와 마주쳤다.

지휘관 캬밀 파샤 통치 시기 말엽에 도입되고 시행되다가 셰이크 함둘라흐 시기에도 지속된 조치에 따르면 시신을 낮에 수거하는 것은 대중의 사기를 떨어트렸기 때문에 이 작업은 밤에 진행되었다. 하지만 지휘관 캬밀 시기에 한 대이던 마차가 수비대 목공소의 도움으로 네 대로 늘어났다. 매일 사망자가 증가하는 데다 마부와 시신을 수거하는 세 명의 공무원이 페스트로 목숨을 잃거나 얼마 지나지 않아 도망쳐 계속 바뀌었기 때문에 마차 네 대로도 당면한 임무를 감당하기에는 역부족이었다. 많은 시신이 수거 마차로부터 감추어져 있었다. 게으름, 적의, 혹은 사악함 같은 이유들이 아니라면 감염된 집의 위치를 드러내지 않기 위해서였을 것이다. 유카르 투룬츨라르 마을로 올라가는 비탈길들 중 한 곳에서 멀리 나무와 집 뒤로 치솟는 연기가 보였다. 땀에 젖은 말들이 헐떡거리며 마차를 끌고 올라가 언덕 위에 도착했을 때 그들은 작은 닭장과 마구간이 불타고 있는 것을 알았다. 그 들판의 다른 쪽 끝에서 흰색의 긴 옷을 입은 두 무슬림과 르댕고트를 입고 페스를 쓴 한 남자가 논쟁을 벌이고 있었는데 갈수록 번지는 불길을 전혀 보지 못했거나 보았더라도 신경 쓰지 않는 듯했다. 부부는 이 상황이 이상하다는 것을 알아챘다. 파키제 술탄은 남편에게 부탁해 마부 제케리야가 그들에게 소리를 지르도록 했다. 하지만 그들은 멀리 있는 그 세 사람이 철갑 랜도를 눈치채지 못했고, 그럴 의도도 없다는 것 역시 알고 있었다. 예민한 파키제 술탄은 꿈속에서처럼 버림받은 느낌에 사로잡혔다.

그 후 랜도는 아르파라 마을의 구불구불한 골목으로 들어가 지휘관 캬밀의 어머니인 사티예 부인이 국가가 제공해 가정부와 함께 살고 있는(오늘날 박물관으로 변모한) 집 뒤를 지나갔다. 에셰크 아느르탄 언덕 초입의 멋진 광경이 창밖으로 보이자 '여왕' 파키제 술탄은 버림받은 느낌과 외로움이 모든 도시에서, 민게르성에서, 심지어 모든 동지중해에서 유래한다는 것을 알게 되었다. 도시와 페스트는 그녀를 두렵게 했고, 자신이 느낀 것들을 한시라도 빨리 하티제 언니에게 쓰고 싶었다. 그들은 더 이상 지체하지 않고 옛 주 청사이자 현재의 각료 본부 건물로 돌아갔다. 파키제 술탄은 여왕 대관식 전날 밤 하티제 언니에게 편지 한 통을 더 썼다.

74장

테오도로풀로스 병원에서 몇 번이나 소독한 셰이크 함둘라흐의 시신은 아침 해가 뜰 때 급히 테케 정원에 있는 작은 무덤에 묻혔다. 무덤은 전날 밤 옛 셰이크들이 아니라 이름 없고 가난한 평민들이 묻힌 거대한 보리수나무 그림자가 드리운 곳에 조용히 파 놓았다. 이 새로운 시대에 그에게 자주 조언을 구했던 마즈하르 에펜디는 셰이크 함둘라흐가 석회로 씻겨 묻혔다는 역사 기록을 남기고 장차 필요할 경우 할리피 신도들이 복종하도록 하기 위해 시신을 석회로 소독하는 과정을 촬영하게 했다. 이 흑백 사진에서는 도시에 드리운 검은 구름들과 새벽 어스름 빛, 동지중해의 신비로움을 느낄 수 있다. 또한 죽음에 대한 공포와 페스트로 죽어 가는 외로움도 느껴진다.

더 흥미로운 것은 사진들에 의사 니코스와 함께 두 명의 방역부대 병사가 마스크를 쓰고 있는 모습이 담겼다는 것이다. 이 조치는 국무총리 누리가 저녁 무렵 아내와 함께 마차를 타고 긴 순회를 나갔을 때 보았던 광경에 대한 부응으로 시행되었다. 의사 누리는 페스트가 폐렴 단계로 전이될 수 있다고, 다시 말해 쥐만이 아니라 공기 중에 떠다니는 입자들을 통해서도 전염될 수 있다고 의심하기 시작했다. 사망자 수가 급속히 증가한 원인이 방역 해제만 아니라 페스트균의 전파 형태와 속도의 변화 때문이라고 믿었다. 이십오 일이 지나 다시 모였을 때 전 방역부장인 의사 니코스도 이 생각에 동의했다. 이제 질병이 훨씬 쉽게 퍼지고 통제가 거의 불가능하다는 의미였다.

하지만 누리는 이 비참한 상황에서 방역을 어떻게 재개해 준수하도록 할지에 대해 니코스와 논의하기 전에 여왕의 즉위를 선포하는 것이 짧은 기간이나마 모든 사람을 기쁘게 하리라는 사실을 본능적으로 느꼈다.

한 시간 후 전통에 따라 차부시 사드리의 포병대가 수비대에서 쏘아 올린 땅을 뒤흔드는 예포 스물다섯 발과 함께 파키제 술탄이 민게르 여왕이자 독립 국가인 민게르의 세 번째 국가 원수로 선포되었다. 예포 발사는 천천히 진행되었고, 이 소식은 주문처럼 상점가의 열린 가게들, 도시의 임시 시장들, 어부들 사이에서, 그리고 집에서 집으로 빠르게 퍼졌다. 할리피예 테케의 구성원들과 사망한 셰이크를 추모하는 사람들을 제외하고는 모든 사람이 기뻐했다고 말할 수 있겠다.

할리피예 테케에서 셰이크의 죽음을 믿지 않고 석회 용액으로 씻어 테케의 정원에 묻었다는 사실을 받아들이지 못하는 사람들이 반란을 일으킬지도 몰랐다. 전임 국무총리가 아직 공식적으로 선출되어 셰이크의 자리에 앉지 않았지만 분노한 젊은 신자들을 통제하고 있었다. 몇몇 역사학자들은 종도들과 다른 친한 테케의 신자들이 셰이크를 석회 용액으로 씻겨 매장했다는 것을 도무지 받아들이지 못했다고 장황하게 설명했다. 그들은 오스만 제국의 튀르크 파벌들이 할리피예 종파 종도들이 반란을 일으키도록 선동했으며 압뒬하미트가 전함을 보내 섬과 수도를 폭격하길 바랐다고 주장했지만 이는 과장된 견해다. 우리가 더 정확하고 더 재미있는 역사적 사실을 설명하면 모든 것이 그렇게 암담하지 않았음을 독자들은 이해하게 될 것이다.

페스트로 쉰세 명이 사망한 8월 27일 화요일 아침에 수비대 언덕에서 파키제 술탄을 여왕으로 선포하는 예포가 발사될 때 의사 누리는 국무총리실에서 나와 같은 층에 있는 객실로 가 아내의 볼에 입맞춤을 하며 축하해 주었다.

"행복해요." 여왕이 말했다. "아버지가 아시게 될까요?"

"결국 이 소식은 분명히 모든 곳에 전해질 겁니다!" 남편은 대답했다.

이전에 같은 자리에 앉았던 사람들 대부분과 달리, 특히 지휘관 캬밀과는 반대로 둘 다 직함이나 지위에는 관심이 없었다. 의사 누리는 의사 니코스에게 효과적이고 새로운 '방역 위원회'를 구성하기 위해 무엇을 해야 하는지 물었다. 니코스는 새롭게 질서를 확립하기가 쉽지 않다고 불평하고는 성이 나서 말했다.

"셰이크 함둘라흐가 페스트로 죽지 않았더라면 아무도 다시 방역을 가동하자, 금지 조치를 시행하자, 격리 시설을 환자들로 채우자라는 말을 못 했을 겁니다. 또한 니메툴라흐 에펜디의 장관이 돌아다니는 사람들을(이들은 상인이었는데 국가에 봉사하는 것이 무엇인지 모르는 사람들이었다.) 위협하여 굴복시키지 않았더라면 니메툴라흐 에펜디는 테케로 돌아가는 것에 절대 동의하지 않았겠지요."

그들은 긴 테이블 가장자리에 나란히 앉아 새 각료 구성원들을 선정하기 시작했다. 니코스는 말했다. "이제 우리는 오스만 제국의 주에 속한 일반적인 방역 위원회가 아닙니다. 우리 모두가 알고 있듯이 독립 국가에서 정보와 안보 문제가 아주 중요하기 때문에 방역 위원회에 마즈하르 에펜디 같은 사람이 꼭 필요합니다."

"그렇다면 당신이 다시 방역 장관이 되십시오! 마즈하르 에펜디는 감찰 관련 일을 장관으로서 수행하면 될 듯합니다."

의사 누리는 사무관에게 마즈하르 에펜디를 집무실로 모셔오라고 지시했다. 지휘관 캬밀의 집권 초기에 곧 보좌관으로 임명된 정보국장 마즈하르 에펜디는 사미 파샤 휘하에서 방역에 반대하는 크고 작은 테케와 기도문을 배포하는 '호자들'에 맞서 진행한 정보 작전의 중심에 있었다. 그 시절 어떤 테케들을 병원으로 전환하고 어떤 셰이크에게 겁을 주어 복종하게 만들지는 물론 위대한 지휘관 캬밀 파샤와 국무총리 사미 파샤가 결정했다. 하지만 정보국장의 정보망과 세심하게 정리된 정보 자료 덕분에 이 종파들과 테케들에서 무슨 일이 일어나는지 알 수 있었다. 테케가 비워지고 셰이크가 유배되고 자존심을 다치고 수입이 줄어든 셰이크들은 그들에 대한 부정적인 정보가 정보국장에 의해 윗선으로 전달된다는 사실을 알았기 때문에 총독 사미 파샤만큼이나 정보국장을 증오했다. 따라서 사미 파샤에게 사형을 선고한 재판에서 사실 그에게도 같은 처벌을 내릴 거라고 기대했지만 마지막 순간에 종신형에 처해졌다. 우리가 볼 때 이 같은 관대한 처우는 마즈하르 에펜디가 재능을 발휘하여 가짜 서류이기는 하지만 섬의 여론에 자신이 민게르 태생이라고 소개한 덕분이다. 마즈하르 에펜디는 섬의 독립과 자유를 위한 투쟁에서 이스탄불과 관계를 끊고 사미 파샤처럼 동참한 오스만 제국 관리 세 명 중 이러한 생각을 해낼 수 있었던 유일한 인물이었다. 아내가 민게르 출신이라는 점도 영향을 미쳤다.

지휘관 캬밀이 사망하고 나서 셰이크 함둘라흐와 고깔 모양의 펠트 모자를 쓴 섭정 니메툴라흐 에펜디가 권력을 잡았을 때 그는 섬의 그리스 민족주의자들을 제압하려고 했다. 섬에서 마즈하르 에펜디가 이 방해꾼들을 가장 잘(사미 파샤의 부하였고, 이후 대통령의 보좌관이었을 때) 추적하고 있었기 때문에 권력자들은 그의 경험을 이용하고 싶었다. 그리하여 종신형을 받은 마즈하르 에펜디는 감옥에서 풀려나 섬 출신인 아내와 자녀들과 함께 남은 형기를 보내기 위해 집으로 보내졌다. 니메툴라흐 에펜디 정부는 밀수선들이 섬으로 데려온 룸 패거리에 대한 정보와 그리스 영사관, 포목상 페도노스, 보석상 막시모스가 그들의 재정을 지원했다는 사실을 감옥에 가두었다가 석방한 마즈하르 에펜디로부터 알게 되었다. 이러한 성과를 보여 준 마즈하르 에펜디는 옛 주 청사이자 현재의 각료 본부에 있는 기록물, 즉 오랜 세월 동안 꼼꼼하게 자르고 모은 신문 기사, 정보원들로부터 수집하여 다양한 방법으로 분류한 고발 편지와(그는 서면 정보에 대해 구두 정도보다 더 많은 돈을 지불하곤 했다.) 수백 개의 전보를 집으로 가져갔다. 마즈하르 에펜디가 오스만 제국 통치하의 분리주의 민게르 민족주의자들과 이후 시기의 오스만 제국, 튀르크, 그리스 민족주의자들 모두에 대해 그의 특별하고 흥미로운 방법으로 꾸준히 수집한 파일들이 조피리의 제과점에서 몇 걸음 떨어진 석조 건물을 정보 센터로 만든 셈이다. 나중에 이 마즈하르 에펜디의 석조 건물은 MIK(민게르 정보국)가 되었다가 박물관으로 바뀌었다.

마즈하르 에펜디는 새로운 정부가 지난 정부처럼 그의 정보, 봉사, 정보원을 이용하고 싶어 할 거라고 확신했다. 이러한 낙관론으로 그는 셰이크 함둘라흐가 곧 사망하리라는 것을 알았을 때 섬을 구하기 위해 무엇을 해야 하는지에 대해 집에서 영사와 방역의들에게 편지를 썼다. 셰이크의 사망 소식을 들은 후에는(수비대가 새 국가 원수를 발표하기 위해 대포를 쏘기 전이었다.) 정부, 아니면 더 정확히 말해 섬을 통치하는 위원회가 도망치고 방역을 재개할 누군가가 올 것이라고 믿었다. 이런 생각을 하며 집에 가만있을 수가 없어 그는 무슨 일이 일어나는지 보기 위해 혹은 일어난 일들에 '개입'하기 위해 각료 본부로 뛰어갔다. 누군가는 그가 정말 아끼는 기록 보관실에 몰래 들어갈 기회를 엿보는 중이었다고, 누군가는 국무총리가 되고 싶어 했다고 주장하기도 한다. 건물 입구에서 방역 장관인 의사 니코스와 마주치자 그는 곧 '섬의 비참한 상황'과 '무능한 바보들'에 대해 말하면서 전염병을 차단하기 위해 '어떤 임무든 수락'하고 '희생'할 준비가 되어 있다고 덧붙였다.

의사 누리는 고인이 된 사미 파샤의 겸손해 보이는 부하 직원을 보자 지난 몇 주 동안의 끔찍한 기억이 떠올랐다.

"우리가 같은 시기에 섬의 감옥에 갇혀 있었습니까?" 그는 동지애 모색을 시도하며 물었다.

"총독 파샤가 사형된 후 닷새가 지나 저를 집으로 돌려보냈습니다!" 마즈하르 에펜디가 대답했다. "하지만 저는 그들이 아니라 당신과 방역의들에게 봉사하고 싶습니다. 오로지 방역을 통해서만 민게르 민족을 구할 수 있습니다."

"그렇다면 방역 위원회에 — 그는 장관 위원회라고 정정했다. — 들어오시지요!"

"저는 여전히 죄수입니다. 엄밀히 말해서 집 밖 출입이 금지되어 있습니다." 마즈하르 에펜디는 겸손하게 미소 지으며 말했다. 그는 사랑스러운 희생자처럼 연기하는 데 능숙한 사람이었다.

"여왕이 곧 광범위한 사면을 선포할 겁니다. 어떤 이들을 석방하면 방역 조치 복구에 가장 좋고, 전염병을 차단하는 데 도움이 되고, 민게르 민족에게 가장 유익할지에 대한 당신의 생각을 듣고 싶습니다. 당신을 사면 명단에 추가하는 것도 잊지 마시고요!"

신임 장관들의 이름과 그들이 도입할 방역 결정 조항들을 열거하는 대신 우리는 다른 모든 조치가 대수롭지 않아 보일 만큼 중요한 통행금지령부터 시작하겠다. 니코스와 누리 둘 다 유일한 해결책은 통행금지령이라고 생각했지만 시행이 어려울 거라고 여겼기 때문에 신임 감찰부 장관 마즈하르 에펜디가 언급할 때까지 이 주제는 꺼내지 않았다.

“오늘 방역을 선포하고 거리와 집을 봉쇄하려고 하면 아무도 우리 말을 듣지 않을 겁니다.” 의사 누리가 말했다. “국가와 군인들에 대한 존중과 신뢰가 남아 있지 않습니다. 섬사람들은 전염병이 차단될 거라는 희망을 잃었고, 자기 목숨을 스스로 구하려고 노력하고 있습니다.”

“너무 비관적이시군요!” 니코스가 말했다. “그러면 통행금지령에도 귀를 기울이지 않을 겁니다!”

“아뇨, 귀 기울일 겁니다.” 마즈하르 에펜디가 말했다. “안 그러면 민게르 국가는 끝입니다. 무정부 상태에 놓이게 되겠지요.”

“섬에 오스만 제국이 오거나 그리스가 점령할 겁니다.” 니코스는 말했다.

“아닙니다. 국가가 무너지면 분명히 영국인들이 올 겁니다.” 누리가 말했다.

“국가가 없는 민족은 있을 수 없습니다.” 마즈하르 에펜디가 말했다. “얼마 지나지 않아 이 섬은 다시 다른 강대국의 식민지가 되고 노예가 될 거예요. 아랍 군인들을 무장시키고 밖에 나오는 사람들에게 총을 쏘라고 하는 방법 이외에 다른 해결책이 없습니다. 통행금지령이 먹히지 않으면 우리 모두 끝입니다. 저는 감옥에 있을 때도 이것에 대해 생각했습니다.”

“당신의 상관이셨던 사미 파샤는 방역을 핑계로 국민들을 사격하게 했기 때문에 교수형을 당했어요!” 니코스는 말했다. “우리가 같은 방식으로 끝나길 원하지 않으실 겁니다."

"그렇다면 어떻게 해야 하지요? 집집마다 방문해 환자들을 찾을 시간도 인력도 지원자도 없습니다. 죽는 사람이 너무 많고 그들을 숨기는 사람이 많아서 어차피 다 해낼 수 없을 겁니다……. 모두들 자기 목숨을 부지하고자 하는 상황에서 방역을 선포하고 '두 사람이 나란히 걷지 마시오.'라고 하면 사람들이 우리 말을 듣기나 할까요?"

그리하여 새로운 통치자들은 통행금지령에 대한 합의에 도달했다. 수비대의 아랍 군인들을 준비시키려면 시간이 필요하기 때문에 서두르지는 않기로 결정했다.

그날 민게르 민족과 국가의 운명을 이끈 사람들의 비관적인 생각을 역사학자들은 모르며, 오늘날 민족주의 역사학자들은 국가를 통치하는 사람들의 이 절박감에 대해 듣고 싶어 하지도 않는다. 하지만 우리가 생각하기에 이 비관론과 심지어 국민들에게 총구를 들이대겠다는 결정이 없었더라면 누구라도 이십오 일이 지나 다시 국민들에게 방역 규정을 지키도록 하기는 불가능했을 것이다. 이렇게 해서 방역을 선포하고 통행금지를 포함해 새로운 조치들이 포스터, 파발꾼, 그리고 도시 거리를 돌아다니는 마차를 통해 대중에게 알려지기까지 이틀이 걸렸는데 이는 소홀해서가 아니라 극도로 주의했기 때문이었다.

한편 섬에서 발행되는 두 개의 튀르크어 일간지 중 반관보 역할을 하던 《하와디시 아르카타》는 새 여왕의 명령으로 사면이 선포되었다고 보도했다. 도둑, 강간범, 살인자들과 함께 셰이크 함둘라흐 정권 시기에 성의 감옥에 갇힌 그리스 민족주의자, 오스만 제국 첩자, 방역 부대 병사, 반정부 활동을 한 사람, 섬을 탈출하다 붙잡힌 사람, 승선권을 정원보다 많이 판 여행사 직원, 과격분자, 말썽꾼도 축제 분위기 속에서 풀려났다. 이번에 석방된 사람들은 감방에 공포를 퍼트리던 전염병을 집과 가족에게 가지고 갔다. 하지만 안타깝게도 반대의 경우도 맞았다. 성 감옥의 축축한 감방에서 썩어 갈 거라고 생각했던 한 방역군은 갑자기 석방되자 행복의 눈물을 흘리며 타틀르수 마을에 있는 집으로 갔지만 어머니와 아버지, 그리고 두 아이가 죽고 아내와 아들 하나는 도망쳤다는 사실을 알게 되었다. 그는 이 모든 것을 그의 집에 들어와 살기 시작한 사람들로부터 들었다.

섬 북서쪽 해안 마을 케펠리에서 와 이 집에 정착한 사람들은 매 순간 새로운 소식으로 충격을 받는 옛 방역군에게 이제 이곳에는 그들이 살고, 모든 사람이 숨을 곳을 찾는 이 재앙의 시기에 그가 이런 집에 혼자 사는 것은 불공평하며, 가서 가련한 아내와 아들을 찾는 것이 그를 위해 더 좋다고 위협적인 분위기로 말했다. 당시 이런 유의 도둑질은 흔한 일로 여겨졌다. 만약 집을 점령당한 사람이 방역 부대 군인이 아니고 감찰부 장관처럼 정부 내에 비호하는 사람이 있다는 사실을 몰랐더라면 그가 겪은 부당함은 시정되지 않았을 것이고, 아내와 아이를 찾으러 갈지 집을 차지한 도둑놈들에게 복수할지 두 생각 사이에서 결정을 못 내리고 미쳐 버렸을지 모른다. 페스트가 창궐하던 그 밤들에 두통, 가래톳 통증, 죽음의 공포만이 아니라 이런 끝없는 분란과 불행이 맞물려 많은 사람의 잠을 더 끔찍하게 만들었다. 감찰부 장관은 방역군의 복수를 위해 타틀르수에 있는 집으로 경비병을 보냈고, 이십오 일 만에 그 가족을 첫 감염 의심자로 성의 격리 시설에 무자비하게 가두었다. 격리 시설에 있는 뜰과 일단 들어가면 죽을 때까지 절대 잊지 못할 거라고 느껴지는 비좁고 뒤엉킨 숙소들은 새로운 손님들을 위해 청소와 소독을 마친 상태였다.

마즈하르 에펜디는 아랍 군인들로는 충분하지 않을 거라고 생각했기 때문에 누리의 승인을 얻어 방역 부대를 재조직하기로 결정했다. 셰이크 함둘라흐 시대의 재판에서 몇몇 방역군들이 부당하게 사람들을 구타하고, 건강한 사람들을 무차별로 격리 시설에 가두어 죽게 만들고, 격리 시설에 가두는 권한을 남용하여 돈을 받은 혐의로 유죄 판결을 받았다. 법정은 모든 방역군에게 형을 선고하지 않고 죄가 있는 사람과 없는 사람을 분류했다. 모든 사람이 사랑하는 함디 바바도 이들 중 한 명이었다. 그는 무죄 판결을 받자마자 아르카즈에서 두 시간 떨어진 바위와 사이프러스나무로 둘러싸인 마을에 있는 아버지의 집으로 돌아갔다. 함디 바바는 처음에 아르카즈로 돌아와 방역 부대를 맡으려고 하지 않았다. 많은 군인이 불필요하게 거칠게 행동하고 부적절한 행동을 했으며, 이로써 국민의 신뢰를 잃었다고 믿었다. 하지만 마즈하르 에펜디는 방역 부대라는 같은 이름으로 재조직할 것을 제안했고, 달콤한 말과 훈장(파키제 훈장)으로 그의 마음을 사고 설득하는 데 성공했다. 제1 방역 부대와 제2 방역 부대는 목적과 방법 면에서 차이가 컸지만 오스만 제국 통치 시절에 이스탄불에서 온 민게르 출신의 콜아아스 지휘관이 이끌었고 민게르 국가 수립을 승리로 이끈 바로 그 군대였다. 통행금지가 발효되기 전에 마즈하르 에펜디는 수비대에서 더 큰 중앙 건물을 방역 부대에게 제공했다. 116년이 지난 오늘 이 건물은 여전히 민게르 중앙 사령 본부로 사용되고 있다.

방역을 공식적으로 발표하고 통행금지가 시작되기 전에 아르카즈 사람들은 도시의 임시 시장과 여전히 짧은 동안 열리는 상점들로 몰려들어 남은 상품들을 비싼 가격에 구입해 집으로 가져갔다. 전혀 집에서 나오지 않는 많은 사람이 먹을 것들을 비축해 두었지만 전염병이 길어지면서 바닥을 드러내기 시작했다.

다음 날 이미 발표한 대로 어떤 예외도 적용되지 않는 전면 통행금지가 시작되었다. 이날 아침 해가 뜨기 전에 아르카즈 거리에는 다마스쿠스에서 온 소심하지만 거친 아랍 군인들과 함께 마흔여 명의 방역 부대 병사들이 있었다.

콜아아스는 수비대 본부에서 파견한 튀르크어를 하는 장교들은 이스탄불로 돌아가도록 허락하고 아랍 군인들을 외교 협상 수단으로 섬에 붙들어 두었지만 그들을 민게르의 일상적인 정치 싸움에는 투입하지 않았다. 셰이크 함둘라흐는 이십사 일의 통치 기간에 수비대를 네 차례 방문했고, 그중 첫 번째 방문은 앞에서 이야기한 바 있다. 그동안 셰이크는『코란』을 읽고 아랍어로 대화하는 기쁨을 즐겼으며, 수비대 사령관을 해임한 후 오랜 세월 할리피예 테케에 자주 드나든 문맹인 민게르 출신의 젊은 장교를 파샤 계급으로 승진시켜 그 자리에 임명했다.

국민들이 이십칠 일이 지나 다시 도입된 방역과 더 중요하게는 통행금지 조치를 준수하는 것이 우리 이야기의 전환점이라고 할 수 있다. 모든 분별 있는 논객들처럼 우리 역시 이 성공이 무엇보다도 높은 사망률(통행금지 사흘 전에 공식적으로 137명이 사망했다.)과 모든 사람이 경험하고 있는 공포와 절망 덕분이라고 생각한다. 두 번째 이유는 고인이 된 사미 파샤의 말대로 방역에 맞서 '경솔함'과 오만함을 부추길 영향력 있는 셰이크가 없었을 뿐 아니라 셰이크 함둘라흐도 페스트에 걸려 죽는 것을 보면서 '운명론자들', 조롱꾼들, 유럽인이 '냉소적'이라고 부르는 의심 많은 사람들이 교훈을 얻었다. 무력 사용을 찬성하는 사람들에 따르면 통행금지가 성공한 진짜 이유는 아랍 군인과 방역군들이 거리에 나온 사람이 아이든 여성이든 노인이든 가리지 않고 발포했기 때문이었다.

바이으를라르에서 거리에 나온 두 아이에게 경고 사격을 하자 아이들이 도망갔다. 에셰크 아느르탄 비탈길에서 통행금지령을 듣지 못한 것처럼 행동한 광인은 두 차례 총격을 가한 뒤에 즉각 체포했고, 타쉬츨라르에서는 창문에서 아랍 군인들에게 돌을 던진 집의 벽과 창 덧문이 총알 세례를 받았다. 그 후 문을 부수고 들어간 군인들은 집 안에 있던 크레타인 이주자 청년 세 명을 성의 감옥에 가두었다. 세 사건 모두에서 통행금지령이 발효된 이후 고요 속에 파묻혔던 도시에 총성이 울려 퍼졌고, 대부분의 사람들이 이번에는 군인들이 가차 없고 엄해서 방역이 성공할 것이라고 기쁘게 생각했다.

75장

파키제 술탄은 아르카즈 사람들이 통행금지 '규율'에 복종하는 상황을 시간별로 추적하기 위해 객실과 국무총리실을 분주하게 오갔다. 보초병과 사무관들로부터 아르카즈 사람들이 집에 머물고 있으며, 거리에는 아랍 군인들과 방역 부대 병사들만 보이고 아무런 말썽도 일어나지 않았다는 말을 들었을 때 여왕은 국무총리실에 있는 사람들보다 더 흥분하며 기뻐했다. 하지만 이러한 감정을 그곳이 아니라 방에서 언니에게 쓰는 편지에 표현했다.

빵 배급이 처음 시작되었을 때(첫 수레는 말 한 마리가 끌었다.) 마차가 마을마다 한두 곳에서 멈추었고, 사람들은 마을의 대표나 방역 군인들의 안내를 받으며 줄을 서서 빵을 받았다. 빵은 식구 수를 기준으로 남성 가장에게 전달했다. 이 간단한 방식은 마을에서 모든 사람이 서로 알기 때문에 가능했다. 하지만 전염병과 함께 어떤 집은 비워지고 어떤 집은 새로운 거주자가 차지하면서 다툼이 일어나기 시작했다. 사람들이 종종 무리 지어 나타나 나머지 사람들을 괴롭히고 다른 사람들의 빵까지 차지했다. 이러한 유의 적대적이고 과격한 행동은 여전히 라미즈의 죽음에 대해 복수를 요구하는 사람들이나 그리스에 충성하는 룸과 오스만 제국에 충성하는 튀르크인을 벌주고 싶어 하는 사람들이 주로 저지르고 있었다.

세이크 함둘라흐를 석회로 소독해 매장한 이후 굴욕을 맛보았던 만큼 이제 이 광신자들, 테케 사람들, 그리고 민게르 민족주의자들은 공격적인 성향을 누그러뜨릴 수밖에 없었다. 그러나 여왕 파키제는 폭력을 행사할 기회를 주지 않을 새로운 빵 배급 방법을 생각했고, 이를 채택하도록 국무총리인 남편과 정부를 설득했다. 가능한 한 빵 수레와 경비병들이 빵들을 뒷마당, 부엌, 문 앞에 놓는 식으로 집집마다 배달했다. 방역 부대의 활동 재개로 문을 나서는 게 더욱 안전해질 터였다.

여왕은 이 간단한 문제에 대한 작은 공헌을 언니에게 상세하게, 약간은 과장했지만 진지하게 썼다. 파키제 술탄은 상징적이고 의례적인 역할인 자신의 임무를 첫날부터 나날이 더해 가는 책임감으로 진지하게 받아들였다. 여왕 파키제는 새로 페인트를 칠하고 벽과 가구에 있는 총알 자국을 메운 전염병 상황실에서 매일 아침 열리는 회의에도 참석했다. 무슬림 여성에게는 지나치게 유럽적인 모습이었지만 지극히 보수적인 옷을 입고 머리에 쓰는 스카프처럼 숄을 두르고서 상황실 맨 뒤에 앉아 있었다.

장관들이 떠나고 남편과 둘만 남으면 자신이 들은 것에 대해 더 많은 이야기를 나누면서 왜 그러한 결정들을 내렸는지 묻고 이해하려고 애썼다. 그날 이후 내려진 정치적 결정들을 상세하게 묘사하고 논의한 파키제 술탄의 편지를 읽은 독자들은 그녀가 민게르 헌법에 쓰였듯이 남편의 일을 주의 깊게 점검하고 있었음을 알게 된다.

여왕은 자신의 모든 생각을 진심으로 존중하는 남편보다는 감찰부 장관과 더 많은 논쟁을 했다. 통행금지가 성공적으로 시행된 지 이틀이(각각 쉰아홉 명과 쉰한 명 사망) 지난 후 마즈하르 에펜디는 여왕에게 수비대에서 빵을 가득 실은 수레가 모든 거리에 들어가 모든 집을 방문하려면 아르카즈의 모든 거리와 집에 이름과 번지를 매기고 표지판을 붙여야 한다고 말했다. 지휘관 캬밀이 처음에 이 일을 아주 중요하게 여겨 주에서 열리는 거리 이름 위원회 모임에 꼭 참석해 깔끔한 손 글씨로 작성한 그의 시적인 거리 이름 목록을 위원들에게 읽게 했다는 것은 모든 사람이 알고 있었다. 지휘관 캬밀이 지은 거리 이름들 중 일부는 사람들에게 사랑받아 삼십오 일 뒤 채택되었고, 116년이 지난 후에도 사용되고 있는 쥐제체쉬메시,[84] 쾨르 카드,[85] 아슬란야타으,[86] 샤시 바칸 케디[87] 같은 몇몇 이름은 아르카즈 사람들에게 결코 잊히지 않을 것이다. 하지만 우체부들이 특히 바라던 이 야심 차고 시적인 사업은 페스트로 인한 지휘관 캬밀의 죽음, 극심한 전염병, 죽음에 대한 두려움 때문에 중단되었다.

여왕이 된 후 빵 배급 문제에 대한 그녀의 첫 조치는 파키제 술탄에게 감찰부 장관이 얼마나 까다로운 사람인지를 즉시 알려 주었다.

"저 고약한 남자한테 부드럽게 대하지 말아요!" 그녀는 남편과 단둘이 있게 되자 말했다.

"여기서 우리 일은 전염병을 막는 겁니다!" 국무총리는 대답했다. "정치적인 문제는 그에게 맡겨요!"

여왕 파키제 술탄이 언니와 주고받은 편지를 읽은 사람들은 무라트 5세의 딸이자 압뒬하미트 2세의 조카인 그녀가 왕위 계승자

84 '난쟁이의 샘'이라는 의미.

85 '장님 재판관'이라는 의미.

86 '사자굴'이라는 의미.

87 '사팔뜨기 고양이'라는 의미.

였다가 갑자기 프리메이슨이 된 아둔한 아버지나 유일한 정치적 기준이 '관용'인 남편보다 훨씬 더 깊고 광범위한 정치적 본능을 지녔다는 사실을 알 것이다.

여왕은 매일 남편과 함께 철갑 랜도를 타고 아르카즈의 텅 빈 거리를 면밀히 살피는 것을 좋아하고 중요하게 여겼다. 첫날 이후 방역 점검은 습관이자 의무가 되었다. 언니에게 썼듯이 파키제 술탄은 금지령으로 인해 텅 빈 거리, 광장, 다리를 바라보는 동안 마음을 사로잡혔다.

이 경험은 파키제 술탄이 아버지와 언니들과 함께 츠라안 궁전에 갇혀 있을 때 아무도 들어갈 수 없는 텅 빈 정원을 바라보며 느꼈던 감정을 떠올리게 했다. 텅 빈 흐리소폴리팃사 광장을 바라보면서 마치 시간이 거꾸로 흐르는 느낌이었다. 마부 제케리야가 뱃사공들의 부두 사이에 있는 빈 선창에서 랜도를 몰고 가는 동안 그녀는 앞으로 이 섬에 어떤 배도 닻을 내리지 않을 거라는 느낌이 들어 절망에 빠졌다. 방치된 채석장 근처의 공터와 무너진 집들을 지나 도시의 가장자리를 향해 가는 랜도에서 처음으로 두려움에 몸을 떨었다. 타틀르수 마을의 텅 빈 거리에서 혼자 울고 있는 다섯 살짜리 여아를 보았을 때는 남편이 그녀가 마차에서 내리지 못하도록 저지했고, 그녀는 울었다.

파키제 술탄의 편지에서 이 첫 시찰 여행의 흥분은 시민들이 통행금지령을 준수하는 것을 목격한 행복과 섞여 있다. 그다음 사흘 동안 아르카즈 사람들은 집에서 나오지 않았다. 유일한 예외는 일부를 작은 병원으로 사용하는 리파이 테케에서 나온 데르비시 무리가(이들은 여전히 테케 숙소에 머물고 있었다.) 쾨르 메흐메트 파샤 사원으로 달려가 금요 예배를 드리려고 시도한 일이었다. 정보원들을 통해 이 상황을 알게 된 감찰부 장관이 보낸 경비병들은 밝은 보라색의 헐렁하고 이상한 가운을 입어 꽤 인상적인 이 분노에 가득 찬 신실한 데르비시들을 성의 격리 시설에 가두었다.

도시와 시민들이 겪는 끔찍한 재앙의 규모를 보여 주기 위해 여왕이 이 칭호를 받은 지 사흘이 지난 8월 30일 하미디예 병원의 상황을 간략하게 설명하고자 한다. 병원과 근처의 테케를 개조해 만든 간이 병실에는(이것들을 병원이라고 하기는 힘들다.) 예를 들어 리파이와 카디를레르 테케에서는 우리 계산에 의하면 환자가 175명 정도 되었다. 본관, 본관 주변, 그리고 정원이 천막과 침대들로 꽉 차 있었다. 환자들은 1미터 간격, 어쩌면 더 좁은 간격으로 누워 있었다. 환자들이 받는 치료는 의사, 남자 간호사, 흰 가운을 입은 하인이 놓아 주는 해열 주사와 가래톳을 급하게 째고 소독하는 것이 다였다. 이러한 시술은 사실 생명을 연장하는 효과조차 없었다. 남편은 환자들의 기침, 재채기, 구토로부터 얼굴을 보호하기 위해 애쓰면서 사오십 명 되는 환자에게 똑같은 '치료'를 하기 위해 침대에서 침대로 옮겨 다니는 의사들이 얼마나 용감하고 다소 헛된 노력을 하고 있는지 파키제 술탄에게 여러 번 설명해 주었다.

여왕은 텅 빈 거리 옆 하미디예 병원 정원의 녹색과 노란색 땅 위에서 형형색색의 사람들이 전하는 묵시적인 감정을 마음 깊이 느꼈다. 병원에서 죽은 시신들은 밤에 마차로 수거했다. 통행금지가 시행된 지 닷새 후 처음으로 사망자 수가 눈에 띄게 감소하자(서른아홉 명이 죽었다.) 여왕 파키제는 가슴에 같은 농도의 기쁨을 느꼈다.

다음 날 여왕과 국무총리를 태운 철갑 랜도는 마지막 시찰지로 플리즈보스 마을에 들렀다. 전염병이 창궐하면서 룸들이 떠난 이곳의 부유한 집들은 하인의 고향 사람들이나 하인이 요구하는 비용을 지불한 사람들, 하인을 무기로 위협한 사람들이 살고 있었다.

철갑 랜도가 더 가난한 룸 거리를 천천히 돌 때 2층 창문에서 그들을 주시하는 사람들, 정원에서 놀고 있는 아이들, 옛날처럼 신이 나서 정원 담을 따라 랜도를 쫓아오는 개들을 보지 않았더라면 여왕은 이 마을이 완전히 버려졌다고 생각했을 것이다.

여왕이 도시의 모든 빈 광장과 거리를 촬영하라고 지시한 것은 이 시기였다. 여러분이 읽고 있는 책의 도시 묘사들은 완야스가 그 후 사흘 동안 찍은 섬의 중요한 광장과 거리들 사진에 근거를 두고 있다. 드물게 섬사람들이 함께 찍힌 지극히 우울한 여든세 장의 흑백 사진을 볼 때면 우리도 여왕처럼 눈물을 글썽이게 된다.

이 사흘 동안 하루 사망자 수가 꾸준히 감소하자 매일 아침 전염병 상황실에서 만나는 사람들은 방역 조치가 잘 실행되고 있으며 통행금지와 성문 폐쇄가 결국 효과가 있었다는 것을 확신하고 기뻐했다.

모두를 기쁘게 하고 파키제 술탄이 '여왕'이 되기를 바랐던 사람들로 하여금 "우리 목표를 달성했어!"라고 말하게 만든 사건은 과거 국가의 독립을 세계에 알린 《르 피가로》 신문에 다시 기사가 실린 것이었다. 새로운 소식은 이번에 약간 늦은 1901년 9월 8일자 일요일 신문에 게재되었다.

민게르의 여왕(데뷔누 레이네 드 민구에르)

얼마 전 오스만 제국으로부터 분리하여 독립을 선언한 민게르 민족주의자들은 그들의 국가 원수로서 오스만 왕가의 술탄을 여왕으로 선출했다. 이스탄불과 세계를 놀라게 한 이 결정에 따라 전 오스만 제국의 파디샤인 무라트 5세의 셋째 딸 파키제 술탄이 민게르의 여왕으로 선언되었다. 파키제 공주는 이스탄불이 전염병을 막기 위해 섬으로 보낸 오스만 제국 방역의와 얼마 전 결혼했다. 전염병이 끝나지 않고 새 정부와 소통이 단절되었기 때문에 영국, 프랑스, 러시아 전함들이 섬을 봉쇄하고 있는 상황이다.

'이스탄불을 놀라게' 했다는 기사를 쓰도록 만든 것은 영국 정보국의 선동과 상상이었다. 의사 누리는 우체국의 전신 서비스를 한시라도 빨리 재개하고 정치 상황을 '정상화하고' 유럽 국가들과 관계를 개선해 봉쇄가 해제되기를 희망하고 있었으며, 이러한 목표를 달성하기 위해 여왕과 정부 소속 다른 의사들과 끊임없이 논의했다.

누리는 아내가 사망자 수 감소에 지극히 행복해하는 모습을 보고 다른 사람들에게도 했던 말을 되풀이했다.

"시신들을 밤에 수거하고 장례식을 금지했기 때문에 국민들은 이 좋은 소식을 모르고 있어요. 알게 되면 당신처럼 무척 기뻐하겠지요. 하지만 그러면 당신의 바람과는 반대로 다음 날 팔짱을 끼고 거리를 활보할 거요. 전염병이 멈추길 바란다면 그들은 계속 두려워하고, 우리도 엄격함을 유지해야 합니다."

누리는 치켜 올라간 눈썹과 시선으로 보아 '오스만 사람'인 아내가 이 경고를 마음에 들어 하지 않는다는 것을 알았지만 크게 신경 쓰지 않았다. 《르 피가로》에 실린 기사는 섬의 유력 인사들에게 국제 정치 책동을 위한 기회로 여겨졌지만 파키제 술탄에게는 자부심을 심어 주었다. 그녀가 편지에 썼듯이 언론의 관심을 끌어 새 국가, 국기, 독립을 세계에 알리기 위해 여왕으로 추대되었다는 점을 아주 잘 알고 있지만 자신의 책무를 어느 때보다 진지하게 인식하며 매일 남편의 집무실에 한동안 앉아 있었고 랜도 여행에서 목격한 것들을 자신의 단어들로 언니에게 썼다. 사망자 수가 감소한 또 다른 이유는 다른 역사가들이 간과했던 부분으로 쥐들이 불가사의하게 주변에서 사라졌기 때문이었다. 아이들 패거리는 지난 한 주 동안 새로 죽은 쥐의 사체를 당국에 가져오지 않았다.

그 시기에 여왕과 국무총리 부부는 도시에서 멀리 떨어진 외딴 마을에 사는 평범한 민게르 국민의 집에 선물과 먹을 것을 들고 찾아가기 시작했다. 이전에 랜도를 타고 하던 외출의 연장선이었다. 하지만 여왕의 경호병들이 먼저 방문할 집을 선택했다. 그들은 여왕을 정말로 좋아하고 방역 규칙을 잘 따르는 집인지 확인했다. 부부는 집에 들어가지 않았다. 유럽적이지만 보수적으로 입은 여왕은 정원에서 아이들에게 선물을 가져왔다고 말했다. 집 안에 있는 사람들은 정원으로 나오지 않고 창문에서 방문객들에게 인사를 했다. 여왕은 종종 아무 말 없이 정원에 건물을 두고 위층에 있는 사람들에게 아이처럼 손을 흔들어 주었다.

질투하는 사람들이나 반대파들의 주장과 달리 이 방문은 효과적이었고 국민들에게 믿음을 주었던 것이 사실이다. 타쉬츨라르 마을에서 한 노인은 그를 위로하는 말에 언제 배가 다시 운항하는지 물었다. 반면 식료품점 주인 미하일은 안에서 문에 못질을 하여 스스로를 집에 가두었다. 음식은 바구니에 넣어 정기적으로 창문 앞에 두었다. 그런데 최근 사흘 동안 규칙들이 바뀌어 바구니가 도무지 그에게 전달되지 않았다. 국무총리가 이 문제에 어떤 식으로든 개입할 수 있을까? 한번은 마부 제케리야가 모는 랜도를 타고 사미 파샤의 연인 마리카의 집을 방문했다. 여왕은 그녀가 창문 앞에서 울고 있을 때 머핀과 치즈를 놓아두었다. 한번은 비탄에 빠진 지휘관의 어머니를 찾아가 그녀의 입을 통해 위대한 구세주의 소년 시절을 보여 주는 '캬밀의 어린 시절'이라는 제목의 책을 기록하도록 사무관을 배치했다. 또 다른 날은 칼레 아르카즈 마을에서 여왕을 좋아하는 사람들이 모든 규칙을 어기며 뒤뜰을 지나 여왕에게 손이 닿을 만한 거리까지 다가오는 것을 본 니코스가 이 방문들이 사실상 방역 규정에 어긋난다고 누리에게 편하게 이야기했다. 여왕은 사망자가 나날이 감소하고 있다고 상기시키면서 이 방문이 민게르 사람들의 방역 준수를 독려하고 있다는 점을 올바르게 지적해 시선을 끌었다.

아르카즈의 가장 유명한 여성 양재사 벤리 엘레니를 손님 숙소로 부른 여왕은 그녀가 가져온 옷감 견본과 옷 그림들을 보면서 유럽적이지만 보수적인 옷 세 벌을 주문하고 치수를 재게 했다. 신임 체신부 장관의 제안으로 여왕 즉위 기념 우표를 발행하기 위해 파키제 술탄은 유럽 여왕처럼 단독으로, 그리고 남편과 동반으로 완야스에게 '인물' 사진을 찍도록 했다. 여왕이 이 사진들을 좋아한다는 것을 알고 감찰부 장관은 처음에 그중 스물네 장을 액자에 넣어 모병소, 토지등록부, 와크프 같은 정부 부처와 여전히 열려 있는 은행에 걸어 두도록 보냈다. 여왕은 남편과 함께한 랜도 여행 중에 그녀의 사진이 오스만르 은행(나중에 민게르 은행으로 바뀌었다.)의 크고 텅 빈 홀에 걸린 것을 보고서 언니에게 쓴 편지에 만약 아버지가 보았더라면 굉장히 기뻐했을 거라고 썼다.

많은 사람이 여왕과 남편이 랜도를 타고 그들의 마을과 거리를 방문하게 해 달라고 마을 대표에게 청원했다. 이즈음 여왕이 방문해 선물과 음식을 두고 간 집에는 페스트가 얼씬거리지 않는다는 식의 소문이 퍼지기 시작했다.

76장

9월 13일 금요일 이후 사망자 수의 감소가 더 확연해졌고 섬에 낙관적인 분위기가 형성되기 시작했다. 발병을 늦추고 그 강도를 낮춘 것은 무엇이었을까? 방역이 불멸의 민게르 국가가 존재하는 이유였기 때문에 역사가들은 이 문제에 대해 많이 생각했다.

우리가 보기에 국민에게 총구를 들이댈 만큼 방역을 강하게 적용하고, 셰이크 함둘라흐가 페스트로 사망하고, 하루에 오륙십 명씩 사망한다는 사실이 새로운 방역 조치를 성공으로 이끌었다. 또한 우리가 여전히 확실한 정보를 알 수 없는 페스트균의 전력 감소나 쥐의 실종 같은 의학적, 자연적 전개 상황도 이 행복한 결과의 원인이었을 수 있다. 하지만 우리는 특히 이 방역 노력의 성공적인 결과에 초점을 맞추고자 한다.

페스트가 창궐하던 시기에 아르카즈에서 죽은 모든 무슬림의 시신은 한 남자가 씻겼다. 그는 쾨르 메흐메트 파샤 사원의 시신 씻는 장소에서 이발사가 아닌데도 이발사라는 별명으로 불렸던 크고 마른 남자였다. 이발사는 시신들을 규칙에 따라 먼저 천으로 조심스럽게 닦은 다음 손가락에 단단히 감은 천으로 입술, 콧구멍, 배꼽을 닦았다. 그런 다음 섬에서 생산하는 올리브 비누로 물을 듬뿍

끼얹으며 시신을 씻겼다. 여성 시신의 경우에는 늙은 아주머니에게 돈 몇 푼을 주면 물에 좋은 향기가 나는 부드러운 장미 꽃잎을 넣어 이와 같은 방법으로 씻기곤 했다. 전염병 초기부터 의사 니코스가 방역관들을 시켜 시신 씻는 장소를 소독했기 때문에 이 사람들은 페스트에 걸리지 않았다. 심지어 갈수록 많아지는 수요를 감당하기 위해 조수와 견습생들을 데려다 더 빨리 더 대강 시신들을 씻기기 시작했다.

이 문제는 헤자즈에서 콜레라로 죽은 사람들을 매장할 때에도 오스만 제국을 대표하는 프랑스, 룸, 튀르크 의사들 사이에서 논쟁의 원인이 되었기 때문에 경험 있는 의사 누리는 그곳에서처럼 여기에서도 대강 하도록 했다. 사건이 커져 이슬람 의식과 방역 규칙에 대한 끝없는 논쟁을 일으키기보다 시신 씻기는 사람들에게 몇 푼씩 주고 이 의식을 대강, 덜 엄격하게 치르도록 설득하는 편이 더 나았다. 그들이 처한 죽음의 위험을 아는 이발사와 다른 시신 씻기는 사람들도 전통 방법에 따라 씻기기를 포기하고 그 과정을 간소화했다.

한동안 시신 씻기는 일은 때로 토사물과 가래톳이 있는 끔찍하고 무시무시하고 냄새나기 시작하는 시신들을 거의 만지지 않고 끓인 물을 몸에 붓는 정도가 다였다. 그런 다음 뒤뜰에 시신을 올려놓는 돌이나 바닥에서 알몸의 시신들을 말리고(고양이들이 이 뒤뜰로 들어오곤 했다.) 수의를 입혔다. 방역이 시행된 지 두 주째에는 수의를 입히는 일도 그만두었다. 이 관행은 거리에 주인 없는 시신들이 갈수록 늘어나고 석회로 소독하자마자 매장하던 시기에 시작되었다.

하지만 이러한 조치와 정기적인 소독에도 불구하고 오스만 제국의 통치 마지막 시기에 시신 씻기는 사람들 중 먼저 조수(그가 살던 마을에서 페스트에 감염되었는지도 모른다.)가, 그리고 섬이 독립한 후에 아르카즈의 모든 사람이 알던 이발사가 페스트로 죽자 지휘관과 의사 누리는 시신 씻는 관행을 금지할 수밖에 없었다. 다만 이 결정은 공식적으로 발표하는 대신에 시체 씻기는 장소의 문을 잠가 논쟁과 싸움을 불러왔고, 사랑하는 사람들을 씻기지 않고 매장하면 저세상에서 죄를 정화하기 힘들다고 믿는 사람들과 관행을 포기하지 않는 사람들의 항의를 받았다.

니메틀라흐 에펜디가 국무총리가 되어 방역 위원회를 해산한 후로 무슬림들의 시신은 종교 규정에 맞게 매번 기도문을 읽고 세정 의식을 마친 사람이 씻기지 않으면 매장할 수 없었다. 우리가 추측하기에 이 결정은 시신 씻는 사람이 스무 명 넘게 죽은 원인이 되었다. 예방 조치를 하지 않고 시신들을 종교 규정에 따라 씻기면 병이 더 빨리 전염된다는 사실이 셰이크 함둘라흐 시대가 시작된 첫 주에 밝혀졌고, 시체 씻기는 사람 세 명이 페스트에 감염되자 어차피 이 일을 다 감당하지 못했던 다른 사람들은 모두 도망쳤다.

셰이크 함둘라흐가 이 문제를 얼마나 중요하게 여기는지 알고 있는 니메틀라흐 에펜디는 이슬람 법률 고문과 군수들의 도움으로 섬의 다른 도시에서 시신 씻는 일을 할 '지원자들'을 데려왔다. 진심 어린 희생정신과 신앙심과 형제애로 이 일을 열정적으로 수락했는데 이들 지원자 중 절반 이상이 페스트에 걸려 사망했다. 얼마 지나지 않아 섬 전체가 종교 규정에 맞게 시신을 씻기는 것이 위험하다는 사실을 깨닫자 셰이크 함둘라흐 시대에 열정적인 '지원자'를 찾기는 더욱 어려워졌다. 일단 수비대에서 군인 세 명을 보냈으나 그중 두 명이 죽었고, 갈수록 증가하는 요청에 부응하기 위해 헌병들이 지방 도시에서 길을 지나가는 사람들을 체포하거나 의심스러운 사람들을 '지원자'로 등록하여 시신 씻기는 일을 하도록 보냈다. 교도소 폭동 이후 체포하여 감옥에 가둔 살인자와 강간범은 신앙이나 기도를 몰랐는데도 한동안 이 일을 하다 사망했다.

이 시신을 씻기는 '지원자'들의 재앙은 역사학자와 정치인들이 셰이크 함둘라흐와 할리피예 종파가 섬을 통치하던 시기의 부조리와 과도함을 설명하기 위해 온당히 다루었던 주제다. 고깔 모양의 펠트 모자를 쓴 섭정 니메툴라흐 에펜디가 짧은 동안 국무총리로 재직하던 시기에 할리피예 종파에 적대적이거나 셰이크를 '이단자'로 간주하는 다른 몇몇 테케의 신도들을 강제하여 시신 씻기는 일에 지원자로 '임명'했다. 이들 역시 대부분의 시신 씻기는 사람들처럼 페스트에 걸려 죽자 일부 역사가들은 무지나 공상적인 생각의 결과라기보다 노골적인 악의였으며 의도적인 학살로 평가해야 한다고 보았다.

하지만 우리가 보기에 진정한 대학살은 시신을 씻겼던 '지원자'들이 도시와 섬에 전염병을 퍼트렸다는 것이다. 종일 페스트 환자들을 씻긴 사람들이 잠을 자기 위해 테케로 돌아갔을 때 다른 동료 신자들에게 쉽게 병을 옮겼다. 특히 테케들이 밀집한 마을과 일부 구역이 병원으로 전환된 테케들에서 이 사람들 때문에 사망자 수가 한동안 빠르게 증가했지만 아무도 그 이유를 명확하게 말하지 못했다.

사실 많은 제자가, 그리고 병균과 방역을 믿지 않는 사람들조차 머리 한구석으로 이 '비극적인' 상황을 감지하고 있었지만 거의 불가사의에 가까운 엄격한 원칙으로 시신 씻기는 일을 계속했다. 민게르 공중보건 역사학자 누란 심셰크는 일부 시신 씻기는 사람들, 특히 리파이 테케에서 온 사람들이 테케와 정원의 '임시 병원'에 누워 있는 환자들에게 병균을 다시 퍼뜨렸다는 것을 수치들로 보여 주었다. 아마도 셰이크 함둘라흐는 이 신실한 시신 씻기는 사람들로부터 감염되었을지 모른다. 왜냐하면 시신 씻기는 일을 하는 젊은 사람 둘과 뚱뚱한 노인 하나가 저녁에 와서 지내던 작은 석조 건물이 셰이크가 머물던(국가 원수의 집으로 전혀 어울리지 않았다.) 할리피예 테케 정원의 방 한 칸짜리 소박한 집과 두 걸음 떨어져 있었다.

셰이크 함둘라흐와 니메툴라흐 에펜디가 정권을 잡았던 이십사 일이 끝나던 날 테케 정원, 공터, 소각장, 거리는 '페스트 무정부' 상태에 놓여 있었기 때문에 오늘날 병을 누가 어디에서 어디로, 누가 누구에게로 퍼트렸는지를 파악하기란 불가능하다. 어차피 통치 마지막 시기에는 사망자 수와 절망적인 분위기가 팽배하여 많은 젊은 종파 신자가 숙소와 아르카즈를 떠나 산과 들판에서 무화과와 호두를 따 먹으며 살았다.

의사 누리는 국무총리 자리에 앉자마자 섬에서 시신 씻기는 일을 금지하고 묘지와 시체 수거 마차가 출입하는 모든 곳을 리졸로 충분히 소독하도록 지시했고 이는 전염병 둔화의 결정적인 요인이 되었다. 우리가 볼 때 시신의 석회 소독 재개 역시 여기에 기여했을 것이다.

이 사실을 공개적으로 발표하지 않았어도 아르카즈 사람들은 전염병이 사그라지고 있다는 것을 느꼈다. 도시에 서서히 낙관적인 분위기가 감돌았지만 금지 사항들을 주의 깊게 준수하고 거리에는 그다지 사람들의 활동이 없었다. 9월 24일 하루 사망자 수가 스무 명으로 감소했다. 이 수치는 누구보다도 누리를 흥분시켰다. 국무총리는 영국 영사 조지를 집무실로 불렀다.

다른 영사들처럼 무슈 조지도 지난 정권 시기에 테케들의 공격이나 첩자라는 비난을 받을까 두려워 모습을 드러내지 않았다. 하지만 셰이크 함둘라흐가 죽고 니메툴라흐 에펜디가 국무총리직에서 물러난 후 섬의 발전에 앞장섰던 위원회가 자문을 구하던 사람은 조지였고, 의사 누리는 이를 알고 있었다.

영국 영사는 외교관처럼 누리가 국무총리가 된 것을 축하했다. 하지만 그의 태도에는 새 정부가 수립되고 이런 상황에 놓일 때마다 그러했듯이 그는 '역설적'이라 하고 우리는 '비아냥'이라고 할 무언가가 있었다. 한편 영사의 태도에서 새로운 정부를 진지하게 여긴다는 것도 분명히 느껴졌다.

감찰부 장관 마즈하르 에펜디도 그 자리에 있었다. 바로 그때 집무실의 그림자 속으로 여왕이 들어왔다. 순간 고인이 된 사미 파샤의 영혼이 그들 사이를 떠돌아다니는 느낌이 있었고, 모두들 이상한 죄책감에 휩싸였다. 그들은 무언가 언급하려다가 입을 다물었다. 오스만 제국 지도와 압뒬하미트의 인장이 있던 자리에 민게르 국기와 지휘관 캬밀의 사진이 걸려 있었다. 사미 파샤가 집무실에 걸어 놓았던 민게르와 이스탄불 풍경, 오스만 제국의 일부 강령, 위스퀴다르 광장 사진 들은 원래 액자에 그대로 남아 있었다.

"전염병이 자취를 감추는 중입니다!" 누리가 신중한 어조로 영국 영사 조지 커닝엄에게 말했다. "민게르 국가는 이제 귀하의 정부가 봉쇄를 철회하고 의료품과 의사를 지원해 주기를 기대하고 있습니다."

"봉쇄는 섬의 독립이 지속되는 이유입니다." 영사가 말했다. "유럽 전함들이 떠나면 압뒬하미트는 신임 총독을 잔인하게 죽이고 감히 '혁명을 거행'한 주제넘은 반란자들을 당연히 응징할 겁니다. 파디샤는 먼저 마흐무디예나 오르하니예를 보내 마르세유에서 막 장착한 크루프 대포로 아르카즈를 폭격하겠지요."

"나중에는 칼라르만에 병사들을 상륙시켜 장악할 겁니다." 감찰부 장관이 끼어들며 말했다. "귀하의 정부는 붉은 술탄 압뒬하미트가 이곳 민게르 사람들을 학살할 때 구경만 하고 있을 건가요?"

"민게르섬은 국제법상으로 오스만 제국의 섬입니다."

"하지만 당신네 전함들이 섬을 포위하고 섬을 떠나는 배들을 침몰시키고 있습니다. 이것은 국제법에 부합합니까?"

방에 있던 사람들은 인상이 부드럽고, 심지어 마음씨 좋은 '통통한' 아저씨 같은 외모를 하고 낮은 목소리로 조곤조곤 말하고 있는 감찰부 장관이 얼마나 다루기 힘든 협상가인지를 새삼 떠올렸다.

"국제법에 부합합니다. 왜냐하면 이 봉쇄는 오스만 제국의 초대로 진행되었으니까요." 영국 영사가 대답했다.

"그렇다면 귀하의 정부는 새 민게르 국가를 승인해야 합니다. 영국과 총리 개스코인세실의 정부가 최초로 인정한다면 민게르 국민은 영광스럽게 여길 겁니다. 영국이 민게르 국가를 인정하면 압뒬하미트는 아르카즈를 폭격할 수 없게 됩니다. 하지만 이스탄불이 이런 작전을 개시한다면 그들이 보낸 사람들이 당신과 다른 영사들도 공격하겠지요. 테살로니키에서 그랬듯이 먼저 영사들을 죽일 겁니다."

"우리는 우리 자신과 목숨을 먼저 생각하지 않습니다! 섬을 위해 무엇이든 할 준비가 되어 있습니다. 하지만 우리는 섬에 있는 다른 모든 사람들처럼 세상과 단절되어 있습니다."

"당신은 영국 정부가 어떤 제안을 받아들일지, 민게르 국가가 무엇을 하면 오스만 제국에 맞서 보호를 할지 분명히 예상하는 바가 있을 겁니다. 이 문제에 대해 준비된 생각이 없으시다면 이틀 후에 서면으로 써서 전달해 주시면 됩니다."

감찰부 장관은 마치 "우리는 당신이 이미 영국 정부와 연락한다는 것을 알고 있습니다!"라고 말하는 분위기였다. 하지만 이 주장은 틀렸다.

방에 있는 다른 사람들은 영국 영사가 제안을 수락하고 보고서를 쓰기 위해 시간을 달라고 할 것이라고 생각했다. 그러나 영사는 자신의 생각을 곧바로 털어놓았다.

"어느 정당이 정권을 잡든 폐하의 정부는 지난 이십오 년 동안 전 세계의 무슬림을 하나의 정치적 통합 아래에 결집하여 영국에 도전하려는 압뒬하미트의 열망을 불안하게 여겨 왔습니다. 영국 외교관 중 절반은 사실 압뒬하미트의 범이슬람주의 정책이 실패하리라고 생각합니다. 무슬림이 연합하지 않고 정반대로 아랍인, 알바니아인, 쿠르드인, 체르케스인, 튀르크인, 민게르인으로 점점 분리되는 것을 알기 때문에 무슬림 통합이 일종의 환상이자 약간은 연극이라고 느끼지요. 하지만 안타깝게도 오늘날 여전히 반이슬람 보수주의자인 전임 총리 글라드스톤 같은 정치인들이 영국을 이끌고 있습니다."

영사 조지는 잠시 말을 멈추고 여왕을 바라보았다.

"압뒬하미트가 폐하의 언니들과 가족, 아버지에게 가한 횡포는 이미 잘 알려져 있습니다. 숙부께서는 청년튀르크, 반대파, 불가리아인, 세르비아인, 룸 아르메니아인, 그리고 민게르인에게도 같은 횡포를 저질렀지요. 오스만 제국 왕족인 여왕 폐하께서 압뒬하미트의 횡포와 이슬람 정치를 공개적으로 비판하신다면 확신컨대 단지 영국만이 아니라 프랑스와 독일도 섬과 섬의 귀족들을 파디샤에 맞서 보호할 열망을 갖게 될 것입니다."

"영사의 의견에 동의합니다." 감찰부 장관이 말했다. "문제는 이 봉쇄가 지속되는 상황에서 폐하의 말씀을 유럽에 전달할 언론인을 찾는 것입니다. 룸 기자들, 크레타나 아테네 신문들과 이야기하면 오해받을 소지가 있습니다."

"런던과 파리에 오스만 제국 파디샤의 딸이 아버지와 언니들과 함께 감금되어 살았던 삶에 대해 자세한 내용을 싣고 싶어 하는 신문이 아주 많을 겁니다. 실제로 여왕께서 왕좌에 앉으신 것도 세계의 많은 신문에 보도되었으니까요."

"하지만 작고하신 셰이크와 한 결혼은 보도되지 않았어요."

"서류상의 가짜 결혼이라는 사실을 알았기 때문이지요." 조지 영사가 대답했다. "물론 여왕께서는 잔인하고 독재적인 숙부 압뒬하미트에 대해 가장 진실된 생각을 표현하고 싶으실 겁니다. 여왕 폐하의 말들은 평생 독재 군주에 맞서 지불한 감정들로 빚어질 것입니다. 로버트 개스코인세실 정부는 이러한 감정을 이해할 테고, 그 이후에는 이 아름다운 섬을 압뒬하미트로부터 보호하고자 하는 사람들이 분명 나타날 겁니다."

사십이 년 후 히틀러의 발칸반도 정복을 열정적으로 환영한 《오르훈》, 《탄르다으》 같은 일부 이스탄불 잡지와 신문들은 역사 지면에서 조지 영사의 이 선의의 제안을 반튀르크적이고 사악한 음모의 일부로 묘사했다.(그들에 의하면 오스만 제국은 아랍 지역은 스파이 로렌스 때문에, 작은 민게르섬은 스파이 조지의 속임수 때문에 잃어버렸다.) 하지만 1901년 9월 24일 아침 국무총리실에서 열린 이 역사적인 회의에 참석한 사람들은 유럽 국가의 위임 통치 혹은 보호를 수락하는 것이 압뒬하미트나 다른 통치자들의 공격에 대항하는 일종의 안전장치가 되리라는 것에 동의하고 곁눈으로 여왕의 뜻을 살폈다.

"숙부에 대한 감정을 어떻게 표현할지는 제가 결정하겠어요!" 파키제 술탄은 남편이 사랑하고 자부심을 가졌던 그녀 특유의 단호함을 나타내며 말했다. "하지만 이 문제를 신중하게 생각해 보고 먼저 민게르인들에게 무엇이 가장 적절한지 결정해야 합니다."

77장

여왕 파키제 술탄의 이 말은 국무총리실에 모여 있던 근심에 찬 남성들에게 그녀가 압뒬하미트에 반대하여 목소리를 낼 것이라는 확신을 주었다. 이러한 확신이 섬의 정치적 미래를 위한 유일한 희망이었기 때문에 서서히 자리 잡기 시작한 낙관론을 더욱 공고히 하리라고 믿었다. 하지만 파키제 술탄은 '외신'에도, 민게르 신문 기자나 튀르크 신문 기자에게도 숙부인 압뒬하미트와 그의 정책을 비판하는 발언을 하지 않았다.

"당신이 해야 할 일은 나에게 이미 했던 말들을 유럽 기자에게 하는 것뿐이에요." 언젠가 의사 누리가 말했다.

"그게 나한테 어울리는 일일까요?" 여왕이 말했다. 눈을 커다랗게 뜨자 얼굴에 사뭇 순진한 표정이 나타났다. "아버지와 언니들과 나눈 말들은 내게 가장 비밀스럽고 귀중한 추억이에요. 숙부가 우리에게 나쁜 짓을 했다고 어떻게 세상에 알릴 수 있겠어요? 사실 난 아버지가 이 문제에 대해 무슨 말씀을 하실지 알고 싶어요."

"당신은 이제 여왕이십니다. 이것은 국제 외교 문제이고요."

"나는 스스로 원해서 된 여왕이 아니라 방역에 성공하고 전염병을 종식시키고 사람들의 생명을 구하기 위해 세워진 여왕일 뿐이에요."

파키제 술탄은 울기 시작했다. 남편은 그녀를 안고 갈색 머리카락을 쓰다듬으며 어차피 섬에 배가 오지 못해 인터뷰할 기자도 없다고 말해 주었다.

9월 말까지 여왕이 하티제 언니에게 쓴 편지에서 압뒬하미트에 대해 어떤 말을 할지 도무지 결정하지 못했다는 것을 읽은 사람들은 아버지, 어머니, 언니들과 츠라안 궁전에서 살던 때가 파키제 술탄의 인생에서 가장 아름다운 시절이었음을 알고 놀랄 것이다. 페스트 발병 시기에 스물한 살이던 파키제 술탄은 민게르 여왕이었던 시절에도 궁전에서 아버지에게 피아노를 쳐 주고 언니들과 소설을 읽고 늙은 하렘의 여인들과 장난치며 이 방 저 방 뛰어다니던 옛 시절을 여전히 그리워하고 있었다. 가끔 남편 모르게 조용히 울기도 했다.

여왕은 이러한 우울과 그리움이 더해질수록 손님 숙소의 방, 심지어 침대에서조차 나오고 싶어 하지 않았다. 도시에서 전염병이 차츰 물러나고, 사람들이 이따금씩 거리에 나오고, 항구에서는 흔들리는 어선과 다른 배들(객실에서 보이는 처녀탑 소속 배와 군대의 나룻배)이 마치 가을의 첫 남풍과 바다 냄새 나는 따스한 바람처럼 도시를 잠에서 깨우는 듯했다.

10월 초 비가 오고 흐리고 음침한 어느 날, 하루 사망자 수가 열한 명으로 내려가자 통행금지 시간 단축 문제를 논의하기 — 감찰부 장관은 완전 해제를 원했다. — 위해 전염병 상황실에서 진행된 회의에 여왕 파키제가 참석하여 결정을 내리는 일을 주도했다. 일부 지역에서는 굶주림 때문에 병이 들거나, 심지어 죽은 사람들도 있었기 때문에 도시에 임시 시장을 다시 열고 통행금지도 이에 의거하여 조정해야 한다는 결정을 내렸다. 이 결정은 사망자 수 감소를 늦추었지만 통치력에 관한 낙관론은 사라지지 않았다. 선박 회사 대표들은 조만간 다시 개항해야 한다면서, 첫 선박 운항, 심지어 정기 운항이 곧 시작될 거라고 주장하며 준비를 위해 사무실을 열게 해 달라고 요구했다. 여행사 주인들 대부분이 영사들이었기 때문에 국무총리 누리는 이렇게 해서 어떤 식으로든 봉쇄가 해제될 것이며, 열강들의 전함도 떠날 날이 얼마 남지 않았다고 예측했다.

"영국과 프랑스 전함들이 철수하면 정기선 운항이 재개되기 전에 마흐무디예가 아르카즈를 폭격할 것입니다!" 감찰부 장관이 말했다.

그 순간 섬의 '독립'을 위해 봉쇄를 유지하거나 열강의 보호하에 들어가는 것 외에 다른 방법이 없다는 생각이 모든 사람의 머릿속을 스쳤다.

이 회의에서 가끔 파키제 술탄은 아버지라면 어떻게 했을까 상상해 보았고 때로는 자신을 아버지라고 상상했다. 그러면 언니에게 썼던 것처럼 국정을 더 편히, 더 철저히, 그리고 더 인내심을 가지고 생각할 수 있을 듯했다. 책상 앞에 앉을 때 아버지처럼 이마를 문지르고 눈썹을 치켜뜨거나 의자 등받이에 머리를 기대고 생각에 잠겨 천장을 응시했다. 그러는 동안 자신이 아버지이면서 동시에 계속 자신일 수 있다고 느꼈고, 이러한 마음 상태에 대해 언니에게 진심을 다해 묘사했다.

부부는 철갑 랜도를 타고 똑같은 마음가짐으로 여전히 매일 아르카즈의 다른 마을로 갔다. 전염병이 빠르게 사그라지면서 이 방문은 일종의 조심스러운 축하 의식이 되었다. 아르카즈 사람들은 여왕이 가져온 빵, 호두, 말린 자두 때문이 아니라 이제는 오로지 그녀의 방문 때문에 전염병이 사그라진다고 생각하며 기뻐했다.

철갑 랜도가 마을 광장으로 들어서면 지휘관 캬밀이 사랑한 투룬츨라르, 바이으를라르 같은 마을만 아니라 단텔라, 페탈리스 같은 룸 마을에서도 아주 가끔이지만 민게르 국기를 흔들었고 여자들은 여왕을 더 가까이 보기 위해 창문으로 다가와 품에 안은 아이들을 보여 주었다. 사람들은 여왕이 만지거나 멀리서 보고 미소 지으며 손을 흔들어 준 아이에게는 행운이 있을 거라고 말하곤 했다. 그녀가 석류색 스카프를 쓰면 올해 풍년이 들고 전염병이 종식된다는 의미라거나 멀리서 보면 미소 짓고 있는 듯하지만 사실은 눈물을 글썽이고 있다거나 왜 남편이 잘생기지 않았는지(압뒬하미트의 악의) 같은 다른 소문도 많았다.

통행금지는 아침부터 무슬림의 저녁 기도 시간까지 해제되었다. 통금을 시계의 시간이 아닌 기도 시간에 맞추어 정한 것은 일부에서 주장하는 바와 달리 종교의 영향을 받은 정치적 결정이 아니었다. 많은 무슬림 남성이 주머니 시계가 없었고 부마 의사가 교회의 종소리와 사원의 에잔 소리를 다시 금지하였기에 대부분이 시간을 혼란스러워했기 때문이었다. 삼십오 일 만에 처음으로 섬에서 기도의 부름이 아니라 통행금지 시간을 도시에 알리기 위해 에잔 소리가 울렸다. 바위들 사이로 메아리치는 에잔 소리는 모두에게 도시의 거리와 항구가 그동안 얼마나 고요했는지를 다시 한번 알려 주었다. 이틀 후, 그러니까 10월 4일 금요일에는 사원, 교회, 그리고 다른 종교 시설 출입도 자유로워졌다.

아무도 잊지 않았지만 어쩌면 다시는 들을 수 없을 것 같던 소리들이 도시에서 하나둘 다시 들리기 시작하자 모든 사람이 옛 삶이 돌아오고 있다는 느낌을 받았다. 처음에는 대부분이 믿지 못했다. 가장 큰 기쁨은 말발굽 소리, 마차 바퀴 소리, 종소리가 다시 들리는 것이었다. 전염병으로 죽은 마부들을 대신해 그들처럼 가장 가파른 오르막길도 말들과 다정하고 부드럽게 이야기를 나누고 이따금 채찍질을 하며 어렵지 않게 올라가는 새 마부들이 일하기 시작했다. 파키제 술탄은 마부들이 입술을 오므리며 내는 "워이, 워이, 이랴 이랴……." 같은 소리를 들으면 얼마나 행복해지는지 언니에게 즐겁게 썼다.

얼마 지나지 않아 한 번도 멈추지 않았던 갈매기, 까마귀, 비둘기, 그리고 다른 새소리들 사이로 첫 행상인의 외침, 거리에서 노는 아이들의 재잘거림, 문과 굴뚝, 벽을 수리하는 사람들의 소리가 들리기 시작했다. 파키제 술탄은 여자들이 다가오는 겨울을 준비하기 위해 카펫, 러그, 매트를 창문에 늘어뜨리거나 마당으로 가지고 나와 방망이로 탕탕 먼지를 터는 소리에도 귀를 기울였다. 무슬림이든 룸이든 이제 이들은 빨래를 마당에 널면서 노래도 불렀다.

부부가 랜도를 타고 도시 거리를 돌아다닐 때 시장이 다시 활기를 띠고 있다는 것을 동제품 세공사들의 망치 소리와 칼 가는 소리를 듣고 알게 되었다. 아직 모든 상점이 문을 열지는 않았지만 구시장 골목에 마치 사방이 사람들로 붐비는 것처럼 습관적으로 고함을 치는 사람들과 계란, 치즈, 사과 같은 것을 팔려는 사람들이 자리를 잡고 있었다. 사망자 수가 하루 대여섯 명으로 줄었지만 거리는 한산했고 사실상 고통과 죽음을 겪은 후에 여전히 아무도 편하지 않았다.

사흘 뒤 검은 구름과 천둥소리를 동반한 비가 내리던 정오 즈음(하루 사망자 수는 역시 대여섯 명이었다.) 국무총리실을 찾은 감찰부 장관 마즈하르는 존경을 표하며 과장된 몸짓으로 인사하고는 누리에게 파키제 술탄이 폭군 압뒬하미트에 대해 말을 해야 한다고 상기시켰다. 전염병이 종식되면 페스트가 유럽으로 번지지 않도록 저지하러 온 열강의 전함들은 임무가 끝났기 때문에 당연히 철수할 것이다. 그때는 압뒬하미트의 전함과 군인들이 온다. 도데카네스 제도(예를 들어 코스, 시미, 메이스 같은)만 아니라 지중해에 있는 다른 섬들도 그리스와 오스만 제국 사이에서 왔다 갔다 했다. 이러한 왕래 도중에 성에 게양된 국기들이 계속 바뀌었고 전함들이 도시와 마을을 폭격하고, 사람들이 죽고, 헛되이 고통을 당했다. 한시라도 빨리 결정을 내려야 했다.

"여왕은 모든 가능성을 고려하고 있습니다!"

의사 누리는 마즈하르 에펜디가 더 이상 주제넘은 행동을 하기 전에 조용히 시키며 말했다. 하지만 비가 그치기 전에 그는 같은 층에 있는 방으로 가 편지를 쓰고 있는 아내에게 감찰부 장관의 말을 전했다.

"그 사람은 우리에게 덫을 놓으려고 하고 있어요!" 여왕 파키제는 어떤 직감으로 말했다.

의사 누리도 감찰부 장관이 복귀한 직원들을 자신의 통제하에 두려 하는 것을 알았다. 관리, 군인, 그리고 새로 조직한 방역 부대는 겸손하고 열심히 일하는 마즈하르 에펜디를 좋아했다. 그 역시 이제 의사 누리나 여왕과 의견이 다르다는 것을 서슴지 않고 드러냈다. 예를 들어 배 운항이 재개되기를 원했지만 압뒬하미트가 섬의 정치에 간섭할 것이라는 이유로 전보 서비스 재개는 바라지 않았다. 한편 감찰부 장관은 개항을 위해 누리의 의견을 묻지 않고 일부 방역과 격리 조치를 완화했다. 이에 파키제 술탄과 의사 누리가 질책하자 과장된 존경과 겸손을 표하며 몸을 사렸다. 부부는 더 이상 그의 '진실됨'을 믿지 않았다.

하지만 여왕과 감찰부 장관 마즈하르의 견해가 일치하는 문제들도 있었다. 둘 다 국가 설립자인 지휘관 캬밀과 아내 제이넵을 진심으로 사랑하고 존경했다. 감찰부 장관의 감정은 어쩌면 정치적 단호함의 결과일 수도 있다. 오스만 제국으로부터 섬을 해방시켜 주었기 때문에 민게르 사람들은 지휘관 콜아아스에게 감사하는 마음을 가지고 있었다. 여왕은 두 사람의 사랑 이야기, 오스만 제국의 젊은 장교가 같은 시기에 두 번째 부인이 되기를 거부한 완고하고 까다로운 여자를 사랑하고 그녀와 결혼한 후 곧장 혁명을 일으킨 것을 매우 낭만적이라고 생각했다. 이후 100여 년의 역사에서 캬밀과 제이넵의 사랑을 신화화하며 다양하게 만들어진 이야기들은 민게르 민족을 결속시키는 '시멘트' 역할을 했다. 이 신화를 약간이라도 비판하거나 꾸며 냈다 여기며 과장을 참지 못해 우스갯소리를 한 많은 사람이 감옥에 갇혔다.

"지휘관 캬밀의 천재성, 결단력, 용기가 없었더라면 오늘날 민게르 민족은 여전히 다른 민족의 노예였을 겁니다." 감찰부 장관은 말했다. "누가 알겠습니까. 온 국민이 먼저 언어를 잊어버리고, 나중에는 사라졌을 수도 있지요."

먼저 아르카즈에서 민게르어를 가르칠 새로운 초등학교와 중학교를 세우기 위한 자금을 마련하기로 결정했다. 이 학교에서 아이들은 호머부터 지휘관 캬밀과 제이넵의 사랑에 이르기까지 섬의 전설과 역사를 단순화하여 다시 쓸 교과서 『우리의 알파벳』으로 민게르어를 배울 것이다. 또한 교과서에는 지휘관만 아니라 부인인 제이넵의 어린 시절도 동화처럼 서술될 것이다. 여학교는 제이넵 학교, 남학교는 캬밀 학교라고 불릴 것이다. 하지만 여왕은 아이들이 중학교에서 남녀가 함께 공부해야 한다고 말했다. 당시로서는 매우 '진보적'이며 다소 유치하고 시행할 수 없는 생각이었지만 최소한 이 학교들이 캬밀-제이넵 학교로 명명되는 데는 동의했다. 여왕의 주장으로 한적한 에요클리마 마을의 노란색 덧문과 분홍색 벽이 있는 룸 학교에도 이 이름을 붙였다. 녹음이 우거지고 그늘진 이 한적한 마을에는 대부분의 룸들이 섬을 떠나고 그들 대신 교도소와 격리 구역에서 탈출한 사람들과 각양각색의 불법 거주민들이 살고 있었다.

파리의 인쇄소에 주문할 민게르 우표와 지폐에 지휘관과 제이넵이 나란히 있는 사진들을 넣었다. 《하와디시 아르카타》 신문 인쇄소에서 1500장을 인쇄한 지휘관의 사진은 마차와 말을 탄 사람들을 통해 섬의 모든 관공서에 배포되었다.

여왕은 섬의 무슬림이나 보수적인 지역들과 어떤 종류의 충돌도 원하지 않았다. 하지만 참을 수 없는 분노도 있었다. "당신 생각에 자유를 선포한 한 나라에서 여성이 같은 위치에 있는 남성보다 더 적은 유산을 받는 것이 합리적인가요?" 어느 날 여왕이 남편에게 말했다. "종교 규정에서 따르면 법정에서 두 여성의 증언이 한 남성의 증언과 맞먹은 것은 여성에 대한 적의 이외에 다른 아무것도 아니에요."

국무총리 누리가 여왕의 의견에 동의하는 부분을 감찰부 장관에게 말했을 때 그는 별다른 이의를 제기하지 않았다. 감찰부 장관은 나이 든 호자나 종파 지도자들처럼 "그런데 여성들은 상법에 대해 아무것도 모르지요!" 같은 핑계도 대지 않았다. 이틀 후인 10월 9일(이날 단 세 명이 사망했다.) 이제 관보 역할도 하는 《하와디시 아르카타》에 여성들에게 부여된 새로운 권리가 건조한 법 언어로 게재되었다. 신문에는 여왕의 의지이자 바람으로 시작된 '개혁'에 관련하여 한마디 말도 없었다. 116년 동안 민게르 무슬림인들 사이에서 논쟁의 대상이 될 '세속주의' 개념도 이렇게 섬의 역사에 처음 들어왔다.

10월 16일은 페스트로 사망한 사람이 없었다. 이는 봉쇄가 곧 해제된다는 의미이기 때문에 섬의 실질적인 통치자인 마즈하르 에펜디는 무척 긴장했다. 여왕과 국무총리는 철갑 랜도를 타고 간 마을에서 열렬한 환영을 받았다. 거리는 사람들로 가득 찼고, 상점들이 문을 열었으며, 아르카즈에서 도망친 사람들도 돌아오기 시작했다. 파키제 술탄에 따르면 전염병이 종식되었다는 것을 안 찌르레기와 제비들이 활기차게 지저귀며 날아다녔다. 집으로 돌아온 사람들과 그들이 없는 동안 집을 차지하고 살던 사람들, 가게가 약탈당해 분노한 상인, 페스트 발병 시기에 시골에서 와 도시에 정착한 사람들 사이에 싸움이 일어났고, 어차피 수적으로 적은 방역 부대 군인들과 헌병들은 그들을 말릴 여력조차 없었다. 하지만 이러한 문제들이 얼굴에 미소를 되찾아 주고, 아이들을 신나게 뛰놀게 하고, 곧 죽을 노인들조차 기쁨으로 뛰게 만든 커다란 행복감에 그늘을 드리우지는 못했다. 이제 전염병은 물러나고 곧 예전의 삶으로 돌아갈 것이었다.

78장

물론 섬에서의 삶이 전염병 이전으로 되돌아가려면 선박이 운항을 시작해야 하고, 이를 위해 우체국에서 전보 업무를 재개해야 한다. 이 문제와 관련해 10월 19일 의사 누리의 주재로 많은 사람이 모인 회의 도중에 아르카즈 전역에서 들을 수 있을 만큼 크고 깊은 뱃고동 소리가 들려왔다.

방역 회의가 진행되는 커다란 테이블 주위에 앉아 있던 장관과 영사들 중 몇몇은 즉시 자리에서 일어났다. 두 명은 창문으로 달려갔다. 일부 사람들은 앉은 자리에서 배를 보려고 하는데 뱃고동이 두 차례 더 길게 울렸다.

총독 사미 파샤의 집무실 옆 큰 방에 모인 사람들 모두가 흥분에 들떴다. 무슨 배일까? 어떻게 봉쇄를 뚫었을까? 뱃고동 소리로 배의 이름과 소속 회사를 추측하며 즐겁게 내기를 하는 영사들도 있었고, 이 낙관론과는 정반대로 당황하여 적의 침략과 곧 닥칠 학살에 대해 우려를 나타내는 사람들도 있었다. 세계에는 반란을 꾀하는 먼 식민지에 우호적인 화물선을 가장해 무장한 광란의 살인자들을 보내고 원주민들을 벌하는 많은 제국주의 국가가 있었다. 하지만 아니다. 이 배가 달콤한 선율 같은 뱃고동을 울리며 다가오는 것으로 보아 적대적인 의도는 아닌 듯했다.

뱃고동 소리가 아르카즈의 바위 사이에서 메아리칠 때 파키제 술탄은 각료 본부(옛 주 청사) 건물 1층에서 모든 사람이 아는 두 늙은 광인 룸 디미트리오스와 진지클리 세르베트의 말다툼을 목격하기 직전이었다. 전염병이 종식된 후 지난 사흘 동안 여왕은 그녀를 만나고 싶어 하거나 탄원서와 선물을 전하고, 심지어 그저 손등에 존경의 입맞춤을(어떤 사람들은 페스트 악마가 이 스물한 살의 여성 때문에 사라졌다고 믿었다.) 하기 위해 주 청사에 온 사람들을 헌병들이 가로막지 못하게 했다. 오히려 안뜰을 바라보는 먼지투성이 기록 보관실을 비우고 소파, 의자, 호두나무 탁자를 두어 여왕이 탄원과 청원을 듣고 추종자들을 만나는 방으로 만들었다.

지휘관 캬밀과 제이넵의 보정된 사진과 민게르 지도가 벽에 걸려 있는 이 방에서 여왕 파키제 술탄은 매일 두 시간씩 방문객들을 만났다. 그녀는 페스트로 잃어버린 친척을 찾는 사람들, 집을 차지한 불법 거주자들을 내보내지 못한 사람들, 집에서 격리 시설로 이송된 후 사라진 친척들의 생사를 묻는 사람들, 도움, 돈, 일자리를 구하는 사람들의 말을 들었다. 괴팍한 쉴레이만 에펜디는 자신이 휘말린 끝없는 토지와 우물 분쟁이 해결되길 원했다. 페스트 시기에 의사에게 보이지 못했던 상처와 통증을 보여 주는 사람들도 있었고, 섬에서 한시라도 빨리 떠나기 위해 허가증과 배, 심지어 승선권을 원하는 사람들도 있었다. 당장 전보를 보내 달라거나 내지 못한 세금에 대해 처벌하지 말라거나 투룬츨라르 마을의 늙고 신경질적인 여인이 그랬던 것처럼 딸을 좋은 신랑감과 결혼시키기 위해 여왕의 도움을 요청하는 사람들도 있었다. 모든 사람들이 여왕은 선하고 진실하고 이타적인 사람이라고 이미 결론을 내렸다.

여왕을 보기 위해 줄을 선 사람들 중 일부는 '순수하고 진정한'

추종자라고 말할 수 있다. 그들은 파키제 술탄을 보고 여왕의 손등에 입을 맞추거나 뜰에서 가져온 무화과와 호두를 전하고 싶어 할 뿐 특별히 다른 것을 원하지 않았다. 어머니와 함께 온 두 처녀 중 큰딸은 얼굴이 새빨갛게 달아올라 아무 말도 하지 못했다. 섬의 두 광인도 이러한 유의 추종자들이었다. 여름 내내 집에서 한 번도 나오지 못하고 가족과 손자들의 도움으로 전염병을 이겨냈을 때 조심스럽게 거리로 나와 서로를 보고 싸우는 대신 친구 같은 분위기로 이야기를 나누며 살아남았다는 기쁨으로 웃기 시작했다.

다른 많은 사람처럼 두 광인은 그들이 튀르크어, 룸어, 민게르어로 쓴 시들과 뜰에서 따 고리버들 바구니에 담은 무화과와 호두를 손자뻘 되는 여왕에게 주기 위해 주 청사로 왔다. 이들은 차례를 기다리다 서로 살짝 밀치고 세 가지 언어로 욕설을 하기 시작했다. 어떤 이들은 다른 사람들이 부추겼다고 했고, 어떤 이들은 사람들 앞에서 서로 욕하며 싸워야 공동체의 사랑을 받을 수 있고 달리 무엇을 해야 할지 몰랐기 때문이라고도 했다.

두 늙은 광인이 여왕을 무척 불편하게 만드는 욕설을 주고받으며 싸우기 시작했을 때 첫 번째 뱃고동이 울렸다. 여왕의 표현에 따르면 두 노인이 거의 '두 어린아이처럼' 행복하게 미소를 지었고, 순간 마법적인 소리를 들은 듯 파란 하늘을 바라보았다. 여왕은 배가 두 번째, 세 번째 뱃고동 소리를 울리자 아무에게도 묻지 않고 자리에서 일어나 사무관, 경비원, 그리고 선물 바구니를 든 하인들과 함께 카펫이 깔린 넓은 계단을 통해 방으로 올라가서는 배를 보기 위해 창가로 갔다.

'에나스'라는 이름의 적갈색 배는 크레타에 근거지를 둔 작은 화물선이자 여객선이었다. 주로 크레타-테살로니키-이즈미르 삼각지대를 따라 운항하고 민게르에는 거의 들르지 않았다. 여왕은 선장실이 작고 낮은 데다 굴뚝은 통통하고 짧지만 어쩐지 장엄하고 당당한 모습을 한 배를 보자마자 츠라안 궁전 창밖으로 보스포루스를 지나가는 배와 흑해에서 지중해로 가는 여객선을 보며 경험했던 그 깊은 슬픔을 느꼈다. 그녀가 살 진정한 삶은 갇혀 있는 방이 아니라 배를 타고 항해하여 닿을 다른 세계에 있었다.

하지만 이스탄불의 궁전 창가에서 배를 볼 때는 곁에 아버지가 있거나 최소한 그녀의 물건들이 있어 그 향기를 맡을 수 있었다. 이스탄불과 아버지에 대한 그리움이 솟아올라 괴로운 마음을 가라앉히기 위해 언니에게 새로운 편지를 쓰기 시작했다. 편지에서 그녀는 민게르에 막중한 책임을 느끼며, '국민들'이 그녀를 얼마나 사랑하는지 자부심을 느낀다고도 썼다. 여왕은 무슬림 남성들이 네 명의 여성과 결혼할 수 있고, "너와 이혼한다!"라고 말만 하면 언제든 아내와 이혼 가능하다는 것은 불공평하다고 생각했다. 그녀는 언니에게 기회가 되면 이러한 것들도 바로잡겠노라고 솔직하게 썼다. 그녀는 자신이 한 일과 하려는 일에 대해 아버지가 알면 자랑스러워할 거라고 확신했다.

파키제 술탄이 항구로 서서히 다가오는 것을 지켜본 적갈색 배는 크레타섬의 영국 영사의 주선으로 열강의 전함들을 안전하게 통과할 수 있었다. 배는 늦었지만 섬으로 보내는 의료품, 천막, 침대, 무슬림 둘을 포함한 세 명의 의사와 전염병 초기에 크레타로 도망친 대부분이 룸인 마흔여 명의 민게르인을 싣고 있었다.

에나스의 도착을 페스트가 정말로 물러났다는 증거라고 보았기 때문에 대부분의 사람들이 하던 일을 멈추고 축하하는 마음으로 항구에 모여들었다. 여왕은 방에서 녹슨 배가 닻을 내릴 때 부두에서 배를 향해 두 척의 나룻배가 출발하는 모습을 주의 깊게 지켜보았다. 부두의 인파 사이에서 배의 특징, 어떻게 왔는지 등 사실상 봉쇄가 이미 해제되었다는 소문이 돌았다.

첫 승객이 부두에 내리고 세 시간이 지나서야 남편인 국무총리 누리는 여왕에게 입항한 이 배가 '우호적'이라고 말할 수 있으며 그녀의 숙부와 영국의 임시 협정에 의해 섬에 올 수 있었다고 설명했다.('당신의 숙부'라는 단어가 어떤 분노가 아니라 이스탄불에 대한 그리움을 불러일으켰다는 것이 파키제 술탄의 얼굴에서 보였다.)

감찰부 장관의 주선으로 그 배에 탄 가장 중요한 승객은 이전에 민게르 관련 기사들을 프랑스와 영국 신문에 전한 코가 크고 쾌활한 프랑스인 신문 기자였다. 이 사람이 압뒬하미트가 감금한 아버지, 언니, 다른 모든 가족의 이야기는 물론 운명의 장난으로 지금 그녀가 어떻게 독립 국가의 여왕이 되었는지에 대해 인터뷰를 하기로 계획되어 있었다.《르 피가로》와《런던 타임스》는 이 인터뷰에 많은 지면을 할애할 것이고, 감찰부 장관에 따르면 이는 압뒬하미트에 맞서 영국이 섬을 보호할 기반을 마련하게 될 것이다. 조지 영사는 여왕에게 이슬람주의와 이슬람의 여성 차별 관행을 얼마나 혐오하는지를 한 번 더 이야기해 달라고 요청했다.

"우리가 이 섬에 왜 왔지요?"

"우리는 여전히 당신 숙부께서 중국 사절단에 왜 우리를 포함시켰는지 모릅니다!"

"하지만 우리는 이곳에, 지하에서 고이 잠드시길, 가련한 본코프스키 파샤가 암살된 후 숙부의 결정으로 섬을 전염병에서 구하고 살인의 비밀을 풀기 위해 왔지요. 그렇지 않나요?"

여왕은 약간 거만한 태도였지만 교훈적이고 정이 듬뿍 담긴 목소리로 말했다.

"신의 은총으로 임무를 달성했기 때문에 이곳 국민이 당신을 여왕으로 추대했지요."

"왜 나를 여왕으로 추대했는지 나는 완전히 이해하지 못했어요. 하지만 이 섬을 오스만 제국으로부터 떼어 내 영국에 넘기기 위해 이곳에 오지 않았다는 것은 알지요. 만약 그렇게 한다면 우리가 이스탄불로 돌아가 언니들과 아버지를 다시 보는 일은 꿈도 꾸지 못한다는 것도 알아요."

"지금도 되돌아가기는 힘들지요."

"알아요. 우리가 여기서 한 일은 모두 전염병을 차단하기 위해서였죠. 그렇다면 일단 이곳에 머물도록 해요. 나를 좋아해서 여왕으로 추대한 이 민족에게 도덕적으로 빚을 졌으니까요! 어차피 지금 내가 유일하게 원하는 게 있다면 프랑스인 신문 기자를 만나 숙부에 대해 험담을 하는 것이 아니라 당신과 철갑(그들끼리 부르는 랜도의 이름이었다.)을 타고 디킬리, 코푼야, 유카르 투룬츨라르 마을로 가 우리에게서 도움을 구하는 사람들의 고충을 해결하는 거예요."

마즈하르 에펜디가 조지 영사와 협력해 전보를 통해 섬으로 데려온 코가 큰 프랑스 기자는 여왕이 내숭을 떤다고 생각했다. 여왕과의 만남을 기다리는 동안 그는 당장 섬의 역사, 아름다움, 성, 지하 감옥, 그리고 페스트와 관련하여 또 다른 기사들을 쓰기 위해 자료를 모으기 시작했다. 기자는 방역을 핑계로 처녀탑에 가둔 오스만 제국 관리들이 110일 동안 혹독한 환경에서 감금 생활을 하고 있다는 사실을 알고 그 '튀르크인들'과 만나기 위해 여왕에게 허락을 구했다. 여왕은 허락했을 뿐 아니라 함께 처녀탑을 방문하여 그곳 상황을 직접 눈으로 보고 싶어 했다.

두 시간 후 한낮에 파키제 술탄과 의사 누리는 일행과 함께 세 척의 나룻배를 타고 처녀탑에 도착했다. 여왕과 국무총리가 처녀탑을 방문한다고 미리 알렸지만 섬을 책임지고 있는 나이 든 룸 관리와 복서견 한 마리 외에는 아무도 맞이하러 나오지 않았다. 독립을 선언하고 지난 113일 동안 아르카즈와 섬의 다른 도시에서 온, 새로운 민게르 국가와 협력하기를 거부하고 이스탄불과 파디샤에 충성을 다한 예순여 명의 관리(때로 이들을 '튀르크인'이라고 불렀다.) 절반 이상이 사망했다. 이들은 '독립' 초기에 "민게르 정부는 공정하다!"라고 했던 총독 사미 파샤의 말에 속아서 두려워하지 않고 이스탄불로 돌아가고 싶다는 뜻을 밝혔고, 높은 봉급 제안도 거부했으며, 나중에는 이러한 솔직한 자백 때문에 처녀탑으로 유배되었다.

처음에 내린 처벌은 이스탄불로 돌아가지 못하도록 격리를 핑계 삼아 이 작은 바위섬에 감금해 햇볕이 내리쬐는 나무 한 그루 없는 섬에서 시들어 가게 만드는 것이었다. 하지만 이후 민게르의 다른 지역에서 이스탄불에 충성하는 관리들이 오고 페스트가 퍼지면서 작은 방역 섬은 지옥으로 변했다. 넘쳐 나는 죄수의 절반은 나머지 절반이 죽었기 때문에(시신은 바위 한쪽에서 지중해 급류에 내던졌다.) 살아남았다. 관리들은 이 끔찍한 시기에 민게르 당국이 그들을 협상 카드로 사용해 압뒬하미트와 합의하려 한다는 것을 알았다. 처녀탑에 있는 일부 '인질들'은 섬을 오가는 나룻배를 탈취해 도망갈 계획을 세웠다. 다른 사람들은 봉쇄에 참여한 오스만 제국 전함 마흐무디예가 구하러 오리라는 희망을 가지고 가만히 기다렸다. 하지만 페스트, 굶주림, 더위에 시달렸으며, 서로 다투고 싸우는 데 지쳤고, 끔찍한 삶의 조건 때문에 다들 지쳐 나가떨어지고 말았다. 사미 파샤가 좋아하지 않은 군수 라흐메툴라흐 에펜디, 와크프 관리부장 니자미 베이 같은 경험 많고 압뒬하미트에게 충성하는 오스만 제국 관리들은 셰이크 함둘라흐 시대 처음 한 주 동안 거의 집단으로 목숨을 잃었다.

이 학살에서 정신을 잃지 않고 살아남은 유일한 사람은 취임하기도 전에 살해당한 신임 총독의 보좌관 하디였다. 그는 회고록에서 여왕과 남편의 처녀탑 방문을 이야기하면서 그들에 대해 현대 터키 공화국 설립자가 마지막 오스만 제국 파디샤, 왕조, 왕자, 부마에 대해 언급할 때 사용했던 무시하고 경멸하는 어투로 말했다. 그에 따르면 파키제 술탄과 의사 누리는 궁전 생활을 했기 때문에 현실과 동떨어진 채 외세의 볼모가 된 거들먹거리고 건방진 사람들이었다.

처녀탑에 갇혀 이스탄불로 돌아가지 못하고 죽은 사람들 대부분은 그들을 이곳에 가두고 섬을 오스만 제국에서 떼어 낸 전임 총독 사미 파샤에게 저주를 퍼부으며 마지막 숨을 거두었다.

여왕은 오스만 제국 '순교자'들이 겪은 고통에 대해 들으면서 책임감 있는 모든 여왕이 그러하듯 죄책감과 부끄러움을 느꼈다. 언니에게 썼듯이 굶주림과 가난으로 뼈와 가죽만 남고 눈은 금방이라도 튀어나올 것 같은 이 이스탄불에 충성하는 인질들을 보자 프랑스 신문 기자에게 "제발 아무것도 쓰지 마세요, 민게르 사람도 튀르크인도 수치스럽게 만들지 말아 주세요!"라고 간청하고 싶었다. 아버지인 무라트 5세는 프랑스어를 유창하게 잘해서 왕자 시절에 모든 유럽 기자에게 깊은 인상을 주곤 했다. 하지만 파키제 술탄은 프랑스어 실력에 자신이 없었다. 그녀는 코가 큰 프랑스인 기자에게 그가 원했던 '하렘에 포로로 잡힌 파디샤와 딸들'에 관한 인터뷰를 거절한 후 "처녀탑에서 본 것들과 튀르크인 관리들의 비참한 상황에 대해서도 쓰지 말아 주세요!"라고 말할 수 없었다. 여왕은 마음속의 상반된 감정들과 씨름하며 침묵을 지켰다. 그녀는 자신이 섬에 느끼는 책임감과 이스탄불에 돌아갈 수 있기를 바라는 희망 사이에서 괴로워한다는 사실을 깨달았고, 어쩌면 그래서 그토록 부끄러웠을 것이다.

도시로 되돌아가기 위해 나룻배로 걸어가고 있을 때 여왕은 남편인 국무총리에게 몸을 돌려 모든 사람이 들을 수 있도록 명령을 내렸다.

"성 근해에서 곧 닻을 올릴 녹슨 크레타 선박은 항해에 나서기 전 처녀탑에 들러 이스탄불로 돌아가고자 하는 사람들을 태우고 갈 것입니다!"

79장

처녀탑에서 항구로 돌아오는 나룻배에서 파키제 술탄의 눈은 자연스럽게 그녀가 머무르고 있는 옛 주 청사, 현재의 각료 본부에서 편지를 쓰는 방 창문을 찾았다. 지금 마치 자신을 외부에서 바라보는 듯했고, 176일 동안(그녀는 헤아리고 있었다.) 세상을 바라보던 그녀의 시야가 얼마나 좁고 제한적이었는지 알게 되었다.

더 놀라운 것은 바로 뒤에 가파르게 솟은 바위들과 장엄한 베야즈산이 탁자와 창문에서 얼마나 가까운지를 지금 나룻배에서 발견했다는 사실이다. 보이지 않더라도 이렇게 가까이 있는 거대한 존재에 영향을 받지 않기는 불가능했다! 여왕은 베야즈산이 편지에 어떤 영향을 미쳤을까 생각하던 중 잔잔한 바다의 거울에 비친 베야즈산을 보고 흥분했다. 섬에 처음 도착한 날과 마찬가지로 바다 밑바닥에서 바위들, 손바닥만 한 민첩하고 가시 돋친 물고기들, 늙고 멍한 게, 녹색과 푸른색의 별 모양 해초 가닥들을 볼 수 있었다.

파키제 술탄은 방에 돌아와서도 여전히 슬픔에서 헤어나지 못했다. 한 시간 뒤 닻을 올린 녹슨 크레타 선박이 처녀탑 근해에서 닻을 내리고 오스만 제국의 관리들을 태우고 있을 때 남편 국무총리가 방으로 들어왔다. 부부는 이스탄불로 돌아가는 지치고 초췌

한 오스만 제국 관리들이 짐과 다 헤진 가방들을 크레타 배에 싣는 마지막 모습을 보기 위해 먼 곳을 응시했다.

"오스만 제국은 이곳을 잃었고, 관리들도 이 섬에서 철수하고 있습니다!" 의사 누리가 차분하게 말했다. "저 배를 타고 이스탄불로 돌아가고 싶은가요?"

"숙부가 왕좌에 있는 한 이제 우리가 이스탄불로 돌아가기는 힘들 거예요."

이렇게 해서 삶이 끝날 때까지 그들을 고통스럽게 하고 괴롭힐 '반역' 문제는 '이스탄불로의 귀환'이라는 좀 더 온화한 명칭을 갖게 되었다.

"이스탄불은 저 가련한 관리들을 집으로 돌려보낸 당신에게 당연히 고마워할 겁니다." 누리가 말했다. "하지만 이곳에 있는 압뒬하미트와 오스만 제국의 적들은 이 일을 한 당신을 힘들게 하겠지."

"이스탄불이란 내 숙부를 의미하는 것이겠지요……. 우리는 숙부나 열강들이 좋아하라고 인질로 잡힌 관리들을 돌려보낸 것이 아니에요! 부당한 대우를 받은 용감하고 충직한 오스만 제국 백성을 집으로 돌려보내는 것은 인간적인 의무예요! 내 선조들이 세운 오스만 제국은 600년 동안 저 충직하고 희생적인 백성들 덕분에 살아남았어요."

이 말들의 무게 때문에 그들은 한동안 침묵했다. 저 멀리 처녀탑 근해에 정박한 크레타 선박이 모든 승객이 승선하자 왔을 때처럼 뱃고동을 세 번 울렸다. 남편은 이스탄불을 그리워하며 눈물을 글썽이는 여왕을 위로했다.

"이스탄불에 돌아가더라도 그곳에서는 다른 모든 사람처럼 당신 숙부의 노예가 될 겁니다. 하지만 여기서 우리는 여왕과 국무총리이고, 이 아름다운 섬의 고귀한 백성들에게 봉사할 수 있어요."

"하지만 전염병이 종식되었듯이 봉쇄도 끝날 거예요!" 여왕이 말했다. "그러면 어떻게 될지 궁금해요." 자신의 질문에 대한 대답을 생각하고 싶지 않은 듯 그 순간 그녀는 가장 하고 싶었던 일을 제안했다. "철갑을 타고 단텔라와 플리즈보스 거리로 가요!"

어쩌면 여왕은 이번이 남편과 하는 마지막 랜도 여행이라는 것을 눈치챘을지 모른다. 그 시절 언니에게 쓴 편지에서 그녀는 녹음이 우거진 호라의 정원에서 숨바꼭질하는 아이들, 레이스처럼 섬세한 게르메 거리, 베이코즈와 츠르츠르 물보다 더 부드러운 타틀르수의 식수에 대해 말했다. 투룬츨라르에 지휘관의 영묘를 위해 마련한 토지의 멋진 풍광, 카디를레르 마을에서 바다로 이어지는 가파른 계단에서 햇볕을 쬐며 몸에 있는 벼룩을 잡는 고양이들, 이스탄불 대로의 인도에 자리 잡은 찻집, 식당, 제과점의 다채로운 테이블 위에 놓인 장미 화병, 랜도 창문에서 보이는 잔잔한 바다에서 헤엄치고 있는 숭어와 흑도미가 부두를 따라 말을 쫓아 오던 모습들에 대해 이 아름다운 장면들을 절대 잊고 싶지 않은 듯 애정을 다해 묘사했다.

11월 15일 감찰부 장관의 통제하에 있는 《하와디시 아르카타》는 신문 1면의 절반을 차지하는 기사를 통해 여왕과 국무총리의 여행을 대중에게 알렸다. 기사는 매일 국민들의 문 앞까지 찾아가 고민을 듣고 선물을 전달하고 전염병 시기에도 위험을 무릅쓰고 이 일을 계속한 용감한 여왕을 찬양하고 있었다. 감탄스럽고 존경스럽다는 어조였지만 끄트머리에는 실망하는 기색도 드러냈다. 아이들은 랜도를 타고 아르파라 마을에 와 선물과 말린 생선, 비스킷 꾸러미를 전달한 여왕과 무척 이야기를 나누고 싶어 했지만 그녀가 민게르어를 모르기 때문에 그럴 수가 없었다. 더욱이 여왕을 굉장히 좋아하는 한 여성은 안고 온 파란 눈의 여자아이를 예뻐해 달라는 의미에서 여왕의 품에 안기고 남편이 전염병으로 죽었을 때 손해를 입은 집에 지급하기로 했던 보상금을 안타깝게도 받지 못했다는 사연을 울면서 이야기했고, 자신은 혼자이며, 그 고통을 여왕에게밖에 말하지 못한다고 덧붙였다. 잠시 후 그녀는 여왕이 자기 말을 아무것도 이해하지 못했고, 그녀가 구사한 언어, 즉 민게르어를 모른다는 사실을 알아채고는 크게 실망했다. 기사는 여왕이 매우 선한 마음을 가진 사람이며 민게르 사람들도 그녀를 매우 좋아하지만 민족의 언어를 모른다는 것을 알고 슬퍼했으며, 어차피 이러한 이유로 여왕은 지난 몇 주 동안 튀르크어, 룸어, 심지어 프랑스어가 통용되는 마을과 거리, 즉 상대적으로 부유한 마을을 방문했다고 지적했다.

의사 누리는 국무총리실에서 아내에게 이 기사를 읽어 주며 불쾌감을 감추지 않았고, 이 일의 배후에 감찰부 장관이 있다고 말했다. 하지만 여왕은 특유의 순진함과 낙관론으로 기사는 긍정적이고 합당한 비판이며, 앞으로는 민게르어를 사용하는 더 가난한 마을로 가는 것이 더 적절하다고 남편에게 말했다.

다음 날 그들은 일정을 바꾸어(사진 기자와 경비원들에게 알렸다.) 카디를레르 마을로 갔다. 여왕은 한두 마디 배운 옛 민게르어 단어들을 세심하고 적절하게 사용했고, 마을의 사랑스러운 두 아이가 마차와 마부를(마부가 내는 소리까지) 완벽하게 흉내 내어 모든 사람을 웃게 만든 덕분에 방문은 매우 성공적으로 끝났다.

하지만 다음 날 투룬츨라르에서 막 마차에서 내리려는데 미리 기다리고 있던 군중 사이에 끼어든 20대의 두 청년이 신문 기자들이 들을 수 있도록 "민게르는 민게르인의 것이다!"라고 두 번 외치고 달아났다. 이후 생기 없고 의기소침한 모습으로 선물을 나누어 주고 있을 때 여왕의 슬픈 모습을 본 마을 여성들이 파디샤의 딸을 위로하기 위해 그 건방진 놈들을 신경 쓰지 말라고 했지만 이 문제를 중요하게 여긴 슬픔에 잠긴 여왕은 언니에게 그 청년들이 자신에게 부당한 행동을 했다고 장황하게 썼다. 그녀는 여왕이 된 후로 매일 스무 개의 옛 민게르어를 외우고 있었다. 지휘관과 제이넵의 사랑과 그들의 숭고한 이상을 지지했다. 게다가 이스탄불 태생이고 섬의 역사, 문화, 그 안에 사는 다양한 민족, 종족의 정치적 성향과 특성을 충분히 알지 못하는 점은 파키제 술탄에게 부정적이 아닌 호의적인 사항으로 고려해야 할 요소였다. 그녀는 '모든 사람과 다른' 혈통이기 때문에 모든 사람에게 동등한 거리를 유지하며 가장 객관적으로 가장 옳은 결정을 내릴 수 있었다. 그 선조인 오스만 제국을 세계사에서 가장 위대하고 가장 강력한 제국으로 만든 것은 통치했던 나라들의 민족이나 백성과 닮아서가 아니라 닮지 않았기 때문이었다!

어느 날 국무총리 남편은 말했다. "파키제 술탄, 어쩌면 당신의 선조인 오스만인들은 같은 이유로, 그러니까 통치했던 모든 민족과 닮지 않았고, 그곳에 사는 사람들과 다른 민족이었기 때문에 지금 그 모든 나라들과 섬을 하나씩 잃어 가고 있습니다!"

이틀 후 룸어로 발행되는《네오 니시》에 마놀리스가 쓴 한 기사는 나흘 전《하와디시 아르카타》에 실린 기사의 마지막 부분과 관련해 더 비판적으로 논평했다. "민게르 국민은 스스로 통치할 수 있고, 어차피 위대한 지휘관이 이를 증명했으며, 아시아와 극동의 작고 가련한 식민지와는 다르다. 백성의 언어조차 구사하지 못하는 군주, 특히 아버지가 국제 프리메이슨 조직의 명령을 받는 '파디샤의 딸'은 민게르에서는 필요하지 않다." 마놀리스는 여왕이 사랑받고 있다는 소문에 대해서도 국민들이 그녀에게 느끼는 관심을 과장하지 말아야 한다며 그 이유는 "오랜 세월 노예처럼 포로의 삶을 산 어느 파디샤의 딸"은 세계 어느 곳에서나 호기심의 대상이라고 말했다. 하지만 잊지 말아야 하는 것도 있었다. "여성들이 하렘에서 새장의 새처럼 남자의 노예 취급을 받거나 기껏해야 집의 장식품이며 모든 사람이 압뒬하미트의 종인 오스만 제국은 절대 민게르 민족의 빛나는 미래를 위한 모범이 될 수 없다. 민게르 민족과 민게르 여성은 이제 자유다!"

"이 마놀리스라는 사람은 내 아버지와 나를 모욕했어요! 제발 좀 막아 줘요. 나는 하렘의 새, 새장의 노예가 아니라 여왕이에요. 이 글을 단 한 사람도 읽지 않았으면 해요."

"나의 술탄, 어차피 아무도 읽지 않을 이 신문을 판매소 세 곳에서 전부 회수한다면 일이 더 커지고 더 많은 이야기가 나올 겁니다. 분명히 마즈하르 에펜디가 쓰게 했을 테고 그가 가장 기뻐하고 있겠지요."

"나는 이 나라의 여왕이에요. 이 나라 사람들이 나를 이 자리에 추대했어요. 내 말을 무시한다면 나는 잠시도 이 직책을 맡지 않겠어요."

"무엇보다도 당신 남편의 말을 듣고 복종하는 것이 이슬람 율법입니다." 누리는 미소를 지으며 말했다.

파키제 술탄은 처음에 아내가 모욕당하고 있는 상황에서 남편이 농담처럼 여기며 히죽거리고 웃는 데 격분했다. 하지만 남편에게조차 그녀의 지시를 따르도록 하지 못한다는 사실을 깨달았고 정말로 화가 났다. 그날 논쟁은 길어졌고, 결국 한동안 서로 부루퉁해서 이들은 이틀 동안 아무 데도 가지 않았다. 국정은 어차피 감찰부 장관이 처리하고 있었다. 사흘째 되는 날 랜도 여행을 좋아하는 여왕의 제안으로 조용하고 평화롭고 안전한 단텔라 마을의 바다를 마주 보는 가장 매력적인 거리로 가기로 결정했다. 사무관, 관리, 경비병, 그리고 언론에 정보를 제공했다.

다음 날 부부가 철갑 랜도에 막 타려는데 감찰부 장관 마즈하르 에펜디가 폭탄 테러 가능성을 보고받았다며 그들을 저지했다. 한동안 어느 마을이든 간에 방문을 보류하는 것이 가장 좋았다.

마즈하르 에펜디가 떠난 후 여왕은 남편에게 자신은 그의 말을 믿지 않으며 출세에만 관심이 있는 사람이 하는 말을 그대로 따를 필요가 없다고 말했다.

"나도 그 문제를 많이 생각했습니다. 우리가 긴급하거나 위험한 상황에 직면해 명령을 내리면 일부 백성들이 우리와 함께하겠지만 무장 병력으로는 섬 전체에서 기껏해야 사오십 명의 용감한 군인만이 우리를 따를 겁니다. 그러나 감찰부 장관의 말 한마디에는 그의 방역 부대, 경비병, 수비대 군인들, 예비병, 그리고 새로 지원한 거대한 군대가 결집하겠지요."

"그러니까 다시 포로의 삶으로 돌아갔다는 말인가요, 그래요?"

"그래요, 그렇소. 하지만 여전히 민게르 여왕이시라는 사실을 잊지 말아요. 이렇게 지속되면 전 세계가 서서히 당신을 독립 국가의 수장으로 인정하고 당신 앞에 머리를 조아릴 겁니다. 당신은 이미 민게르에서 창궐한 끔찍한 페스트가 유럽에 퍼지기 전에 종식시킨 여왕으로 역사에 남게 되었어요. 사실 유럽은 당신에게 감사해야 합니다."

파키제 술탄은 안타깝게도 원하는 때에 방을 나가고, 거리를 자유롭게 거닐고, 마차를 타고 원하는 마을에서 사람, 집, 모든 것을 구경하며 돌아다닐 수 있는 자유로운 시절이 끝났다는 것을 깨달았다. 얼마 지나지 않아 방문 앞에 셰이크 함둘라흐 시대에 그러했듯 경비병들이 섰다. 이번에는 그 수가 예닐곱 명이었다. 경비병들은 이전 시대처럼 그들이 밖으로 나가면 여왕과 국무총리를 위협하는 눈길로 바라보거나 총을 겨누지는 않았지만 즉각 경례한 뒤 몸으로 벽을 만들어 저지했다. 이제 마즈하르 에펜디가 다른 장관들과 함께 섬을 통치하고 있는 것이 분명했다.

그 후 십이 일 동안 그들은 방에서 한 번도 나가지 않았다. 여왕은 이 기간 어떤 새로운 것도 보지 않았기 때문에 안타깝지만 언니에게 거의 편지를 쓰지 않았다. 하지만 마음과 영혼은 섬사람들, 그리고 먼 마을들과 함께 있었다. 닷새 만에 다 쓴 한 편지에서 숙부인 압뒬하미트가 오랫동안 읽던 추리 소설이 지금 갑자기 몹시 궁금해졌다고 하티제 언니에게 썼다. 혹시 병풍 뒤에서 파디샤에게 소설을 읽어 주던 하티제 언니의 남편이 파키제를 위해 그 소설과 작가들의 이름을 편지 한 귀퉁이에 써 줄 수 있는지 물었다.

그들은 방에서 언젠가 이스탄불로 돌아갈 방법에 대해 이야기하고 있었지만 파키제 술탄은 숙부의 용서 외에 다른 해결책이 떠오르지 않았다. 안타깝지만 민게르에서는 이 시기에 그들을 조롱하는 경멸적인 글들이(궁전 출신, 오스만 제국, 하렘에서 나온 여성, 새장, 포로, 튀르크, 식민지, 프리메이슨의 딸이 가장 많이 쓰이는 단어와 표현이었다.) 여전히 신문에 실렸다.

전염병이 종식된 지 한 달 반이 지난 12월 5일 저녁 무렵 감찰부 장관 마즈하르 에펜디가 손님 숙소에 찾아와 그가 말했던 '긴급 상황'에 대해 알려 주었다. 봉쇄를 해제하기로 한 열강이 아마도 압뒬하미트와 합의에 도달한 듯하다……. 오늘 저녁 영국과 프랑스 전함들이 아르카즈에 상륙할 가능성이 있으며, 전투가 발생할 수도 있다. 물론 각료 본부에 있는 어느 누구도 귀한 손님들이 국제 분쟁의 희생양이 되길 원하지 않는다. 그래서 날이 어두워질 무렵 그들을 아르카즈 북쪽의 외세가 알 수 없고 찾지 못하는, 지금 그들에게조차 말할 수 없는 곳으로 데려갈 것이다.

먼저 철갑 랜도가 뒤따르는 경비병들과 함께 출발하여 안딘에 도착하면 섬에 있는 새집으로 데려다줄 배를 탈 것이다. 두 시간 안에 모든 물건을 챙겨 각료 본부 입구로 가야만 한다.

파키제 술탄은 나중에 언니에게 준비하는 데 한 시간밖에 걸리지 않았다고 편지에 썼다. 그들은 겁에 질려 있었다. 처음에는 영국인이나 프랑스인들에게 붙잡힐 거라고 상상했지만 각료 본부와 아르카즈 거리에 특별한 움직임이나 군인들이 없는 것을 보고 위협이 과장되었다는 사실을 알았다. 마부 제케리야가 침착하게 모는 랜도가 어둠 속에 타쉴르크만에서 섬의 동쪽 해안을 따라 북쪽으로 한참을 달렸다.

울퉁불퉁한 길은 언덕을 내려가고, 올라가고, 모래사장을 향해 가다가 포도밭 사이를 지났다. 마차의 창문을 통해 나무들이 웅웅거리는 소리, 샘물이 흐르는 소리, 고슴도치가 걸어가는 소리가 들려왔다. 그러더니 구름들 사이로 은빛 보름달이 나타나 그들은 마치 이 세상이 아니라 검은 구름 위의 또 다른 신비로운 세계에 있는 느낌이었다.

그때 그들 앞에 만이 나타났다. 잔잔한 바다 위에 달이 은빛으로 반짝였다. 마차가 멈추자 그들은 잠시 세상의 끝없는 침묵을 느꼈다.

어둠 속에서 나타난 경비병, 사공, 그리고 뒤이어 도착한 마차에서 내린 사람들이 여왕과 국무총리를 도왔다. 조개껍질과 해초 냄새가 나는 만의 바위 옆 좁은 계단을 내려가 작은 나룻배에 탔고, 잠시 후 짐과 함께 가벼운 파도가 치는 가까운 바다에서 기다리던 더 큰 배로 옮겨 탔다. 그들은 어둠 속에 이 두 번째 나룻배의 사공들 뒤에서 기다리고 있던 감찰부 장관 마즈하르 에펜디의 비서관을 알아보았다.

나룻배가 광활한 바다를 향해 나아갈 때 비서관은 칠흑 같은 바다를 가리키며 아지지예가 날이 어두워지기 전에 바로 저기에 닻을 내렸다고 말했다.

그렇다. 그들은 '아지지예'라는 단어를 정확히 들었다. 아지지예는 그들을 중국 대신에 민게르로 데려왔고 본코프스키 파샤를 만나게 했던 배였다. 한동안 꿈처럼 혼란과 두려움, 호기심과 흥분 사이를 오가며 그들은 말없이 서로를 바라보았다. 파키제 술탄이 편지에 썼듯이 그들에게 묻지도 않고 어딘가로 데려가고 있기 때문에 이제 지금 둘 다 어린아이가 된 느낌이었다.

하지만 조금 있다가 달빛 아래 아지지예의 검은 윤곽이 떠올랐다. 나룻배는 속력을 내어 배에서 늘어뜨린 하얀 사다리의 발판으로 다가갔다.

배의 그림자 때문에 한동안 사방이 어두웠다. 누리는 가방들이 위로 올라가는 것을 보았다. 파키제 술탄이 사다리에 막 발을 디디려는데 감찰부 장관의 비서관이 흔들리는 나룻배에서 일어나 격식을 차리며 그들을 향해 외쳤다.

"여왕 폐하, 국무총리 각하! 아지지예는 잠시 멈추셨던 알렉산드리아를 거쳐 중국으로 여행을 계속할 겁니다." 달빛이 갑자기 그를 비추자 두 사람에게 허리를 숙여 인사했다. "민게르 민족은 각하에게 감사하고 있습니다!" 그는 의사 누리보다는 여왕을 바라보며 덧붙였다.

자부심을 갖게 하는 말을 들으며 여왕은 사다리를 타고 배에 올랐다. 같은 러시아 선장이 같은 근엄한 태도로 미소를 지으며 그들을 맞이하러 나와 있었다. 마치 이곳이 다른 세계라는 것을 알려 주기 위해서인 듯 다른 선실들과 본코프스키 파샤와 저녁을 먹은 내빈실의 전등을 켜 놓았다. 파키제 술탄이 남편과 함께 행복한 시간을 보낸 황금빛 거울이 있고 여전히 가죽과 먼지 냄새가 나는 마호가니로 된 선실에 짐을 풀고 있을 때 배가 움직이기 시작했다. 술탄은 지체하지 않고 갑판으로 나갔다. 레반트 여행 안내서들이 20세기 내내 독자들에게 추천했던 '비할 데 없는' 민게르의 풍경을 보고 싶었다.

아지지예가 섬의 북쪽에서 남쪽으로 뻗어 있는 높은 엘도스트산을 따라 항해하는 동안 파키제 술탄은 뾰족한 화산 봉우리를 볼 수 있었다. 그러더니 달이 구름 뒤로 숨어 모든 것이 어두워졌다. 민게르섬을 다시는 보지 못할 거라고 생각하며 슬퍼하던 파키제 술탄은 깜박이는 아랍 등대의 희미한 불빛을 알아보았다. 그 순간 달이 구름 사이에서 나왔고 그녀는 성의 첨탑들과 그 뒤에 있는 웅장한 베야즈산을 보았다. 달이 다시 사라졌기 때문에 그것은 아주 짧은 순간이었다. 파키제 술탄은 마지막으로 한 번 더 볼 수 있을지 모른다는 생각에 눈물을 글썽이며 오래도록 어둠을 응시하다 선실로 돌아왔다.

많은 세월이 흐른 후

많은 세월이 흐른 후

세심한 독자들은 내가 이 책에서 누구보다 파키제 술탄과 의사 누리에게 더 호의적인 태도를 보였다는 점을 알아차렸을지 모른다. 나는 그들 딸의 손녀다. 케임브리지 대학에서 19세기 후반 크레타와 민게르섬을 주제로 박사 학위를 받았기 때문에 내가 파키제 술탄의 서신을 편집해 달라는 요청을 받은 것은 당연한 일이었다.

이십 일간의 험난한 여정을 마치고 내 증조할머니인 여왕 파키제 술탄과 증조할아버지 의사 누리는 여섯 달이나 늦게 톈진 항구에 도착했고, 그곳에서 베이징으로 갔다.

오스만 제국 사절단이 중국에 파견된 이유였던 의화단 운동은 열강의 승리로 끝났다. 다양한 민족으로 구성된 점령군 열강의 군대는 청나라 사람들과 그 병사들을 피비린내 나는 무력으로 진압했고 며칠 동안 베이징을 약탈했다. 그 전해에 거리에서 기독교인들을 살해한 중국인과 중국계 무슬림은 프랑스, 러시아, 독일군에 의해 무더기로 학살되었다.(압뒬하미트가 상징적으로 지지했던 점령군의 야만성과 무자비한 유혈 사태를 단 한 명의 소설가 톨스토이만이 공개적으로 비난했다. 버지니아 울프의 말을 빌리자면 이 '가장 위대한 소설가'는 러시아 차르와 독일 황제 빌헬름의 군대들이 자행한 학살을 비난하고 반란을 일으킨 중국 인민을 변호했다.) 황제 빌헬름 2세가 원했던 잔인한 복수를 하며 유혈의 전쟁에서 이긴 연합군은 중국계 무슬림들에게 이슬람의 역사, 문화, 그리고 이슬람 고유의 평화주의를 설파하는 일련의 회의를 조직하도록 오스만 제국 사절단의 몰라들을 초청했다.

민게르섬에서 일어난 일들, 압뒬하미트의 반응, 파키제 술탄과 의사 남편이 '반역죄'로 기소될 가능성을 알고 있던 영국인들은 사절단에 뒤늦게 합류한 이 두 특별한 인물들이 중국에서 이스탄불로 귀환하는 사절단과 마주치지 않도록 했다. 그들은 누리에게 중국 무슬림들이 거주하는 지역에서 이슬람과 방역 문제에 대해 강연을 해 달라고 요청했다. 파키제 술탄이 윈난, 간쑤, 신장에서 쓴 흥미진진한 편지들은 동아시아 문화 역사학자들을 위한 흥미로운 관찰들로 가득 차 있다.

누리의 강연 소식을 듣고 국제회의에서 그를 알게 된 영국과 프랑스 의사들은 홍콩에서 함께 일하자고 그를 초청했다. 그 시절 영국인들이 식민지들에 설립한 병원과 실험실은 세균학이나 방역 방법 면에서나 페스트와의 전쟁을 위한 세계에서 가장 유명하고 혁신적인 기관이었다. 1901년 알렉상드르 예르생은 인도차이나에서 파리의 파스퇴르 연구소를 위해 백신처럼 사용 가능한 혈청 발명과 제조에 힘쓰고 있었다.(성공하지 못할 터였다.) 그는 칠 년 전인 1894년 홍콩에서 프랑스 국민이기 때문에 갈 수 없었던 영국 병원이 아니라 임시 시설에서 이후 그의 이름을 따서 '예르시니아 페스티스'라고 불릴 병원균을 발견했다. 1901년 민게르를 강타한 페스트균은 1894년 이래로 중국에서 수십만 명을 죽게 만들었다. 부마 의사가 일하기 시작한 퉁와 병원은 테오도로풀로스나 하미디예 병원과 비슷한 문제를 겪고 있었으며, 사람들의 무지만 아니라(많은 중국인이 단지 영국인이 운영하는 곳이기 때문에 아무리 아파도 이 병원에 발조차 들이고 싶어 하지 않았다!) 방역 조치에 대한 이해에서도 차이가 있었다.

파키제 술탄은 주로 영국인과 유럽인들이 거주하는 홍콩 빅토리아 지역의 한 마을에 있는 집 한 층을 임대했다. 그녀가 이곳에서 쓴 첫 편지에 언급한 것처럼 참르자 언덕에서 보스포루스를 내려다볼 수 있듯이 이 집 역시 바다가 내려다보이는 언덕에 위치했다. 파키제 술탄은 이스탄불로 돌아가기 전에 '임시'로 거주한다고 여겼던 이곳에서 정확히 이십오 년을 살게 된다.

누리가 민게르에서 유일하게 연락하는 사람은 구 년 전 시놉의 수비대에서 알게 되었고, 나중에는 민게르 방역부장이었으며, 여전히 보건부 장관을 지내고 있는 염소수염의 니코스였다. 그 시기 니코스로부터 온 전보에서 여왕과 국무총리가 섬을 떠난 사실은 한동안 섬사람들과 여론에 비밀로 했다는 것을 알게 되었다. 아마도 영국으로부터 보호받고자 하는 희망 때문에 발표를 미루었을 것이다.

12월 6일 포병 차부시 사드리가 쏘아 올린 스물다섯 발의 대포와 함께 전 감찰부장 마즈하르는 자신을 대통령으로 선포했다. 다음 날 정오 옛 주 청사인 현재의 민게르 광장에서 역사상 가장 잘 조직된 정치 대회에 7000여 명의 사람들이 참석했다. 열광적인 군중은 대통령을 향해 작은 국기를 흔드는 고등학생 행렬, 대통령에게 경례하는 민게르 상인들과 잘 훈련한 방역 부대, 산악 마을에서 온 전통 의상을 입은 시골 소녀들이 음악에 맞춰 추는 민속춤을 구경했다. 발코니로 나온 마즈하르 대통령은 공화국이 삶의 방식, 자유의 자양분, 민게르 광장에 있는 모든 사람의 유일한 목표가 되어야 한다고 말했다.

그 시절 왕이나 여왕이 군부 쿠데타로 폐위되고 뒤이어 공화국이 선포되는 일이 흔했지만 이렇게 조용히 유혈 사태 없이 진행된 경우는 드물었다. 이 사건에 약간의 드라마를 덧붙이고 싶어 하는 민게르 출신 민족주의자와 '마르크스주의' 역사학자들은 이 변화를 '부르주아 민주주의 혁명!'으로 특징지었다. 하지만 마즈하르 대통령 시대에 일어났던 일들을 '민주주의'로 간주할 수 없다는 점은 분명하다.

옛 감찰부 장관이자 신임 대통령인 마즈하르는 국가 설립자인 지휘관 캬밀의 민족주의 개혁을 적극적으로 실행에 옮겼다. 집권 첫 달에는 고고학자 셀림 사히르와 중고등학교의 룸과 무슬림 교사로 구성된 위원회를 조직해 그들에게 민게르 알파벳 표준화 준비를 지시하고, 즉시 학교에서 가르치기 시작했다. 이 알파벳으로 작성한 온갖 공문서는 모든 관공서에서 우선으로 처리되었다. 다만 이 일을 하기가 매우 어려웠다. 등기소는 새로 태어난 아기들에게 지휘관이 좋아하는 민게르 이름을 지어 주면 즉시 출생 등록을 해 주었다. 반면 룸과 튀르크식 이름을 제시하는 사람들은 어려움을 겪었다. 마즈하르 대통령은 상점 이름이 적힌 모든 간판을 새 알파벳으로 쓰라고 명령했다. 서양 국가들과 그리스는 이러한 개혁에 많은 관심을 두지 않았지만 그리스와 룸 민족주의자들에 대한 마즈하르 대통령의 가혹한 조치에는 반대했다. 곧 룸 공동체의 마흔 명에 가까운 '지식인'과 집안에서 튀르크어를 쓰고 튀르크어 도서관을 보유한 열두 명의 튀르크 무슬림 지식인들이(그다지 많은 숫자는 아니었다.) 분리주의라는 죄목으로 성의 감옥에 갇혔다.

이 민게르화 운동에 발맞추어 지휘관 캬밀과 제이넵의 사진 수천 장이 인쇄되어 새로운 열정으로 전국에 걸렸다. 지휘관과 제이넵의 만남, 사랑 이야기, 모든 난관을 극복하고 결국은 민게르어 덕분에 결혼할 수 있었던 이야기는 초·중등학교 교육의 기본 주제가 되었다. 『민게르 알파벳』과 『제이넵 읽기책』도 많은 사랑을 받았다. 이 모든 문화적, 정치적 활동에서 대통령은 여왕 파키제 술탄의 통치기를 잊게 만들려고 하지 않았다. 반대로 민게르 역사서와 교과서에서 파키제 술탄에 대해 여왕에게 합당한 절제되고 존경받는 지위를 부여했다. 오늘날에도 모든 민게르 사람이 짧은 기간이나마 파디샤의 딸이 섬의 '여왕'이었으며 섬의 자유와 독립에 참여했다는 사실을 자랑스러워한다.

아버지와 마찬가지로 정권 내부의 쿠데타 결과 민게르 여왕 직위를 공식적으로 잃고 얼마 안 되어 파키제 술탄은 홍콩에 있는 풍경 좋은 책상 앞에 앉아 하티제 언니에게 슬픈 편지를 썼다. 파키제 술탄은 아버지 무라트 5세가 구십삼 일 동안 파디샤였고 자신은 101일 동안(1901년 8월 27일~12월 5일) 여왕이었다는 사실을 언급한 후 아버지가 이 사실을 아는지 궁금해하면서 그들이 매우 그립다고 썼다. 그녀는 홍콩에서 원하는 대로 살고 도시의 거리를 자유롭게 걸을 수 있기 때문에 '행복'해야 했지만 언니들과 아버지, 이스탄불이 너무나 그리워 안타깝게도 행복하지 못했으며, 편지를 쓰는 것으로 겨우 그리움을 덜 수 있었다.

일 년 후 하티제 언니가 스캔들에 휘말린 뒤로 파키제 술탄은 홍콩에서 더욱 외로움을 느꼈다. 하티제가 이스탄불에서 압뒬하미트가 가장 좋아하는 딸(그러니까 사촌) 나이메 술탄의 잘생긴 남편 메흐메트 케말렛틴 파샤와 부정을 저지르는 동안 이웃집 담 너머로 던진 연애편지가 압뒬하미트의 손에 들어갔다. 파디샤는 젊고 잘생긴 부마 케말렛틴 파샤를(그는 1877~1878년 오스만 제국-러시아 전쟁의 영웅인 가지 오스만 파샤의 아들이었다.) 즉시 딸과 떼어 놓고 계급을 강등해 부르사로 유배시켰다.(이는 정치적으로 중요한 사건이었기 때문에 《뉴욕 타임스》에도 보도가 되었고 피에르 로티도 언급한 바 있다.) 마음 나쁜 사람들이 대놓고 '추녀' 혹은 '꼽추'라고 불렀던 사촌 나이메 술탄은 오르타쾨이 해안 저택에서 하티제 술탄과 서로 이웃해 살았다. 당시 오늘날보다 더 '폐쇄적인' 이스탄불에서 두 파디샤의 딸 사이에 있었던 사랑과 경쟁에 대한 소문은 빠르게 퍼졌다. 부르사에서의 가택 연금은 미트하트 파샤가 감금된 타이프 감옥이나 시놉 혹은 민게르 감옥의 상황에 비하면 온화한 처벌이었다. 파디샤는 어린 시절부터 특별히 가까웠던 하티제 술탄을 처벌하지 않았지만 한동안 엄중히 감시했고, 이 시절에는 그녀에게 편지를 쓰고 답장을 받기가 힘들었다.

홍콩에 있던 파키제 술탄은 '스캔들' 관련 소문을 하티제 언니가 아니라 다른 사람을 통해 들었다. 공화국 시기 이스탄불 신문들은 하티제 술탄이 사실은 오로지 아버지의 복수를 하기 위해, 그러니까 숙부를 화나게 만들기 위해 의도적으로 연애편지가 그의 손에 들어가도록 했다고도 썼다. 이 시기에 제기된 또 다른 주장은 하티제가 사촌 나이메의 남편과 결혼하기 위해 여러 약국에서 구입한 쥐약을 옆집 사촌의 해안 저택에서 일하는 루멜리아 출신 주방 직원에게 주어 사촌을 독살하려고 했다는 것이다. 이때 파디샤 압뒬하미트는 비소가 함유된 쥐약으로 '흔적을 남기지 않고' 사람을 독살할 수 있다는 사실을 다시 한번 떠올렸을 것이다.

그 시절 파키제 술탄은 숙부의 용서가 있어야만 이스탄불로 돌아갈 수 있다는 사실을 알고 있었다. 하지만 이후 언니에게 썼듯이 안타깝게도 그들 사이에는 중요한 차이가 있었다. 압뒬하미트가 하티제 술탄을 만났던 때는 그가 매우 사랑하던 첫째 딸 울비예 술탄이 죽은 지(막 발명된 성냥을 가지고 놀다가 불에 타) 얼마 안 된 때였고, 아직 왕좌에 앉기 전이었다. 그는 새로 태어난 형의 딸 하티제와 놀아 주며 상실의 슬픔을 달랬다. 하지만 파키제는 아버지가 츠라안 궁전에 감금된 후 태어났기 때문에 어린 시절에 숙부인 압뒬하미트를 전혀 보지 못했고, 하티제 언니처럼 그의 품에 안겨 사랑받은 적이 없었다.

1904년 8월 파키제 술탄은 언니로부터 아버지의 사망 소식을 들었다. 그녀는 아버지의 체취, 책을 읽던 모습, 피아노를 칠 때 얼굴에 나타나던 몰입된 표정, 작곡하던 모습을 떠올리며 슬픔에 잠겨 몇 달을 보냈다. 그 후 이 년 동안 파키제 술탄이 언니에게 편지를 적게 보낸 한 가지 이유가 그녀의 슬픔이었다면(한번은 "아버지가 돌아가시고 없는 이스탄불은 더 이상 예전의 이스탄불이 아냐."라고 말했다.) 다른 이유는 1906년에 딸 멜리케(나의 할머니)가 태어나 할 일이 많아졌기 때문이었다. 이러한 이유로 우리는 지금부터 이야기할 시기의 역사를 그녀의 편지가 아닌 기록 증거와 회고록에 의거하여 썼다.

하지만 그 전에 가련한 무라트 5세의 장례식에 대해 몇 마디 하고 싶다.

어쩌면 이 책에서 어느 무엇도 이십팔 년간 감금되어 산 파키제 술탄의 아버지 장례식만큼 애처롭지는 않을 것이다. 그분이 내 조상(증조할머니의 아버지)이기 때문에 나는 객관적인 역사학자가 아니라 감성적인 소설가처럼 말하고 싶다. 사실 무라트 5세의 불운한 삶과 성공적이지 못한 짧은 통치는 오스만 제국의 관료들과 걸출한 정치인들이 제국을 지탱하기 위해 도입하려 했던 헌법주의, 서구주의, 자유주의, 의회주의 개혁을 삼십이 년 지연시켰고, 이 자유가 왔을 때는 이미 때가 늦어 아무 쓸모가 없어지고 말았다. 무라트 5세의 개혁파 아버지 압뒬메지트는 삼촌인 압뒬아지즈를 밀어내고 그를 후계자로 만들고 싶어 했으며, '불운한' 아들에게 희망을 걸고 프랑스어를 가르치고, 이탈리아인 롬바르디와 과텔리에게서 음악 수업을 받게 했다. 그러나 어느 하렘 여인이 쓴 회고록에 따르면 무라트 에펜디는 열네 살 때 정신과 기억에 영향을 미칠 병에 걸렸고, 이후 회복되었지만 병이 재발하게 된다.

병을 치료하기 위해 온(더불어 정치적 유대 관계도 맺었다.) 나폴리 출신의 의사 카폴레오네가 포도주와 코냑을 추천하고 젊은 후계자를 위해 쿠르바알르데레에 있는 별장에 '증류실'을 만들었다. 무라트 에펜디는 여생 동안 술을 끊지 못했다. 후계자 무라트 에펜디가 쿠르바알르데레의 별장에서 주최한 음악 공연을 곁들인 만찬에 자유주의자이며 입헌주의자, 그리고 의회 제도를 찬성했던 쉬나시, 지야 파샤, 나므크 케말 같은 시인, 언론인, 작가 들이 참석했다. 독살 해프닝이 있었던 런던에서 '친구'가 된 영국 왕세자 에드워드가 다음에 빅토리아 여왕을 만났을 때 손등에 입을 맞추라고 하자 무라트는 삼촌을 두려워하지 않고 그렇게 했다. 젊은 후계자는 유럽 여행에서 알게 된 나폴레옹 3세 같은 인물에게 동맹을 약속하는 편지를 썼다. 그는 유럽 '민족들'은 왕들을 물리쳤고, 그 왕들도 한 걸음 뒤로 물러났다고 생각했다. 그는 파디샤들도 그래야 한다고 믿었다. 하지만 갑자기 파디샤가 되었을 때 나중에 동생 압뒬하미트도 매우 불안하게 만들었던 음모, 쿠데타 시도, 삼촌 압뒬아지즈 암살 같은 기억들이 그를 미치게 만들었다. 이에 정부 관료들이 만장일치로 폐위를 결정했다. 그는 압뒬하미트가 처음에 그를 가두었던 이을드즈 궁전에서 옷을 입은 채 연못으로 뛰어들었다. 한번은 창문에서 뛰어내려 도망치려고도 했다. 이후 제정신으로 돌아왔다고 의사들에게 증명하고 다시 왕위에 오르려 했지만 이러한 꿈과 탈출 시도는 이십팔 년간 지속된 감금 생활을 더욱더 옥죄었다. 이을드즈 궁전에서 보낸 파샤와 관료가 갑자기 밤에 손에 등불을 들고 그가 자는 방으로 들어와 일단 '그'가 맞는지 확인한 뒤 전 파디샤에게 허리 숙여 인사하고는 압뒬하미트에게 무라트 5세가 베이오을루에 있다는 보고가 들어와 그가 있는지 점검하기 위해 급히 왔다고 시인했다. 망상에 빠진 옛 파디샤는 계속해서 침실의 위치를 바꾸었다. 주위에 그의 눈에 들고 싶어 몸부림치는 예순일곱 명의 여성 노예가 있었기 때문에 헨리 제임스가 썼듯이 "우리 현대인들이" 그를 이해하거나 더 나아가 불쌍히 여기는 것은 현실적이지 않다. 생의 마지막 무렵 당뇨병 악화와 딸 하티제의 믿기지 않는 추문, 압뒬하미트가 중개인을 통해 "네 딸에게 어떤 벌을 줄까?" 물었던 것이(어떤 벌도 주지 않았다.) 그를 더욱 지치게 만들었다. 전 파디샤의 죽음은 압뒬하미트의 명령으로 신문에 작은 소식으로 발표되었다. 장례식에 참석하기 위해 갈라타 다리와 시르케지에 모인 이스탄불 사람들은 예니 사원에 가까이 갈 수 없었다. 츠라안 궁전에서 증기선 나히트에 실려 온 시신은 전 파디샤가 매일 아침 찾아가 경의를 표하고 정치에 대해 이야기하던, 그를 늘 '장한 내 아들'이라고 불렀던 어머니 옆에 서둘러 매장되었다. 이스탄불에서 무라트 5세가 사실은 죽지 않았고, 매장한 후 곧 꺼내 몰래 유럽으로 밀항하여 다시 왕위에 오를 거라는 소문이 무성했기 때문에 압뒬하미트는 모든 각료에게 장례식에 참석하라고 지시했으며, 자신의 '특별' 보좌관도 보냈다. '그 이름이 영원히 불명예스럽게 기억될' 특별 보좌관은 대담하게 시신 앞에 다가가 손가락으로 머리털을 감아 힘껏 잡아당기고는 전 파디샤가 확실히 죽었다는 확신이 들고 나서야 놓아 주었다.

1905년 셋째 주 금요일 압뒬하미트가 이을드즈 사원에서 금요기도를 할 때 그가 항상 걸어 다니던 길에 세워 둔 차에 설치된 대형 폭탄이 이스탄불 전체, 심지어 위스퀴다르에서도 들릴 만큼 요란한 소리를 내며 폭발했다. 그 순간 파디샤는 질문을 건네는 셰이훨이슬람과 대화를 나누기 위해 발걸음을 늦추면서 도착이 지연되어 폭발의 영향을 모면했다. 폭발과 함께 주변에 흩어진 파편들로 스물여섯 명이 사망했고, 매주 금요일 파디샤를 보러 오는 호기심 많은 사람들과 외교관들을 포함하여 많은 사람이 부상을 입었다. 폭탄과 쇠 파편들이 장착된 자동차의 운전자도 폭발로 사망했다.

일주일 만에 압뒬하미트의 경찰과 고문단은 프랑스와 불가리아에서 꽤 오랫동안 폭발물을 준비한 분리주의 아르메니아 반란자들이 암살을 모의했다는 것을 밝혀냈다. 고문 수사관들은 곧 포탄을 집에 숨겨 놓은 벨기에 출신의 모험적인 무정부주의자 에드워드 조리스를 찾아 가두었다. 베이오을루 번화가에 생긴 첫 싱거 재봉틀 대리점에서 일했으며, 오스만 제국의 가장 외딴곳까지 재봉틀을 도입시키는 성공적인 판매 전략을 고안한 이 낭만적인 무정부주의자는 사형을 선고받았지만 벨기에 왕이 압뒬하미트에게 압력을 가하여 사형이 집행되지는 않았다. 그는 이 년간 수감된 후 압뒬하미트의 사면으로 풀려나 파디샤의 첩자가 되어 유럽으로 돌아갔다.

우리는 책의 마지막 페이지를 집필하는 동안 1901년 이후 오스만 제국에서 일어난 많은 정치적 사건에 민게르 혁명의 영향과 흔적들이 있는 듯한 느낌을 받았다. 어쩌면 작은 섬의 풍부한 역사에 너무 도취해 모든 것과 모든 곳에서 민게르섬을 보기 시작했기 때문일지도 모른다.

섬을 포위했던 영국, 프랑스, 러시아 함대가 철수하고 다른 어떤 국가도 독립된 민게르 국가를 인정하지 않았기 때문에 압뒬하미트가 원했더라면 마흐무디예를 보내 영국인들이 알렉산드리아에서 그랬던 것처럼 한동안 아르카즈 전체와 수비대와 각료 본부를 폭격할 수도 있었다. 하지만 그러지 않았다. 서류상으로 민게르는 여전히 오스만 제국의 속주였다. 예를 들어 프랑스인들은 영국과 협정을 맺고 오스만 제국과 전쟁을 감수하며 이곳에 군대를 보낼 수 있었다. 압뒬하미트와 제국의 전함은 섬으로 가 폭격하고 군대를 상륙시켜 점령하고 새로운 총독을 임명할 열망이 없었다. 오스만 제국의 전함과 군대가 민게르에서 마주칠지 모르는 저항은 열강이 기독교인들을 보호한다는 핑계로(페스트처럼) 섬을 점령하거나 영국이 키프로스에서 그랬듯이 쉽게 섬을 점령하는 구실이 될 수 있었다.

봉쇄가 해제된 후 섬의 '독립'을 지키는 데 오스만 제국을 포함해 주변 국가들과 좋은 관계를 유지하려는 마즈하르 대통령의 정책이 영향을 미쳤다. 그가 방역 부대를 '개혁'하여 현대적인 군대로 변모시킨 것도 주요했다. 섬의 모든 사람이 이 년간 의무 복무를 해야 했으며, 사 년 만에 이 군대는 2500명의 신병을 받았다. 집에서 민게르어로 말하는 사람들, 새로운 국가에 진심으로 충성하는 룸과 무슬림으로 구성된 군대의 정신적 기반은 물론 마즈하르 에펜디가 지대한 창의력으로 섬에 확산시킨 지휘관의 시적이고 강력한 민게르 민족주의였다.

콜아아스가 주 청사 발코니에서 민게르 혁명을 일으킨 6월 28일은 섬에서 독립 기념일로 선포되었다(하루 휴일). 매년 열리는 기념행사는 방역 부대가 머리에 전통적인 집배원 모자를 쓰고 가방을 맨 채 '지휘관은 여기에 있다!'라는 제목의 행진곡과 새로 작곡한 또 다른 민게르 행진곡을 부르며 수비대에서 민게르 광장으로 내려가는 것으로 시작된다. 광장에서 마즈하르 대통령이 그들을 지켜보던(보이지 않지만 다리가 높은 의자에 앉아) 발코니 아래로 한 시간 동안 모든 민게르 군인이 줄지어 지나갔다. 모든 사람이 사랑하고 기다리던(서양 신문들도 열광적으로 묘사했던) 고등학생들의 공연은 오늘날 독립 기념일 행사만 아니라 민게르 민족 정체성에서 중요한 부분이라는 생각에 인류학자도 동의한다.

먼저 129명의 고등학생들이 저마다 커다란 민게르어 알파벳으로 된 단어가 수놓아진 흰 천을 손에 들고 광장으로 나온다. 이 129개의 단어는 스플렌디드 호텔에 있는 방에서 국가 설립자인 불멸의 지휘관 캬밀이 생애의 마지막 두 시간 동안 말한 것을 사무관이 기록한 민게르어 단어들이다. 교복을 입은 남녀 고등학생이 광장에 자리를 잡으면 환호의 박수가 터져 나오고, 곧 기대로 가득 찬 정적이 이어진다. 고등학생들이 올해는 이 단어들로 어떤 멋진 문장을 만들고 지휘관이 마지막 날들에 신으로부터 받아 읊은 시 구절들 중("나의 민게르는 나의 천국, 너의 영혼." "민게르는 민게르인의 것이다." "나의 가슴은 항상 민게르에!") 어떤 구절들을 떠올리게 할까? 학생들이 빠르고 결의에 가득 차 자리를 바꾸며 단어들로 문장을 만들 때 관중은 환호했고 대통령은 아내와 함께 발코니에 앉아 그들을 바라보며 눈물을 글썽였다. 한편 안타깝게도 이 민족주의와 공화주의 정신을 느끼지 못하고 여전히 그리스 혹은 오스만 제국에 고집스럽게 애착을 보이는 200여 명의 사람들은(룸 150명, 무슬림 60명.) 안딘시 근처의 교육 캠프에 수용되었다. 하지만 캠프에서 교육받는 대신 도로와 다리 건설 일을 선호하는 사람들도 있었다. 마즈하르 대통령 정부는 혁명 이후 아테네와 이즈미르로 도망쳐 돌아오지 않는 부자들에게(대부분 룸이었다.) 무거운 세금을 부과했고, 섬에 살지만 정부에 반항하면서 여전히 섬 밖의 아테네와 이즈미르 은행에 돈을 예치한 부자들은 잠시 도로 건설 현장에서 일하도록 했지만 그리스와 유럽 신문에 '민게르의 강제 노동'에 관한 기사가 실리기 시작하자 중단했다!

그 시기에 셜록 홈스의 창조자인 코넌 도일은 재혼을 한 후 인생의 이상한 조화로 우리 책에 나오는 이집트, 그리스 섬들, 이스탄불로 신혼여행을 왔다. 이스탄불에서 압뒬하미트는 그에게 메지디예 훈장을, 그 아내에게는 작은 훈장을 수여했다. 잠시 파디샤의 참모로 자원하여 활동했던 영국의 헨리 우드 제독은 회고록에서 파디샤가 그토록 존경하던 위대한 작가와 드디어 행사에서 만나는 장면을 목격했다고 썼지만 사실이 아니다. 도일이 이을드즈 궁전을 꼭 방문하고 싶어 한다는 것을 알게 된 파디샤는 다음에 나올 소설 배경이 그의 궁전이 되지 않을까 두려워 훈장은 수여했지만 마지막 순간에 라마단을 핑계로 수여식은 취소했다.

페스트 기간에 일주일에 서너 번씩 하티제 언니에게 긴 편지를 쓰던 파키제 술탄은 1907년 홍콩에서 두 통, 둘째 아이 쉴레이만이 태어난 1908년에는 한 통만 썼다. 집에 하녀와 영어를 할 줄 아는 심부름하는 남자가 있었지만 병치레가 잦은 병약한 두 아이를 돌봐야 했기 때문에 집 밖의 세상과는 단절되었다. 그녀는 편지에서 의사 누리가 이따금 진료를 위해 먼 마을로 가야 했지만, 홍콩에서 전염병 발병 속도가 느려졌으며, 삼사 년 전보다 훨씬 더 적은 수의 사람이 죽는다고 썼다.

이 년 동안 쓴 세 통의 편지에서 반복되었던 주제는 파키제 술탄이 언니에게 목록을 달라고 했던 '압뒬하미트가 좋아하는' 추리 소설들을(셜록 홈스를 포함하여) 홍콩에 있는 영국 도서관에서 찾아 다 읽어 보겠다는 결심이었다. 1908년에 쓴 편지에서는 왜 이런 결심을 했는지에 대해 누리와 솔직하게(일리아스를 암살한 범인이 독을 사들인 약국과 약초상을 어떻게 숨겼는지 알기 위해서였다.) 이야기를 나누었을 때처럼 쓰지 않았다. 아마도 숙부 압뒬하미트가 하티제 언니를 용서하고 궁전 행사에 초대해 조카가 연애 스캔들과 관련하여 죄가 없다는 것을 사회에 암시하면서 그 둘이 가까워졌기 때문일 것이다. 파키제 술탄은 아버지가 사망한 후 하티제 언니가 파디샤와 맺고 있는 이 친밀한 관계를 이용해 남편과 자신이 반역죄 혐의를 벗을 수 있도록 중재해 주었으면 하는 어떤 말도 편지에 쓰지 않았다. 어쩌면 하티제가 어차피 이를 부탁할 만큼 압뒬하미트와 친밀하지 않다고 생각했을지도 모르고, 또 다른 가능성은 '용서'해 준다고 하더라도 압뒬하미트를 믿기 힘들며, 이 용서가 아버지에 대한 배반이 될 것이라고 느꼈기 때문일 수도 있다.

파키제 술탄은 압뒬하미트의 입헌주의 선포, 중의원 재소집, 3월 31일 사건[88]으로 테살로니키에서 온 행동군이 이스탄불로 입성해 숙부(압뒬하미트)를 폐위하고 그 자리에 작은삼촌 레샤트를 앉혔다는 소식을 홍콩에서 발행되는 영국 신문을 통해 알게 되었다. 이스탄불 사원들에서 나온 조직적이고 분노한 군중이 거리에서 자유주의, 개혁주의, 서구주의 작가들을 죽이고, 테살로니키에서 온 행동군과 세균학 연구소 근처 마츠카 병영과 탁심에 있는 병영 사이에서 대포와 기관총을 사용한 충돌이 발생하고, 이 '샤리아 광신도' 반란의 세 주동자가 항상 붐비는 에미뇌뉘 광장에서 흰색 처형 가운을 입고 다리가 세 개인 현대식 목재 교수대에서 처형된 후 이스탄불 사람들에게 본보기가 되게끔 사흘 동안 바람에 흔들리고, '정의'가 더해진 '자유, 평등, 박애'의 구호들이 울려 퍼지는 장면을 눈앞에 떠올리기는 그다지 어렵지 않았다.

자유 선포, 압뒬하미트 폐위, 정치범 사면은 '이스탄불로 돌아가는' 문제를 합리적인 생각으로 보이게 만들었다. 이스탄불로 돌아가면 민게르에서 일어난 일들 때문에 곤경에 처할까? 당시 빠르

88 구질서를 다시 도입하고자 하는 반동 보수 세력이 입헌주의에 맞서 일으킨 반란.

게 몰락해 가며 빚더미에 파묻힌 오스만 제국 관리들이 너무나 혼란스러워했기 때문에 의사 누리가 이 문제에 대해 편지를 쓰고 전보를 쳐 앞으로 일어날 일들에 대해 정보를 얻고자 했던 한 친구는 법무부에 있는 지인을 통해 "어쩌면 누구에게도 아무것도 묻지 않고" 돌아오는 것이 가장 적절하다고 말했다. 이러한 조심스러운 문의는 사무관이나 부서장에게 엄청난 뇌물을 받아 낼 기회로 여겨지거나 어리석은 범죄자들이 자수하는 것으로 해석된다고 보았기 때문이다.

하지만 준비도 없이 갑자기 이스탄불로 돌아가는 것은 두 사람 모두 적절하다고 생각하지 않았다. 그렇다. 파키제 술탄은 이스탄불에 해안 주택을 포함한 재산들을 소유했고 의사 누리는 국고에 부마 수당과 정부 급여와 다른 수입들이 있었다. 하지만 '반역' 문제가 적들의 머릿속에 자리 잡고 있을지 모른다. 이 자산들은 장차 이스탄불로 돌아가면 언제든 요구할 수 있었다. 한편 능력 있는 의사 누리는 홍콩에서 영국 식민지 행정부만 아니라 병원들에 방역 관련 자문을 했기 때문에 수입이 상당했다. 게다가 세 살짜리 딸과 짜증 많고 공격적인 한 살짜리 아들을 데리고 몇 주 동안 배를 타고 갈(격리를 해야 할 수도 있었다.) 생각을 하니 이 여행을 감수하기가 힘들었다.

파키제 술탄은 이러한 사정을 편지에 쓰지 않았지만 나는 직감으로 알 수 있다. 그녀는 남편, 소란스러운 아이들, 그들이 사는 삶, 수증기, 음식, 그리고 아기 똥 냄새가 나는 집을 좋아했다. 이스탄불에 있었더라면 다른 사람들과 함께 한 귀퉁이에서 시든 장미처럼 작은 역할을 하며 더 화려하겠지만 생기 없는 삶을 살았을 것이다. 파키제 술탄은 남편이 다른 왕자와 부마처럼 연회(의료 기관과 와크프를 위한 기금을 모금하기 위해 개최되는 모임들)에 참석하는 것으로 행복해질 사람이 아니라는 사실을 오래전에 깨달았다. 사실 두 사람 다 홍콩에서 하인을 거느리고, 근심 걱정이 없고, 모든 사람과 멀리 떨어져 사는 '부르주아 삶'에 만족했다. 이스탄불에 자유가 선포되고 압뒬하미트가 폐위되었지만 그들이 돌아갈 만큼 안전하다고 느끼지 못했다.

1909~1913년 사이에 파키제 술탄은 언니에게 보낸 총 열한 통의 짧은 편지에서 항상 같은 이야기를, 즉 아이들과 홍콩에서 잘 지내며, 남편은 열심히 일하고, 자신도 집안일과 소설 읽기로 바쁘게 살고 있다고 썼다. 우리는 파키제 술탄이 언니에게 하는 질문들로 미루어 보아 그녀가 이스탄불과 아르카즈에서 일어난 일들에 대해 모른다는 것을 알 수 있다.

다른 자료들의 도움을 받아 이 오 년 동안 이스탄불과 아르카즈에서 일어난 몇몇 사건들을 간략하게 살펴보고자 한다.

오스만 제국의 마지막 십 년은 아지지예 전함의 커다란 응접실에 걸려 있던 제국 지도에 있는 나라들, 영토, 섬이 놀랄 만큼 빠른 속도로 소실되는 이야기다.

압뒬하미트가 몰락한 이후 이스탄불에서 가장 많이 들리는 단어는 '자유'였다. '자유'가 선포되고 파키제 술탄의 언니 하티제 술탄이 가장 처음 한 일은 숙부가 결혼을 주선한(그리고 처제인 파키제 술탄을 위해 압뒬하미트가 읽었던 추리 소설의 목록을 써 준) 남편과 상당한 '보상금'을 지급하며 이혼한 것이었다. 아버지로부터 무라트 5세의 아들과 딸에 대해(파키제 술탄은 제외) 듣고 궁전에 대한 소문들에 의거하여 오십 년 후 잡지《역사 세계》에 글을 연재한 보수주의 작가 나히트 스르 외리크는 그들이 그토록 기다리던 '자유'가 무라트 5세의 자녀들에게는 도움이 되지 않았음을 암시할 터였다.

외리크는 메흐메트 셀라핫틴 왕자가 이십팔 년간 같은 궁전에 갇혀 산 뒤에 자유를 얻게 되자 며칠 동안 이스탄불 거리, 배, 부두, 다리에서 만나는 모든 사람에게 — 열세 살의 나히트 스르 외리크를 포함해 — 자신을 소개했다고 쓴다. 왕자는 폐위된 아버지가 겪은 부당함을 소재로 어떻게 연극을 집필하고 제작할지 생각하고 있었다. 악의 어린 소문을 좋아하는 나히트 외리크는 반쯤 미쳤지만 아주 영리하고 교양 있었던 왕자가 자신의 삼촌 파디샤 레샤트에게 접근하여 고인이 된 아버지 무라트 5세의 정당한 몫, 즉 '쌓여 있는' 수입 일부를 누이들을 따돌리고 차지하고 싶어 했다고 밝힌다. 그리고 약간 멍청한 파디샤 레샤트조차 그를 진지하게 여기지 않았다고 말한다.

'자유'의 시대는 신문, 잡지, 책의 다양함과 풍부함에서 그 모습을 가장 뚜렷하게 드러냈다. 이스탄불 사람들은 '폭정' 시기에 구입해 읽은 일부 프랑스 소설들이 사실은 압뒬하미트를 위해 번역되었다는 것을 이렇게 해서 처음 알게 되었다. 이 무렵 몇몇 책 앞부분에 "압뒬하미트를 위해 번역되었다."라는 문구를 넣기 시작했지만 이러한 관행은 공화국 건국 이후에 더 성행했다.

우리가 보기에 이 소설들 일부가 '자유 시대에도 불구하고' 왜 여전히 검열된 형태로 출판되었는지에 대한 세 가지 답이 있다! 1) 게으름. 2) 그사이 많은 번역가가 일을 그만두었고 번역본 초안이 사라졌다는 사실. 3) 이슬람과 튀르크인에 대한 비판 같은 압뒬하미트가 좋아하지 않았던 주제들을 '자유'로워진 이후 권력을 잡은 사람들도 좋아하지 않았다는 점. 이스탄불에서 100년 이상 지속되어 오고 암암리에 국가의 지원으로 거리에서 신문 기자와 작가를 죽이는 전통과 관습이 '자유 시대'와 함께 시작되었다는 것도 덧붙이고자 한다.

1911년 이탈리아가 영국과 프랑스와 협정을 맺고 리비아를 손에 넣기 위해 전쟁을 선포하면서 오스만 제국의 몰락을 더욱 가속화했다.(사실 새로운 오스만 제국도 압뒬하미트처럼 국기만 남겨 놓고 리비아를 이탈리아에 전쟁 없이 양도할 준비가 되어 있었다!) 전략의 일환으로 오스만 제국보다 일고여덟 배 강력한 이탈리아 전함은 로도스섬과 함께 크고 작은 스무 개 정도의 오스만 제국령 섬을 점령했다. 튀르크인들의 통치 방식 때문에 '열두 개 섬'(서양인들은 도데카네스라고 부른다.)이라고 했던 이 섬들에서 로도스섬에 있던 오스만 제국 수비대가 가장 크게 저항했다. 민게르에서는 기민한 마즈하르 대통령이 손에 든 카드를 잘 사용하여 섬의 독립을 보장하는 새로운 지위를 전쟁 없이 얻는 데 성공했다.

이탈리아가 점령한 모든 섬의 인구 대다수는 룸이었고, 이들은 이 상황에 불만이 없었다. 무너져 가고, 법과 질서를 확립하지 못하고, 탄지마트 이후 다양한 구실로(병역 대체금) 여전히 기독교인들로부터 더 많은 세금을 받아 내는 오스만 제국보다 이탈리아인들을 선호했기 때문이다. 동쪽에 너무 멀리 떨어져 있어 이탈리아의 침략을 받지 않은 작은 섬 카스텔로리조는 인구의 98퍼센트를 차지하는 룸들이 이탈리아 전함을 섬으로 초대하는 탄원서를 쓰고 이탈리아의 일부가 되고 싶다고 공표했다.

역사상 처음으로 공중 폭격을 가한 이탈리아 왕국은 단기간에 전쟁에서 이겼다. 이후 양국이 체결한 우시 조약으로 리비아는 이탈리아에 양도되었다. 이탈리아가 점령한 섬들은 발칸 전쟁이 끝나고 어쩌면 오스만 제국에 반환될 수 있었다. 그 시기 오스만 제국이 와해되고 그 군대가 쉽게 패배하는 것을 본 발칸 국가들은 누가 어느 지역을 가질지 서로 협약하고 오스만 제국에 전쟁을 선포했다. 다시 말해 그리스와 오스만 제국은 다시 전쟁을 시작한 셈이었다. 터키 역사책에 트리폴리타니아 전쟁으로 언급되는 이탈리아와의 전쟁에서 패배한 오스만 제국 관료들은 발칸 전쟁에서 또다시 패배하리라고 확신했기 때문에 모든 오스만 제국령 섬이 곧 그리스에 합류할 것으로 보였다. 그렇다면 현재로서 이 섬들이 — 언젠가 오스만 제국에 반환될 것이다. — 이탈리아의 수중에 남는 것이 어쩌면 더 낫다고 생각했다. 그래서 오스만 제국 군대가 리비아에서 완전히 철수할 때 이스탄불은 열두 개 섬에 이탈리아 군대가 계속 주둔해도 된다고 암시했다.

1912년 9월 마즈하르 대통령은 비밀리에 이탈리아와 한야 조약에 서명했다. 대통령은 삼십일 년의 통치 기간에 감옥, 노동 수용소 같은 방법으로 자유주의, 튀르크주의, 그리스주의, 그리고 다양한 반대파들을 제압하고 강력한 군대를 조직했다. 그는 일 년에 두 번 옛 주 청사이자 새 장관 본부 발코니에 서서 시간이 얼마나 걸리든 간에 마지막 군인이 지나갈 때까지 모두에게 경례를 했다. 지휘관과 제이넵의 사진, 그림, 동상은 섬에서 복권부터 지폐, 신발 상자부터 술병, 말린 무화과 상자부터 버스 정류장까지 사방에 있었다.

마즈하르 대통령은 영국이 주도한 조약에 서명하기 위해 민게르 해군의 유일한 전함을 타고 크레타섬으로 가면서 주변 사람들에게 국가의 독립이 십일 년이 지나 드디어 전 세계에서 인정받게 될 것이라고 말했다……. 부관인 하디드는 이 조약을 받아들이도록 특히 집에서 민게르어를 사용하는 '진정한' 민게르인들을 설득하기 위해 많은 노력을 해 왔다.

그리하여 1912년 10월 이탈리아는 민게르의 독립을 공식적으로 인정했다. 이는 사실 절반의 독립이었다. 옛 주 청사 건물에 민게르 국기와 함께 이탈리아 국기가 펄럭이고 있었기 때문이다. 이탈리아 국기를 반대하는 민게르 민족주의자들의 목소리를 누르는 것이 이제 마즈하르 대통령의 일이었지만 섬에는 특별히 큰 목소리가 없었다. 오히려 모두들 오스만 제국의 전함이 폭격하러 오지 않을 거라며 안도했다.

발칸 전쟁도 패배로 끝나자 연합진보당은 전쟁에서 패배한 정부를 쿠데타로 전복시켰다. 국민들 사이에 바브알리 습격이라고 알려진 이 사건은 여러 가지 측면에서 아르카즈 역사와 '방역 정부' 시대를 연상시킨다. 군인과 당원들은 대낮에 정부 회의 장소를 습격하여 장관 한 명을 사살하고 정부의 사임을 강요했다. 쿠데타를 주도한 '자유의 영웅' 엔베르 베이는 곧이어 파샤가 되어 압뒬메지트의 손녀인 나지예 술탄과 결혼했다.

행동군 사령관이자 압뒬하미트를 전복한 쿠데타 세력이 새 정부의 수장으로 임명한 마흐무트 쉐브케트 파샤는 다섯 달 뒤에 오픈카를 타고 가다 이스탄불 거리에서(디완욜루에서 신호를 기다리고 있을 때) 총에 맞아 사망했다. 전혀 무장하지 않아 총알들로 벌집이 된 자동차는 모두 체포되어 교수형을 당한 암살자의 권총과 함께 오늘날 하르비예의 군사 박물관에 전시되어 있다. 역사를 좋아하는 소설가 오르한 파묵은 1980년대에 박물관에서 오 분 거리인 니샨타쉬에 있는 집에서 일주일에 한 번 강박적으로 그곳을 방문하곤 했다고 내게 말했다.

1913년 가을 홍콩 주재 영국 행정부의 고위 요원은 먼저 약속을 잡고 퉁와 병원에서 일하는 의사 누리를 방문했다. 홍콩의 하수도와 방역 문제에 대해 언급할 것이라고 생각했던 누리는 그 대신 초록색 눈에 갈색 머리인 식민지 관리와 지역 신문에 보도된 발칸 전쟁의 결과에 대해 토론하는 자신을 발견했다.

오스만 제국은 400년 동안 소유하고 있던 발칸 반도의 마지막 영토마저 잃었다. 알바니아인들도 민족주의 봉기를 일으켰다. 알바니아 독립운동은 압뒬하미트와 오스만 제국에 맞섰다기보다 오스만 제국이 물러나면 점령할 열강들과 싸우기 위한 준비로서 불타올랐다. 실제로 국제 열강은 그들 스스로 통치할 '독립적인' 알바니아 국가의 설립에 합의했다.(오스만 제국이 끝났다는 데에는 모두 동의했지만 남은 영토를 크고 작은 다른 나라들이 어떻게 분배하느냐가 문제였다.) 여섯 개국 대표로 이루어진 위원단이 알바니아를 통치하고, 열강이 선출한 왕자가 국가 원수가 될 터였다.

영국 관리는 불만스러운 투로 말했다. "모두들 그들의 왕자가 알바니아를 통치하길 원합니다." 영국이 가장 든든한 '보호책'일 거라며 빅토리아 여왕의 아들인 콘노트 공작이자 캐나다 총독인 아서 왕자를 국가 원수로 원하는 알바니아인들도 있었다. 독일은 호엔촐레른 왕가의 사람을 염두에 두었다. 위조문서를 이용해 자신이 알바니아 출신이라고 주장한 이집트 히디브 가문의 파샤도 있었고, 루마니아 왕자도 후보자로 나타났다.

사실 이 대화의 의도를 감지했지만 의사 누리는 공식적인 어조로 왜 이런 상황들을 설명하는지 물었다.

관리는 다른 정보들도 주었다. 오스만 제국 외무부 장관인 노라둔크얀은 알바니아 인구의 80퍼센트가 무슬림이기 때문에 오스만 제국의 왕자가 적합할 거라고 영국에 알려 주었다. 왕위 계승 순위에서 최상위에 있으며 언젠가 오스만 제국 파디샤가 될 거라고 희망하는 왕자들은 알바니아 왕자가 되라는 연합진보당의 제안을 거절했다. 하지만 왕위 계승과 거리가 멀고 게으르고 멍청한 왕자들도 알바니아 왕자가 되는 데에 콧방귀를 뀌었는데 아마도 다른 왕자들 역시 원하지 않는다는 이유였을 것이다.(예를 들어 우리 책 앞부분에서 언급했고 압뒬하미트가 매우 사랑했던 작곡가 아들 부르하넷틴 에펜디가 그랬다.) 이에 알바니아 출신의 저명한 오스만 제국 파샤들이 그 역할을 맡을 후보자로 고려되기 시작했다. 초록색 눈의 식민지 관리는 잠시 말을 멈추더니 사실 영국은 알바니아에 그다지 이권이 없다고 덧붙였다. 하지만 이 매력적인 새로운 국가에 걸맞고 탁월한 무슬림이자 서양이 적합하다고 여길 사람이라면 영국 정부는 평범한 왕자가 아니라 파키제 술탄과 의사 누리를 그 자리에 제안할 수 있다고 말했다. 게다가 이 제안이 받아들여진다면 알바니아 공국의 전염병 문제도 해결될 것이다.

누리는 십이 년 전 민게르에서 영국 영사 조지에게 했던 말을 그때처럼 진지하게 되풀이하며 무슬림 국가에서 파디샤의 딸, 즉 왕조의 여성 후손은 아무런 정치적 힘이 없다고 말했다.

영국 관리는 민게르에서 여왕 파키제 술탄의 치세가 성공적이었으며, 영국 외무부는 알바니아 국민도 그녀를 좋아할 것으로 확신한다고 말했다.

"우린 민게르에서 아주 특별한 이유가 있었습니다." 누리가 말했다. "우리는 페스트 방역 조치를 시행하고자 했어요."

영국 고위 관리는 어차피 의사와 파키제 술탄에게 공식적인 제안을 한 것은 아니며 영국 정부가 이를 공식적으로 제안하기 위해서는 누리와 파키제 술탄이 알바니아에 가는 데 관심이 있는지 말해 주어야 한다고 밝혔다.

이것이 파키제 술탄이 하티제 언니에게 썼고, 우리가 전해 받은 마지막 편지이기 때문에 그 분위기에 대해 잠시 이야기하고자 한다. 편지에서는 파키제 술탄이 처음에 이 제안을 진지하게 받아들였으며, 테이블에서 남편과 아이들과 농담 반 진담 반 알바니아의 왕자가 된다는 생각에 대해 의논했다는 것을 알 수 있다. 하티제 언니는 이 문제를 어떻게 생각했을까? 우리 생각에 이 질문의 저변에는 자랑하고 싶어서라기보다 이런 일이 일어나면 '이스탄불이 뭐라고 할까?'라는 호기심이 자리 잡고 있었을 것이다. 파키제 술탄은 마지막 편지에서 자신은 알바니아어를 모르며, 같은 실수를 또 하고 싶지 않다고 썼다. 그래도 파키제 술탄은 어느 날 도서관으로 가 뉴욕에서 막 도착한 1911년 판 『브리태니커 백과사전』에서 이 나라에 할애된 짧은 두 항목을 통해 그것이 섬이 아니라 산악 지대이며, 옛 그리스의 지리학자이자 역사학자인 스트라본에 의하면 사람들이 키가 크고 강인하고 정직하다는 것과 (다른 항목에서) 이 나라가 '튀르크 제국'의 일부였다는 기록을 읽고 상상의 나래를 폈다. 당시 일곱 살이었던 딸 멜리케는 엄마가 하인의 게으름을 불평하며 자신은 알바니아 공주라고 농담을 하면서 집안일을 하던 것을 기억했다. 어차피 그들이 결정을 내리기 전에 독일 왕자가(비들 빌헬름) 알바니아 국가 원수로 임명되었다는 기사가 신문에 보도되었다.(그의 정부는 여섯 달 후 무슬림 봉기와 쿠데타로 전복되었다.) 이렇게 해서 이들은 즐거운 환상에 그다지 오랫동안 빠져 있지 않았다.

우리는 파키제 술탄이 왜 하티제 언니에게 다시는 편지를 쓰지 않았는지 정확히 모른다. 그 시기 재혼하여 옛 해안 저택에서 새 남편과 살면서 연달아 두 아이를 낳은 하티제에게 어떤 이유에서인지 모르지만 신뢰를 잃었다고 생각한다. 파키제 술탄이 어차피 뜨문뜨문 보내던 편지들 중 한두 통이 하티제 술탄의 손에 닿기도 전에 분실되었을 수도 있다.

일 년 후 이스탄불 사람들이 '전면전'이라고 했던 1차 세계 대전이 발발하자 부부는 적지인 홍콩에서 두 아이와 함께 살고 있다는 것을 알게 되었다. 우리는 그들이 십 년 만에 홍콩에서 영국 여권을 받았다고 추측한다. 영국 당국은 이 오스만 제국의 귀한 손님들이 안전하고 편하게 느낄 수 있도록 필요한 준비를 해 두었다.

파키제 술탄과 부마 의사와 아이들은 전쟁 내내 홍콩에 머물면서 이스탄불 궁정과는 단절되었다. 우리는 그들이 어느 정도까지 영국의 포로이고 어느 정도까지 자기네 두려움과 죄책감의 포로인지 모르지만 휴전 시기 이스탄불에서 그들이 영국에 협력하는 것으로 비치는 상황을 꺼렸다.(해안 저택에 영국군 점령 장교들을 초대한 파키제 술탄의 작은 언니 페히메 술탄은 이스탄불 사람들의 눈에 그런 사람이 되고 말았다.) 한편 쌓였을 거라고 생각한 돈을 챙기고 오르타쾨이의 해안 저택을 되찾기 위해 이스탄불에 돌아가겠다는 마음은 항상 있었다.

1차 세계 대전에서 승리한 영국, 프랑스, 이탈리아, 그리스 연합군 전함들은 1918년 11월 이스탄불로 입항하여 보스포루스 궁전 앞에 정박했다. 600년 역사의 오스만 제국은 모든 섬과 나라를 내주며 축소되었고, 결국 이스탄불을 내주면서 막을 내렸다. 파키제 술탄이 평생을 보낸 츠라안 궁전 앞에 거대한 영국 전함 센추리온이 정박해 있었다. 이스탄불 무슬림들의 최악의 날을 보여 주는 사진들에서 하늘이 항상 검은 구름으로 뒤덮여 있던(터키 고등학교 역사책을 읽을 때) 것이 우연인지 나 자신에게 묻곤 했다. 열강의 전함들이 바로 창 앞에 정박한 가운데 오스만 제국의 마지막 파디샤는 형인 무라트 5세가 그랬듯이 자신의 궁전에 갇혀 있었다. 무스타파 케말이 서부 아나톨리아에서 그리스 군대를 물리친 후 1922년 마지막 파디샤는 영국 전함을 타고 그의 궁전과 이스탄불을 떠났다.

1923년 앙카라에서 터키 공화국이 선포되고 칼리프제가 폐지된 지 몇 달이 지나 오스만 왕가는 1924년 3월 터키 공화국 시민권을 박탈당하고 사흘 만에 추방되었다. 그러니까 파키제 술탄의 동화 같은 궁전 세계의 고위직 인사와 왕좌 주변에 있던 156명은 사흘 만에 이스탄불의 삶에서 쫓겨나 기차에 태워져 서구의 알려지지 않은 어느 지역으로 보내졌다. 오스만 왕가의 고위직 156명은 터키에 있는 재산과 부동산을 즉시 처분해야 하며 환승할 때조차 터키 국경을 넘는 것이 금지되었다. 파키제 술탄과 부마 의사 누리 역시 가장 고위직인 156명에 속했기 때문에 순식간에 터키 시민권을 박탈당했을 뿐 아니라 이스탄불로 돌아가기도 불가능해졌다는 사실을 알게 되었다. 왕가 일원들은 터키 입국이 금지되어 언제 돌아갈 수 있을지도 확실하지 않았다.

전쟁 막바지에 두 번째 남편과도 이혼한 하티제 술탄은 왕가와 함께 프랑스로 가지 않았고 두 아이와 여동생의 편지를 가지고 베이루트에 정착했다. 이곳에서 오랫동안 두 번째 남편으로부터 받는 위자료로 생활했다. 두 번째 남편이 유물 밀수 혐의로 곤경에 처하자 위자료가 끊겨 하티제 술탄은 두 아이와 베이루트에서 무일푼으로 힘겨운 시기를 보냈다. 하지만 무슨 이유에서인지 파키제 술탄과 다시는 연락하지 않았다.

우리가 볼 때 파키제 술탄과 그 가족이 이 년 후 갑자기 홍콩에서 프랑스로 이주한 이유는 두 가지다. 첫째, 추방된 156명과 함께 자발적으로 망명한 오륙백 명에 달하는 오스만 왕가 사람들과 자신을 동일화하고 그들과 처지가 같다고 느꼈을지 모른다. 둘째, 추방된 왕자들 중 딸 멜리케(나의 할머니)와 결혼시킬 적당한 사람을 찾고 싶었을지도 모른다.

이 문제와 관련해 파키제 술탄이 쓴 편지들이 없기 때문에 가족이 프랑스로 간 1926년 이후의 삶을 — 민게르 역사와 관계가 없기 때문에 — 짧게 언급하고자 한다. 할머니의 아버지 '부마' 의사 누리는 마르세유의 병원에서 일을 구했고, 나중에 그곳에 진료소를 차렸다. 이는 그늘을 니스 근처에 정착한 오스만 왕가와 거리를 유지하게 해 주고 소문으로부터 보호했다. 오로지 왕가의 일원과 왕자, 술탄을 추적하고 정치 활동을 하는지 알아내기 위해 설립된 니스의 터키 영사관 첩자들도 피할 수 있었다. 멜리케 할머니는 압뒬하미트 혈통이면서 왕좌와는 먼 왕자와 결혼했다.

1928년에 태어난 내 어머니는 그 불행하고 따분한 결혼 생활에서 태어난 유일한 아이였다. 마르세유의 적대적이고 술에 젖은 가족의 삶에서 도망치기 위해 파디샤 손자들과 여성 술탄들 대부분이 그러듯이 2차 세계 대전 후 열여덟 살 때 중매를 통해 무슬림 혈통의 부유한 남자와 결혼했다! 내 아버지는 스코틀랜드 혈통의 어머니와 런던에 사는 부유한 아랍인(이라크인) 상인 사이에서 태어났다. '오스만 왕가의 공주'와 결혼하면 그가 일원이 되고자 했던 런던 중류 사회에서 존경받을 거라고 기대했다. 중매를 통해 많은 선물과 보석을 받고 결혼한 지 여섯 달이 지나 어머니는 당신 아버지와 살기 위해 런던을 떠나 마르세유로 돌아갔다. 얼마 후 내 아버지가 마르세유로 쫓아가 어머니를 설득해 다시 영국으로 데려왔다.

불화가 많았던 이 시기에 어머니는 스스로 '민게르에 대한 관심' 혹은 나중에 '애정'이라고 말했던 것을 발전시키기 시작했다. 그렇다. 내 어머니의 할머니인 파키제 술탄은 어머니가 어릴 때 동화를 들려주듯 민게르섬에서 한때 당신이 여왕이었다고 농담 반 진담 반으로 이야기했다. 하지만 내 할머니에게 민게르는 특별한 관심의 대상이 아니었다. 멜리케 할머니의 혈통에서 중요한 사람이 있다면 당신의 어머니가 아니라 오스만 제국 파디샤인 무라트 5세와 600년 동안 지속된 오스만 제국 가족이었다! 멜리케 할머니는 또한 남편과 이혼할 수 있었다면 1952년 이후 이스탄불로 돌아가고 싶어 했다. 1952년 이후 그녀와 같은 상황에 놓인 여성들에게는 터키로 돌아가는 게 허락되었다.

어머니의 '민게르에 대한 관심'의 배후에는 니스 근처에 사는 오스만 제국 망명자들과 런던에 있는 아버지 주변의 '중동인들'로부터 도망쳐 남편과 함께 그들만의 세계에서 살고 싶은 꿈이 있었다. 또 다른 이유는 1947년에 민게르의 독립이 공식화되었고, 유엔이 이를 인정했으며, 세계에서 가장 작은 독립 국가들 중 하나로 신문의 사회면이나 아동용 부록에서 자주 다루어졌기 때문이다. 이 매력적인 기사들은 나의 민게르 '민족주의'에 영향을 미쳤다.

옛 주 청사 건물에는 오스만 제국 깃발이 걸린 이후 1901년부터 1912년까지 민게르, 1912년부터 1943년까지 민게르와 이탈리아, 1943년부터 1945년까지 독일, 1945년부터 1947년까지 영국, 그리고 1947년 이후에 화가 오스간이 디자인해 만든 동일한 민게르 국기가 펄럭였다.(이스탄불에 사는 2000여 명의 아르메니아 지식인들과 함께 우리 화가는 1915년 4월 비상 전시 조치를 이유로 '자유 영웅'인 국무총리 탈라트 파샤의 명령에 따라 어느 날 밤 집에서 연행되었고, 다시는 그의 소식을 듣지 못했다.)

섬 위에 펄럭이던 다양한 색의 국기들은 섬에 삶의 다양성이나 문화적 변화를 가져오지는 못했다. 1901년부터 1952년까지 반세기 동안 마즈하르 대통령(1901~1932)에 이어 하디드 대통령(1932~1943), 그리고 이후의 다른 모든 소위 '대통령', 반쪽짜리 대통령, 총독이 항상 동일한 민게르화 프로그램을 이탈리아와 독일과 협력하여 적용했고, 섬에서 오스만과 그리스 역사를 가르치는 것을 금지했으며, 일부 용감한 튀르크인과 룸들을 노동 수용소에 가두고 모든 것을 민게르화하는 정책을 시행했다. 우리는 섬에서 이십 년 동안 금지되고, 나중에는 일부 단어들은 검열하고 큰 대가를 치르게 한 우리의 책 『민게르화와 그 결과』에서 이 시기를 자세히 살펴본 바 있다.

내가 태어나기 이 년 전인 1947년 여름에 한동안 따로 지내던 어머니와 아버지가 마르세유에서 다시 만났다. 어머니는 당분간이나마 민게르에서 살자고 마침내 아버지를 설득했다.(내가 민게르 태생인 것은 어머니의 이 성공적인 노력 덕분이다.) 그들은 여름이 끝나기 전에 크레타를 거쳐 아르카즈에 도착했고, 어머니가 내게 들려준 이야기와 할머니의 어머니가 쓴 편지에 의하면 지휘관과 제이넵이 사십육 년 전 페스트로 사망한 스플렌디드 팔라스의 그 방에 자리를 잡았다. 스플렌디드 팔라스 입구에 있는 명판에 국가 설립자가 독립과 자유를 선포하던 날 이 호텔에 머물렀다고 쓰여 있다. 하지만 더 많은 것을 알고 싶은 사람들은 가이드를 이용하자. 가이드가 2층에 있는 회의실 한구석에 놓인 완야스와 그 이름은 알 수 없는 《하와디시 아르카타》의 신문 기자가 찍은 사진들과 마즈하르 에펜디가 지휘관의 보좌관이었을 때 사용한 테이블을 보여 줄 것이다.

1950년대 내내 여름날 오후에 집에 있기가 지겨웠던 어머니는 저녁 무렵 아버지가 구입해서 어머니에게 선물한 필리즐레르(옛 이름은 플리즈보스) 마을에 있는 풍경이 멋진 커다란 우리 집을 나와 스플렌디드 팔라스의 로마 아이스크림 가게로 나를 데려가곤 했다. 우리는 때로 아이스크림 가게 옆 정원의 시원한 보리수나무 아래 놓인 테이블에 앉았다. 이 외출이 끝날 무렵 아이스크림을 다 먹고 어머니의 손수건으로 손을 닦은 후 내가 조르면 어머니는 나를 2층에 있는 이 작은 박물관에 한 번 더 데려가곤 했다.(박물관을 좋아하는 소설가 파묵과 내가 공유하는 관심사다.)

혁명의 날, 발코니에 모인 사람들, 섬의 독립을 선언하는 사람들의 사진과 아르카즈 곳곳에 초상화가 걸려 있던 지휘관의 잉크

병과 필기구 세트를 보는 것이 나는 너무 재미있었다. 어쩌면 그때부터 물건과 역사, 글과 민족 사이의 심오하고 신비로운 관계를 어린아이의 마음으로 느꼈던 것 같다.

나는 민게르에서 태어났고, 그곳을 떠나 있을 때조차 섬은 내 상상 속에서 전혀 지워지지 않았다. 심지어 멀리 있을 때 내 기억은 더욱더 선명해졌다. 스플렌디드 아이스크림 가게에서 나와 가끔은 어머니와 함께 지휘관 캬밀 대로(옛 하미디예 대로)에 있는 상점들의 진열장을 보면서 쇼핑도 하며 걸어서 집으로 돌아왔다. 혹은 이스탄불 대로의 아치와 기둥 아래 그늘진 곳에 있는 런던 장난감 가게, 섬 서점, 민게르 은행 앞을 지나 아래쪽 해안으로 내려갔다.

나는 두 번째 경로를 더 좋아했다. 왜냐하면 내가 부두에 매여 있거나 근해에 정박한 배들을 일일이 주의 깊게 살펴보고 이름들을 읽고 생각하도록 십 분이라는 시간이 주어졌고, 돌아오는 길에는 마차를 탈 수 있었기 때문이다. 가끔 더 가서 새 부두 근처 커피숍 옆의 나룻배가 정박하는 곳에서 손으로 바닷물을 만져 보려고 하면 어머니는 "조심해, 신발 젖겠다!"라고 했다. 내 신발, 양말, 학교에서도 입던 재킷, 치마 모든 것이 좋았고 유럽산이었다. 학교에 다니기 전부터 나는 어머니가 나를 다른 어머니들보다 더 신경 쓰고 더 잘 입히는 것을 알았고, 이것이 오스만 왕가라는 환상과 낭만주의와 관련이 있다는 사실도 알았다.

어린 시절에도 지금처럼 부두의 인파 사이에서 걷거나 배를 타기 위해 급히 뛰어가는 사람, 세관을 통과한 사람들의 행복한 모습, 만 전체에 드리운 베야즈산 그림자를 느끼는 것을 좋아했고, 다른 모든 민게르 아이들처럼 성을 무서워하고, 그 안에 산적, 살인자, 그리고 온갖 끔찍한 것들이 있다고 상상했다. 사실 성과 관련해 어둠 이외에 다른 어떤 것들을 생각하지 못하는 대부분의 민게르인들처럼 그곳에 딱 한 번, 아주 잠깐 들어가 보았다. 성 자체보다 만의 고요한 바다에 비친 모습이 더 마음에 들었다.

어머니는 공주처럼 행동하기를 좋아했지만 집으로 돌아가는 길에 마차를 탈 때면 필리즈까지 가는 데 "얼마지요?"라고 민게르어로(모든 마부가 터키어를 조금 아는데도 불구하고) 물었다. 가격이 적당하다고 생각하면 아무 말 하지 않았고, 요금표보다 너무 비싸면 민게르어 요금표를 일러 주었다. 그러면 어떤 마부는 뻔뻔스레 장황하게 반론을 내세웠지만 대부분이 요금표에 있는 가격을 받아들였다. 1990년대 이후 아르카즈에 여름마다 관광객이 몰려들어 살기가 힘들어졌는데 삼십 년 전에는 이들이 전혀 없었기 때문에 마부들은 어머니가 말했던 것처럼 그렇게 '버릇없지 않았고', 특히 마차 정거장 주변의 지독한 말똥 냄새를 당시 섬사람들 대부분이 — 지금 우리가 그러듯이 — 공개적으로 말하지는 않았지만 좋아했으며, 심지어 섬 밖에 있을 때도 그리워하곤 했다. 2008년 관광객들의 지대한 관심에도 불구하고 힘든 오물 청소와 마부들의 거친 행동과 규율 무시 때문에 아르카즈에서 정부 법령으로 마차가 금지되었다.

어머니와 나는 집에서 터키어로 대화했다. 어머니와 아버지는 서로 영어로 대화했지만 아버지는 대부분 런던이나 다른 곳에 있었다. 우리는 집에 있는 가정부, 정원사, 경비들하고는(우리와 터키어로 대화하는 한 사람을 제외하고) 민게르어로 대화했다. 어머니는 당신 할머니가 섬에 왔을 때 단어 하나도 몰랐던 민게르어를 섬을 오가고 머무르면서 스스로 노력해서 배웠고, 내가 집이나 밖에서 듣고 한두 마디 익힌 민게르어를 제대로 배웠으면 싶어서 내가 네 살일 때 『민게르 알파벳』과 『제이넵 읽기책』을 사 주었으며 민게르어 단어들과 읽고 쓰기를 가르쳐 주었다.

다섯 살 때 나는 마침내 민게르어를 잘할 뿐 아니라 어머니도 인정했던, 다시 말해 좋은 집안 출신인 또래의 소녀 리나와 서로의 집을 오가기 시작했다. 하지만 시간이 흘러 대화를 통해 민게르어를 배우려는 계획은 중단되었다. 리나가 내 아버지가 무슨 일을 하는지, 스파이는 아닌지, 어느 책상에서 일하는지, 서랍이 잠겨 있는지 같은 질문을 해 어머니를 불편하게 만들었기 때문이다. 아버지는 이스탄불 대로에 연 큰 잡화, 가구, 가정용품 가게(아버지는 섬에 영국제 냉장고를 처음 들여왔다.)와 장미수 무역을 위해 관공서에서 많은 시간을 죽이고 설립한 무역 회사가 특별히 성공하지 못했기 때문에(그리고 영국군이 철수한 이후에 온 영국인이었기 때문에) 스파이로 의심을 받았다.

어머니가 고집을 부려 아버지의 잡화용품점에도 1932년에 출간한 조지 영사의 책을 비치했지만 관광객 한두 명 이외에는 아무도 진정한 노력과 사랑을 다해 쓴 이 책에 관심을 보이지 않았다는 것을 이 자리를 빌려 말해 두고 싶다. 내가 역사학자가 되는 데 영향을 미친 조지 커닝엄의 『고대부터 현재까지의 민게르 역사』는 육십 년간 민게르 역사학자들과 민게르 정부에 의해 대부분 출처를 밝히지 않고 뻔뻔하게 약탈당했다. 유익하고 균형 잡히고 지식으로 가득한 이 책은 특히 민족 정체성을(의상, 음식, 풍경, 역사와 관련해) 창출하기 위해 야만적으로 사용된 후 그다음 십오 년간은 새로운 세대로부터 에드워드 사이드가 사용했던 부정적인 의미에서 '오리엔탈리즘'이라는 이유로 무시되었으며, 민게르 문화에 가장 중요한 기여를 한 저자에게 온갖 별스러운 편견을 가진 영국 제국주의의 스파이라고 비난을 퍼부었다. 무슈 조지의 집에 가득 들어차 있던 고고학 유물, 조각상, 민게르석, 화석, 항아리, 풍경 유화, 수채화, 조개껍질, 지도, 책 들을 이후 전쟁과 혼란의 시기에 영국 전함에 실어 밀반출하지 않았더라면 섬에 있는 다른 많은 비슷한 수집품들처럼 소실되고, 수많은 옛 민게르 풍경과 물건이 대영제국 박물관에 보존되기보다는 사라졌을 것이다. 무슈 조지가 민게르 출신 아내와 살던 아름다운 집은 오늘날 프라이드치킨 전문 국제 레스토랑 체인점이며 민게르 식물들로 만들어진 작은 식물원도 주차장으로 바뀌었다.

나는 1956년 초등학교에 입학하기 전까지 우리 집 아래에 있는 플리즈보스 해변(이름이 변하지 않았다.) 백사장에서 함께 놀던 아이들로부터 대부분의 민게르어를 배웠다. 민게르에서는 해변 시즌과 페스트 시즌이 4월 말과 10월 말 사이로 같은데, 이 몇 달 동안 어머니는 얌전하고 멋진 검은색 원피스 수영복을 입고 유럽 부자와 영화배우처럼 해변으로 내려가 모래 위에 펼쳐 놓은 비치타월에 누워 아버지가 런던에서 우편으로 보낸(우리는 함께 우체국에 가 소포를 받곤 했다.) 오래된 영화 잡지를 읽으며 시간을 보냈다. 우아한 밀짚 가방 안에는 가끔 사용하던 니베아 선크림, 한 번도 쓰지 않은 검은 선글라스, 그리고 몇 시간이 지나 마침내 바다에 들어갈 때 미용사 플라트로스가 만져 준 머리가 흐트러지지 않도록 한 올 한 올 꼼꼼하게 모으고 머리에 썼던 연분홍색 수영 모자가 들어 있었다.

항구에서 집으로 돌아오는 길에 어머니는 손에 있던 꾸러미를 마차 맞은편 의자에 놓았고, 나는 어머니 옆에 앉아 내 어깨에 손을 얹기를 기다리다 혹시 어머니가 잊으면 일깨워 주고는 했다. 마차가 이스탄불 대로를 올라갈 때 어머니는 조피리에서 산 쿠키들 중 하나를 꺼내 둘로 쪼개어 인도에 있는 사람들, 신문 판매소, 찻집, 여행사 앞에 있는 사람들을 구경하면서 함께 먹곤 했다. 나는 무슬림 여성이 혼자 마차에 앉아 모든 사람 앞에서 전혀 주저하지 않고 쿠키를 먹을 수 있는 곳이기 때문에 민게르를 매우 사랑했다.

마차가 비탈길을 올라가 오른쪽으로 돌아서 총리 관저까지 관공서와 야자수, 소나무가 줄지어 늘어선 옛 하미디예 대로이자 새 지휘관 캬밀 대로를 따라가다 어머니와 아버지가 섬에 왔던 초기에 많은 시간을 허비하고 매번 실망한 민게르 토지 등기부와 민게르 법무부 앞을 지날 때면 우리는 꼭 다른 데를 쳐다보았다. 이 시점에서 밝히고 싶은 것이 있다. 민게르에 대한 어머니의 사랑은 진정이고 진실했으며, 동시에 재산과 돈에 관련된 좀 더 현실적인 측면도 있었다.

부모님은 내 증조할아버지 누리가 방역부 장관과 국무총리로 재직하고 할머니의 어머니 파키제 술탄이 섬에서 석 달 반 동안 여왕으로 지내던 시기에 얻은 광대한 땅의 소유권을 증명하는 지도와 그림도 첨부된 문서를 가지고 있었다. 일부는 지휘관이 새로운 국가를 선포하고 설립한 후에 즉위 선물처럼 하사한 것이고, 나머지는 그의 서명이 들어간 '선물'이거나 증조할머니인 파키제 여왕 시대에 관료들이 군주로서 그녀의 정당한 몫으로 계산하여 지급한 여왕의 서명과 인장이 있는 공문서들이었다. 이 문서들에는 국가 설립자의 서명과 첫 국가의 인장들 중 하나가 들어가 있었고, 민게르 관료, 부서의 장, 판사, 장관 들이 존경심을 가지고 다루었기 때문에 그 진위와 타당성을 절대 의심하지 않았다.

하지만 어머니가(그리고 낙관적으로 어머니에게 위임장을 준 먼 친척인 외삼촌과 삼촌, 조카 들이) 이 토지들의 진짜 주인이 되어 그것을 팔거나 와서 살기 위해서는 먼저 문서들의 의미를 법정에서 판사가 평가하고, 판사가 내릴 결정문이 토지가 위치한 관할 지역의 토지 등기소로 전달되고, 그 등기소에서 보내올 답변을 검토해야 했다.(보통 그사이 토지는 다른 사람의 이름으로 등기가 되어 있었다.) 또한 이 새로운 소유자와 이전 소유자가 해당 토지가 있는 민게르 도시에서 '실제 땅 주인은 나다.'라고 일일이 소송을 걸어야 했다.

사십 년 전 온갖 갱단과 싸워 차지하고 정치적 사면으로 공식적인 소유권을 얻어서 그 위에 집을 짓고 활기를 불어넣었던 주민들은 그 땅이 사실 그들의 것이 아니며 국가가 세워진 시기에 위대한 영웅 지휘관이 민게르어조차 모르는 몇몇 사람들에게 선물로 주었다는 사실을 묵묵히 받아들일 수 없었기 때문에 법정에서 모든 가족이 필사적으로 변호에 나서 소송은 아무런 결론도 없이 길어졌다. 경우에 따라서는 소송을 제기하기 위해 '즉위 증서'라고 불리는(어떤 사람들은 '보증서'라고도 했다.) 이 문서들의 주인들은 보증서에 지명된 사람의 정당한 상속인임을 자기 나라의 법정이 아니라 민게르 대사관(이는 필연적으로 길고 힘든 절차가 요구되었다.)을 통해 혹은 직접 민게르에 와서 이곳 법정에서 증명해야만 했다. 외외종조부인 왕자 쉴레이만 에펜디는 언젠가 니스에서 "터키 공화국은 오스만 왕조 일원이 조국으로 돌아오지 못하도록 금지해 그들의 재산을 은밀히 간접적으로 압류하기가 더 쉬웠지! 하지만 민게르에서는 우리 어머니 파키제 술탄을 제외하고 모든 오스만인을 추방했어. 유일하게 단 한 사람, 그러니까 네가 섬으로 돌아오지 못하게 막는 것을 잊었지. 이를 유리하게 이용하길 바란다!"라고 할머니에게, 할머니는 어머니에게 말했다. 그는 이 문제들에 대해 많은 시간을 투자하고 이스탄불 법정에서 다루기 위해 변호사에게 많은 돈을 '낭비'했다.

아버지가 섬에 올 때마다 어머니와 아버지는 민게르 혁명이 일어난 지 오십 년이 지난 지금 이 상황을 어떻게 '이용'할지에 대해 길게 이야기를 나누며 논쟁했다. 당시 내가 아직 어렸기 때문에 전혀 이해하지 못했던 이 논쟁은 나중에 부부싸움으로 번져 나를 굉장히 슬프게 했기 때문에 내가 서른 살이 될 때까지 '이 재산들'에 전혀 신경 쓰지 않았다. 오늘날 나는 때때로 내가 서른 살이 된 후에도 이 가족 재산에 관심이 없기를 바랐다. 민게르의 역사와 문화에 대한 내 진심 어린 열정과 섬에 대한 진정한 사랑을 이해하지 못하는 사람들은 내가 이 땅문서를 얻어 내려고 아르카즈를 오간다고 말했기 때문이다.

어떤 사적인 논쟁을 이 책에 끌어들이지 않겠다고 결심한 나는 지금 내 인생의 가장 큰 고통들 중 한 가지를 털어놓으려고 한다. 1984년부터 2005년까지 이십일 년 동안 나는 민게르에 들어가는 것이 금지되었다. 내가 민게르 출생이기 때문에 '자동으로' 받게 되는 민게르 여권을 런던의 민게르 대사관에서 연장해 주지 않았다. 같은 대사관에서 아버지 덕분에 갖게 된 영국 여권으로 비자 신청이 거절되었고, 어머니 덕분에 갖고 있던 프랑스 여권으로도 파리의 민게르 대사관은 비자를 내주지 않았다. 이십일 년 동안 섬을 보거나 공기를 호흡하지 못하고, 여름에 아이들과 남편과 해변에 함께 가지 못하고, 아르카즈의 뒷골목을 걷지 못하고, 그리고 물론 민게르 국가 기록 보관소에서 연구를 못 하는 것은 나에게 견디기 힘든 커다란 고통으로 다가왔다. 이러한 문제에 대해 잘 알고 민게르 비밀 정보부에 아는 사람이 있는 친구들은 이것이 내가 책을 출판하고, 1980년대에 섬을 통치한 군사 정권에 항의하는 성명서에 서명하고, 지식인, 좌파, 종파 신도를 성 교도소에 감금하는 것을 비난하고, 민게르성의 역사적인 지하 감옥에 대해(민게르 민족을 경멸하는) 논문을 발표한 데에 대한 벌이라고 말했다. 하지만 정치 경찰로 이루어진 제도권 세력의 깊은 내부까지 아는 사람들은 진짜 이유에 대해 내가 증조할머니의 상속자라는 사실, 그러니까 재산과 토지와 관련이 있다고 솔직하게 말했다.

더 이상한 점이 있다. 나는 오스만 제국 기록 보관소에서 오랫동안 인내심을 가지고 아르메니아, 룸, 쿠르드 학살 같은 불쾌한 주제들을 연구하거나 어떤 시기의 민족 전쟁이 사실은 알려진 바와 다르다는 것을 증명하는 외국인 오스만 제국 역사학자들이 이스탄불에 있는 기록 보관소의 연구 허가가 갑자기 불가사의하게 취소되었을 때 얼마나 안타까워했는지 오래도록 보아 왔다. 용감하고 명예로운 친구들이 정직하다는 이유로 터키 정부에 의해 무자비하게 처벌받는 것을 목격했는데도 똑같은 처벌이 민게르 정부에 의해 이십일 년 동안 내게 내려졌을 때 더욱 외로움과 죄책감을 느꼈다.

2008년 민게르가 유럽 연합 가입 후보 국가로 선정되자 나 같은 온건파만 아니라 수감된 완강한 반대파들, 좌파들, 터키인과 룸 재단을 압류한 도둑놈들에 대해 비판한 사람들을 제압하기가 더 어려워졌다. 내가 유럽 연합에 썼던 항의 편지와 알고 지내는 민게르 출신 가족들 중 '자유주의' 장관들의 도움으로(내 나라에서 권력을 가진 친구의 호의는 항상 인권보다 더 큰 보호를 받을 수 있는 방패였다.) 마침내 새로운 민게르 여권을 발급받았을 때 첫 비행기를 타고 아르카즈에 갔다. 지휘관 캬밀 공항을 나서자마자 정치 경찰이 나의 모든 발걸음을 감시하리라는 사실을 알았다. 2005년 이후 이 책의 서문을 쓰고 있을 때 누군가 친구 집과 호텔 방에서 내 가방과 물건들을 끝없이 뒤진다는 것을 알게 되었다. 나를 더 화나게 한 것은 나에 관해 '터키 스파이' 혹은 (내 아버지 때문에) '영국 스파이' 같은 말들이 유럽 연합 후보 국가의 신문에 명백하게 언급되었던 것이 아니라 런던, 파리, 혹은 내가 교수로 있던 보스턴에 왔을 때 내 집에 머물던 아르카즈 출신 친구들이 여름에 섬에서 만났을 때 아르카즈 포도주를 한잔 마신 후 내 스파이 혐의에 대해 똑같은 비난을 되풀이하며 불쾌한 농담들을 한 것이었다.

한 학술 대회에서 민게르 친구들의 이 원시적이고 불쾌한 농담에 대해 불평하자 내가 무척 존경하던 네덜란드인 '중동'과 '레반트 역사' 교수는 나에게 냉소적으로 말했다. "아주 끔찍하게 부당하군! 친구들이 정말로 당신을 잘 안다면 당신이 누구보다도 민게르 민족주의자라는 것을 알았을 텐데!"

자기 딴에는 농담을 한 동양학자 교수에게 그 순간 그가 들어 마땅한 대답을 해 주지 못해 후회된다. 하지만 그만이 아니라 민게르 출신 친구들과 내 독자들에게 주제에서 벗어나 다음과 같은 사실을 단도직입적으로 말하고 싶다. 2000년 들어 이제 옛 방식의 제국과 식민지는 아주 먼 과거가 되었고, '민족주의자'는 단지 국가가 하는 모든 말에 동의하고 권력자들의 비위를 맞추는 일 외에 다른 아무런 목적이 없으며, 정부를 비판할 용기가 없는 사람들에게 위신을 세워 주기 위해 사용하는 용어였다. 하지만 우리가 존경하는 지휘관 '콜아아스' 캬밀 시대에 민족주의는 식민지 지배자들에게 봉기하고, 그들의 가차 없는 기관총을 향해 손에 깃발을 들고서 용감하고 영웅적으로 달려가는 애국자들에게 고귀한 용어였다.

한편으로는 이십여 년 동안 섬에 들어가지 못하는 벌을 받은 결과 내가 굉장히 사랑하는 튼튼한 두 아들이 막 언어를 배울 시기에 섬에 갈 수 없었고, 결국 민게르어를 말하기는커녕 이 마법적인 언어를 단 한 마디도 배우지 못하게 되었다. 내가 "모국어를 배워라!" 하며 안간힘을 쓰면서 민게르어를 가르치려고 할 때마다 아이들은 나에게 우리 가족 중에 여왕을 포함하여(그리고 어머니와 나를 제외하고) 아무도 민게르어를 모르며, 심지어 내가 할머니와 터키어로 말했다고 상기시키면서 미소를 지으며 자신들의 모국어는 터키어가 아니라 영어라고 말했다. 아들들이 민게르에 대한 내 사랑을 놀리고 가끔 조롱하는 것, 그리고 내가 변호사에게 말했듯이 아이들 아버지가 항상 아이들 편을 들어 준 것이 결국 내 결혼 생활이 이혼으로 끝나는 원인이 되었다.

'민족주의와 언어'가 주제가 되었으니 내 인생의 가장 불행했던 날들 중 또 다른 날에 대해 짧게 언급하려 한다. 2012년 이스탄불에서 열린 유럽축구연맹의 유럽축구선수권대회 예선전에서 당시 인구가 50만 명이 안 되던 민게르가 터키와의 경기에서 마지막 순간에 주어진 (어쩌면) 부당한 페널티로 1대 0으로 승리하여 터키를 탈락시키자 아름다운 터키어와 아름다운 민게르어 사이에서 내가 느꼈던 감정은 고통으로 변했다. 분노한 팬들이 이스탄불에 있는 민게르 식당, 민게르 머핀(의사 일리아스가 먹었던 독이 든 머핀), 그리고 이름에 민게르가 들어가는 많은 상점의 유리를 깨고 진열품을 파손하고 일부 사업장을 약탈하고 불까지 질렀다. 그 일주일 동안 나는 기자와 모든 사람을 피했고, 지금처럼 모든 것을 잊는 게 최선이라고 결정했다.

파키제 술탄의 편지를 출판할 준비를 하면서 때로 1901년에 아르카즈 거리에서 페스트와 정치 폭력을 피해 살려고 애쓰던 사람들 중 한 명이 1950년대에 어머니와 내가 살던 아르카즈를 보았더라면 무슨 생각을 할까 스스로에게 물었다. 어머니와 마차를 타고 옛 하미디예 다리인 현재의 지휘관 캬밀 다리를 지나갈 때 매번 존경을 다해 바라본 1933년에 완공한 지휘관의 멋진 영묘, 도시의 가장 중요한 다섯 지점에 있는 지휘관과 제이넵의 동상, 어디서든 볼 수 있었던 민게르 국기가 그들을 기쁘게 했을 거라고 생각했다. 커다란 배도 항구에 편히 정박하도록 민게르석으로 만든 부두, 크고 튼튼한 새 방파제, 현대적인 제이넵-캬밀 병원, 목조 민게르 주택

양식이지만 콘크리트와 민게르석으로 지은 커다란 라디오 방송국, 지휘관 캬밀 대학교 건물, 작지만 사랑스러운 아르카즈 오페라 하우스, 민게르 고고학 박물관에 아마도 감동받았을 것이다. 그러나 지휘관 캬밀 대로를 따라 바다가 내려다보이는 언덕에 솟아오른 아파트, 커다랗고 하얀 콘크리트 상자 같은 민게르 파크 호텔, 다가오는 여객선에서 볼 수 있도록 높은 지붕에 설치한 파란색과 분홍색 네온사인들로 밝힌 글씨가 커다란 호텔, 장미수 광고들은 옛날 사람들을 놀라게 할 것이다.

압뒬하미트 왕위 계승 25주년을 위해 짓기 시작하여 민게르 혁명 이후 아주 오랜 시간이 지나 완공한 뒤 꼭대기에 시계가 아니라 고고학자 셀림 사히르가 발굴한 미나 여신상을(지휘관의 아내와 너무 닮았기 때문에 한때 제이넵 동상이라고 부를지 고려했었다.) 올려놓은 탑은 이탈리아 점령 직후 이유는 모르겠지만 민게르 기념비라고 불렸고, 그 이름은 계속 그렇게 남아 있게 되었다.

1950년대에 어머니와 마차를 타고 집으로 돌아갈 때 왼쪽 언덕 위에서 도시를 지배하는 지휘관 캬밀의 기념비적인 묘의 존재를 깊이 느끼곤 했지만 마차에서도 집에서도 그에 대해 언급하지 않았다. 내가 1956년에 입학한(마차가 바로 그 앞을 지나곤 했다.) 캬밀-제이넵 초등학교에서는 모든 교실, 벽, 책에 항상 그의 사진이 있었고, 계속 그에 대해 언급되었다.

지휘관 캬밀이 제시한 민게르어 단어 129개와 이것들로 만들 수 있는 문장들을 나는 초등학교 입학 전에 다 외웠다. 그래서 1학년 때 민게르 알파벳과 발음, 즉 읽기를 빨리 배웠다. 1학년 말에 어머니가 사 준 작은 사전의 도움으로 그때까지 해변에서 다른 아이들이나 리나에게서 한 번도 들어 보지 못했던 250개의 민게르 단어를 더 배웠다. 하지만 우리 반 친구들 절반 이상은 여전히 알파벳을 배우느라 바빴다.

1957년 가을 2학년이 되었을 때 특히 내 민게르어 어휘 실력이 다른 누구보다 뛰어나다는 사실을 안 선생님이 나를 맨 앞에 앉혔고, 내가 수업 시간에 작은 사전을(큰 사전은 아직 집필되지 않았다.) 뒤적이는 것을 허락했다. 어느 날 아침 일 년에 한 번 예고 없이 방문하는 여성 교육감이 교실에 들어오자 선생님은 나를 칠판 앞으로 불러 최근에 배운 단어들이 무엇인지 물었다. 나는 가장 오래된 민게르어 단어들을 열거하고 그 의미를 말했다. 어둠, 가젤, 빙산, 홈통, 신발, 소용없는. 아마도 몇몇 단어들은 머리를 노란색으로 염색한 교육감과 선생님도 그 의미를 몰랐을 것이다.

하지만 교육감이 이 단어들로 문장을 만들라고 했을 때 나는 침묵했다. 내 눈앞에는 독립 기념행사가 열릴 때 광장에서 손에 단어를 들고 좌우로 뛰어다니다 나란히 서서 문장을 만드는 고등학생들의 행복한 모습이 떠올랐을 뿐이었다. 나는 부끄러워하며 칠판 위에 걸린 지휘관 캬밀과 제이넵의 사진을 바라보았다. 그들은 젊고 아름다웠다! 그들은 처음에 어두운 부엌에서 이 언어로 말했고, 이후 언어와 민족이 사라지지 않도록 구해 주었다. 나는 그들이 민게르 민족을 구했기 때문에 감사했고, 나 자신이 부끄러웠다.

그러나 나는 여전히 민게르어로 생각할 수 없고 터키어로 꿈을 꾸곤 했다.(이런 이유 때문에 이 책도 터키어로 썼다.) “당신이 해 보세요!” 내가 말을 더듬는 것을 본 교육감이 말하자 선생님이 민게르어 단어들로 문장을 만들기 시작했으나 다 완성하지 못하고 입을 다물었다. 잠시 후 선생님은 문장을 완성할 수 있기를 바라며 교육감을 바라보았지만 여성 교육감 역시 고군분투했고, 안타깝게도 문장을 완성하지 못했다.

여성 교육감은 신경 쓰지 않고 나에게 질문을 하기 시작했다.

"민게르의 2대 대통령은 누구지?" "셰이크 함둘라흐!" "제이넵과 캬밀이 부엌에서 어떤 단어를 처음 떠올렸지?" "아크와 — 물!" "언제 자유와 독립이 선언되었지?" "1901년 6월 28일." "그날 밤 누가 텅 빈 거리에 있는 철갑 랜도 그림을 그렸지?" "화가 타젯틴. 하지만 그가 처음 상상한 것은 민게르 민족이었습니다!" 여성 교육감은 이 대답에 무척 감동해 "이리 오렴!" 하고 내 이마에 입을 맞추었다. 그러더니 흥분해서 말했다. "얘야, 우리 위대한 지휘관 캬밀과 제이넵이 널 보셨더라면 아주 자랑스러워하시고 민게르어와 민게르 민족이 살아 있다는 것을 아셨을 거다."(이 부분에서 무시하려는 의도는 없었다. 1950년대에 민게르 사람들은 지휘관의 아내 제이넵을 신화 속 여주인공처럼 이름으로만 불렀다.)

여성 교육감은 민게르의 모든 교실에 걸려 있는 지휘관과 아내의 사진을 보며 말했다. 그리고 돌아서서 나를 향해 말했다. "파키제 여왕도 이 어린 민게르인을 자랑스러워하셨을 거다!"

여성 교육감은 대부분의 섬사람처럼 내 할머니의 어머니인 파키제 여왕이 사망했다고 생각했고, 내가 손녀의 딸이라는 사실도 몰랐다.

어머니는 집에서 이 이야기를 미소 지으며 듣고는 나에게 말했다. "학교에서 누구에게도 파키제 할머니가 프랑스에서 산다는 말을 하지 마!" 이것은 어머니가 나에게 말한 수수께끼 같은 문장들 중 하나였을 뿐이고, 오랜 세월 고민했음에도 그 의미를 풀 수 없었다. 때로 '형이상학적'이라고 생각했던 이 수수께끼의 이면에는 정치적 우려와 두려움이 내재했다는 사실을 2005년 이후 섬에 올 때마다 최소한 한 번은 내가 방에 없을 때 내 짐 가방, 핸드백, 서류, 파일을 거칠게(그러니까 내가 알아차리기를 원하듯) 뒤지는 것을 보고 깨닫게 되었다. 2005년 이후 즉위 증서를 토지 등기로 전환하고 섬에서 여왕의 후손이 물려받아야 할 토지들을 소유하려는 시도를 포기했지만 안타깝게도 나에 대한 수색은 계속되었으며, 내 가방과 책상에 있던 일부 서류들을 도난당했다. 지금 여러분이 읽고 있는 책의 많은 페이지를 여러분보다 먼저 민게르 정보국 요원들이 읽었을 거라고 확신한다.

1958년 말 어느 날 선생님이 어머니를 학교로 불러 내가 매우 똑똑하고 재능이 있으니 교육을 위해 꼭 섬 밖 어디 유럽 국가로 보내면 좋겠다고 말했다. 내가 끝까지 민게르인이 되기를 바란 어머니는 선생님의 말을 아버지에게 전하지 않을 수도 있었지만 이 문제를 숨기기는커녕 내가 민게르 밖에서 교육을 받아야 한다고 믿게 되었다. 이렇게 해서 내가 런던에 가는 것보다 니스에서 할머니와(어머니와 함께) 살면서 초등학교를 마치고 프랑스어를 배우는 편이 더 적합하다는 결정이 내려졌다.(영어는 어차피 집에서 썼기 때문에 잘 알고 있었다.) 이 무렵 엄마와 아버지 사이에 멜리케 할머니만 아니라 파키제 증조할머니와 남편 의사 누리의 이름도 언급되기 시작했다. 부모님은 증조할머니를 다정하고 존경하는 마음으로 여왕이라고 부르곤 했다.

항상 진취적이고 즐겁던 아버지는 그즈음 여왕과 의사에게 보내는 편지에서 나에 대해 "당신들이 자랑스러워할 민게르인"이라고 썼다. 어느 날 마르세유에서 1900년대 섬의 모습을 보여 주는 일곱 장의 빈 엽서가 담긴 새로운 봉투를 받았다. 파키제 증조할머니가 섬을 떠날 때 샀던 이 엽서들을 작은 민게르 아이에게 선물로 보냈다. 나중에 나는 그녀가 하티제 언니에게 이런 엽서를 많이 보냈다는 사실을 알게 되었다. 그해 나는 엽서 사진들에 나오는 모든 장소에 가서 아버지가 사 준 간단한 카메라로 그 풍경들의 1958년 말 모습을 흑백 사진으로 찍어 완야스 사진관에서 인화했다.

하지만 사진들을 보내기 전에 아버지는 당시에 생긴 기회를 여느 때와 같은 독창성과 관대함을 잘 이용해 모두의 동의를 얻어 우리 모두 제네바에서 만날 수 있도록 주선했다. 세계보건기구는 이십오 년 전에 은퇴한 증조할아버지 누리에게 '공로 메달'을 수여하기로 결정했다. 여왕과 의사 누리가 제네바에 있을 때 그들을 돌보던 멜리케 할머니와 함께 나도 그곳에 머물기로 했다. 아버지는 보리바주 호텔에 풍경이 좋은 방 두 개를 일주일간 예약해 놓았다.

나에게 1959년 8월 제네바는 마법적인 도시였다. 계속 다투고 헤어지고 나중에 다시 화해하는 대부분의 부부처럼 부모님은 나를 믿을 만한 곳에 맡긴다는 데 기뻐하며 금세 사라졌지만 나는 불평하지 않았다. 할머니 멜리케 술탄이 나와 함께 행복하고 즐겁게 보내기로 마음먹었기 때문이다. 오 년 전 비행기 사고로 남편(내 할아버지) 사이트 에펜디 왕자가 사망한 뒤 할머니는 어머니와 내가 니스에 정착해 그녀와 더 가까워지기를 바랐다.

할머니 멜리케 술탄과 나는 매일 아침 호텔 방에서 9시에 제네바의 유명한 분수가(밤에는 꺼진다.) 공중으로 솟구치는 모습을 구경한 후 거리로 나가 한동안 산책을 했다. 할머니는 갈색 머리를 은색 머리핀으로 모아 올리고 어머니와는 반대로 항상 검은색 선글라스를 썼다. 가끔 우리는 손을 잡고 트램을 타고서 다리를 지나 건너편 도시로 백화점과 시장을 찾아갔다. 나는 할머니가 가격을 비교하거나 무엇인가를 찾는다고 생각했다. 때로 커피숍에 앉아 호수에 떠 있는 하얀 백조들에게 빵 부스러기를 던졌고, 그것들보다 더 못생기고 이상한 배를 한동안 바라보거나 공원에 앉아 시간을 보냈다. 할머니가 어머니와 아버지에 대해 얼마나 다투는지 나에게 물었던 것이 기억난다. 몇 번인가 내가 멀고 이상한 도시에 산다고 말하면서 홍콩에서 보낸 당신의 어린 시절에 대해 미소를 지으며 이야기했다. 한번은 11시에 상영하는 나에게 '적합한' 영화를 보러 갔다(자크 타티의 「나의 아저씨」). 또 한번은 천천히 움직이는 배를 타고 레만 호수를 여행했다. 이 모든 것이 멜리케 할머니가 당신의 어머니와 아버지가 우리를 맞이할 준비를 마칠 때까지 시간을 보내기 위해서였다는 사실을 나는 첫날부터 알았다.

증조할머니인 여왕 파키제 술탄과 증조할아버지인 부마 의사 누리와 그 일주일 동안 보낸 스물네 시간이(나의 계산에 따르면) 없었더라면 내가 썼던 '편집자의 서문'을 여러분이 곧 다 읽을 이 책으로 바꿀 열정은 없었을 것이다.

두 분은 미소를 지으며 나를 맞아 주었다. 둘은 호텔에서 우리보다 두 층 아래의 우리 방과 구조가 같은(똑같이 몽블랑과 분수 풍경이 내다보이는) 방에 머물렀는데 그 방에서는 아주 독특한 화장수와 비누 냄새가 났다. 당시 열 살이었던 나는 할머니와 비교해 그들이 더 행복하고 쾌활하며, 그 이유가 그들 사이의 특별한 우애와 신뢰라는 사실을 금세 깨달았다.

"엄마." 할머니가 여왕인 증조할머니를 향해 말했다. "미나가 민게르에서 선물을 가져왔어요!"

"정말이니? 수고스러웠겠네. 자, 그럼 증조할머니와 증조할아버지에게 무엇을 가져왔는지 보여 주렴!"

나는 잠시 후면 사라질 이상한 수줍음에 사로잡혀 마치 꿈속에서처럼 혀가 얼어붙은 듯 말을 하지 못했다.

"당신들이 가지고 계신 엽서에 있는 마을들의 현재 모습을 사진으로 찍었대요!"

평생 민게르에 한 번도 오지 않고 섬에 전혀 관심이 없던 멜리케 할머니가 아르카즈 풍경을 '마을 모습'이라고 언급하자 나는 마음에 상처를 입었고, 여왕과 의사도 혼란을 겪었다. 할머니는 두 분 모두에게 격식을 차려 '당신'이라고 칭하며 한동안 사진에 찍힌 모습들을 설명하려고 애썼다.

"아, 우리 작은 민게르 아이가 정말 수고를 많이 했구나!"

의사 누리가 말했다. 증조할아버지는 주름이 자글자글하고 피부는 새하얬다. 창문 앞에 놓인 안락의자에서 계속 몽블랑의 눈 덮인 봉우리를 바라보며 앉아 있었다. 가끔 우리를 돌아보았지만 말할 때는 대개 목이 마비된 듯 머리를 거의 움직이지 않았다.

나는 마침내 용기를 내어 여왕에게 선물을 건넸다. 소심한 외교관처럼 조심스럽게 행동했다. 파키제 술탄은 내 손에서 봉투를 가져가 한쪽에 놓고 나를 강하게 끌어당겨 뺨에 입을 맞추고는 품에 꼭 안아 주었다. 그녀는 여든 살로 몸이 여위고 약해 보였으나 팔과 가슴은 강하고 단단했다.

"나한테는 차례가 안 오나?" 조금 있다 의사 누리가 말했다.

내가 여왕의 품에서 내려와 그에게 갈 때 어머니가 몇 번이나 되풀이했던 말, 그러니까 증조할머니와 증조할아버지의 손등에 입 맞추는 것을 잊었다는 사실을 떠올렸다. 하지만 그들은 내가 그러기를 기다리는 것처럼 행동하지 않았다. 누리의 얼굴이 얼마나 쭈글쭈글하고, 털이 난 귀가 얼마나 컸던지 다가갈 때 약간 떨었지만 이내 그의 품에서 안전하고 편안하다고 느꼈다.

내가 긴장을 푼 것을 보더니 멜리케 할머니는 나를 그들과 남겨 둔 채 방에서 나갔다. 여왕 파키제와 부마 의사 누리와 일주일 동안 방에서 나누었던 이야기를 시간 순서가 아니라 오랜 세월 그들을 기억했던 방식으로, 다시 말해 주제에 따라 이야기하고자 한다.

나:

그들과 이야기를 나누며 나 자신을 알게 되었다. 내 삶에 만족했는가? (그렇다!) 친구가 있는가? (그렇다.) 그들과 어떤 언어로 말하는가? (터키어 — 맞다, 민게르어 — 과장된 대답.) 수영을 할 줄 아나? (그렇다.) 사진 찍는 법을 어떻게 알았을까? (아버지가 가르쳐 주었다.) 사진기는 어디에서 났나? (아버지가 런던에서 사 왔다.) 이 마지막 질문에 대한 내 대답과 이후의 질문에서 런던에서 사업을 하는 부유한 아버지가 있는데도 내가 그곳에 한 번도 가지 않았다는 사실을 알고 그들은 잠시 아무 말도 하지 않았다. 이것은 내 스스로 어차피 알고 있지만 생각하고 싶지 않아서 잊었던 문제였을까, 아니면 아버지가 나와 어머니를 피한다는 것을 그들 때문에 깨닫게 되었을까?

엽서와 사진:

의사 누리가 시상식에 참석하는 날을 제외하고 우리는 대부분의 시간을 엽서와 사진들을 보며 그것들에 대해 이야기하면서 보냈다. 나는 큰 침대 발치에 놓인 긴 의자에 앉았고, 여왕과 국무총리는 내 양옆에 앉아 내 품에 있는 쿠션 위에 펼쳐 놓은 사진엽서들과 오십칠 년 후 같은 곳에서 내가 찍은 사진들을 보며 이야기를 나누었다. 그들은 옛 하미디예 다리에서 찍은 도시의 전경을 보여주는 '뷔 제네랄 드 라 베'[89] 방식의 사진을 보고 옛 아르카즈를 회상하는 것을 좋아했다. 이따금 서로에게 "이거 기억나요?" 하며 어떤 건물이나 다리를 가리켰고 모든 것을 기억했다. 하지만 사실 의사 누리의 기억력은 상당히 떨어져 있었다. 하루는 내가 새 사진기로 찍은 커다란 건물이 아르카즈 라디오 방송국이라고 말했는데 그다음 날 같은 곳을 다시 물으며 마치 처음 들은 것처럼 감동했

89 Vue générale de la baie. '만(灣)의 전경'이라는 의미.

다.

우리는 이틀 만에 내가 찍은 사진 속의 모든 새로운 건물들을 살펴보았다. 가끔 점과 검버섯들로 뒤덮인 앙상하고 피부가 트고 쭈글쭈글한 누리의 커다란 손이 얼마나 이상하고, 심지어 섬뜩해 보이는지 생각했다. 더욱더 놀란 것은 여왕이 의사 누리에게 "봐요, 작은 민게르인의 엄지손가락이 당신 엄지손가락과 똑같아요." 라고 말했을 때였다. 나중에는 나도 그 닮은 구석을 보게 되었다. 우리는 매일 방에서 만나 한동안 사진들을 보았고 다른 것들에 대해서도 이야기했다. 어느 날 사진 보는 일이 끝나고 나서 여왕은 남편을 바라보더니 놀라울 만큼 친절하고 온화한 태도로 나를 향해 말했다. "우리 작은 민게르인, 이 사진들을 가져와 우리에게 보여 줘서 정말 감사하고 있단다. 우리도 너에게 선물을 준비했어!"

"아직 다 완성되지 않았어요. 준비되지 않았어!" 누리가 말했다.

민게르어와 학교:

그들이 정말로 알고 싶었던 주제는 학교 교육이 '사실상' 얼마만큼 민게르어로 진행되는지였다. 그렇다. 교과서들 중 일부는 민게르어였다. 하지만 신문과 소설들은 대부분이 그리스어나 터키어로 나왔고, 나는 이러한 사실을 솔직하게 말했다. 금발의 여성 교육감이 학교에서 민게르어 교육이 얼마나 발전했는지에 대한 환상과 이후 상부에 쓴 보고서는 아마도 정확하지 않았을 것이다. 그게 내가 그들과 대화하면서 느꼈던 바다. 하지만 파키제 여왕은 그녀의 작은 민게르인이 민족주의자라는 것을 알았기 때문에 내 마음을 아프게 하지 않았다. 나도 그녀의 마음을 아프게 하지 않고 초등학교 책에 그녀에 관해 오스만 제국 파디샤의 딸이며 여왕, 그리고 3대 대통령으로 자랑스럽게 언급되고 있으며, 끔찍한 페스트 시절에 여왕 파키제 술탄이 가난한 사람들을 도왔다는 내용이 쓰여 있다고 설명했다. 하지만 사실 교과서에 이런 언급은 전혀 없었으며, 모든 섬사람이 그녀가 사망했다고 생각했다.

책과 몬테크리스토 백작:

"친구는 있니?" 같은 유의 또 다른 질문을 나는 평생 잊지 않았다. "책을 읽니?" 의사 누리가 물었다.

처음에는 내가 읽을 줄 아는지, 읽는 속도 혹은 교과서를 읽은 것을 궁금해한다고 생각했다. 내 대답에서 독서의 즐거움을 모른다는 사실을 알게 되었을 때 부부의 표정에서 나를 안타깝게 여긴다는 것을(아버지가 나를 영국에 데려가지 않았다는 사실을 알았을 때처럼) 알 수 있었다. 의사 누리는 증조할머니가 어린 시절에 그랬듯이 이제는 밖에 나가는 것보다 집에서 소설 읽는 것을 좋아한다고 말했다.

"유감스럽게도 사실이 아니에요. 물론 여행하고 돌아다니는 것을 좋아한다고요." 파키제 술탄이 말했다.

아내가 속상해한다고 생각한 누리는 독서의 이로움을 작은 민게르인에게 알려 주고 싶어 증조할머니의 머리맡에 있는 두껍고 닳은 포켓북을 나에게 보여 주었다. 『몬테크리스토 백작』이었다!

"이 책을 아니?"

나는 작가의 이름이 기억나 이번 겨울에 『삼총사』가 아르카즈의 마제스틱 극장에 왔는데 엄마가 먼저 관람하고서 내가 보기에 적당한 영화가 아니라고 했다고 말했다. 어머니는 어떤 영화를 좋아하면 내가 볼 수 있도록 같은 영화를 두 번 보러 가곤 했다.

"파키제 술탄은 『몬테크리스토 백작』을 읽으면서 숙부인 압뒬하미트가 지시한 어떤 살인 사건의 미스터리를 많은 세월이 지나

풀었단다!" 누리가 말했다.

"과장이에요!" 여왕이 말했다. "나는 그저 추정했을 뿐이에요."

"당신의 추정이 옳다는 것을 의심하지 않아요!" 의사 누리는 힘겹게 고개를 돌려 아내에게 사랑에 가득 찬 미소를 지으며 말했다.

많은 세월이 흐른 후 그녀의 편지들을 출판할 준비를 하면서 파키제 술탄의 추정이 옳다는 사실을 알고는 기쁘고 뿌듯했다. 그러기 위해서는 이스탄불 고서점들을 돌아다니며 압뒬하미트가 폐위되고 삼 년이 지나 아랍 문자로 출판된 여섯 권짜리 튀르크어판 『몬테크리스토 백작』 번역본을 찾아야만 했다. 이 소설은 원래 압뒬하미트가 두 살 때 출간된 것으로 52장 「독성학」에서 알렉상드르 뒤마와 그의 목소리인 몬테크리스토가 흔적을 남기지 않고 쥐약으로 사람을 독살하는 문제에 대해 성찰하고, 이 문제를 동서양 문제로까지 확장한다. 소설은 흔적을 남기고 싶어 하지 않는 살인자는 쥐약을 식료품점이나 약초상 한 곳이 아니라 많은 가게에서 사는 것이 더 현명하다고도 암시한다.(물론 이는 목격자가 될 약사의 수가 많아진다는 뜻이다!)

1912년 베드로스얀 출판사에서 출간된 『몬테크리스토 백작』 3권의 향기롭고 두꺼운 노란 페이지들을 열심히 넘기다 52장이 없는 것을 발견했을 때 증조할머니에 대한 경외와 행복으로 가득 차올랐고 내가 파키제 술탄의 편지들을 출판하기 위해 보냈던 세월에 보람을 느꼈다.

책에는 "이 장은 삭제되었다."라는 안내조차 없었다. 이렇게 해서 소설 첫머리에 압뒬하미트를 위해 번역되었다고 밝힌 홍보 문구는 나에게 셜록 홈스의 단서들 중 하나라는 의미를 갖게 되었다. 순간 내 심장은 행복과 흥분으로 빠르게 뛰었다.

하지만 거의 육십 년 전 그날, 이 모든 것에 대해 전혀 알지 못했기 때문에 당시 알고 있던 유일한 한 가지를 말했다.

"얼마 전 할머니와 어떤 시계방 진열장에 압뒬하미트의 이름이 쓰여 있는 것을 봤어요!"

"들었어요?"

"어디에서 봤니, 압뒬하미트의 이름을?" 그들은 흥분을 드러내며 물었다.

이때가 마지막 날이었다. 하지만 한 번도 잊지 않았던 그날에 대해 더 잘 설명하기 위해서는 지금 다른 주제를 이야기해야 한다.

생방송:

파키제 술탄은 그들이 호텔에서 전혀 나가지 않는 데에 대해 "날이 아주 더워! 어차피 누리도 기운이 없고."라는 말로 설명했다.

여덟 달 후에 돌아가실 증조할아버지는 그 일주일이 끝날 때까지 마지막 일요일을 제외하고 매일 오후 호텔 로비에서 흑백텔레비전으로 중계되는 카누 경기를 시청했다. 경기는 론강이 레만 호수로 쏟아지는 곳의 다리 두 개 사이에 있는 물살이 심한 장소에서 진행되었다. 두 개의 다리에 모인 관중은 거센 물살에 맞서 싸우고 카누가 뒤집혀 물에 빠지는 선수들을 흥분하며 지켜보았다. 우리는 매일 아침 할머니 멜리케 술탄과 함께 첫 번째 다리를 지나면서 그들을 보고 멈춰 서서 구경하곤 했다.

하지만 내가 재미있게 여기고 형이상학적인 느낌을 받았던 것은 다리를 지나 항상 텔레비전이 켜져 있는 커피숍에서 같은 광경이 생중계되는 것을 보았을 때다. 사실 나는 생방송 카메라에 대고 손을 흔들고 두 분이 나를 텔레비전에서 봐 주었으면 했다. 하지만 내가 하고 싶었던 이 아이 같은 행동을 설명할 길이 없었을 뿐 아니라 텔레비전을 통해 손을 흔들고 싶은 내 바람을 그들이 이해하거나 이루어지도록 할 방법도 없었다. 게다가 그들에게 아직 아르카즈에 텔레비전이 보급되지 않았다는 사실을 말하고 싶지 않았다.

그러니까 증조할아버지가 마지막 날 오후에 호텔 방에서 나에게 준 선물 꾸러미를 여는 동안 내 머릿속은 현실과 투영된 세계 사이의 뿌옇고 밀접한 관계로 가득 차 있었다.

나는 신이 나서 선물 꾸러미를 풀었다. 표지를 들어 올리자 어린이용 팝업북이 열리며(지금 여러분 손에 들려 있는 책만큼 두꺼웠다.) 3차원의 입체적인 민게르 풍경이 내 앞에 나타났다. 너무나 멋지고, 너무나 아름답고, 너무나 진짜 같았다! 내가 평생을 보낸 도시가 지금 판지로 세심하고 꼼꼼하게 재단되어 눈앞에 펼쳐져 있었다.

팝업북이 내 어린 시절의 도시가 아니라 1901년의 아르카즈라는 것을 바로 알았다. 새 아파트, 콘크리트 호텔, '정부 부처 건물'은 아직 없었다. 하지만 나머지 모든 것은 굉장히 세세하게 진짜처럼 제자리에 있었다. 하늘의 뭉게구름부터 집들의 붉은 지붕, 초록 나무들, 성의 탑까지 이 멋진 풍경에는 어떤 특별한 면이 있었는데 마치 여러분의 집이면서 동시에 동화 속 어딘가라는 느낌을 주었다는 점이다.

나는 의사 누리의 멋진 선물을 항상 가지고 다녔다. 여러분이 곧 다 읽을 소설을 이 3차원으로 된 동화책을 계속 보면서 썼다. 이러한 이유로 이 역사책이 지나치게 동화적이라고 말하는 사람들에게 내 소설의 또 다른 핵심적인 영감의 원천에 대해 밝히고 싶다. 여왕이 1901년 9월 초 완야스 사진관에 의뢰해 찍은 거의 텅 빈 아르카즈 거리의 슬픈 흑백 사진 여든세 점은 이 책의 '리얼리즘'의 핵심 원천이다. 2008년 민게르가 공식적으로 유럽 연합 회원국 후보가 되고 내 어린 시절 친구인 리나가 문화부 장관으로 임명되면서 드디어 나에게 닫혀 있던 기록 보관소의 문이 열렸다.

증조할머니는 호텔 방에서 판지로 된 아르카즈의 성을 먼저 남편에게 보여 주었다. 여전히 내가 그 그림자 속에 살고 있으며, 도시 전체와 섬 역사의 출발점인 이 성은 내가 평생 매일 보았던 곳이기 때문에 의사와 여왕이 신이 나서 하는 말들을 완전히 이해하지 못하자 나는 불안해졌다.

몇 년이 지나 파키제 술탄이 쓴 편지들을 읽었을 때 그들이 무엇에 대해 이야기했고 무엇을 기억했는지 이해하게 되었다. 파키제 술탄은 남편에게 흐리소폴리팃사 광장, 약사 니키포로의 약국이 있던 자리, 본코프스키 파샤의 시신이 발견된 곳을 보여 주었다. 입체 판지로 된 풍경에는 내가 이 책에서 이야기한 할리피예, 리파이, 궐레렌레르 테케도 정원에 있는 나무까지 세심하게 재현되어 있었다.

"테케에 가 보았니?" 여왕이 나를 보면서 물었다.

어머니가 테케에 전혀 관심이 없었기에 당시 나는 벽 뒤에 숨겨져 있는 이런 장소의 존재조차 몰랐다. "안 가 봤어요!" 나는 대답할 때 아무런 부끄러움을 느끼지 않았다.

에셰크 아느르탄 비탈길, 하미디예 다리, 수비대, 세관 건물이 제자리에 있는 것을 보면서 그들은 이야기를 계속했다. 어머니와 아버지는 가끔 내가 알아들을 수 없도록 속삭이며 이상한 영어로 대화를 했고, 그럴 때면 나는 우울해지며 심지어 또 다투지 않을까 걱정하곤 했다. 그 같은 외로움이 마음속에서 부풀어 올라 나는 누리 옆으로 가 앉았다.

여왕은 판지로 만든 풍경을 남편 앞에 있는 작은 탁자에 놓았다. 그들이 스플렌디드 호텔에 대해 이야기하고 있었기 때문에 나는 그곳이 가장 좋은 호텔이 아니며(엄마의 말) 민게르에 더 좋은 호텔들이 있다고, 그런데 섬의 가장 좋은 아이스크림 가게는 스플렌디드의 로마 아이스크림 가게라고 말했다. 그리고 2층에 있는 작은 지휘관 박물관에 대해서도 언급했다.

그들은 이 박물관에 관한 이야기를 들어 본 적이 없었기에 나에게 많은 질문을 하며 이 작은 장소에 대해 장황하게 묘사하도록 했다. 대화의 주제가 내가 잘 아는 영웅 지휘관으로 흘러갔기 때문에 나는 진짜 지휘관의 박물관인 위대한 구원자가 태어나고 자란 집의 위치를 보여 주었다. 그리고 그 박물관에서 보았던 것들을 신이 나서 설명했다.

그들이 내가 지휘관에 대해 많이 아는 것을 보고 감명을 받자 매년 선생님과 반 전체가 두 번 방문하는(출석을 확인했다.) 엽서와 판지 풍경에서는 보이지 않는 지휘관의 영묘에 대해 말해 주었다. 전해에 『민게르 백과사전』을 참고하면서 이 영묘에 관한 숙제를 했다고 말하면서 나는 뷔위크 아쉬칸의 시 「지휘관, 위대한 지휘관」과 「나는 민게르인이다」를 낭송했다.

"무엇보다도 먼저 이스탄불에 가 보렴!" 의사 누리가 나에게 수수께끼 같은 말을 했다.

"왜 그런 말을 해요?" 여왕이 말했다. "우리 작은 민게르인의 의욕을 꺾지 말아요. 이 아이는 공부를 아주 열심히 했고, 다 알고 있어요." 나는 이 칭찬에 감격했다. 그들은 지금 어차피 내가 가장 잘 아는 주제인 위대한 지휘관 이야기를 하고 있었다.

"만약 위대한 지휘관이 없었더라면 오늘 우리는 그리스인, 터키인, 어쩌면 이탈리아인의 포로가 되었을 거예요! 지휘관은 민게르의 독립과 자유를 선언했고 우리를 문명국가의 무대로, 수준으로 올려놓았어요!"

"훌륭하구나!" 여왕이 말했다. "그가 어디에서 그걸 했는지 보여 주렴?"

나는 노랑머리 교육감 앞에서 그랬던 것처럼 갑자기 입이 얼어붙었다. 질문이 무엇인지도 이해하지 못했다.

"보렴, 여기가 주 청사 건물의 발코니란다. 지휘관이 여기서 뭘 했지?"

증조할머니가 물었다. 질문을 이해하자 정답을 이미 외워서 알고 있었기 때문에 나는 기뻤다.

"이 아래에 섬의 가장 먼 곳에서 온 사람들을 포함하여 모든 연령대의 용감한 민게르인 수천 명이 모여 있었습니다! 지휘관이 그들을 향해 말했습니다. '민게르 만세.'"

외워서 한 말이었지만 지나치게 흥분해서 모든 교과서에 쓰여 있는 말의 일부를 놓치고 말았다. "그리고……." 나는 조금 더듬거리며 말을 이었다. "그의 손에는 시골 처녀들이 바느질한 민게르 깃발이 들려 있었어요."

"이 물 좀 마시렴, 우리 작은 민게르인!" 증조할머니는 말했다. 그리고 작은 탁자 위에 있던 물 한 컵을 건네주고 그 아래 있던 작은 테이블보를 깃발처럼 손에 들었다. "우리가 발코니로 나가면 어쩌면 네가 더 잘 느끼고 더 잘 기억할 수 있을 거야."

증조할머니가 작은 민게르인의 두 뺨에 입맞춤을 해 주었을 때 나는 마음이 놓이고 행복했다. 물론 수천 번 읽었던 지휘관의 말들이 생각났다.

나는 한 손에 깃발을 든 증조할머니 파키제 여왕과 함께 항상 문이 열려 있는 호텔 방의 발코니로 나갔다. 우리는 허공에 깃발을 흔들면서 마음 깊이 느끼고 확신으로 가득 차 소리쳤다.

"민게르 만세! 민게르인 만세! 자유 만세!"

2016~2021년

옮긴이의 말

오늘날 세계 영화계에서 팬데믹 장르가 중요한 흐름을 형성하고 있는 반면 본격적인 팬데믹 소설로 손꼽을 작품은 그리 많지 않아 보인다.

『페스트의 밤』은 오스만 제국의 몰락기이자 3차 페스트 유행 시기에 동지중해에 위치한 상상의 섬 민게르를 배경으로 펼쳐진다. 세계 전염병 역사에 관련한 방대한 지식과 함께 등장인물들이 동서양을 넘나들며 벌이는 전염병과의 전쟁이 커다란 줄기다. 전염병 시기 등장인물들의 사랑 이야기, 전염병에 맞서는 국가와 개인의 태도와 선택, 그리고 일상이 동화 같은 풍경 속에서 전개되는 판타지 역사 소설이기도 하다. 추리 소설 형식을 띤『페스트의 밤』은 이 모든 사건을 목격하고 경험한 파키제 술탄이 이스탄불에 있는 언니에게 보낸 편지를 토대로 집필되었다.

전염병에 대한 오르한 파묵의 관심은 이번이 처음이 아니다. 초기작들 중 1983년 출간한『고요한 집』과 1985년 발표한『하얀 성』에도 전염병 이야기가 등장한다. 하지만『페스트의 밤』은 제목에서도 드러나듯이 전염병이 중심에 자리 잡고 있으며, 더 본격적이고 광범위한 차원에서 다루어진다.

오르한 파묵은 삼십오 년 동안 지대한 관심을 가지고 있던 전염병을 소재로 오 년 전부터 『페스트의 밤』을 본격 집필하기 시작했다고 밝혔다. 현재 우리가 겪고 있는 전염병 시기에 출간된 것은 정작 작가 자신도 놀란 우연의 일치라고 할 수 있다.

작품 속 페스트와 현재 전 세계를 강타하고 있는 코로나19 사이에는 100년이 훌쩍 넘는 시간적 간극이 있지만 방역에 대응하는 각국의 태도, 전염병에 맞서는 인간 군상들의 공포와 불안, 이기심, 의료진의 분투, 감염자 수용 시설, 일부 종교 단체들의 독단적인 행동 등에 대한 묘사에서 씁쓸한 기시감이 느껴진다. 특히 페스트 전파 경로, 감염과 증상, 거리 두기, 열 체크 등 관련 대응법과 등장인물들의 논쟁은 현재 우리가 경험하는 상황과 유사해 공감을 불러일으킨다. 오르한 파묵은 이 작품에서 음울할 수 있는 전염병 시대의 분위기를 흥미진진한 서사와 독특한 창작 기법으로 섬세하게 묘사하며 '바늘로 우물 파기'라는 파묵 특유의 작가 정신을 독자들에게 각인시킨다.

『페스트의 밤』은 왜 오르한 파묵이 "가장 훌륭한 작품들을 노벨문학상 수상 이후에 쓴 독보적인 작가"(영국, 《인디펜던트지》)라는 평을 받는지 다시 한번 확인할 수 있는 작품이다. 부디 세계 문학의 정전으로 남기를 간절히 바란다.

이난아

옮긴이 이난아

한국외국어대학 터키어과를 졸업하고, 터키 국립 이스탄불 대학에서 터키 문학으로 석사 학위, 터키 국립 앙카라 대학에서 터키 문학으로 박사 학위를 받았다. 현재 한국외국어대학 중앙아시아연구소 전임 연구원으로 재직 중이다. 저서로 『터키 문학의 이해』, 『오르한 파묵, 변방에서 중심으로』, 『오르한 파묵과 그의 작품 세계』(터키 출간), 『한국어—터키어, 터키어—한국어 회화』(터키 출간)가 있고, 터키 문학과 문화에 관련한 다수의 논문을 발표했다. 소설 『내 이름은 빨강』 등 40여 권에 달하는 터키 문학 작품을 한국어로 번역했으며, 김영하의 『나는 나를 파괴할 권리가 있다』 등 다섯 편의 한국 문학 작품을 터키어로 번역했다.

페스트의 밤

1판 1쇄 펴냄 2022년 3월 4일
1판 3쇄 펴냄 2022년 4월 8일

지은이 오르한 파묵
옮긴이 이난아
발행인 박근섭 · 박상준
펴낸곳 (주)민음사

출판등록 1966. 5. 19. 제16-490호
주소 서울시 강남구 도산대로 1길 62(신사동)
강남출판문화센터 5층 (우편번호 06027)
대표전화 02-515-2000 | 팩시밀리 02-515-2007
홈페이지 www.minumsa.com

한국어 판 © (주)민음사, 2022. Printed in Seoul, Korea

ISBN 978-89-374-4256-8 (03830)

* 잘못 만들어진 책은 서점에서 교환해 드립니다.